Jessica

Die Irrwege der Liebe

Weltbild Taschenbuch

Die Autorin

Ashley Carrington führte dreißig Jahre das Leben einer ganz normalen amerikanischen Hausfrau im Süden der USA. Als ihre Ehe scheiterte, begann sie zu schreiben und konnte auch bald erste Erfolge erzielen. Sie lebt heute als freie Schriftstellerin mit ihren beiden Kindern in New York.

Ashley Carrington

Jessica

Die Irrwege der Liebe

Roman

Weltbild

Besuchen Sie uns im Internet:
www.weltbild.de

Genehmigte Lizenzausgabe für Verlagsgruppe Weltbild GmbH,
Steinerne Furt, 86167 Augsburg
Die Originalausgabe des Romans *Die Irrwege der Liebe* von Ashley Carrington
erschien 1984 in der Droemerschen Verlagsanstalt Th. Knaur
Nachf. GmbH & Co. KG, München

Umschlaggestaltung: zeichenpool, München
Umschlagmotiv: Mauritius Images, Mittenwald (© Urbanlip);
Shutterstock (© Martin Horsky; © Light & Magic Photography;
© maxstockphoto; © Axusha)
Gesamtherstellung: CPI Moravia Books s.r.o., Pohorelice
Printed in the EU
ISBN 978-3-86800-429-8

2013 2012 2011 2010
Die letzte Jahreszahl gibt die aktuelle Lizenzausgabe an.

Für R. M. S.,
ohne den dieses Buch nicht
geschrieben worden wäre

ERSTES BUCH

1

Der Wärter stieß Jessica Jakes in den Kerker und warf die schwere Gittertür hinter ihr ins Schloss. Lange hallte das metallische Dröhnen in den Gängen des Gefängnisses von Newgate nach, drang von Zellenblock zu Zellenblock und wurde schließlich von den mächtigen steinernen Mauern aufgesogen.

Der Wärter lachte kurz auf. Es war das freudlose Lachen eines Mannes, der seiner Arbeit an diesem Ort seit ungezählten Jahren nachging und von dem Elend und der Verdorbenheit der Zelleninsassen lebte; das Lachen eines Mannes, der schon zu viel gesehen hatte, um noch von der Gewalttätigkeit, dem Elend und der Verzweiflung berührt zu werden.

Er wusste, was diese junge, hübsche Gefangene erwartete. Doch er machte sich nicht die Mühe, ihr einen Rat zu geben. Wenn sie nicht wusste, wie sie sich zu verhalten hatte, würde sie es lernen müssen, wie alle anderen vor ihr auch. Hier, im Londoner Gefängnis von Newgate, das nicht von ungefähr in dem Ruf stand, das Sinnbild der Hölle selbst zu sein, galten eigene Gesetze, die so einfach und von so brutaler Klarheit waren, dass sie keinerlei Erklärung bedurften. Nachdem sich zuerst die Oberaufseher und dann die Wärter an den Neueingelieferten schadlos hielten, waren sie danach der Unbarmherzigkeit ihrer stärkeren Mitgefangenen ausgeliefert.

Regungslos stand Jessica Jakes einen knappen Schritt hinter der Zellentür, unfähig, sich von der Stelle zu rühren. Sie hörte die schlurfenden Schritte des Wärters, die sich auf dem rissigen Steinboden des Ganges entfernten. Sie war nun allein mit den etwa dreißig bis vierzig zerlumpten Gestalten. Als sie von dem Wärter in die Zelle gestoßen worden war, hatten sich die Eingekerkerten träge vom feuchten Stroh erhoben, das den nackten Boden mit einer dünnen Schicht bedeckte.

Angst schnürte Jessica die Kehle zu, und ihr Atem ging kurz und flach, als sie die vielen Augenpaare auf sich gerichtet sah. Die Frauen in der Zelle musterten sie mit feindseligen Blicken. Und nur in den Augen einiger weniger konnte sie eine Spur von Mitleid und schmerzlichem Verstehen entdecken.

»He, Molly«, rief eine hagere Frau. Ihr wildes, zerzaustes Haar starrte vor Dreck, und hellrote Brandflecken verunstalteten ihr ausgezehrtes Gesicht. »Schau mal, was für'n hübsches, junges Täubchen uns da zugeflogen ist!«

Ihre Stimme war rau wie ein Reibeisen. Sie stieß der Frau neben sich, die sie mit Molly angesprochen hatte, den Ellenbogen derb in die Seite. Und mit einem Seitenblick fügte sie hinzu: »Soll ich die Kleine nicht 'n bisschen erleichtern?«

»Überlass das mir, Beth!«, erwiderte Molly barsch.

»Natürlich … ganz wie du meinst, Molly«, beeilte sich Beth zu sagen. Ihr Gesicht verzerrte sich zu einem unterwürfigen Lächeln.

»So, du bist also die Neue«, sagte Molly zu Jessica Jakes. Ein drohender Unterton schwang in ihrer dunklen, harten Stimme mit.

Jessica erschauerte und presste das kleine Bündel, das ihre wenigen Habseligkeiten enthielt, vor die Brust. Ohne Zweifel nahm Molly in dieser düsteren, stinkenden Zelle eine besondere Stellung unter den Gefangenen ein. Sie war von stämmiger, korpulenter Gestalt und überragte alle anderen um eine gute Haupteslänge. Während die zerlumpten Fetzen der anderen Frauen die Bezeichnung Kleider schon längst nicht mehr verdienten, war Molly ins Auge stechend gut gekleidet. Sie trug ein Kleid aus blassgelbem Brokat. Es wies zwar an vielen Stellen schon Flecken und aufgeplatzte Nähte auf und entsprach kaum noch der Mode, doch neben den Lumpen der anderen hob es sich so ab wie die Nacht vor dem Tag.

Das schon mehrfach geflickte und vorn geschnürte Oberteil vermochte ihren mächtigen Busen kaum zu halten, der wie ein bleicher Schwamm aus ihrem Mieder quoll. Die Brust ging in einen kurzen, fetten Hals über. Das Gesicht war aufgedunsen und verriet die hemmungslose Trinkerin. Unter wässrigen Augen lagen eine zu kurz geratene, rotgeäderte Nase und ein grell geschminkter, dünnlippiger Mund, der jetzt einen herrischen Ausdruck trug. Ihr strähniges, ehemals wohl rotblondes Haar war nachlässig gepudert.

Jessica konnte das Alter der Frau schlecht schätzen, genauso wie das von Beth und den anderen. Die Hölle von Newgate hatte sie ganz sicherlich weit über ihre wirklichen Jahre hinaus altern lassen.

»Wie heißt du?«, verlangte Molly mit befehlsgewohnter Stimme zu wissen. Sie löste sich aus der Gruppe der Gefangenen, die nun einen Halbkreis um die Neue bildeten.

»Jessica«, kam es schwach über ihre Lippen.

»Habt ihr das gehört?«, krächzte Beth. »Jessica heißt unser unschuldiges Täubchen mit den blonden Engelslocken. Der Teufel soll mich, wenn sie nicht so was wie ’nen Glanz in unsere bescheidene Behausung bringt. Würd’ mich nicht für ’nen Penny wundern, wenn uns der alte Mistkerl von Wärter, die Pest soll über ihn kommen, ’ne richtige Missy angeschleppt hat, ’n Fräulein aus ’ner vornehmen Familie. Seht euch nur mal das hübsche Kleid an und die Pelerine. Der Henker soll mich auf der Stelle holen, wenn dieser Umhang nicht genau das ist, was ich gegen das verfluchte Ziehen in meinem Rücken brauche!« Beifallheischend blickte sie in die Runde und entblößte dabei zwei Reihen fauliger Zahnstümpfe.

»Du sollst dein dreckiges Maul halten, Beth!«, fuhr Molly sie an. »Oder du kannst sehen, wo du demnächst deinen Gin herbekommst!«

»War doch nicht so gemeint, Molly«, murmelte Beth schmollend, während ihr die anderen Frauen schadenfrohe Blicke zuwarfen. »Is' ja schon so lange her, dass wir 'ne Neue zum Ausnehmen hatten.«

»Du kriegst schon deinen Anteil, Beth. Wart's nur ab«, erwiderte Molly in etwas versöhnlicherem Ton und fügte noch lächelnd hinzu: »Aber wir wollen die kleine Jessica doch nicht schon in den ersten Minuten zu Tode erschrecken. Wir werden sicherlich noch lange das Vergnügen ihrer Gesellschaft haben, nicht wahr, Jessy-Missy?«

Mollys Worte riefen unter den Gefangenen ein Gelächter hervor, das in Jessicas Ohren wie bösartiger Spott klang. Mit zusammengepressten Lippen hatte sie dem Wortwechsel der beiden Frauen zugehört. Ihr zartgeschnittenes Gesicht mit den seegrünen Augen zeigte eine kranke Blässe. Ihr war, als würde ihr die Kraft aus den Gliedern weichen. Und der entsetzliche Gestank, der sie wie ein vermodertes Leichentuch umhüllte, trieb ihr das Gefühl, sich im nächsten Augenblick übergeben zu müssen, die Kehle hoch.

Molly wandte sich wieder der Neuen zu. Ein Lächeln kräuselte ihre schmalen Lippen. »Du musst nichts darauf geben, was diese liederlichen Weibsbilder von sich geben, Jessy-Missy«, sagte sie und rief damit erneut Gelächter hervor. »Das ist der Londoner Abschaum, mein Kleines, und sicherlich nicht der

Umgang, den so ein feines, vornehmes Fräulein wie du gewöhnt bist, nicht wahr?«

»Du hast gut reden, Molly!«, rief eine Stimme aus den hinteren Reihen. »Deine Wiege stand doch unter 'nem Ginfass, und die Kerle, die dein Umgang waren, sind doch fast alle am Galgen geendet!«

Brüllendes Gelächter erhob sich – und brach jäh ab, als Molly herumfuhr und ihre Augen die Frau suchten, die es gewagt hatte, die Wahrheit über sie hinauszuposaunen. Doch sie blickte auf eine Meute erstarrter Gestalten, die sich zwar Mollys Gewaltherrschaft unterwarfen, ihr jedoch keine Sympathien entgegenbrachten. Mit Ausnahme von Beth und zwei, drei anderen, die zu Mollys ›Hofstaat‹ zählten und ihr ergeben waren, dachte niemand daran, die Frau in ihren Reihen zu verraten, die so ätzend über Molly gesprochen hatte. Und Beth stand mit ihren Gesinnungsfreundinnen in der vordersten Reihe, sodass sie alle auf Mollys fragenden Blick nur mit einem Schulterzucken antworten konnten.

»Würd' mich nicht wundern, wenn es diese hinterhältige Pestbeule Lydia gewesen ist!«, stieß Beth ihre Verdächtigung hervor, um wieder wettzumachen, was sie sich wenige Minuten zuvor mit ihrem lästerlichen Mundwerk bei Molly verscherzt hatte. »So 'ne dreckige Verleumdung kann nur von dieser Kindermörderin kommen!«

Niemand erwiderte etwas. Die Stille war beklemmend. Dann ließ Molly die drohend hochgezogenen Schultern sinken. Ihr Busen wogte in dem zu engen Mieder, und grollend forderte sie Beth auf: »Hol mir die Flasche! Solch ein feiges Pack wie euch kann man nur im Suff ertragen!«

Der verdrossene Ausdruck verschwand von Beths Gesicht. Es war eine Belohnung, Molly die Flasche mit Gin zu bringen, denn für diejenige, die sie damit beauftragte, fiel stets ein kräftiger Schluck ab. Und Gin war im Gefängnis das Tor zum Vergessen.

Jessica beobachtete mit weit aufgerissenen Augen, wie Beth in die rechte Ecke des Kerkers hinüberging und einen Weidenkorb aus dem Stroh zog, das an dieser Stelle höher aufgehäuft war. Die hagere Frau wühlte in dem Korb, der mit Puderdosen, Gürtelschnallen, Unterkleidern, Schuhen und anderen Dingen vollgestopft war. Die Flasche lag wohl ganz unten, denn Beth räumte den Weidenkorb halb leer. Dann lief sie mit dem Gin eiligst zu Molly zurück.

»Gib schon her!« Molly riss ihr die Flasche aus der Hand, entkorkte sie und setzte sie an die Lippen. Dutzende Augenpaare verfolgten mit neidvollen, gierigen Blicken, wie der scharfe Gin glucksend aus der Flasche und in ihre Kehle rann. Als sie fünf, sechs kräftige Züge genommen hatte, setzte sie die Flasche ab, fuhr sich mit dem Handrücken über den Mund, rülpste unverhohlen und hielt Beth die Ginflasche hin. »Hier! … Trink! … Aber lass noch was drin!«

Ekel erfüllte Jessica, als sie sah, mit welcher Gier die Frau mit dem von Brandnarben entstellten Gesicht den Gin in sich hineinschüttete.

»Das reicht!«, sagte Molly scharf, und riss Beth die Flasche vom Mund. »Und nun zu dir, Jessy-Missy. Wir sind hier eine große Familie. Und wie du vielleicht schon mitbekommen hast, hat man mich dazu bestimmt, für Frieden und Ordnung zu sorgen.«

Jemand lachte mit bitterem Hohn auf.

»Ordnung muss sein«, fuhr Molly unbeirrt fort, »ganz besonders dann, wenn man es mit so gottverdorbenen Seelen zu tun hat wie diesen da«, sie deutete mit der Ginflasche vage hinter sich, »und Unterkunft und Verpflegung einiges zu wünschen übrig lassen. Du bist bestimmt ein helles Missy-Köpfchen und wirst deshalb verstehen, dass es nur zu Streit und Niedertracht führt, wenn der eine mehr besitzt als der andere, nicht wahr?«

»Ich ... ich ... verstehe nicht, was Sie wollen«, brachte Jessica mühsam hervor.

Molly trat einen Schritt näher, noch immer lächelnd. Die Schminke auf ihren Lippen war verwischt und ließ sie noch abstoßender aussehen. Auch die anderen Gefangenen rückten weiter vor, der Halbkreis wurde enger.

»Keine Sorge, Jessy-Missy, ich werde dir schon helfen, zu verstehen«, erklärte Molly. »Dein hübsches Kleid und deine Pelerine sind in dieser Umgebung unpassend, Kleines. Es ist besser, du gibst beides mir, und ich verwahre es dir für den Tag, an dem du deine feinen Sachen wieder tragen kannst. Und wenn du auch noch etwas Wertvolles da in deinem Beutel hast, gibst du mir auch das besser, damit es nicht verloren geht.«

Jessica trat unwillkürlich einen Schritt zurück und spürte im nächsten Moment die schweren Eisenstäbe der langen Gitterwand, die den Kerker vom Gang trennte, in ihrem Rücken. Sie begriff nun, was diese abstoßende Vettel von ihr wollte. Sie sollte ihre Kleidung und das, was sie noch an wenigen Habseligkeiten besaß, hergeben. Ihr Geld, vier Silbermünzen, hatten ihr die Wärter schon abgenommen.

»Nein!«, stieß sie erschrocken hervor. »Niemals! ... Ich habe nichts Wertvolles im Beutel! ... Und meine Kleider gebe ich nicht her!« Hart presste sie das Segeltuchbündel an ihre Brust.

Molly lachte geringschätzig. »Du nimmst besser Vernunft an, Jessy-Missy. Du bist hier nicht in einem Pensionat für vornehme Töchter. Du hast zu bezahlen, wie jede andere vor dir es auch getan hat!«

»Bezahlen? … Wofür?«

»Für meinen Schutz, Kleines«, erklärte Molly mit bedrohlich sanfter Stimme. »Und mein Schutz ist nicht billig zu haben. Also sei vernünftig und rück die Sachen freiwillig heraus.«

Jessica schüttelte heftig den Kopf. Niemals würde sie das Wenige, das ihr von der Welt außerhalb der Mauern von Newgate geblieben war, hergeben. Zumindest nicht freiwillig, und nicht ohne bis zum Letzten darum gekämpft zu haben. Sie ahnte in diesem Moment, dass sie für immer verloren sein würde, wenn sie jetzt klein beigab. Wenn sie sich jetzt nicht gegen Molly und ihre Hyänen zur Wehr setzte und um ihren kläglichen Besitz kämpfte, würde sie ebenso tief sinken wie diese Frauen vor ihr, die sich schon selbst aufgegeben hatten.

»Ich brauche keinen Schutz!«, stieß sie mit einer Entschlossenheit hervor, die sie selbst erstaunte. »Und keiner hat das Recht, mir auch nur irgendetwas zu nehmen!«

Molly brach in ein Hohngelächter aus, in das Beth und ihre Freundinnen einfielen.

»Du bist wirklich unbeleckt von der Welt, Jessy-Missy«, sagte Molly schließlich. »Ich besitze alles Recht, das ich brauche, um zu bekommen, was ich haben will. Und nun Schluss mit dem Gerede! Gib die Sachen her, oder ich sorge dafür, dass man sie dir vom Körper reißt! Du hast noch einiges zu lernen, wenn du in diesem Dreckloch überleben willst!«

Jessica blieb hart. »Nein!«

»Jetzt ist aber genug!«, geiferte Molly mit hochrotem Gesicht. Es lag schon lange zurück, dass jemand gewagt hatte, ihr Widerstand entgegenzusetzen. Sie machte Anstalten, nach dem weichen, warmen Umhang zu fassen, der in den kommenden Wintermonaten nicht mit Gold aufzuwiegen sein würde.

Jessica war verängstigt, gleichzeitig aber zum Widerstand

entschlossen. Sie spürte die metallene Haarnadel, die aus ihrem Bündel ragte und schmerzhaft gegen ihre Brust drückte, und sie handelte, ohne lange zu überlegen. Sie griff nach dem herausragenden Ende der Haarnadel, zog sie blitzschnell aus dem Bündel und stieß sie Molly wie einen Dolch entgegen.

Die Spitze der Nadel zuckte schneller, als ein Auge folgen konnte, über den weichen Busen der fülligen Frau und hinterließ eine dünne blutrote Linie von der Länge eines Fingers.

Molly stieß einen schrillen Schrei aus und sprang erschrocken zurück. Ungläubig starrte sie auf die verletzte Haut.

»Ich will keinem was antun!«, warnte Jessica die Frauen mit vor Erregung zitternder Stimme. »Doch ich werde zustechen, wenn mir jemand zu nahe kommt!«

»Die Pest über dich!«, schrie Molly, blieb jedoch, wo sie stand.

»Ich sage euch, das ist 'ne Kindermörderin!«, gellte Beth. »Hinter ihrem Engelsgesicht verbirgt sich 'ne gottlose Mörderin!«

»Ich bin keine Kindermörderin!«, widersprach Jessica heftig, und die Haarnadel zitterte in ihrer Hand. »Doch ich lasse mich nicht von euch berauben!«

Mit wutverzerrtem Gesicht funkelte Molly ihre Widersacherin an. »Das wirst du mir büßen, Jessy-Missy! So etwas hat noch keiner ungestraft mit mir gemacht, du Miststück. Behalte nur deine Sachen. Vorerst. Du entkommst mir ja doch nicht. Die Nächte sind lang. Und irgendwann einmal wirst du die Augen nicht mehr aufhalten können. Und dann hast du die längste Zeit ein Engelsgesicht gehabt, das schwöre ich dir!«

Jessica fragte sich, ob es vielleicht ein verhängnisvoller Fehler gewesen war, ihre Widersacherin so bloßzustellen. Möglicherweise wäre es klüger gewesen, wenn sie ihr zumindest den Umhang gelassen hätte. Doch dafür war es jetzt zu spät. Sie hatte sich Molly zur Feindin gemacht und würde von jetzt an zusehen müssen, dass sie vor ihr und ihren Hörigen auf der Hut war. Ihr war klar, dass Mollys Worte alles andere als eine leere Drohung waren. Die herrschsüchtige Gefangene würde sie nicht einen Moment aus den Augen lassen. Und wenn Molly schlafen wollte, würde sie einfach eine von den abscheulichen Frauen, die ihr auf das Wort gehorchten, damit beauftragen, Wache zu halten.

Jessica schien es, als würde plötzlich ein eisiger Windhauch durch das Gitter wehen, und Gänsehaut bildete sich auf ihren Armen. Sie zog ihren Umhang vor der Brust zusammen, ohne dabei jedoch die Haarnadel sinken zu lassen.

Molly hatte ihre Fassung wiedergefunden. Ein fast amüsiertes Lächeln trat auf ihr Gesicht. »Vielleicht sollten wir dir sogar dankbar sein«, sagte sie. »Das wird ein nettes Spiel, dich zu beobachten und zu sehen, wie lange du aushältst. Deine Angst wird dich an den Rand des Wahnsinns bringen und dich wach halten … aber nicht für ewig.« Sie lachte heiser auf. »Ja, so soll es sein, und noch nicht einmal für drei Flaschen Gin würde ich mich jetzt noch umstimmen lassen!« Ihre letzten Worte klangen wie ein Fluch.

Jessica Jakes presste die Lippen aufeinander. Die Angst machte sie stumm. Mit aller Willenskraft unterdrückte sie die aufsteigenden Tränen. Niemand durfte wissen, ja noch nicht einmal ahnen, wie verzweifelt sie war. Sie musste stark bleiben, um ihrer selbst willen.

Molly schien auf eine Erwiderung zu warten. Schließlich spuckte sie verächtlich in Jessicas Richtung und drehte sich zu Beth und den anderen Frauen um.

»Pam! … Jill!«, rief sie mit einer Stimme, die noch am Ende

des Ganges zu hören sein musste. »Holt die Würfel! … Ich will spielen!« Sie nahm einen Schluck aus der Flasche und setzte sich in der Ecke, wo ihr Weidenkorb stand, zum Spiel nieder. Die neue Gefangene und die eigene Blamage schien sie vergessen zu haben.

Jessica stand noch immer wie festgenagelt mit dem Rücken zur Gitterwand und beobachtete gespannt, wie sich nun auch die anderen Inhaftierten verteilten. Einige warfen ihr Blicke zu, die verrieten, was sie von ihr hielten und wie sie ihre Chancen, Molly auf Dauer zu widerstehen, einschätzten. Und nicht in einem Augenpaar vermochte Jessica so etwas wie stummen Zuspruch zu lesen, der ihr hätte Hoffnung machen können.

Bisher hatte Jessica Jakes keine Zeit gehabt, sich in der Zelle umzusehen, was sie nun nachholte. Der Kerker maß vielleicht zehn bis zwölf Yards im Quadrat. Hoch oben in der massiven Mauer gegenüber der Wand aus Gitterstäben war ein winziges, gleichfalls vergittertes Fenster eingelassen, durch das graues Oktoberlicht in das Verlies sickerte, ohne jedoch den Boden zu erreichen.

Der kalte, nackte Raum mit den hohen Wänden war erfüllt von einem durchdringenden pestartigen Gestank. Er rührte von dem offenen Abwasserkanal her, der durch die Zelle lief. Zwischen dem Stroh und am Rand der Ablaufrinne wimmelte es von Ungeziefer. Es war ein Ort, den Jessicas Fantasie sich noch nicht einmal in ihren Albträumen hätte ausmalen können.

Niemals werde ich hier zehn Jahre, zehn endlos lange Jahre durchstehen!, schoss es ihr durch den Kopf. *Keine sechs Monate werde ich durchhalten.*

Plötzlich wünschte sie, dass sie alles, was sie besaß, ohne ein Wort des Widerspruchs von sich gegeben hätte. Was machte es denn aus, ob sie einen Umhang besaß oder nicht? Vielleicht würde sie mit der Pelerine einige Monate länger leben. Aber was änderte das an der Tatsache, dass sie hier vermutlich elendig zugrunde gehen würde – lange vor dem Ende ihrer zehnjährigen Kerkerstrafe.

Jessica fuhr aus ihren düsteren Gedanken auf. Ihr Blick ging sofort in die Ecke zu Molly hinüber. Die Frauen ließen unter grölendem Gelächter die Ginflasche kreisen und warfen die Würfel.

Jessicas Körper spannte sich trotzig an. Kaum merklich schüttelte sie den Kopf. Nein, sie durfte sich nicht dem Selbstmitleid überlassen und sich damit selbst aufgeben. Und sie durfte auch nicht an das Urteil denken, das sie für zehn Jahre an diesen Ort verdammt hatte. Tat sie das, war sie verloren. Sei musste sich zwingen, nicht an das Morgen und Übermorgen und an das nächste Jahr zu denken. Allein das Heute, das Jetzt war entscheidend. All ihre Kräfte musste sie darauf konzentrieren, die Gegenwart zu meistern – und zu überleben.

Ein entschlossener Zug trat auf ihr Gesicht. Ja, sie würde bis zum Letzten kämpfen!

Sie fühlte sich ein wenig ruhiger, als sie diesen Entschluss gefasst hatte, und sah sich nach einem sicheren, geschützten Platz um, möglichst weit von Molly und ihren Vasallen entfernt. Die der Zellentür gegenüberliegende Wand, die den besten Schutz vor der Zugluft bot, war schon ausnahmslos von den anderen Gefangenen belegt. Sie entschied sich schließlich für einen Platz an der linken Querwand in der Nähe der Gitter. Zwar war sie hier dem feuchten Luftzug ausgesetzt, dafür aber lag Mollys Ecke so weit von ihr entfernt, wie es dieser Kerker nur zuließ. Und das erschien ihr im Augenblick als das Wichtigste.

Jessica ging mit unveränderter Wachsamkeit am Gitter entlang, ließ Molly nie länger als ein, zwei Sekunden aus den Augen. Als sie den Platz ihrer Wahl erreicht hatte, stieß sie mit der Schuhspitze in das Stroh. Sie sah, wie das Ungeziefer in alle Richtungen davonstob. Doch sie gab sich keinen Illusionen hin. Die ekligen Plagegeister würden wiederkommen.

Mit einem unterdrückten Seufzer sank Jessica Jakes nieder und lehnte sich gegen die kühle Wand. Zu ihrer Rechten zogen sich die schweren Zellengitter entlang, während links von ihr die anderen Frauen kauerten. Einige starrten stumpfsinnig vor sich hin, andere unterhielten sich und schienen dabei einander an obszönen Ausdrücken und Flüchen übertreffen zu wollen. Molly hingegen war auf dem besten Weg, die nächste halbe Stunde nicht mehr nüchtern zu erleben. Offensichtlich fielen die Würfel ganz zu ihren Gunsten, und das schien ihr wohl Grund genug, immer mehr von dem Fusel in sich hineinzukippen.

Jessica spürte, wie sich ihre Anspannung löste. Ihr gerade noch wild schlagendes Herz fand wieder zu einem ruhigeren Rhythmus zurück, denn von Molly hatte sie vorerst nichts zu befürchten, sie sank schon zur Seite und hatte Mühe, die Würfel zu werfen.

Die Atempause schien jedoch nicht von langer Dauer zu sein. Jessica bemerkte mit wiedererwachendem Argwohn, wie sich drüben an der Wand unter dem winzigen Fenster eine schlanke Frau erhob und auf sie zukam. Sie zählte nicht zu den Frauen, die Molly gerade noch umschwärmt hatten, und sie hatte sich auch vom Würfelspiel ferngehalten. Doch das besagte nicht, dass sie nicht vielleicht doch zu Mollys Gefolgschaft gehörte. Wie es sich damit auch verhalten mochte, Jessica dachte nicht daran, unvorsichtig zu sein.

Alarmiert sprang sie auf, schob ihr kleines Segeltuchbündel

mit dem Fuß in die Ecke, damit sie die Hände notfalls frei hatte, und packte die Haarnadel mit festem Griff.

»Komm mir nicht zu nahe!«, warnte Jessica und machte eine unmissverständliche Bewegung mit ihrer Stichwaffe.

Die Frau blieb wenige Schritte vor ihr stehen und lächelte schwach. »Ich tue dir nichts«, sagte sie ruhig. Ihre Stimme hatte einen angenehmen Klang.

Jessica blickte die Fremde verunsichert an. Die Frau machte nicht den Eindruck, als wollte sie sich auf sie stürzen und ihr etwas antun. Auch in ihrem Äußeren hob sie sich von den anderen ab, obwohl sich ihr Kleid in keinem besseren Zustand befand. Doch die Art, wie sie sich aufrecht hielt und bewegte, unterschied sich auffallend von der der anderen Gefangenen. Ihre Haltung schien ausdrücken zu wollen, dass sie sich noch nicht aufgegeben hatte. Ihr schwarzes langes Haar, das sie sorgfältig nach hinten zurückgekämmt hatte und im Nacken als Zopf trug, ließ erkennen, dass es ihr nicht gleichgültig war, welchen Anblick ihr Haar bot.

Und dennoch, Jessica kannte sie nicht, und sie wollte nicht den vielleicht verhängnisvollen Fehler begehen, sich von Äußerlichkeiten täuschen zu lassen. »Woher soll ich wissen, dass du wirklich nichts von mir willst?«, fragte sie, gab ihrer Stimme jedoch einen weniger feindseligen Ton. »Wer sagt mir, dass du nicht mit Molly und Beth und den anderen unter einer Decke steckst?«

Ein gequältes Lächeln huschte über das schmale Gesicht der Frau, die Anfang zwanzig sein mochte. »Ich bin Lydia«, erwiderte sie.

Überraschung zeigte sich auf Jessicas Gesicht, und unwillkürlich ließ sie die Haarnadel ein wenig sinken. Lydia, das war die Kindermörderin, von der Beth so gehässig gesprochen hatte.

»Du brauchst dich vor mir nicht zu fürchten, Jessica«, sagte Lydia nun beruhigend und kam langsam näher. »Molly und ich, wir haben nichts gemein. Wir sind so verschieden wie Tag und Nacht. Du kannst mir vertrauen.«

Jessica wusste, dass sie in ihrer Situation nichts dringender brauchte als jemanden, dem sie vertrauen konnte. Und obwohl es ihr wie Hohn erschien, dass diese Person ausgerechnet eine Kindermörderin sein sollte, blieb ihr doch keine Wahl.

Die Hand mit der Haarnadel sank endgültig zur Seite. »Ich muss vorsichtig sein«, sagte sie, und es klang wie eine Entschuldigung.

Lydia nickte verständnisvoll. »Ja, ich weiß. Es war ein schwerer Fehler, dass du dir Molly zur Feindin gemacht hast. Der Teufel kann nicht bösartiger sein als sie. Aber was geschehen ist, lässt sich jetzt nicht mehr ändern.« Sie setzte sich an die Wand, und Jessica folgte ihrem Beispiel nach kurzem Zögern.

Einen Augenblick lang herrschte Schweigen zwischen ihnen. Dann fragte Lydia: »Hast du Geld, Jessica?«

Das Misstrauen war sofort wieder da. Sie schüttelte den Kopf. »Ich hatte vier Silberstücke. Drei musste ich dem Oberaufseher geben. Das vierte hat mir der Wärter, der mich hierhergebracht hat, abgenommen.«

Lydia lachte bitter auf. »Das habe ich mir gedacht. Die Wärter sind nicht besser als Molly. Sie nehmen sich, was sie von uns kriegen können. Davon leben sie. Mein Gott, ein Gefängnis dürfte nicht als privates Geschäft wie eine Taverne oder eine Bäckerei geführt werden. Doch niemand stört sich daran, dass sich ein Häftling, der genug Gold und Silber hat, alles kaufen kann. Ich wünschte, ich hätte ein paar Goldstücke. Dann könnte ich drüben in der *Master Side* von Newgate wohnen.«

»Master Side?«, fragte Jessica.

Lydia warf ihr einen erstaunten Blick zu. »Weißt du das denn nicht?«

»Nein, was?«

»Die Master Side ist der bessere Teil dieses verfluchten Gefängnisses«, erklärte Lydia. »Wenn man genug Geld hat, um die Wärter zu bestechen, kann man dort in einem richtigen Zimmer wohnen. Allein! Mit einem richtigen Bett und einem Tisch und Stühlen. Und man kann sich anständiges Essen von draußen bringen lassen, sogar Wein und Bücher und Zeitungen. Für Geld ist einfach alles zu haben. Doch ohne Geld ist man hier dazu verdammt, langsam in einem dieser Löcher zu verrotten.«

Wieder kehrte für einen Moment düsteres Schweigen ein. Aus Mollys Ecke war nur noch eine lallende Stimme zu hören.

»Hast du jemanden, der sich hier um dich kümmert und dir Geld bringen kann? Eltern, Geschwister oder Freunde?«, wollte Lydia dann wissen.

Jessica schüttelte den Kopf. »Nein. Ich … ich habe niemanden, der mir helfen könnte«, gestand sie leise. Sie musste plötzlich an Kenneth denken, den sie so geliebt hatte. Er würde jetzt kaum noch zugeben, sie jemals gekannt zu haben. Und dieses Wissen war wie ein großer, brennender Schmerz in ihr, der ihr die Tränen in die Augen trieb.

Lydia seufzte. »Dann bist du nicht besser dran als jede andere von uns … Molly vielleicht ausgenommen. Ihr gelingt es immer wieder, genug Geld aufzutreiben, um sich und ihre Getreuen mit Gin versorgen zu können.«

»Woher bekommt sie das Geld?«

»Indem sie neue Häftlinge wie dich ausplündert und ihnen alles abnimmt, was sich über die Wärter zu Geld machen lässt«, antwortete Lydia und fügte erbittert hinzu: »Das Kleid, das ich bei meiner Ankunft hier trug, war nicht mehr viel wert. Doch ich musste ihr meine Schuhe geben. Die brachten ihr zwei Flaschen Gin.«

Jessica blickte unwillkürlich auf die Füße ihrer Leidensgefährtin. Anstelle von Schuhen trug Lydia dreckige Lappen, die sie sich um die Füße gewickelt hatte.

»Ab und zu bekommt Molly auch von irgendeinem Freund draußen ein wenig Geld«, fuhr Lydia fort. »Wenn sie nicht so hemmungslos saufen würde, könnte sie es vielleicht schaffen, in den besseren Zellentrakt zu kommen. Doch sie setzt jeden Penny auf der Stelle in Gin um. Man sagt, sie hätte früher eine üble Taverne unten am Hafen geführt und ihren Mann mit Gift umgebracht.«

Jessica erinnerte sich wieder daran, dass sie mit einer Frau sprach, die angeblich ihr Kind ermordet hatte. Und bei diesem Gedanken lief ihr ein Schauer den Rücken hinunter. Doch irgendwie fiel es ihr schwer, sich Lydia als Kindermörderin vorzustellen. »Hast du dein Kind wirklich …« Sie brach ab, als ihr plötzlich bewusst wurde, welch ungeheuerliche Frage sie hatte aussprechen wollen. Sie hatte kein Recht, Lydia über ihre Vergangenheit auszufragen, wenn sie nicht von sich aus darüber sprechen wollte. Das Blut schoss ihr vor Scham glühend heiß ins Gesicht.

Lydia blickte sie offen an. Ein Hauch von Trauer verschleierte ihre dunklen Augen, und ein bitterer Zug beherrschte ihren Mund.

»Du willst wissen, ob ich wirklich eine Kindermörderin bin, nicht wahr?«, fragte sie, als Jessica betreten schwieg. »O ja, das bin ich. Und ich leugne auch nicht, meinem Sohn das Leben genommen zu haben.« Ihr Blick wandte sich von Jessica ab und schien in eine nicht greifbare Ferne zu gehen. »Drei Jahre liegt das nun schon zurück. Und es ist fünf Jahre her, dass ich meinen Mann kennenlernte … William Townee. Mein Gott, was war er für ein stattlicher Kerl! Er war Seemann, und wir heirateten, kaum dass wir uns zwei Wochen kannten. Er war ein guter Mann und ließ mir Geld zurück, als er wieder auf Fahrt ging. Kaum war sein Schiff ausgelaufen, da merkte ich, dass ich schwanger war. Drei Monate nach Andrews Geburt, so nannte ich unseren Sohn, erhielt ich die Nachricht, dass William in einem schweren Sturm in der Biscaya von einem Brecher über Bord gespült worden war. Auf einmal war ich allein auf mich gestellt. Ich tat alles, was ich konnte, um genug Geld für mich und Andrew zu verdienen. Doch es reichte vorn und hinten nicht. Und dann wurde Andrew krank und von Tag zu Tag schwächer. Bald litt er schrecklich unter Atemnot … er schlug um sich, weil er keine Luft bekam … und Wochen zogen sich hin … und es wurde immer schlimmer mit ihm … ich wusste, dass er sich nie mehr erholen würde … es war die Hölle für mich, zusehen zu müssen, wie er sich quälte und litt … und eines Nachts konnte ich es nicht länger mit ansehen … und da habe ich es getan. Es war ein schneller und gnädiger Tod, und es war mir egal, dass man sagte, ich sei eine Kindermörderin. Ich habe getan, was ich tun musste.«

Jessica spürte Tränen auf ihren Wangen. Sie hatte das Verlangen, Lydias Hand zu ergreifen und sie stumm zu drücken. Doch sie tat es nicht. Ihr war, als bereute die junge Frau neben ihr schon, ihre Seelennot vor ihr ausgebreitet zu haben … als wollte sie nicht, dass jemand wusste, wie es in Wirklichkeit in ihr aussah und wie sehr sie noch immer unter dem Tod ihres Kindes litt.

Ein heftiger Streit brach am anderen Ende der Zelle zwischen der nun betrunkenen Molly und zwei anderen Frauen aus. Molly schrie wutentbrannt, dass man sie betrogen hätte, und eine wilde Rauferei setzte ein, begleitet von schrillen Schreien und wilden Flüchen.

Dann bekam Molly einen derben Schlag ins Gesicht, kippte mit einem grunzenden Laut rücklings ins Stroh und blieb liegen. Augenblicke später hörte man sie schnarchen, und wie die Geier stürzten sich die Frauen, die eben noch mit ihr gewürfelt hatten, auf die Ginflasche und begannen sich darum zu streiten.

»Immer prügeln sie sich, wenn sie genügend Fusel haben, um sich sinnlos besaufen zu können«, sagte Lydia voller Abscheu. »Mein Gott, wie ich dieses Gesindel hasse.«

Schlagartig war das würgende Gefühl der Angst wieder da. Jessica merkte, wie ihr der Schweiß ausbrach und ihre Handflächen feucht wurden. »Ich ... ich kann ... es noch ... immer nicht begreifen, dass ich hier bin«, stammelte sie. »Es ist wie ... wie ein grässlicher Albtraum.« Sie biss sich auf die Lippen, um nicht von einem Weinkrampf überwältigt zu werden.

»Weswegen hat man dich nach Newgate gebracht?«, fragte Lydia sanft und fügte hastig hinzu: »Du brauchst es mir nicht zu sagen, wenn du nicht möchtest. Es gibt viele, die nicht darüber reden wollen. Doch vielleicht tut es dir gut, wenn du es mir erzählst ...«

Jessica zögerte einen Augenblick. »Ich ... ich bin hier, weil ... weil ich eine sehr einflussreiche Persönlichkeit kompromittiert habe«, sagte sie schließlich. Ihre Antwort war sehr vage, fast ausweichend, kam den Tatsachen jedoch nahe genug, um Lydias erste Neugierde zu befriedigen.

Lydia zog die Augenbrauen hoch. »Diese Persönlichkeit muss aber wirklich sehr einflussreich sein. Sosehr ich Beth und Molly verabscheue, aber in einer Hinsicht haben sie wohl recht. Du bist etwas Besseres als wir, kommst aus besseren Kreisen, nicht wahr? Das kann man ja schon an deiner Kleidung sehen.«

»Ich bin kein vornehmes Fräulein!«, widersprach Jessica mit aufflackerndem Temperament.

Lydia zuckte nur mit den Achseln. »Wie du willst.« Doch es klang nicht so, als würde sie Jessica die Beteuerung abnehmen. Sie drang jedoch nicht weiter in sie, sondern wechselte geschickt das Thema. »Berichte, wie die Welt hinter diesen verfluchten Mauern aussieht! Was geschieht in London, Jessica? Was tragen die Frauen? Hat es irgendeinen großen Skandal gegeben? Steht der Hyde Park schon in seinen Herbstfarben? Erzähl mir von Leuten, die du kennst oder gesehen hast. Jede Kleinigkeit möchte ich wissen. Du ahnst gar nicht, wie das ist, wenn man schon seit Jahren nichts als die Wände dieser Zelle sieht und so völlig vom Geschehen da draußen abgeschnitten ist. Man giert richtig nach Neuigkeiten. Fang an zu erzählen ... bitte!« Lydia Townee sah sie mit fiebriger Erwartung an, und das Funkeln ihrer Augen verriet, dass sie alles um sich herum vergessen hatte und bereit war, der Hölle von Newgate zumindest im Geiste zu entfliehen.

Ein verlegenes Lächeln legte sich über Jessicas Gesicht. Sie war nicht darauf vorbereitet, im Angesicht dieses Ortes Klatschgeschichten und Beschreibungen von kostbaren, modischen Roben von sich zu geben.

»Ja, ich weiß nicht, was ich dir erzählen soll«, sagte sie unentschlossen.

»Fang nur an!«, drängte Lydia sie mit freudiger Ungeduld. »Es macht wirklich nichts aus, mit was du beginnst, wenn du nur von der Welt draußen erzählst.«

Jessica überlegte einen Moment und begann dann mit dem,

was ihr gerade in den Sinn kam. Anfangs hatte sie das Gefühl, nichts von wirklichem Interesse zu berichten und sich lächerlich zu machen. Doch als sie merkte, wie Lydia jedes ihrer Worte in sich aufsog wie ein trockener Schwamm, verlor sie ihre Unsicherheit. Und nach einer Weile hatte sie sich so in ihre Schilderungen vom Leben in London und auf dem Land vertieft, dass sie völlig vergaß, wo sie sich befand und welches Schicksal sie erwartete. Es war für sie beide eine Flucht aus dem Elend des Kerkers.

Ungeziefer kroch Jessica an den Beinen hoch, doch sie streifte es mit einer unbewussten Handbewegung ab, während sie ihrer Leidensgefährtin ein farbenfrohes Sommerfest auf dem Land beschrieb, wo sie groß geworden war. Ganz wie Lydia es gewünscht hatte, ließ sie dabei auch nicht die kleinste Kleinigkeit, an die sie sich erinnern konnte, aus.

Stunden verstrichen. Das fahle Licht, das durch das vergitterte Fenster in die Zelle fiel, trübte sich mehr und mehr ein, bis die dicken Eisenstäbe nur noch als schattenhafte Umrisse zu erkennen waren.

Als vom Gang her ein blechernes Scheppern zu hören war, schreckten Jessica und Lydia auf. Verwirrt blickten sie sich an. Es dauerte einen Moment, bis sie aus der Ferne ihrer Gedanken in die Wirklichkeit der Zelle zurückgefunden hatten.

»Mein Gott, es ist ja schon dunkel«, murmelte Jessica. »Wie schnell die Zeit vergangen ist …«

»Es war himmlisch, Jessica«, sagte Lydia. »Du hast wunderbar erzählt. Du musst mir noch viel mehr berichten. Später. Jetzt bringt Sam das Essen.«

»Sam?«

»Der Wärter.«

»Was muss ich tun?«, fragte Jessica, und sie fühlte sich

wieder hilflos und verängstigt wie ein Kind, das sich in einer düsteren Katakombe verirrt hat. Sie sah, wie die anderen Frauen verbeulte Blechschüsseln aus dem Stroh hervorholten, aufsprangen und ans Gitter drängten. Auch Beth befand sich unter ihnen. Sie warf Jessica einen hasserfüllten Blick zu. Molly dagegen lag noch immer neben ihrem Weidenkorb und schlief ihren Rausch aus.

Lydia legte Jessica beruhigend eine Hand auf die Schulter. »Bleib du nur hier. Ich sorge schon dafür, dass du deine Ration bekommst. Und lass keinen in deine Nähe kommen!«

Jessica nickte stumm und tastete nach ihrer Haarnadel, die sie neben sich ins Stroh gelegt hatte.

»Zurück! … Vom Gitter zurück, verdammtes Weiberpack!«, schrie Sam, der Wärter mit dem pockennarbigen Gesicht. »Zurück – oder ihr könnt die Nacht mit leerem Magen verbringen!«

Ein wütendes, fast tierisches Geheul erhob sich. Wie eine Meute halb verhungerter Bluthunde gierten die Frauen nach dem Essen, das der Wärter in zwei Eimern angeschleppt hatte.

»Nicht einen lausigen Furz ist deine verdammte Wassersuppe wert!«, übertönte eine kreischende Stimme den Tumult. »Trink doch mal selbst ’ne Kelle von dem Fraß, und der Teufel soll mich holen, wenn du nicht auf der Stelle tot umfällst!«

»Richtig!«, fiel eine andere erregte Stimme ein. »Kloakenpansche ist das, was ihr uns vorsetzt. Die Pest soll euch alle holen!«

»Ihr wollt ja bloß, dass wir verrecken!«

»Verfluchte Blutsauger!«

Ein zweiter Wärter tauchte auf dem Gang auf. Er hielt in der linken Hand eine flackernde Laterne und in der rechten eine Muskete. Die Lampe hängte er an einen Wandhaken und packte die Muskete mit beiden Händen. Der Lauf war auf die Zellentür gerichtet.

»Zurück!«, brüllte Sam. »Das ist meine letzte Warnung!«

Fluchend und schreiend wichen die Frauen vom Gitter zurück. Schlüssel klirrten, eine Kette rasselte. Dann schwang die Gittertür auf, und Sam schob die beiden Eimer hindurch. Er schloss die Tür sofort wieder, legte die Kette vor und verriegelte das schwere Schloss. Abwartend blieb er neben dem Wärter mit der Muskete stehen.

Jessica sah von ihrem Platz aus, dass Lydia ihre Ellenbogen genauso gebrauchte wie ihre Mitgefangenen und sich nicht damit begnügte, zu warten, bis alle anderen ihre Blechschüsseln gefüllt hatten. Und entsetzt fragte sich Jessica, ob auch sie sich bald so um das Essen schlagen würde.

»Du hast vergessen, eine Schüssel für die Neue zu bringen!«, schrie Lydia dem Wärter zu, dem es offensichtlich Vergnügen bereitete, der erbitterten Rauferei zwischen den Frauen zuzuschauen. »Soll sie ihre Suppe mit den Händen ausschöpfen?«

Sam lachte gehässig. »Kein übler Vorschlag. Eine Nacht mit knurrendem Magen wird der feinen Dame nicht schaden. Aber ich will kein Unmensch sein. Morgen früh kriegt sie ihre Schüssel.«

Lydia kehrte mit einem gefüllten Gefäß zu Jessica zurück. Vorsichtig, um auch ja keinen Tropfen zu verschütten, hockte sie sich nieder.

»Hier, trink du zuerst. Löffel und solchen Luxus gibt es hier nicht. Teilen wir uns meine Ration.«

Jessica war von Lydias Großzügigkeit, die an diesem Ort ein großes Opfer darstellte, gerührt. Sie verspürte wirklich einen nagenden Hunger, denn sie hatte seit dem Morgen nichts mehr zu sich genommen. Doch sie fühlte sich verpflichtet,

Lydias Angebot abzulehnen. Sie wollte sie nicht um ihre halbe Ration bringen, die schon spärlich genug bemessen war. Doch Lydia bestand darauf zu teilen, und schließlich nahm Jessica das Angebot an.

Behutsam setzte sie die Schüssel an die Lippen. Ein unangenehmer, saurer Geruch stieg ihr in die Nase. Hungrig nahm sie einen Schluck. Doch schon im nächsten Moment spuckte sie das, was eine Suppe sein sollte, angeekelt wieder aus. Ihr Magen revoltierte; sie hatte einen so abscheulichen Geschmack im Mund, als hätte sie auf rohe Galle gebissen.

Die Schüssel schwankte bedenklich in ihren Händen, als sie die bittere Flüssigkeit zwischen die Gitter spie. Lydia schien diese Reaktion erwartet zu haben, denn sie packte blitzschnell zu und bewahrte die Suppe vor dem Überschwappen.

»Um Gottes willen!«, keuchte Jessica und spuckte noch einmal aus, um den bitteren Geschmack aus dem Mund zu bekommen, was ihr jedoch nicht gelang. »Das ist ja ungenießbar! Wie soll ein Mensch so etwas nur zu sich nehmen?«

»Die Suppe erscheint dir nur im Moment ungenießbar«, erwiderte Lydia mit nüchterner Sachlichkeit. »Wenn dein Hunger erst einmal groß genug ist, dass dich allein der Gedanke an irgendetwas zu essen fast verrückt macht und du dir Stroh in den Mund stopfst, dann wirst du deine Meinung über diesen Fraß hier schon ändern. Du wirst ihn genauso gierig hinunterschlucken, denn er füllt zumindest den Magen und gibt dir für ein paar Stunden das Gefühl … das trügerische Gefühl, satt zu sein. Und je eher du dich daran gewöhnst, desto besser ist es für dich.«

Jessica schüttelte sich, als sie sah, wie Lydia die stinkende Brühe in sich hineinschlürfte. »Nein … niemals«, murmelte sie leise, obwohl ihr Verstand ihr augenblicklich sagte, dass es vermutlich so kommen würde, wie Lydia prophezeit hatte.

»Willst du es nicht noch einmal versuchen?«, fragte Lydia. Eindringlich blickte sie Jessica an. »Du musst essen. Alles, was du kriegen kannst. Wie grässlich es auch schmecken mag. Davon hängt dein Überleben ab. Wenn du nicht isst, wirst du schwach und anfällig. Und Schwache leben hier nicht sehr lange, glaube mir das. Außerdem steht der Winter vor der Tür. Weißt du, was es heißt, einen Winter in diesem kalten Kerker zu verbringen? … Komm, versuch es noch einmal!«

»Ich kann nicht!« Jessicas zitternde Stimme war erfüllt von scheinbar unüberwindlichem Abscheu.

»Du wirst müssen!«, sagte Lydia mit Nachdruck. »Du wirst den Winter sonst nicht überleben. Und es gibt noch so vieles, das du mir berichten musst. Nein, ich lasse nicht zu, dass du einfach aufgibst. Komm, trink. Es ist ganz einfach. Du brauchst dir nur die Nase zuzuhalten, dann schmeckst du überhaupt nichts.«

»Aber ich *weiß,* wie es schmeckt!»

»Noch gar nichts weißt du!«, antwortete Lydia hart. »Komm, trink!«

Jessica biss sich auf die Lippen.

Ein unnachgiebiger Ausdruck trat in Lydias Augen. Und fast verächtlich sagte sie: »Wenn dir der Tod lieber ist, brauchst du nur in Mollys Ecke hinüberzugehen! … Aber wenn du wirklich diejenige bist, für die ich dich nach deiner mutigen Verteidigung vorhin gehalten habe, und wenn du um dein Leben zu kämpfen gedenkst, wirst du jetzt trinken!«

Jessica schluckte schwer, und sie öffnete die Lippen zu einem Spalt, als Lydia ihr nun die Schüssel an den Mund setzte. Sie folgte ihrem Rat, nicht durch die Nase zu atmen, und trank. Lydia gab nicht eher Ruhe, bis sie gut die Hälfte der Suppe getrunken hatte.

»Nimm irgendein Stück Stoff und kaue darauf. Warte, ich mach' das schon.« Sie schlug Jessicas Kleid hoch und riss einen Streifen vom Unterrock ab. »Das nimmt den Geschmack.«

Jessica kaute verzweifelt auf dem Fetzen Stoff, während sie mit aller Macht gegen das Würgen ankämpfte. Am liebsten hätte sie sich einfach übergeben. Doch sie ging dagegen an, hockte sich in ihre Ecke, kaute und würgte und kaute und wandte sich ab, als Lydia die Schüssel nicht nur austrank, sondern auch noch ausleckte.

Wie von einer schweren körperlichen Anstrengung ermattet, lehnte sich Jessica gegen die kalte Mauer. Kalter Schweiß hatte sich auf ihrer Stirn gebildet. Vor ihr lag eine lange, schlaflose Nacht. Sie hatte Mollys Drohung nicht vergessen. Auf keinen Fall durfte sie sich vom Schlaf übermannen lassen. Doch das würde nicht einfach sein, denn schon jetzt machte sich Müdigkeit bei ihr bemerkbar.

Es war, als hätte Lydia ihre Gedanken erraten. »Mach dir wegen Molly keine Gedanken. Ich werde bei dir bleiben und aufpassen, dass sich keiner anschleicht.«

»Aber du kannst doch nicht die ganze Nacht wach bleiben …«

»Ich werde dich wecken, wenn mir die Augen zuzufallen drohen«, beruhigte Lydia sie. »Wir können uns gegenseitig ablösen, sodass einer immer schlafen kann. Und mir wird Molly nichts tun.«

»Woher willst du das wissen?«

Ein kaum merkliches Lächeln glitt über das Gesicht der Frau, die man als gewissenlose Kindermörderin gebrandmarkt hatte. »Molly bekommt ab und zu schreckliche Anfälle. Sie wälzt sich dann schreiend und zuckend am Boden, schlägt wild um sich und hat Schaum vor dem Mund. Niemand wagt sich dann in ihre Nähe. Ich bin die Einzige, die ihr in solchen Momenten hilft und zusieht, dass sie sich nicht selbst verletzt und sich die Zunge abbeißt. Ich kenne mich mit diesen Anfällen aus. Mein jüngerer Bruder hatte sie auch.«

»Du stehst Molly bei?«, fragte Jessica verwundert.

»Ja, einer muss es doch tun«, erwiderte Lydia ruhig. »Sie mag die Ausgeburt des Bösen sein, wenn sie ihre Hyänen um sich und genügend Gin hat. Doch wenn sie von einem dieser schrecklichen Anfälle gepackt wird, ist sie hilflos. Molly hasst mich dafür, doch sie lässt mich in Ruhe, und das ist viel bei ihr.«

Jessica schwieg einen Augenblick. Dann fragte sie zögernd: »Warum ... warum tust du all das für mich? Noch vor einigen Stunden hast du mich nicht einmal gekannt.«

Lydia antwortete nicht sofort. »Wie alt bist du?«, wollte sie schließlich wissen.

»Im März nächsten Jahres werde ich achtzehn.«

»Ich war kaum älter, als ich hierherkam«, sagte Lydia, »und ich wusste genauso wenig über das Leben im Kerker wie du jetzt. Vielleicht hätte ich noch nicht einmal vier Wochen durchgestanden, wenn ich damals nicht auch jemanden gehabt hätte ... Martha hieß sie. Von ihr habe ich mehr gelernt über die Welt innerhalb und außerhalb der Gefängnismauern als in den neunzehn Jahren zuvor.«

»Was ist aus dieser Martha geworden?«

»Was soll schon mit ihr sein? Sie ist tot!«, antwortete Lydia schroff und gab damit zu verstehen, dass sie nicht weiter darüber reden wollte. »Leg dich jetzt hin und sieh zu, dass du ein paar Stunden Schlaf findest. Und morgen sehen wir weiter. Vielleicht kann ich Molly dazu bringen, dass sie sich in ein Geschäft einlässt.«

»Meinst du, dass das geht?« In Jessicas Stimme schwang Hoffnung mit.

Lydia zuckte die Achseln. »Kommt ganz darauf an, was wir ihr als Versöhnungsgeschenk anbieten. Hast du außer deinen Kleidern irgendetwas, das sich zu Geld machen lässt? Für ein, zwei Flaschen Gin kann man von Molly fast alles haben.«

Die Kette mit dem kleinen goldenen Anhänger … die Kette, die Kenneth mir geschenkt hat!, schoss es Jessica augenblicklich durch den Kopf. Die Kette, die sie unter ihrem hochgeschlossenen Kleid trug, war wohl das einzig Wertvolle, das sie besaß. Doch freiwillig würde sie dieses Geschenk niemals hergeben. Es bedeutete ihr unendlich viel mehr als seinen Wert in Gold und Silber. Eher wollte sie Angst und Hunger auf sich nehmen, als sich von Kette und Medaillon zu trennen. Erinnerungen und dieses Geschenk waren alles, was ihr von einer großen, verbotenen Liebe geblieben war. Wenn sie tot war, konnte man ihr die Kette nehmen, doch keinen Atemzug eher! »Nein, ich … ich habe nichts, für das man eine Flasche Gin bekommen könnte«, log Jessica und war froh, dass es dunkel war. Lydia hätte ihr sonst vom Gesicht ablesen können, dass sie nicht die Wahrheit gesagt hatte.

»Dann, fürchte ich, wirst du wohl deinen Umhang hergeben müssen«, sagte Lydia seufzend. »Dabei hättest du ihn im Winter bitter nötig … Nun, mach dir darüber jetzt keine Gedanken. Das hat Zeit bis morgen. Versuch jetzt zu schlafen. Ich werde neben dir wachen.«

»Ich weiß nicht, wie ich dir danken soll.«

»Dann verschwende auch keinen Atem«, erwiderte Lydia fast unfreundlich. »Vielleicht werde ich eines Tages mal auf deine Hilfe angewiesen sein.«

»*Du* auf meine Hilfe?«

»Wer weiß. Möglich ist alles. Und jetzt sei still und leg dich hin!«

Jessica unterdrückte diesmal eine Antwort und machte es sich auf dem kläglichen Strohlager so bequem wie möglich. Sie spürte, wie die Kälte des Steinbodens durch ihre Kleidung drang. Noch war sie auszuhalten, doch die Wintermonate kamen erst. Und wie würde es dann sein, wenn sie nicht länger den wärmenden Umhang besaß?

Ihre Gedanken irrten im Kreis, bis der Schlaf sie endlich in seine Tiefen zog. Albträume verfolgten sie. Immer wieder war es Molly, die betrunkene Giftmischerin, die Jessica immer mehr in die Enge trieb. Das aufgedunsene Gesicht mit den grell geschminkten Lippen und den blutunterlaufenen Augen kam näher und näher, bis es Jessicas Blickfeld völlig ausfüllte. Ein triumphierendes, diabolisches Grinsen sprühte aus Mollys Augen. Und in dem sicheren Wissen, dass sie ihr Opfer endlich zur Strecke gebracht hatte, entblößte sie ihre fauligen Zähne zu einem höhnischen Grinsen. Dann streckte sie langsam ihre fleischigen Hände nach ihrem Opfer aus …

Jäh fuhr Jessica aus dem Schlaf hoch. Entsetzen riss sie wie der Sog eines mächtigen Mahlstromes mit sich fort. Sie hörte einen schweren, keuchenden Atem und ein verräterisches Rascheln, und in der nächsten Sekunde wusste sie, dass sie verloren war. Lydia musste eingeschlafen sein, denn Molly stand über ihr! Sie spürte eine Hand auf ihrem schweißbedeckten Gesicht und glaubte, Gin zu riechen.

Jessica wusste instinktiv, dass sie ihre Haarnadel nicht mehr schnell genug erreichen würde. Und mit Mollys Körperkräften konnte sie es nicht aufnehmen. Das Einzige, was sie jetzt noch tun konnte, war, ihre Todesangst in die Dunkelheit hinauszuschreien …

2

Eine Hand presste sich fest auf Jessica Jakes' Mund und verwandelte ihren Schrei in ein gedämpftes Stöhnen. Sie riss die Augen auf, starrte in eine feuchte, kalte Finsternis und schlug in panischer Angst um sich.

»Ruhig, Jessica!«, raunte ihr eine wohlbekannte Stimme beruhigend zu. »Ganz ruhig! … Ich bin es, Lydia! … Es ist ja alles gut.«

Es war nicht Molly, es war Lydia!

Jessica braucht einen Moment, um Klarheit in ihre Gedanken zu bringen. Langsam löste sich die schreckliche Verkrampfung in ihr, und mit einem Seufzer unendlicher Erleichterung sank sie auf die harte Schlafstelle zurück. Lydia nahm die Hand von ihrem Mund.

Sie erinnerte sich nun wieder, wo sie war. Dies war nicht die Zelle im Gefängnis von Newgate, sondern das Zwischendeck des Ostindienfahrers *Tradewind,* der mit menschlicher Fracht Tausende von Meilen von England entfernt durch eine noch kaum erforschte See pflügte und Kurs auf das Ende der Welt hielt, auf ein fremdes Land, das manche Australien nannten und in dem die Sträflingskolonie New South Wales lag. Jessica spürte jetzt auch das Rollen des Dreimasters in der rauen See.

»Hast du wieder diesen Albtraum gehabt?«, fragte Lydia, die neben ihr auf der Kante der schmalen Pritsche hockte.

Jessica nickte, und da sie nicht wusste, ob ihre Freundin sie in der Dunkelheit gut genug sehen konnte, sagte sie: »Ja, es war wieder derselbe Albtraum. Ich habe Molly deutlich vor mir gesehen.«

»Molly ist tot.«

»Ich weiß. Und dennoch verfolgt sie mich …«

»Sie war verdorben bis auf den Grund ihrer Seele«, sagte Lydia mit einem Schauer in der Stimme, »doch ihr Tod war entsetzlich.«

Ob es eine Fügung des Schicksals gewesen war, wusste Jessica nicht zu sagen. Auf jeden Fall hatte sie damals im Kerker von Newgate ihren Umhang nicht hergeben müssen, um sich Mollys Duldsamkeit zu erkaufen.

Jessica war in jener ersten Nacht in der stinkenden Zelle gerade eingeschlafen, als Molly von einem ihrer schweren Anfälle heimgesucht wurde. Ein röchelndes Stöhnen und die entsetzten Schreie der anderen Frauen rissen Jessica aus dem Schlaf. Doch bevor sie richtig begriff, was sich vor ihr in der Dunkelheit abspielte, war schon alles vorüber. Molly lag plötzlich leblos am Rand des Abwasserkanals. Auch Lydia konnte ihr nicht mehr helfen. Molly war tot, erstickt an ihrer eigenen Zunge.

»Mir kommt es so vor, als läge Mollys Tod schon eine halbe Ewigkeit zurück«, sagte Jessica in Gedanken.

»Über ein Jahr ist vergangen«, erwiderte Lydia, »und das *ist* eine halbe Ewigkeit, wenn man wie ein Tier leben muss … oder noch schlimmer.«

Jessica dachte daran, dass es jetzt Ende November oder Anfang Dezember sein musste. Genau wusste sie es nicht. Längst hatte sie es aufgegeben, auf den Kalender zu achten, ganz im Gegensatz zu Frances Holloway, die auf der Pritsche über ihr lag. Frances hatte sich aus einer rostigen Schere ein scharfes Messer angefertigt und ritzte für jeden Tag, der verstrich, eine Kerbe in die Kante ihrer schmalen Schlafstelle. Noch wenige Wochen, und ein neues Jahr würde anbrechen, das Jahr 1802.

»Bald haben wir Weihnachten«, sagte Jessica und richtete sich auf den Ellenbogen auf. Es war nicht viel Raum zwischen den einzelnen, primitiv zusammengezimmerten Bettstellen, die zu dritt übereinandergebaut waren. Man konnte noch nicht einmal aufrecht sitzen.

Lydia lachte bitter. »Weihnachten. Ich weiß gar nicht mehr, was das überhaupt ist, Jessica.«

»Vielleicht hat der Captain des Schiffes ein Herz und lässt eine Extraration Essen austeilen«, meinte Jessica.

»Captain Crowe ist nicht viel besser als die Wärter in Newgate«, nahm Lydia ihr sofort jegliche Illusionen. »Was kümmert es ihn, was wir denken oder fühlen? Wir sind Deportierte, die von Glück reden können, wenn sie lebend in dieser Sträflingskolonie New South Wales – der Teufel mag wissen, wo das liegt – ankommen. Noch nicht ein einziges Mal hat er sich hier unten blicken lassen. Nein, wir sind für ihn nichts weiter als lebende Fracht. Sieh dich doch um, wie wir untergebracht sind! In Newgate war es auch nicht viel schlimmer.«

Jessica musste ihrer Freundin recht geben. Unter niedrigen Deckenbalken standen die dreistöckigen Bettstellen dicht an dicht. Und nur ein schmaler Mittelgang führte durch die Reihen. Das Stroh, das man ihnen gegeben hatte, war nicht weniger verrottet als das im Gefängnis in London. Und wenn das Wetter schlecht war, gab es nicht eine einzige trockene Stelle. Das Salzwasser drang auch durch die kleinsten Ritzen und hinterließ überall eine dünne Salzschicht. Kein Wunder, dass ihnen die Augen brannten und die Haut entzündet war, denn Wasser zum Waschen gab es nicht. Frischwasser wurde in kleinen Rationen ausgeteilt und reichte kaum, um den immerwährenden Durst zu stillen. Und mit dem Essen war es kaum besser bestellt: gepökeltes Fleisch, das so zäh wie altes Leder war, getrocknete Erbsen und Schiffszwieback, in dem es nur so von Maden wimmelte.

Doch schlimmer noch als alles andere waren die schreckliche Enge und das ewige Dunkel zu ertragen. Fast zweihundert Deportierte, hundertfünfzehn Frauen und sechsundsiebzig Männer, waren im Zwischendeck des Dreimasters der Ostindien-Kompanie eingepfercht.

Männer und Frauen wurden in getrennten Verschlägen wie Vieh gehalten. Die Quartiere waren von massiven Wänden aus dicken Bohlen begrenzt, in die schmale Öffnungen eingelassen waren. Durch diese Luken konnten die bewaffneten Wärter in die Quartiere blicken oder ihre Musketen im Falle eines Aufruhrs auf die Gefangenen richten. Auch tagsüber, wenn die Sonne mit greller, blendender Kraft vom Himmel brannte, herrschte hier im Zwischendeck bestenfalls so etwas wie ein Halbdunkel. Und die Zeit, die den Deportierten oben an Deck vergönnt war, hing völlig von den Launen des Wetters und der Offiziere ab. Durften die Gefangenen eine halbe Stunde ihrem Quartier entfliehen und ans Tageslicht kommen, um sich mittschiffs auf dem Deck die Beine zu vertreten und frische Luft zu atmen, konnten sie schon dankbar sein. Manchmal ließ man sie sogar zweimal pro Tag eine halbe Stunde aus ihrem Verlies, und wie man sich erzählte, geschah dies nur, weil der Erste Offizier der *Tradewind,* Ned Tyler, besonderes Glück im Kartenspiel gehabt hatte oder aus sonst einem Grund gut aufgelegt war. Doch schlug das Wetter um und kämpfte sich das Schiff durch schwere See, sahen die Eingesperrten manchmal für Wochen keinen Himmel. Und dann wurde es im Zwischendeck unerträglich, nicht nur wegen der stickigen Luft, dem ekelhaften Gestank des Erbrochenen und der alles durchdringenden salzigen Nässe, sondern weil die Spannung unter den Gefangenen derart anstieg, dass sich die Gemüter über lächerlichste Kleinigkeiten erhitzten und ein Streit nur allzu oft in handfeste

Auseinandersetzungen ausartete. Und der Rum, den sich viele der Frauen mit ihrem Körper von dem bestechlichen Wachpersonal und sogar von den Offizieren des Schiffes erkauften, trug wahrlich nicht dazu bei, die überreizten Gemüter zu entspannen …

Ein dumpfes Geräusch über ihr brachte Jessica Jakes in die düstere Wirklichkeit des neuen Tages zurück. Sie wusste sofort, was dieses Geräusch zu bedeuten hatte: Frances Holloway fügte mit ihrem selbstgefertigten Messer eine neue Kerbe zu der scheinbar endlos langen Reihe schmaler Vertiefungen, von denen jede einen neuen Tag markierte.

»Zweiter Dezember 1801«, hörten Lydia und Jessica sie mit leidenschaftsloser Miene sagen. Und dann tauchte der schattenhafte Umriss des Mädchens, das nur ein Jahr älter war als Jessica, über der Kante der Pritsche auf. »Will keine von euch ein Morgengebet sprechen und den neuen Tag loben! Vielleicht wird euer Gebet erhört, und dieser verdammte Kahn säuft ab!«

Lydia lachte auf, doch ihrem Lachen fehlte jegliche Freude. »Du verlangst zu viel vom neuen Tag, Frances«, erwiderte sie spöttisch.

Frances schwang sich über den Rand der Bettstelle, sprang hinunter in den schmalen Mittelgang und streckte sich. »Du hast recht, Lydia. So billig lässt man uns wohl nicht davonkommen.« In ihrer Stimme lag weder Bedauern noch Leid, sie war beherrscht von einer Nüchternheit und einem Zynismus, der Jessica erschreckte. Es schien nichts zu geben, was Frances wirklich berührte und so etwas wie Schmerz, Trauer, Hoffnung oder Hass bei ihr auslöste. Wenn sie hasste, so war es ein kalter, fast unpersönlicher Hass.

Jessica sann manchmal darüber nach, warum Frances dennoch die Gesellschaft von ihr, Lydia Townee und der schwangeren Ruby O'Connor suchte. Doch vermutlich interessierte Frances an diesem gegenseitigen Zusammenhalten nur die praktische, zweckdienliche Seite. Für sie war es wohl nur ein nützliches Bündnis mit Partnern, auf die sie sich verlassen konnte und die wie sie entschlossen waren, das Ende der Passage zu erleben.

»Ich wüsste für mein Leben gern, wie diese Kolonie New South Wales aussieht und was uns dort erwartet«, hörte Jessica ihre Freundin Lydia sagen.

»Nichts leichter als das«, antwortete Frances Holloway prompt. »Irgendein feister Bursche in der Verwaltung, der sich nimmt, was sich ihm bietet, hat plötzlich seine Liebe zur Gerechtigkeit entdeckt und ist der Meinung, dass es uns in Newgate viel zu gut geht, und er hat Nachforschungen anstellen lassen, wo die Hölle auf Erden nun wirklich liegt …«

»Frances!«, ermahnte Lydia.

»… und nach langer Suche ist er dann endlich auf diesen Ort, den sie jetzt New South Wales nennen, gestoßen«, fuhr Frances unbeirrt fort.

»Das glaube ich nicht«, widersprach Jessica. Es fiel ihr schwer, sich in Frances' Gegenwart den Funken Hoffnung zu bewahren, der noch tief in ihrem Innersten glomm und ihr in unzähligen Stunden der Verzweiflung die Kraft gegeben hatte, weiterzuleben und weiterzukämpfen.

Frances spielte mit ihrem Messer, und ihre geschmeidigen Bewegungen ließen erkennen, dass sie mit dieser gefährlichen Waffe meisterlich umzugehen verstand. »Wann hat dir dein Glaube jemals etwas genutzt?«, fragte sie zynisch.

»Es heißt, dass mehrere freie Siedler die Passage mit uns nach New South Wales machen«, sagte Jessica.

»Das stimmt«, fiel Lydia eifrig ein. »Ich habe Betsy erzählen hören, dass sogar ein Geistlicher unter den Passagieren ist, der sich in New South Wales niederlassen will. Auch von einem wohlhabenden Händler war die Rede.«

Jessica war Lydia für ihre Unterstützung dankbar. »Siehst du!«, rief sie triumphierend.

»Noch sehe ich gar nichts!«

»Ich erwarte kein Paradies«, erklärte Jessica. »Aber würden sich freie Männer freiwillig in einem Land niederlassen, wenn es die Hölle auf Erden wäre?«

Frances zuckte mit den Achseln. »Woher soll ich das wissen? Es gibt genug Verrückte. Wundern würde es mich ganz sicher nicht. Warum soll jemand, dem es gut geht, seine englische Heimat verlassen, eine monatelange und gefährliche Schiffspassage mit ungewissem Ausgang auf sich nehmen und sich dann in einer Kolonie niederlassen, von der kaum jemand gehört hat? Nein, ihr könnt sagen, was ihr wollt. Wer so etwas tut, hat dafür seine guten Gründe. Und es würde mich gar nicht wundern, wenn einige von diesen *freien Siedlern,* wie du sie nennst, insgeheim der mit Blindheit geschlagenen Gerechtigkeit danken, dass sie die Reise nicht hier unten bei uns oder drüben bei den Männern machen müssen.«

»Du findest immer eine Möglichkeit, allem einen schwarzen Anstrich zu geben und nichts gelten zu lassen, das vielleicht ein wenig Hoffnung birgt!«, sagte Lydia vorwurfsvoll mit leicht gereizter Stimme.

»Ich sehe, was ich sehe«, entgegnete Frances mit kühler Gelassenheit. »Und wenn ihr die Augen aufmachen würdet, könntet ihr es auch sehen. Ein Narr, der glaubt, dass man uns zum Vergnügen ans andere Ende der Welt bringt! Dieses New South Wales ist eine Sträflingskolonie. Ich weiß nicht viel darüber, und es interessiert mich jetzt auch nicht, denn was ich wissen muss, werde ich schon erfahren, wenn wir dort angekommen sind. Doch ich würde jede Wette eingehen, dass man uns da nicht irgendwo im Schatten eines Baumes sitzen lassen wird. Wir werden arbeiten müssen. Und da wir der Abschaum aus den Gefängnissen Englands sind, bedeutet das für uns, dass wir krepieren werden wie die Fliegen.«

»Woher willst du das wissen?«, fragte Jessica.

»Weil ich die Welt nicht mehr verstehen würde, wenn es anders wäre!«, erklärte Frances hart.

Für einen Augenblick verstummte das Gespräch.

»Wer die Hoffnung aufgibt, gibt sich selbst auf«, sagte eine sanfte Stimme von der untersten Pritsche des Dreierbettes, das dem von Jessica, Frances und Lydia gegenüberstand. Die Stimme gehörte der hochschwangeren Ruby O'Connor, einer jungen Frau mit rötlichem Haar, Grübchen in den Wangen und einem mit Sommersprossen besprenkelten Gesicht, das sich trotz der furchtbaren Verhältnisse im Zwischendeck des Sträflingstransporters einen strahlenden, lebensfrohen Ausdruck bewahrt hatte.

Jessica mochte Ruby, die von impulsiver, freundlicher Natur war, sehr und nahm an, dass sie ihre Lebenszuversicht aus dem wachsenden Kind in ihrem Leib schöpfte. Nicht, dass Ruby O'Connor die einzige schwangere Frau an Bord der *Tradewind* gewesen wäre. Doch Ruby O'Connor war die einzige Frau, die über ihre Schwangerschaft glücklich war. Ihr Kind war ein Wunschkind und der Vater, ihr in Liebe angetrauter Mann Timothy O'Connor, ein irischer Rebell, der in Cork gegen die englischen Besatzungstruppen gekämpft hatte und verraten worden war, als er sich nach einem Überfall auf ein Waffenlager zusammen mit Ruby versteckt hielt. Timothy O'Connor wurde angeblich auf der Flucht erschossen und seine Frau nach kurzer, fünfminütiger Verhandlung zu fünfzehnjähriger Deportation nach New South Wales verurteilt. Und es traf sich gut, dass die *Tradewind* zu jener Zeit gerade Sträflinge an Bord nahm.

Ruby lag schon lange wach und hatte dem Gespräch der drei Frauen auf der anderen Seite des Ganges zugehört. Und sie mochte die Art nicht, wie Frances über die Zukunft sprach. »Hoffnung und Glaube sind stärker als alle Waffen dieser Welt!«

»Hört euch unsere kleine Rebellin aus Cork an!«, rief Frances. »Warum nimmst du nicht deine Hoffnung und deinen Glauben und siehst, was du damit gegen die Musketen der Wärter und die neunschwänzige Katze ausrichten kannst? Ich will dir sagen, was du damit erreichst: einen blutigen Kopf und einen aufgeplatzten Rücken!«

»Das stimmt nicht!«, protestierte Ruby und setzte sich. Dick wölbte sich ihr Bauch unter den schäbigen Fetzen, die einmal ein Sträflingskleid gewesen waren.

»O doch! Glaube. Pah, wenn ich das schon höre!«, erwiderte Frances schneidend. »Dein Glaube füllt keinen Bauch und hält auch keine Kugel auf. Der Glaube ist etwas für die feinen, parfümierten Damen am Sonntag, wenn sie ihre neuen Kleider ausführen, und für kleine Kinder, die an jedem Unsinn hängen. Das Einzige, an das ich glaube, ist die Verdorbenheit der Welt! Glaube daran, Ruby, und du wirst keine Enttäuschungen erleben!«

»Du bist verbittert, Frances«, antwortete Ruby.

»Einen Dreck bin ich!«

»Und du wirst deine Gründe haben, das zu sagen«, fuhr Ruby mit sanfter Stimme fort. »Doch ist es nicht richtig. Die

Welt ist nicht nur verdorben, dunkel und ohne jede Hoffnung. Sogar hier an diesem scheußlichen Ort leben Hoffnung und Glaube, und du …«

Frances wandte sich mit einer ruckartigen Bewegung um und blickte Ruby scharf an. »Du tust mir leid!«, fuhr sie ihr in die Rede; der kalte Ton strafte ihre Worte Lügen. »Das Einzige, auf das du hoffen kannst, ist, dass es schnell vorbei ist.«

Ein ahnungsvoller Schauer durchlief Jessica, und zögernd fragte sie: »Was meinst du damit?«

»Dass Ruby von Glück reden kann, wenn ihr Kind schon tot zur Welt kommt!«, erklärte sie unbarmherzig, und es schien sie nicht zu berühren, dass Ruby sich dieses Kind sehnlichst wünschte.

»Frances, du versündigst dich!«, stieß Lydia entsetzt hervor.

»Oh, nein, ich sage nur, wie es ist. Macht euch doch nichts vor. Jeder von euch weiß, dass das Kind kaum eine Chance hat, hier zu überleben. Habt ihr Milch oder warme Decken für das Baby? Wollt ihr es mit fauligem Wasser und madigem Schiffszwieback ernähren? Wo habt ihr eure Augen? Ich sage euch, es wird keine Woche leben …«

»Hör auf! … Hör auf!«, rief Ruby mit schluchzender Stimme und verbarg das Gesicht in ihren Händen. Ein heftiger Weinkrampf schüttelte ihren schmächtigen Körper.

Jessica fühlte blinde Wut in sich aufsteigen. Das vergangene Jahr hatte sie hart gemacht, doch nicht hart genug, um Frances' rücksichtslose Worte, mochten sie auch der Wahrheit entsprechen, gleichgültig hinzunehmen. Erregt sprang sie auf.

»Was bist du nur für ein Mensch!«, rief sie mit mühsam beherrschtem Zorn. »Hast du denn überhaupt kein Gefühl? Warum hast du das gesagt?«

»Weil es die Wahrheit ist!«, erwiderte Frances ohne eine Spur von Bedauern. Und ohne eine Erwiderung abzuwarten, drehte sie sich um und ging den Gang hinunter.

Einen Augenblick stand Jessica zitternd vor Wut im Gang und blickte Frances nach. Dann kniete sie sich neben Ruby und fuhr ihr beruhigend über das Haar. »Nimm es dir nicht so zu Herzen«, sagte sie und wusste sofort, wie wenig tröstend ihre Worte waren. »Du kennst Frances … und wir können sie nicht ändern.«

Ruby schluchzte heftig. »Warum hat sie das nur gesagt?«

Weil Frances vermutlich ein Herz aus Stein hat, war Jessica versucht zu antworten, doch sie unterdrückte die Worte und sagte stattdessen: »Sie muss irgendetwas Schreckliches erlebt haben … etwas, das schlimmer war als all das, was wir ertragen müssen.« Und sie hoffte, dass dies auch wirklich zutraf, denn das würde Frances ein wenig entschuldigen. Sie weigerte sich einfach zu glauben, dass sie so war, wie sie sich gab.

»Glaubst du?«

»Ich hoffe es«, gab Jessica eine ehrliche Antwort. Und auf einmal wurde ihr bewusst, dass es lange her war, seit sie jemanden hatte weinen sehen. Zu groß war die Hoffnungslosigkeit, als dass die Deportierten noch die Kraft zum Weinen gehabt hätten.

»Jessica …«

»Ja?«

Ruby blickte auf, wischte sich die Tränen aus den Augen und sagte leise: »Das Kind ist alles, was mir von Tim und meiner Heimat geblieben ist.« Sie legte beide Hände auf ihren gewölbten Leib. »Wenn mein Baby lebt, werde ich auch das Gefühl haben, als wäre Tim noch bei mir … und dann kann ich alles ertragen, wirklich alles, Jessica. Doch wenn mein Kind … stirbt, will auch ich nicht mehr leben.«

Jessica Jakes spürte, dass Ruby auf eine Antwort von ihr wartete. Doch sie sah sie nur mit tränenglänzenden Augen an und blieb stumm.

3

Grau und feucht zog der neue Tag herauf. Eine kraftlose, blasse Sonne verwässerte die Schatten der Nacht am östlichen Horizont und kämpfte sich mit fahlem Licht über die Kimm. Noch reichte das Licht nicht bis zur *Tradewind*, sodass die See um den Ostindienfahrer noch von einem tiefen, fast schwarzen Blau war, das bis zum Mittelpunkt der Erde abzufallen schien. Die Brecher, die aus Nordwesten gegen den Dreimaster anrollten, trugen weiße Kappen, die der kalte Wind in fliegende Gischt verwandelte.

John Hawkley, ein stämmiger Mann in den Vierzigern, stand auf dem Achterdeck des Schiffes. Seine großen, kräftigen Hände lagen auf der Backbordreling. Und der Blick seiner klaren Augen, die unter buschigen Brauen ruhten, war in die vom Zwielicht beherrschte Weite gerichtet. Er schien den eisigen Wind, der sein etwas grobflächiges Gesicht rötete, nicht zu spüren. Fast trotzig streckte er sein kantiges Kinn vor. Er hasste die See und die monotone Endlosigkeit der Ozeane, doch er ließ sich von ihr nicht in die Knie zwingen.

John Hawkley war Farmer und die Kolonie New South Wales seine Heimat. Seine Wahlheimat, um genau zu sein. Er zählte zu den Ersten, die als freie Siedler den Boden der erst im Jahre 1788 von Gouverneur Arthur Phillip gegründeten Strafkolonie betreten hatten. Damals hatte man ihn ausgelacht, einen Verrückten genannt und ihm prophezeit, dass er schon bald wieder nach England zurückkehren werde. Und tatsächlich war er nach England zurückgekehrt. Doch die Jahre in New South Wales hatten ihn verändert, und es war ihm schwergefallen, sich in London einzuleben. Nachdem er seine geschäftlichen Belange zu seiner vollsten Zufriedenheit abgewickelt hatte, war er nicht einen Tag länger als nötig in London geblieben und hatte sich auf dem nächsten Schiff, das mit Kurs auf Sydney auslief, eingeschifft. Und das war die *Tradewind* gewesen, ein Achthundert-Tonnen-Dreimaster der Ostindien-Kompanie, bestückt mit zweiunddreißig Achtzehnpfünder-Kanonen, von denen jedoch viele aus Platzmangel im Laderaum verstaut waren. Kein schnelles Schiff, wie John Hawkley und auch die anderen Passagiere hatten feststellen müssen. Doch immerhin lag nun das Kap der Guten Hoffnung, die letzte Zwischenstation auf der monatelangen Reise, hinter ihnen. Und wenn sich nichts Unvorhergesehenes ereignete, sollte der Ausguck die Südostküste des fernen Kontinents in spätestens acht Wochen sichten.

Die Tür zu den oberen Achterkabinen schlug hinter ihm, und er wandte sich um. Ein hochgewachsener Mann mit dunklem, jetzt vom Wind zerzaustem Haar stand bei der Tür und blickte, die Arme dabei auf dem Rücken verschränkt, prüfend zu den gerefften Segeln des Brammastes hoch.

Es war Mitchell Hamilton, einer der Passagiere der *Tradewind,* ein überaus angenehmer Gesellschafter, wie John Hawkley fand, und dabei sagte man dem Farmer nach, sehr wählerisch in der Auswahl seines Umganges zu sein.

Obwohl Hamilton bedeutend jünger an Jahren war und die dreißig kaum überschritten haben durfte, verbanden Hawkley doch mehr gemeinsame Interessen und Ansichten mit diesem jüngeren Mann als mit allen anderen Passagieren, von den Offizieren ganz zu schweigen. Und dass Mitchell Hamilton eine leidenschaftliche Schwäche für jede Art von Glücksspiel nicht verleugnen konnte und sich darin wenig von Ned Tyler, dem Ersten Offizier, und dem Schiffsarzt Thomas Clyde unterschied, störte den eigenwilligen Farmer in diesem Falle wenig. Hamilton konnte genügend Vorzüge für sich ins Feld führen, die diese Charakterschwäche, und als solche betrachtete Hawkley das Spiel um Geld, wieder wettmachten.

Mitchell Hamilton bemerkte die gedrungene, breitschultrige Gestalt an der Backbordreling, hob zum Gruß die Hand und kam mit energischen, jedoch nicht eiligen Schritten auf Hawkley zu.

»Ist es nicht ein wenig früh für einen Morgenspaziergang an Deck?«, erkundigte sich Mitchell Hamilton.

John Hawkley schmunzelte. »Nun, auch Sie kann man schwerlich einen Langschläfer nennen, Mr. Hamilton.«

Mitchell zuckte die Achseln. »Ich gestehe, die eisige Luft an Deck vorzuziehen.« Ein leicht spöttisches Lächeln trat auf sein wettergebräuntes Gesicht, in dem die Augen besonders auffielen. Sie waren von einem stählernen Blau, wie John Hawkley es noch bei niemand anderem zuvor gesehen hatte, ohne dass sie jedoch Kälte ausstrahlten.

»Zudem«, fuhr Mitchell fort, »gebe ich mich jeden Morgen der, zugegebenermaßen, törichten Vorstellung hin, Wochen durchgeschlafen zu haben und anstelle dieser öden Wasserwüste Land zu sehen, wenn ich mich nur früh genug erhebe und dieses enge Loch verlasse, das man aus mir unverständlichen Gründen Kabine nennt. Bedauerlicherweise vermag die Wirklichkeit, wie es den Anschein hat, mit meinem Wunschdenken nicht so recht Schritt zu halten.«

Hawkley seufzte mitfühlend. »Ich verstehe genau, wie Ihnen zumute ist. Im April hat die *Tradewind* England verlassen, und inzwischen haben wir Anfang Dezember. Es wird wahrlich Zeit, dass wir unseren Bestimmungshafen Sydney erreichen. Allmählich kann ich kein Wasser mehr sehen.«

»Ich bin sogar noch zwei Monate länger unterwegs als Sie«, sagte Mitchell und legte die Hände auf den Rücken. Unruhig wippte er auf den Stiefelspitzen vor und zurück.

»Richtig, ich vergaß«, sagte Hawkley und erinnerte sich, dass Mitchell Hamilton erst am Kap zu ihnen an Bord gekommen war. Das Schiff, das ihn zur holländischen Niederlassung an der Südspitze Afrikas gebracht hatte, hatte aufgrund schwerer Sturmschäden seine Reise für mehrere Monate unterbrechen müssen. Hamilton hatte Glück gehabt, dass auf dem Ostindienfahrer, der unter dem Kommando von Captain William Crowe stand, noch eine Kabine frei gewesen war. Sicherlich hatte es ihn eine hübsche Stange Geldes gekostet, seine anderen Mitbewerber um diese eine Kabine aus dem Feld zu schlagen. Doch den Verlust hatte er mittlerweile wohl schon längst verschmerzt, wenn man in Betracht zog, was Hamilton einigen Offizieren und ganz besonders dem jungen Schiffsarzt beim Kartenspiel abgenommen hatte.

»Zumindest hat sich das schlechte Wetter einigermaßen gelegt, und Ihrem Vieh geht es wieder besser, wie ich annehme«, bemerkte Mitchell. Er wusste, dass John Hawkley sehr besorgt um sein Vieh war, das er in England an Bord gebracht und dessen Zahl er am Kap noch um ein Dutzend Schafe vergrößert hatte. Sein erster Gang nach dem Aufstehen führte den Farmer Morgen für Morgen hinunter in den Laderaum, wo er sich vergewisserte, dass seine Tiere gut versorgt und gesund waren.

»Ich bin sehr glücklich, das sagen zu können«, erwiderte John Hawkley. »Ich befürchtete ernsthaft, einen Teil meines

Viehbestandes während dieser eisigen Stürme zu verlieren. Gott sei Dank ist es nicht so gekommen.«

»Ich denke, ich werde mir von Ihnen noch so manch wertvollen Rat holen können«, sagte Mitchell nachdenklich und glaubte, weit draußen eine einzelne Eisscholle treiben zu sehen.

»Ich stehe Ihnen gern und jederzeit zur Verfügung, Mr. Hamilton. Sie sind also wirklich entschlossen, sich in der Kolonie niederzulassen und sich als Farmer zu versuchen?«

»Ja, ich schätze, darauf läuft es wohl hinaus«, antwortete Mitchell.

John Hawkley warf ihm einen verstohlenen, prüfenden Blick zu. Sie kannten sich nun schon mehrere Wochen und hatten manches interessante Gespräche geführt, doch über seine Vergangenheit hatte Mitchell Hamilton bisher wenig verlauten lassen. Schon bei diskreten, höflichen Fragen hatte er stets geschickt das Thema gewechselt oder weitere Nachfragen mit einer scherzhaften Bemerkung unmöglich gemacht.

Doch Hawkley wurde den Verdacht nicht los, dass Hamilton noch bis vor gar nicht allzu langer Zeit den Rock des Königs getragen und Offizier in der Armee gewesen war, denn für die Seefahrt schien er sich genauso wenig zu begeistern wie Hawkley, weshalb die Royal Navy nicht in Betracht kam. Seine ganze Haltung, die straff und aufrecht war, ohne dabei steif zu wirken, und die Art und Weise, wie er sich bewegte, sprachen für diese Vermutung.

Nun, es war nicht höflich, einen Mann, der sich aus freien Stücken nach New South Wales begab, direkt nach seiner Vergangenheit und seinen Motiven zu befragen. Damit konnte man sich Feinde fürs Leben schaffen. Denn unter den freien Siedlern und Geschäftsleuten, die in die Strafkolonie auswanderten, befanden sich einige, die sehr zwingende Gründe hatten, weshalb sie England den Rücken kehrten und die Gefahren und die ungewisse Zukunft in einem fremden Land auf sich nahmen, das zwölftausend Meilen von England entfernt lag.

»Wissen Sie schon, wo Sie sich niederlassen werden, Mr. Hamilton?«, nahm Hawkley den Gesprächsfaden wieder auf.

»Nein«, gestand Mitchell. »Ich beabsichtige, mich erst vor Ort eingehend umzusehen, bevor ich mir ein Stück Land zuteilen lasse. Das erscheint mir sinnvoller.«

Hawkley nickte zustimmend. »Ich könnte Ihnen keinen besseren Rat gegeben haben. Während der letzten Jahre hat man viel neues fruchtbares Land erschlossen. Nehmen Sie sich viel Zeit und sehen Sie sich besonders die Gegend um Parramatta an, eine Siedlung zwanzig Meilen nordwestlich von Sydney. Mit dem Boot schafft man die Strecke in gut vier, fünf Stunden, während die Straße zwischen Sydney und Parramatta noch sehr zu wünschen übrig lässt. Sie finden dort eine dem Auge wohlgefällige Siedlung und grünes Weideland, und der Boden dort trägt gute Ernten. Aber wenn Sie sich um noch einmal zwanzig Meilen von Parramatta tiefer ins Landesinnere begeben, stoßen Sie auf einen großen Fluss, der irgendwo am Fuße der Blue Mountains entspringt, eine weite Strecke nach Norden fließt, um schließlich nach Osten zur Küste hin abzubiegen und dann bei Broken Bay in den Pazifik zu münden. Es ist der Hawkesbury River, und das Land an seinen Ufern ist an Fruchtbarkeit nicht zu überbieten. Es ist ein kleines Paradies für einen jeden Farmer und Schafzüchter.«

Mitchell entging nicht die kaum merkliche, aber doch vorhandene Zurückhaltung in der Stimme des Farmers. »Kein Paradies ohne Schlange. Welche Gestalt hat die Schlange am Hawkesbury River?«, wollte er wissen.

John Hawkley nickte anerkennend. Diesem Mitchell Hamilton konnte man so leicht nichts vormachen. »Nun, New South Wales ist eine noch sehr junge Kolonie, Mr. Hamilton. Und wie Sie vermutlich selbst wissen, steht sie bei unseren Landsleuten in England in keinem guten Ansehen … was auch auf die Herren beim Kolonialamt zutrifft. Folglich müssen wir mit wenig Hilfe auskommen. Man hat zum Schutz der Kolonie eigens das New South Wales Corps gegründet, aber die meisten Soldaten sind in Sydney, Parramatta und anderen Siedlungen stationiert, sodass man am Hawkesbury mehr oder weniger auf sich und seine wenigen Nachbarn angewiesen ist. Die Gefahr eines Überfalls durch die *Aborigines,* die wilden Eingeborenen, sollte man nicht unterschätzen. Und wie schon erwähnt, dieses Siedlungsgebiet liegt noch zu weit von den Zentren der Kolonie entfernt und zählt noch nicht genug mutige Farmer, um in den Genuss militärischen Schutzes zu kommen.«

»Hohe Risiken beinhalten meistens auch die Chancen auf hohen Gewinn«, sagte Mitchell.

»Ich dachte mir, dass Sie das sagen würden. Und Sie haben recht. Am Hawkesbury kann man es vermutlich schneller als irgendwo sonst in New South Wales zu etwas bringen«, bestätigte John Hawkley und fügte dann trocken hinzu: »Sofern man natürlich von Raubüberfällen der Eingeborenen verschont bleibt und den von ihnen entfachten Feuersbrünsten; und sofern der Fluss nicht über die Ufer tritt und alles unter Wasser setzt, Vieh und Mensch ertränkt und die Ernte vernichtet; und sofern monatelange Trockenzeit das ausgesäte Getreide nicht auf dem Halm verdorren lässt und entlaufene Sträflinge Ihren Hof verschonen.«

Mitchell ließ sich von Hawkleys Aufzählung nicht allzu sehr beeindrucken. »Ich sehe immerhin, dass Sie mit den Schwierigkeiten sehr erfolgreich fertig geworden sind, Mr. Hawkley.«

»Mir steckt das Farmerleben im Blut«, gab Hawkley zu bedenken. »Ich bin auf einem großen Hof aufgewachsen und habe mein Leben lang kaum etwas anderes getan. Dagegen machen Sie, wenn Sie mir diese Bemerkung erlauben, nicht gerade den Eindruck, als hätten Sie Ihr Leben bisher hinter dem Pflug verbracht, das mit allem Respekt.«

Mitchell nahm ihm die Anspielung auf seine Unkenntnis nicht im Geringsten übel, im Gegenteil, er lächelte den erfahrenen Farmer gewinnend an. »Ich vertrete die Ansicht, Mr. Hawkley, dass wir nur eine Sache im Leben als vorgegeben und unabänderlich zu akzeptieren haben – und das ist der Tod. Alles andere, so habe ich mir sagen lassen, lässt sich beeinflussen und lernen. Und ich nehme doch an, dass Sie die Farmerei nicht unbedingt zu den magischen Wissenschaften zählen. Meine spiritistischen Fähigkeiten halten sich nämlich, zugegebenermaßen, in sehr bescheidenen Grenzen.«

John Hawkley blickte ihn erst verblüfft an und brach dann in ein schallendes Gelächter aus, während er Hamilton derb, aber herzlich auf die Schulter schlug. »Sie gefallen mir, Mr. Hamilton. Und der Teufel soll mich holen, wenn Sie es nicht schaffen!« Er meinte es so, wie er es sagte. Wenn Mitchell Hamilton zu diesem Zeitpunkt auch noch nichts von der Landwirtschaft und der Aufzucht von Schafen verstand, so machte er doch den Eindruck, dass er sein Ziel mit Selbstbewusstsein und eiserner Entschlossenheit angehen würde. Und er sah nicht so aus, als würde er sich von Rückschlägen, mit denen jeder rechnen musste, entmutigen lassen. Hamilton schien Hawkley genau aus dem harten Holz geschnitzt zu sein, aus dem die Männer und Frauen sein mussten, die in Australien überleben und sich dieses Land erfolgreich unterwerfen wollten.

4

Um acht Uhr am Morgen glaste die Schiffsglocke zur Ablösung der Wache. Und während die nackten Füße der Seeleute über die Deckplanken eilten und scharfe, knappe Kommandos vom Wind davongetragen wurden, versammelten sich die Passagiere der *Tradewind* zusammen mit dem Captain und seinen führenden Offizieren im Speisesalon zum Frühstück, das sich jedoch keiner besonderen Beliebtheit erfreute.

Die meisten hatten ihre Stammplätze an dem langen Tisch schon eingenommen, als Mitchell Hamilton gemeinsam mit John Hawkley, in ein Gespräch über verschiedene Schafsrassen vertieft, die Achterkajüte betraten und sich ans untere Ende der Tafel setzten. Der schwere Stuhl des Captains mit den geschnitzten Armlehnen am Kopfende stand leer, was niemanden sonderlich verwunderte.

Passagiere und Besatzung hatten auf dieser monatelangen Fahrt wenig von ihrem Captain zu Gesicht bekommen. William Crowe wurde immer wieder von schweren Fieberanfällen, die er einem längeren Aufenthalt in Indien zuschrieb, ans Bett gefesselt.

Ned Tyler, der Erste Offizier, trat mit einer schwungvollen Bewegung in den Raum, setzte sich mit einer selbstverständlichen Geste in den für Captain Crowe reservierten Stuhl und sagte: »Meine Herren, der Captain lässt sich entschuldigen. Sie brauchen also nicht länger zu warten. Fangen wir an!« Wie immer war seine befehlsgewohnte Stimme eine Spur zu laut und zu forsch. Er wandte sich nun zum Proviantmeister. »Nun, Trenton, was haben Sie uns heute Morgen anzubieten?«

Der Proviantmeister ersparte sich eine Antwort und verzog nur das Gesicht. Jeder wusste, was es zum Frühstück gab. Die frischen Lebensmittel, die sie am Kap an Bord genommen hatten, waren längst aufgebraucht. Und somit kam Schiffszwieback, ranzige Butter, gepökeltes Rindfleisch und Zunge sowie Tee auf den Tisch. Auf besonderen Wunsch von Reverend Reckham und auf sehr bereitwillige Zustimmung von Ned Tyler wurde seit geraumer Zeit Rotwein auch schon zum Frühstück gereicht.

Der Erste Offizier dominierte die Tafel ohne Frage, und es gefiel ihm sichtlich, dass die Kommandogewalt über das Schiff mit Captain Crowes Bettlägerigkeit praktisch auf ihn übergegangen war.

Mitchell und Hawkley unterhielten sich noch immer über New South Wales, und Hawkley vertrat die These, dass die Zukunft der Kolonie in einem starken Maße von der Entwicklung und Ausweitung der Schafzucht abhing.

Davon musste Ned Tyler irgendetwas aufgeschnappt haben, denn er wandte sich auf einmal dem Schiffsarzt zu und fragte mit spöttischer Stimme: »Mr. Clyde, Sie machen ja ein so bedrücktes Gesicht. Ich glaube nicht, dass das Frühstück schuld daran ist, denn daran haben ja sogar Sie sich mittlerweile gewöhnt. Ich nehme daher an, dass *Ihre* Schäflein der Anlass für Ihre kummervolle Miene sind.«

Das allgemeine Gespräch am Tisch verstummte langsam.

»In der Tat, ich mache mir wirklich ernstliche Sorgen, Mr. Tyler«, erwiderte Thomas Clyde. »Der Zustand der Sträflinge und ihrer Quartiere ist bedenklich.«

»Dasselbe könnte man auch von unseren Quartieren sagen«, murmelte Mitchells Tischnachbar, ein kleiner, mürrischer Bursche, der seinen Entschluss, nach New South Wales auszuwandern, schon längst bereute und nun auf alles und jeden schlecht zu sprechen war.

Mitchell hatte gelernt, die verdrossenen Kommentare seines Nebenmannes zu überhören, er blickte interessiert zu Ned Tyler und Thomas Clyde. Der Schiffsarzt tat ihm irgendwie leid. Clyde war ein junger, schlanker Mann Mitte zwanzig. Das blonde, leicht gelockte Haar unterstrich sein jungenhaftes Aussehen noch, was in Gesellschaft von Männern wie dem Ersten Offizier eine schwere Bürde war. Zudem kam für Clyde erschwerend hinzu, dass dies seine erste Schiffsreise als Arzt für die Ostindien-Kompanie war. Kein Wunder also, dass er gegenüber dem Ersten einen schweren Stand hatte.

»So, bedenklich, sagen Sie«, meinte Ned Tyler und zog die Augenbrauen hoch, als wollte er allen Anwesenden zu erkennen geben, wie wenig er auf die Ansicht des Schiffsarztes gab.

»Ja. Die Rationen sind reichlich knapp bemessen …«, begann Clyde.

»Nun, ich glaube, darüber haben wir uns ja wohl schon zur Genüge unterhalten«, fuhr Tyler ihm in die Rede. »Dieses Pack im Zwischendeck bekommt nicht eine Fingerspitze mehr, als ihm zusteht!«

Reverend Joshua Reckham, ein Mittvierziger von kräftiger Statur, mit einem ungepflegten schwarzen Bart und unverhältnismäßig kleinen Augen, grunzte zustimmend und fuhr sich mit dem Handrücken über den fettigen Mund. »Nur Hunger und harte Züchtigung bringen dieses gottlose Gesindel auf den Pfad der Tugend zurück, Mr. Clyde, und nicht etwa falsche Güte und Nachgiebigkeit!« Er griff zu seinem Glas und trank es leer.

»Und wie vereinbart sich das mit Ihrer Christenpflicht zur Nächstenliebe?«, warf Mitchell ein, der schon am ersten Tag eine Abneigung gegen Joshua Reckham gefasst hatte.

»Auch Nächstenliebe muss verdient werden!«, verkündete

der Reverend. »Und davon kann bei diesem menschlichen Abschaum wohl kaum die Rede sein, Mr. Hamilton. Das Wort Gottes ist diesen Verbrechern so fremd wie Tieren.«

»Hat Jesus sich nicht auch Sündern angenommen und sogar seinen Feinden verziehen, die ihn ans Kreuz geschlagen haben?«, wandte John Hawkley ein.

»Nur ein reuiger Sünder kann auf Vergebung hoffen!«, erwiderte Joshua Reckham hart. »Doch diese Menschen da unten wissen gar nicht, was Reue ist. Ihnen fehlt der Glaube!«

»Wenn mich nicht alles täuscht, befinden sich unter den Sträflingen auch einige irische Rebellen, denen man einen starken Glauben schwerlich absprechen kann«, beharrte der Farmer.

»Papisten!«, stieß Reckham verächtlich hervor, als wäre damit alles gesagt, was es über die irischen Katholiken zu sagen gab.

»Es geht hier nicht um Fragen des Glaubens und der Religion«, mischte sich Ned Tyler nun wieder ein, »sondern um eine leidige Pflicht, die die Ostindien-Kompanie auf sich genommen hat, zu meinem Missfallen, um offen zu sein. Doch Tatsache ist nun mal, dass wir eine Bande von Verbrechern, Mördern, Dieben und Huren nach New South Wales zu bringen haben. Eine Aufgabe, die mir als Erstem Offizier eines Handelsschiffes der Ostindien-Kompanie nicht das mindeste Vergnügen bereitet …«

Ein sarkastisches Lächeln legte sich auf Mitchell Hamiltons Lippen, als er augenblicklich an die nächtlichen Ausschweifungen, die eigentlich schon die treffendere Bezeichnung *Orgien* verdienten, in der Messe und den Unterkünften der Offiziere dachte. Ganz sicherlich fand Ned Tyler an *dieser* Seite der Überfahrt ein ganz außerordentliches Vergnügen, denn sein

Verschleiß an aus der Not willigen, jungen Frauen war wirklich dem eines Ersten Offiziers würdig. Doch Mitchell hielt es für ratsamer, derartige Gedanken für sich zu behalten. Er wünschte, er hätte sich früher schon so zurückhalten können. Vermutlich hätte er sich dann auch nicht auf der *Tradewind* befunden …

»… doch auch wir sind nicht zum Vergnügen hier, sondern um unsere Pflicht zu erfüllen«, fuhr Ned Tyler wichtigtuerisch fort. »Und Sie sind doch wohl hoffentlich nicht der Meinung, Mr. Clyde, dass irgendeiner der Offiziere dieses Schiffes seine Pflicht verletzt hätte, nicht wahr?« Eine kalte Drohung schwang in seiner Frage mit.

»Mir … äh … mir … ist niemals auch nur ein ähnlicher Gedanke gekommen!«, versicherte der Schiffsarzt eiligst. »Ich bin einfach nur um den gesundheitlichen Zustand der Sträflinge besorgt. Die Mittel, die mir als Arzt zur Verfügung stehen, sind ohnehin begrenzt. Aber es gibt Dinge, Kleinigkeiten, die sich ändern ließen.«

»So?«, fragte Tyler nur und trommelte ungeduldig mit den Fingern auf der Tischplatte.

»Ja. Der Gestank im Zwischendeck ist unerträglich. Die Bilge müsste dringend ausgepumpt werden. Es müsste neues Stroh für die Bettstellen ausgeteilt werden«, zählte Thomas Clyde eifrig auf und bemerkte in seinem Bemühen, auf die katastrophale Lage der im Zwischendeck Eingeschlossenen hinzuweisen, offenbar nicht, dass Tyler ihn zunehmend gereizter anblickte. »Und was die Männer und Frauen am Leib tragen, ist verrottet und verdient kaum noch, Kleidung genannt zu werden …«

Donnernd wie ein Musketenschuss krachte die flache Hand des Ersten Offiziers auf die Tischplatte neben seinem Gedeck, dass Gläser und Teller klirrten und die Männer ungehalten zusammenfuhren.

»Schluss!«, rief der Erste aufgebracht. »Und wenn ihnen die Fetzen dreimal am Leib verrotten, Mr. Clyde! Was wir nach New South Wales bringen, ist der Abschaum der menschlichen Gesellschaft. Und wenn dieses Verbrechergesindel da unten auch nur den Hauch einer Chance sähe, uns allen die Kehle durchzuschneiden, so würden sie es tun!«

»Was können Sie auch anderes von ihnen erwarten, wenn man sie behandelt wie Tiere?«, fragte Mitchell mit erzwungener Ruhe.

»Ihr Vergleich ist nicht ganz treffend«, wandte John Hawkley mit sanftem Tadel ein, der jedoch nicht wirklich Mitchell galt, »denn meinem Vieh steht verhältnismäßig mehr Bewegungsfreiheit zu als unserer menschlichen Fracht, Mr. Hamilton.«

Ned Tylers Augen verschwanden fast völlig hinter schmalen Lidschlitzen. Einen Augenblick lang hatte es den Anschein, als beabsichtigte er, die beiden Passagiere ebenso anzufahren, wie er es mit dem Schiffsarzt getan hatte. Doch dann schien er sich bewusst zu werden, dass zwischen Thomas Clyde, der wie er selbst bei der Ostindien-Kompanie angestellt war, und diesen beiden zahlenden Mitreisenden doch ein gehöriger Unterschied bestand. Und so schluckte er die wütende Bemerkung, die ihm auf der Zunge lag, hinunter.

»Sieh an«, sagte er schließlich mit spöttischem Tonfall und zwang sich zu einem Lächeln, das recht gequält ausfiel. »Mr. Hamilton und Mr. Hawkley haben ihr weiches Herz für diese bedauernswerten Geschöpfe entdeckt, die sich nur lächerlicher Kapitalverbrechen schuldig gemacht haben.«

»Sie haben Gott mitten ins Antlitz gespuckt!«, unterstützte

ihn Reverend Reckham und warf den beiden Männern vernichtende Blicke zu.

»Darf ich Ihnen eine Frage stellen, Mr. Tyler?«, erkundigte sich Mitchell höflich und nach außen hin ganz die Gelassenheit in Person.

»Nur zu, Mr. Hamilton!«

»Führen Sie Unterlagen über Ihre Sträflinge?«

Der Erste Offizier runzelte die Stirn, weil er nicht verstand, was das mit ihrem Streitgespräch zu tun hatte. Und zögernd antwortete er: »Nun, wir haben Namenslisten.«

Mitchell nickte. Es war unfair gewesen, diese Frage zu stellen, denn er hatte schon vom Zweiten Offizier, dem stillen und bedächtigen Norman Hobbart, beiläufig in einem Gespräch erfahren, dass man von den Sträflingen wirklich nichts weiter wusste als ihre Namen.

»So, nichts außer nackten Namenslisten«, stellte Mitchell noch einmal mit Nachdruck fest. »Woher wollen Sie denn wissen, Mr. Tyler, welche sogenannten Kapitalverbrechen die einzelnen Verurteilten begangen haben?«

»Ich verstehe den Sinn Ihrer Frage nicht«, blaffte der Erste. »Kapitalverbrechen ist Kapitalverbrechen.«

Mitchell lächelte aufreizend ruhig. »Ich stimme mit Ihnen darin überein, dass Mord ein verabscheuungswürdiges Kapitalverbrechen ist, das eine Deportation rechtfertigt. Dasselbe gilt für Vergewaltigung und ähnliche schwere Delikte. Aber wie verhält es sich mit ›Kapitalverbrechen‹ wie Bigamie, Verschicken von Drohbriefen und Beschädigung von Samt auf einem Webstuhl? Dies alles fällt nämlich ebenfalls unter die Rubrik der Kapitalverbrechen, auf denen die Todesstrafe oder die Verbannung steht. Nicht, dass ich derartige Dinge gutheiße, aber sie mit den anderen Schwerverbrechen in einen Topf zu werfen, halte ich doch für ein bisschen überzogen.«

Verblüfft starrte Ned Tyler ihn an. »Haarspalterei! Das ist verdammte Haarspalterei, was Sie da versuchen, Mr. Hamilton! Und ich denke nicht daran, mich darüber mit Ihnen in eine Diskussion einzulassen. Es interessiert mich überhaupt nicht, was dieses Gesindel verbrochen hat.«

»Das wollte ich auch nur hören«, sagte Mitchell. »Es lässt Sie völlig kalt, ob da unten ein vorsätzlicher Raubmörder verreckt oder ein verhältnismäßig harmloser Ehebrecher.«

»Ganz Ihrer Meinung, Mr. Hamilton«, meinte John Hawkley.

Unverhohlene Wut trat auf Tylers Gesicht. »Ihre Meinung ist glücklicherweise völlig ohne Bedeutung, meine Herren«, sagte er schroff. »Und ich lasse mich von Ihnen auch nicht belehren. Sie werden sicherlich Ihre Gründe haben, weshalb Sie die Gesellschaft von Verbrechern in New South Wales der von anständigen Menschen in England vorziehen!«

Mitchell versteifte sich, doch bevor er eine scharfe Antwort geben konnte, spürte er Hawkleys Hand auf seinem Arm. Und er unterdrückte den Impuls, die Beleidigung des Offiziers mit einer möglicherweise folgenschweren Herausforderung zu einem Ehrenduell zu beantworten. Diesen Fehler hatte er schon einmal begangen, und die Konsequenzen waren dementsprechend gewesen.

Denselben Fehler noch ein zweites Mal zu begehen wäre wahrlich töricht gewesen.

»Jeder freie Mann hat die Wahl, seine Entscheidungen zu treffen«, sagte John Hawkley zu Ned Tyler. »Und wie Ihnen bekannt sein dürfte, unterstützt die Regierung die Auswanderung freier Siedler und Händler nach New South Wales, wie sie es über Jahrzehnte, ja Jahrhunderte hinweg mit unseren ehemaligen amerikanischen Kolonien getan hat.«

Ned Tyler erkannte, dass er in seiner Erregung einen Schritt zu weit gegangen war. Doch nichts lag ihm ferner, als eine Entschuldigung anzubieten. Abrupt erhob er sich aus seinem Stuhl. »Tun Sie, was Sie für richtig halten. Doch halten Sie sich aus der Führung dieses Schiffes heraus und versuchen Sie nicht, mir zu sagen, wie ich meine Pflicht zu tun habe!« Er wandte sich zur Tür.

Norman Hobbart, der Zweite Offizier, ein äußerlich eher unscheinbarer Mann von jedoch gewinnender Ausgeglichenheit, erhob sich ebenfalls.

»Mr. Tyler?«

Der Erste blieb an der Tür stehen und wandte sich zu ihm um. »Was gibt es, Hobbart?«

»Das Wetter hat sich erheblich gebessert«, erklärte Norman Hobbart mit der ihm eigenen bedächtigen Art. »Es wäre sicherlich angebracht, den Sträflingen ein wenig Bewegung an Deck zuzugestehen.«

Tyler zögerte einen Moment. Sein Blick traf Mitchell und kehrte dann zu seinem Zweiten zurück. »Meinetwegen, Hobbart. Lassen Sie das Gesindel an Deck und treffen Sie die üblichen Sicherheitsvorkehrungen. Bei dieser Brut muss man auf alles gefasst sein. Beginnen Sie mit der verkommenen Hurenbande.« Und verächtlich fuhr er zu Mitchell Hamilton und John Hawkley gewandt fort: »Sie können unter diesem durch und durch verdorbenen Pack zehnmal nach einer anständigen Frau suchen, Mr. Hamilton, und Sie werden dennoch keine finden. Alles, was Sie finden werden, sind skrupellose Verbrecherinnen und Prostituierte der schlimmsten Sorte!«

»Prostitution ist niemals ein einseitiges Geschäft!«, konterte

Mitchell augenblicklich. »Es gibt immer eine Person, die sich prostituiert, und eine andere *Person,* Mr. Tyler, die dafür bezahlt – womit auch immer. Zwischen beiden kann ich wenig Unterschied feststellen, was den Grad ihres verabscheuenswerten Tuns betrifft.«

Der Erste Offizier wusste wie jeder andere an der Tafel auch, dass Mitchell auf die nächtlichen Exzesse anspielte, und das Blut wich aus Tylers Gesicht.

»Ihre Ansichten sind wirklich eine anregende Bereicherung unserer Tischgespräche, Mr. Hamilton«, flüchtete er sich in wutgeladenen Hohn. »Ich frage mich heute, wie wir die Monate zuvor bis zum Kap ohne Ihre werte Gegenwart ertragen konnten … Einen guten Morgen, die Herren!« Hocherhobenen Hauptes und mit steifem Rücken verließ er den Salon, gefolgt von seinem Zweiten Offizier Norman Hobbart, auf dessen normalerweise ausdruckslosem Gesicht ein merkwürdiges Lächeln lag, als er den Männern am Tisch beim Hinausgehen höflich zunickte und dabei Mitchell kurz ins Gesicht blickte, als wollte er anerkennend sagen: *Gute Parade, Mr. Hamilton!*

»Ein gefährlicher Narr, wer glaubt, Sodom und Gomorrha vor dem ewigen Fegefeuer bewahren zu können!«, verkündete Reverend Reckham düster.

»Ich brauche frische Luft!«, sagte Mitchell schroff und schob seinen Stuhl zurück. Er fühlte sich jetzt weniger denn je dazu aufgelegt, sich die Tiraden dieses trinkfreudigen Reverends anzuhören.

Auch John Hawkley erhob sich und trat mit Mitchell hinaus auf das Achterdeck. Die Sonne stand jetzt schon recht hoch am Himmel, und der böige Wind war zu einer stetigen Nordnordwest-Brise abgeflaut, sodass nun auch mehr Leinwand gesetzt werden konnte. Die *Tradewind* lief über Backbordbug und glitt mit rauschender Bugwelle durch das gletscherblaue Meer.

»Bedauerlich, dass unser Tischgespräch diese Wendung genommen hat«, sagte Hawkley.

»Das ist schon längst fällig gewesen«, erwiderte Mitchell. »Und ich bedaure es überhaupt nicht. Man kann Tylers herrisches Gehabe nicht immer unwidersprochen hinnehmen.«

»Sie haben ihn sich zum Feind gemacht.«

Gleichgültig zuckte Mitchell mit den Achseln und beobachtete den Zweiten Offizier, der die bewaffneten Wärter zu sich gerufen hatte und ihnen Instruktionen erteilte. Zwei der Wärter machten sich an der Luke zu schaffen, die hinunter in die Sträflingsquartiere führte. Acht weitere, jeweils mit einer schussbereiten Muskete bewaffnet, waren an der Brüstung des Achterdeckes und am Geländer vorn auf dem Backdeck in Stellung gegangen, um notfalls die Sträflinge in Schach halten zu können, die sich nur mittschiffs aufhalten durften. Die Angst vor einem Aufruhr, besonders bei den männlichen Gefangenen, war stets gegenwärtig.

»Das Kolonialamt in London hat von Anfang an den Fehler gemacht, einfach x-beliebige Sträflinge nach New South Wales zu schicken«, sagte John Hawkley missbilligend. »Schon Gouverneur Phillip hatte die Regierung, bevor er mit der Ersten Flotte auslief, um die neue Kolonie zu gründen, nachdrücklich darum gebeten, ihm Sträflinge mitzugeben, die ein Handwerk gelernt hatten. Zimmerleute, Schmiede, Sattler und vor allem Männer und Frauen, die etwas von der Landwirtschaft verstehen. Doch vergebens. Wahllos hat man die überfüllten Gefängnisse geleert und Falschmünzer, Taschendiebe, Mörder und Betrüger auf die Schiffe geschickt. Und mit diesen Leuten sollte Gouverneur Phillip die Kolonie gründen, Felder und Äcker anlegen und Unterkünfte errichten! Kein Wunder, dass die Kolonie während der ersten Jahre unter schrecklichen Hungersnöten und Missernten gelitten hat. Und es ist mir heute noch ein Rätsel, dass New South Wales nicht gescheitert ist.«

Ein unbehagliches Gefühl beschlich Mitchell Hamilton. Vielleicht war es ein Fehler gewesen, dass er New South Wales gewählt hatte, um einen neuen Anfang zu machen. Doch andererseits hatte man ihm keine große Wahl gelassen, und es führte zu nichts, wenn er ins Grübeln verfiel, was hätte sein können.

»Bereuen Sie es, sich dort als Farmer niedergelassen zu haben?«, fragte er.

John Hawkley schüttelte ohne einen Augenblick des Zögerns den Kopf. »Nein. Als ich vor fast zehn Jahren in Sydney von Bord des Schiffes ging und mich umsah, erkannte ich sofort, dass ein Mann mit Tatkraft und Entschlossenheit es in diesem jungfräulichen Land weit bringen kann. Und die Jahre haben mir recht gegeben, Mr. Hamilton. Wer sich zum Arbeiten nicht zu schade ist und die nötige Ausdauer besitzt, kann sich in diesem Land ein kleines Reich aufbauen. Und ich prophezeie Ihnen, dass in nicht allzu ferner Zukunft die freien Auswanderer nur so nach New South Wales strömen werden.«

Mitchell hoffte, dass John Hawkley damit recht behalten würde, und beobachtete nun, wie die Frauen aus der Luke an Deck drängten. Erregtes Stimmengewirr vermischte sich mit den rauen, ungeduldigen Rufen der Wärter.

Die Frauen boten ein Bild des Jammers und des Elends. Nicht mehr an das helle Tageslicht gewöhnt, blinzelten sie in den Morgen und beschatteten ihre Augen. Wie Blinde wankten einige von ihnen über das Deck, während der Wind scheinbar spöttisch mit den Lumpen spielte, die ihnen am Leib hingen.

Mitchell bemerkte betroffen, dass nur wenige der Frauen ihre Blößen mit den Händen zu bedecken versuchten. Die Mehrzahl der Gefangenen hatte längst alle Würde und Selbstachtung verloren.

Mitchell Hamilton verspürte das dringende Verlangen, seinen Blick von diesem Bild des Elends und der Hoffnungslosigkeit abzuwenden und sich in seine Kabine zu begeben. Doch er zwang sich zu bleiben. Es wurde Zeit, dass er begann, sich an den Anblick zu gewöhnen.

5

Frances saß gegen einen der schweren Stützbalken gelehnt und schärfte die Klinge ihres Messers an einem Stein. Mit monotoner Gleichmäßigkeit schabte die Klinge über die glatte Oberfläche des Kiesels. In regelmäßigen Abständen spuckte sie auf den Stein, um ihn nass zu halten.

Jessica versuchte, das eintönige Geräusch zu ignorieren und ihre Gedanken zu zwingen, sich mit Dingen zu beschäftigen, die nichts mit ihrer erdrückenden Umgebung zu tun hatten.

Im Laufe der Monate, die ihr wie Jahrzehnte vorkamen, hatte sie sich dabei immer weiter in die Vergangenheit zurückgetastet, in ihrem Gehirn nach Erinnerungen an ihre Kindheit geforscht und sogar versucht, sich ins Gedächtnis zurückzurufen, was sie als Baby empfunden hatte. Oft wusste sie nicht zu sagen, ob das, was sich ihr in Bildern aufdrängte, das Produkt ihrer Fantasie und ihres Wunschdenkens war oder aber lange vergessene Erinnerungen an wirkliche Begebenheiten und Gefühle. Doch letztlich war das ohne jede Bedeutung, denn wichtig war nur, dass ihr die Flucht aus ihrem jetzigen Dasein gelang.

Jessica hegte die feste Überzeugung, dass es ihr nur so gelungen war, die Monate in Newgate und hier auf der *Tradewind* ungebrochen zu überstehen. Aber dieses Rezept wirkte nicht immer. Und so war es auch an diesem Morgen. Sie schaffte es einfach nicht, sich in ihre Gedankenwelt zurückzuziehen.

Schließlich gab sie es auf und erhob sich von ihrer Pritsche. Sie beschloss, nach Lydia zu suchen, die sich irgendwo im vorderen Teil des Sträflingsquartiers befinden musste.

Frances blickte nicht einmal auf, als Jessica sich an ihr vorbei in den Mittelgang drängte.

Jessica entfernte sich rasch, stieß dabei mit anderen Frauen zusammen, die ihr Flüche hinterherriefen, und hielt Ausschau nach Lydia. Sie kam dabei an einer Bettreihe vorbei, wo Betsy ihr »Hauptquartier«, wie sie es nannte, aufgeschlagen hatte.

Betsy Fodder war eine etwas gedrungene Person mit feuerrotem Haar und einem recht ansprechenden Äußeren und schien irgendwie alterslos. Was sie jedoch von den anderen Sträflingen unterschied, war ihre lärmende Fröhlichkeit. Betsy sorgte dafür, dass der Alkoholanteil in ihrem Blut nie einen gewissen Punkt unterschritt, ohne jedoch betrunken zu sein. Angeheitert war wohl die treffende Bezeichnung für ihren Dauerzustand. Jessica hatte sie noch nie im Vollrausch oder so außer Kontrolle gesehen, wie sie das bei Molly erlebt hatte.

Betsy Fodder hatte vor ihrer Verurteilung und Deportation ein Bordell im Londoner East End geführt, und wie man sich erzählte, hatte sie wie eine kleine Fürstin gelebt. Bis sie dann eines Tages der Versuchung erlegen war und einen Kunden auf der Durchreise, der eine beachtliche Summe in Goldmünzen bei sich hatte, im Schlaf ausgeraubt hatte. Das hatte sie geradewegs vor das Kriminalgericht in Old Bailey gebracht und ihr die Deportation verschafft.

Doch Betsy zählte zu den Glücklichen, die ein Zimmer auf der Master Side von Newgate beziehen durften, denn sie besaß genügend Geld und treue Freunde, um sich auch im Gefängnis jeden Luxus leisten zu können. Auf der *Tradewind* war sie zwar von den Zuwendungen ihrer Freunde abgeschnitten, doch ihr Geschäftssinn hatte ihr schnell zu einem zwar bescheidenen, den Umständen nach jedoch beachtlichen Ausgleich verholfen.

Schon am ersten Tag der Überfahrt hatte sie erkannt, dass Wärter und Besatzung des Schiffes ganz sicherlich ihre reiche Erfahrung als Bordellmutter schätzen würden. Und sie hatte auf der Stelle damit begonnen, die hübschesten ihrer Leidensgefährtinnen um sich zu scharen und die entsprechenden Kontakte zu den Wärtern zu knüpfen. Und innerhalb kürzester Zeit war es ihr gelungen, für sich und ihre ›Truppe‹, wie sie ihre Mädchen stolz nannte, Vergünstigungen zu erhalten, um die sie vor allem die hässlichen und die von Krankheit gezeichneten Frauen beneideten. Betsy verfügte auch über bessere Kleider, auch wenn sie nur aus billigem Sackleinen bestanden. Und man erzählte, dass Betsy und ihre Mädchen Extrarationen erhielten, die sie jedoch wohlweislich in den Kabinen ihrer Kunden oder aber im Vorraum bei den Wärtern herunterschlangen, bevor sie in ihr Quartier zurückkehrten.

Doch anders als Molly es getan hatte, führte Betsy kein Regiment der Tyrannei. Sie ließ jedem die Wahl und gab dann und wann auch mal etwas von ihrem Rum ab, um keinen zu starken Neid aufkommen zu lassen.

Betsy hockte auf der unteren Bettstelle, eine Korbflasche Rum in Reichweite, und vertrieb sich die Zeit mit einem Kartenspiel, als sie Jessica erblickte. Sie lachte ihr zu und deutete auf den Rum. »Jessy, komm zu uns! Is' genug für uns alle da. Na komm, Mädchen.«

Jessica schüttelte den Kopf und lehnte freundlich, aber bestimmt ab. Betsy Fodder hatte schon mehrfach versucht, sie dazu zu überreden, der Truppe beizutreten und sich das Leben ein wenig leichter zu machen.

»Ich kann für dich 'ne Menge bei den Offizieren rausschlagen, mein Kind«, hatte sie einmal zu ihr gesagt. »In dir steckt Klasse. Du hast das, was Männer verrückt macht. Du musst deine Naturtalente nur geschickt einsetzen. Du schaust jetzt zwar 'n bisschen heruntergekommen aus, und verlaust biste auch, aber hübsch biste. Und wenn ich das sage, heißt das was. Du brauchst bloß 'n Bad und 'n anständiges Kleid, und ich mach' dich zum Renner meiner Truppe. Und dann haste ausgesorgt. Den verdammten Hunger kannste dann vergessen, Jessy. Bei mir haut sich keiner mit knurrendem Magen auf die Bretter. Na, wie klingt das?«

Ein Bad, anständige Kleidung und genügend Essen – das hatte verlockend geklungen. Doch der Preis, den sie dafür hätte zahlen müssen, war Jessica zu hoch. Auch jetzt noch. Niemals hätte sie sich einem der Offiziere oder gar einem der Wärter hingeben können.

Jessica ging schnell weiter und fand Lydia schließlich bei einer ausgezehrten Frau, die mit fiebrigen Augen und schweißnassem Gesicht auf ihrer Pritsche lag. Die Arme der Frau waren von offenen Geschwüren bedeckt, die in der salzigen Feuchtigkeit nicht heilen wollten.

Lydia erhob sich, und als sie außer Hörweite der Frau waren, murmelte sie: »Lange wird sie es nicht mehr machen. Die Arme ist einfach schon zu geschwächt, um noch gegen das verdammte Fieber ankämpfen zu können. Ich glaube, sie will auch gar nicht mehr. Sie hat sich schon selbst aufgegeben. Wir können nur hoffen, dass das Fieber nicht um sich greift.«

Bevor Jessica etwas erwidern konnte, polterten schwere Stiefel jenseits der eisenbeschlagenen Tür über die Bohlen. Metall klirrte.

»Sie lassen uns raus!«, schrie eine Stimme in die angespannte Stille, die sich plötzlich über das Quartier gelegt hatte. »Sie lassen uns raus! ... Es geht nach oben!« Und im nächsten Augenblick setzte das aufgeregte Stimmengewirr wieder ein. Die Frauen drängten in den Mittelgang und auf die Tür zu. Rücksichtslos stießen die Stärkeren die Schwächeren zur Seite, denn jede Minute in der frischen Luft oben an Deck war kostbar.

Jessica und Lydia befanden sich zum Glück nahe der Tür, die nun knarrend und in den schweren Angeln quietschend aufschwang. Im Licht zweier Laternen funkelten die Bajonette auf den Musketen der Wärter, die zwischen der Tür und der steilen Treppe, die an Deck führte, Posten bezogen hatten.

»Passt auf den Dreckskerl Simpson auf!«, zischte eine Stimme vor Jessica. Helles Tageslicht fiel durch die offene Luke hinunter ins Zwischendeck.

»Die Pest soll ihn holen!«, fluchte eine andere.

Im Stillen schloss Jessica sich diesem wenig frommen Wunsch an, denn dieser George Simpson war ein Ausbund an Bösartigkeit. Er gehörte zum Wachpersonal und machte sich ein Vergnügen daraus, oben neben der Luke zu stehen und die Gefangenen mit schmerzhaften Hieben, die er mit dem Kolben seiner Muskete austeilte, in die Seite oder in den Rücken zu empfangen.

Jessica blinzelte mit zusammengekniffenen Augen in das

Tageslicht, das im ersten Moment von blendender Grelle war. Fast blind tastete sie sich die Treppe hoch.

»Na los, meine Täubchen!«, hörte sie über sich Simpson rufen. »Beeilt euch gefälligst! … Marsch, raus mit euch aus dem Loch! … Schlaft nicht ein, Ladies! … Ihr seid nicht auf dem Weg zu einem Picknick im Hyde Park. Das hier ist die gute, alte *Tradewind,* falls ihr das vergessen haben solltet!« Und um auch keine Zweifel an seinen Worten aufkommen zu lassen, stieß er der Frau vor Jessica den Gewehrkolben in den Rücken. Mit einem unterdrückten Aufschrei taumelte sie davon.

Jessica hastete die letzten beiden Stufen hoch, sah zu ihrer Linken die Umrisse des Wärters und wollte dem Kolbenhieb ausweichen. Doch Simpson durchschaute ihr Manöver, und dass er den Musketenkolben zu handhaben verstand, konnte keiner in Abrede stellen.

Ein stechender Schmerz durchfuhr sie, als die Kante des Kolbens auf ihre Hüfte niedersauste und sie beinahe aus dem Gleichgewicht brachte. Dann war sie an Simpson vorbei, legte den Kopf in den Nacken und empfand den kühlen Wind, der über ihr Gesicht strich und ihr Haar zum Wehen brachte, wie ein kostbares Geschenk. Tief atmete sie durch und genoss wie all die anderen Gefangenen auch, zumindest für kurze Zeit dem Gestank und der Enge des Zwischendeckquartiers entkommen zu sein. Der Blick konnte hier ungehindert in die Weite gehen, keine niedrigen Deckenbalken schlossen den Himmel aus. Wolkenbedeckt und scheinbar endlos spannte er sich über ihren Köpfen jenseits der prallen, dickbäuchigen Segel.

Jessica trat an die Reling. Für einen Moment überkam sie eine ungewöhnliche Ruhe und Ausgeglichenheit, als ihr Blick über die blaue See glitt. Eine merkwürdige Anziehungskraft ging von der unendlichen Wasserfläche aus. Nur ein einziger Satz über die Reling, und alles wäre vorbei.

Ein erstickter Aufschrei, der sogleich in ein Wimmern überging, riss sie aus ihren Gedanken, und sie fuhr herum. Jessica sah, wie Lydia, die eben noch neben ihr gestanden hatte, auf Ruby zulief, die neben der Luke auf den Deckplanken kniete.

»Weiter, weiter, du dreckige Hure!«, herrschte Simpson sie an. »Steh auf und mach den Weg frei, oder ich verpass' dir noch einen zweiten Hieb, den du dann aber nicht so schnell wieder vergessen wirst! ... Verbrecherpack!«

Lydia packte der hochschwangeren Ruby schnell unter die Arme und zerrte sie hoch, weg von der Luke und aus der Reichweite von Simpson.

»Es ist eine gottlose Schande, eine schwangere Frau so zu schlagen!«, erregte sich Lydia mit hochrotem Gesicht, als sie mit Ruby O'Connor zu Jessica kam und auch Frances sich zu ihnen gesellte.

»Es ... es ... ist schon wieder gut«, murmelte Ruby und zwang sich zu einem Lächeln, während noch Tränen in ihren Augen glänzten.

»Und die Herren Offiziere und Passagiere stehen da und sehen sich das ungerührt mit an!«, zischte Lydia, als sie zum Achterdeck hochblickte. »Wenn das ihre Gerechtigkeit ist, soll sie mir gestohlen bleiben!«

»Was regst du dich so auf?«, fragte Frances erstaunt. »Hast du vielleicht erwartet, sie würden uns mit Fanfarenklängen empfangen und Salut schießen?«

»Spar dir deinen Zynismus!«, entgegnete Lydia aufgebracht. »Du weißt ganz genau, was ich gemeint habe. Diese feinen Herren da oben führen so gern die Worte Ehre, Menschlichkeit und Gerechtigkeit im Mund.«

Frances zuckte ungerührt mit den Achseln. »Jeder hat seine eigene Vorstellung von Gerechtigkeit. Es würde meinen Schlaf nicht stören, wenn ich diesem Simpson mein Messer ins Herz jagen könnte. Aber du findest dich besser damit ab, dass du für die feinen Herren, wie du sie nennst, eben nichts anderes bist als ein wildes Tier, das hinter Gitter oder an eine Kette gehört.«

»Ich werde mich nie daran gewöhnen!«

»Dein Problem«, gab Frances ruhig zurück. »Dein Gezeter wird dir nur nicht viel nützen, Lydia. Sie haben die Musketen, und New South Wales ist nichts weiter als ein riesiges Gefängnis, zu dem man die Schlüssel weggeworfen hat. Keiner von uns wird jemals von dort nach England zurückkehren.«

»Zehn Jahre sind kein ganzes Leben«, widersprach Jessica.

»Sicherlich sind sie das nicht – in einem hübschen Heim in England«, sagte Frances. »Aber zehn Jahre New South Wales, wo Sträflinge für die härtesten und dreckigsten Arbeiten eingesetzt werden, sind nicht einfach zehn Jahre.«

Jessica funkelte sie ärgerlich an. »Warum bist du bloß so entsetzlich gefühlskalt und so bar jeder Hoffnung?«

»Diese Frage habe ich dir schon einmal beantwortet«, sagte Frances ruhig. »Weil es dumm ist, auf irgendein Wunder zu hoffen.«

»Ich weiß schon«, sagte Lydia grimmig. »Glaube an die Verdorbenheit der Welt, und du wirst keine Enttäuschung erleben, nicht wahr?«

Frances verzog keine Miene. »Richtig.«

»Aber das ist doch Unsinn!«, erregte sich Jessica.

»Ich habe nicht vor, dich zu irgendetwas zu bekehren«, sagte Frances. »Aber verlass dich darauf, du wirst noch oft genug an meine Worte denken müssen. Dafür wird man schon sorgen.«

Mit einer aufgebrachten Kopfbewegung wandte sich Jessica Jakes von ihr ab. Sie hatte genug von Frances' zynischen Reden, und der kalte Wind machte sich nun bemerkbar. Sie ging auf dem Deck auf und ab, um sich einigermaßen warm zu halten. Dabei wanderte ihr Blick hoch zum Achterdeck. Sie bemerkte den Ersten Offizier, und ihre Blicke trafen sich. Jessica wich ihm nicht aus.

Ned Tyler stieß sich von der Brüstung ab, winkte eine der bewaffneten Wachen zu sich, erteilte ihr einen knappen Befehl und kam dann, gefolgt von dem Wärter, die Stiege zum Mittschiffsdeck herunter. Dort blieb er stehen. Sein Blick lag noch immer auf ihr.

»Du da!«, rief er.

Jessica sah ihn an.

»Ja, du. Komm her!«, befahl der Offizier.

Jessica zögerte einen Moment und ging dann zu ihm hinüber.

»Wie heißt du?«, fragte Ned Tyler knapp.

»Jessica.«

»Jessica was?«

»Jakes … Jessica Jakes.« Sie wurde unruhig. Weshalb hatte er sie zu sich gerufen?

Ned Tyler musterte sie mit unverhohlenem Interesse. Sein Blick blieb einen Moment auf ihrem ebenmäßigen Gesicht liegen, wanderte dann hinunter zu ihren festen, hohen Brüsten, die von ihrem zerlumpten Sträflingskleid kaum bedeckt wurden, glitt schließlich weiter hinunter und kehrte dann zu ihrem Gesicht zurück.

»Wie alt bist du?«

»Achtzehn.«

»Sir, heißt das!«

»Achtzehn … Sir.«

»Schon besser«, meinte Ned Tyler. Und in Gedanken fragte er sich verärgert, warum ihm dieses hübsche Mädchen noch nicht aufgefallen war. Zum Teufel mit dieser Betsy. Hatte sie nicht versprochen, ihm die hübschesten Frauen zuzuführen? Und ausgerechnet dieses blutjunge Mädchen, das all die anderen Huren an Schönheit übertraf, hatte sie ihm vorenthalten. Er würde dafür sorgen, dass man ihr die Rumzuwendungen eine Woche lang empfindlich beschnitt!

»Wie kommt es, dass du mir noch nicht unter die Augen gekommen bist?«, fragte er schließlich.

Jessica sah ihn nur stumm an.

»Was ist? Ich habe dich etwas gefragt.«

»Ich weiß nicht, was Sie meinen … Sir«, murmelte Jessica.

»Stell dich nicht so an!«, sagte der Offizier ungehalten. Er zwang sich zu einem freundlicheren Tonfall. »Gefängnis und Überfahrt scheinen dir nicht viel angetan zu haben. Ich könnte eine wie dich, die sich in meiner Kajüte … nützlich macht, gebrauchen. Na, was hältst du davon?«

Hitze stieg in ihr Gesicht. Sie wich dem Blick des Offiziers aus und sah über dessen Schulter hinweg. Oben an der Treppe zum Achterdeck stand ein schlanker, hochgewachsener Mann von attraktivem Äußeren, der sich über die Brüstung gebeugt hatte und mit gespanntem Interesse verfolgte, was sich am Fuß der Stiege abspielte.

»Was überlegst du so lange?« Ned Tyler wurde ungeduldig. Er war es nicht gewöhnt, dass Sträflinge ihn auf eine Antwort warten ließen.

»Sie werden unter den anderen Frauen bestimmt eine bessere Dienerin als mich finden … Sir«, antwortete Jessica ausweichend.

»Zum Teufel, ich spreche nicht von einer Dienerin!«, zischte Ned Tyler ungehalten. »Und das weißt du ganz genau!«

»Ich glaube nicht, dass ich die geeignete Person für das bin, was Sie im Sinn haben!«, beharrte sie.

Der Erste Offizier musterte sie verblüfft. Bisher hatte es noch keine der deportierten Frauen gewagt, ihn zurückzuweisen. »Spiel mir bloß nicht die Unschuld vom Lande vor!«, stieß er hervor. »Das zieht bei mir nicht. Ich kenne deine Sorte. Du willst ja bloß den Preis hochtreiben. Aber meinetwegen, es soll dein Schaden nicht sein.«

»Sie täuschen sich, Sir. Ich … ich bin keine Hure!«, erklärte sie tapfer. »Und ich habe auch nicht vor, eine zu werden. Niemals werde ich so etwas tun!«

Zorn verdunkelte sein Gesicht. »Du Miststück!«, kam es gepresst zwischen seinen Lippen hervor. »Du hältst dich wohl für etwas Besseres, he? Ich warne dich, meine Geduld ist begrenzt. Überleg dir mein Angebot noch einmal gut. Und ich rate dir, es wirklich gründlich zu tun. Ich lasse mich nicht zum Narren machen, Mädchen. Und vergiss nicht, dass ich dir das Leben zur Hölle machen kann, wenn du es darauf ankommen lassen willst. Wenn du schlau bist, wirst du aufhören, die Unberührbare zu spielen. Dies Rolle steht nämlich keiner von euch zu. Und jetzt verschwinde!«

Jessica blickte ihm noch einmal offen ins Gesicht, und es war nicht Angst oder Zögern, was in ihren Augen stand, sondern Hass und Verachtung. Sie entfernte sich mit trotzig erhobenem Kopf.

Ned Tyler unterdrückte das Verlangen, den Wärtern den Befehl zu erteilen, sie zu fassen, auf eine Gräting zu binden und ihr den Hochmut aus ihrem schönen Leib zu peitschen. Damit hatte es keine Eile. Jessica Jakes würde ihm nicht davonlaufen. Sie würde ihm früher oder später schon zu Willen sein.

Dennoch, das bittere Gefühl, eine schändliche Niederlage erlitten zu haben, nagte an ihm. Und als er aufs Achterdeck zurückkehrte, konnte man von seinem verkniffenen Gesicht ablesen, wie wutgeladen er war.

Mitchell Hamilton machte keinen Versuch, zu verbergen, dass er gesehen hatte, wie dieses so junge, hübsche und bewundernswert couragierte Mädchen dem Ersten Offizier eine vernichtende Absage erteilt hatte.

»Ganz wie Sie sagen, Mr. Tyler«, bemerkte Mitchell nicht ohne Genugtuung. »Alles skrupellose Verbrecherinnen und Prostituierte der schlimmsten Sorte … das waren doch Ihre Worte, nicht wahr? Ein durch und durch verdorbenes Pack, unter dem sich nicht eine anständige Frau finden lässt. Ich schätze, Sie waren da ein wenig zu vorschnell mit Ihrem Urteil.«

Ein wildes Funkeln sprühte aus Ned Tylers Augen. »Freuen Sie sich nicht zu früh, Mr. Hamilton. Sie fallen vielleicht auf das Theater dieses kleinen Miststücks herein, ich aber nicht.«

»Ich hatte nicht den Eindruck, dass sie Ihnen etwas vorspielte«, widersprach Mitchell ihm.

Der Erste Offizier gab sich keine Mühe, seine Geringschätzung für Mitchell Hamiltons Urteilsfähigkeit zu verbergen. Er hatte sich mittlerweile wieder unter Kontrolle. Und mit ätzender Arroganz erklärte er: »Sie verstehen von diesem gerissenen Pack genauso viel wie von der Führung eines Schiffes. Von diesen Frauen da unten hat eine jede ihren Preis, mein Freund. Der eine ist höher, der andere ist niedriger. Und ich gehe mit Ihnen jede Wette ein, dass auch diese hochnäsige Jessica zu Kreuze kriechen wird. Es ist nur eine Frage der Zeit und der richtigen Behandlung.«

»Ich hätte nichts dagegen, diese Wette anzunehmen«, erwiderte Mitchell.

Ned Tyler zog höhnisch die Augenbrauen hoch. »Eine Wette, die Sie schon jetzt verloren haben. Mein Gott, ich breche den Willen dieses Mädchens im Handumdrehen!«

Mitchell zuckte die Achseln. »Wenn Sie sich Ihrer Sache so sicher sind, warum sind Sie dann nicht bereit, eine anständige Summe darauf zu setzen? Oder sind Sie sich im Innersten doch nicht ganz so sicher, wie Sie nach außen hin vorgeben?«

Der Erste Offizier schnaubte verächtlich. »Zum Teufel, Sie können Ihre Wette haben, Mr. Hamilton. Nennen Sie eine Summe, deren Verlust Sie verkraften können!«

»Wie wäre es mit … zehn Guineen?«, schlug Mitchell vor.

Ned Tyler zögerte kurz. Das war eine Menge Geld. Noch nicht einmal seine goldene Repetieruhr hatte so viel gekostet. Verlor er die Wette, würde das einen nicht unbedeutenden Verlust für ihn darstellen. Zehn Guineen. Aber, zum Teufel, warum zögerte er denn? Er war der Erste Offizier des Schiffes, und ihm standen Mittel und Wege offen, zu erreichen, was er sich einmal vorgenommen hatte. Ganz besonders, wenn es die Sträflinge betraf.

»Angenommen. Zehn Guineen.« Er wandte sich zum Gehen, drehte sich dann aber noch einmal zu Mitchell um. »Bisher habe ich Sie zumindest für einen klugen Spieler gehalten, Mr. Hamilton. Doch ich muss mein Urteil wohl revidieren. Vermutlich hatten Sie nichts weiter als Glück. Doch in diesem Fall wird Sie das nicht retten können.«

Mitchell blieb an der Brüstung stehen und blickte nachdenklich auf die zerlumpten Gestalten. Was hatte ihn bloß so sicher gemacht, dass dieses Mädchen Ned Tyler nicht nur dieses eine Mal trotzen würde? War es die Überraschung gewesen, bei einem dieser angeblich so verdorbenen Geschöpfe Stolz und Mut zu sehen? Oder was sonst hatte ihn dazu bewogen, diese eigentlich unsinnige Wette anzunehmen?

Doch es führte zu nichts, wenn er sich jetzt darüber den Kopf zerbrach. Die Wette galt. Und wie immer sie auch ausgehen mochte, eines hatte sie auf jeden Fall bewirkt: Das bisher anonyme Elend der Frauen hatte einen Namen erhalten – Jessica Jakes.

6

Gegen Abend desselben Tages kam Betsy Fodder zu Jessica. Ein ungehaltener Ausdruck stand in ihrem sonst stets fröhlichen Gesicht.

»Jessica? … Komm mit, ich hab' mit dir zu reden!«, forderte die ehemalige Bordellbesitzerin sie auf.

»Reden? Worüber denn?«, fragte Jessica überrascht.

»Nicht hier«, sagte Betsy knapp.

Jessica erhob sich. Als sie sich an Lydia vorbeidrängte, warf diese ihr einen Blick zu, als wollte sie fragen: *Seit wann gibst du dich mit dieser Kupplerin ab?*

Ahnungsvoll folgte sie Betsy zum hinteren Ende der Sträflingsunterkunft, wo zwei Reihen der Bettstellen nicht belegt waren. Zu Beginn der Überfahrt hatte es auch hier nicht einen freien Platz gegeben, doch der Tod hatte bereits Opfer in den Reihen der Deportierten gefunden. Freie Bettstellen im vorderen Teil des Gefangenenquartiers waren natürlich sofort von denjenigen belegt worden, die aus den hinteren Reihen vorrücken wollten, sodass schließlich die beiden letzten völlig leer standen. Man mied diese Stelle im Allgemeinen, und zwar aus Aberglauben. Einige der Sträflinge waren sogar fest davon überzeugt, dass der Tod denjenigen holte, der sich auf eine dieser verödeten Pritschen setzte.

Jessica hielt das für Unsinn, und doch vermochte sie sich eines Gefühls der Beklommenheit nicht zu erwehren. Sie vermied es sogar, die Pfosten der Bettreihen zu berühren.

Betsy stemmte die Hände in die Hüften. »Hör mir mal gut zu, mein Kind. Irgendwie hab' ich 'ne Menge für dich übrig. Vielleicht kommt's daher, weil du meiner Tochter ein wenig ähnlich siehst … Die Pest über diesen mittellosen Maler, der meine Celia dazu überredet hat, mit ihm durchzubrennen. In der Hölle soll er schmoren und nichts weiter zu sehen bekommen, als seine eigenen grässlichen Bilder!« Sie runzelte über sich selbst die Stirn. »Aber das gehört nicht hierher. Ich habe mit dir ein Hühnchen zu rupfen.«

»Das verstehe ich nicht … Oder hat es vielleicht etwas mit diesem Schiffsoffizier zu tun?«, fragte Jessica, und ein Schauer durchlief sie, als sie an die Begegnung zurückdachte. Sie hatte seine Drohung nicht vergessen.

Betsy schnaubte wie ein Walross. »Mehr als nur etwas, mein Kind. Simpson, du weißt, der Oberaufseher mit dem verkrüppelten linken Ohr, hat mir gerade die Hölle heiß gemacht. Und dabei hatte ich von nichts auch nur 'ne Ahnung. Mein Gott, Jessy, warum bist du nicht zu mir gekommen und hast mir gesagt, dass du es dir anders überlegt hast und gleich auf den Ersten los willst? Ich hätte das bestens in die Wege leiten können. Ganz sauber wäre das gegangen, und ich hätte diesen Ned Tyler wie eine Weihnachtsgans ausgenommen …«

Jessica nutzte Betsys Atempause und sagte schnell: »Ich weiß nicht, was dir der Wärter erzählt hat, aber es ist bestimmt nicht die Wahrheit gewesen. So etwas habe ich nie im Sinn gehabt.«

Betsy runzelte verwundert die Stirn. »Der Teufel soll mich holen, wenn ich das jetzt verstehe. Der Erste hat Simpson zu mir geschickt, damit wir uns über die Konditionen einig werden. Und wie Simpson mir erzählte, hätte sich Ned Tyler wahnsinnig darüber aufgeregt, dass du versuchen würdest, deinen Preis hochzutreiben als wärst du 'ne jungfräuliche Prinzessin. Dieser impotente Drecksack Simpson hat mir doch wahrhaftig gedroht, meine Rumration zu kürzen, wenn ich es nicht schaffe, dich zur Räson zu bringen. Und darum stehen wir jetzt hier.«

Jessica schüttelte erschrocken über die Lügen den Kopf. »Das stimmt alles nicht, Betsy«, sagte sie und berichtete nun, was sich am Vormittag an Deck zugetragen hatte.

Betsy Fodders Gesicht nahm von Augenblick zu Augenblick einen immer düsteren Ausdruck an. Und als Jessica schließlich geendet hatte, stieß sie einen gedämpften Fluch aus, der es mit denen der Seeleute hätte aufnehmen können.

»Das riecht nach Ärger … Ärger für uns beide, Jessy«, sagte sie dann. »Bist du dir auch ganz sicher, dass du ihm unmissverständlich einen Korb gegeben hast?«

Jessica nickte. »Oh, ja!«

»Offenbar scheint Tyler dein Nein nicht für ehrlich zu halten«, sagte Betsy finster, »denn sonst hätte er mir ja Simpson nicht auf den Hals geschickt. Der Wärter hat mir gesagt, der Erste wäre stinksauer, dass ich dich bisher wie meine letzte Trumpfkarte zurückgehalten hätte. So ein Unsinn! Als ob ich nur mit den Fingern zu schnippen bräuchte … Aber jetzt mal ganz offen und ehrlich: Ist es dir mit deiner Ablehnung wirklich ernst?«

»Ja«, antwortete Jessica, ohne zu zögern und mit Nachdruck.

Betsy schwieg einen Moment, nagte auf ihrer Unterlippe und musterte Jessica. »Sag mal … hast du schon mal was mit einem Mann gehabt?«, fragte sie dann. »Ich meine … bist du noch unberührt?«

Das Blut schoss Jessica ins Gesicht. Sie wollte den Kopf senken, doch sie unterdrückte diesen Impuls und blickte Betsy fast trotzig an. »Nein … aber das bedeutet noch nicht, dass ich ein Flittchen bin!«

»Schon gut, schon gut, mein Kind«, sagte Betsy beruhigend und berührte sie am Arm. »Es war ja auch nur eine Frage. Ich wollte dir wirklich nicht zu nahe treten.«

»Warum … warum kann er mich nicht in Ruhe lassen?« Jessicas Stimme zitterte leicht. »Genügt es nicht, dass wir so leben müssen und unbarmherzig in dieses ferne New South Wales geschickt werden?«

Betsy seufzte. »Wir haben keine Rechte mehr, und damit müssen wir uns wohl abfinden, so bitter es auch ist.« Sie schwieg bedrückt.

»Jessica …«

»Ja?«

»Glaube mir, ich möchte dir gern helfen«, begann Betsy. »Aber das wird nicht leicht sein, wenn ein Mann wie Ned Tyler ein Auge auf dich geworfen hat. Es zahlt sich nicht aus, sich ihn zum Feind zu machen …«

»Was heißt zum Feind machen?«, fiel Jessica ihr erregt ins Wort. »Ich will nichts von ihm! Er soll mich nur in Ruhe lassen. Das Gericht hat mich zwar zu zehn Jahren Gefängnis und jetzt zur Deportation verurteilt, aber heißt das auch, dass ich jedem zu Willen sein und meinen … Körper verkaufen muss? Nein, dazu hat man mich nicht verurteilt. Und niemand wird mich dazu kriegen, das schwöre ich dir. Eher …«

»Sachte, ganz sachte!«, rief Betsy hastig. »Sprich nichts aus, was du hinterher bereuen könntest. Du hast dir noch eine verdammte Menge Stolz bewahrt, mein Kind. Ich finde das bewundernswert, denn ich bin stets den einfacheren Weg gegangen, und wenn er auch noch so erniedrigend und demütigend war. Doch ich weiß nicht, ob dir dein Stolz in diesem Fall viel nützen wird. Ned Tylers Worte sind praktisch Gesetz auf diesem Schiff, und was er befiehlt, wird widerspruchslos getan. Das solltest du besser nicht vergessen. Wenn ich einen Ausweg wüsste, wäre ich glücklich. Aber ich weiß keinen.«

»Er kann mich nicht zwingen!«, beharrte Jessica, doch in ihren Augen flackerte Angst.

»O doch, das kann er«, nahm Betsy ihr diese Illusion. »Er kann alles.«

»Was … was soll ich tun?«

Betsy zuckte die Achseln. »Mein Rat wird dir gewiss nicht gefallen … Ich an deiner Stelle würde tun, was er von dir verlangt. Es wird schrecklich für dich sein, sehr schrecklich sogar«, erklärte sie und dachte an die Beschwerden, die einige ihrer Mädchen schon über Ned Tylers Brutalität vorgebracht hatten. Der Erste Offizier fand sichtlich Gefallen daran, seine Macht auszukosten und die Frauen, die Betsy ihm schickte, wie Dreck zu behandeln. »Aber sich diesem hinterhältigen Burschen hinzugeben, wird weniger schrecklich sein als das, was er dir zufügen kann, wenn er in Wut gerät. Und ich bin überzeugt, dass er vor Wut schäumen wird, wenn du ihn zurückweist. Er kann dir hier die Hölle auf Erden bereiten, vergiss das nicht!«

Jessica war leichenblass geworden. Angst erfüllte sie. Betsys schonungslose Worte bestätigten ihre eigene dunkle Ahnung. Doch Ekel schüttelte sie bei dem Gedanken, dass dieser Mann seine Hände auf ihren Körper legen und in sie eindringen könnte.

»Nein!«, stieß sie hervor, und Schweiß perlte auf ihrem Gesicht. »Nein … ich kann nicht. Ich … Niemals könnte ich so etwas tun … Ich würde mich selbst aufgeben. Verstehst du, Betsy, es wäre das Ende …«

Betsy blickte sie ernst an, und schmerzliches Verstehen lag in ihren Augen. »Ich verstehe dich, Jessy. Vielleicht hast du recht, und es wäre wirklich dein Ende. Vielleicht gibt es keinen anderen Weg … Doch warte! Eine Hoffnung bleibt uns noch.«

Erwartungsvoll sah Jessica sie an.

»Ich werde versuchen, ihn hinzuhalten«, erläuterte Betsy ihren Plan, der einen schwachen Hoffnungsschimmer barg. »Ich werde sagen, dass ich Zeit brauche, um dich herumzukriegen. Mir wird schon irgendetwas Plausibles einfallen. Bestimmt wird er eine Weile stillhalten, ein paar Tage, vielleicht sogar eine Woche.«

»Aber was hilft mir das?«

»Eine verdammte Menge, mein Kind«, versicherte Betsy. »Bei diesen Burschen weiß man nie, was in ihren verqueren Köpfen vor sich geht. Heute sind sie ganz verrückt auf diesen Rotschopf, und morgen würdigen sie ihn noch nicht einmal eines Blickes. Du kannst mir das abnehmen, denn ich habe diesen Zirkus wirklich lange genug betrieben, und ich hatte vornehme Herren unter meinen Kunden. Aber ob nun Titel und Geld oder auch nicht, wenn es um Frauen geht, waren sie alle gleich. Es kann passieren, dass er dich morgen schon vergessen hat und es ihn gar nicht mehr interessiert, ob du ihn hast abblitzen lassen oder nicht.«

»Glaubst du wirklich?« Zweifel schwang in Jessicas Stimme mit, doch auch neu erwachte Hoffnung.

»Ich würde keinen Sixpence darauf wetten wollen, aber ich hoffe darauf. Und ich werde alles versuchen, um ihn von dir abzulenken. Heute Nacht bekommt er Rosy, du kennst sie, ein dralles Ding, das ihrer Herrschaft ein paar Betttücher und Tischdecken zu viel gestohlen hat, sodass es aufgefallen und sie geradewegs hier auf der *Tradewind* gelandet ist. Rosy ist neu in meiner Gruppe. Hat der Verlockung lange widerstanden. Ihr sollte es eigentlich gelingen, Ned Tyler auf andere Gedanken zu bringen.«

»Ich … ich weiß gar nicht, wie ich dir danken soll«, sagte Jessica. Sie hätte nie geglaubt, dass Betsy so viel Herz und Verständnis besaß.

»Ach, was, Schwamm drüber«, meinte Betsy schnell. »Ich gebe zu, dass es mir lieber gewesen wäre, wenn ich dich hätte verkuppeln können. Aber es ist nie meine Art gewesen, jemanden zu irgendetwas zu drängen oder gar zu zwingen. Ach, was waren das früher doch für Zeiten! Alles hatte ich gehabt. Wenn dieser leichtsinnige Kerl damals doch bloß nicht so viel herrlich klingende Geldmünzen bei sich gehabt hätte. Verflucht sei der Tag, an dem er mein Haus betrat!« Kopfschüttelnd ging Betsy Fodder davon.

Jessica lag in dieser Nacht noch lange wach, lauschte dem Atem der Schlafenden, den schweren Seufzern und dem unterdrückten Stöhnen der Kranken und Verzweifelten. Es waren ebenso vertraute Geräusche wie das allgegenwärtige Knarren im Spantenwerk und das Singen der Takelage im Wind.

Über ihr wälzte sich Frances unruhig von einer Seite auf die andere und murmelte unverständliche Worte im Schlaf. Und auf der anderen Seite zeichnete sich Rubys schwerer Leib als vage Silhouette in der Dunkelheit ab. Gedämpfte Stimmen drangen hinunter ins Zwischendeck, als die neue Wache ihren

Dienst antrat. Zwei, drei knappe Kommandos hallten über das Deck, dann war es wieder still, und gleichmäßig rauschte die See an der Bordwand entlang.

7

Eine angenehm kühle Brise, der die schneidende Kälte des vergangenen Tages fehlte, strich über den Dreimaster, und doch spürte Jessica, wie kalter Schweiß ihren Nacken und an ihren Schläfen hinunterrann, als sie am nächsten Vormittag durch die Luke an Deck trat. Diesmal nahm sie den Kolbenhieb von George Simpson ohne den Versuch, sich wegzuducken, hin.

»Halte dich vom Achterdeck fern!«, hatte Betsy Fodder ihr noch vor wenigen Augenblicken geraten. »Versteck dich in der Menge und sieh zu, dass du nicht auffällst.«

Jessica befolgte den Rat und kauerte sich hinter die Ankerwinde, sodass sie vor den Blicken der Offiziere und Passagiere auf dem erhöhten Achterdeck verhältnismäßig gut verborgen war.

War ihr früher die halbe Stunde an Deck kaum länger als ein flüchtiger Moment erschienen, quälte sich nun die Zeit dahin. Minuten wurden zu Ewigkeiten. Sie hatte noch nicht einmal Augen für den klaren Himmel, der von einem verwaschenen Blau war und nur wenige Wolken zeigte. Nur ein einziger Gedanke beherrschte sie: *Wird er kommen?*

Endlich wurde den Frauen befohlen, ins Zwischendeck zurückzukehren, und Jessica empfand es wie eine Erlösung. Betsy nickte ihr aufmunternd zu, als sie hinter der Ankerwinde aufsprang und sich zur Luke drängte, um zurück in das scheinbar sichere Quartier zu flüchten.

Einer unerklärlichen Regung folgend, blickte sie sich jedoch kurz vorher noch einmal um. Der Erste Offizier war nicht auf dem Achterdeck zu sehen. Doch der gutaussehende Mann, der gestern oben neben der Stiege gestanden hatte und Zeuge des Wortwechsels gewesen war, lehnte wieder an der Brüstung. Und sein Blick begegnete dem ihren, als hätte er sie schon die ganze Zeit beobachtet und nicht einen Moment aus den Augen gelassen.

Das Achterdeck lag zu weit weg, als dass Jessica den Gesichtsausdruck des Mannes hätte erkennen können. Doch sie hatte auf einmal das sonderbare Gefühl, als läge so etwas wie Verstehen und sogar Zuspruch in seinem Blick.

Jessica wandte sich schnell ab und schüttelte über sich selbst den Kopf. Was für ein dummes Zeug sie sich jetzt schon zusammenfantasierte. Verständnis und Zuspruch. Unsinn. Wie verstört und verängstigt musste sie doch sein, wenn sie annahm, jemand von den Passagieren könnte so etwas wie Mitgefühl für sie empfinden. Schnell stieg sie die steile Treppe in das dunkle Zwischendeck hinunter.

Der Tag verstrich, ohne dass irgendetwas Außergewöhnliches geschah. Bei Einbruch der Dunkelheit setzte vorn an der eisenbeschlagenen Tür wieder das übliche geschäftige Treiben ein. Betsys Truppe und einige andere Frauen, die sozusagen auf eigene Faust ihre »Liebesdienste« angeboten hatten, wurden von den Wärtern herausgelassen.

Einige der willfährigen Frauen begaben sich nach vorn in den Mannschaftsraum, der Unterkunft der einfachen Seeleute vorn im Bug des Schiffes. Die Matrosen hatten sich am Kap wohlweislich mit Rum und Tabak eingedeckt, um die Wärter bestechen und für die Liebesdienste bezahlen zu können. Drei, vier Frauen wurden vom Wachpersonal hinüber in das Quartier der männlichen Strafgefangenen gebracht, die ihre Ankunft mit lautem Gejohle begrüßten. Unter den Männern waren genügend, die noch das eine oder das andere Geldstück besaßen.

Rosy ging diese Nacht wieder zu Ned Tyler. Jessica ahnte nicht, dass Betsy ihr zuvor noch eindringliche Instruktionen erteilte. Sie versprach ihr sogar einen Teil dessen, was für sie als Kupplerin abfiel, wenn Rosy sich in Ned Tylers Armen besonders leidenschaftlich gab und auf all seine Wünsche, und mochten sie noch so ausgefallen sein, ohne mit der Wimper zu zucken, einging. Rosy überdachte das großzügige Angebot gut und versprach dann, sich genau so zu verhalten.

Am nächsten Morgen suchte Betsy Jessica auf. Sie brachte gute Nachrichten. »Es sieht ganz so aus, als hätte unsere Rosy diesen Hundesohn Tyler am Haken. Er hat sie die ganze Nacht in seiner Kabine behalten. Das hat er noch nie zuvor getan.«

»Dann kann ich also aufatmen?«, fragte Jessica erleichtert.

»Das will ich damit nicht gesagt haben«, dämpfte Betsy sofort Jessicas Freude. »Aber unsere Chancen sind jetzt besser. Warten wir ab. Ich glaube, die nächsten drei, vier Nächte bringen die Entscheidung.«

Die folgende Nacht brachte eine Entscheidung ganz anderer Art. Ein Geräusch, das nicht in die vertraute nächtliche Kulisse passte, holte Jessica ganz allmählich aus den Tiefen des Schlafs empor. Sie dämmerte noch vor sich hin, als ein unterdrücktes Wimmern ihr Unterbewusstsein erreichte. Und sie war schon wach, als das Wimmern in ein gepresstes Stöhnen überging.

Jessica richtete sich auf ihrem schmalen Bett auf und brauchte einen Augenblick, bevor ihr bewusst wurde, dass Ruby diejenige war, die so laut stöhnte.

»Mein Gott«, murmelte Jessica betroffen, schwang sich von der Pritsche und hörte, wie nun auch Frances und Lydia aus dem Schlaf fuhren.

Jessica war mit einem Schritt an Rubys Bett. »Haben die Wehen eingesetzt?«, fragte sie aufgeregt.

»Zu früh … es kommt zu früh!«, stöhnte Ruby verzweifelt und presste ihre Hände von unten gegen ihren Leib, als wollte sie das Kind mit aller Gewalt in ihrem Körper behalten. Eine Schmerzwelle durchlief sie, und ein langgezogener Schrei drang aus ihrer Kehle.

»Um Himmels willen, was ist?«, rief Lydia erschrocken.

»Ruby kriegt ihr Kind!«, rief Jessica zurück und gab sich keine Mühe, ihre Stimme in einem Flüsterton zu halten. Die Schreie der jungen Irin gellten durch das Sträflingsquartier, sodass für niemanden mehr an Schlaf zu denken war.

Flüche mischten sich mit schlaftrunkenen Stimmen. Der Wachtposten jenseits der schweren Tür polterte ungehalten mit dem Gewehrkolben gegen die Bohlen. »Ruhe da drinnen! … Hört auf, euch zu streiten, oder ich sorge dafür, dass man euch in Ketten legt!«, brüllte er. »Elendes Verbrecherpack!«

Jessica achtete nicht auf die Drohungen des Wärters und das einsetzende Stimmengewirr. Sie hielt Rubys linke Hand und fühlte sich hilflos wie kaum zuvor. Noch nie hatte sie eine Geburt erlebt. Was war zu tun?

»Es … wird … alles gut werden«, versuchte sie Ruby zu beruhigen, war jedoch selber viel zu verwirrt und aufgeregt, um Trost und Ruhe spenden zu können.

Jemand schob sie zur Seite. Es war Frances. »Der verdammte Knochenflicker muss her!«, stellte sie kühl fest. »Jemand soll dem Wärter Bescheid sagen, dass wir den Schiffsarzt brauchen.«

Die Frauen drängten sich um Rubys Bettstelle, doch keine machte Anstalten zu tun, was Frances gesagt hatte. Es war Lydia, die die Aufgabe schließlich übernahm. Energisch drängte sie sich durch die Menge.

»Und eine Laterne!«, schrie jemand. »Eine Laterne muss her!«

»Wo bleibt bloß der Arzt?«

»Herumhuren, das tut er!«

»Kann ihr denn keiner helfen?«

Die Stimmen bildeten ein erregtes Stakkato im Dunkel des Zwischendecks. Und nur Jessica hörte, wie Ruby immer wieder murmelte: »Nein … nicht jetzt schon … es ist zu früh … o Gott, nimm mir nicht auch noch unser Kind! … Es ist zu früh! … Lass mir das Kind!«

Ein Schauer erfasste Jessica. Sie erinnerte sich an Frances gefühllosen Kommentar, dass es besser für das Kind sei, wenn es gleich tot zur Welt käme. Dann würde dem Baby das Leid erspart bleiben. Doch an die Seelenqual der Mutter hatte sie dabei nicht gedacht …

Ruby bäumte sich unter Schmerzen auf.

Endlich fiel ein gelblicher Lichtstrahl durch die Ritzen der Tür. Die breiten Riegel schlugen krachend in ihren Halterungen zurück. Thomas Clyde tauchte im Türrahmen auf, gefolgt von einem ältlichen Wärter namens James Yocum, der eine Laterne trug. Der Lichtschein fiel auf das besorgte Gesicht von Thomas Clyde, der sich seiner begrenzten Möglichkeiten nur zu bewusst war.

»Wo ist die Frau?«, fragte er die erste Deportierte, auf die er jenseits der Tür traf.

»Dort hinten!« Vage deutete die Frau den Mittelgang hinunter.

»Kommen Sie, Yocum«, murmelte Thomas Clyde und zwang sich zu einem strengen Gesichtsausdruck. Es konnte gefährlich sein, wenn man hier unten im ›Loch‹, wie die Offiziere die Unterkunft der Sträflinge zu bezeichnen pflegten, nicht den Eindruck vermittelte, jederzeit Herr der Lage zu sein. Dabei fühlte er sich alles andere als der Situation gewachsen. Und das lag nicht zuletzt an Ned Tylers Weigerung, irgendetwas an der Behandlung der Deportierten zu ändern.

Die Ostindien-Kompanie erhielt für jeden nach New South Wales deportierten Sträflinge eine Summe von siebzehn bis achtzehn Pfund. Kein Wunder also, dass man so viele Sträflinge wie möglich auf den Schiffen zusammenpferchte und ihnen nur eine karge Ration gewährte, die gerade zum Überleben reichte. Jeder Shilling, den man in Proviant und Kleidung einsparte, erhöhte den Profit. Dabei wäre es viel klüger und nutzbringender für die neue Kolonie gewesen, wenn die Regierung eine Prämie nur für jeden Sträfling bezahlte, der New South Wales bei guter Gesundheit erreichte, anstatt für jeden eingeschifften Deportierten zu zahlen.

Der Schiffsarzt unterdrückte ein Seufzen der Resignation und ging mit unbeweglichem Gesicht durch die Gasse, die die weiblichen Sträflinge nun bildeten, um ihn zu Ruby durchzulassen.

»Doktor, tun Sie etwas, dass es noch nicht kommt!«, flehte Ruby den Schiffsarzt verzweifelt an. »Es ist zu früh … ich weiß es! … Es darf nicht kommen … noch nicht!«

Thomas Clyde drückte sie sanft, aber bestimmt auf ihr Strohlager zurück. »Die Natur lässt sich nicht aufhalten«, erklärte er. »Doch ich werde alles tun, was in meiner Macht steht. Yocum, die Laterne mehr nach links. Am besten geben Sie sie einer der Frauen und holen noch eine zweite. Ich brauche mehr Licht.«

»Sehr wohl, Sir«, sagte James Yocum, der zu den gutmütigen unter den Wärtern zählte, reichte die Laterne an eine der Umstehenden weiter und machte sich auf den Weg, eine zweite zu holen.

Die Geburt zog sich über Stunden hin. Bald hockte nur noch Thomas Clyde am Bett der werdenden Mutter. James Yocum lehnte an der Bordwand, und der Kopf war ihm auf die Brust gesunken. Auch Jessica lag wieder auf ihrer Pritsche, doch an Schlaf war für sie nicht zu denken. Zwischen den Wehen lagen lange Pausen, in denen Rubys Stöhnen und Wimmern von einem schweren, kurzatmigen Keuchen abgelöst wurde.

Zwei Stunden vor Morgengrauen war es endlich so weit. Clyde rüttelte den Wärter aus dem Schlaf und trug ihm auf, neues heißes Wasser zu holen sowie frische Tücher.

Als Ruby merkte, dass sich ihr Baby langsam, aber unaufhaltsam aus ihrem Unterleib bewegte, liefen ihr die Tränen über das Gesicht, und es waren nicht die Schmerzen, die sie weinen ließen.

Jessica verfolgte die schwere Geburt mit einer Mischung aus Entsetzen und Faszination. Ihr wurde gar nicht bewusst, dass sie sich die Unterlippe blutig biss, als Ruby in den Presswehen lag und das Kind einfach nicht kommen wollte. Schwäche erfasste sie, als sie das viele Blut sah.

»Noch einmal pressen!«, rief Thomas Clyde. »Gleich haben wir es geschafft! … Ja! … Hier kommt der Kopf!« Und dann glitt der winzige Körper zwischen Rubys Schenkeln hervor.

Eine bedrückende Stille schien sich über das Schiff zu legen, und es war, als hielte auch der Wind zum ersten Mal seit Wochen den Atem an. Alle warteten auf den Schrei des neugeborenen Kindes. Doch er blieb aus.

Schließlich brach Ruby O'Connors schwache Stimme die

bedeutungsschwere Stille. »Ist … es … ein Junge oder ein Mädchen?«, fragte sie.

Thomas Clyde starrte auf das leblose Baby in seinen Händen. »Ein Junge«, antwortete er und spürte, wie ihn eine grenzenlose Müdigkeit ergriff, die über die Erschöpfung einer durchwachten Nacht weit hinausging.

Ein entrücktes Lächeln legte sich über Rubys verschwitztes Gesicht. »Ich werde ihn nach seinem Vater nennen … Timothy soll er heißen … Er wird mich immer an meinen Mann erinnern … und sein Lachen …«

Der Schiffsarzt fiel ihr ins Wort. »Das Kind wird niemals lachen … es ist tot«, erklärte er und legte den zierlichen Leichnam auf eines der frischen Tücher am Fußende der Bettstelle.

Ruby erstarrte und schüttelte stumm den Kopf.

»Du musst jetzt ausruhen«, sagte Thomas Clyde mit belegter Stimme. »Ich werde dir etwas Laudanum geben, damit du schlafen kannst. Du bist eine junge Frau und wirst noch viele Kinder bekommen können.«

»Nein … Sie lügen!«, stieß Ruby hervor. »Timothy ist nicht tot! … Er darf nicht tot sein!« Ihre Stimme wurde schriller und stieg in hysterische Höhen.

Mit einem gehetzten Blick in den Augen richtete sie sich auf, sah den kleinen leblosen Körper am Fußende und stieß einen Schrei aus, der kein Ende nehmen wollte.

»Yocum, helfen Sie mir!«, rief Thomas Clyde. »Das Laudanum! Geben Sie mir das Laudanum.« Mit Gewalt drückte er Ruby hinunter, und Yocum musste alle seine Kraft aufwenden, um sie auf der Pritsche zu halten. Ruby schrie noch immer und schlug wild um sich. Und nur mit größter Mühe gelang es dem Arzt, ihr genügend von dem Beruhigungsmittel einzuflößen, um sie in einen tiefen, rauschartigen Schlaf versinken zu lassen.

»Sie wird den Verlust schon verwinden ... so jung wie sie ist«, sagte Clyde mehr zu sich selbst, als er seine Instrumente einpackte. »Ich werde in ein paar Stunden wiederkommen und nach ihr schauen.«

Ruby schlief noch immer, als der neue Tag anbrach und die Sträflinge an Deck gelassen wurden. Jessica hatte ihre eigenen Sorgen und Ängste für kurze Zeit vergessen, und Betroffenheit erfüllte sie. Zum ersten Mal seit Tagen ging sie frei mittschiffs hin und her und versteckte sich nicht hinter der Ankerwinde. Der Gedanke an Ned Tyler war in den Hintergrund gedrängt.

»Bist du jetzt zufrieden?«, hörte Jessica ihre Freundin Lydia fragen, als Frances vorbeikam.

Frances blieb stehen. Ihr Gesicht war eine steinerne Maske. »Zufrieden womit?«

»Du weißt verdammt gut, wovon ich spreche!«, stieß Lydia zornig hervor. »Du hast doch gesagt, dass es besser ist, wenn das Kind tot zur Welt kommt.«

»Es ist schrecklich für Ruby, und sie tut mir leid ...«

»So, leid tut sie dir!«, höhnte Lydia. »Ich bezweifle, dass du ein Gefühl wie Mitleid überhaupt kennst!«

»... aber für das Kind ist es besser so«, fuhr Frances ungerührt fort. »Ihr seid Narren, wenn ihr glaubt, mich irgendwie dafür verantwortlich machen zu können. Nicht ich habe sie geschwängert und zur Frau eines irischen Rebellen gemacht, und ich war es auch nicht, die sie in dieses Dreckloch gesteckt hat. Alles, was ich getan habe, ist, dass ich ausgesprochen habe, was wohl jeder voraussehen konnte. Aber ich weiß, die Wahrheit ist schwer zu ertragen. Und wer sie ausspricht, macht sich selten beliebt.«

Lydia starrte sie an und wusste nicht, ob sie sich schämen oder Frances ins Gesicht spucken sollte. Es war unmöglich zu sagen, was sich im Kopf dieses zierlichen Mädchens abspielte.

Einen Augenblick lang blickten sich die beiden wortlos an. Dann wandte sich Frances langsam um und ging hinüber auf die andere Seite des Schiffes.

»Lass gut sein«, sagte Jessica und berührte Lydia am Arm. »Es ist vorbei.«

»Mein Gott, sie ist so schrecklich kalt und abgebrüht!«

Jessica schüttelte den Kopf. »Nein, das Schreckliche ist, dass sie recht hat. Vielleicht stimmt es wirklich, dass wir die Wahrheit nicht hören wollen, weil wir sie nicht ertragen können.«

Lydia blickte finster vor sich hin. »Wir müssen uns um Ruby kümmern«, sagte sie dann.

Als sie ins Quartier zurückkehrten, war Ruby wach und völlig ruhig. Sie erschien Lydia und Jessica wie verwandelt. Und ungläubig hörten sie, wie Ruby zu der ebenfalls fassungslosen Frances sagte: »Es stimmt, was du gesagt hast, Frances. Dort, wo Timothy jetzt ist, ist er besser aufgehoben als in dieser Welt. So ist ihm viel Leiden erspart geblieben, und er ist nun bei seinem Vater. Ich habe damals nicht wahrhaben wollen, wie recht du mit deinen Worten hattest. Es ist besser so …«

Jessica fühlte sich erleichtert, dass Ruby den schweren Schock überwunden zu haben schien. Doch ihre unglaubliche Ruhe und Gelassenheit ließen sie misstrauisch werden. Sie wartete auf einen plötzlichen Zusammenbruch oder einen hysterischen Anfall. Glücklicherweise vergeblich. Ruby schien mit dem Schicksal Frieden geschlossen und zu einer tiefen inneren Ruhe gefunden zu haben. Ihre Augen blickten klar und gefasst. Nichts wies darauf hin, dass sie sich in irgendeine Scheinwelt geflüchtet hatte.

Es war Lydia, die Ruby am nächsten Morgen fand. Sie war tot. Mit einem friedlichen Lächeln, als würde sie nur schlafen, lag sie auf ihrer Pritsche. Sie hatte sich die Pulsadern an den Handgelenken aufgeschnitten, und das ausgeflossene Blut war längst getrocknet.

Jessica wurde den Verdacht nicht los, dass Ruby sich die Adern mit Frances' Messer geöffnet hatte, denn die Schnitte waren glatt und tief, wie sie nur eine sehr scharfe Klinge schneiden konnte. Doch Jessica sollte nie erfahren, ob Frances ihr Messer Ruby überlassen hatte. Und schließlich war das auch ohne Bedeutung. Ruby hätte auch einen anderen Weg gefunden, ihrem Leben ein Ende zu setzen.

8

Sosehr der Selbstmord von Ruby O'Connor Jessica und einige andere, die ihr nahegestanden hatten, auch erschütterte, für die meisten war es nur ein Todesfall unter vielen. Und das Leben an Bord der *Tradewind* ging weiter, als wäre nichts geschehen. Es gab noch nicht einmal eine Trauerfeier. Rubys Leichnam wurde in ein verblichenes Stück Segeltuch gewickelt und ohne ein Gebet der See übergeben, genauso wie man es mit ihrem tot geborenen Kind getan hatte. Ned Tyler scherte sich nicht um die Proteste, die John Hawkley, Mitchell und sogar Reverend Reckham vorbrachten.

Zum ersten Mal seit Beginn der Passage empfand Jessica ein Gefühl der Aussichtslosigkeit und als hätte jemand den Fluch ewiger Verdammnis über sie verhängt. Und es half wenig, dass Lydia sich bemühte, sie auf andere Gedanken zu bringen. Ihr gemeinsames Spiel, die Flucht in das Nacherleben vergangener Erlebnisse, schien seinen Zauber verloren zu haben.

Zwei Tage nach Rubys Selbstmord stand eine warme Sonne am südlichen Himmel. Die *Tradewind* entfernte sich spürbar aus den kalten, antarktischen Gewässern.

»Es heißt, dass die Jahreszeiten in New South Wales zu unseren in England wie auf den Kopf gestellt sind«, sagte Lydia, als sie an der Steuerbordreling standen und auf die in der Sonne glitzernde See hinausblickten. »Wenn wir Sommer haben, ist es dort Winter. Es wird Hochsommer in New South Wales sein, wenn wir im Januar dort ankommen. Ist das nicht merkwürdig?«

Jessica zuckte nur die Achseln. Ihr Blick verlor sich in der wogenden Weite des Ozeans. Hochsommer im Januar, auf den Kopf gestellte Jahreszeiten, Sträflingsarbeit. Alles schien so fern jenseits des wirklichen Lebens zu liegen.

Lydia stieß plötzlich einen unterdrückten Schrei aus, und Jessica blickte auf, folgte der Richtung von Lydias Augen. Das Blut wich aus ihrem Gesicht, als sie den Ersten Offizier sah.

Er kam die kurze Treppe zum Mittschiffsdeck herunter, gefolgt wieder von einem bewaffneten Wärter. Sein kalter Blick glitt über die Sträflinge hinweg, blieb auf Jessica liegen und schien sie wie stählerne Klammern festzuhalten. Mit einer herrischen Handbewegung winkte er sie zu sich.

»Ich kann nicht!«, murmelte Jessica. In ihrem Kummer über Rubys Leid hatte sie ganz vergessen, dass auch über ihrem Schicksal ein Damoklesschwert hing.

»Du musst! Du kannst dich seinem Befehl nicht widersetzen!«, ermahnte Lydia sie eindringlich. »Er kann dich nicht zwingen, dass du … mit ihm das Bett teilst. Doch wenn er dich zu sich befiehlt, musst du gehorchen. Mein Gott, er kann dich in Ketten legen oder gar auspeitschen lassen!«

Jessica setzte sich zögernd in Bewegung, überquerte langsam das Deck und blieb mehrere Schritte vor dem Ersten Offizier stehen.

»Komm näher!«, befahl Ned Tyler schroff.

Jessica trat näher, bleich und mit einem Gefühl abgrundtiefer Leere in ihrem Magen.

»Nun, du hast lange genug Zeit zum Überlegen gehabt«, sagte Tyler. »Du kannst nicht sagen, ich hätte dir keine Gelegenheit gegeben, deine Antwort wohl zu überlegen. Dieses Bordellweib hat mich eine ganze Woche hingehalten. Ich denke, das ist ausreichend.«

Jessica wich seinem Blick aus. Sie war unfähig, irgendetwas zu erwidern.

»Sprich!«, herrschte Tyler sie an. »Wofür hast du dich nun entschieden?« Seine Stimme wurde eine Spur freundlicher. »Du brauchst nur ein wenig willig zu sein, Jessica, und du wirst schnell herausfinden, dass ich gar nicht der Unmensch bin, für den du mich zu halten scheinst.«

Tausend Gedanken jagten sich in Jessicas Kopf. Betsys Versuch, den Ersten Offizier mit Rosy zu ködern, war offensichtlich gescheitert. Sie spürte die Gefahr, in der sie schwebte, und fieberhaft suchte sie nach einem Ausweg. Sosehr sie den Offizier verabscheute, sie durfte ihn das nicht merken lassen. Im Gegenteil, sie musste alles versuchen, um ihn im Guten von seinem Vorhaben, sie zu seiner Geliebten zu machen, abzubringen. Und das konnte ihr nur gelingen, wenn sie sich verstellte und diplomatische Antworten gab, die ihn nicht reizten.

»Ich … habe mir nie die Freiheit herausgenommen, mir ein Urteil über Sie zu machen, Sir«, antwortete sie nun mit gesenktem Blick. »Dazu habe ich kein Recht … und außerdem weiß ich zu wenig über Sie, Sir.«

Ned Tylers Gesicht hellte sich bei ihren Worten merklich auf. Er wertete ihre fast demütige Antwort als Zeichen dafür, dass sie mittlerweile eingesehen hatte, dass es sich nicht auszahlte, seinen Unwillen zu erregen. Und seine angespannte Haltung lockerte sich ein wenig.

»Sehr richtig, Jessica«, sagte er fast lobend. »Ich bin sicher, dass wir beide uns gut verstehen werden. Du bist jung und wirst noch viel lernen können. Ich habe recht gute Beziehungen in Sydney, kenne dort einige Offiziere vom New South Wales Corps. Ich bin sicher, dich an einen von ihnen als Hausmädchen vermitteln zu können. Du wirst keine harte Sträflingsarbeit leisten müssen. Und du kannst mir glauben, wenn ich dir sage, dass dich Hunderte anderer Frauen darum beneiden werden.«

»Ich … glaube Ihnen«, sagte Jessica leise. »Aber …« Sie brach ab.

Er runzelte die Stirn. »Aber was?«, fragte er, legte seine Hand unter ihr Kinn und hob ihren Kopf, sodass sie ihm ins Gesicht blickte.

»Ich … ich … kann einfach nicht!«, sagte Jessica mit kaum vernehmbarer Stimme. »Sie würden keine Freude an mir haben, Sir! … Ich kann nicht so wie die anderen Frauen … ich meine … ich habe erst …« Sie verhaspelte sich in ihrer Angst und ihrer Unfähigkeit, ihre Ablehnung in die richtigen Worte zu kleiden, die ihn nicht vor den Kopf stießen.

Das zufriedene Lächeln war wie weggewischt vom Gesicht des Offiziers. Seine Augen wurden schmal und glitzerten wie Eissplitter.

»So, du kannst also nicht!«, stieß er wutschnaubend hervor. Und er hielt ihr Kinn mit Daumen und Zeigefinger derartig fest, dass Jessica vor Schmerz zusammenzuckte. »Du hast demnach in der vergangenen Woche nicht das Geringste dazugelernt, ja? Du bleibst bei deinem Nein, ist es das, was du mir sagen willst?«

»Ich kann einfach nicht!«, wiederholte Jessica verzweifelt, als könnte sie dieser Satz retten wie eine Beschwörungsformel.

Mit einer heftigen Bewegung ließ er ihr Kinn los und stieß es dabei gleichzeitig nach oben, sodass ihr Kopf in den Nacken flog.

»Ich werde dir zeigen, was du kannst und was du nicht kannst!«, zischte er mit gefährlich leiser Stimme. »Mir machst du nichts vor, du billiges Flittchen. Bist dir wohl zu schade, dich mit einem Offizier einzulassen, he? Dir steht der Sinn wohl nach Höherem. Nur gut, das sollst du haben. Wir können das Spiel auch nach anderen Regeln spielen. Doch ich glaube nicht, dass diese dir sonderlich gefallen werden!«

»Mein Gott, so verstehen Sie mich doch!«, flehte Jessica mit Tränen der Verzweiflung in den Augen. »Es hat nichts mit Ihnen zu tun, Sir. Wirklich! ... Bitte glauben Sie mir! Ich kann so etwas einfach nicht tun ... mit keinem Mann, den ich nicht liebe!«

Für einen kurzen Moment trat sprachlose Verblüffung in Ned Tylers Augen, dann lachte er verächtlich auf. »Entweder bist du nicht ganz richtig, oder aber du versuchst, dich über mich lustig zu machen, du ausgekochtes Miststück!«

»Nein! Ich ...«

Er ließ sie gar nicht erst ausreden. »Und mir gefällt keines von beidem, Jessica!« Er spuckte ihr die Worte förmlich ins Gesicht. »Liebe? Pah! Ich werde dir schon *Liebe* beibringen, du elendes Flittchen!«

Mit einer eckigen Bewegung fuhr er auf der Stelle herum. Er stieß den Wärter, der mit ausdruckslosem Gesicht einen

Schritt hinter ihm gestanden hatte, brüsk zur Seite, bevor dieser dazu kam, aus dem Weg zu treten, und polterte die Stiege hoch. Übellaunig fuhr er den Steuermann am Ruder an. »Haben Sie nicht gelernt, ein Schiff auf Kurs zu halten, verdammt noch mal?«

Verwirrt blickte der Steuermann auf. Die *Tradewind* lag auf den Strich genau auf Kurs.

»Sir …«, setzte er zu einer Entgegnung an.

Tyler wartete sie gar nicht erst ab. Er wusste auch so, dass der Kurs stimmte. Er verschwand unter Deck und knallte die Tür hinter sich zu.

Jessica stand einen Augenblick regungslos und wie gelähmt. Voller Furcht hatte sie darauf gewartet, dass der Erste Offizier sie auf der Stelle schlagen oder einem der Wärter den Befehl erteilen würde, sie in Ketten zu legen oder sonst etwas mit ihr zu tun. Doch er hatte nichts dergleichen getan. Er war einfach gegangen.

Fröstelnd verschränkte sie die Arme vor der Brust, blickte sich zitternd um, als könnte sie ihr Glück noch gar nicht fassen, dass niemand sie ergriff und wegzerrte. Dann bemerkte sie den Mann, der sie schon zuvor mehrfach beobachtet hatte. Diesmal sah sie es ganz deutlich: seine erstaunlich blauen Augen und sein aufmunterndes Nicken. Im nächsten Moment trat er von der Achterdeckbrüstung zurück und verschwand ebenfalls hinter der Tür, die zu den oberen Heckkajüten führte.

»Ich weiß nicht, ob es ein gutes oder ein schlechtes Zeichen ist, dass er nichts unternommen hat«, meinte Lydia wenig später, nachdem Jessica ihr, ins Zwischendeck zurückgekehrt, alles berichtet hatte. »Du musst auf der Hut sein, Jessica. Du darfst nicht auffallen und dir nichts zuschulden kommen lassen.

Allzu offensichtliche Willkür wird sich wohl auch ein Erster Offizier nicht leisten können, wo doch sicherlich recht einflussreiche Passagiere an Bord sind.«

»Er wird einen Weg finden, meinen Willen zu brechen«, murmelte Jessica düster.

»Wenn er es wirklich darauf absieht … ja, dann wird er das«, gab Lydia nach kurzem Schweigen zu.

»Doch ich werde es ihm nicht leicht machen!«, schwor sich Jessica mit plötzlich aufflammendem Zorn, der ihren Trotz stärkte. »Er soll sich nicht in mir täuschen!«

9

Mitchell Hamilton stand hinter dem Rudergänger und genoss die milde Morgenbrise, die mit seinem Haar spielte. Er hatte ausgezeichnet geschlafen und war wie stets früh aufgestanden. Im Gang, von dem die Kabinen abgingen, war er auf John Hawkley gestoßen, und er hatte ihn auf seinem frühmorgendlichen Gang hinunter in den Laderaum zu seinem Vieh begleitet. Er musste zugestehen, dass er während der letzten Wochen von John Hawkley mehr über New South Wales und die Viehhaltung gelernt hatte als aus den dürftigen Unterlagen und Büchern, die er sich noch in London vor seiner Abreise besorgt hatte. Der Farmer war zwar kein mitreißender Erzähler, machte das jedoch mit seinem trockenen Humor wett.

Interessiert verfolgte Mitchell jetzt, wie die Seeleute in der Takelage aufenterten und noch mehr Leinwand setzten, um den günstigen Südostwind auszunutzen. Er hatte am Abend zuvor die Seekarte studiert, und Norman Hobbart, der Zweite

Offizier, hatte die Position der *Tradewind* mit einem kleinen Kreuz auf der Karte markiert. Seinen Berechnungen zufolge würde die Südspitze vom Van-Diemans-Land gegen Weihnachten in Sicht kommen, sofern die günstigen Winde anhielten. Etwa zwei Wochen später sollten sie dann im Hafen von Sydney einlaufen, der Hobbarts Beschreibungen nach einer der zauberhaftesten Naturhäfen der Welt sein sollte.

Doch bis dahin waren es noch gute vier Wochen, und viel konnte während dieser Zeit passieren. Seine Gedanken wanderten unwillkürlich zu Jessica Jakes. Seine Chancen, die Wette zu gewinnen, standen nicht schlecht. Fast eine ganze Woche lang hatte es den Anschein gehabt, als hätte der Erste Offizier seinen grimmigen Vorsatz, diese junge mutige Frau zu zähmen, völlig vergessen. Und wenn man dem Bordklatsch Glauben schenken dürfte, so hatte sich Tyler eine Deportierte namens Rosy als neue Bettgefährtin zugelegt. Und es hieß sogar, es sei ihr gelungen, sein dauerhaftes Interesse zu erringen.

Mitchell hatte inständig gehofft, dass Tylers Interesse wirklich von langer, sehr langer Dauer sein möge, doch insgeheim hatte er nicht daran geglaubt. Der Erste war kein Mann, der eine derartige Niederlage so einfach hinnahm. Seine augenblickliche Zurückhaltung erinnerte Mitchell mehr an die trügerische Ruhe vor einem Sturm.

Vor zwei Tagen nun war es zu diesem zweiten, erregten Auftritt zwischen Jessica und dem Offizier gekommen. Mitchell, der Tyler vom Achterdeck aus beobachtet hatte, war nicht in der Lage gewesen, jedes Wort zu verstehen. Doch das war auch nicht nötig gewesen. Der Wachtposten hinter Ned Tyler, Luke Brigges mit Namen und wahrlich kein übler Bursche, hatte ihm hinterher nur zu bereitwillig jedes Wort wiedergegeben, natürlich gegen ein paar klingende Münzen. Jessica war wirklich standhaft geblieben und hatte sich nicht einschüchtern lassen.

Mitchell empfand plötzlich so etwas wie Beschämung, als er daran dachte, dass er das schwere Schicksal dieser jungen Frau zum Gegenstand einer Wette gemacht hatte. Dies hier war kein amüsantes Pferde- oder Windhundrennen, sondern eine gefährliche Auseinandersetzung. Wie hatte er darauf wetten können? War er so tief gesunken, dass er aus den Leiden anderer prickelnde Erregung zog?

Nein, nichts lag ihm ferner als das. Die Wette war ein spontaner, unüberlegter Einfall gewesen. Er hatte einfach nicht glauben können und wollen, dass Ned Tyler mit seinem vernichtenden Urteil über die Deportierten recht hatte und dass stets das Böse triumphieren sollte. Und vielleicht hatte auch Jessicas verwirrende Ausstrahlung dazu beigetragen.

Lange stand Mitchell in Gedanken versunken an Deck. Sein Blick war auf irgendeinen imaginären Punkt in der Ferne gerichtet, wo goldrote Wolken aus den dunklen Fluten der See zu steigen schienen.

Jessica… Jessica Jakes. Sie mochte nicht älter als achtzehn, neunzehn Jahre sein. Ihr schmutziges Haar, die zerlumpten Kleider und die grauen Schatten unter ihren Augen konnten nicht verbergen, dass sie ein bildhübsches Mädchen war. Ihr anziehendes Äußeres ließ sich mit dem Wort schön nicht fassen. Es war das, was hinter ihrer Schönheit lag, das sie von einer nur schönen Larve unterschied. Und Mitchell fragte sich zum wiederholten Mal, wer dieses Mädchen war. Wo war sie aufgewachsen? Und vor allem: Welches Verbrechen hatte sie begangen?

Mitchell hielt sich noch immer an Deck auf, als Ned Tyler seine Kajüte verließ, um die Wachablösung zu beobachten.

Ein fröhliches Lächeln, das bei ihm so fremd wirkte, lag auf seinem Gesicht. Und er klang verblüffend herzlich, als er Mitchell einen guten Morgen und einen angenehmen Tag wünschte.

»Es sieht nach einem prächtigen Tag aus, Mr. Hamilton«, sagte er gutgelaunt und sog die Luft ein. Regelrecht gnädig nickte er zwei vorbeieilenden Seeleuten zu, deren nackte Fußsohlen in einem schnellen Rhythmus über die Planken tappten. »Wir haben nun das Ärgste überstanden. Falls wir nicht in irgendwelche Sommerstürme geraten, sollten wir eigentlich Anfang des neuen Jahres die Küste von New South Wales in Sicht bekommen.«

»Je eher das geschieht, desto besser«, erwiderte Mitchell zurückhaltend und hoffte im Stillen, dass jene Rosy für die gute Laune des Offiziers verantwortlich war.

»Ist dies Ihre erste Schiffsreise, Mr. Hamilton?«, erkundigte sich Ned Tyler mit ungewöhnlich höflichem Interesse.

»Ja … zumindest meine erste Überseereise.«

»Nun, ich bin überzeugt, dass Ihnen diese Überfahrt noch lange in Erinnerung bleiben wird.« Ein Hauch von Spott schwang in seiner Stimme mit.

»Ich weiß nicht, woran Sie im Einzelnen dabei denken, Mr. Tyler«, entgegnete Mitchell wachsam, »doch im Prinzip muss ich Ihnen recht geben. Diese Reise werde ich bestimmt nicht so schnell vergessen.«

»Ich bin erfreut, das zu hören, Mr. Hamilton«, sagte der Erste Offizier zweideutig und lächelte unergründlich.

Mitchell lag es auf der Zunge zu sagen, dass er die Passage auf der *Tradewind* aufgrund seines, Ned Tylers, unverantwortlich rücksichtslosen Verhaltens gegenüber den Sträflingen nicht vergessen würde … wegen seiner unverschämten Überheblichkeit und seiner hemmungslosen Leidenschaft, die noch zu tolerieren gewesen wäre, hätte er sich nicht so heuchlerisch moralisch gebärdet.

Er behielt das jedoch für sich und antwortete stattdessen: »Ich habe mir Gedanken hinsichtlich unserer Wette gemacht, Mr. Tyler.«

»So?«, fragte Tyler belustigt und zog die Brauen hoch. »Beabsichtigen Sie, mir eine Erhöhung der Wettsumme vorzuschlagen?«

Mitchell verneinte. »Ich möchte Ihnen vorschlagen, dass wir diese eigentlich doch törichte Wette vergessen. Ich glaube, ich habe mich in jenem Augenblick der Erregung hinreißen lassen«, erklärte er und bemühte sich darum, dem Offizier eine goldene Brücke zu bauen, obwohl ihm das innerlich sehr gegen den Strich ging. Doch ihm war vorhin zum ersten Mal richtig zu Bewusstsein gekommen, dass er mit dieser Wette vielleicht gerade das provozierte, was er doch eigentlich verhindern wollte. Allein um nicht die Wette zu verlieren und damit die nicht unerhebliche Summe von zehn Guineen, würde Ned Tyler alles in seiner Macht Stehende versuchen, Jessicas Widerstand zu brechen und sie sich zu Willen zu machen. Möglicherweise ließ er sie in Ruhe, wenn die Wette nicht mehr galt. Mitchell bedauerte inzwischen, dass er an diesen Aspekt der Herausforderung nicht gedacht hatte. Und er hoffte, dass sich dieser Fehler wiedergutmachen ließ.

»Die Wette vergessen?«, wiederholte der Erste Offizier und blickte den Passagier eine Weile schweigend an. Dann schüttelte er knapp den Kopf. »Kommt absolut nicht infrage, Mr. Hamilton. Sie waren es, der darauf bestanden hat.«

»Schön und gut«, erklärte Mitchell ungehalten. »Jeder macht mal einen Fehler …«

»Sicher«, fuhr Ned Tyler ihm sarkastisch ins Wort, »und Sie werden dafür bezahlen. Die Wette gilt. Und ich erwarte, dass Sie Ihr Wort halten, Mr. Hamilton. Zumindest erwarte ich das von einem Gentleman!«

Jäh blitzte sein hitziges Temperament, das ihn in der Vergangenheit schon so manches Mal in Schwierigkeiten gebracht hatte, in seinen blauen Augen auf. Doch dann hatte er sich wieder unter Kontrolle. Und mit schneidender Stimme erwiderte er: »Mein Wort gilt, Mr. Tyler!« Ein verwegener Gedanke schoss ihm plötzlich durch den Kopf. Ein Duell mit dem Ersten Offizier würde so manches Problem aus der Welt schaffen. Er, Mitchell, war ein guter Schütze, verstand es aber auch, die Klinge zu führen. Seine Chancen, ein Duell zu gewinnen, waren beträchtlich größer, als dass sich diese Wette zu seinen Gunsten entschied.

»Sollten Sie jedoch irgendwelche Zweifel hegen, was meine Ehre und mein Wort als Gentleman betrifft«, fuhr Mitchell mit erhobener Stimme fort, dass einige der Seeleute und auch der Rudergänger aufhorchten und zu ihnen blickten, »dann …«

Es war, als hätte Ned Tyler seine Gedanken gelesen, denn bevor Mitchell noch eine förmliche Herausforderung aussprechen konnte, fiel er ihm ins Wort. »Aber Mr. Hamilton, natürlich steht Ihre Ehre als Gentleman hier nicht zur Diskussion«, sagte er und nahm ihm damit den Wind aus den Segeln. »Und ich bin sicher, dass Sie zu unseren Vereinbarungen stehen werden.«

Mitchell fluchte lautlos. Der Offizier war gerissen wie ein Fuchs. Die Chance war verpasst. Und Ned Tyler würde von nun an gewarnt und auf der Hut sein und ihm keine Gelegenheit mehr geben, die Karte mit dem Ehrenduell auszuspielen.

»Sicherlich werde ich das!«, erwiderte Mitchell und hatte Mühe, seine Enttäuschung zu verbergen.

Ned Tyler lachte ihn falsch an. »Wunderbar. Ich muss gestehen, dass unsere Wette eine angenehm erregende Note in den doch sehr eintönigen Alltag der Überfahrt gebracht hat. Ich liebe derartige Herausforderungen. Sie holen das Beste aus mir heraus. Und für zehn Guineen lohnt es sich zudem noch, sich ein wenig anzustrengen, nicht wahr?«

Mitchell schwieg verbittert, während Ned Tyler eine übertrieben höfliche Verbeugung andeutete und davonschritt. Seine letzten Sätze waren eine einzige Drohung gewesen, und zum ersten Mal empfand Mitchell Angst für Jessica Jakes.

10

Es geschah alles so schnell, dass Jessica erst begriff, als es schon zu spät war. An diesem warmen Morgen, der die Hitze der kommenden Wochen ahnen ließ, war es ihr gelungen, dem Kolbenhieb des Wärters an der Luke auszuweichen. Und gerade hatte sie sich einige Schritte von der Treppe entfernt, als sich die Frau neben ihr mit einem schrillen Aufschrei auf sie stürzte.

»Gib ihn mir wieder!«, schrie sie aus Leibeskräften und riss Jessica wild an den Haaren, zerrte an ihrem Kleid und versuchte, sie zu schlagen. »Gib mir den Kamm wieder!«

Von dem Angriff der aufgebrachten Frau völlig überrascht, wich Jessica erschrocken zurück, stolperte und stürzte zu Boden. Wie eine Furie warf sich die andere, die sich schon öfter den männlichen Sträflingen für eine Ration Rum verkauft hatte, auf ihr Opfer.

»Gemeines Luder!… Diebin!«, gellte sie wie von Sinnen,

und Jessica schrie vor Schmerzen auf, als die Fingernägel der Frau blutige Kratzer auf ihrem Gesicht hinterließen. »Ich habe genau gesehen, wie du ihn mir gestohlen hast! … Gib ihn zurück, du Dreckstück!«

Jessica wehrte sich nun mit aller Kraft. »Bist du verrückt geworden?«, keuchte sie und schlug die Hände der Frau zurück. »Lass mich los! … Ich habe dir überhaupt nichts getan!«

»Ich hab's gesehen … ich hab's genau gesehen!«, schrie die andere immer wieder.

Jessica versetzte der scheinbar Verrückten einen kräftigen Hieb vor die Brust, dass sie zurücktaumelte.

»Auseinander! … Auseinander, sage ich!«, brüllte Simpson und hieb mit dem Gewehrkolben rücksichtslos auf die beiden sich auf den Decksplanken wälzenden Frauen ein. Widerwillig ließ die Frau von Jessica ab.

»Sie hat mich bestohlen!«

»Los, hoch ihr beide!«, befahl Simpson.

Schwankend kam Jessica auf die Beine.

»Da ist er!«, schrie die Frau triumphierend und deutete auf einen Kamm, der nun zu Jessicas Füßen lag und dem ein Großteil der Zinken fehlte.

Aus den Augenwinkeln bemerkte Jessica plötzlich die hochgewachsene Gestalt, die sich ihnen mit energischen Schritten näherte. Ned Tyler. Und in diesem Augenblick begriff Jessica. Alles war ein abgekartetes Spiel gewesen!

»Simpson, was ist hier los?«, verlangte der Erste Offizier ungehalten zu wissen. »Was bedeutet dieser Aufruhr? Können Sie nicht einmal für Ordnung sorgen?«

Der Wärter nahm Haltung an. »Sir …«

»Los, reden Sie schon!«

»Es ging zu schnell, Sir, als dass ich es hätte verhindern können!«, verteidigte sich Simpson mit hochrotem Kopf. Er war stolz darauf, dass die Sträflinge spurten, wenn er in der Nähe war. »Diese beiden Frauen sind wie die Wilden übereinander hergefallen ...«

»Sie ist eine Diebin!«, rief die Hure.

»Schweig!«, herrschte Ned Tyler sie an. »Du redest nur, wenn du gefragt wirst!«

»Ja, Sir«, murmelte die Frau und zog scheinbar eingeschüchtert den Kopf ein.

»Weshalb haben sich die beiden Frauen gestritten, Simpson?«, wandte sich der Offizier wieder dem Wärter zu.

»Es ging wohl um diesen Kamm da, Sir«, antwortete Simpson und deutete zu Jessicas Füßen. »Mehr weiß ich auch nicht!«

Ned Tyler drehte sich nun zu den Frauen um. Sein Blick traf Jessica und richtete sich dann auf ihre abgehärmte Widersacherin. »Wie heißt du?«

»Meggie, Sir ... Meggie Kelter.«

»Was hast du gegen diese hier vorzubringen?«

Meggie Kelter leckte sich mit einem verschlagenen Blick in den Augen über die aufgesprungen Lippen. »Sie hat mir den Kamm gestohlen, Sir! ... Das da ist mein Kamm. Sie dachte wohl, ich bin so dumm und merk es in dem Gedränge nicht. Aber ich habe es gesehen.«

»Das stimmt nicht!«, widersprach Jessica heftig. »Ich weiß überhaupt nichts von dem Kamm! Das ist ja doch bloß ...«

»Schweig!«, fiel der Offizier ihr kalt ins Wort. »Ich habe nicht dich gefragt! ... Meggie, was du da vorbringst, ist eine schwerwiegende Beschuldigung. Kann es nicht sein, dass du diesen Kamm in Wirklichkeit nur verloren hast?«

Energisch schüttelte Meggie Kelter den Kopf und warf Jessica giftige Blicke zu. »Ich weiß, was ich gesehen habe, Sir! Sie hat ihn mir stehlen wollen! … Sie ist eine verfluchte Diebin! … Die Hand sollte man ihr abschlagen!«, zeterte sie.

Jessica führte nichts zu ihrer Verteidigung an. Wozu auch? Der Erste Offizier hatte von vornherein gewusst, dass sie unschuldig war. Er hatte diese hinterhältige Farce sicherlich selbst in Szene gesetzt.

Ned Tyler tat so, als überlegte er. »Hast du Beweise für deine Beschuldigung?«, fragte er dann barsch.

»Ich hab's auch gesehen!«, meldete sich nun eine gebeugte Frau, die vom Alkohol gezeichnet war.

»Sprich, was hast du gesehen?«, forderte der Offizier sie auf.

Die andere Frau, die ohne Zweifel eine Freundin von Meggie Kelter war, kam der Aufforderung hastig nach. Sie bestätigte Meggies Beschuldigung und schwor bei der Seele ihrer Mutter, dass es sich so und nicht anders zugetragen hätte.

»Schon gut, schon gut!«, unterbrach Ned Tyler ihren schrillen Redefluss und gab ihr mit einer herrischen Bewegung zu verstehen, dass er an einer Wiederholung ihrer Zeugenaussage nicht interessiert war. Und zu Meggie sagte er kühl: »Heb deinen elenden Kamm auf und geh mir aus den Augen!«

»Danke, Sir«, murmelte Meggie unterwürfig, bückte sich hastig nach dem Kamm und mischte sich unter die anderen Sträflinge, die das Geschehen aus sicherer Entfernung entweder mit schadenfroher Sensationslust oder aber mit dumpfer, ohnmächtiger Wut verfolgten, je nachdem, wem ihre Sympathien galten.

»So, und nun zu dir!« Ned Tyler wandte sich Jessica Jakes zu. »Wie kann man nur so jung und schon so verdorben sein! Hast du denn keinen Funken Scham und Ehre mehr im Leib? Es gibt kaum etwas, das mehr Verachtung verdient als Kameradendiebstahl!«

»Ich bin unschuldig, und das wissen Sie ganz genau!«, brach es zornig aus Jessica heraus.

»Halt deinen Mund!«, befahl der Offizier ihr mit schneidender Stimme. »Leugnen wird dir nichts nützen. Du bist überführt. Und du wirst die gerechte Strafe für deine verwerfliche Tat erhalten. Simpson?«

»Ja, Sir?«

»Sorgen Sie dafür, dass man sie in Ketten legt!«, trug Ned Tyler ihm auf. »Man soll sie in die Kammer neben der Bilgepumpe einschließen. Eine Woche bei Wasser und Brot. Und nur die halbe Ration!«

»Aye, aye, Sir!«

»Ich bezweifle, dass es für deine verdorbene Seele noch irgendeine Hoffnung auf Läuterung gibt«, sagte Tyler verächtlich. »Doch zumindest wird die Strafe dich lehren, so etwas nicht noch einmal zu tun! Abführen, Simpson!«

Der Wärter packte Jessica mit eisernem Griff am Oberarm. »Los, beweg dich!«, fauchte er und zerrte sie weg.

Trotzig versuchte sich Jessica seinem schmerzhaften Griff zu widersetzen. »Was haben Sie Meggie für die Lügen versprochen, Tyler?«, schrie sie dem Offizier über die Schulter zu. »Rum? Bestimmt haben Sie dieses verleumderische Subjekt mit Rum gekauft!… Für Rum können Sie hier an Bord alles kaufen, nicht wahr?« Ihre Stimme überschlug sich.

»Schaffen Sie mir diese Frau aus den Augen, Mann!«, herrschte Ned Tyler den Wärter an. »In Eisen legen!… Auf der Stelle!«

Simpson schlug Jessica mit dem Handrücken auf den Mund, weil er glaubte, dass sie noch weitere Beleidigungen herausschreien würde. Jessica schmeckte Blut auf ihrer Zunge.

»Ich werde dir beibringen, einen Offizier zu beschimpfen!«,

fluchte Simpson und stieß sie brutal vor sich her. »Euch hätte man ohne Ausnahme im Kanal über die Klinge springen lassen sollen, Verbrecherpack. Damit hätte sich die Regierung 'ne Menge Geld und Scherereien erspart!«

Jessica stolperte die Stiege hinunter, Tränen in den Augen und Blut auf den Lippen. Eine Woche in Ketten bei Wasser und Brot. Grauen befiel sie. Ned Tyler hatte angefangen, seine Drohung wahrzumachen. Er wollte ihren Willen brechen, und jedes Mittel, das ihn zum Ziel führen konnte, war ihm dabei recht. Jedes.

11

»Das können Sie nicht tun!«, brachte Mitchell mühsam beherrscht hervor, als der Erste Offizier mit unbeweglichem Gesicht auf das Achterdeck zurückkehrte. »Sie wollen doch wohl die Aussagen dieser beiden Frauen nicht für bare Münze nehmen. Diesen Galgengesichtern kann man doch förmlich ansehen, dass sie lügen!«

Ned Tyler regte sich noch nicht einmal auf über diese Kritik vonseiten eines Passagiers, die ihn sonst auf der Stelle hätte auffahren lassen. »Was erregen Sie sich so, Mr. Hamilton? Sehen Sie vielleicht Ihre Felle davonschwimmen?«, fragte er spöttisch.

»Ich habe die ganze Zeit hier oben gestanden«, erwiderte Mitchell und bemühte sich, sachlich zu bleiben, denn mit wilden, unbeweisbaren Unterstellungen, wie Jessica sie vorgebracht hatte, war ihr jetzt nicht zu helfen. »Diese Meggie hat diesen angeblichen Diebstahl nur vorgetäuscht und ...«

»Die Zeugin ist da anderer Meinung, Mr. Hamilton!«,

schnitt der Offizier ihm das Wort ab, ohne die Stimme zu erheben. Man merkte ihm seine Genugtuung an, und er versuchte auch nicht, sie zu verbergen. »Ich sehe keinen Grund, meinen Befehl zu widerrufen. Außerdem sind Sie parteiisch. Finden Sie sich also damit ab, dass *Ihr* Schützling nicht die reine, unschuldige Seele ist, für die Sie diese Jessica gehalten haben.«

»Sie wollen nur die verdammte Wette gewinnen?«

»Sie etwa nicht?«, höhnte Tyler.

»Doch Sie halten sich nicht an die ungeschriebenen Regeln einer Gentleman-Wette!»

Tyler zog die Augenbrauen belustigt hoch. »Regeln? Ich erinnere mich nicht, dass wir uns auf irgendwelche Regeln geeinigt hätten, Mr. Hamilton. Ich wünsche Ihnen aber trotzdem noch einen recht angenehmen Tag.«

Mitchell kochte vor Wut und wäre fast handgreiflich geworden. Doch in diesem Moment trat John Hawkley zu ihm und warf ihm einen warnenden Blick zu. Und mit geballten Fäusten sah Mitchell zu, wie Ned Tyler davonging.

»Was für ein heimtückischer, skrupelloser Bursche!«, presste Mitchell hervor. »Ich weiß ganz genau, dass er diesen angeblichen Diebstahl inszeniert hat.«

»Und? Was nützt Ihnen das?«, fragte Hawkley trocken.

Mitchell stutzte und blickte den Farmer verwirrt an, eine steile Falte der Missbilligung auf seiner Stirn. »Mein Gott, da fragen Sie überhaupt noch?« Hawkleys gelassene Reaktion berührte ihn unangenehm. Gerade von dem Farmer hätte er mehr Verständnis und Unterstützung erwartet. »Was sich Tyler da herausnimmt, ist reine Willkür! Ich bin überrascht, dass Ihnen das nicht viel auszumachen scheint. Ich hatte Sie anders eingeschätzt.«

»Nicht so hitzig, mein Freund«, erwiderte John Hawkley,

und seine Stimme enthielt eine milde Rüge. »Ich sprach gerade eben nicht von Gerechtigkeit. Ich fragte Sie vielmehr, was Ihnen das nützt, zu wissen, dass der Diebstahl inszeniert worden ist. Und darauf steht Ihre Antwort noch aus.«

»Ich verstehe den Sinn Ihrer Frage nicht«, erklärte Mitchell zögernd.

»Ich will Ihnen gerne helfen«, sagte der stämmige Farmer. »Der Erste Offizier hat bei der Sache ohne Zweifel seine Hand im Spiel gehabt. Gut. Aber Sie haben dafür nicht den geringsten Beweis. Aber nehmen wir einmal an, Sie hätten diese Beweise. Was wollen Sie damit anfangen? Ned Tyler führt praktisch das Kommando auf diesem Schiff, und sein Befehl gilt so viel wie ein geschriebenes Gesetz. Nur Captain Crowe könnte ihn zur Ordnung rufen, doch Sie können sicher sein, dass der Captain seinem Ersten Offizier diese Blamage niemals antun würde. Er würde sich bestimmt weigern, sich mit dieser Sache überhaupt zu beschäftigen. Das Schicksal eines Sträflings! Mein Gott, es gibt wohl nichts, was weniger bedeutend wäre. Sowohl hier auf dem Schiff als auch in New South Wales, so bedauerlich das auch sein mag. Sie würden sich nur lächerlich machen. Sie sehen also, es nützt Ihnen absolut nichts, Mr. Hamilton.«

Finster starrte Mitchell vor sich hin. »Es fällt mir schwer, mich damit abzufinden.«

Hawkley zuckte die Achseln. »Es wird Ihnen nichts anderes übrig bleiben. Und ich muss gestehen, dass ich Ihre Gefühle teile. Wir Engländer sind stolz auf unsere Gerechtigkeit, aber aus der Nähe betrachtet ist es damit leider nicht weit her.«

»Wahrlich!«, murmelte Mitchell.

»Wenn ich Ihnen einen guten Rat geben darf…«

»Nur zu!«

»Verstricken Sie sich besser nicht zu sehr in das Schicksal einzelner Sträflinge. Wenn Sie sich in der Kolonie als Farmer niedergelassen haben, steht es Ihnen frei, die Sträflinge, die man Ihnen als Arbeiter zuteilt, nach Ihrem Gutdünken zu behandeln. Doch hier auf dem Schiff sind uns allen die Hände gebunden.«

Mitchell dachte an die Wette und daran, dass er nicht gewillt war, tatenlos zuzusehen, wie diese junge Frau unter Ned Tylers Willkür zerbrach.

»Ich glaube, dafür ist es schon zu spät«, gestand er.

Hawkley seufzte. »Das hatte ich befürchtet. Darf ich Ihnen eine sehr persönliche Frage stellen, Mr. Hamilton?«

»Sicher. Fragen Sie.«

»Geht Ihr Interesse an dieser Jessica Jakes schon ins Persönliche über?«, erkundigte er sich vorsichtig.

Verblüffung trat auf Mitchells Gesicht. »Um Himmels willen, ich beabsichtige nicht, mich mit einer Deportierten einzulassen. Zudem kenne ich sie überhaupt nicht. Ich habe noch nicht einmal mit ihr gesprochen!«

Der Farmer lächelte versonnen. »Das ist auch nicht immer nötig. Ich erinnere mich noch gut an den Tag, als ich meiner Frau, meiner damals zukünftigen Frau natürlich, zum ersten Mal begegnete. Es war an einem herrlichen sonnigen Frühlingstag im Hyde Park. Ich sah sie von hinten, ihr Haar schimmerte wie poliertes Kupfer in der Sonne, und ich hörte sie lachen, als ihre Begleiterin etwas zu ihr sagte, was ich nicht verstehen konnte. Und das war der Moment, als ich mich unsterblich in sie verliebte, so unwahrscheinlich sich das auch anhören mag. Die Gefühle eines Menschen gehen merkwürdige Wege, mein Freund.«

Mitchell spürte ein Brennen in seinen Wangen. »Ihre … äh … Sorge ist völlig unbegründet.«

John Hawkley blickte ihm offen ins Gesicht. »Ich mache mir

keine Sorgen, Mr. Hamilton. Ich rate Ihnen nur, dass Sie sich Klarheit über Ihre inneren Beweggründe verschaffen sollten. Es ist immer gut zu wissen, warum man etwas tut. Ganz besonders in diesem Fall. Sie kommen als Fremder in eine junge Kolonie mit ihren eigenen Gesetzen und recht fest verankerten Vorurteilen. Es könnte sich als schwerer Nachteil erweisen, wenn Sie dieses Land gewissermaßen mit einer unsichtbaren Kette an Ihrem Bein betreten. Denken Sie darüber nach.«

Mitchell Hamilton dachte den ganzen Tag über Hawkleys Worte nach. Doch es war kein leichtes Unterfangen, sich über seine Beweggründe und Gefühle Klarheit zu verschaffen. Hatte er sich wirklich, wie Hawkley angedeutet hatte, in Jessica Jakes verliebt? Nein, das war unmöglich. Er fühlte Mitleid mit ihr und konnte die Ungerechtigkeit, die ihr widerfuhr, nicht ertragen. Das war es, was ihn solchen Anteil an ihrem Schicksal nehmen ließ. Sonst nichts. Und dabei würde es auch bleiben.

Er fühlte sich ein wenig ruhiger, als er zu diesem Ergebnis gekommen war. Hawkley hatte ihm geraten, sich nicht zu tief in das Schicksal dieser Deportierten zu verstricken, doch das war ein Rat, dem er einfach nicht folgen konnte. Jessica brauchte in ihrer verzweifelten Lage Hilfe, und er war der Einzige an Bord, der bereit war, ihr diese Hilfe zu geben. Ned Tyler durfte einfach nicht triumphieren, und das hatte jetzt nichts mehr mit der Wette und den verdammten zehn Guineen zu tun.

Doch wie konnte er Jessica, die in Ketten gelegt in einer lichtlosen Kammer tief unten im Bauch des Schiffes eingeschlossen war, überhaupt helfen?

Diese Frage ließ ihn in der kommenden Nacht nicht einschlafen. Erst als der neue Tag sich ankündigte und er in einen unruhigen Schlaf sank, formte sich in ihm ein Plan, der unter Umständen Aussichten auf Erfolg haben konnte.

12

Das schwache Licht einer Kerze tanzte unruhig an den langen Reihen festgezurrter Fässer und Kisten vorbei und warf einen gelblichen, flackernden Schein auf die Planken. Der Gestank, der der Bilge entströmte, erfüllte die abgestandene Luft mit einer Übelkeit erregenden Schwere.

Luke Brigges fluchte leise. »Der Teufel muss mich geritten haben, als ich mich von Ihnen hab' überreden lassen«, murmelte er.

Nicht der Teufel hat dich geritten, mein Freund, sondern du hast der Verlockung der Münzen in meiner Hand nicht widerstehen können, und Gott sei gedankt dafür!, dachte Mitchell Hamilton, während er dem Wärter folgte, der sich nun nicht mehr so sicher war, die richtige Wahl getroffen zu haben.

»Du hast eben eine gute Seele, Brigges«, sagte Mitchell. »Und was du tust, ist wirklich nichts Schändliches, im Gegenteil.«

Der Wärter blieb zwischen zwei hohen Stapeln von in Sackleinen gewickelten Ballen stehen und wandte sich zu Mitchell um. Die Kerze in seiner Linken beleuchtete sein jugendliches, angespanntes Gesicht und ließ die Schweißperlen auf seiner Stirn glitzern.

»Das kann mich verdammt teuer zu stehen kommen, Mr. Hamilton. Ich habe mir noch nie etwas zuschulden kommen lassen. Aber darum wird keiner was geben, wenn das hier herauskommt.«

»Was soll schon herauskommen?«, fragte Mitchell leichthin und bemühte sich, die Befürchtungen des Wärters zu zerstreuen, bevor dieser es sich doch noch anders überlegte und ihm das Geld zurückgab. »Du hast hier unten die Nachtwache, und bis auf die Wache an Deck schläft alles. Wer also sollte uns hier überraschen? Möchte wissen, wer sich freiwillig in diesen infernalischen Gestank begibt. Ned Tyler ganz sicherlich nicht.«

»Da ist schon was Wahres dran«, murmelte Luke Brigges. »Immer muss ich das machen, wofür sich die anderen zu schade sind … und das nur, weil ich der Jüngste bin. Simpson und die anderen schöpfen bei den Deportierten und von den Seeleuten und Offizieren den fetten Rahm ab, und für mich fällt dabei kaum was ab.«

Mitchell legte ihm eine Hand auf die schmächtige Schulter. »Brigges, jetzt bist du endlich mal am Zug. Von dem Geld, das ich dir gebe, brauchst du keinem auch nur einen Penny abzugeben.«

»Ist schon recht, Mr. Hamilton«, erwiderte Brigges. »Aber was ist, wenn die Gefangene den Mund nicht hält und irgendetwas zu Mr. Tyler sagt? Dann wird er mich mit der Neunschwänzigen auspeitschen lassen.« Furcht stand in seinen Augen.

»Sie wird den Mund halten«, versicherte Mitchell.

»Ja, also, wenn Sie das sagen«, meinte der Wärter zögernd. »Finde es auch nicht recht, wie der Erste mit der Kleinen umgesprungen ist. Schlimme Sache, da unten in dieser dunklen Kammer eine Woche lang bei Wasser und Brot zu hocken. Kann einem harten Mann schon verdammt zusetzen. Aber dennoch, ich hab' von Simpson 'nen Befehl bekommen. Und dass ich Sie jetzt zu ihr lasse, kann mich meine Haut kosten.«

»Es soll dein Schade nicht sein«, sagte Mitchell, unterdrückte ein Seufzen und holte ein weiteres Geldstück aus der Rocktasche. Er steckte es Brigges zu. »Sei beruhigt, niemand wird etwas merken. Und jetzt führe mich zu ihr.«

»Natürlich, Sir«, sagte Brigges, und sein Gesicht verlor den düsteren Ausdruck, als er das Geldstück in seiner Hand sah. Ein feiner, großzügiger Herr, dieser Mitchell Hamilton. Und hatte er nicht völlig recht, wenn er sagte, dass jetzt endlich er, Luke Brigges, am Zug war? Zur Hölle mit Simpson und dem Ersten!

Mitchell atmete erleichtert auf, als der Wärter die Münze verschwinden ließ und weiterging. Es war nicht sonderlich schwer gewesen, herauszufinden, wer wann Wache hielt. Und er wertete es als ein gutes Omen, dass man gerade Luke Brigges, mit dem er schon in der Vergangenheit schnell handelseinig geworden war, die Nachtwache übertragen hatte. Bei einem der anderen Wärter, die er nicht so gut kannte, wäre es ihm wahrscheinlich trotz seiner wohlklingenden Argumente, die aus dem Geldbeutel kamen, nicht gelungen, ihn zu überreden, den Befehl des Ersten Offiziers zu unterlaufen.

»Hier ist es, Sir!«, murmelte Luke Brigges und blieb vor einer soliden Tür aus dicken Bohlen stehen. Ein fingerdicker Eisenstift blockierte den breiten Schieberiegel.

»Gut. Geh zur Stiege zurück und halte dort Wache«, trug Mitchell ihm auf und nahm von der Kiste, die neben der Tür stand, eine halb heruntergebrannte Kerze, die in einem blechernen Halter steckte. Er entzündete den Docht dieser Kerze an der, die Brigges hielt. »Eine reine Vorsichtsmaßnahme. Falls einer kommt, hast du jede Menge Zeit, mich zu warnen. Dann werde ich mich hier unten verstecken. Möglichkeiten gibt es dafür ja mehr als genug.«

»In Ordnung«, antwortete Luke Brigges und leckte sich nervös über die Lippen. »Aber bleiben Sie nicht zu lange! … Und sehen Sie zu, dass bloß keine Essensreste am Boden liegen bleiben. Wasser und Brot. Mehr darf man nicht bei ihr finden!«

»Ich werde darauf achten. Und nun geh!«,

»Aye, aye, Sir«, nuschelte Brigges und ging schnell davon.

Mitchell zog den Eisenstift heraus und schob den breiten Riegel zurück. Quietschend kratzte er über das Metall der Gleitschiene. Dann öffnete er die Tür, und eine merkwürdige Erregung ließ sein Herz schneller schlagen. Das Blut pochte in seinen Schläfen. Es war das erste Mal, dass er Jessica Jakes gegenüberstehen und mit ihr sprechen würde.

Der Kerzenschein fiel in eine schmale Kammer, die noch nicht einmal groß genug war, dass sich Jessica darin der Länge nach ausstrecken konnte. Ungeziefer huschte über den Boden. Rechts neben der Tür stand ein verbeulter Becher für ihre Wasserration, daneben lagen einige Krümel Schiffszwieback.

Jessica kauerte mit angezogenen Beinen in einer Ecke, rechts gegenüber der Tür. Breite Eisenbänder, die miteinander verbunden waren und jegliche Bewegung unmöglich machten, umschlossen ihre Fußgelenke. Eine Kette mit schweren Gliedern und einer Kanonenkugel an ihrem anderen Ende war an das Eisenband geschmiedet worden.

»Wer ist da?«, rief Jessica mit verängstigter, zitternder Stimme und hob die Hände schützend vor die Augen. Dies war der zweite Tag ihrer Einzelhaft. Zwei Tage in völliger Dunkelheit.

»Seien Sie beruhigt!«, rief Mitchell mit gedämpfter Stimme. »Ich tue Ihnen nichts. Ich bin gekommen, um Ihnen zu helfen.«

Jessica blinzelte zwischen den Fingerspitzen hindurch, während sich ihre Augen langsam an das Licht gewöhnten, das ihr nach der schier endlosen Schwärze grell wie die gleißende Sonne eines Sommermittags erschienen war.

Jetzt erkannte sie auch den Mann, der vor ihr im Eingang hockte und die Kerze neben ihren Wasserbecher gestellt hatte.

Ein Schauer lief ihr den Rücken hinunter, als sie seinen eindringlichen Blick auf sich spürte wie eine Hand. Angst ließ sie schwer schlucken, und sie presste sich noch tiefer in die Ecke.

»Wer … sind Sie?«, keuchte sie verstört. Hatte Ned Tyler ihn geschickt, um sich davon zu überzeugen, ob ihre Widerstandskraft schon gebrochen war?

»Mein Name ist Hamilton, Jessica, Mitchell Hamilton. Ich fahre als Passagier auf der *Tradewind* und beabsichtige, mich in der Kolonie als Siedler niederzulassen.«

Jessica sah ihn einen langen Augenblick an, als brauchte sie Zeit, um aufzunehmen und zu verarbeiten, was er gesagt hatte.

»Was wollen Sie? … Hat Tyler Sie geschickt?«, stieß sie schließlich mit hasserfüllten Augen hervor. »Sagen Sie ihm, dass ich ihn verfluche! … Nie werde ich ihm zu Willen sein! … Niemals!«

Mitchell streckte seine Hand nach ihrem Arm aus, um ihr mit einer sanften Berührung zu verstehen zu geben, dass sie von ihm nichts zu fürchten hatte. Doch sie zog ihren Arm hastig zurück und öffnete ihren Mund zu einem Schrei.

Mit einem Satz war er bei ihr und presste ihr seine Hand auf den Mund. Sie wehrte sich verzweifelt und biss ihm in die Hand, dass er unterdrückt fluchte.

»Um Himmels willen, lassen Sie das und reißen Sie sich zusammen!«, herrschte er sie an. »Ich bin als Freund gekommen und nicht, um Ihnen etwas anzutun. Ich hasse den Ersten Offizier bestimmt nicht weniger als Sie! Und jetzt beruhigen Sie sich. Wir haben nicht viel Zeit. Ich habe Ihnen Essen gebracht und verdünnten Wein.«

Mitchell sah den ungläubigen Ausdruck in ihren seegrünen Augen.

»Werden Sie vernünftig sein und nicht schreien, wenn ich

Ihren Mund jetzt gleich freigebe?«, fragte Mitchell. »Sie müssen mir vertrauen. Nicken Sie, wenn Sie mich verstanden haben.«

Sie nickte, die Augen weit aufgerissen, voller Hoffnung und zugleich auch voller Misstrauen. Doch sie blieb still, als er seine Hand von ihrem Mund nahm.

»Warum wollen Sie mir helfen?«, fragte sie argwöhnisch.

»Weil ich Ungerechtigkeiten hasse.«

Ein bitteres Lächeln huschte für einen kurzen Augenblick über ihr Gesicht. »Ich brauche Ihr Mitleid nicht, Mr. …?«

»Hamilton … Mitchell Hamilton.«

»Lassen Sie mich allein!«, sagte sie abweisend. »Ich werde auch ohne Ihre großzügige Hilfe zurechtkommen! Sie sind nicht viel besser als Tyler. Für Sie ist alles nur eine willkommene Ablenkung von der Langeweile des Bordalltags. Ich habe doch gesehen, wie Sie und die anderen feinen Herrschaften uns vom Achterdeck aus beobachtet haben … wie Wilde, bei deren Anblick man einen prickelnden Schauer fühlt, ohne jedoch Angst haben zu müssen, dass sie sich auf einen stürzen. Man hat diese Wilden ja unter Kontrolle … und notfalls gibt es noch die Ketten und die Peitsche …«

»Sie reden dummes Zeug!«, schnitt Mitchell ihr unwillig das Wort ab, bevor sie sich zu sehr in Rage reden konnte. »Nichts dergleichen trifft zu. Und ohne meine Hilfe werden Sie *nicht* zurechtkommen! Merken Sie denn nicht, wie hysterisch Sie schon geworden sind? Und dabei sind erst zwei Tage vergangen. Fünf lange Tage und Nächte liegen noch vor Ihnen. Sie werden hungern. Und wenn Sie dann hier herauskommen und doch noch die Kraft haben, Tyler abzuweisen, wird er einen anderen Vorwand finden, um Sie ein zweites Mal in diese Hölle zu schicken. Und auch ein drittes Mal. Bis er Ihren Willen gebrochen hat. Und der Hunger wird Sie schließlich verrückt machen. Ohne Hilfe sind Sie verloren. Er wird Sie in die Knie zwingen. Ned Tyler ist heimtückisch und grausam und schlimmer als ein Tier.«

»Kein Tier ist grausam«, widersprach Jessica dumpf. »Nur Menschen sind heimtückisch und grausam.«

Die Art, wie sie sprach, verriet ihm, dass sie eine gute Erziehung genossen haben musste, und seltsamerweise überraschte ihn diese Feststellung nicht. Ihm war, als hätte er das die ganze Zeit über schon geahnt, ja geradezu unbewusst vorausgesetzt.

Jessica biss sich schweigend auf die Lippen, warf ihm einen verunsicherten, forschenden Blick zu und fragte dann zögernd: »Sie haben Essen mitgebracht? ... Und verdünnten Wein?« Ihre Stimme war wie ein Spiegel, der ihren Hunger und Durst klar und deutlich abmalte.

»Ja«, sagte Mitchell.

Jessica senkte ihren Blick. »Ich habe Hunger ... und Durst«, sagte sie leise.

Mitchell spürte in diesem Moment das fast unwiderstehliche Verlangen, sie in seine Arme zu nehmen und ihr zu sagen, dass alles gut werden würde. Doch er spürte, dass es ein schwerer Fehler sein würde, wenn er diesem Wunsch nachgab. Er nickte ihr deshalb nur schweigend zu und holte den kleinen Beutel aus Segeltuch, in dem er ein Stück Fleisch, schon in kleine Würfel geschnitten, Zwieback und eine Taschenflasche mit Wein hatte. Das alles breitete er zu ihren Füßen auf einem kleinen Tuch aus, und gierig fiel sie über das Essen her.

»Langsam!«, ermahnte Mitchell sie. »Ihr Magen muss sich erst wieder an Essen gewöhnen, sonst wird Ihnen schlecht. Niemand nimmt Ihnen etwas weg.«

Jessica blickte ihn stumm an, und es war nicht Dankbarkeit, was in ihren Augen stand, sondern mehr ein Ausdruck fragender Verwunderung. Sie aß jetzt langsamer. Ein wohliger Seufzer entrang sich ihrer Kehle, als sie von dem verdünnten Wein trank.

»Sie haben den Wärter bestochen?« Es war mehr eine Feststellung als eine Frage.

Mitchell nickte. »Luke Brigges ist ein feiner Kerl. Er hat noch ein Herz.«

»Und bestimmt leere Taschen, die Sie ihm gefüllt haben«, fügte Jessica hinzu.

»Richtig, aber die anderen hätten es noch nicht einmal für Geld zugelassen. Machen Sie ihm also bitte keine Schwierigkeiten. Wenn etwas herauskommt, wird man ihn auspeitschen.«

»Das haben Sie nicht zu befürchten, nicht wahr?«, fragte Jessica mit bitterem Spott.

»Nein«, gab Mitchell zu. »Schwierigkeiten sicherlich, aber keine Auspeitschung.«

Jessica zerbröckelte den Schiffszwieback und entfernte die Maden. Dann trank sie wieder, beide schwiegen sie. Mitchell saß in der Tür und schaute ihr zu.

»Warum haben Sie das getan, Mr. Hamilton?«, fragte sie schließlich in die Stille und trank den letzten Schluck Wein aus.

»Das sagte ich Ihnen doch schon.«

»Ich weiß, weil Sie Ungerechtigkeit hassen«, sagte Jessica geringschätzig. »Gerechtigkeit! Ich habe den Glauben an die Gerechtigkeit schon lange verloren. Es gibt sie nicht. Und wer etwas anderes behauptet, ist ein Lügner. Vielleicht gibt es Gerechtigkeit für diejenigen, die über genug Geld verfügen, um sie sich kaufen zu können. Aber glauben Sie bloß nicht, mich mit Ihrer edlen Geste des Mitleids vom Gegenteil überzeugen zu können.«

»Seien Sie beruhigt, das ist auch nicht meine Absicht gewesen«, erwiderte Mitchell und faltete das Tuch zusammen, nachdem er sich davon überzeugt hatte, dass wirklich keine verräterischen Reste herumlagen, die einem anderen Wärter auffallen konnten, wenn er Jessica Wasser und Brot brachte.

»Also, warum haben Sie es dann getan?«, beharrte Jessica darauf, dass er ihr eine Antwort gab, die sie verstehen und akzeptieren konnte.

Mitchell wurde augenblicklich an seine Wette mit Ned Tyler erinnert, und er schämte sich. Vermutlich war diese schändliche Wette mit schuld daran, dass Jessica hier unten in Ketten lag.

»Vielleicht will ich etwas gutmachen, Jessica... oder das Schlimmste verhindern.«

»Was wollen Sie gutmachen?«, fragte sie scharf.

»Habe ich Sie danach gefragt, warum man Sie verurteilt und deportiert hat?«, fragte Mitchell mit derselben Schärfe zurück.

»Nein«, gab sie gleichmütig zu. »Soll ich Ihnen dafür bis an mein Lebensende dankbar sein? Wen kümmert es denn schon, weshalb ich nach Newgate und auf dieses verfluchte Schiff gekommen bin? Alles, was zählt, ist die Tatsache, dass ich ein Sträfling bin. Und das wird von nun an so bleiben. Was wir früher einmal waren, haben wir für immer in England zurückgelassen.«

Er verzog das Gesicht. »Mein Gott, Sie machen es einem nicht gerade leicht, Ihnen zu helfen.«

»Warum sollte ich es Ihnen leicht machen?«, gab sie zurück. »Ich kenne Sie überhaupt nicht... Und wer weiß, aus welchen Gründen Sie das tun. Außerdem, habe ich Sie um Ihre Hilfe gebeten?«

»Nein...«

»Dann erwarten Sie auch nicht, dass ich Ihnen vor Dankbarkeit die Füße küsse.« Und mit beißendem Spott fügte sie hinzu: »Das Gefühl, eine gute Tat vollbracht zu haben und mit einem reinen Gewissen ins Bett gehen zu können, sollte Ihnen doch genügen.«

»Es gibt keinen Anlass, warum ich mein Gewissen reinwaschen sollte«, erwiderte er ungehalten über ihre Feindseligkeit.

»Dann sind Sie zu beneiden«, sagte sie spitz.

Luke Brigges tauchte hinter Mitchell auf. »Entschuldigen Sie, Mr. Hamilton, aber ich denke, es wird Zeit«, sagte er drängend.

»Schon gut, Brigges. Ich wollte sowieso gehen.« Er steckte den Tuchbeutel in seine Rocktasche. »Ich komme morgen Nacht wieder.«

»Tun Sie, was Sie nicht lassen können«, sagte Jessica, fern von jeglicher Dankbarkeit. »Doch mir wäre es lieber, Sie würden nicht kommen.«

»Warum sind Sie bloß so stur, Jessica? Ich biete Ihnen meine Hilfe ohne jede Bedingungen an. Ich erwarte keine Gegenleistung… noch nicht einmal ein freundliches Wort. Was also haben Sie zu verlieren?«

Ihre Augen wurden dunkel wie die See in unergründlicher Tiefe. »Mehr, als Sie sich wohl vorstellen können.«

»Und das wäre?«

Den Glauben an mich selbst und meine Widerstandskraft, weil ich dann nie wissen werde, ob ich ohne Ihren Beistand Ned Tylers Erpressung möglicherweise doch nicht widerstanden hätte, dachte Jessica im Stillen.

»Sie würden es kaum verstehen«, antwortete sie abweisend.

»Sir, bitte!«, mahnte der Wärter.

Mitchell erhob sich aus der Hocke. »Sie sind verbittert,

Jessica, und argwöhnen hinter jeder Handlung etwas Gemeines, Hinterhältiges. Sie werden dafür Ihre Gründe haben. Aber das wird mich nicht davon abhalten, das zu tun, was ich mir vorgenommen habe. Wie gesagt, ich werde morgen Nacht und auch die folgenden Nächte, die Sie hier verbringen müssen, wiederkommen und Ihnen zu essen und zu trinken bringen. Ich möchte verhindern, dass ein Mann wie Ned Tyler über Sie triumphiert, und in diesem Ziel sollten wir uns eigentlich einig sein. Oder ist es Ihnen doch gleichgültig, ob er Sie zu seiner Hure macht oder nicht?«

Flammende Röte legte sich über ihr Gesicht. »Das werde ich nie sein!«, stieß sie wild hervor. »Ob Sie nun kommen oder nicht!«

Er sah sie einen Augenblick schweigend an. »Ich komme doch besser«, sagte er ruhig. »Dann habe ich mehr Vertrauen zu Ihrem Nie.« Er trat aus dem Türrahmen, und hastig verriegelte Luke Brigges die Bohlentür hinter ihm. Der Wärter atmete schwer. Noch fünf solche Nächte. Das würde ihn eine Menge Angstschweiß kosten. Doch andererseits, der Lohn der Angst war wirklich großzügig bemessen.

13

Das Schlimmste war die Dunkelheit. Der Gestank, der sogar den in den Sträflingsquartieren übertraf, war zu ertragen. Auch die schreckliche Enge der Kammer setzte ihr nicht so sehr zu, obwohl sie schon nach wenigen Stunden Schmerzen in den Kniegelenken spürte und gezwungen war, für eine Weile gebückt unter der niedrigen Decke zu stehen. Die Schmerzen, der Gestank und das Ungeziefer und sogar Hunger und Durst waren auszuhalten, nicht jedoch diese entsetzliche, undurchdringliche Schwärze, in der die Wände um sie herum, die sie nur erahnen oder ertasten konnte, näher und näher zu rücken schienen und ihr die Luft zu Atmen nahmen.

Die Bohlentür schloss so dicht, dass noch nicht einmal ein ahnungsvoller Schimmer in dieses Verlies drang, wenn der Wärter in regelmäßigen Abständen zur Kammer kam und an der Verriegelung rüttelte, um sich zu vergewissern, dass auch noch alles in Ordnung war. Sie wusste, dass der Wärter eine Laterne mit sich führte, doch kein Lichtstrahl durchbrach die Finsternis um sie.

Die ersten beiden Tage waren eine Qual gewesen. Jessica hatte versucht, sich wieder und wieder einzureden, dass eine Woche doch keine Ewigkeit war. Eine Woche würde schnell vergehen. Doch das war ein großer Irrtum gewesen. Zeit bedeutete nichts in dieser Dunkelheit.

Jessica versuchte, sich auf alle möglichen Arten abzulenken. Ihr Hass auf Ned Tyler gab ihr während der ersten Stunden genügend Kraft, um die Ängste, die in der Schwärze Gestalt anzunehmen schienen, abzuwehren. Sie zwang ihren Gedanken das alte Erinnerungsspiel auf, beschäftigte sich mit Lydia, Frances und all den anderen, die sie kannte. Als dies auch nicht mehr half, konzentrierte sie sich auf die Geräusche, die sie in ihrem Verlies hören konnte.

Doch die Leere und die Dunkelheit holten sie immer wieder ein. Und die Angst begann in ihr zu keimen wie ein Samen, der auf fruchtbaren Boden fällt und nur wenig Zeit braucht, um seine Hülle zu sprengen und zu wachsen.

Als der Wärter zum ersten Mal mit dem Wassernapf und dem bisschen Schiffszwieback kam, glaubte Jessica, man hätte sie mehrere Tage lang völlig vergessen und sie mit Absicht hungern und dursten lassen. Und Grauen erfasste sie, als ihr der Wärter barsch erklärte, dass noch keine zwölf Stunden vergangen waren, seit man sie in die Eisen geschlossen hatte.

Von diesem Moment an begann Ned Tylers teuflischer Plan zu wirken. Dunkelheit und Zeit erwiesen sich als wirksame Methoden der seelischen Folter, die ihre Widerstandskräfte mehr und mehr aufzehrten. Und als Mitchell Hamilton in der Nacht des zweiten Tages zu ihr kam, stand sie am Rand der Hysterie.

Zwiespältige Gefühle bekämpften sich in ihr, nachdem sie den ersten Schock überwunden hatte und begriff, dass er ihr nichts tun würde. Tief in ihrem Innersten rührte sich Dankbarkeit, dass er ihr Essen und Trinken brachte und sie mit seinem Kerzenlicht zumindest für eine Weile vor der fürchterlichen Schwärze bewahrte. Doch der unbändige Hass, der sofort wieder in ihr aufflackerte, und der Argwohn, den sie jedem entgegenzubringen gelernt hatte, der auf der anderen, freien Seite von Gitterstäben, Sträflingsquartieren oder Musketen mit blitzenden Bajonetten stand, ließen keinen Raum für Regungen der Dankbarkeit.

Als die Schwärze sie wieder umgab, empfand sie sie plötzlich nicht mehr als so unerträglich. Der merkwürdige Besuch dieses Mannes beschäftigte ihre Gedanken eine geraume Zeit und ließ sie ihre Ängste vorübergehend vergessen. Wer war dieser Mitchell Hamilton? Warum hatte er das Risiko und die Kosten einer Bestechung auf sich genommen, um ihre Qualen zu lindern? Und was hatte er damit gemeint, als er sagte, er hätte etwas gutzumachen? Sie hatten sich nie zuvor gesehen. Er war ein Fremder.

Jessica grübelte darüber nach, ob sie ihm gegenüber vielleicht ungerechtfertigt feindselig gewesen war. Doch schließlich kam sie zu dem Ergebnis, dass es müßig war, darauf eine Antwort zu suchen. Er unterschied sich in seinem Auftreten und Verhalten grundlegend von Ned Tyler, aber was hatte das zu sagen? Sie wusste nicht das Geringste über ihn, und wer konnte ausschließen, dass er dasselbe wie der Erste Offizier im Sinn hatte, es jedoch nur mit anderen Methoden zu erreichen versuchte. Vielleicht spekulierte dieser feine Herr darauf, dass sie sich ihm später aus Dankbarkeit hingab. Klang das abwegig?

Nichts ist abwegig, wenn man hübsch, jung und ein Sträfling ist, dachte sie verbittert und fügte in Gedanken noch hinzu: *Ach, eigentlich braucht man weder hübsch noch jung zu sein. Es genügt völlig, wenn man verurteilt und als Deportierte so gut wie vogelfrei ist. Dann ist nichts mehr abwegig.*

Ob Mitchell Hamilton mit seiner Hilfe insgeheim wirklich das bezweckte, was sie ihm unterstellte oder zumindest doch für gut und gern möglich hielt, beschäftigte Jessica eine Zeit lang.

Doch dann gab sie auf, sich den Kopf darüber zu zerbrechen. Wenn er ihr dabei helfen wollte, diese schreckliche Woche in Ketten an Körper und Seele ungebrochen zu überstehen, sollte ihr das auch nur recht sein. Sie würde nehmen, was er ihr brachte, und sich weiter keine Gedanken über ihn und seine Absichten machen, denn sie nahm eigentlich doch nur das, was ihr ohnehin zustand, jedoch verwehrt wurde: Essen zum Überleben.

Die Stunden des nächsten Tages dehnten sich quälend in die Länge. Am Morgen bekam sie ihren Wassernapf und etwas Brot in die Kammer geschoben. Der Wärter richtete noch nicht einmal das Wort an sie. Er fluchte auch nicht, dass er ihretwegen gezwungen war, im stinkenden Bauch des Schiffes Wache zu halten. Wenn er sie wenigstens beschimpft und sie so seine Stimme gehört hätte! Doch er tat seine Pflicht mit stummer Verachtung, öffnete die Tür nur einen schmalen Spalt und schlug sie im nächsten Moment auch schon wieder zu.

Sie tastete im Dunkel nach dem Napf und schlürfte gierig das abgestandene, faulig schmeckende Wasser. Es kostete sie all ihre Willenskraft, nicht alles auf einmal zu trinken. Dass die *Tradewind* in wärmere Breiten kam, machte sich von Tag zu Tag mehr bemerkbar – ganz besonders hier unten, wo die Luft nicht abziehen konnte und vom Gestank der Bilge verpestet wurde.

Längst hatte Jessica Jakes das Gefühl für die Zeit verloren. Und bald war sie auch überzeugt, dass Mitchell Hamilton es sich doch anders überlegt und beschlossen hätte, sie nicht wieder zu besuchen. Sie hatte ihn auch wahrlich nicht dazu ermuntert. Mit Tränen in den Augen verfluchte sie ihr hitzköpfiges Temperament. Weshalb hatte sie ihn gestern Nacht nur so vor den Kopf gestoßen? War das nötig gewesen? Nicht ein klägliches Wort des Dankes war ihr über die Lippen gekommen. Warum hatte ihr Stolz das nicht zugelassen? Was hätte sie sich damit vergeben? Doch war es nun offensichtlich zu spät. Ihre Reue änderte nichts an dem, was sie gestern zu ihm gesagt hatte. Und ihre Dummheit ließ sie hemmungslos weinen.

Doch irgendwann in den übergangslosen Stunden wurde plötzlich der Riegel zurückgeschoben und die Tür weit geöffnet. Helles Licht flutete in die Kammer, und sie hörte Mitchell Hamiltons Stimme.

»Ihr Mitternachtsimbiss – wie versprochen«, sagte er leichthin, als hätte es zwischen ihnen nie ein zorniges Wort gegeben.

Die Welle unendlicher Erleichterung, die Jessica aus der

Tiefe ihrer Verzweiflung hochriss, verursachte ihr ein fast angenehmes Gefühl der Schwäche.

»Sie … Sie … sind also doch gekommen«, murmelte sie mit erstickter Stimme.

»Haben Sie daran gezweifelt?«

»Ja«, gestand Jessica.

Er lachte leise auf, während er sich wieder zu ihren Füßen hockte und sich gegen den Türrahmen lehnte. »Sie müssen mich für einen sehr wankelmütigen Menschen halten«, meinte er belustigt. »Die wütenden Äußerungen einer Frau haben mich noch nie umstimmen können.«

»Sie sind sich Ihrer sehr sicher, nicht wahr?«

Er zuckte die Achseln. »Ich glaube zumindest, Ihre Lage gut genug beurteilen zu können, um zu wissen, dass Sie sich im Stillen doch über mein Auftauchen freuen, wenn Sie das auch nicht zugeben wollen.«

Jessica biss sich auf die Unterlippe und sah schweigend zu, wie er Brot, Fleischstücke und seine Taschenflasche auf dem Tuch verteilte, als befänden sie sich bei einem Picknick.

»Ich … ich … bin … froh, dass Sie gekommen sind«, zwang sie sich schließlich zu sagen und vermied es, ihn dabei anzusehen. Ihr Gesicht brannte vor Scham.

»Wunderbar«, erwiderte er darauf nur, als würde ihn ihr Geständnis überhaupt nicht überraschen. »Essen Sie, Jessica.«

Sie ließ sich nicht zweimal auffordern.

»Möchten Sie hören, was es an Neuigkeiten gibt?«, fragte er.

Sie nickte eifrig.

»Captain Crowe ist mal wieder auf seinem Posten erschienen, das ist wohl die größte Neuigkeit«, begann Mitchell in leichtem Plauderton zu berichten. »Der Captain ist noch ziemlich schwach auf den Beinen, und Clyde, der Schiffsarzt, glaubt nicht, dass Tyler befürchten muss, das Kommando für längere Zeit wieder an Crowe abtreten zu müssen. Na ja, ein großer Unterschied ist es ohnehin nicht, ob Tyler oder Crowe das Sagen hat. In ihren Ansichten ähneln sie sich doch sehr, und zusammen mit Reverend Reckham geben sie ein prächtiges Dreigespann ab.«

Jessica hielt im Essen inne. »Reverend Reckham?«

»Ein Geistlicher einer obskuren Sekte«, erklärte Mitchell. »Er muss große Teile der Bibel nie zu Gesicht bekommen haben, denn bei ihm kreist alles um das Fegefeuer und die ewige Verdammnis.«

Er berichtete dann, dass die *Tradewind* gute Fahrt mache und sie nun fast sicher sein konnten, spätestens Mitte Januar im Hafen von Sydney vor Anker zu gehen.

Dann drängte Luke Brigges auch schon zum Aufbruch. »Wir sollten unser Glück besser nicht allzu sehr auf die Probe stellen, Sir«, sagte er mit finsterer Miene.

»Halten Sie durch, Jessica«, sagte Mitchell, als er sich erhob und ihr in die rätselhaften grünen Augen blickte, deren Glanz ihn noch im Schlaf verfolgen würde.

»Dazu bin ich entschlossen, Mr. Hamilton«, antwortete sie mit der Andeutung eines zuversichtlichen Lächelns. »Und noch etwas ...«

»Ja?« Erwartungsvoll blickte er sie an. Sie erschien ihm auf einmal verändert, verletzlicher, aber auch zugänglicher.

»Danke, dass Sie gekommen sind.«

Er erwiderte ihr zögerndes Lächeln. »Jetzt bin ich ganz sicher, dass Sie es schaffen werden, Jessica. Bis morgen Nacht.«

»Ja, bis morgen Nacht«, murmelte sie und lächelte noch, als die Dunkelheit sich wieder um sie schloss. Mitchell Hamilton hatte recht, sie würde es schaffen. Die nächsten Tage und Nächte würden schrecklich sein und sie an den Rand der Verzweiflung bringen, aber sie würde durchhalten. Mit seiner Hilfe.

14

Ned Tyler stand, ganz Autorität, mit ladestocksteifem Rücken an der Steuerbordreling und blickte hinaus auf die See. Die Sonne war schon zwei Handbreit über den Horizont gestiegen und vergoldete die Segel des Ostindienfahrers, der mit gut drei Knoten Fahrt durch die Wellen pflügte.

In seinem Rücken hörte Tyler die aufgebrachten, murrenden Stimmen der männlichen Sträflinge. Sie fluchten, als Simpson das Ende ihres Deckaufenthaltes ankündigte und seinem Befehl, wieder die Stiege hinunterzusteigen, mit kräftigen Kolbenhieben den nötigen Nachdruck verlieh.

Die Gedanken des Ersten Offiziers beschäftigten sich kurz mit Captain Crowe, der ebenfalls an Deck herumlief. Der alte Kahlkopf hatte sich mal wieder aus seiner Koje gehievt, aber lange brauchte man mit ihm bei Tisch nicht zu rechnen. Schon von Weitem war ihm anzusehen, dass es nur eines kräftigen Windes bedurfte, um ihn aus den Stiefeln zu wehen. Sogar Clyde, dieser junge übereifrige Schiffsarzt, der noch eine Menge würde lernen müssen, wenn er gedachte, länger bei der Kompanie zu bleiben, sogar Clyde gab dem Alten nicht viele Tage munteren Herumspazierens.

Es stand für Ned Tyler außer Frage, dass dies die letzte Fahrt für Captain Crowe war. Und das bedeutete, dass er, Ned Tyler, endlich zu seinem Recht kommen und das Kommando über die *Tradewind* oder ein anderes Schiff der Ostindien-Kompanie übernehmen würde.

Seine Gedanken wanderten nun zu Rosy. Er konnte sich über dieses vollbusige und heißblütige Weibsbild eigentlich nicht beklagen. Da hatte diese gerissene Halsabschneiderin, Betsy Fodder, mal einen guten Griff getan. Rosy war die beste Frau, die er bisher auf dieser Passage in seinem Bett gehabt hatte, und dieses Bett hatte schon so manche der gefangenen Frauen zu sehen bekommen!

Rosy war nicht nur erstaunlich willig, sie hatte sich auch als überraschend einfallsreich erwiesen, sein Interesse an ihr wachzuhalten. Ein Mann konnte schon sein Vergnügen mit ihr haben, das musste er zugeben. Einmal hatte sie ihm erzählt, dass sie Bedienstete in einem großen Haus in London gewesen sei. Doch Tyler bezweifelte das. Bei dem großen Haus hatte es sich vermutlich um ein Bordell gehandelt, denn im Bett zeigte sie eine derartige Raffinesse und Hemmungslosigkeit, die sie eigentlich nur in einem Hurenhaus gelernt haben konnte.

Und das war es, was den großen Unterschied zwischen ihr und dieser halsstarrigen Jessica Jakes ausmachte. Rosy war eine abgebrühte Hure, die sich kaum etwas daraus machte, mit wem sie es trieb. Doch diese Jessica besaß noch ihren Stolz und vielleicht sogar noch ihre Unschuld, und gerade das reizte ihn bis an die Grenze der Unerträglichkeit. Er wollte dieses junge Ding einfach besitzen, und er würde nicht ruhen, bis er sein Ziel erreicht hatte. Bei Gott, er würde sie zähmen, und sie würde nicht die Erste sein, die vor seiner Unnachgiebigkeit kapitulierte! Diese eine Woche in Ketten unten in dieser grässlichen Kammer würde sie schon zur Einsicht bringen. Mehrfach war er versucht gewesen, ihr dort unten einen Besuch abzustatten, um sich davon zu überzeugen, dass die Strafe auch wirkte. Doch er hatte sich beherrscht. Es bestand kein Grund zur Eile. Früher oder später würde sie schon zu Kreuze kriechen.

»Sir?«

Ned Tyler fuhr aus seinen Gedanken auf und drehte sich um. George Simpson stand vor ihm. »Ja? Was gibt's?«, fragte der Erste ungehalten über die Störung.

»Is' jetzt genau 'ne Woche rum, dass ich dieses Flittchen hab' in Ketten legen lassen«, erinnerte ihn der Wärter. »Diese Jessica ...«

»Richtig.«

»Der Teufel soll mich holen, wenn dieses Luder die eine Woche nich' verdammt gut überstanden hat.«

Eine steile Falte bildete sich auf Tylers Stirn. »Woher wollen Sie das wissen?«

Simpson zuckte mit den Schultern. »Hab' mir von meinen Männern erzählen lassen, dass sie sie kein einziges Mal nich' haben schreien oder wimmern hören. Und normalerweise fangen sie spätestens am vierten oder fünften Tag damit an; brüllen sich vor Angst die Kehle aus dem Leib und hämmern gegen die Tür, dass man sie rauslässt. Hat sie aber nich' getan.« Widerwillige Bewunderung klang aus seiner Stimme. »Hätte ich von der nich' gedacht, Sir.«

»So, die Woche ist herum«, meinte Tyler und blickte finster. Was Simpson ihm da erzählte, gefiel ihm gar nicht.

»Ja, Sir.«

»Gut, dann lassen Sie ihr die Ketten abnehmen und bringen Sie sie hoch!«, befahl der Erste Offizier.

»Aye, aye, Sir!« Simpson machte kehrt und rief Brigges und Dudley zu sich.

Mit kurzen hastigen Schritten ging Tyler an Deck auf und

ab. Sie hatte die Woche gut überstanden, hatte weder gewimmert noch geschrien. Zum Teufel mit ihr! Das würde ihr auch nichts nützen.

Tyler zwang sich zu einer ausdruckslosen Miene, als Brigges und Dudley Jessica eine knappe halbe Stunde später an Deck brachten, gefolgt von George Simpson.

»Ich habe mit der Gefangenen zu sprechen. Wartet auf der anderen Seite!«, trug der Erste Offizier den beiden Wärtern auf und fügte in Simpsons Richtung hinzu: »Danke, Simpson, ich werde Sie vorerst nicht brauchen.«

Ned Tyler musterte Jessica scharf. Sie sah doch sehr bleich und mitgenommen aus. Die sieben Tage in Ketten hatten ihre Spuren hinterlassen – jedoch nicht jene, auf die er gehofft hatte. Einen geschwächten, entkräfteten Eindruck machte sie nämlich merkwürdigerweise nicht, obwohl ihre tägliche Ration Wasser und Brot äußerst knapp bemessen gewesen war. Sie bettelte noch nicht einmal um etwas zu trinken, obgleich sie eigentlich einen quälenden Durst haben musste. Ein dunkler Verdacht stieg in Tyler auf, doch er hatte jetzt nicht die Zeit, dieser Ahnung nachzugehen.

»Sieben Tage sind eine lange Zeit dort unten, nicht wahr?«, brach Ned Tyler sein Schweigen mit spöttischem Tonfall. »Da überlegt man es sich schon, ob man noch einmal einen Diebstahl begeht, ist es nicht so?«

»Sie wissen ganz genau, dass ich nie etwas gestohlen habe! Und wenn Sie mich siebzig Tage einschließen würden, ich würde Ihnen auch dann nicht zu Willen sein!«, brach es hasserfüllt aus Jessica hervor.

Die endlos langen Tage und Nächte in der erdrückenden Schwärze der Kammer hatten den Hass auf Ned Tyler in ihr angefacht wie ein Blasebalg in kurzer Zeit aus einem nur schwach glimmenden Feuer lodernde Flammen hochschießen lässt. Mitchell Hamiltons regelmäßige Besuche hatten sie davor bewahrt, den Verstand zu verlieren, während die Finsternis jedoch ihre unbändige Wut genährt hatte. Tyler jetzt Auge in Auge gegenüberzustehen brachte sie an den Rand ihrer mühsam erzwungenen Selbstbeherrschung. Sie spürte das wilde Verlangen, sich ohne Rücksicht auf ihn zu stürzen und ihn mit ihren nackten Händen zu töten.

»Du weißt natürlich nicht, wovon du sprichst«, antwortete er mit kalter Überheblichkeit. »Ich will also darüber hinweggehen, Jessica. Wir haben andere Dinge zu bereden.«

»Nichts haben wir zu bereden!«, widersprach sie ihm heftig. »Ich bin ein Sträfling, nichts weiter, Mr. Tyler! Sie haben mich nach New South Wales zu bringen – nicht jedoch in Ihr Bett. Und das wird Ihnen auch nie gelingen.«

»Du täuschst dich, Jessica!«, entgegnete er gereizt. »Wenn ich es wollte, könnte ich dich jetzt auf der Stelle haben. Ein Befehl von mir würde genügen, und niemand könnte etwas dagegen unternehmen. Du hast recht, du bist nichts weiter als ein Sträfling, und ich kann mit dir machen, was mir gefällt ... soweit es sich einigermaßen im Rahmen des Üblichen hält, und eine Deportierte zu seiner Geliebten zu machen ist durchaus üblich, Jessica, ganz besonders bei den Offizieren vom New South Wales Corps. Warte mal ab, was geschieht, wenn wir in Sydney Cove erst mal Anker geworfen haben und die Offiziere an Bord kommen, um ihre ›erste Wahl‹ unter den weiblichen Sträflingen zu treffen.«

Jessicas Haut, die sich über den Wangenknochen spannte, nahm bei seinen Worten eine noch blassere Tönung an. Doch auch das vom Hass angefachte Funkeln ihrer Augen nahm zu.

»Gib deine lächerlichen Illusionen also auf!«, fuhr Ned Tyler fort. »Es ist aussichtslos. Früher oder später habe ich dich da, wo ich dich haben will. Warum quälst du dich also, wenn es doch gar keinen Sinn hat? Wenn du dich jetzt wieder weigerst, werde ich schon in fünf Minuten dafür gesorgt haben, dass du die nächste Strafe antrittst … Beleidigung eines Offiziers reicht als Grund völlig. Doch diesmal werde ich für Doppelwachen sorgen. Ich habe nämlich den Verdacht, dass du mehr Wasser und Zwieback erhalten hast, als du aufgrund meines Befehls hättest bekommen dürfen. Ich weiß nicht, wie du das angestellt hast und wer dir dabei geholfen hat, aber das nächste Mal wird dir das nicht gelingen, Jessica, das schwöre ich dir. Du wirst hungern und schrecklichen Durst leiden, und du wirst anfangen zu wimmern und zu schreien, wie all die anderen vor dir es auch getan haben.«

Er sah sie mit selbstsicheren, tückischen Augen an und schüttelte den Kopf. »Nein, du wirst mich nicht besiegen. Du bist mir wehrlos ausgeliefert, und je eher du das begreifst, desto weniger wirst du erdulden müssen. Es liegt ganz bei dir.«

Ned Tylers Gestalt verschwamm vor ihren Augen. Seine Grausamkeit und seine wilde Entschlossenheit, sie zu quälen, bis sie ihn um Gnade bettelte, schnitten wie scharfe Messerklingen in ihre gepeinigte Seele. Sie begriff, dass der Erste Offizier nichts weiter aussprach als die entsetzliche Wahrheit. Früher oder später würde er sein Ziel erreichen. Kaum ein Mensch konnte ewig körperlicher und seelischer Folter widerstehen. Ihr Wille, sich ihm mit aller Kraft zu widersetzen, würde irgendwann zersplittern wie Glas auf unnachgiebigem Granit.

Und diese Erkenntnis, dass sie schon jetzt verloren hatte, entsetzte sie und ließ in ihr alle Dämme der Selbstbeherrschung brechen. Das angestaute Gefühl ohnmächtigen Hasses riss sie wie eine mächtige Naturgewalt mit sich fort.

Mit einem gellenden Schrei, in dem Hass, Verzweiflung und das Wissen um die Wirkungslosigkeit ihrer Tat lagen, stürzte sie sich auf ihren Peiniger, die Hände wie Krallen ausgestreckt und das Gesicht zu einer grässlichen Grimasse unbezähmbarer Gewalttätigkeit verzerrt.

Von ihrem rasenden Angriff überrascht, wich Ned Tyler entsetzt zurück. Niemals hätte er damit gerechnet, dass sie sich in ihrer Verzweiflung zu solch einer sinnlosen Tat würde hinreißen lassen.

»Nie! … Nie! … Ich bringe Sie um … Sie Teufel!«, schrie Jessica mit kreischender Stimme und fuhr ihm mit ihren aufgerissenen Fingernägeln über das Gesicht, versuchte, ihm die Augen auszukratzen, und verkrallte sich in seiner Kehle. Sie schrie, dass ihre Lungen schmerzten, sah Blut zwischen ihren Fingern und spürte den Schmerz kaum, als Ned Tyler nun wild um sich zu schlagen begann. Sie war wie im Rausch, sah nur das zerkratzte blutige Gesicht dieses satanischen Mannes vor sich und wurde allein von dem Wunsch beherrscht, ihn zu töten.

»Schafft sie mir vom Leibe!«, brüllte Tyler den Wärtern zu, die beim ersten Aufschrei herumgefahren waren und mit fassungslosen Gesichtern zu ihm und der Deportierten herüberblickten. Jessica hing wie eine Klette an ihm und ließ sich einfach nicht abschütteln. Sie war wie besessen und schien völlig schmerzunempfindlich zu sein.

Dann lösten sich die Männer aus ihrer Starre, rannten über das Deck und rissen Jessica mit brutaler Gewalt zurück. Ned Tyler taumelte einen Schritt vor und schlug ihr ins Gesicht, dass ihr Kopf nach hinten flog. Sein Atem ging schwer, und die Kratzspuren in seinem Gesicht brannten. Blut sickerte über bleiche Haut.

»Das … hättest du … besser … nicht getan!«, stieß er

schließlich hervor. Er zwang sich, die blutigen Striemen auf seinem Gesicht nicht abzutasten. »Dafür wirst du bezahlen, Jessica! … Nie in deinem Leben wirst du diesen Tag vergessen, dafür werde ich sorgen, du Dreckstück! … Dir ist nach Schreien zumute? … Gut, du wirst Gelegenheit zum Schreien bekommen … mein Gott, das wirst du!« Er schluckte schwer.

Langsam kam Jessica zur Besinnung. Der rötliche Schleier vor ihren Augen wich zurück, und allmählich begriff sie, was sie getan hatte. Wilde Genugtuung flackerte kurz in ihren Augen auf, als sie sein übel zugerichtetes Gesicht sah. Doch schon im nächsten Augenblick wich dieses Gefühl würgendem Entsetzen, als ihr bewusst wurde, welche Folgen ihre Verzweiflungstat haben würde.

»Simpson!« Tylers Stimme überschlug sich. Er hatte sich noch immer nicht völlig unter Kontrolle.

»Sir?« Simpson wagte nicht, den Offizier anzublicken, als hätte er ihn selbst angegriffen.

»Lassen Sie alle Sträflinge an Deck kommen. Männer und Frauen. Sorgen Sie dafür, dass die Sicherheit des Schiffes gewährleistet ist. Alle sollen Zeuge der Auspeitschung werden!«

»Aye, aye, Sir!«

»Binden Sie diese verbrecherische Hure auf eine Gräting!«, befahl Ned Tyler weiter und weidete sich an der Angst, die in Jessicas Augen trat. »Und ich brauche einen Freiwilligen, der die Auspeitschung vornimmt.«

»Sie können auf mich zählen, Sir!«, antwortete George Simpson ohne eine Sekunde des Zögerns. Er wusste, dass der Bootsmann, der normalerweise derartige Züchtigungen vornahm, sich schon einmal geweigert hatte, Sträflinge auszupeitschen. Es sei nicht seine Aufgabe, hatte er damals erklärt, Deportierte zu züchtigen, sondern unter der Schiffsbesatzung für Ordnung und Respekt zu sorgen. »Wie viele Schläge soll ich ihr verpassen?«

Ned Tylers blutunterlaufene Augen waren starr auf Jessicas Gesicht gerichtet. Er wollte sehen, wie der Schauer des Grauens sie packte, wenn er die Strafe aussprach.

»Fünf … Dutzend … Schläge!«, verkündete er langsam und mit erbarmungsloser Härte. »Fünf Dutzend Schläge mit der neunschwänzigen Peitsche!«

15

Mitchell Hamilton blätterte lustlos in einer Abhandlung über Schafzucht, die John Hawkley ihm ausgeliehen hatte, als ein markerschütternder Schrei in seine Kabine drang.

Ein kalter Schauer überlief ihn. Er ließ das Buch auf das Bett fallen, sprang hoch und stürzte hinaus in den Gang. Auch andere Kabinentüren wurden aufgerissen. Passagiere und Offiziere drängten in den schmalen Gang.

»Was ist geschehen?«, rief jemand.

»Zum Teufel, woher soll ich das wissen?«

»Das war eine Frauenstimme!«, rief der Schiffsarzt.

Mein Gott, lass es nicht Jessica sein!, flehte Mitchell Hamilton inständig, während er mit den anderen hinaus auf das Achterdeck lief. Wenige Augenblicke später sah er Ned Tyler unten auf dem Mittschiffsdeck, sah die blutigen Striemen auf dem Gesicht des Ersten Offiziers und Jessica Jakes, die von zwei Wärtern brutal zu einer Gräting gezerrt wurde.

Ein Gefühl schrecklicher Leere erfasste ihn, und er musste sich kurz auf die Brüstung stützen, weil eine Ahnung ihn wie unter einem unsichtbaren Hieb wanken ließ. Er wusste nicht, was zwischen dem Ersten Offizier und Jessica vorgefallen war, doch ein einziger Blick auf Ned Tylers übel zugerichtetes Gesicht sagte ihm, dass alles vergebens gewesen war – die Bestechung von Luke Brigges, die nächtlichen Besuche tief unten im Bauch des Schiffes, die Worte der Ermutigung und das zögernde, vortastende Vertrauen, das Jessica ihm während der letzten Nächte entgegengebracht hatte. Jessica musste die Nerven verloren haben – und damit hatte sie alles verloren.

Mitchell fühlte sich wie betäubt. Und dann hörte er erregte Stimmen und die Antwort des Steuermannes: »Ja, sechzig Hiebe mit der neunschwänzigen Peitsche.«

Mitchell war sprachlos vor Entsetzen.

John Hawkley kam zu ihm. Sein Gesicht trug einen angespannten zornigen Ausdruck. »Jetzt hat er sein Ziel erreicht. Fünf Dutzend Peitschenhiebe … und das einer Frau!« Er schüttelte den Kopf.

Mitchell riss sich zusammen. »Mein Gott, das ist unmenschlich! Er kann keine Frau derart auspeitschen lassen!« Allein schon der Gedanke bereitete ihm fast körperliche Schmerzen.

»Ich habe es Ihnen schon mal gesagt, er kann alles.«

»Aber, um Himmels willen, irgendwo muss es doch eine Grenze geben?!«

»Sagen Sie es ihm doch mal … oder unserem Captain«, erwiderte der Farmer, und aus seiner Stimme klang grimmige Resignation. »Es wird nur nichts an den Tatsachen ändern, mein Freund. Ich habe in New South Wales schon ganz andere Auspeitschungen erlebt. Da hat der Verurteilte zweihundert Hiebe und mehr mit der Neunschwänzigen erhalten. Sein Rücken war hinterher nur noch eine einzige blutige Masse, aufgefetzt bis auf die Knochen. Und er hat es überlebt.«

»Aber Jessica ist eine Frau!«

»Stimmt«, gab John Hawkley zögernd zu. »Frauen werden seltener als Männer ausgepeitscht. Doch dann und wann kommt auch das vor.«

»Ich muss etwas dagegen unternehmen!«

Hawkley bedachte ihn mit einem missbilligenden Blick. »Ich habe Sie gewarnt. Doch ich glaube, für weitere Warnungen ist es bei Ihnen schon zu spät. Es geht Ihnen um mehr als nur um eine lächerliche Wette, nicht wahr?«

»Mag sein«, gab Mitchell knapp zur Antwort und folgte dem Ersten Offizier mit seinem Blick.

Mit verbissenem Gesicht kam Ned Tyler die Stiege zum Achterdeck hoch. Vor der Auspeitschung wollte er noch seine Kajüte aufsuchen und sich das Blut vom Gesicht waschen. Jessica hatte ihm mit diesen blutigen Striemen mehr als nur ein paar Kratzer zugefügt, die schon in wenigen Tagen verschwunden sein würden. Sie hatte seine Autorität und sein Selbstgefühl verletzt, und dafür würde sie büßen. Mit Blut und Qualen.

»Mr. Tyler!« Mitchell Hamilton stellte sich ihm in den Weg.

Der Erste Offizier starrte den Passagier im ersten Moment mit funkelnder Feindseligkeit in den Augen an. Doch als er bemerkte, dass sein Widersacher fast grau im Gesicht war, schwand der rasende Zorn in ihm, denn er begriff plötzlich mit aller Klarheit, dass dies die Stunde seines Triumphes war – über Jessica Jakes und Mitchell Hamilton. Beide hatten sich ihm durch ihre Gefühle ausgeliefert und das Spiel verloren.

Tief atmete Ned Tyler ein, um auch den letzten Anflug gereizter Spannung abzuschütteln. »Womit kann ich Ihnen dienen, Mr. Hamilton?« Glatt und ruhig kam ihm diese Frage über die Lippen.

»Sie würden auch sich selbst einen Dienst tun, wenn Sie von Ihrem ungeheuerlichen Befehl Abstand nehmen!«, stieß Mitchell hervor.

»Einen Einwand dieser Art hatte ich von Ihnen natürlich erwartet«, antwortete Ned Tyler gelassen. Er kostete diesen Augenblick aus. »Doch da sich Ihr Einfluss auf die Schiffsführung nur auf die unmaßgebliche Äußerung privater Ansichten beschränkt, werden Sie gestatten, dass ich mich meinen Pflichten zuwende.«

Der Offizier wollte an ihm vorbei, doch Mitchell packte ihn am Arm. »Mein Gott, so können Sie nicht mit mir umspringen, Tyler!«, zischte Mitchell. »So wie Sie den angeblichen Diebstahl in Szene gesetzt haben, um Jessica in Ketten legen zu können, so haben Sie sie ganz sicherlich auch dazu gebracht, die Beherrschung zu verlieren. Aber diesmal überspannen Sie den Bogen!«

»Die zehn Guineen scheinen Sie doch sehr zu schmerzen«, erwiderte Tyler höhnisch.

»Zum Teufel mit den zehn Guineen!«, schrie Mitchell mit heiserer Stimme. »Nicht einen lausigen Penny werden Sie von mir bekommen, Tyler. Eine Wette mit einem Betrüger und Folterknecht ist für mich von Anfang an nichtig!«

Der Offizier versteifte sich. Seine Blicke waren wie Dolche aus Eis. »Es wird Ihnen nicht gelingen, mich in eine Falle zu locken«, sagte er schließlich höhnisch. »Wenn ich Sie für einen ebenbürtigen Gentleman halten würde, müsste ich jetzt Satisfaktion von Ihnen verlangen. Doch ich duelliere mich nicht mit jedem. Behalten Sie also nur Ihre zehn Guineen. Was ich habe, reicht mir. Und nun nehmen Sie gefälligst die Hand von meiner Uniform!«

Mitchell ließ den Arm los. Noch bevor er etwas erwidern

oder gar eine unverzeihliche Dummheit begehen konnte, erschien Captain Crowe an Deck.

»Tyler, was hat der Aufruhr zu bedeuten?«

Alle Anwesenden auf dem Achterdeck drehte sich um, auch Tyler und Mitchell. Mitchell sah Captain Crowe und wusste, dass es sinnlos war, weiter mit Ned Tyler zu streiten. Die Befehlsgewalt lag in Crowes Händen.

William Crowe stand vor der Tür zu den oberen Heckkabinen. Er war ein kleiner, gedrungener Mann irgendwo in den Fünfzigern. Sein graues Haar war an vielen Stellen bereits schütter. Die Gesichtshaut erinnerte Mitchell an altes Leder, das Kälte, Nässe und Hitze zu lange schutzlos preisgegeben worden war. Tiefe Furchen durchzogen wie Risse die Haut, die von gelblicher, kranker Tönung war. Die in tiefen Höhlen liegenden Augen blickten noch klar respektheischend, doch in der Tiefe des Blickes lag Müdigkeit.

Der Erste Offizier trat zum Captain und erstattete mit kühlen, sachlichen Worten Meldung. Crowe hörte schweigend zu.

»Ich halte fünf Dutzend Hiebe mit der Peitsche für angemessen«, schloss Ned Tyler.

William Crowes Blick glitt nur ganz kurz über das Gesicht seines Ersten Offiziers. Immer noch schweigend wandte er sich den an Deck versammelten Passagieren und anderen Offizieren zu.

»Völlig korrekt, Tyler!«, stieß Crowe schließlich emotionslos hervor. »Wenn es ein Deportierter, ein Mann gewesen wäre, hätte ich ihn an der Rahnock aufhängen lassen. Derartige Gewalttätigkeiten aus den Reihen der Sträflinge müssen mit aller Härte geahndet werden.«

Mitchell ahnte, dass es vergebens sein würde, dennoch versuchte er, Captain Crowe zu einer Herabsetzung des Strafmaßes zu bringen. Doch er kam nicht weit.

Höflich, aber bestimmt unterbrach ihn Crowe. »Mr. Hamilton, ich bedaure, Ihrem Wunsch nicht entsprechen zu können und zu dürfen. Rund zweihundert gefährliche Sträflinge, die kaum etwas zu verlieren haben, sind wie ein offenes Pulverfass. Und an einem offenen Pulverfass spielt man nicht mit glimmender Lunte, man tritt sie aus!« Damit war die Angelegenheit für Crowe erledigt, und er wandte sich dem Schiffsarzt zu. »Mr. Clyde, Sie werden der Auspeitschung in Ihrer Funktion als Arzt dieses Schiffes beiwohnen. Wenn sich das Leben der Ausgepeitschten in ernstlicher Gefahr befindet, geben Sie den Befehl, den Vollzug der Strafe abzubrechen.« Und warnend fügte er hinzu: »Doch nur dann, keinen Peitschenhieb früher.«

Thomas Clyde gab mit einem Nicken zu verstehen, dass er dem Befehl Folge leisten würde.

»Lassen Sie beidrehen und schicken Sie nach mir, wenn Sie die entsprechenden Vorbereitungen getroffen haben!«, befahl der Captain seinem Ersten Offizier und kehrte in seine Kajüte zurück.

Ned Tyler lächelte, als er Mitchell Hamiltons Blick suchte. Doch Mitchell wandte sich abrupt ab, um seine Betroffenheit und seinen ohnmächtigen Zorn zu verbergen.

16

Die *Tradewind* lag beigedreht im Wind und rollte sanft in der See. Wie ein grellweißes Seidentuch hing der wolkenlose Himmel über der glitzernden Wasserwüste. Der Horizont flirrte im

Hitzeglast der hoch im Zenit stehenden Sonne. Schlaff hingen die gerefften Segel an den Rahen, Spieren und Blöcke knarrten.

Die Matrosen des Ostindienfahrers drängten sich vorn auf dem Backdeck, barfüßig und die meisten mit erwartungsvoller, schadenfroher Miene. Die Auspeitschung eine Frau erlebte man nicht alle Tage.

Unterhalb von den Seeleuten standen die Sträflinge dicht an dicht und streng nach Männern und Frauen getrennt, eine Menge finster blickender, abgerissener Gestalten, von denen eine Atmosphäre dumpfen Hasses ausging. Doch keine Stimme erhob sich aus den Reihen der Deportierten, denn zahllose Musketen mit aufgepflanzten Bajonetten waren auf sie gerichtet. Und die Bewacher machten einen nervösen Eindruck, als befürchteten sie jeden Augenblick den Ausbruch einer Revolte.

An der Brüstung des Achterdecks hatte sich Captain Crowe mit seinen Offizieren aufgestellt. Mit ausdruckslosem Gesicht starrte er über die Deportierten hinweg über den Bug des Schiffes hinaus in das grelle Mittagslicht.

Einen Schritt hinter dem Captain und den Offizieren standen die Passagiere, die sich dieses blutige Schauspiel nicht entgehen lassen wollten, darunter auch Reverend Reckham, der die Züchtigung ausdrücklich begrüßte. John Hawkley befand sich nicht unter ihnen. Seinen bitteren Worten zufolge hatte er schon genügend Auspeitschungen beigewohnt, sodass sein Bedarf bis an sein Lebensende gedeckt war.

Dagegen hatte sich Mitchell gezwungen, mit den anderen Schaulustigen an Deck zu gehen. Er fühlte sich regelrecht krank und angewidert, und er wäre dankbar gewesen, wenn er wie Hawkley in seiner Kabine hätte bleiben können. Doch er fühlte sich aus einem unerfindlichen Grund dazu verpflichtet, Zeuge dieser Bestrafung zu sein. Zwar würde er Jessicas

Schmerzen nicht lindern können, doch er konnte zumindest seelisch das Leid mit ihr teilen. Und er fragte sich, ob seine Empfindungen für sie nicht schon längst über die bloßen Mitleids hinausgingen.

Captain Crowe fuhr aus seinen Gedanken auf, als Ned Tyler sich neben ihm vernehmlich räusperte.

»Es ist alles bereit, Sir«, sagte der Erste.

»Gut. Lassen Sie anfangen«, sagte der Captain knapp und reichte ihm einen Beutel aus rotem Tuch, der die neunschwänzige Peitsche enthielt.

Ned Tyler stieg die steile Treppe nach mittschiffs hinunter. Eine Gräting, ein schweres Holzgitter, war schräg gegen den Großmast gelehnt. Die beiden Wärter hatten Jessica mit dem Gesicht zum Gitter und mit gespreizten Armen und Beinen auf die Gräting gebunden. Einige Schritte hinter ihr standen Simpson und der Schiffsarzt.

Der Erste Offizier öffnete nun den roten Beutel und zog die Peitsche heraus. »Sechzig Hiebe, Simpson!«, sagte er mit kalter Stimme.

»Aye, aye, Sir!« Simpson nahm die Peitsche entgegen und ließ die ledernen Schnüre mit einem gemeinen Grinsen durch seine Finger laufen.

Thomas Clyde trat zu Jessica. Er hielt ein kurzes Stück Holz in der Hand. »Nimm das in den Mund und beiß darauf«, sagte er und hielt ihr das Holz vor den Mund.

Jessica zitterte am ganzen Körper, als hätte sie hohes Fieber. Ihre Hände krallten sich in das Gitter. Ein saurer Geschmack stieg aus ihrem Magen hoch.

»Jessica, mach den Mund auf!«, forderte Clyde sie mit gedämpfter, jedoch beschwörender Stimme auf. »Nimm das Holz zwischen die Zähne. Es wird helfen … etwas.«

Jessica öffnete den Mund, und der Schiffsarzt schob ihr das Holz zwischen die Zähne. Ein röchelnder Laut drang aus ihrer Kehle.

»Gott stehe dir bei«, murmelte Clyde und trat schnell zurück, da er den Blick ihrer Augen nicht länger ertragen konnte.

»Ist die Verurteilte bereit?«, fragte Ned Tyler den Schiffsarzt scheinbar unbeteiligt.

Thomas Clyde nickte stumm.

Der Erste Offizier wandte sich dem Wärter zu. »Entblößen Sie ihren Rücken, Simpson.«

»Mit Vergnügen, Sir«, antwortete der Wärter. Er ging zur Gräting und packte Jessicas Sträflingskleid im Nacken. Ein heftiger Ruck, und der Stoff gab nach. Jessica war nackt bis zu den Hüften, wo ein dünner, ausgefaserter Hanfstrick den Kleiderfetzen davor bewahrt, sie völlig zu entblößen.

»Fünf Dutzend! ... Fangen Sie an, Simpson!«, befahl Ned Tyler noch einmal.

George Simpson leckte sich über die Lippen, spuckte sich dann in die Hände und stellte sich seitlich hinter Jessica. Dann holte er aus. Die neun Lederriemen pfiffen durch die Luft und klatschten mit einem hässlichen Geräusch auf den nackten Rücken der Verurteilten.

»Eins ...«, begann Ned Tyler zu zählen.

Als die Peitsche ihren Rücken traf, breitete sich ein brennender Schmerz von einer Sekunde auf die andere in Jessicas Körper aus. Ein ersticktes Stöhnen entrang sich ihrer Kehle, und sie bäumte sich an der Gräting auf, zerrte wild an den Fesseln, während sich ihre Zähne tief in das Holz gruben. Und noch bevor der Schmerz abklingen konnte, erfolgte der zweite Peitschenhieb. Sie öffnete nun den Mund zu einem langgezogenen Schrei. Das Holz entglitt ihren Zähnen, während sie sich schreiend auf der Gräting krümmte.

»... zwei ... drei ... vier ...«, zählte Ned Tyler mit monotoner Stimme im Rhythmus des schauerlichen Klatschens der Peitsche. Die ersten zwei, drei Schläge hinterließen auf Jessicas Rücken nur ein blutrotes Muster schmaler Striemen. Doch beim vierten Peitschenhieb platzte die Haut auf. Blut sickerte hervor, rann an vielen Stellen ihren Rücken hinunter und färbte den graubraunen Stoff ihres Sträflingskleides dunkel.

»Nur den Rücken, Simpson!«, zischte der Erste Offizier dem Wärter zu, als sich zwei der neun Lederriemen noch seitlich um den Körper wanden und mit ihren Enden den Ansatz ihrer rechten Brust trafen.

Der Wärter veränderte seine Position ein wenig und nahm dann seinen Schlagrhythmus wieder auf. Erbarmungslos holte er aus und ließ die Peitsche kraftvoll auf den Rücken der Frau niedersausen.

Jessicas Schrei nahm kein Ende. Ihre Stimme hob sich bei jedem Schlag nur noch abrupt in eine schrille Höhe. Ihr Körper schien in Flammen zu stehen und lichterloh zu brennen. Die Augen traten ihr aus den Höhlen, als sich die Peitschenriemen immer tiefer in ihr Fleisch gruben. Der Schmerz, der sie um den Verstand zu bringen drohte, hatte alle Empfindungen und Gedanken in ihr ausgelöscht. Und dann senkte sich die Bewusstlosigkeit über sie und brachte die gnädige Erlösung von den unvorstellbaren Qualen.

»Halt!«, rief Thomas Clyde, als er sah, wie Jessicas Körper erschlaffte. »Sie ist ohnmächtig geworden.« Seine eigene Stimme war ihm fremd. Ein Schauer durchlief ihn.

Ned Tyler hob die Augenbrauen. »Aber sie befindet sich

nicht in Lebensgefahr, nicht wahr, Mr. Clyde?«, fragte er ungerührt.

Der junge Schiffsarzt zögerte. »Nein«, antwortete er dann mit kalkweißem Gesicht.

Der Erste Offizier nickte zufrieden. »Gut. Simpson, einen Eimer Wasser! Die Delinquentin soll ihre Strafe bewusst miterleben und nicht verschlafen!«

Augenblicke später schüttete Simpson ihr einen Eimer Salzwasser ins Gesicht und über den offenen Rücken. Jessica wurde aus der Bewusstlosigkeit gerissen und starrte den Wächter mit dem entsetzlichen Blick einer gequälten Seele an. »Nicht … mehr … nicht … mehr … Gnade … Gnade …«, wimmerte sie.

»Bis zur Gnade sind es noch sechsundvierzig Schläge«, antwortete Simpson ohne jedes Mitgefühl und trat zurück, um mit der Auspeitschung fortzufahren.

Nach fünf weiteren Schlägen verlor Jessica erneut das Bewusstsein. Und wieder gab Ned Tyler den Befehl, sie mit einem Eimer Wasser zu sich zu bringen. Beim dreiundzwanzigsten Schlag waren schon drei Eimer Salzwasser vonnöten, um sie wieder zu Bewusstsein zu bringen.

Jessica schrie schon längst nicht mehr. Auch das leise Wimmern, das noch fürchterlicher als ihre gellenden Schreie anzuhören gewesen war, erstarb. Sie hing an ihren Fesseln, ihr Körper ein einziger unfassbarer Schmerz, und nahm nichts mehr wahr.

Ein gefährliches Gemurmel erhob sich unter den Sträflingen, und durch die Reihen der Matrosen ging eine unruhige Bewegung. Das lüsterne Schauspiel hatte sich längst in eine barbarische Folterszene verwandelt, der viele Männer auch von der Besatzung nicht länger zuschauen wollten.

Nach dem siebenundzwanzigsten Peitschenhieb, in den

Simpson noch genauso viel Kraft gelegt hatte wie in den ersten, schritt der Schiffsarzt ein.

»Aufhören!«, rief er krächzend.

Tyler furchte unwillig die Stirn. »Was ist, Mr. Clyde? Sie ist nur ohnmächtig geworden. Ein wenig Wasser ist alles, was sie braucht …«

Clyde war zu Jessica getreten, ohne sich um die Worte des Offiziers zu kümmern. Er drehte ihren Kopf zu sich herum, lauschte ihrem unregelmäßigen Atem und warf einen entsetzten Blick auf ihren Rücken, der ein einziges Stück rohes zerfetztes Fleisch war. Wochen würde es dauern, bis die Wunden verheilt waren.

»Aus! Keinen weiteren Peitschenhieb mehr!«, erklärte der Schiffsarzt. »Sie kann nicht mehr verkraften.«

»Ich bezweifle, dass Sie mit Ihrer Einschätzung richtig liegen«, widersprach Tyler. »Captain Crowes ausdrücklicher Befehl lautete …«

»… dass ich die Entscheidung treffe, wenn die Auspeitschung abzubrechen ist!«, fuhr Clyde ihm kalt ins Wort und hielt Tylers Blick, ohne mit der Wimper zu zucken, stand. »Schiffsarzt bin noch immer ich, Mr. Tyler!«

Der Erste Offizier presste den Mund wütend zu einem schmalen Strich zusammen.

Clyde wandte sich an Captain Crowe. »Sir, jeder weitere Peitschenhieb kann den Tod der Verurteilten zur Folge haben. Ich muss darauf bestehen …«

»Schon gut«, fiel Captain Crowe ihm unbeteiligt ins Wort. »Man soll die Frau losbinden und in ihre Unterkunft bringen. Sowie ihre Wunden verheilt sind, Mr. Clyde, ist sie in Ketten zu legen. Und sie wird in Ketten bleiben, bis wir in Sydney vor Anker gegangen sind!«

Klar und deutlich trug die erstaunlich kraftvolle Stimme seine Worte über das Schiff. Dann heftete er seinen Blick auf den Ersten Offizier. »Lassen Sie die Mannschaft wegtreten und bringen Sie das Schiff wieder auf Kurs. Und sorgen Sie dafür, dass die Sträflinge in ihre Quartiere zurückkehren. Bei Disziplinlosigkeit greifen Sie mit aller Härte durch!«

»Jawohl, Sir«, antwortete Ned Tyler steif. Es wurmte ihn einen Moment, dass dieser schwächliche Thomas Clyde ihr fast die Hälfte der Strafe erspart hatte. Doch dann sah er sich ihren blutig gepeitschten Rücken an, und mit grimmiger Genugtuung stellte er fest, dass kein Grund bestand, unzufrieden zu sein. Auch siebenundzwanzig Hiebe mit der neunschwänzigen Katze hatten gereicht. Simpson hatte seine Sache wirklich hervorragend gemacht und sich die versprochene Flasche Rum verdient. Seine Schläge hatten diesem Luder ganz ohne Zweifel den Widerspruchsgeist ein für alle Mal aus dem Leib gepeitscht.

»Brigges! … Dudley! … Schneidet sie von der Gräting und schafft sie hinunter!«, befahl der Erste Offizier den beiden Wärtern und hatte nur ein verächtliches Lächeln für Clyde übrig, der die beiden Männer beschwor, vorsichtig mit der Bewusstlosen umzugehen.

Keine Frau überstand eine derartige Züchtigung unbeschadet. Sicher, er würde bestimmt zwei Wochen warten müssen, bis ihr aufgeplatzter Rücken genügend verheilt war. Aber dann stand seinem Vergnügen mit ihr nichts mehr im Wege. Ihre körperlichen Wunden würden verheilen, nicht jedoch ihre seelischen. Für immer zurückbleiben würde die Angst vor einer erneuten Auspeitschung und den wochenlangen Schmerzen. Und diese Angst würde sie zu Ton in seinen Händen werden lassen. Sie würde alles tun, was er von ihr verlangte.

Alles!

17

Es war Lydias Stimme, die zuerst die Glut körperlicher Qualen durchbrach und bis in Jessicas Bewusstsein vordrang. Doch den Sinn der Worte konnte sie nicht fassen. Später gesellten sich die Stimmen des Schiffsarztes und die von Frances dazu. Doch der Schmerz ließ wenig Raum für anderes. Tief in ihrem Unterbewusstsein nahm sie Hände wahr, die sie berührten, und hörte sie eine Stimme schreien, doch dass es ihre eigene war, wusste sie nicht.

Dann kam die Zeit, in der sich ihr Bewusstsein allmählich klärte und sie ihre Umgebung wiedererkannte; dies war die schlimmste Zeit. Das fiebernde Dahindämmern in einem Zustand halber Bewusstlosigkeit hatte sie vor dem bewussten Wahrnehmen ihrer Schmerzen bewahrt. Nun lag Jessica wach und bäuchlings auf ihrer Pritsche und wünschte sich nichts sehnlicher als den Tod, damit er sie von den Qualen erlöste.

Unentwegt flutete der Schmerz durch ihren Körper, als läge eine rotglühende Eisenplatte auf ihrem Rücken. Und die Salbe, die der Schiffsarzt mehrmals täglich auf ihre klaffenden Wunden strich, schien völlig wirkungslos zu sein.

Lydia kümmerte sich aufopfernd um sie, sprach ihr Trost zu und sorgte dafür, dass immer etwas Wasser da war, wenn der Durst fast so unerträglich wurde wie der Schmerz. Der Wechsel in eine andere Klimazone machte sich nachdrücklich bemerkbar. Zunehmende Hitze trat an die Stelle der schneidenden Kälte und Feuchtigkeit der vergangenen Wochen.

Auch Frances bemühte sich, Jessicas Qualen zu mildern, soweit es in ihren Kräften stand. Erst viel später erfuhr Jessica, dass Frances ungefragt auf einen beachtlichen Teil ihrer ohnehin knapp bemessenen Wasserration verzichtet hatte, damit

Jessica nicht auch noch Durst zu leiden brauchte und Lydia stets feuchte Tücher bereithalten konnte.

Allmählich schlossen sich ihre Wunden, und damit ebbte auch langsam der Schmerz ab. Doch andere Qualen ersetzten nun die körperlichen. Hatte der Schmerz bisher alle ihre Sinne in Anspruch genommen, wandten sich ihre Gedanken jetzt dem zu, was unausweichlich vor ihr lag: die Ketten, die Kammer – Ned Tyler.

»Was wirst du tun?«, fragte Frances eines Tages. »Gibst du dich geschlagen?«

Jessica blickte an ihr vorbei. »Wie viel Schmerz und Erniedrigung kann ein Mensch ertragen, Frances?«, fragte sie dumpf zurück.

»Viel … sehr viel«, antwortete Frances, ohne auch nur eine Sekunde zu zögern. »Aber irgendwann muss man sich fragen, ob es noch Sinn hat, dass man weitere Leiden auf sich nimmt. Mein Gott, du musst vernünftig werden! Ned Tyler kennt kein Erbarmen!«

Langsam schüttelte Jessica den Kopf. »Ich kann nicht … ich kann einfach nicht tun, was er von mir verlangt«, sagte sie, und ihre Stimme war wie ein Hauch. »Was für einen Sinn hätte dann all das gehabt, Frances? Wofür hätte ich dann gelitten?«

Fassungslos blickte das zierliche Mädchen sie an. »Ja, hast du denn keine Angst, dass … es noch einmal passieren könnte?«, fragte sie dann und fügte zögernd hinzu: »Er kann dich noch einmal peitschen lassen.«

»Doch, ich habe Angst … schreckliche Angst«, antwortete Jessica, schlug die Hände vors Gesicht und weinte lautlos. Ihre Angst war grenzenlos, aber dennoch konnte sie sich nicht anders entscheiden.

Am Tag vor Weihnachten untersuchte Thomas Clyde ihre Wunden. Die Schorfbildung war befriedigend. »Du bist jung, und dein Fleisch heilt schnell, Jessica. Eigentlich könntest du dem Herrgott dafür danken, dass er dir solche Widerstandskraft mitgegeben hat«, sagte er, doch er klang alles andere als erleichtert.

»Man wird mich bald von hier wegholen und in Ketten legen, nicht wahr?«

Der Schiffsarzt nickte düster. »Ja, das ist Captain Crowes Befehl, und ich habe ihn zu befolgen, wenn die Wunden verheilt sind. Und das wird bald der Fall sein. Ich versuche alles, was in meiner Macht steht, um diesen Tag so weit wie möglich hinauszuzögern. Doch meinem guten Willen sind Grenzen gesetzt.«

Jessica versuchte zu lächeln. »Ich bin Ihnen dankbar für das, was Sie für mich getan haben.«

Thomas Clyde fühlte sich auf einmal unbehaglich, dass er ein derart vertrauliches Gespräch mit einer Deportierten führte. Immerhin hatte er es mit einer verurteilten Verbrecherin zu tun. Was wusste er schon über diese Jessica Jakes? Dass sie sich Ned Tylers lüsternem Ansinnen widersetzte, bedeutete doch eigentlich nur, dass sie ihren Stolz hatte und nicht so leicht zu kaufen war wie viele der anderen weiblichen Sträflinge. Er war vielleicht gut beraten, wenn er nicht aus den Augen verlor, dass die Ostindien-Kompanie ihn bezahlte.

»Ich tue nur meine Pflicht«, antwortete er nun distanziert. »Stell dich darauf ein, dass man dich in drei, vier Tagen abholen wird.«

»Ja«, sagte Jessica ruhig. Der Umschwung in der Stimme des Schiffsarztes war ihr nicht entgangen.

Thomas Clyde schloss seine schwarze Ledertasche, nickte

ihr stumm zu und beeilte sich, aus dem stinkenden Sträflingsquartier zu kommen.

Der folgende Tag war der 24. Dezember, und Captain Crowes Großmut erschöpfte sich darin, dass er den Deportierten einen längeren Aufenthalt an Deck gönnte und an jeden Sträfling einen viertel Becher Rum ausschenken ließ.

Offiziere und Wärter feierten bei Einbruch der Dunkelheit das Weihnachtsfest auf ihre Art. Betsys Truppe war vollauf beschäftigt. In der Offiziersmesse und im Mannschaftsraum ging es hoch her. Aber nicht nur da. Zur Feier des Tages und gegen entsprechende Bezahlung ließen die Wärter zwei Dutzend von den männlichen Sträflingen in das Quartier der Frauen, und eine regelrechte Orgie nahm hier im Zwischendeck ihren Gang. Die Korbflaschen mit Rum machten die Runde, während Männer und Frauen im Alkoholrausch und im Taumel hemmungsloser Begierde kurzzeitiges Vergessen suchten.

Zwei Laternen, das ›Weihnachtsgeschenk‹ der Wärter, spendeten in dieser wilden Nacht Licht im Quartier der Frauen. Mit Entsetzen und Abscheu und einer widerwilligen Faszination, die auch vom Bösen und von den abstoßenden dunklen Seiten des Lebens ausgehen kann, verfolgte Jessica von ihrer Bettstelle aus das zügellose Treiben.

Männer und Frauen liebten sich mit animalischer Schamlosigkeit. Niemand kümmerte sich um die Blicke der Umstehenden, denn in der ganzen Unterkunft gab es nirgendwo einen Platz, der auch nur einen Hauch von Abgeschiedenheit geboten hätte. Jeder konnte dem Tun des anderen zusehen, und kaum jemand schien sich daran zu stören. Eher war das Gegenteil der Fall. Jessica sah, wie Frauen einfach ihre Kleiderfetzen bis zur Brust hochhoben und sich den Männern darboten. Sie wälzten sich mit ihnen auf dem Boden, während andere sich um sie drängten, Rum kreisen ließen und obszöne Reden führten.

Gelächter, Stöhnen und trunkenes Gejohle mischten sich zu einer hektischen Geräuschkulisse, der jedoch die Fröhlichkeit fehlte. Ein angespannter Ton, der die tiefe Hoffnungslosigkeit und Verzweiflung verriet, schwang wie eine hohe schrille Note in diesem wilden Konzert der Stimmen mit.

Jessica schloss die Augen, als sie den abstoßenden Anblick nicht länger ertragen konnte. Doch dem kurzatmigen Stöhnen und den trunkenen Schreien vermochte sie nicht zu entkommen. Es half auch nichts, dass sie versuchte, sich die Ohren zuzuhalten. Die Bilder und Geräusche hatten sich auf ewig in ihr Gehirn eingebrannt.

Vier Tage später kam George Simpson in Begleitung von Dudley und Brigges. Die Wärter holten Jessica aus dem Sträflingsquartier, legten sie in Ketten und brachten sie hinunter in die finstere Kammer. Jessica hoffte inständig, dass Mitchell Hamilton einen Weg finden würde, ihr beizustehen. Doch sie wartete vergebens auf ihn. Ned Tylers Sicherheitsvorkehrungen ließen Mitchells Bestechungsversuch scheitern. Diesmal war Jessica ganz allein. Und irgendwann in dieser entsetzlichen Zeit ewiger Dunkelheit begann das neue Jahr 1802.

18

Dunkle Wolken ballten sich im Nordosten zusammen und türmten sich zu einem bleigrauen Gebirge auf, das tief über der See hing. Der Wind frischte merklich auf, doch war es noch immer unerträglich schwül.

Ned Tyler stand an der Backbordreling des Achterdecks und starrte nach Westen, wo sich die schroffe Küste Australiens mit ihren Klippen und felsigen Buchten abzeichnete. Das Licht der Abendsonne war diffus und trug seinen Teil dazu bei, die ferne Küste düster und abweisend erscheinen zu lassen.

»Die Wolken gefallen mir nicht«, sagte Norman Hobbart, der Zweite Offizier der *Tradewind*, und deutete nach Nordosten. »Da kann sich ein Sturm zusammenbrauen.«

Der Erste nickte. »Lassen Sie das Großsegel reffen. Ich glaube zwar, dass das Unwetter östlich an uns vorbeiziehen wird, aber wir wollen kein Risiko eingehen.« Und er wandte sich dem Rudergänger zu. »Zwei Strich nach Steuerbord, Laskin!« Im Falle eines aufziehenden Sturmes war es ratsamer, nicht allzu nah an der von Klippen verseuchten Küste zu segeln.

»Aye, aye, Sir! … Zwei Strich nach Steuerbord !«

Es war nicht mehr weit bis hin zur Dunkelheit, als Ned Tyler unter Deck ging. Der Zweite hatte Wache, und Norman Hobbart galt nicht zu Unrecht als ein äußerst fähiger Offizier. Man konnte sich auf ihn und sein Urteil verlassen. Ned Tyler konnte sich also unbesorgt seinen privaten Interessen zuwenden. Der Ostindienfahrer befand sich in guten Händen.

Der Erste Offizier begab sich in seine Kabine und öffnete den Kragen seiner Uniform. Er nahm eine Kristallkaraffe aus der Sicherheitshalterung und goss sich einen doppelten Brandy ein, den er hastig hinunterkippte. Vor wenigen Tagen hatten sie die Südspitze von Van-Diemens-Land gesichtet. Schnee hatte noch auf den hohen Bergen gelegen. Von diesem Punkt aus waren es nur noch achthundert Meilen bis nach Port Jackson, dem Hafen von Sydney. Die Reise näherte sich ihrem Ende.

Ned Tyler goss sich einen zweiten Drink ein, als es an seine

Kabinentür klopfte. Sein Kopf fuhr herum. »Ja?«, fragte er unwillig.

»Simpson hier, Sir!«

»Kommen Sie rein, Mann!«

Der Wärter öffnete die Tür und trat in die Kajüte, die im Verhältnis zu den Unterkünften der Passagiere und anderen Offiziere recht geräumig war. Rechts von der Tür hing das Bett in seiner massiven Aufhängung, die auch bei schlingernden Schiffsbewegungen eine einigermaßen stabile horizontale Lage ermöglichte. Links davon befand sich der Waschtisch mit zwei Zinnbecken. Und gegenüber dem Bett stand der Sekretär mit einem Bücherbord. Zwei schwere Seekisten waren unter das Bett geschoben.

»Was gibt es, Simpson?«, fragte Tyler und ignorierte den gierigen Blick, den Simpson auf die Karaffe mit dem Brandy richtete.

»Betsy lässt anfragen, wen sie Ihnen heute schicken soll. Rosy ...«

Ned Tyler brachte ihn mit einer herrischen Handbewegung zum Schweigen. »Ich habe genug von dieser Rosy. Dieses Aas ist mir allmählich zu raffiniert.«

»Dann braucht diese stinkende Kupplerin Rosy nicht mehr zu schicken?«, vergewisserte sich Simpson mit erwartungsvoller Stimme. Solange der Erste Offizier sich an einer Deportierten interessiert zeigte, war diese Frau für alle anderen tabu. Und Rosy war ein Weib, das die Fantasie vieler Männer an Bord des Schiffes beschäftigte. Der Oberaufseher zählte zu ihnen.

»Nein«, erklärte Tyler. »Sie können sie haben, Simpson.«

»Zu gütig, Sir«, murmelte Simpson.

Der Erste Offizier drehte das Glas zwischen seinen Handflächen. »Wie steht es mit dieser Jessica?«, fragte er nach einer Weile des Schweigens.

Simpson grinste. »Gestern hatte sie einen Schreikrampf, Sir. Sie ist fertig, völlig fertig. Noch ein paar Tage, und Sie kennen Sie nicht wieder.«

»Ich will sie heute Nacht in meiner Kabine haben!«, beschloss Tyler spontan. »Sorgen Sie dafür!«

»Ganz wie Sie meinen, Sir.«

Tyler nippte an seinem Brandy. »Ich will nicht, dass sie nach Unrat, Dreck und Schweiß stinkt, Simpson. Sie soll sich vorher gründlich waschen. Und geben Sie ihr ein neues Sträflingskleid.«

»Ein Bad wird sie misstrauisch machen«, wandte Simpson ein. »Es könnte Ärger geben, Sir.«

»Zum Teufel, lassen Sie sich etwas einfallen. Sie braucht nicht zu wissen, dass Sie sie zu mir bringen. Erzählen Sie dem Mädchen, der Captain wolle sie sprechen. Ihm wären Dinge zu Ohren gekommen, die auch sie betreffen … mein Gott, irgendeine plausible Geschichte. Sie werden doch Fantasie haben, oder nicht?«

Simpsons Gesicht rötete sich bei der Zurechtweisung. »Doch, Sir! Eine vorzügliche Geschichte, das mit dem Captain!«, beeilte er sich zu sagen und fuhr eifrig fort: »Überlassen Sie das nur mir, Sir. Ich bin sicher, Sie werden mit mir vollauf zufrieden sein.«

»Das hoffe ich auch, Simpson«, bemerkte Tyler trocken. »Immerhin schneiden Sie nicht schlecht ab. Ihre Gefälligkeiten sind nicht gerade billig.«

»Sie wissen, ich habe meine Kosten, Sir, und muss mit den anderen teilen.«

»Schon gut«, brummte der Offizier. »Holen Sie sie aus dem

Loch und sehen Sie zu, dass sie mir menschenwürdig unter die Augen tritt.«

»Ja, Sir!«

»Und noch etwas«, sagte Tyler, als der Wärter die Kabine schon verlassen wollte. »Ich möchte nicht, dass Sie das Mädchen grob anpacken oder ihr sonst wie Angst machen. Habe ich mich deutlich ausgedrückt?«

»Ich habe verstanden, Sir!«, bestätigte Simpson die Anweisung seines Ersten Offiziers.

»Gut.« Tyler entließ ihn mit einem knappen Kopfnicken, schlürfte genießerisch an seinem Brandy und kostete die Minuten der Erwartung aus. Diese Nacht würde er Jessica Jakes endlich in seinem Bett haben. Vielleicht war sie sogar wirklich noch unberührt. Die Vorstellung steigerte seine Erregung, und er erhob sich und ging unruhig in seiner Kabine auf und ab. Der starke Brandy, den er am Kap erstanden hatte, ging ihm ins Blut. Er knöpfte seine Uniformjacke auf.

Eine halbe Stunde mochte vergangen sein, als er auf dem Kabineneingang schwere Stiefelschritte und die Stimme einer Frau hörte. Ned Tyler stellte sein Glas ab, trat schnell zur Tür und öffnete sie.

George Simpson und der alte Dudley standen mit Jessica Jakes in ihrer Mitte vor seiner Kabine. Simpson grinste stolz, während das Gesicht der jungen Frau einen verstörten Ausdruck trug.

»Aber Sie haben doch gesagt, der Captain …«, begann Jessica zu protestieren.

»Der Captain ist beschäftigt«, fuhr Ned Tyler ihr ins Wort und lächelte sie an, als wären sie seit Ewigkeiten allerbeste Freunde. »Ich werde mich deiner annehmen, meine Kleine.«

Er packte sie blitzschnell am Handgelenk und zerrte sie zu sich in die Kabine.

Simpson räusperte sich. »Äh … soll ich mich zu Ihrer Verfügung halten, Sir?«

»Nein, ich komme schon mit ihr klar. Sie können gehen, Simpson.« Er schnippte ihm eine Münze zu, die er für den Mann bereitgehalten hatte.

Der Wärter fing sie geschickt auf und ließ sie verschwinden, bevor Dudley sehen konnte, wie viel das Geldstück wert war. »Stets Ihr Diener, Sir«, sagte er und stieß Dudley an. »Na los, worauf wartest du noch?«

Ned Tyler zog die Tür hinter sich zu und lehnte sich mit dem Rücken dagegen, während er Jessica mit einem zufriedenen Lächeln musterte. Sie war bis nach hinten an den Waschtisch zurückgewichen. Verstehen leuchtete in ihren seegrünen Augen auf.

Simpson hatte sein Versprechen gehalten. Das Mädchen machte einen sauberen Eindruck, und ihr blondes Haar war an vielen Stellen noch feucht vom Wasser. Ihr gelbbraunes Sträflingsgewand aus grobem Sackleinen war zwar alles andere als sinnesbetörend, doch es starrte zumindest nicht vor Dreck und Ungeziefer.

Er war überrascht, als er in ihren Augen keine Angst las, noch nicht einmal Hass. Sie blickte ihn an, wie ein Vogel eine Schlange anblickt, hypnotisiert und wissend, dass das Ende bevorsteht.

Tyler stieß sich von der Tür ab, verriegelte sie und ging auf Jessica zu. Sie sagte noch immer nichts, ihre Augen wurden nur größer, und sie zog die schmalen Schultern ein.

»Du machst den Eindruck, als könntest du eine Stärkung gebrauchen«, sagte Tyler freundlich und ging zum Sekretär, wo Karaffe und Gläser in einer mit grünem Samt gepolsterten Halterung steckten. »Wie wäre es mit einem Brandy, Jessica? Es ist der beste, den ich am Kap auftreiben konnte.«

Jessicas Blick wanderte zur Karaffe. »Brandy?«, kam es dann stockend über ihre Lippen.

»Ja, er wird dir guttun«, sagte er, füllte ein zweites Glas fingerhoch und reichte es ihr. »Du wirst sehen, dass man gut mit mir auskommen kann. Hier, trink!«

Jessica leckte sich über die Lippen. Zögernd nahm sie das schwere Glas und führte es an die Lippen. Dann kippte sie den Alkohol mit einer hastigen Bewegung hinunter, verzog im nächsten Augenblick das Gesicht und hustete.

Er lachte. »Nun ja, Wasser ist es gerade nicht.«

»Ich … ich will nicht wieder zurück in die Kammer«, murmelte Jessica. Ein Schauer durchlief sie, als sie an die Enge und die Finsternis dachte. Sie fühlte sich noch immer wie benommen. Wie ein Geschenk des Himmels war es ihr erschienen, als Simpson ihr die Ketten abgenommen und sie aus der Kammer geführt hatte. Und zum ersten Mal, seit sie an Bord des Schiffes war, hatte sie sich waschen dürfen. Auch wenn es nur Salzwasser gewesen war, es war ihr wie das kostbarste Gut auf Erden erschienen. Und ihre gequälte Seele hatte das, was der Wärter ihr erzählt hatte, bereitwillig geglaubt. Warum sollte der Captain sie nicht sprechen wollen? War nicht alles möglich?

Und nun wusste sie, weshalb man sie aus der Dunkelheit geholt hatte. Und ebenso wusste sie, dass ihr diesmal nichts helfen würde. Ihre Zeit war abgelaufen. Und die einzige Wahl, die ihr jetzt noch blieb, lautete: *Gebe ich mich ihm freiwillig hin, oder soll ich mich wehren?*

Jessicas Wille war nicht gebrochen, doch sie war nicht mehr weit von einem Zusammenbruch entfernt. Ein Gefühl der Resignation mischte sich mit dem Wissen über die Aussichtslosigkeit ihrer Lage. Sie besaß nichts mehr, was sie der brutalen, rücksichtslosen Macht des Ersten Offiziers hätte entgegenstellen können.

Ned Tyler zog eine Schublade des Sekretärs auf und holte eine kleine Flasche Parfüm heraus. Er öffnete sie, trat zu ihr und träufelte ein wenig Flüssigkeit auf ihren Hals. Dann berührte er sie mit parfümfeuchten Fingern hinter dem Ohr und am Nacken. Wie erstarrt stand sie da und ließ es geschehen. Eine Wolke intensiven süßlichen Duftes umhüllte sie und machte sie noch mehr benommen.

»Echtes Parfüm!«, erklärte er stolz. »Du kannst die Flasche behalten, wenn wir Sydney erreichen. Und ich habe in meiner Seekiste einige wunderbare Gewänder, wie du sie vermutlich noch nie zu Gesicht bekommen hast. Das alles wird dein sein, wenn du willig bist und tust, was ich von dir erwarte. Und ich kann dafür sorgen, dass du in Sydney in das Haus eines Offiziers kommst.«

Seine Hand fuhr nun durch ihr langes gelocktes Haar, das ihr bis über die Schultern fiel. Jessica erschauderte wieder, rührte sich jedoch nicht von der Stelle.

Es ist ein Albtraum!… Es ist nichts weiter als ein schrecklicher Albtraum!, hämmerte es in ihrem Kopf. *Sprich kein Wort, und wenn du nachher aufwachst, wird es so sein, als wärst du nie in dieser Kabine gewesen… Es ist nur ein Traum, Jessica!*

Ned Tyler stellte das kleine Fläschchen zurück und schob ihr nun das weite Kleid über die Schultern. Von keinem Strick in der Hüfte gehalten, rutschte es an ihren Armen hinunter zu Boden. Splitternackt stand sie vor ihm. Das Licht der Kabinenlampe warf einen warmen Schein auf ihren jungen, geschmeidigen Körper.

Jessica hob ihre Arme vor die Brust.

»Nicht!«, sagte Ned Tyler nur, und sie ließ die Arme wieder sinken. Sie hatte die Augen geschlossen.

Es ist nur ein Albtraum!

Tyler verschlang Jessica mit den Augen. Sein Blick irrte über ihren Körper, als wüsste er nicht, welchen Teil ihres Körpers er nun zuerst würdigen sollte. Er konnte sich nicht länger beherrschen. Er musste sie jetzt sofort besitzen. Später würde noch genügend Zeit sein, um ihren erregenden Körper in aller Ruhe zu entdecken.

»Mein Gott, du bist schön!«, stieß er keuchend hervor, tastete nach seinem Glas, ohne den Blick von ihr zu nehmen, und goss den scharfen Brandy mit einem Zug hinunter. Ihm war, als würde eine gewaltige, verzehrende Flamme in ihm aufsteigen. Sie würde alle anderen Frauen, die er jemals gehabt hatte, übertreffen, das wusste er schon jetzt. Ihr schamhaft gesenkter Kopf, ihre geschlossenen Augen, das leichte Zittern ihres Körpers und die feine Gänsehaut auf ihren herrlichen Brüsten steigerten sein Lustgefühl.

»Komm, leg dich aufs Bett, Jessica«, forderte er sie heiser auf, »du wirst sehen, es wird dir mit mir gefallen. Ich weiß, was euch Frauen Freude macht.«

Es ist nur ein Albtraum!

»Hast du mich gehört? Leg dich aufs Bett!«

Jessica schlug die Augen auf. Ihr schien, als wäre die Luft in der Kabine schwer wie feuchter Nebel. Zögernd trat sie an das Bett. Ihr Gesicht brannte wie Feuer, als sie seinen lüsternen Blick sah, der auf ihr dunkelblondes Schamhaar gerichtet war. Schnell zog sie sich auf das Bett und presste die Beine zusammen, als könnte ihr das etwas helfen.

Entsetzen und Abscheu wallten in ihr auf, als Ned Tyler sich mit fiebriger Hast entkleidete und sie sein erigiertes Glied sah. Jede Einzelheit seiner schwer behaarten Männlichkeit prägte sich ihr in diesem kurzen Augenblick ein. Sie atmete schnell und kämpfte gegen das Gefühl an, sich übergeben zu müssen.

Es ist nur ein Albtraum, Jessica! Es ist schnell vorbei!, schoss es ihr durch den Kopf. *Schließ die Augen! Denk nicht an das, was du gesehen hast und was passieren wird! Denk daran, dass es schnell vorbei sein wird!… Denk an die Dunkelheit!… An die Ketten!… Den Hunger und den Durst!*

Das Bett pendelte hin und her, als Ned Tyler zu ihr stieg. Schweißperlen glänzten auf seiner Oberlippe. Der Druck in seinen Lenden war unerträglich.

»Na komm, mach die Beine auf!«, rief er schwer atmend und drückte ihre Schenkel auseinander. Dann kniete er sich zwischen sie, und seine Hände legten sich um ihre festen, vollen Brüste.

Jessica zuckte zusammen. Ihre Augen waren schreckgeweitet. Tylers Gesicht schwebte über ihr. Sie sah seine behaarte Brust, fühlte den Druck auf ihren Brüsten und hatte das Gefühl zu ersticken.

Und dann berührte er sie zwischen den Beinen.

Es war, als würde eine Saite, die immer straffer gespannt worden war, in ihr zerspringen. Sie schrie auf, wälzte sich zur Seite und stieß ihn von sich.

Ein wütender Fluch kam über Ned Tylers Lippen, als er spürte, wie sich sein überreizter Körper selbst Entspannung verschaffte. »Du Miststück!«, schrie er und schlug ihr mit dem Handrücken über das Gesicht.

Jessica wusste nicht, was sie tat. Sie zog die Beine an und trat mit aller Kraft zu. Der Offizier schrie auf, ließ von ihr ab und presste beide Händen auf seinen Unterleib.

Von panischer, kopfloser Angst gepackt sprang Jessica aus dem Bett, rannte zur Tür und rüttelte daran. Doch im nächsten Moment stand Tyler schon hinter ihr, das Gesicht vor Schmerz und Wut gerötet.

»Das machst du nicht noch einmal mit mir!«, stieß er hervor, packte sie brutal am Oberarm und riss sie von der Tür zurück. »Du hast deine Chance gehabt, und du hättest alles von mir haben können. Aber du glaubst wohl, dein Körper ist zu gut für mich. Nun gut, du sollst deinen Willen kriegen, du Dreckstück. Diese Nacht wirst du nicht vergessen, das schwöre ich dir. Wenn ich mit dir fertig bin, werde ich dich hinunter zu dem Gesindel schaffen lassen, zu den Männern. Ich werde dich ihnen zum Geschenk machen und dafür sorgen, dass dein Körper entsprechend gewürdigt wird, Jessica. Einer nach dem anderen soll dich besteigen. Sie können dich so lange behalten, wie es ihnen passt!«

Jessica schrie vor Entsetzen.

Mit einer zornigen Bewegung schleuderte er sie von sich. Sie taumelte gegen den Sekretär. Eine scharfe Kante bohrte sich in ihren Rücken und schrammte die Haut auf. Und dann war er schon wieder bei ihr und schlug ihr erneut die flache Hand ins Gesicht, dass ihr Kopf unter der Wucht des Schlages zur Seite flog.

Er war wie von Sinnen. »Meine Geduld ist endgültig zu Ende!«, keuchte er und krallte beide Hände in ihr Haar. »Du wirst dir den Tod wünschen … doch er wird nicht kommen. Du wirst keine Gelegenheit bekommen, deinem verruchten Leben ein Ende zu setzen!«

Jessica konnte keinen zusammenhängenden Gedanken mehr fassen. Schmerz, Hass und Verzweiflung rissen sie in einen gewaltigen Mahlstrom. Und als ihr Blick auf das lange geschwungene Messer fiel, das Ned Tyler in Indien erstanden und stets auf seinem Sekretär zum Öffnen von Briefen liegen hatte, griff sie, ohne zu überlegen, zu.

Ihr Gesicht war verzerrt, und sie schrie, als sie ihm das Messer mit der unbändigen Kraft einer zu Tode Verzweifelten von unten in die Brust rammte. Sie riss es heraus und stieß es ihm noch einmal in den Leib.

Ned Tyler gab sie frei und wich wankend zurück. Er öffnete den Mund, doch Blut erstickte den Todesschrei in seiner Kehle. Er tastete nach den Wunden, presste die Hände darauf und sank in die Knie. Das Blut schoss zwischen seinen Fingern hervor. Er röchelte entsetzlich, und die Augen schienen ihm aus den Höhlen quellen zu wollen.

Langsam wich das Leben aus seinem Körper. Seine rechte Hand griff nach der Kante des Waschtisches. Er versuchte, sich daran hochzuziehen. Doch dann verlor er den Halt und stürzte schwer zu Boden. Ein krampfartiges Zucken durchlief seinen Körper, er bäumte sich noch einmal auf. Dann lag er still und mit starrem, leblosem Blick am Fuß des Waschtisches. Blut breitete sich um den nackten Leichnam aus.

Jessica hielt noch immer das indische Messer in den Händen. Blut hatte auch die Klinge gefärbt. Und Blut klebte an ihren Händen.

19

John Hawkley lachte, als Mitchell Hamilton sich bemühte, Worte in der Sprache der australischen Eingeborenen nachzusprechen. Der Farmer hatte es sich zur Gewohnheit gemacht, nach dem Abendessen einige Stunden in der Gesellschaft von Mitchell Hamilton zu verbringen und seinem zukünftigen Kollegen sozusagen Unterricht in Landeskunde, Viehhaltung, Ackerbau und eben auch in der Sprache der Wilden, der Aborigines, zu erteilen.

»Nein, nein, erstens heißt es *tulani,* und zweitens bedeutet das weißer Mann«, korrigierte Hawkley ihn schmunzelnd. »Weiße Frau heißt in der Eingeborenensprache *dee-in.*«

Mitchell erwiderte das freundschaftliche Lächeln und zuckte mit den Achseln. »Immerhin weiß ich, dass *aranga* Großvater bedeutet. Aber ohne *dee-in* keine *iliara* ...«

John Hawkley nickte anerkennend. »Richtig, das bedeutet Kinder.«

»... und ohne *iliara* wird mir das *aranga* wenig nützen«, scherzte Mitchell.

Der Farmer warf ihm einen verstohlenen, prüfenden Blick zu und hatte das Gefühl, recht unsicheren Boden mit diesem Thema zu betreten. Daher hielt er es für klüger, wenn er dem Gespräch eine andere, weniger verfängliche Wendung gab.

»Nun, Sie werden die erste Zeit ganz gewiss genügend andere Sorgen haben, dass Sie noch heilfroh sein werden, weder Frau noch Kinder zu haben«, sagte John Hawkley, stopfte sich eine Pfeife und setzte sie in Brand. Würziges Aroma erfüllte im Nu die kleine Kabine. »Wenn Sie sich ein gutes Stück Land am Hawkesbury River zuweisen lassen, werden Sie absolute Wildnis vorfinden. Und dann heißt es roden, urbar machen, Bäume fällen und zerlegen, Haus und Nebengebäude bauen, Äcker anlegen, Zäune ziehen und einen Landungssteg errichten, falls Sie direkt am Fluss siedeln. Ach, Sie brauchen tausend Dinge, und tausend Arbeiten warten darauf, getan zu werden, und der Tag könnte doppelt so lang sein!«

»Wenn ich Sie so begeistert reden höre, bekomme ich wirklich Zuversicht«, meinte Mitchell, der sich schon so manches Mal im Stillen gefragt hatte, ob seine Entscheidung, nach New South Wales auszuwandern, richtig gewesen war.

Hawkley stieß blaue Rauchwolken aus, die unter die Decke stiegen. Er lachte. »Mein Gott, ja, manchmal glaube ich, dass diese Zeit die schönste in meinem Leben gewesen ist und ich vielleicht auch noch einmal von vorn anfangen sollte. Es ist ein unbeschreibliches Gefühl zu sehen, wie sich die Wildnis unter den eigenen Händen nach und nach verwandelt, wenn die Wände des Hauses hochwachsen und die ersten Ackerfurchen gezogen sind. Und der Duft des frischen Holzes der gefällten Bäume.« Er atmete tief ein. »Wer solche Dinge zu schätzen weiß, wird dort draußen am Hawkesbury wunschlos glücklich sein. Aber es wird viel Schweiß und Arbeit kosten und Monate dauern, ehe Sie daran denken können, sich wohnlich einzurichten.«

»Aber heißt es nicht, dass jeder freie Siedler eine gute Anzahl Sträflinge zugewiesen bekommt?«, fragte Mitchell.

Hawkley verzog das Gesicht. »Das ist richtig. Sie können mit bis zu zehn Sträflingen rechnen. Es kommt ganz darauf an, wie Sie sich mit dem Gouverneur und den Offizieren vom New South Wales Corps stellen. Das sind die Männer, die in Wirklichkeit über die Kolonie herrschen. Aber zurück zu den Sträflingen. Sie können Glück haben und zuverlässige Leute bekommen, die zuzupacken verstehen. Aber es kann auch sein, dass man Ihnen arbeitsscheues Gesindel zuweist. Und vergessen Sie nie, genügend Rum vorrätig zu haben.«

»Rum?« Mitchell hob die Augenbrauen.

»Rum ist das Zahlungsmittel in der Kolonie, die einzig wahre Währung, der Teufel soll das Zeug holen!«, fluchte der

Farmer. »Ohne Rum sind Sie aufgeschmissen. Die Sträflinge kriegt man nur zur Arbeit, wenn man ihnen eine tägliche Ration Rum zubilligt. Und glauben Sie nicht, das ändern zu können, Mr. Hamilton. Viele haben es versucht, und ich zähle zu ihnen. Vergebliche Mühe. Ohne Rum geht nichts in der Kolonie. Ob Sie Werkzeuge, Farmgeräte, Vieh oder sonst was kaufen wollen, bezahlt werden muss in Rum. Ich hoffe, dass man diesem üblen Geschäft eines guten Tages einen Riegel vorschieben wird, doch in absehbarer Zukunft ist damit nicht zu rechnen. Die Offiziere vom Corps haben den Rumhandel fest in der Hand und verdienen sich goldene Nasen. Diese feinen Herren, die noch nie Pulverdampf in einer Schlacht gerochen oder den Stahl eines Feindes geschmeckt haben, haben ein Syndikat gebildet. Nur wer dem Syndikat angehört, darf Rum nach New South Wales einführen und zum vierfachen Einkaufspreis wieder verkaufen. Und da Rum unsere verdammte Währung ist, ist ein jeder von uns gezwungen, den Wucherpreis zu bezahlen!«

»Aber wieso unternimmt der Gouverneur nichts dagegen?«, wollte Mitchell wissen.

»Gouverneur Phillip King ist ein guter Mann mit den besten Absichten, doch wie seine Vorgänger wird vermutlich auch er an der geschlossenen Front des mächtigen Rum-Corps scheitern. Und am Desinteresse und der fehlenden Unterstützung durch das Kolonialamt in London. Die Regierung hat nun mal zu viel mit Frankreich zu tun, um sich ernstlich mit einer kleinen Kolonie zu beschäftigen, die zwölftausend Meilen von London entfernt liegt«, erklärte Hawkley ungehalten. »Doch irgendwann wird sich das ändern müssen. Es geht nicht an, dass dieses Rum-Corps die Kolonie über den Kopf des vom König ernannten Gouverneurs hinweg regiert.«

Einen Augenblick saßen sie in nachdenkliches Schweigen versunken, und ein jeder hing seinen Gedanken nach. In wenigen Tagen würde die *Tradewind* in ihren Bestimmungshafen einlaufen, und dann begann für Mitchell und viele andere ein neuer Lebensabschnitt. Hawkleys Worten nach schien die Zukunft verlockend zu sein, gleichzeitig aber auch voller Ungewissheiten.

Mitchell stutzte plötzlich und lauschte auf den Wind und das verstärkte Ächzen des Schiffes. »Das hört sich ganz nach rauer, unruhiger See an«, brach er das Schweigen. »Ein Sturm kurz vor unserem Ziel hätte uns gerade noch gefehlt.«

Hawkley neigte den Kopf, horchte und machte ein bedenkliches Gesicht. »Ich habe von plötzlich auftretenden Orkanen in diesen Breiten gehört, doch glücklicherweise noch keinen erlebt. Ich hoffe, dass mir das auch weiterhin erspart bleibt. Kommen Sie, gehen wir an Deck und fragen Mr. Hobbart, was das zu bedeuten hat.«

Mitchell nickte zustimmend, erhob sich und verließ mit John Hawkley die Kabine. In diesem Augenblick hörten sie den schrecklichen Schrei, schrill und markerschütternd. Er kam aus einer der Kajüten am Ende des Ganges.

»Himmelherrgott, das muss in Tylers Kajüte sein!«, stieß John Hawkley erschrocken hervor.

Jessica! Es ist Jessica, die so schreit!, schoss es Mitchell augenblicklich durch den Kopf.

Mitchell stürmte den Gang hinunter. Er hörte in seinem Rücken andere erregte Stimmen und das Schlagen von Türen, doch er drehte sich nicht um. Eine schreckliche Ahnung bemächtigte sich seiner, als der Schrei abbrach und er jenseits der Tür einen dumpfen Laut vernahm.

Er rüttelte an der Tür. »Aufmachen!«

»Was ist geschehen?«, rief die mürrische Stimme von Jonathan Butcher, dem stets misslaunigen, kleinen Burschen, der entschlossen war, mit dem nächsten Schiff nach England zurückzukehren, sofern er dafür genug Geld aufbringen konnte.

»Wer hat geschrien?«, verlangte eine laute Stimme Auskunft. Sie gehörte Reverend Reckham.

Männer drängten sich hinter Mitchell im Gang.

Plötzlich wurde die Tür aufgerissen.

Ein entsetzter Aufschrei ging durch die kleine Menge.

Jessica Jakes stand splitternackt im Türrahmen, einen gehetzten Blick in den Augen, das Gesicht totenbleich – und mit einem blutbefleckten Messer in der Rechten.

Das Messer schoss auf Mitchell zu.

Geistesgegenwärtig sprang er zur Seite und griff nach ihrem Handgelenk. Er bekam es zu fassen. »Jessica! Lass das Messer fallen!«, beschwor er sie.

»Mein Gott, sie hat ihn ermordet!«, schrie Jonathan Butcher auf. »Dort liegt er am Boden! … In seinem eigenen Blut!«

»Gottes Fluch soll diese Bestie in Menschengestalt treffen!«, donnerte Reverend Reckham und reckte sich, um auch ja nichts zu verpassen.

Jessicas Hand öffnete sich. Das Messer entglitt ihren Fingern und klirrte zu Boden. Die Benommenheit des Schocks wich langsam von ihr. »Er … er … wollte … mich … vergewaltigen und dann … allen anderen überlassen«, stammelte sie kraftlos. »Ich wollte ihn nicht … töten … Er sollte … mich nur … in Ruhe lassen.«

»Ganz ruhig, Jessica, ganz ruhig«, murmelte Mitchell mit heiserer Stimme. Er wurde sich ihrer Nacktheit gar nicht richtig bewusst.

»Vergewaltigen?«, höhnte Reckham. »Wie kann man eine

Hure vergewaltigen? Das ist ein Lustmord gewesen, und der Satan wird sie dafür holen!«

John Hawkley hatte sich an Mitchell vorbeigedrängt und sich neben Ned Tyler gekniet. Er blickte mit bleichem Gesicht auf. »Er ist tot!« Sein Blick fiel auf das Sträflingsgewand, das neben dem Bett lag. Schnell hob er es auf und reichte es Jessica. »Bedeck deine Blöße!«

Der Zweite Offizier bahnte sich einen Weg durch den von Schaulustigen versperrten Gang. Entsetzen trat auf sein Gesicht, als er sah, was geschehen war.

»Gleich aufhängen sollte man diese Mörderin!«, schlug Jonathan Butcher vor. »Knüpft sie an der Rah auf!«

Norman Hobbart fuhr mit mühsam beherrschter Stimme zu ihm herum. »Unterlassen Sie derartige Kommentare, Mr. Butcher! Und kehren Sie in Ihre Kabinen zurück, meine Herren. Geben Sie zumindest den Gang frei.« Er bemerkte Edmund Jones, den Dritten Offizier, am anderen Ende des schmalen Flurs. »Jones, holen Sie zwei Wärter. Und zwar schnell!«

»Aye, aye, Sir!« Jones stürzte aufs Achterdeck hinaus.

Norman Hobbart wandte sich nun an Mitchell Hamilton. »Ich wäre Ihnen zu Dank verpflichtet, wenn Sie diese … Frau festhalten würden, bis Mr. Jones mit zwei Männern von der Wachmannschaft zurückkommt, Mr. Hamilton. Ich muss dem Captain unverzüglich Meldung erstatten!«

»Selbstverständlich, Mr. Hobbart«, erwiderte Mitchell gepresst und gab Jessicas Arm nur für einen kurzen Augenblick frei, damit sie das Kleid überziehen konnte.

»Du brauchst mich nicht festzuhalten«, sagte sie mit kaum vernehmlicher Stimme. »Ich laufe nicht weg … wo sollte ich schon hinlaufen!«

»Mein Gott, warum hast du das getan?« Es war eine dumme und sinnlose Frage, das wusste er.

Sie schüttelte nur den Kopf.

Edmund Jones kehrte mit zwei Wärtern zurück. Einer von ihnen war George Simpson. Als sein Blick auf die nackte Leiche in der dunklen Blutlache fiel, wich das Blut auch aus seinem Gesicht. Und er schaute Jessica an, als könnte er nicht glauben, dass sie diesen Mord begangen hatte.

Die Tür der Captainskajüte ging auf. »Bringt sie herein!«, befahl Norman Hobbart knapp.

Mitchell hatte das Verlangen, noch irgendetwas zu Jessica zu sagen, bevor die Wärter sie wegführten. Doch in dieser Situation gab es nichts mehr zu sagen, und dann fiel die Tür der Heckkajüte hinter ihr zu.

William Crowe saß in seinem dunklen Armsessel. Anstelle seiner Uniform trug er einen Morgenmantel aus indischer Seide. Er hatte im Bett gelegen und sah noch immer sehr krank aus. Sein Gesicht glänzte schweißig. Mit fiebrigen Augen starrte er Jessica an.

»Du hast meinen Ersten Offizier ermordet?«, stieß er mit erregter Stimme hervor.

»Er hat mich gequält … er wollte mich vergewaltigen und dann den anderen Sträflingen überlassen … ich wollte ihn nicht töten …«, kam es über ihre scheinbar blutleeren Lippen. »Er hat mich geschlagen … immer wieder … und dann sah ich das Messer … ich hatte … so entsetzliche Angst … ich wollte ihn nicht töten … nur ablassen sollte er von mir …«

Kalt und ohne den mindesten Anflug von Mitgefühl blickte Captain Crowe sie an. Ned Tyler war der Erste Offizier dieses Schiffes gewesen, ein Mann, dem jeder auf der *Tradewind* zu gehorchen hatte, wenn er, der Captain, nicht im Dienst war.

»Dafür wirst du hängen!«, sagte William Crowe. »Und zwar schon morgen. Du hast kaltblütig gemordet und damit dein eigenes Todesurteil ausgesprochen!«

Jessica Jakes sah ihn nur an, ohne den Sinn seiner Worte zu begreifen. Sie hatte sich gegen Tyler nur verteidigt, das war alles, was sie getan hatte.

»Sir?«

William Crowe blickte seinen Zweiten Offizier an. »Ja, Hobbart?«

»Wäre es nicht ratsamer, die Verurteilung dem Gericht in Sydney zu überlassen, Sir?«, schlug er mit ruhiger Stimme vor, in der nicht die geringste Spur von Widerspruch oder gar Missbilligung mitschwang. »Sie könnten sich dadurch mögliche Auseinandersetzungen über die Grenzen Ihrer Kompetenz bezüglich der Deportierten ersparen. Sicherlich wird es niemand wagen, irgendwelche rechtlichen Schritte gegen Sie zu unternehmen, aber Sie wissen ja, wie diese Offiziere des Königs zur Ostindien-Kompanie stehen.«

Der Captain überlegte, und eine steile Falte grub sich in seine Stirn. Nervös trommelte er mit den Fingern seiner rechten Hand auf die breite Armlehne seines Stuhls.

»Mhm, da ist was Wahres dran, Hobbart«, gab er widerwillig zu.

»Meiner unmaßgeblichen Meinung nach ist ein Sträfling einen derartigen Ärger gar nicht wert«, fügte Hobbart nun noch hinzu.

»Verdammt, Sie haben recht, Hobbart«, knurrte Captain Crowe. »Weshalb sollen wir uns damit herumschlagen. In ein paar Tagen sind wir in Sydney und dieses Verbrecherpack los. Und hängen wird sie so oder so.«

Enttäuschung zeichnete sich auf Simpsons Gesicht ab. Doch

er schwieg. Der Captain hätte es als Anmaßung empfunden, wenn er, Simpson, seine Meinung geäußert hätte.

»Schafft sie hinaus!«, befahl Crowe.

»Aye, aye, Sir!«, sagte Simpson und zerrte Jessica herum.

»Wartet!«, rief Crowe.

Simpson wandte sich um und blickte den Captain fragend an.

»Bindet sie an die Leiche ihres Opfers!«, befahl William Crowe. »Sie soll sich ihres gottlosen Verbrechens bewusst werden!«

Der Zweite Offizier erblasste, sagte jedoch nichts. Simpson bestätigte den Befehl und schaffte Jessica aus der Kajüte des Captains. Man fesselte sie an Händen und Füßen und band sie an den Toten, wie der Captain befohlen hatte. Dann wurde die Tür von außen verriegelt.

Unruhig flackerte das Licht der Kabinenleuchte. Jessica fragte sich verzweifelt, womit ihr Unglück begonnen und wann das Schicksal sie auf den verhängnisvollen Weg geschickt hatte, der sie über die Hölle von Newgate auf dieses Sträflingsschiff und zu ihrer verzweifelten Bluttat geführt hatte.

Und auf einmal erwachte in ihren Gedanken die Vergangenheit zum Leben, und sie kehrte in jene Nacht vor fast zwei Jahren zurück, in der alles begonnen hatte …

ZWEITES BUCH

1

Ein nasskalter, stürmischer Februarwind heulte um das kleine Haus am Ortsrand von Ravan, das sich zwischen den buschbestandenen Hügeln schutzsuchend zu ducken schien. Es war schon spät in der Nacht, doch hinter einem der Fenster flackerte noch Kerzenschein.

Jessica Jakes saß am Bett ihrer todkranken Mutter Helen. Ihre Augen waren vom Weinen gerötet. Die Erschöpfung von den durchwachten Nächten stand dem sechzehnjährigen Mädchen ins Gesicht geschrieben.

Helen Jakes wälzte sich mit fieberheißem Kopf auf dem verschwitzten Laken des Bettes. Ihr Atem ging flach und gequält. Ihr Gesicht war glühend rot.

Jessica beugte sich vor und nahm den feuchten Lappen aus der Porzellanschüssel, die auf dem kleinen Tischchen neben dem Bett stand.

Sie wischte ihrer Mutter das Gesicht ab, faltete das Tuch zu einem langen, handbreiten Streifen und legte es ihr über die heiße Stirn.

»Ganz ruhig, Mama, es wird alles wieder gut«, sagte Jessica fast beschwörend, als könnte sie kraft ihrer Worte den Tod aus dem Haus verbannen. »Du wirst wieder gesund, ganz bestimmt!«

Die Mutter stöhnte und schlug die Augen auf, die so grün waren wie die ihres einzigen Kindes. »Ja, alles wird gut«, hauchte sie.

Jessica biss sich auf die Lippen, bis sie einen scharfen Schmerz fühlte. Tief in ihrem Innern wusste sie, dass bald nichts mehr so sein würde wie früher. Niemand vermochte ihrer Mutter noch zu helfen, nicht einmal Doktor Luton.

Vor wenigen Stunden hatte der große, grauhaarige Arzt der Kranken einen Besuch abgestattet. Doch nach der Untersuchung hatte er nur betrübt den Kopf geschüttelt, dem Mädchen seine Hand schwer auf die Schulter gelegt und fast entschuldigend gesagt: »Auch der ärztlichen Kunst sind Grenzen gesetzt, mein Kind. Ich kann nichts mehr für deine Mutter tun, was du nicht auch tun könntest. Die Natur wird ihren Lauf nehmen. Gott schütze dich, mein Kind.« Und mit schweren, schleppenden Schritten hatte er das Haus verlassen und war in seinen Landauer gestiegen.

Jessica spürte einen kalten Windhauch an ihrem Nacken. Der wollene Überwurf war ihr von den Schultern gerutscht, und sie bemerkte erschrocken, dass das Feuer im Kamin fast völlig heruntergebrannt war. Hastig sprang sie auf, stocherte in der Glut und legte neue Scheite nach, die in einem Weidenkorb neben dem Kamin lagen. Flammen züngelten aus der Glut, leckten gierig an den Scheiten hoch und verwandelten sich bald in ein prasselndes Feuer, das die Februarkälte aus dem kleinen Schlafzimmer mit der niedrigen Decke und den beiden kleinen Fenstern vertrieb.

Es war Mitte Januar gewesen, als Jessica im Mädchenpensionat in London zum ersten Mal von der Erkrankung ihrer Mutter erfahren hatte. In ihrem wöchentlichen Brief an die Tochter hatte die Mutter geschrieben, dass eine Erkältung und Husten sie quälten und es ihr derzeit unmöglich machten, ihren Schülern in Ravan und Umgebung Musikunterricht zu erteilen. Jessica hatte ihr noch am selben Tag voller

Besorgnis geantwortet. Erleichtert hatte sie die Woche darauf im Brief ihrer Mutter gelesen, dass sie die Erkältung wohl überwunden habe und bald ihren Unterricht wieder aufnehmen könne.

In der folgenden Woche war kein Brief aus Ravan gekommen, und Jessica, wenn auch leicht beunruhigt, hatte angenommen, dass ihre Mutter zu sehr damit beschäftigt war, die ausgefallenen Stunden nachzuholen, um noch Zeit zum Schreiben zu haben. Sie wusste, dass ihre Mutter hart dafür arbeitete, dass sie, Jessica, ein Mädchenpensionat besuchen konnte.

Der nächste Brief, der ihr Mitte Februar im Pensionat ausgehändigt worden war, hatte nicht die vertraute, zierliche Handschrift ihrer Mutter getragen, sondern die gestochen scharfe Handschrift eines Mannes und den vornehmen gedruckten Absender von Doktor Frederick Luton. Der Arzt hatte ihr mitgeteilt, dass ihre Mutter ernstlich erkrankt war. Doktor Luton bat Jessica, die nächstmögliche Kutsche nach Ravan zu nehmen.

Das war vor zehn Tagen gewesen, und mit der Gesundheit ihrer Mutter war es in dieser Zeit stetig bergab gegangen. Helen Jakes hatte einen schweren Rückfall erlitten und nicht mehr genug Kraft, das Fieber zu bekämpfen. Sie war mittlerweile nur noch ein Schatten ihrer selbst. Eingefallene Wangen und tief in den Höhlen liegende Augen zeugten vom unaufhaltsamen Fortschreiten der Krankheit.

Tiefe Nacht lag über dem Land. Helen Jakes rang mit dem Tod. Sie fantasierte im Fieber und warf sich in ihrem Bett hin und her.

Jessica wartete auf ein Wunder, doch sie wartete vergebens. Zwei Stunden vor dem Morgengrauen erwachte die Mutter noch einmal aus dem Delirium. Kraftlos tastete sie nach der Hand ihrer Tochter.

»Jessica!«

»Ja, Mama, ich bin hier!« Tränen erstickten ihre Stimme.

Helen Jakes rang nach Atem. »Du … du … musst tapfer sein, mein Kind«, stieß sie kurzatmig hervor. »Weine nicht … Es ist Gottes Wille, dass ich von dir gehen muss …«

»Nein, es kann nicht Gottes Wille sein!«, widersprach Jessica verzweifelt und schüttelte heftig den Kopf, dass ihre blonden Locken flogen. »Es ist nicht gerecht! … Du musst bei mir bleiben!«

Ein gequältes Lächeln huschte über das fiebrige Gesicht der Todkranken. »Ich werde immer bei dir sein … egal, wo du auch bist. Ich werde in dir weiterleben …«

»Nein, nicht so …«

»Ob arm oder reich, niemand kann dem Tod ausweichen, wenn seine Stunde gekommen ist«, sagte Helen Jakes. »Höre … mir gut zu … Es ist nicht viel, was ich dir hinterlasse, Jessy. Doch du hast eine gute Ausbildung bekommen … und … du wirst deinen Weg machen … ich weiß es. Harold Morland … ist uns immer ein guter Freund gewesen … und er ist ein respektierter Anwalt … Er wird dir sicherlich mit Rat und Tat zur Seite stehen.«

»Mama, bitte, sprich nicht so!«, flehte Jessica, und Tränen strömten über ihr Gesicht.

Helen Jakes schien ihre Tochter überhaupt nicht gehört zu haben. Ihr Blick verschleierte sich und war in eine nicht greifbare Ferne gerichtet. Ihre Stimme war nur noch ein kaum verständliches Flüstern, als sie fortfuhr: »Und … Sir Wesley Forbes … wir … beide … sind ihm mehr als jedem anderen … Menschen auf der Welt … zu Dank … verpflichtet … vergiss das nie, mein Kind … Wenn du … in Not bist, wende … dich an Sir … Wesley … er wird dir helfen … versprichst du, das zu tun?« Verzweifelt versuchte sie, sich im Bett aufzurichten.

»Ich verspreche es, Mama, ich will dir alles versprechen, wenn du nur wieder gesund wirst!«, rief Jessica schluchzend.

Helen Jakes bäumte sich unter einem heftigen Hustenkrampf auf. Ihre Finger krallten sich in die Decke. »Wesley … vergiss ihn nie!« Wie ein Aufschrei kamen die Worte aus ihrer Kehle. »Geh zu ihm!«

»Bitte, sprich nicht mehr, Mama! Du darfst dich nicht so anstrengen! Du musst schlafen«, schluchzte Jessica.

»Ja, schlafen … schlafen …«, murmelte Helen und schloss die Augen. Ihre Lippen bewegten sich in einem tonlosen Gespräch.

Kalt und grau dämmerte der neue Morgen herauf. Der Wind erstarb, und eine blasse Sonne stieg über den Giebeln der kleinen Stadt auf. Dämmerlicht erfüllte das kleine Zimmer im Obergeschoss des Hauses. Schließlich stand die Sonne direkt im Fensterkreuz. Doch Helen Jakes erlebte den neuen Tag nicht mehr. Starr und leblos blickten ihre Augen ins Nichts.

2

Jessica Jakes hörte die Worte des Geistlichen am Grab, doch sie zogen inhaltslos an ihr vorbei wie Laute einer fremden Sprache. Sie spürte auch nicht den kalten Wind, der ihr Gesicht rötete und an ihrem Umhang zerrte. Zwei Tage waren seit dem Tod ihrer Mutter vergangen, doch sie vermochte nicht zu begreifen, dass sie von nun an allein auf der Welt war und nie mehr die klare Gesangsstimme ihrer Mutter hören und nie wieder zusammen mit ihr am Piano sitzen würde. Es war still und leer im Haus.

»Jessica!«, sagte eine Stimme gedämpft neben ihr, und jemand berührte sie am Arm.

Jessica wandte den Kopf und blickte verstört in das füllige Gesicht des Anwaltes Harold Morland. Der Anwalt war ein kräftiger, wohlbeleibter Mann in den Fünzigern, dessen breiter Backenbart seinem Gesicht das Aussehen einer gutmütigen Bulldogge gab.

»Nimm eine Handvoll Erde, mein Kind, und wirf sie ins Grab«, flüsterte er ihr zu.

»Ich … ich kann nicht«, murmelte Jessica.

»Komm«, sagte der Anwalt nur, ergriff ihren linken Arm und trat mit Jessica ans Grab ihrer Mutter. Zögernd bückte sie sich nun, hob eine Handvoll von der Erde auf, die die Totengräber am Rand des Grabes aufgehäuft hatten, und warf sie mit einer kraftlosen Bewegung auf den Deckel des schlichten Sarges. Das dumpfe, polternde Geräusch ließ sie erschaudern.

Harold Morland zog sie zur Seite, damit die anderen Trauergäste gleichfalls Abschied von der Verstorbenen nehmen konnten. Und es waren viele Bewohner von Ravan zu dieser Beerdigung gekommen. Erst jetzt wurde Jessica richtig bewusst, welche Wertschätzung ihre Mutter in diesem kleinen Ort, der nur knappe vierzig Meilen von London entfernt lag, genossen hatte – und das nicht nur bei ihren Schülern und Schülerinnen. Und alle traten zu Jessica und bekundeten ihr tiefes Mitleid.

Die Reihe der Trauergäste schien endlos lang, und Jessica, die nun die Kälte spürte, schüttelte stumm wie eine Puppe die Hände von Männern, Frauen und Kindern, Harold Morland wich nicht von ihrer Seite. Endlich führte der Anwalt sie zu seiner Kutsche, die von zwei prächtigen Schimmeln gezogen wurde, und brachte sie zurück in das kleine Haus am Ortsrand, das nicht mehr lange ihr Zuhause sein würde.

Sally Bane, die Zugehfrau ihrer Mutter, war schon vorausgeeilt und hielt heißen Tee und ein wenig Gebäck bereit. Die Augen der molligen Frau, die zweimal in der Woche gekommen war, um im Haus zu putzen, zu waschen, und die auch manchmal bei kleineren Festlichkeiten gekocht hatte, waren rot verweint.

»Noch etwas Tee, Sir?«, fragte Sally, als Harold Morland seinen Mantel abgelegt, sich in den Sessel vor dem Fenster im Wohnsalon gesetzt und die erste Tasse Tee in einem Zug fast ausgetrunken hatte. Die Kälte war auch ihm in die Knochen gefahren.

»Unbedingt, Sally«, sagte der Anwalt mit tiefer, sonorer Stimme. »Keinen Monat hasse ich mehr als den Februar. Weder Fisch noch Fleisch … Ist kein Winter, aber auch noch kein Frühling.« Er entnahm einem Lederetui eine Zigarre, biss ein Ende ab und steckte sie mit einem Kienspan, den er einen Moment in die Flammen gehalten hatte, in Brand. Er warf den Kienspan ins Feuer, paffte an der Zigarre und bedeutete Jessica, sich ihm gegenüber in den anderen Sessel zu setzen, während Sally die Tasse des Anwalts auf dem zierlichen Beistelltisch mit frischem, dampfendem Tee füllte.

»Danke, Sally«, sagte er dann und nickte ihr zu. »Würdest du uns jetzt bitte allein lassen? Wir haben etwas Privates zu besprechen.«

»Sehr wohl, Sir«, sagte Sally, machte einen Knicks und eilte aus dem Zimmer, um sich in der Küche zu schaffen zu machen.

Jessica hockte auf der Kante des Sessels, starrte in die Flammen und roch das starke Aroma der Zigarre. Sie wünschte, sie wäre allein – mit ihren Gedanken und mit ihrem Schmerz.

»Jessica, ich habe das gerade nicht nur so dahergesagt«, begann der Anwalt und schnippte mit einem schweren Seufzen Asche von der Spitze seiner Zigarre ins Feuer. »Wir haben wirklich sehr private und leider auch unangenehme Dinge zu bereden.«

»Mama ist tot«, sagte Jessica leise. »Was kann es geben, das noch schlimmer sein könnte?« Sie kämpfte mit den Tränen.

»Ich weiß, mein Kind, es ist ein bitteres Schicksal, dass du deine Mutter schon in so jungen Jahren hast verlieren müssen. Ich verstehe deinen Kummer. Deine Mutter war eine wunderbare, warmherzige Person, und glaube mir, wenn ich sage, dass ihr Tod auch mich sehr trifft. Doch jetzt muss ich nicht als alter Freund, sondern als Anwalt sprechen. So grausam es auch klingt, doch das Leben bleibt nicht stehen, wenn wir einen geliebten Menschen verloren haben. Es geht weiter, denn der Tod ist ein Teil unseres Daseins. Und es gibt vieles für dich zu bedenken und zu entscheiden«, erklärte Harold Morland mit ruhiger, jedoch eindringlicher Stimme. »Wir müssen uns darüber unterhalten, was nun aus dir werden soll. Und glaube mir, es fällt mir nicht leicht, dich jetzt schon mit diesen Dingen zu bedrängen. Doch wie ich schon sagte, das Leben nimmt wenig Rücksicht auf unsere Trauer, Jessica.«

»Ja, Sir«, murmelte sie, weil sie das Gefühl hatte, etwas erwidern zu müssen. Doch sie verstand nicht, worauf er hinauswollte. Und wenn sie ehrlich vor sich selbst war, so gab sie sich auch gar keine Mühe, dies herauszufinden. Sie wollte einfach nur allein sein.

Der Anwalt schien ihre Gedanken erraten zu haben. »Vielleicht ist es sogar gut so, dass du dich mit anderen Dingen wirst beschäftigen müssen, wenn auch notgedrungen. Deine Mutter hat dich auf das Pensionat von Madame Blakley geschickt, nicht wahr?«

Jessica nickte. »Ja, Sir.«

»Ein vorzügliches Mädchenpensionat«, sagte der Anwalt anerkennend und drehte die Zigarre zwischen seinen Lippen. »Doch weißt du auch, wie viel das deine Mutter jeden Monat gekostet hat?«

»Nein, Sir«, antwortete sie mit unbeteiligter Höflichkeit.

»Nun, ich brauche dir nicht die genaue Summe zu nennen, doch ich kann dir sagen, dass Madame Blakley sich nicht nur gut darauf versteht, jungen Mädchen wie dir eine hervorragende Erziehung zukommen zu lassen, sondern auch eine recht tüchtige Geschäftsfrau ist. Sie lässt sich für ihre Dienste nicht schlecht bezahlen … und ich fürchte, dass du nicht wieder zu ihr nach London wirst zurückkehren können.«

Zum ersten Mal seit Beginn des recht einseitigen Gespräches flackerte Interesse in Jessicas Augen auf, und sie hob den Kopf, um den Anwalt voll anzublicken. »Sie meinen, ich kann meine Ausbildung nicht beenden?«

Harold Morland nickte nachdrücklich. »Richtig, darauf will ich hinaus. Das, was deine Mutter dir an Vermögenswerten hinterlassen hat, ist … nun, es ist sehr bescheiden. Es ist mir überhaupt ein Rätsel, wie sie es geschafft hat, dich all die Jahre auf dieses doch recht kostspielige Mädchenpensionat zu schicken. Sie war wirklich eine bemerkenswerte Frau, die nur deinen Vorteil im Sinn gehabt hat.«

»Bin … bin ich völlig arm?«, fragte Jessica zögernd. Ihr war nie der Gedanke gekommen, dass ihre Mutter hätte Schwierigkeiten haben können, die monatlichen Gebühren für das Pensionat zu bezahlen. Doch das war kein Wunder, denn über Geld war nie zu Hause gesprochen worden. So etwas galt auch unter den Mädchen von Madame Blakley als unfein und geradezu vulgär.

Morland lächelte schwach. »Armut ist stets eine relative Bezeichnung, mein Kind. Es gibt gewiss genügend Mädchen unter deinen Mitschülerinnen, die dich nun als arm bezeichnen würden, weil du das Pensionat nicht mehr besuchen kannst. Doch so würde ich es nicht sehen. Du wirst nur ein etwas bescheideneres Leben führen müssen. Und um das mit dir zu besprechen, bin ich jetzt hier.«

»Aber wo soll ich denn hin, wenn ich nicht mehr zu Madame Blakley zurückgehen kann?«, fragte Jessica verstört.

»Ich erinnere mich daran, dass deine Mutter in einem Gespräch mit mir einmal erwähnt hat, Verwandte in Bristol zu haben«, sagte der Anwalt mit einem fragenden Blick.

»Ja, Tante Amy«, bestätigte Jessica. »Sie ist die einzige Schwester meiner Mutter. Doch ich habe sie nie kennengelernt, Sir.«

»Und das ist die einzige Verwandte, die dich möglicherweise bei sich aufnehmen kann?«

Jessica zögerte mit der Antwort. »Ich weiß nicht …«

»Sprich, mein Kind!«, forderte Morland sie auf und nippte an seinem Tee.

Unsicher zuckte Jessica mit den Achseln. »Ich weiß nicht viel über meine Tante Amy, Sir. Meine Mutter hat nie viel von ihr erzählt. Doch ich weiß, dass sie sich wohl nicht so recht verstanden haben. Tante Amy ist nie zu uns gekommen, und wir haben sie auch nicht in Bristol besucht. Ich glaube nicht, dass sie mich aufnehmen würde.«

Der Anwalt seufzte schwer. »Bedauerlich, sehr bedauerlich, doch einen Versuch ist es allemal wert, Jessica, zumal uns gar keine große Wahl bleibt.«

»Kann ich denn nicht allein hierbleiben, Sir?«, fragte Jessica bittend. »Ich bin doch alt genug, und Sally wird bestimmt nach mir sehen. Irgendwie werde ich es schon schaffen, ganz bestimmt, Mr. Morland!«

Der Anwalt schüttelte energisch den Kopf. »Ausgeschlossen. Dafür bist du noch zu jung. Nein, das schlag dir aus dem Kopf. Und wovon willst du die Miete für das Haus bestreiten und Sally ihren Lohn bezahlen? Sie mag ja eine treue Seele sein, doch auch sie ist auf das Geld angewiesen, um ihre Familie ernähren zu können.«

»Könnte ich nicht einige der Musikinstrumente verkaufen? Das Piano und die Harfe ...«

Harold Morland fiel ihr ins Wort. »Damit würdest du nicht weit kommen. Außerdem wirst du diese Stücke so oder so verkaufen müssen. Einige der Arztrechnungen sind noch nicht beglichen, und die Miete für die letzten beiden Monate steht auch noch aus. Nein, viel bleibt dir nicht übrig. Du wirst dich mit dem Gedanken abfinden müssen, zu deiner Tante Amy zu ziehen, und Bristol ist eine hübsche Stadt. Es wird dir dort an der Küste sicherlich gut gefallen.«

»Und was ist, wenn Tante Amy mich nicht aufnehmen will?«, wollte Jessica wissen.

Morland zog an seiner Zigarre und blieb ihr die Antwort einen langen Augenblick schuldig. »Darüber zerbrechen wir uns den Kopf, wenn es so weit ist«, sagte er schließlich und bedachte sie mit einem aufmunternden Lächeln. »Ich werde deiner Tante schreiben, mein Kind. Du musst mir nur ihre Anschrift geben.«

»Sie wird sicherlich im Schreibsekretär meiner Mutter zu finden sein«, meinte Jessica und erhob sich.

»So sehr eilt es nun auch wieder nicht«, erklärte der Anwalt und stemmte sich aus dem Sessel hoch. »Es reicht, wenn du sie mir morgen früh in meine Kanzlei bringst. Ich werde heute Abend schon einen entsprechenden Brief aufsetzen. Nur Gottvertrauen, mein Kind.«

Als hätte Sally gespürt, dass der Anwalt aufzubrechen gedachte, stand sie in der Tür, Mantel und Hut in der Hand. Harold Morland nickte ihr zu und sagte zu Jessica, bevor er das Haus verließ: »Wir werden einen Weg finden, sei ohne Sorge.«

Jessica bedankte sich, wie man es ihr beigebracht hatte, und schaute der Kutsche nach, die unter einem bezogenen Himmel nach Ravan zurückkehrte.

Sally versuchte, sie zu überreden, doch etwas zu essen, doch allein der Gedanke daran erweckte in ihr ein Gefühl der Übelkeit. Sie begab sich in das kleine Schreibzimmer ihrer Mutter, suchte im Sekretär nach der Adresse der ihr völlig fremden Tante und gab sich in der Abgeschiedenheit ihrem Schmerz hin.

3

Am folgenden Morgen suchte Jessica Jakes die angesehene Anwaltskanzlei von Harold Morland in Ravan auf. Viele mitfühlende Blicke trafen sie auf dem Weg in den Ort. Man blieb stehen und hielt sie an, um seine Bestürzung über den Tod ihrer Mutter auszusprechen.

Diese tröstend gemeinten Worte ließen Jessica das Herz jedoch noch schwerer werden, und es fiel ihr von Mal zu Mal schwerer, in ihren Antworten nicht unhöflich zu erscheinen. Glücklicherweise war Harold Morland mit dringenden Arbeiten beschäftigt, sodass Jessica die dunklen, vornehm eingerichteten Räume seiner Kanzlei schon nach wenigen Minuten wieder verlassen konnte. So schnell sie konnte, eilte sie nach Hause.

Der quälende, herzzerreißende Schmerz der ersten Tage wich mit der Zeit einer von Trauer beherrschten Gleichgültigkeit gegenüber dem, was kommen würde. Eine düstere Ruhe überkam sie. Sie vermochte wieder klare Gedanken zu fassen, doch es war, als wäre ihr Herz daran völlig unbeteiligt. Wenn Tante Amy sie bei sich aufnehmen wollte, würde sie nach Bristol gehen. Wenn nicht, war es auch gut. Irgendetwas würde sich schon ergeben. Und es bedeutete ihr auch nichts mehr, dass sie ihre Freundinnen vom Pensionat nicht wiedersehen sollte. Hatte sie überhaupt jemals wirkliche Freundinnen gehabt? Auch diese Frage war letztlich ohne jede Bedeutung. Die letzten Februartage verstrichen mit grauem Himmel, kühlen Winden und feinem Nieselregen, der sich wie ein Schleier der Melancholie über das Land legte, als wollte er es nie wieder freigeben.

Jessica zeigte noch nicht einmal einen Anflug von Enttäuschung, als Harold Morland sie eines Tages aufsuchte und ihr betrübt mitteilte, dass die Antwort ihrer Tante Amy abschlägig ausgefallen war.

»Jessica, es tut mir schrecklich leid«, sagte der Anwalt mit einem resignierten Schulterzucken, »doch der Gatte deiner Tante hat mir in seinem Schreiben unmissverständlich zu verstehen gegeben, dass er nicht bereit ist, dich aufzunehmen. Angeblich hat er schon so genügend Schwierigkeiten, seiner eigenen Familie ein annehmbares Auskommen zu sichern. Und wie er schreibt, sieht er sich nicht in der Lage, die zusätzliche Verantwortung und finanzielle Belastung sich und seiner Frau sowie seinen Kindern zuzumuten.«

»Haben Sie geschrieben, dass meine Mutter mir so gut wie nichts hinterlassen hat?«, fragte Jessica aus reiner Neugierde.

»Sicher habe ich das«, antwortete der Anwalt. »Das verlangte schon der Anstand, mein Kind. Es wäre geradezu arglistige Täuschung gewesen, sie mit einem nicht vorhandenen Erbe zu locken. Nein, ich bin kein Winkeladvokat, mein Kind. Offenheit und Fairness in allen Lebenslagen ist meine Devise.«

»Ich bin froh, dass Sie es geschrieben haben, Mr. Morland«, sagte Jessica.

Er schnaubte und ging voller Unruhe im Wohnsalon auf und ab. »Froh! Dieses Schreiben hat mich alles andere als froh gestimmt, Jessica«, brummte er und kaute auf seiner Zigarre. »Ich hatte insgeheim gehofft, du würdest barmherzige Aufnahme bei deiner Tante finden.«

»Ich will keine Barmherzigkeit!«, entfuhr es Jessica mit plötzlich aufsteigendem Stolz.

»Ich glaube nicht, dass dir ein lauter Ton zusteht«, erwiderte Harold Morland, sie unmissverständlich zurechtweisend.

»Es tut mir leid, Sir«, entschuldigte sie sich hastig. »Ich wollte nicht laut werden … nur bin ich auch nicht auf Barmherzigkeit angewiesen.«

Der Anwalt blieb stehen und musterte sie mit einem halb unwilligen, halb belustigten Blick. »So, bist du das nicht? Das sind recht mutige Worte für ein junges Mädchen in deiner Lage, sehr mutig … um nicht zu sagen überheblich.«

»Ich will nicht überheblich sein«, versicherte Jessica. »Ganz bestimmt nicht, Mr. Morland, und Ihnen gegenüber schon gar nicht. Ich weiß, wie dankbar ich Ihnen für all das sein muss, was Sie für mich getan haben und tun ...«

»*Bist* du auch dankbar?«, fragte der Anwalt mit hochgezogenen Augenbrauen.

»Ganz sicher, Sir!«, versicherte Jessica. »Doch ich bin schon bald siebzehn, und ich werde bestimmt irgendwo eine Anstellung finden, um für mich selbst aufkommen zu können.«

Ein Lächeln entspannte das Gesicht des Anwalts. »Und ich dachte schon, du hättest eine Eheschließung mit einer guten Partie ins Auge geschlossen.« Er lachte leise auf und wurde dann sofort wieder ernst. »Nun gut, es soll also eine Anstellung sein. Doch als was würdest du dich anbieten können, mein Kind? Es gibt mehr Mägde und Dienstpersonal als freie Stellen. Und zudem kannst du nicht die geringste Erfahrung vorweisen.«

»Ich kann sehr gut lesen, habe eine Handschrift, die sogar Madame Blakley gelobt hat, kann auch kleinere Rechenaufgaben lösen und bin geschickt in Handarbeiten«, zählte Jessica ohne Zögern auf. »Außerdem spiele ich nicht schlechter Piano als meine Mitschülerinnen im Pensionat!«

Harold Morland schmunzelte. »Das klingt alles sehr beeindruckend, Jessica, doch für eine Gouvernante und Privatlehrerin bist du noch einige Jahre zu jung. Nein, so leicht, wie du dir das vorstellst, ist es nicht. Gewiss, früher oder später wirst du eine Anstellung finden, aber zu welchen Bedingungen, Jessica?«

Er räusperte sich. »Ich meine, deine Mutter war immerhin eine gebildete Frau und hat dich Madame Blakleys Institut sicherlich nicht besuchen lassen, damit du später Tavernenmagd wirst oder in der Waschküche stehst, nicht wahr?«

»Nein, Sir«, antwortete Jessica kleinlaut. Tavernenmagd oder Wäscherin, so etwas hatte ihr wirklich nicht vorgeschwebt.

»Du siehst, es ist gar nicht so einfach, für dich etwas Passendes zu finden.«

»Sir Forbes kann mir vielleicht helfen«, sagte Jessica spontan.

Der Anwalt stutzte. »Sir Forbes? Wie kommst du auf den Gedanken, dass er dir helfen könnte?«

Sie wich seinem forschenden Blick aus und zuckte unsicher mit den Achseln. »Ich weiß nicht, Sir. Meine Mutter hat kurz vor ihrem … Tod von Sir Forbes gesprochen. Sie beschwor mich, ihn aufzusuchen, falls ich in Not geraten sollte. Und sie sagte, er würde mir bestimmt weiterhelfen.«

Ein erstaunter Ausdruck lag auf dem Gesicht des Anwalts. »Ich wusste gar nicht, dass deine Mutter sich so gut mit Sir Forbes stand, um dir solch einen Rat zu geben.«

»Ich glaube, meine Mutter war früher einmal bei Sir Forbes in Diensten, Sir«, erklärte Jessica. »Ich selbst kann mich nicht mehr daran erinnern. Es muss schon sehr lange zurückliegen.«

»Das wird es wohl«, erwiderte Harold Morland nach einem nachdenklichen Augenblick. »Nun, sollte das der Fall sein, würde mir ganz gewiss ein Stein vom Herzen fallen. Du weißt, dass Sir Forbes eine äußerst einflussreiche Persönlichkeit ist, nicht nur hier in Ravan, sondern auch in London. Er hat wahrlich die Möglichkeiten, dir eine akzeptable Stellung zu verschaffen, die deiner Herkunft entspricht. Bei Gott, ich wünsche es dir. Vielleicht sollte ich ihm mit dir an meiner Seite einen Besuch abstatten …« Sehr begeistert klang seine Stimme bei dem Vorschlag nicht.

»Das wird nicht nötig sein, Sir!«, erklärte Jessica hastig. »Bitte, verstehen Sie mich nicht falsch, doch mir wäre es lieber, wenn ich allein zu Sir Forbes gehen kann.«

»Und aus welchem Grund, wenn ich fragen darf?«

»Er … er könnte sich möglicherweise zu etwas gedrängt fühlen, wenn Sie zugegen sind und quasi für mich den Bittsteller spielen. Wenn ich jedoch allein komme, kann er seine Entscheidung vielleicht freier und so treffen, wie es ihm beliebt.«

»Du bist nicht nur ein hübsches Kind, Jessica, sondern für dein Alter schon sehr klug und vorausschauend«, lobte der Anwalt. »Er könnte in der Tat das Gefühl haben, zu etwas gedrängt zu werden. Zudem muss ich gestehen, dass mein Verhältnis zu Sir Forbes … äh … nicht gerade das ist, was man freundschaftlicher Natur nennt. Womit ich nicht sagen möchte, dass wir einander nicht ausstehen können. Es verhält sich mehr so, dass wir doch sehr verschiedene Interessen vertreten und es tunlichst vermeiden, unsere Wege sich kreuzen zu lassen.«

»Sie haben auch so schon genug für mich getan, Sir«, antwortete Jessica. »Und ich bin überzeugt, dass es weniger aufdringlich ist, wenn ich ihn allein aufsuche.«

»Gut. So wollen wir es machen, Jessica«, sagte Harold Morland zufrieden und wandte sich zum Gehen. »Schieb es nicht auf die lange Bank. Mr. Perdington, der Besitzer dieses Hauses, hat mich wissen lassen, dass er nicht beabsichtigt, dich von heute auf morgen vor die Tür zu setzen. Doch natürlich ist er daran interessiert, dieses Haus so schnell wie möglich wieder zu vermieten. Und das darfst du ihm nicht übel nehmen. Das Geld liegt nun mal nicht auf der Straße.«

Jessicas Gestalt straffte sich. Alle sollten sie ihr Geld bekommen, Mr. Perdington und auch Mr. Luton. Niemand sollte sagen können, sie wäre irgendjemand auch nur einen Penny schuldig geblieben. Und keiner sollte sich damit brüsten können, ihr ein Almosen zugesteckt zu haben.

»Ich werde Sir Forbes aufsuchen«, erwiderte Jessica entschlossen. »Schon morgen!«

4

Von Ravan bis zum Landgut von Sir Wesley Forbes war es eine Wegstrecke von gut fünf Meilen. Die schmale Landstraße schlängelte sich durch das wogende Land sanft ansteigender und abfallender Hügel, teilte weite Felder und Wiesen und schnitt durch Wälder, deren lautlose Bäume ihre kahlen Äste starr in den Himmel streckten.

Zügigen Schrittes folgte Jessica der Straße. Die anfängliche Kühle des Morgens war nach der ersten halben Meile schnell vergessen. Glücklicherweise hatte der Regen, der die ganze Nacht gefallen war, aufgehört. Die dunklen Wolken standen jedoch noch immer am Himmel, und sie hoffte, das Herrenhaus von Sir Forbes erreicht zu haben, bevor der Regen wieder einsetzte.

Jessica hatte die Nacht kaum geschlafen, weil ihr tausend Gedanken durch den Kopf gegangen waren.

Sie hatte sich in Gegenwart des Anwalts beherzt und entschlossen gezeigt, doch in ihrem Innersten hatte sie Angst vor dieser Begegnung mit Sir Forbes. Noch nie in ihrem Leben hatte sie den Fuß in das Herrenhaus dieses hochstehenden Mannes gesetzt. Und sie fragte sich nun, was sie dort wohl erwartete.

Sie hatte ihre besten Schuhe angezogen, und das erwies sich nun als Fehler. Nicht daran gewöhnt, solch weite Wege in diesen engen Schuhen zu machen, begannen ihre Füße bald zu schmerzen. Und die fünf Meilen wollten einfach kein Ende nehmen.

Jessica seufzte erleichtert, als sie endlich die hohe Mauer aus dunkelrotem Backstein sah, die einen Teil von Sir Forbes' Landgut umgab. Direkt neben dem breiten Doppeltor aus schmiedeeisernen Gittern, das in beiden Torflügeln das Wappen der Familie trug, stand ein hübsches Häuschen, das von Dillon Whittney, dem Pförtner und seiner Familie bewohnt wurde.

Jessica sah den Pförtner schon aus dem Haus treten, als sie noch ein gutes Stück vom Tor entfernt war. Breitbeinig, in dunkelbraunes Tuch gekleidet und an einer Pfeife paffend, blickte der gedrungene Mann ihr entgegen.

»Guten Morgen«, grüßte Jessica freundlich und blieb mit erhitztem Gesicht vor ihm stehen. Sie rang nach Atem und spürte den forschenden Blick des Pförtners auf sich.

»Ob er so gut ist, wird sich erst noch herausstellen«, nuschelte Dillon Whittney. »Wie heißt du? Und was führt dich hierher?«

»Mein Name ist Jessica… Jessica Jakes«, antwortete sie. »Und ich bin gekommen, um mit Sir Forbes zu sprechen.«

»So, mit dem Herrn möchtest du sprechen«, brummte er und sog an seiner Pfeife.

Jessica nickte.

»Erwartet man dich, Jessica Jakes?«, fragte Dillon Whittney schleppend.

»Nein, ich dachte…«

»So, du bist nicht angemeldet und möchtest doch mit Sir Forbes sprechen«, fiel ihr der Pförtner ins Wort. »Das ist nicht die rechte Art, junges Fräulein. Sir Forbes ist ein vielbeschäftigter Mann. Man kann nicht einfach zu ihm kommen, wie es einem beliebt.« Argwohn zeigte sich nun auf seinem wettergegerbten Gesicht. »Bist du vielleicht gekommen, um ihn als Bittstellerin zu belästigen?« Er musterte ihre Kleidung, die jedoch nicht auf Armut schließen ließ. Dieses Mädchen war wie ein junges Fräulein aus besseren Kreisen gekleidet. Doch manchmal konnte man sich noch nicht einmal darauf verlassen.

»Es ist wegen einer privaten Angelegenheit«, antwortete Jessica ausweichend und fügte hinzu: »Meine Mutter stand einmal als Gouvernante in Sir Forbes' Diensten.«

Das verschlossene Gesicht des Pförtners klärte sich etwas. »So, und warum hat dich deine Mutter nicht begleitet, Jessica Jakes?«

»Sie ist letzten Monat gestorben«, sagte Jessica leise.

»Mhm«, sagte Dillon Whittney nur, sog geräuschvoll an seiner Pfeife und sagte schließlich: »Nun, du machst einen anständigen Eindruck. Ich weiß nicht, ob Sir Forbes Zeit für dich hat, doch du kannst dein Glück ja versuchen.« Er trat zur Seite und gab ihr mit einer knappen Handbewegung zu verstehen, dass sie durch das Tor treten durfte.

»Danke.«

»Folge nur dem Weg, er führt dich geradewegs zum Herrenhaus. Doch spute dich«, riet er ihr mit Wohlwollen in der Stimme. »Es sieht nach einem Gewitter aus, und im Regen kann einem eine Meile reichlich lang werden.«

Jessica bedankte sich noch einmal und eilte mit schmerzenden Füßen weiter. Minuten später setzte der Regen ein, und die gepflegte Parklandschaft von Sir Forbes' Landgut verschwand hinter einem nasskalten Schleier. Aber trotz des tristen Wetters wirkten die beschnittenen Hecken und sorgfältig angelegten Gartenanlagen beeindruckend auf Jessica und führten ihr vor

Augen, welch großen Reichtum Sir Forbes sein Eigen nennen konnte.

Der Regen drang schon durch ihren Umhang, als sie schließlich das mächtige Herrenhaus mit den beiden langgezogenen Seitenflügeln und der breiten Auffahrt erreichte. Sie hastete unter das schützende Vordach und betätigte den schweren Messingklopfer an der mit kostbaren Schnitzereien verzierten Tür.

Es dauerte eine Weile, bis ihr geöffnet wurde. Ein Dienstmädchen, das nicht viel älter als sie selbst sein konnte und ein schlichtes graues Kleid mit einer makellos weißen Schürze und ein gleichfalls schneeweißes Häubchen trug, musterte sie mit unverhohlener Neugier und fragte nach ihrem Begehren. Jessica erklärte, dass sie Sir Forbes zu sprechen wünsche, jedoch nicht angemeldet sei und bereitwillig warten wolle, bis Sir Forbes Zeit habe, sie zu empfangen.

Das Dienstmädchen ließ sie vor der Tür stehen und kehrte Augenblicke später mit dem Butler zurück, einem hageren Mann mittleren Alters mit strengen, fast asketischen Zügen und schon schütterem Haar, das grau schimmerte. Seine Haltung ließ erkennen, dass er sich seiner Stellung in diesem Haus sehr bewusst war, doch es ging keine anmaßende Arroganz von ihm aus.

»Geh an deine Arbeit zurück, Rose«, sagte er mit akzentuierter, aber ausdrucksloser Stimme zu dem Dienstmädchen.

»Sehr wohl, Mr. Tate«, sagte Rose, knickste andeutungsweise und warf Jessica noch schnell einen Blick zu, bevor sie davoneilte.

Schweigend hörte der Butler zu, als Jessica nun wiederholte, was sie zuvor schon dem Pförtner und dem Dienstmädchen gesagt hatte.

Henry Tate ließ nicht erkennen, was er dachte. Seine Augen blieben kühl und unbeteiligt. »Es wäre ratsamer und den Regeln des Anstandes mehr gerecht gewesen, wenn du deinen Besuch früh genug mit Sir Forbes abgesprochen hättest«, sagte er schließlich mit leichtem Tadel. »Doch da du nun schon einmal hier bist, kannst du auch warten und hoffen, dass er Zeit für dich hat.«

»Warten macht mir nichts aus, Mr. Tate«, versicherte Jessica dankbar, als der Butler sie aufforderte, ins Haus zu kommen und ihm zu folgen.

Er führte sie durch die weite Halle, die mit kostbaren Teppichen ausgelegt war. Dunkle Gemälde, Porträts der Vorfahren von Sir Wesley Forbes, hingen an den Wänden. Jessica hatte das beklemmende Gefühl, als würden ihr die ernsten Blicke der Ahnen folgen. Und sie war froh, als es hinauf in den ersten Stock ging, wo Bilder mit fröhlichen Jagdszenen neben Gobelins hingen, die ebenfalls verschiedene Motive der hochherrschaftlichen Jagd zeigten.

Am Ende des Ganges blieb Mr. Tate stehen. »Du wartest hier, bis dich Sir Forbes rufen lässt!«, sagte er und deutete auf eine schmale, lederbezogene Bank ohne Rückenlehne, die unter dem hohen Fenster am Ende des Flurs stand.

»Ja, Mr. Tate«, erwiderte Jessica, eingeschüchtert von der Umgebung, die Reichtum und Macht sowie uralte Tradition ausstrahlte.

Der Butler nickte ihr kurz zu und verschwand dann hinter einer deckenhohen Tür auf der anderen Seite des Ganges. Wenig später kam er wieder aus dem Zimmer. Sein Blick schien sie noch einmal zur Geduld zu ermahnen, dann entfernte er sich und verschwand hinter der Biegung des Ganges.

Jessica saß aufrecht auf der Kante der Bank und wartete. Sie wusste nicht viel über Sir Wesley Forbes, nur das, was sie hier und da in Ravan aufgeschnappt hatte. Und man sprach selten in der Öffentlichkeit über den Herrn, der den Ort beherrschte. Jessica erinnerte sich, gehört zu haben, dass Sir Forbes drei Kinder hatte, zwei Söhne und eine Tochter. Das Mädchen musste noch sehr jung sein, während sein ältester Sohn James schon bald dreißig wurde. Es hieß, er trage sich mit der Absicht, in nicht allzu ferner Zukunft Abschied vom Junggesellenleben zu nehmen und die Tochter eines Lords zu ehelichen. Wer diese Glückliche war, daran konnte sie sich nicht mehr erinnern. Und über die beiden anderen Kinder von Sir Forbes wusste sie noch weniger, nicht einmal ihre Namen. Sie war in den letzten Jahren einfach zu selten in Ravan gewesen, und zudem hatte ihre Mutter ihr von frühester Kindheit an beigebracht, nicht auf Klatsch zu hören.

Jessica wusste bald nicht mehr zu sagen, wie viel Zeit schon verstrichen war, seit der Butler sie aufgefordert hatte, auf der Bank Platz zu nehmen. Irgendwo in den Räumen vor ihr schlug eine Uhr. Gedämpft und wie aus einer anderen Welt drang der melodische Glockenschlag zu ihr, doch sie war zu spät darauf aufmerksam geworden, um noch die Schläge zählen zu können.

Sie spürte die klamme Nässe des Umhanges, dem ein muffiger Geruch entströmte. Am liebsten hätte sie ihn abgelegt, doch sie wagte nicht, es zu tun. Man hätte dies als Ungehörigkeit werten können, als unziemliche Gedankenlosigkeit, es sich in einem Haus gemütlich zu machen, in dem man nur als Besucher gnädig geduldet wurde.

Um sich abzulenken und ihrer eigenen Unruhe zu entkommen, blickte sie aus dem Fenster hinaus auf die weitläufige Parklandschaft. Ein kleines Heckenlabyrinth zog sich unterhalb der Terrasse hin. Ihr Blick folgte den umrankten Bogengängen, die im Frühling von grünem Blattwerk überwuchert sein und im Sommer kühlenden Schatten spenden mussten. Ein gutes Stück weiter bemerkte sie im regengrauen Licht einen kleinen See, der dem Blick vom Haus durch eine vorspringende Waldzunge zum größten Teil entzogen war. Sie versuchte, sich vorzustellen, wie das Leben hier im Frühling und Sommer sein mochte, doch aus einem unerklärlichen Grund ließ ihre Fantasie sie diesmal im Stich.

Im Unterbewusstsein nahm sie ein leises Geräusch in ihrem Rücken wahr. Doch noch bevor sie sich umdrehen und den Gang hinunterblicken konnte, hörte sie die Stimme.

»Gefällt dir, was du siehst?«

Jessica fuhr herum und sprang von der Sitzbank auf. In der offenen Tür stand Sir Wesley Forbes. Sie wusste sofort, dass er es war. Er war ein Mann der Fünfziger von stattlicher Gestalt. Groß, breitschultrig und gutaussehend, wenn auch ein wenig rundlich um die Leibesmitte, über der sich eine Weste aus hellblauer Seide spannte, die auffallend gut zu dem dunkelblauen, fast schwarzen Rock im klassischen Schnitt passte. Sein volles braunes Haar war nicht unter einer gepuderten Perücke verborgen, und gewinnende Züge kennzeichneten sein Gesicht.

»Ja, Sir Forbes!«, stieß Jessica hervor.

»So, du kennst mich also schon«, stellte er fest.

»Nein, Sir. Ich … ich nahm es nur an, Sir Forbes.« Sie verspürte in seiner Gegenwart eine bisher noch nicht gekannte Unsicherheit und Beklemmung. »Entschuldigen Sie, dass ich einfach so unangemeldet gekommen bin und Ihre kostbare Zeit in Anspruch nehme …«

Sir Forbes unterbrach sie mit einer ungeduldigen Handbewegung. »Was nützt es, jetzt noch Worte darüber zu verlieren. Du bist hier, also komm herein«, sagte er.

Zögernd trat Jessica in das Zimmer. Bücherregale aus dunklem Kirschholz reichten vom Boden bis zur Decke und waren vollgestellt mit Büchern, die in teuerstes Leder gebunden und auf ihren Rücken mit Goldlettern beschriftet waren. Kleine Treppchen mit geschnitzten Handläufen standen davor. An einigen freien Stellen hingen kolorierte Stiche. Möbel aus dunklem, poliertem Holz, zu denen ein schwerer Schreibtisch gehörte, vervollständigten die Einrichtung. Vorhänge aus schimmerndem Brokatstoff rahmten das breite Fenster ein. Und auch hier bedeckten Teppiche den Boden.

»Komm näher ans Fenster!«, forderte Sir Forbes sie auf.

Jessica tat, wie ihr geheißen.

Er musterte sie eine Weile schweigend, die Daumen in den Taschen seiner Weste gehakt. »So, du bist also Jessica Jakes«, sagte er schließlich versonnen.

»Ja, Sir.«

Ein Ruck ging durch seinen großen, schweren Körper. »Nimm den Umhang ab und leg ihn dort über den Hocker. Ich mag ungern mit Menschen reden, die den Eindruck machen, als befänden sie sich schon auf dem Sprung, kaum dass ich ihren Namen erfahren habe.«

Nur zu gern befreite sich Jessica von dem nassen Stoff. Sie strich ihr züchtig hochgeschlossenes hellgrünes Kleid glatt und drehte sich abwartend zu ihm um.

»Nun denn, mein Kind! Zwar kenne ich jetzt deinen Namen, doch Gedanken zu lesen vermag ich nicht. Sprich. Was führt dich zu mir?« Er verschränkte die Arme hinter dem Rücken, ohne den Blick von ihr zu nehmen.

Alles, was sie sich in Gedanken zurechtgelegt hatte, war

plötzlich wie weggewischt. Ihr Ansinnen erschien ihr auf einmal völlig abwegig. Was hatte sie bloß glauben lassen, dass Sir Wesley Forbes die Lösung all ihrer Probleme sein würde? Wie hatte sie nur diesen vermessenen Gedanken fassen können?

»Nun red schon, Jessica. Du wirst doch wohl einen Grund für dein Kommen haben, nicht wahr?«

»Ich … ich weiß nicht, wo ich anfangen soll, Sir«, sagte Jessica unsicher und legte die Hände vor ihrem Schoß zusammen. »Meine Mutter … Helen Jakes, Sir … ist vor wenigen Minuten gestorben.«

»Ich habe davon gehört«, erwiderte Sir Forbes fast schroff. Und zum ersten Mal ließ er erkennen, dass ihm der Name Jakes nicht völlig fremd war. Er schwieg einen Augenblick, und als er dann fortfuhr, war die Schroffheit in seiner Stimme einem warmen, mitfühlenden Ton gewichen: »Ihr Tod ist sicherlich ein schwerer Verlust für dich und Anlass zu großem Kummer, mein Kind. Doch kein Sterblicher vermag sich Gottes Willen in den Weg zu stellen.«

Jessica nickte stumm.

»Bist du in Not, dass du zu mir gekommen bist?«, fragte er nun direkt.

»Mr. Morland sagt, ich sei nicht wirklich arm, doch die Miete für das Haus ist nicht bezahlt, und einige Rechnungen von Doktor Luton sind noch unbeglichen …«

»Hat der Anwalt dich geschickt?« Sein Gesicht nahm einen ungehaltenen Ausdruck an.

»Nein, Sir!«, sagte Jessica hastig. Es war ein Fehler, dass sie Morland erwähnt hatte. Welch eine Dummheit von ihr. Sie erinnerte sich an das, was der Anwalt über sein Verhältnis zu Sir Forbes gesagt hatte. Und sie nahm Zuflucht zu einer Notlüge. »Mr. Morland weiß nichts davon, Sir. Es war meine Mutter, die mir vor ihrem Tode gesagt hat, ich solle Sie aufsuchen, wenn ich in Not bin und Rat und Hilfe brauche, Sir.«

»So, hat sie das.« Zurückhaltung und Vorsicht lagen in seiner Stimme. »Ich möchte wissen, was sie dazu bewogen hat, dir diesen Rat zu geben.«

»Sie sagte, wir beide, meine Mutter und ich, wir seien Ihnen mehr als jedem anderen Menschen auf der Welt zu Dank verpflichtet.«

»Ist das alles, was deine Mutter gesagt hat?«, fragte Sir Forbes mit gerunzelter Stirn.

»Ja, Sir, das war alles«, antwortete sie. »Ich weiß nicht, weshalb sie das gesagt hat. Doch ich habe meiner Mutter versprechen müssen, ihren Rat zu befolgen.«

Sir Forbes atmete tief ein. »Nun, deine Mutter war in jeder Hinsicht eine … bemerkenswerte Frau. Sie stand nicht ganz zwei Jahre in meinen Diensten, Jessica. Das liegt schon sehr weit zurück und war noch vor deiner Geburt. Mein ältester Sohn James war damals aufgrund eines schweren, unglückseligen Reitunfalls für lange Zeit ans Bett gefesselt, und deine Mutter erteilte ihm Unterricht. Als ich ihrer Dienste nicht mehr bedurfte, kehrte sie nach London zurück. Doch es hatte ihr so gut in dieser Gegend gefallen, dass sie schon zwei Jahre später wieder nach Ravan zurückgekommen ist. Sie ließ sich hier nieder, und da ich mit ihr sehr zufrieden gewesen war, sah ich keinen Grund, mit meiner Meinung zurückzuhalten. Ich führte ihr einige recht solvente Kunden zu und half ihr damit, sich bei uns in Ravan zu etablieren. Das ist eigentlich alles, was ich für deine Mutter und dich getan habe.«

»Es war sehr großherzig von Ihnen, und meine Mutter hat es Ihnen nie vergessen, Sir.«

»Mhm … und was erwartest du jetzt von mir?«

Jessica senkte den Blick. »Ich … ich dachte, Sie könnten vielleicht … ich meine … ich habe niemanden, der für mich sorgen könnte, und ich brauche eine Anstellung«, stammelte sie.

»Eine Anstellung? Als was denn?«

Jessica zuckte mit den Achseln. »Ich bin in vielen Dingen geschickt, Sir. Ich habe das Pensionat von Madame Blakley in London besucht.«

»Ich weiß«, sagte Sir Forbes und sprach schnell weiter, »dass dieses Pensionat einen ausgezeichneten Ruf genießt, mein Kind. Aber Madame Blakley ist wahrlich nicht bekannt dafür, dass sie ihre Zöglinge zu Dienstmägden ausbildet. Ich wüsste also nicht, was ich mit dir anfangen sollte.«

Jessica zählte nun eifrig auf, welche Fächer sie beherrschte und worauf sie sich besonders verstand. Erwartungsvoll und mit einem stummen Flehen in den Augen blickte sie ihn an.

Wesley Forbes wandte sich um, trat ans Fenster und blickte, in ein nachdenkliches Schweigen versunken, in den Park hinaus. Mehrere Minuten vergingen. Dann drehte er sich mit einem leisen Seufzen zu ihr herum.

»Vielleicht hast du Glück, und ich habe doch Verwendung für dich«, sagte er ein wenig widerstrebend. »Meine Tochter Laura hat bedauerlicherweise die zarte Gesundheit ihrer Mutter geerbt und muss häufig das Bett hüten. Du könntest ihr Gesellschaft leisten, mit ihr musizieren und ihr Dinge beibringen, die du bei Madame Blakley gelernt hast. Ich hoffe nur, dass ich mit dir mehr Glück habe als mit all den studierten Privatlehrern, die nicht in der Lage gewesen sind, die Zuneigung meines neunjährigen Kindes zu gewinnen.«

Jessicas Augen leuchteten auf. »Oh, ich würde es so gern versuchen, Sir Forbes!«

»Du bist noch sehr jung, aber vielleicht ist das in diesem Fall sogar von Vorteil«, meinte Sir Forbes, und er sprach mehr zu sich selbst als zu Jessica. Dann fragte er: »Hast du dir auch schon Gedanken über deinen Lohn gemacht?«

»Nein, Sir Forbes«, erwiderte Jessica. »Sie können meinen Lohn später festsetzen, wenn Sie wissen, was ich zu leisten imstande bin. Doch was Sie mir auch geben, ich werde Ihnen dafür dankbar sein.«

Er lächelte verhalten, doch man konnte ihm ansehen, dass ihm ihre Bescheidenheit gefiel. »Ich glaube, genauso werden wir es handhaben, Jessica. Die Entscheidung, ob du bei uns bleibst oder nicht, wird ganz bei Laura liegen. Wann möchtest du deine neue Stellung antreten?«

»Sobald wie möglich, Sir!«, antwortete Jessica, ohne zu zögern. »Ich habe nicht viel zusammenzupacken, Sir. Mr. Morland hat mir gesagt, dass er sich um den Verkauf der Möbel und der wenigen anderen Dinge kümmern wird. Ich könnte also schon in zwei, drei Tagen meinen Dienst antreten.«

»Nun gut, mir soll es recht sein. Ich werde dafür sorgen, dass eine Kammer im Bedienstetenflügel für dich bereitgehalten wird. Deine Mahlzeiten wirst du mit dem Personal einnehmen. Doch du darfst deine eigene Kleidung tragen.«

»Jawohl, Sir … danke, Sir. Sie sind zu gütig«, murmelte sie und knickste.

Wesley Forbes betätigte die Klingelschnur, und Augenblicke später trat der Butler ins Zimmer. Sein kontrolliertes Gesicht verriet nicht, was er dachte, als Sir Forbes ihn kurz darüber informierte, dass Jessica Jakes innerhalb der nächsten Tage die Stellung als Gesellschafterin seiner Tochter Laura antreten würde und dass eine Kammer für sie hergerichtet werden müsse.

»Sehr wohl. Ich werde das Nötige veranlassen«, erklärte Mr. Tate.

Jessica Jakes bedankte sich noch einmal bei Sir Forbes, nahm dann ihren Umhang und folgte dem wortkargen Butler aus dem Zimmer. Ihr Blick glitt über die Bilder hinweg, während die Teppiche ihre Schritte dämpften. Sie konnte noch gar nicht glauben, dass dies hier ihr neues Zuhause werden sollte.

5

Den Hausstand aufzulösen bereitete noch weniger Schwierigkeiten, als Jessica angenommen hatte. Harold Morland gab sich wenig Mühe, seine große Erleichterung zu verbergen, als Jessica ihn noch am selben Tag davon unterrichtete, dass Sir Wesley Forbes sie in seine Dienste aufgenommen hatte. Der Anwalt hatte insgeheim wohl schon befürchtet, dass die Verantwortung für sie nun an ihm hängen bleiben würde.

»Nun, besser hättest du es ja gar nicht treffen können!« Sein rundliche Gesicht strahlte vor Zufriedenheit.

»Ja, Sir«, sagte Jessica. Gesellschafterin für die kränkliche Tochter von Sir Forbes zu sein, was war daran so trefflich? Eigentlich war sie doch nichts weiter als eine bessere Spielgefährtin für diese Laura, die sicherlich gewohnt war, ihre Launen an den Bediensteten auszulassen. Zumindest musste man das annehmen, wenn man Sir Forbes' Worte hinsichtlich der vielen Hauslehrer richtig auslegte.

»Räum du nur die Dinge zusammen, die du behalten möchtest und mitnehmen kannst. Doch belaste dich nicht mit unnötigem Kram«, riet Morland ihr. »Um alles andere werde ich mich schon kümmern.«

Und er hielt Wort. Schon am nächsten Tag suchte er sie in Begleitung eines nachlässig gekleideten Mannes auf. Die hagere Figur des Fremden wurde von seiner weiten Kleidung noch betont. Seine Brauen waren buschig und bauschten sich über unsteten Augen, zwischen denen eine knochige Hakennase hervorragte. Der Anwalt stellte ihn als Humphrey Pearson vor. Dieser mürrisch dreinblickende Mann verdiente seinen Lebensunterhalt damit, dass er Nachlässe aufkaufte und mit dem billig Erworbenen handelte.

Mit verdrossener Miene musterte er die Dinge, die im Haus der Jakes zum Verkauf standen. Jessica fragte sich, ob der ständige Umgang mit Trauernden und streitenden Erben an der finsteren Miene schuld war oder ob der Mann sich einfach nur so beruflich-verdrossen gab, um aus der Not der Hinterbliebenen einen möglichst großen Vorteil ziehen zu können.

Wie dem auch sein mochte, er verstand sich auf jeden Fall ausgezeichnet darauf, den Eindruck zu erwecken, als seien auch die besten und gepflegtesten Möbelstücke nicht viel mehr als besseres Gerümpel und kaum wert, dass er ihnen seine kostbare Zeit und Aufmerksamkeit schenkte. Die heruntergezogenen Mundwinkel, sein mitleidiges Seufzen und das beredte Kopfschütteln genügten, um seine Kunden wissen zu lassen, wie wenig er von den Dingen hielt, die man ihm zum Kauf anbot.

»Wenig Silber und antike Stücke, dafür aber ein Piano! … Ha, und eine Harfe!« Er schnaubte geringschätzig, während ihn das kurze Aufflackern in seinen Augen Lügen strafte. »Wer kauft heutzutage schon ein Piano, Mr. Morland … geschweige denn eine Harfe?«

Jessica kochte innerlich vor Zorn über diesen gerissenen Heuchler. Gewiss, ihre Mutter hatte nicht das Geld für wirklich teure Möbel gehabt, doch es waren gute geschmackvolle Stücke darunter, die so gepflegt waren, dass sie wie neu aussahen. Und was die Musikinstrumente anging, die ihre Mutter mit besonderer Sorgfalt behandelt hatte, so wusste sie, dass man gerade für sie einen guten Preis erzielen würde.

Eine scharfe Erwiderung lag ihr auf der Zunge, und Harold Morland schien das zu ahnen, denn er warf ihr einen Blick zu, der sie zur Zurückhaltung gemahnte. Und zu dem Aufkäufer sagte er freundlich: »Ich bin sicher, dass Sie meiner Klientin einen guten Preis für alles zahlen werden, Mr. Pearson. Sie kann wirklich jeden Penny gebrauchen.«

»Wer kann das nicht, mein Herr«, brummte Humphrey Pearson. »Ich weiß gar nicht, ob ich Ihnen überhaupt ein Angebot machen soll.« Und er ließ sich mit wehleidiger Stimme darüber aus, dass er für diesen Beruf eigentlich ein viel zu weiches Herz habe, sich stets von der Not anderer rühren lasse und dann über dem Marktpreis einkaufe und dass er sich dadurch selbst zugrunde richte.

Eine Stunde später wusste Jessica, dass sich Humphrey Pearson zumindest an *diesem* Tag nicht zugrunde gerichtet hatte. Sogar der Anwalt machte ein missmutiges Gesicht, als er im Namen seiner Klientin den Kaufvertrag unterschrieb.

»Wer in der Not verkauft, verliert immer«, meinte Morland achselzuckend, als Humphrey Pearson sich mit Grabesmiene verabschiedet hatte und gegangen war.

Jessicas Zorn währte nicht lange. Innerlich hatte sie sich längst mit allem abgefunden. Und in einer Beziehung war es ihr sogar recht, dass es Harold Morland nicht gelungen war, einen besseren Aufkäufer für den Nachlass zu finden. Sie wollte ihm und jedem anderen so wenig wie möglich zu Dank verpflichtet sein.

Viel zu packen gab es für sie nicht. Es passte alles in eine Truhe aus dicht geflochtenen Weidenruten, deren weißer Anstrich schon reichlich verblasst war. Harold Morland brachte sie am dritten Tag nach ihrem Gespräch mit Sir Wesley Forbes in seiner Kutsche bis zur Pförtnerloge. Dort verabschiedete er sich von ihr, nachdem er kurz ein paar Sätze mit Dillon Whittney gewechselte und ihm ein Geldstück zugesteckt hatte.

»Du wirst sicherlich Verständnis dafür haben, dass ich dich nicht bis vors Herrenhaus bringe, mein Kind. Man soll keine schlafenden Hunde wecken. Viel Glück, und falls irgendetwas sein sollte, weißt du ja, wo ich meine Kanzlei habe«, sagte er, während das Zögern in seiner Stimme verriet, dass er nicht hoffte, sie dort wirklich eines Tages zu sehen.

Der vierzehnjährige Sohn des Pförtners lud ihre Kiste auf eine Sackkarre und folgte ihr schweigend auf dem Weg zum Herrenhaus. Es gefiel ihm wenig, den Weg zum Landhaus und zurück zu machen – schon gar nicht für ein Mädchen, das kaum älter war als er selbst.

Im Herrenhaus rief Lady Catherine, Sir Forbes' Frau, Jessica umgehend zu sich in ihren Salon, der in blassblauen Tönen gehalten war. Blassblau schien die Farbe zu sein, die Lady Catherine bevorzugte, denn so schimmerte auch ihr Seidenkleid, das so gut wie keine Verzierungen aufwies.

Catherine Forbes war eine sehr zierliche Person. Jessica fiel es schwer zu glauben, dass dies die Frau des großen, kräftigen und augenscheinlich lebensfrohen Mannes sein sollte. Neben Sir Forbes musste sie wie eine bleiche Wachspuppe wirken, denn Jessica hatte noch nie zuvor eine blassere Haut gesehen als die von Lady Catherine. Und die Falten in den Mundwinkeln passten wenig zu Sir Forbes' Lachfältchen, die seine Augen umgaben. Lady Forbes war ganz offensichtlich eine Frau, die dem Leben kaum fröhliche Seiten abzugewinnen vermochte.

Mit leiser, jedoch scharfer, herrischer Stimme begann sie Jessica nun zu befragen. In ihren Augen, die von einem unbestimmbaren Grau waren, stand keine Spur von Freundlichkeit, sondern nur misstrauische Neugierde. Jessica musste nicht nur Auskunft über ihre Herkunft und ihre Ausbildung geben, sondern auch beweisen, dass sie gut schreiben, lesen und rechnen konnte. Sogar ihre Handarbeiten musste sie aus der Weidentruhe kramen und vorweisen.

»Nun gut, wir wollen es mit dir versuchen, Jessica Jakes«, erklärte Lady Forbes schließlich kühl und entließ sie.

Am liebsten hätte Jessica das Haus auf der Stelle verlassen. Doch wohin hätte sie gehen können? Und so ließ sie sich von einem anderen Mädchen in den Ostflügel führen, wo man für sie eine winzige Kammer hergerichtet hatte. Jessica war bei ihrem Anblick deprimiert, lernte jedoch schnell, ihr kleines eigenes Reich zu schätzen, denn die meisten anderen Bediensteten teilten sich eine Kammer zu dritt, manche sogar zu viert. Und man beneidete sie um ihr privates Zimmer.

Jessica konnte es nicht abwarten, Laura kennenzulernen, aber sie hatte vor dieser ersten Begegnung auch Angst. Denn davon, wie sie sich mit der neunjährigen Tochter von Sir Forbes verstehen würde, hing ihre Zukunft ab. Sie war klug genug, um zu wissen, dass sie mit dieser Anstellung noch Glück im Unglück gehabt hatte.

Jessicas geheime Ängste erwiesen sich als unbegründet. Laura hatte zwar die kränkliche Veranlagung ihrer Mutter geerbt, doch an ihrer übersprudelnden Munterkeit und Lebensfreude glich sie mehr ihrem Vater. Kaum hatte Jessica ihr Kinderzimmer betreten und sich zu ihr ans Bett gesetzt, als Laura sie schon mit Fragen bestürmte und Jessica ihre anfängliche Beklommenheit vergessen ließ. Zugegeben, Laura konnte sich nie lange auf ein Thema konzentrieren und war sehr sprunghaft, doch anders als die studierten Privatlehrer vor ihr, konnte sich Jessica sehr schnell und sehr gut darauf einstellen, kam Lauras Naturell doch ihrem eigenen jugendlichen Wesen nahe.

Doch Laura konnte auch launisch sein, wenn sie sich zum Beispiel an manchen Tagen nicht wohl fühlte. Merkwürdigerweise machte sie dann aber nicht Jessica zum Opfer ihrer Launen, sondern ihre Zofe oder irgendjemand anderen vom Dienstpersonal. Jessica schien nicht dazu zu zählen und eine Sonderstellung einzunehmen.

Laura setzte es auch schnell bei ihrem Vater durch, dass Jessica die Mahlzeiten nicht mit dem Personal einnahm, sondern gemeinsam mit ihr in ihrem Zimmer. Das schaffte Neid bei den anderen Mägden im Haus, doch Jessica kam kaum in Kontakt mit ihnen. Laura nahm sie völlig in Anspruch. Sie wollte, dass Jessica stets in ihrer Nähe war.

»Wie lange wirst du bei mir bleiben?«, fragte Laura irgendwann in der zweiten Woche.

Jessica zuckte mit den Achseln. »Ich weiß es nicht. Das hängt von deinem Vater ab … und ob er mit mir zufrieden ist«, antwortete sie vorsichtig.

»Ich bin mit dir zufrieden. Und ich möchte, dass du immer bei uns bleibst!«, erklärte Laura energisch und ließ den Einfluss ihrer herrischen Mutter erkennen. »Und lass uns nicht wieder darüber reden!« Sie tat, als hätte Jessica und nicht sie das Gespräch darauf gebracht.

Der März verging, und mit dem April kündigte sich der Frühling an. Jessicas Erinnerungen an das Leben vor dem Tod ihrer Mutter begannen zu verblassen. Der Schmerz war noch immer in ihr, doch es hatte sich eine neue Ausgeglichenheit hinzugesellt. Körper und Gedankenwelt verinnerlichten den Lebensrhythmus, den ihre Stellung ihr aufzwang. Und sie unterwarf sich diesem Rhythmus ohne Widerwillen. Immer seltener dachte sie daran, was einmal hätte sein können.

Nur wenn sie Lady Catherine begegnete, was glücklicherweise nur selten der Fall war, kehrte das Gefühl der Beklommenheit und des Ausgestoßenseins in einer fremden Welt für kurze Zeit zurück.

Sir Wesley Forbes sah sie fast täglich, und er kam auch öfter in das Zimmer seiner Tochter. Sein Verhalten Jessica gegenüber war zwiespältig. Manchmal konnte er die Freundlichkeit in Person sein, mit ihr und Laura scherzen und Jessica das Gefühl geben, als wäre sie ein Teil dieser Familie. Doch dann wieder gab es Augenblicke, wo sie ihn dabei überraschte, wie er sie mit gerunzelter Stirn anstarrte, kühl und manchmal sogar erschreckend abweisend. Und in solchen Momenten ließ er sie spüren, dass sie nichts weiter war als ein besserer Dienstbote. Wenn Jessica nachts in ihrem Bett lag und daran dachte, weinte sie leise und erstickte ihr Schluchzen in ihrem Kissen. Tagsüber jedoch ließ sie sich von ihren Gefühlen nichts anmerken.

Allmählich gewann die Sonne an Kraft. Der Boden schien aufzubrechen und eine atemberaubend bunte Palette herrlicher Knospen und Blumen aus dem Verborgenen hervorzuzaubern. Eine stattliche Zahl von emsig tätigen Gärtnern und Gehilfen trugen ihren nicht unbescheidenen Teil zur Verwandlung des Parkes bei.

Etwas von der belebenden Kraft des Frühlings schien auch auf Jessica überzugehen – und sogar auf Laura, die nun häufiger in der Lage war, ihr Bett zu verlassen und mit Jessica durch den Garten und die Parkanlagen zu spazieren.

»Jessy?«, fragte Laura eines Tages, als sie im Schutz einer Gartenlaube die schon angenehm warmen Mittagsstunden verbrachten und sich mit ihren Handarbeiten beschäftigten.

Jessica blickte von ihrem Spannrahmen auf. »Ja?«

»Ist es so schlimm, mit mir zusammen zu sein?«, fragte Laura mit ernstem, fast traurigem Gesicht.

Verständnislos blickte Jessica das zierliche Mädchen in dem fliederfarbenen Kleid an, das so wunderbar zu ihren grünblauen Augen passte. »Nein, überhaupt nicht, Laura. Warum fragst du? ... Und wie kommst du überhaupt auf diesen Gedanken?«

Laura zuckte verlegen die Achseln und senkte den Blick. »Ich ... ich weiß nicht«, meinte sie. »Du lachst so selten und siehst immer so ernst aus. Und da dachte ich, es fällt dir vielleicht schwer, immer bei mir zu sein.«

Verblüfft blickte sie Laura an. Ein Gefühl der Rührung überkam sie. »O Gott, Laura! Es tut mir leid! ... Es tut mir wirklich so leid!«, rief sie und nahm das schmächtige Mädchen impulsiv in die Arme, drückte es an sich und fuhr ihm über das Haar. »Ich habe das nicht gewusst und nicht gewollt. Nicht du bist schuld, dass ich manchmal so traurig bin. Es ist nicht lange her, dass ich meine Mutter verloren habe, und manchmal wird mir das Herz so schwer, wenn ich an früher denke. Kannst du das verstehen? Würdest du nicht auch traurig sein, wenn du deine Mama plötzlich nicht mehr hättest?«

Laura legte den Kopf schief und dachte nach. »Ich weiß nicht, Jessy. Manchmal sehe ich Mama fast eine ganze Woche lang nicht. Und Ken hat mir einmal gesagt, dass man einen Menschen schnell vergisst, wenn man ihn länger als eine

Woche nicht mehr sieht … und wenn man diesen Menschen nicht sehr, sehr lieb hat.«

Jessica schmunzelte und versuchte, das ernste Thema mit einer lustigen Bemerkung zu entschärfen. »Und hat dein Bruder einen Menschen, den er sehr, sehr lieb hat?«, fragte sie augenzwinkernd. Jessica wusste, dass Laura ihren zwanzigjährigen Bruder Kenneth abgöttisch verehrte.

Laura schüttelte den Kopf. »Nein, das darf er auch nicht!«

»Warum nicht?«

»Weil ich will, dass er dich sehr, sehr lieb hat. Und dann werdet ihr heiraten, und du wirst niemals von mir gehen!«, erklärte Laura.

Jessica lachte so befreit und belustigt, wie sie es nicht mehr getan hatte, seit sie im Pensionat von Madame Blakley den Brief von Harold Morland erhalten hatte.

»Was gibt es da zu lachen? Es ist eine große Ehre, dass ich dir Ken lasse!«, rief Laura empört und zerrte sie am Arm. »Er ist der beste und schönste Mann, den es gibt, und keiner tanzt und reitet so gut wie er: Und wenn er nicht mein Bruder wäre, würde ich ihn selber heiraten!«

Jessica schüttelte lachend den Kopf. Ihr war, als hätte Laura in ihr einen Knoten gelöst. Sie wollte das Mädchen besänftigen und ihr erklären, dass sie sich nicht über sie hatte lustig machen wollen. Doch sie kam nicht mehr dazu.

»Danke für das Kompliment, Schwesterherz«, sagte in dem Augenblick nämlich eine warme, amüsierte Männerstimme hinter ihnen und ließ sie beide zusammenfahren. »Aber meinst du nicht, dass ich bei der Wahl meiner zukünftigen Ehefrau auch noch ein kleines Wörtchen mitzureden habe?«

6

Erschrocken sprang Jessica von der Bank hoch und fuhr zu der Seite herum, wo der Bogengang in die geschützte Laube führte. Ein elegant gekleideter junger Mann von schlanker Gestalt stand im Rundbogen, ein selbstsicheres Lächeln auf den vollen Lippen.

»Ken! … Ken!«, rief Laura und stieß einen Freudenschrei aus. Achtlos ließ sie ihre Handarbeit fallen und lief mit ausgebreiteten Armen auf ihren Bruder zu.

»Hallo, kleine Prinzessin!« Kenneth lachte warmherzig, packte seine zierliche Schwester in der Taille und wirbelte sie mehrmals im Kreis herum, während sie ihre Arme um seinen Nacken schlang und begeistert jauchzte. Sie war so leicht wie eine Feder. Schließlich hielt er inne, drückte ihr einen schmatzenden Kuss auf die Wange und ließ sie wieder zu Boden.

Laura war vor Freude ganz außer sich. Hektische rote Flecken zeigten sich auf ihrem Gesicht. Und sie bestürmte ihren Bruder mit Fragen, wann er angekommen war, warum er ihr so selten geschrieben hatte und wie es ihm in Eton gefalle.

Jessica hatte genügend Zeit, um den zweiten Sohn von Sir Wesley Forbes eingehend mustern zu können. Laura hatte ihr in den vergangenen Wochen so manches Mal von ihrem Lieblingsbruder vorgeschwärmt, und ihren Worten nach war er der schönste, talentierteste und charmanteste Mann aller Zeiten. Jessica hatte lächelnd zugehört und ihre Worte als das genommen, was sie waren – eine kindliche Schwärmerei und verständliche Übertreibung.

Nun jedoch sah Jessica mit eigenen Augen, dass Laura zumindest bei der Beschreibung des Aussehens ihres Bruders nicht übertrieben hatte. Das Wort attraktiv wurde seinem Äußeren kaum gerecht. Er hatte das, was einem Mann Erfolg bei Frauen jeden Alters garantiert: die Mischung aus blendendem Aussehen, natürlicher Sinnlichkeit, Eleganz und jugendlicher Sorglosigkeit.

Seine Gesichtszüge waren von klassischem Ebenmaß und nicht einfach nur schön. Die schmalen Brauen zogen sich in vollendetem Schwung über seine Augen, die von einem tiefen, warmen Braun waren und von Lidern beschützt wurden, um deren sanft aufwärts geschwungene, lange Wimpern ihn wohl neun von zehn Frauen beneideten. Seine Lippen waren voll, ohne jedoch einen Schmollmund zu bilden. Und die energische Kinnpartie, die ganz dem seines Vaters glich, bildete den männlichen Ausgleich zu seinen weichen Gesichtszügen. Gekleidet war er nach der neuesten Mode. Doch Jessica war weit davon entfernt, ihn deshalb für einen Dandy zu halten.

»So, und wen haben wir denn hier, Schwesterchen?«, fragte Kenneth Forbes nun und richtete seinen Blick auf Jessica. »Willst du mir die Frau, die du schon für mich ausgesucht hast, nicht wenigstens vorstellen?«

Jessica errötete.

»Das ist meine beste Freundin Jessica … Jessica Jakes!«, verkündete Laura eifrig. »Und du musst sie genauso liebhaben wie ich!«

Kenneth schmunzelte, ohne den Blick von Jessica zu nehmen. »Nun, das sollte mir eigentlich nicht schwerfallen«, sagte er mit einer melodischen Stimme, der zu entnehmen war, dass ihm gefiel, was seine Augen sahen. »Ich bin erfreut, dich kennenzulernen, Jessica.«

Jessica knickste stumm. Er zog seine Augenbrauen hoch. »Ich hoffe, meine kleine Schwester hat dich nicht derart in Verlegenheit gebracht, dass du für immer die Stimme verloren hast, Jessica. Ich würde sie gern hören ... obwohl ich zugeben muss, dass du auch stumm bezaubernd bist. Mein Vater muss einen sehr glücklichen Tag gehabt haben, als er dich einstellte.«

»Sind Sie immer so schnell mit den Komplimenten bei der Hand?«, fragte Jessica spitz und bemühte sich, ihre starke Verwirrung vor ihm zu verbergen.

Entwaffnend strahlte er sie an. »Ah, sieh an!«, rief und knuffte seine Schwester leicht in die Seite. »Ich muss das richtige Zauberwort gefunden haben, denn unsere Prinzessin Dornröschen ist aus ihrem Schlaf erwacht.«

Jessica wusste nicht, ob er sich über sie lustig machte oder einfach nur geistreich sein wollte. Auf jeden Fall empfand sie seine Worte als unangebracht.

»Ist es das, was Sie unter dem Humor eines Gentleman verstehen?«, fragte sie.

Kenneth Forbes schmunzelte. »Du bist hübsch wie eine Rose, Jessica«, sagte er. »Leider kommen die Dornen mit der Blume, nicht wahr?«

Heiß brannte ihr Gesicht. »Wenn Ihnen Vergleiche aus der Botanik so gefallen, als was sehen Sie dann sich? Vielleicht empfindet man Ihren Wortwitz in Ihren Kreisen als geistreich. Ich jedoch kann ihm genauso wenig abgewinnen wie den Stacheln einer Kaktuspflanze!«

Einen Augenblick sah er sie verblüfft an, dann brach er in ein schallendes Gelächter aus. »Touché«, sagte er dann, noch immer lachend. »Mit einem Kaktus hat mich noch niemand verglichen. Du beginnst mich wirklich zu interessieren.«

»Soll ich mich jetzt geschmeichelt fühlen?« Jessicas Augen blitzten angriffslustig. Sie war noch nicht lange genug in fremden Diensten, um gelernt zu haben, eigene Gefühle und Gedanken tunlichst nicht zu zeigen – ganz besonders nicht in Gegenwart der Herrschaft.

Er musterte sie mit einem leicht spöttischen Lächeln. »Ich wüsste nicht, was dagegen einzuwenden wäre.«

»Dann ist es wohl das, was uns unterscheidet«, erwiderte sie impulsiv. »Ich jedenfalls kenne noch den Unterschied zwischen Spaß und Arroganz.«

Sein Gesicht verlor ein wenig von seinem strahlenden, unbeschwerten Ausdruck. Und seine Augen verengten sich, zeigten ein irritiertes Zögern.

»Was ist los?«, fragte Laura nun in ungehaltenem Tonfall. »Was redet ihr da überhaupt? Ich bekomme kein Wort mit, Ken! Das ist nicht fair! Ihr habt euch doch nicht gezankt, nicht wahr?«

»Sogar unter zukünftigen Eheleuten soll es Auseinandersetzungen geben, Schwesterchen«, antwortete er scherzhaft, doch seine Augen blieben von dem Lächeln seiner Lippen unberührt.

»Ich mag so etwas nicht!« Laura stampfte ärgerlich mit dem Fuß auf.

Jessica ergriff Lauras Hand. »Es wird Zeit, dass wir ins Haus zurückkehren, Liebes. Du musst deinen Mittagsschlaf halten.«

»Aber doch nicht jetzt, wo mein Bruder gekommen ist!«, protestierte Laura, jedoch ohne großen Nachdruck, denn sie ermüdete schnell, und die Vorstellung, sich gleich in die weichen frischen Kissen ihres Bettes kuscheln zu können, hatte etwas sehr Verlockendes.

»Wenn dein Bruder heute erst angekommen ist, können wir sicherlich beruhigt sein und davon ausgehen, dass wir noch längere Zeit die Ehre seiner amüsanten Gegenwart haben«, antwortete Jessica anzüglich und vermied es, ihn dabei anzusehen.

»In der Tat«, knurrte Kenneth Forbes.

»Siehst du, Laura, du kannst also ganz beruhigt deinen Mittagsschlaf machen«, sagte Jessica und sagte über die Schulter hinweg zu Kenneth Forbes: »Einen angenehmen Tag noch.«

Sie erhielt keine Antwort, doch sie spürte seinen Blick in ihrem Rücken. Und schnell eilte sie mit Laura an der Hand davon. Sie hatten das Haus noch nicht erreicht, als ihr Ärger schon verflogen war. Weshalb war sie bloß so schnippisch zu ihm gewesen. Schön und gut, seine Bemerkungen waren wirklich nicht zurückhaltender Natur gewesen. Doch sicherlich hatte er nichts Böses im Sinn gehabt. Außerdem stand es ihr in keinem Falle zu, sich mit ihm auf eine Stufe zu stellen. Noch vor zwei Monaten, als Schülerin des Pensionats von Madame Blakley, hätte sie sich das erlauben können. Doch diese Zeit gehörte endgültig der Vergangenheit an. Sie stand in Diensten von Sir Forbes, und man konnte von ihr mehr Zurückhaltung und Demut erwarten, als sie gezeigt hatte.

Jessicas Gedanken wanderten zu Lady Catherine. Erfuhr sie von ihrem Sohn, wie schnippisch sie ihm geantwortet hatte, waren ihre Tage hier mit Sicherheit gezählt. Ernste Besorgnis erfüllte sie. Mr. Morland würde kaum erfreut sein, wenn sie ihre Anstellung schon nach knapp zwei Monaten verlor, weil es ihr an der nötigen Ehrerbietung gefehlt hatte.

»Ist mein Bruder nicht so, wie ich ihn dir beschrieben habe?«, fragte Laura, als sie in ihrem Bettchen lag und herzhaft gähnte.

»Er ist sicherlich ein wunderbarer Bruder«, antwortete Jessica ausweichend, rückte einen Stuhl heran und nahm das Buch zur Hand, das sie sich aus der umfangreichen Bibliothek von Sir Forbes geholt hatte. Dies war etwas, was sie an ihrer Stellung ganz besonders genoss: Ihr stand der Zutritt zur Bibliothek jederzeit offen, schon weil sie das eine oder andere Buch brauchte, um Laura Unterricht in Literatur und Kunst zu erteilen, so gut es ihr möglich war. Stundenlang konnte sie sich in den ruhigen Räumen aufhalten, in denen es so herrlich nach Leder und Papier roch.

»Ken ist mein Lieblingsbruder. James ist so anders als Ken. James behandelt mich, als wäre ich noch ein kleines, dummes Kind. Es tut mir gar nicht leid, dass er bei seinem Onkel auf dieser schrecklichen Insel Irland ist. Wenn Ken nur öfters kommen würde.« Sie seufzte wohlig und streckte sich aus. »Ich glaube, er ist nicht sehr glücklich in Eton, weißt du.«

»So?«

»Er studiert Rechtswissenschaft«, erklärte Laura altklug. »Das hat irgendetwas mit den Dingen zu tun, die man darf und die man nicht darf. Ich finde, er sollte das ändern. Es gibt viel zu viele Dinge, die man nicht darf, findest du nicht auch?«

Jessica lächelte. »Ja, da hast du recht. Und nun mach die Augen zu und schlaf.«

»Lies mir noch etwas vor, Jessy!«, bettelte Laura.

Jessica tat ihr den Gefallen und begann ein Märchen vorzulesen. Doch schon nach fünf Minuten waren Lauras Lider fest geschlossen, und Jessica konnte sich nun ihrem Buch zuwenden. Doch es fiel ihr schwer, sich auf die Buchstaben zu konzentrieren. Immer wieder kehrten ihre Gedanken zu Kenneth Forbes und dem Wortwechsel mit ihm zurück. Ihre erste Begegnung hätte kaum unerfreulicher verlaufen können. Sie nahm sich fest vor, beim nächsten Zusammentreffen mit dem jungen Herrn ihre Zunge in Zaum zu halten – sofern das Unheil nicht schon unwiderruflich angerichtet war.

7

Quälend langsam verstrichen die Nachmittagsstunden. Jessica war von schrecklicher Unruhe erfüllt und rechnete jeden Augenblick damit, zu Sir Wesley oder Lady Catherine gerufen zu werden. Zum ersten Mal, seit sie ihre Stellung angetreten hatte, wurde ihr richtig bewusst, dass sie sich in diesem Haus doch recht wohl fühlte. Morland hatte recht gehabt. Sie hätte es nicht besser treffen können. Sie kam wunderbar mit Laura zurecht und stand weder unter dem herrischen Regime der Hauswirtschafterin noch dem der Köchin oder gar unter der Aufsicht von Henry Tate, dem niemals auch nur der kleinste Fehler des Personals entging. Sie hatte freie Hand. Sogar Lady Catherine kümmerte sich nicht mehr um sie, nachdem sie sich in den ersten Wochen vergewissert hatte, dass ihr Mann mit Lauras neuer Gesellschafterin keinen so schlechten Griff getan hatte. Und nun stand ihre Zukunft auf des Messers Schneide.

Niemand rief sie, und Erleichterung überfiel sie, als sie von einer enttäuschten Laura erfuhr, dass Kenneth schon am frühen Nachmittag ausgeritten war, um benachbarte Freunde aufzusuchen. Seine Eltern erwarteten ihn erst spät am Abend nach Einbruch der Dunkelheit zurück.

Die Vermutung, dass der bittere Kelch der Entlassung noch einmal an ihr vorbeigegangen war, verwandelte sich in Gewissheit, als Jessica schließlich ihr Zimmer aufsuchte. Auf dem kleinen Tisch unter dem Fenster stand ein faustgroßer, stacheliger Kaktus. Dagegen lehnte eine kleine Briefkarte, auf der in schwungvoller Schrift geschrieben stand: *Auch Kakteen haben ihre guten Seiten – nicht nur Stacheln.*

Jessica setzte sich an den Tisch, und ein Lächeln breitete sich auf ihrem Gesicht aus. Kenneth hatte wohl eingesehen, dass er diesen streithaften Wortwechsel mit seinen spöttischen Bemerkungen provoziert hatte. Und heimlich hatte er ihr Zimmer aufgesucht und ihr diesen reizenden Gruß gebracht, um ihr zu verstehen zu geben, dass es ihm leidtat. Das rechnete sie ihm hoch an. Als Sohn von Sir Forbes hätte er das nicht nötig gehabt.

Sie dachte noch darüber nach, als sie schon im Bett lag. Kenneth schien doch kein so arroganter Bursche zu sein, wie sie im ersten Augenblick angenommen hatte. Und sie freute sich schon darauf, ihn wiederzusehen. Sie hoffte, dass sie sich dann beide gut verstehen würden. Und mit diesem Gedanken schlief sie ein.

Schon am nächsten Vormittag begegneten sich Jessica und Kenneth wieder. Er tauchte plötzlich im Gang auf, als sie auf dem Weg zu Laura war. Und irgendwie hatte sie das Gefühl, dass sein Erscheinen kein Zufall war.

»Ich hoffe, du hast ein klein wenig Gefallen an dem Kaktus – trotz der Stacheln«, begrüßte er sie und sah sie erwartungsvoll an, als hätte er Zweifel an der Wirksamkeit seiner versöhnlichen Geste.

»Es war eine große Überraschung«, antwortete Jessica aufgeregt. »Eine … sehr nette.«

Kenneth's Gesicht entspannt sich. »Es tut mir leid, dass ich gestern so war. Vermutlich hat mich dein Anblick meine gute Erziehung vergessen lassen.«

Seine Entschuldigung machte sie verlegen, und hastig schüttelte sie den Kopf. »Nein, nein, es war ganz meine Schuld. Es steht mir nicht zu, derart ungehörige Antworten zu geben. Ich muss mich entschuldigen.«

»Aber ich habe angefangen, nicht wahr?«

Sie zögerte. »Ich hätte die Worte nicht so auf die Goldwaage legen dürfen«, sagte sie schließlich ausweichend.

»Nein, ich habe dich geradezu herausgefordert – und es tut mir wirklich leid, Jessica. Meine Schwester scheint große Stücke auf dich zu halten, und sogar mein Herr Vater ist von dir angetan.«

Überrascht sah sie ihn an. »Davon weiß ich nichts.«

»Oh, ja!«, bestätigte er lächelnd. »Er sagt, dass Laura viel munterer und viel interessierter an allen Dingen ist, seitdem du bei ihr bist. Und ich möchte, dass wir das von gestern vergessen.«

»Das ist sehr gütig«, murmelte Jessica und knickste.

Er machte auf einmal ein ärgerliches Gesicht. »Warum knickst du vor mir?«, fragte er ungehalten. »Du bist kein Zimmermädchen und keine Küchenmagd. Pa hat mir erzählt, du hättest das Pensionat von Madame Blakley besucht. Du gehörst also nicht zum Gesinde.«

»Ich … ich wollte Sie nicht verärgern«, erklärte Jessica verstört.

»Das tust du aber, wenn du vor mir knickst – und wenn du nicht Kenneth zu mir sagst!«, erklärte er.

Das Blut schoss Jessica ins Gesicht, dass sie die Hitze in ihren Wangen spürte wie ein inneres Feuer. »Das … das steht mir nicht zu.«

»Da bin ich anderer Meinung, aber hätte nicht ich das im Zweifelsfall zu entscheiden?«, fragte er zurück. »Wie alt bist du, Jessica?«

»Siebzehn.«

»Und ich bin zwanzig. Im November werde ich einundzwanzig, aber das gilt noch nicht. Es trennen uns also nur drei Jahre, und die zählen nicht, wenn man siebzehn und älter ist«, sagte er augenzwinkernd. »Warum können wir nicht Freunde sein, Jessica.«

»Weil ich in den Diensten von Sir Forbes stehe«, antwortete Jessica beharrlich.

»Mein Gott, kannst du nicht vergessen, dass du von meinem Vater Lohn erhältst? Außerdem bin nicht ich der Herr und Erbe von diesem alten Kasten!« Er vollführte eine unwillige Handbewegung, die das Landhaus und den dazugehörenden Besitz umschloss. »Mein reizender Bruder James wird sich hier eines Tages mal breitmachen, während ich vermutlich noch Ewigkeiten in diesem langweiligen Eton verbringen werde ... oder auch nicht. Der Teufel soll denjenigen holen, der ein solch anödendes Studium wie das der Rechtswissenschaft ersonnen hat. Sei froh, dass du damit nichts zu schaffen hast.«

Abwartend stand Jessica da. Sie hoffte im Stillen, er würde seinen Vorschlag, der schon mehr einem Befehl geglichen hatte, vergessen oder aber von sich aus davon ablassen.

Doch Kenneth Forbes dachte gar nicht daran. »Bist du so nachtragend, dass du meinen Namen einfach nicht über deine schönen Lippen bringst!«

»Ich bin wirklich nicht nachtragend, und ich habe mich sehr über den Kaktus gefreut, aber ...«, setzte sie zu einer Erwiderung an, kam jedoch nicht dazu, ihre Vorbehalte auszusprechen.

»Dann also abgemacht!«, fiel er ihr fröhlich ins Wort und streckte ihr seine Hand hin. »Von jetzt an sagst du Ken zu mir ... oder zumindest doch Kenneth!«

Tu es nicht!, riet ihr eine innere Stimme. *Du hast nichts zu gewinnen, jedoch alles zu verlieren!*

Und dennoch ergriff sie seine Hand nach kurzem Zögern. Eine magische Anziehungskraft ging von ihm aus. Sie wünschte es sich so sehr, ihn zum Freund zu haben. Sie war so einsam, und sie brauchte Freunde. Das wurde ihr in diesem Moment bewusst. Laura war ein liebes, reizendes Mädchen und mehr als das Kind reicher Eltern, um das sie sich zu bemühen hatte. Sie hatte Laura in ihr Herz geschlossen, aber Kenneth's Schwester war einfach noch zu jung, um in ihrem, Jessicas, Leben den Platz einer Freundin einnehmen zu können.

Ein angenehmer Schauer lief in sanften Wellen durch ihren Körper. War es ihr eigener Puls, den sie spürte, oder war es der von Kenneth, der so raste? Hitze durchflutete sie, als sie den Kopf hob und seinem Blick begegnete.

»Komm, sag es schon, Jessica!«, forderte er sie mit leicht belegter Stimme auf.

»Kenneth«, sagte sie leise und bemerkte das Aufleuchten in seinen Augen, die ihren Blick mit unwiderstehlicher Kraft festzuhalten schienen. Schnell entzog sie ihm ihre Hand, als könnte sie damit irgendetwas rückgängig machen. Doch das war unmöglich. Irgendwo tief in ihr war eine Tür aufgestoßen worden, die noch niemand zuvor geöffnet hatte.

8

Es begann eine Zeit, die Jessica später einmal als die Wochen der geplanten Zufälle bezeichnen sollte. Kenneth Forbes hatte Eton den Rücken gekehrt und war nach Ravan auf das Landgut seiner Eltern gekommen, um hier den größten Teil des Sommers zu verbringen. Und von dem ungewöhnlichen Gespräch an jenem Morgen im Gang zu Lauras Zimmer einmal abgesehen, schien nach den ersten Tagen alles wieder seinen geregelten Gang zu nehmen. Kenneth ritt viel aus, hatte lange Gespräche mit seinem Vater, die ihn häufig verdrossen, und verbrachte einen gut Teil seiner Zeit damit, sich mit Freunden zum Kartenspiel zu treffen.

Und Jessica war, wie schon zuvor, vollauf mit Laura beschäftigt. Es kam ihr anfangs gar nicht zu Bewusstsein, dass sie auf einmal noch mehr Sorgfalt als sonst schon auf ihre Garderobe und die Pflege ihres Haares verwandte. Schon ein lockerer Knopf oder ein winziger Schmutzfleck störten sie, und manchen Abend saß sie bei Kerzenschein in ihrer kleinen Kammer, ging ihre Kleider durch und griff zu Nadel und Faden. Ihr Blick wanderte dabei immer wieder mal kurz zu dem Kaktus, den Kenneth ihr geschenkt hatte. Er schien gewachsen zu sein und prächtig zu gedeihen.

Kenneth …

Es dauerte einige Zeit, bis Jessica feststellte, dass sie Kenneth mindestens dreimal am Tage sah. Kenneth hatte es sich zur Gewohnheit gemacht, seine Schwester jeden Vormittag zu besuchen. Doch wenn er auch mit Laura scherzte oder ihr zuhörte, wenn es etwas gab, das sie ihrem Bruder unbedingt erzählen musste, so ruhte sein Blick doch die überwiegende Zeit auf Jessica.

Das zweite Mal sah Jessica ihn am frühen Nachmittag, wenn Laura noch schlummerte. Sie spazierte dann durch den Park und traf dabei fast regelmäßig auf Kenneth. Oft saßen sie dann in der schattigen Laube, wo sie sich zum ersten Mal gegenübergestanden hatten, und ihr Gespräch plätscherte oberflächlich dahin. Kenneth erzählte von Eton, vom Studium, das ihm nicht behagte, von seinen Studienkollegen und Lehrern und anderen Begebenheiten. Und er brachte sie oft zum Lachen und auch dazu, von ihrer Zeit im Mädchenpensionat zu erzählen. Es waren zauberhafte Stunden, die nur viel zu schnell vergingen.

Gegen Abend suchte Jessica dann die Bibliothek von Sir Forbes auf, die in drei hohen, miteinander verbundenen Räumen untergebracht war. Kurz nach Kenneth's Rückkehr auf das Landgut hatte Jessica ihn dort eines Abends getroffen. Seitdem hatte sie nicht einen Abend verstreichen lassen, ohne die Bibliothek aufgesucht zu haben. Und stets schien Kenneth in diesen anheimelnden, dunklen Räumen schon auf sie zu warten. Diese halbe Stunde, die sie hier gemeinsam verbrachten, war für Jessica die schönste des Tages. Ihre Unterhaltung hatte in dieser Atmosphäre der Ruhe und Abgeschiedenheit eine innere Schwere, war erfüllt von unausgesprochenen Worten und beredten Blicken, die Jessica noch nachts im Schlaf verfolgten. Einerseits machten diese Blicke ihr Angst, doch andererseits versetzten sie ihren Körper in eine Erregung, die ihr bisher fremd gewesen war.

Der August brachte heißes Wetter, und Jessica kam zu der Erkenntnis, dass sie Kenneth liebte. Über Wochen hinweg hatte sie sich dagegen gewehrt und sich einzureden versucht, dass sie Kenneth einfach nur sehr mochte, wie einen guten Freund oder einen geliebten Bruder. Doch ihre Träume und die immer stärker werdende Sehnsucht, ihn zu sehen und in seiner Nähe zu sein, machten dieser Selbsttäuschung schließlich ein Ende.

Und damit begann für sie eine qualvolle Zeit. Sie wünschte sich nichts sehnlicher, als bei ihm zu sein, in seine Augen zu blicken und ihn zu berühren. Sie träumte davon, dass er sie in seine Arme nahm und zärtlich küsste. Doch gleichzeitig wusste sie, dass ihre Liebe dazu verdammt war, unerfüllt zu bleiben. Egal, was Kenneth für sie empfand, es gab für sie beide keinen Weg, die zwischen ihnen liegende Kluft zu überbrücken. Keine noch so starke Liebe vermochte daran etwas zu ändern.

Und dieses Wissen, das sich nicht verdrängen ließ, war niederschmetternd.

Der August ging in seine zweite Hälfte. Tagelang brannte die Sonne vom Himmel. An einem frühen Nachmittag traf Jessica sich wie gewohnt mit Kenneth in der schattigen Laube.

»Du hörst mir ja überhaupt nicht zu«, sagte er auf einmal mit leichtem Vorwurf in der Stimme.

Jessica schreckte aus ihren Gedanken auf, die doch so sinnlos waren. Mit gequältem Lächeln blickte sie ihn an. Wie gern hätte sie ihm gestanden, dass sie ihn liebte wie noch keinen zuvor. Aber diese Worte durften ihr niemals über die Lippen kommen.

»Bitte entschuldige«, murmelte sie.

»Ach, das war ja auch überhaupt nicht wichtig. Aber was ist nur mit dir los?«

»Was soll mit mir los sein?«

Er legte seine Hand sanft auf ihren Unterarm. »Du kannst mir nichts vormachen, Jessica. Du bist in letzter Zeit häufig so abwesend und niedergeschlagen. Willst du mir nicht sagen, was dich bedrückt? Vielleicht kann ich dir helfen … ich würde es gern tun.«

Sie schüttelte den Kopf. Niemand konnte ihr helfen. Und dabei war es so wunderbar, seine Nähe zu spüren. Sie hätte für immer so bei ihm sitzen können. »Es ist nichts, Kenneth, wirklich«, log sie. »Es muss an dem schwülen Wetter liegen.«

Einen Augenblick schaute er sie nachdenklich und mit gerunzelter Stirn an. Dann verjagte ein schelmisches Lächeln den ernsten Ausdruck von seinem Gesicht. Und scheinbar ohne Zusammenhang fragte er: »Sag, warst du überhaupt schon mal im Heckenlabyrinth?«

»Nein.«

»Hast du Angst?«, fragte er lachend.

»Nein, aber Laura. Sie hat mich immer davon abgehalten. Vermutlich hast du ihr irgendwann einmal ein Schauermärchen darüber erzählt, sodass sie jetzt glaubt, sie könnte nie wieder dort herausfinden.«

»Komm, lass uns sehen, ob du wieder herausfindest!«, rief Kenneth, ergriff ihre Hand und lief mit ihr den überwucherten Bogengang hinunter.

Anfangs folgte Jessica ein wenig widerstrebend, doch dann übertrug sich etwas von seiner sorgenlosen Heiterkeit auch auf sie und vertrieb die dunklen Gedanken.

Das Labyrinth war kunstvoll angelegt und erstreckte sich über eine recht große Fläche, wie sie von ihrem ersten Besuch her wusste, als sie vor Sir Forbes' Arbeitszimmer auf der Bank unter dem Fenster gesessen und hinaus auf den Park geblickt hatte. Die Hecken waren mannshoch und sorgfältig beschnitten.

»Verirre dich nicht!«, rief Kenneth und ließ ihre Hand los, nachdem er sie ins Labyrinth geführt hatte.

»Kenneth! … Bleib!«, rief Jessica, doch er war schon hinter der nächsten Biegung verschwunden. Als sie um die Ecke kam, sah sie, dass sie sich an dieser Stelle für eine von drei Möglichkeiten entscheiden musste. Lächelnd schüttelte sie den Kopf. Kenneth strahlte manchmal eine beeindruckende Welterfahrung aus. Im Vergleich zu ihr hatte er schon viel gesehen und erlebt. Er war sogar schon einmal mit seiner Mutter auf dem europäischen Kontinent gewesen. Und Städte wie Rom, Paris, Edinburgh und Dublin waren ihm nicht fremd. Er verstand sich auf geistreiches Geplauder und wusste einen bezaubernden Charme einzusetzen.

Doch manchmal brach in ihm eine merkwürdige Naivität und Kindlichkeit durch, als wollte er in die Vergangenheit einer sorglosen Jugend flüchten. Und dann konnte er sogar Laura an Albernheit übertreffen. Dieser Spaß mit dem Verwirrspiel des Labyrinths gehörte dazu.

Seufzend schüttelte Jessica den Kopf. Warum hatte das Schicksal ihr diese unglückliche Liebe nicht ersparen können? Hatte sie nicht genug gelitten? Fast wünschte sie, Kenneth hätte ihr damals keinen Kaktus zur Versöhnung geschenkt, sondern sie bei seiner Mutter angeschwärzt.

In Gedanken versunken, bog Jessica um die Ecke – und fuhr erschrocken zusammen, als sie fast mit Kenneth zusammenprallte. Sie erblickte hinter ihm das dunkle Grün der Wiese und die Farbpracht der Blumenbeete. Sie hatte den Weg also gefunden, ohne wirklich gesucht zu haben.

Schweigend blickte Kenneth sie an. Weniger als ein Schritt trennte sie. Ein ernstes Lächeln lag auf seinem Gesicht. Und plötzlich streckte er die Arme aus und legte seine Hände auf ihre zarten Schultern.

»Jessica«, sagte er leise.

Sie erschauerte. »Kenneth, bitte …!«

»Warum spielen wir uns noch gegenseitig dieses Theater vor?«, fragte er zärtlich. »Ich weiß längst, was du für mich empfindest, und du weißt, was ich für dich empfinde. Sind wir unserer gegenseitigen Gefühle nicht sicher genug, um sie endlich aussprechen zu können? Mein Gott, ich ertrage es einfach nicht länger.« Er zog sie näher an sich heran.

»Kenneth, bitte, sag nichts mehr!«, flehte sie ihn an und kämpfte verzweifelt gegen das Verlangen, sich an ihn zu schmiegen. Es durfte nicht sein!

Sie durfte nicht zulassen, dass seine zärtlichen Worte und Berührungen sie unvernünftig werden ließen. Sie musste stark bleiben – um ihrer beider Zukunft willen!

»Wovor hast du Angst, geliebte Jessica?«, fragte er und fuhr ihr mit der Hand über die Stirn.

»Es darf nicht sein!«, brach es verzweifelt aus ihr heraus. »Gib mich frei und vergiss …«

»Nein, ich kann dich nicht vergessen«, fiel er ihr ins Wort. »Ich habe versucht, dich des Nachts zu vergessen und auch tagsüber, doch immer wieder gehen meine Gedanken, meine Sehnsüchte zu dir. Und ich weiß heute auch, warum ich damals am ersten Tag so merkwürdig zu dir gewesen bin. Ich war einfach verstört. Du hast mein Herz schon damals im Sturm erobert, Jessica.« Er machte eine Pause. »Ich liebe dich – und ich weiß, dass auch du mich liebst.«

Heftig schüttelte Jessica den Kopf. Tränen standen in ihren Augen. Er hatte ausgesprochen, was nie mehr als ein Gedanke hätte sein dürfen. Der Augenblick, vor dem sie sich so gefürchtet hatte, war gekommen.

»Liebst du mich nicht?«, fragte Kenneth, ihre Reaktion verwirrte ihn.

Sie blickte mit glänzenden Augen zu ihm auf. »Mein Gott, ich liebe dich«, flüsterte sie verzweifelt. »Ich liebe dich wie nichts sonst auf der Welt. Doch diese Worte hätte ich niemals aussprechen dürfen. Zwischen uns darf es keine Liebe geben!«

Einen Augenblick trat Verblüffung und Nichtverstehen auf sein Gesicht.

Dann lachte er leise auf. »Oh, was bist du für eine Närrin. Liebe kann man nicht verbieten, mein Schatz. Und ich liebe dich.«

Ihre Augen weiteten sich, als er ihr Gesicht nun in beide Hände nahm. Einen Moment lang sahen sie sich nur stumm an. Ein leichtes Zittern durchlief ihren Körper, während ihr Herz wie wild zu schlagen begann. Ganz nahe war sein Gesicht, und ihr war, als würde sie in seinen Augen versinken. Ihre aufgewühlten Gefühle waren unzugänglich für die warnende Stimme der Vernunft. Sein Blick, seine Hände und der Druck seines Körpers ließen für nichts anderes mehr Raum als nur noch für das Verlangen nach Zärtlichkeit. Und langsam öffneten sich ihre Lippen.

Sein erster Kuss war wie ein Hauch, und ihre Lippen bebten. Dann küsste er sie mit einer Leidenschaft, die sie atemlos machte. Und sie erwiderte seine Küsse mit der verzehrenden Glut ihrer verzweifelten Liebe. Vergessen war, dass dies nie hätte geschehen dürfen.

9

Der See, der zu Sir Wesley Forbes' Landgut gehörte, wurde von einem kleinen Fluss gespeist. Flach fielen die von hohen Schilfgräsern gesäumten Ufer ins Wasser ab. In Form eines sanft geschwungenen S streckte er sich zwischen zwei Wäldern hin.

Als Kenneth Jessica zum ersten Mal zum See führte, war sie von dessen Größe überrascht, denn vom Herrenhaus war nur der kleine Zipfel zu sehen gewesen, wo der Fluss einmündete.

Kurz vor der zweiten Biegung erhob sich mitten aus dem Wasser eine kleine Insel, die von jungen Bäumen und Büschen bestanden war. Und auf der Kuppe der Insel saß ein achteckiger Pavillon, der schon seit Langem außer Gebrauch war, denn Rankengewächse überzogen die hölzernen Wände.

Es war ein friedlicher, abgeschiedener Ort, und Jessica hatte hier zusammen mit Kenneth die schönsten Stunden der vergangenen Wochen verbracht. Leider hatten sie viel zu selten Gelegenheit gehabt, sich auf die Insel zurückzuziehen, die in ihrer Einsamkeit Tausende Meilen von dem einengenden Leben im Herrenhaus entfernt zu sein schien.

Jessica lag, den linken Arm aufgestützt, auf der weichen Decke, die Kenneth im Schutz wilder Brombeerbüsche im Gras ausgebreitet hatte, und blickte versonnen auf das ruhige Wasser, das im Licht der späten Mittagssonne glitzerte. Es war schon September, doch wenn die Nächte auch merklich kühler wurden, so brannte die Sonne doch tagsüber noch mit unverminderter Kraft vom Himmel. Ihr blaues Sommerkleid mit den weißen aufgesetzten Spitzen raschelte, als sie sich seufzend aufrichtete.

»Woran denkst du, Liebling?«, fragte Kenneth.

»Dass es hier so wunderbar friedlich ist«, antwortete sie und blickte ihn zärtlich an. »Wenn ich hier mit dir zusammen bin, fühle ich mich frei und wunschlos glücklich.«

»Bis auf eine kleine Einschränkung«, erwiderte Kenneth mit einem Augenzwinkern.

»So, und welche?«

»Wenn die hier noch mal voll wäre«, er hob die leere Champagnerflasche, die er zu diesem geheimen Treffen mitgebracht hatte, und ließ sie neben sich ins Gras fallen, »hätte ich wirklich nichts auszusetzen.«

Jessica lachte. »Ich glaube, ich könnte gar nicht mehr trinken. Es ist das erste Mal in meinem Leben, dass ich Champagner getrunken habe.«

»Man kann sich daran gewöhnen, nicht wahr?«, scherzte er und rückte zu ihr. »Genau wie man sich so rasend schnell daran gewöhnen kann, dich zu küssen, Liebling. Ich bin süchtig nach dir, weißt du das?«

»Ach, Kenneth«, sagte sie zärtlich, als er seinen Arm um sie legte und sie an sich zog.

Er bedeckte ihr Gesicht mit Küssen und ließ seine Zunge über ihre Lippen tänzeln. Jessica lag in seinen Armen und seufzte selig. Wenn er sie so küsste und streichelte, vergaß sie alles, was sie in stillen, einsamen Nachtstunden bedrückte. Und der Champagner tat seinen Teil, die Glut der verzehrenden Leidenschaft in ihr zu einer lodernden Flamme anzufachen. Sie spürte seine Hände verlangend auf ihren Brüsten, und sie machte keinen Versuch, sie abzuwehren. Sie mochte es, wenn er sie so liebkoste. Und ihr Körper verlangte nach mehr.

Als sie sich schließlich aus der Umarmung lösten, spürte Jessica die Hitze des Tages stärker als zuvor. »Was gäbe ich dafür, könnte ich jetzt ins Wasser springen und schwimmen!«

Kenneth richtete sich abrupt auf und schaute sie an. »Warum nicht?«, rief er dann begeistert. »Auf die brillante Idee hätte ich schon längst kommen können.«

»Ach, das war doch nur so ein Gedanke«, sagte Jessica hastig und bereute, dass sie ihre Worte vorher nicht überlegt hatte. »Vergiss, was ich gesagt habe. Es ist völlig unmöglich!«

»Nichts ist unmöglich!«

»Es ist viel zu gefährlich, hier schwimmen zu gehen. Man könnte uns sehen. Du weißt, wie vorsichtig wir sein müssen«, erinnerte sie ihn. »Außerdem habe ich auch überhaupt nichts mit.«

»Wer soll uns schon beobachten?«, fragte Kenneth. »Hier kommt niemand von den Gärtnern oder den anderen Bediensteten hin. Das weiß ich sicher. Wir hätten überhaupt keinen besseren Tag finden können. Meine Eltern sind mit Laura in London und kommen nicht vor morgen Abend zurück. Und was das andere betrifft«, er machte eine Pause und sah sie liebevoll an, »so brauchst du auch nichts, Jessica. Wir sind hier ganz allein, nur du und ich.«

Die Hitze, die Jessica nun spürte, kam von innen. »Du … du meinst, wir sollten … ich meine … einfach so ins Wasser gehen?«, fragte sie verlegen.

»Ja, so wie Gott uns geschaffen hat«, bestätigte Kenneth. »Und keiner von uns beiden braucht sich zu schämen. Lieben wir uns nicht?« Er küsste sie.

»Ich kann das nicht«, erklärte Jessica kopfschüttelnd, mit schamhaft gerötetem Gesicht. »Ich liebe dich, doch mich so einfach vor dir … auszuziehen, nein, das geht nicht. Das ist nicht schicklich.«

Er lachte entwaffnend. »Alles, was wir bisher getan haben, zählt sicherlich nicht zu dem, was die Leute als schicklich bezeichnen würden, nicht wahr? Und wenn deine strenge Madame Blakley wüsste, was du in den letzten Wochen getan hast, würde sie bestimmt in Ohnmacht fallen oder auf der Stelle graue Haare bekommen – vielleicht sogar beides zusammen.«

Bei diesem Gedanken an Madame Blakley musste Jessica unwillkürlich lächeln. Sie würde für ewig den Stab über sie brechen. Aber was verstand Madame Blakley schon von Liebe. Männer schien es in ihrer Welt nur als schemenhafte Randfiguren zu geben.

»Aber heißt das, dass wir etwas Schlechtes getan haben, nur weil andere es nicht billigen?«, fuhr Kenneth fort. »Lieben wir uns nicht?«

»Ich liebe dich von Tag zu Tag mehr«, versicherte sie.

»Siehst du! Und Liebende sollen keine Geheimnisse voreinander haben – und auch keine Scham«, sagte er mit sanftem Nachdruck.

Sie blickte in ihren Schoß und biss sich auf die Lippen. Dann sagte sie: »Du hast recht, aber noch … ich bin nicht so weit.«

»Ich mache dir einen Vorschlag. Du kannst dich hier zwischen den Büschen ausziehen, wenn ich schon im Wasser bin. Und ich verspreche dir, mich auch umzudrehen, wenn du ins Wasser gehst!«

»Ich weiß nicht.« Der Reiz des Verbotenen war prickelnd, und ein Bad so verlockend.

»Ach, komm, sei kein Frosch, Liebes!«, rief er, erhob sich und begann sich ohne Scheu vor ihren Augen auszuziehen. Sie wandte den Kopf ab, weil sich das so gehörte, doch dann vermochte sie der Verlockung und Neugierde nicht zu widerstehen und blickte kurz zu ihm hin, als er völlig nackt im Gras stand und den letzten Seidenstrumpf auf seine Schuhe mit den silbernen Schnallen fallen ließ. Der Anblick seines unbekleideten Körpers war ein Schock, doch ein Schock von angenehmer, ja geradezu erregender Natur. Es war das erste Mal in ihrem Leben, dass sie einen Mann nackt sah. Und Kenneth brauchte sich seines Körpers wahrlich nicht zu schämen. Es war ein wunderbares, harmonisches Bild, wie er dort einen kurzen Augenblick vor ihr im warmen Licht der Sonne stand. Dann lief er ins Wasser.

»Ich warte!«, rief er und planschte und prustete.

Jessica zögerte noch einen Moment, doch dann ging ein Ruck durch ihren Körper. Sie erhob sich von der Decke, trat zwischen die Büsche und begann sich zu entkleiden. Sie war glücklich, so schlank gewachsen zu sein, dass sie kein Mieder zu tragen brauchte.

»Wo bleibst du?«, rief Kenneth ungeduldig.

»Lass mir etwas Zeit«, bat sie, streifte ihren Unterrock ab und stand dann im nächsten Moment nackt zwischen den Büschen. Sie spürte die Sonne auf ihren Schultern und Brüsten.

Die merkwürdige Erregung, in die sich auch eine Spur Scham und Angst mischte, wuchs. Noch nie zuvor hatte sie etwas Derartiges getan. Aber sie hatte auch noch nie zuvor jemand so geliebt wie Kenneth.

»Dreh dich um und versprich mir, dort stehen zu bleiben und die Augen zu schließen!«, rief Jessica mit zitternder Stimme aus den Büschen.

Er lachte leise. »Versprochen. Doch warum soll ich die Augen schließen, wenn ich mich schon umdrehe?«

»Tu, was ich sage, oder ich komme nicht!«

»Wenn du dich beeilst, kann ich so lange auch untertauchen«, zog er sie auf.

»Nein, umdrehen und Augen schließen reicht.«

»In Ordnung. Augen sind zu!«

Jessica trat vorsichtig hinter dem Gebüsch hervor und blickte zum Ufer hinunter. Kenneth stand bis knapp über die Hüften im Wasser, den Rücken der Insel zugewandt und die Hände vor dem Gesicht.

Schnell eilte sie über das warme Gras hinunter zum Wasser, das von der Hitze der Sommermonate angenehm warm war. Es spritzte zu ihren Füßen auf, und sie ging schnell in die Hocke, um ihren Busen zu bedecken.

»Kann ich mich jetzt umdrehen und die Augen wieder aufmachen, geliebte Nymphe?«, wollte Kenneth wissen.

»Ja!« Jessica schwamm von ihm weg, doch Kenneth war ein bedeutend geübterer Schwimmer als sie und holte sie schnell ein.

»Ist das nicht herrlich?«

»Es ist wie ein Geschenk der Götter«, erwiderte sie und vergewisserte sich, dass sie Grund unter den Füßen hatte. »Es ist wunderbar erfrischend.«

Kenneth wurde des ruhigen Dahinschwimmens nach einigen Minuten müde und begann seine Späße mit ihr zu treiben. Er bespritzte sie mit Wasser und beruhigte sie, dass ihr Haar schon trocknen werde, bevor sie zum Herrenhaus zurückkehrten. Er stellte sich unter Wasser auf den Kopf, sodass nur seine Beine herausragten, und ließ sich allerlei andere Albernheiten einfallen.

Jessica war so beschwingt und heiter, dass sie ihre Nacktheit auf einmal völlig vergaß. Und als sie über einen seiner Späße derart lachen musste, dass sie Wasser in die Luftröhre bekam und nicht mehr schwimmen konnte, stellte sie sich unwillkürlich im Wasser auf. Viel zu spät kam ihr zu Bewusstsein, dass ihr das Wasser an dieser Stelle kaum bis über die Hüften reichte.

Ein überraschter, bewundernder Ausruf von Kenneth ließ sie ihre Gedankenlosigkeit erkennen. Sie wollte instinktiv zurück ins tiefere Wasser gehen, doch Kenneth hielt sie zurück, indem er die Hand abwehrend ausstreckte.

»Nicht! Bleib stehen, bitte!«, beschwor er sie.

Sie wollte wenigstens die Hände vor ihre Brüste legen.

»Tu es nicht, Jessica!«, bat er. »Du siehst wunderbar aus! Schöner als jedes Aktbild, das ich je gesehen habe.«

Wie von einem inneren Bann gefesselt stand sie im hüfthohen Wasser und erschauerte unter seinem Blick.

Ganz langsam kam er auf sie zu, ohne ein Wort zu sagen. Er blickte sie nur an, zärtlich, berauscht von ihrer Schönheit und mit drängendem Verlangen.

Kenneth war größer als sie, und schon bald reichte ihm das Wasser nur bis zu den Oberschenkeln. Jessica schloss die Augen, als er die Arme nach ihr ausstreckte und sich ihre nackten Körper im nächsten Augenblick berührten.

»Oh, Gott, was tun wir?«, keuchte Jessica, als ihre Brüste

ihn berührten und sie im nächsten Moment seine starke, heiße Männlichkeit spürte.

»Wir lieben uns«, erwiderte er leise. »Komm zurück zu unserem Lager. Nein, warte, ich trage dich. Hab keine Angst, Liebes. Du brauchst dich für nichts zu schämen. Ich wünschte, ich könnte dich immer so in meine Armen halten.«

Jessica hielt ihre Augen auch noch geschlossen, als er sie auf der weichen Decke zwischen den schützenden Büschen absetzte und sich zu ihr legte, ohne sie auch nur für eine Sekunde freizugeben.

»Es stimmt, ich bin süchtig nach dir«, flüsterte er ihr leidenschaftlich ins Ohr. »Und nachdem ich dich nun in deiner atemberaubenden Nacktheit gesehen habe, weiß ich nicht, wie ich es je ohne dich aushalten soll.«

Er verschloss ihren Mund mit seinen Lippen und streichelte ihre festen Brüste, deren Knospen sich unter seinen Liebkosungen verhärteten. Er drückte und knetete sie sanft, und dann stieß sie plötzlich einen unterdrückten Schrei aus, als sie seine Lippen und seine Zunge auf ihren Brustwarzen spürte.

In ihrem Kopf schien das Blut zu rauschen wie ein mächtiger Gebirgsstrom im Frühling, wenn das Eis schmilzt und die Fluten zu Tal stürzen. Und wie bei einem anschwellenden Strom drohten ihre aufwallenden Gefühle der Leidenschaft sie fortzureißen und sie alles vergessen zu lassen. Ein wohliges Stöhnen entrang sich ihrer Kehle, ohne dass sie sich in ihrer Erregung dessen bewusst wurde, als seine Hand zärtlich an den Innenseiten ihrer Oberschenkel hochglitt und sich dort zwischen ihren Beinen ein Feuer zu bilden begann, das in ihren ganzen Körper ausstrahlte und von Sekunde zu Sekunde an Heftigkeit zunahm.

Jessica spürte seinen heftigen Atem auf ihrer Brust. Kenneth berührte sie auf einmal so, dass sich ihr Körper vor Lust aufbäumte. Sie riss die Augen auf. Noch nie zuvor hatte sie etwas ähnlich Erregendes gespürt. Doch der immer dichter werdende Schleier der anschwellenden Lust riss auf, als sie in sein erhitztes Gesicht blickte. Und sie presste hastig die Beine zusammen, entzog sich seinen immer verführerischeren Zärtlichkeiten und richtete sich auf.

»Hör auf, Kenneth!«, stieß sie hervor. »Bitte! … Wir hätten es gar nicht so weit kommen lassen dürfen.«

Kenneth schaute sie verstört an, dann flammte Unwille in seinen Augen auf. »Was ist denn, Jessica? Bin ich nicht sanft genug? Ich meine …«

Sie schüttelte den Kopf. »Mein Gott, du bist zu zärtlich. Ich darf nicht zulassen, dass wir uns vergessen. Wir würden es unser Leben lang bereuen.«

»Aber das verstehe ich nicht«, sagte Kenneth. »Wir lieben uns. Hast du Angst, ich könnte dich ausnutzen und später einfach fallen lassen, als würdest du mir nicht mehr bedeuten als irgendein käufliches Mädchen? Ist es das, was dich insgeheim bedrückt?«

»Nein«, antwortete Jessica. »Ich habe nie daran gedacht, dass du mich vielleicht gar nicht lieben könntest. Ich hätte dann niemals *so* mit dir zusammen sein können. Und du bist wunderbar, dass ich am liebsten alles vergessen und mich ganz unserer Liebe hingeben möchte. Aber das darf nicht geschehen, Kenneth. Wir sind einfach nicht füreinander bestimmt. Das Schicksal hat es nicht gewollt, dass unsere Liebe eine Zukunft hat.«

»Das ist nicht wahr!«, widersprach er erregt. »Du bist nicht irgendein dahergelaufenes Dienstmädchen, Jessica, und das weißt du. Ich möchte, dass du meine Frau wirst!«

Ein schmerzliches Lächeln glitt über ihr Gesicht. »Es wäre

zu schön, wenn das wahr werden könnte. Doch das kann es nicht. Niemals. Du musst vergessen, was zwischen uns gewesen ist. Es war ein Fehler, dass wir es überhaupt so weit haben kommen lassen. Aber dich trifft keine Schuld. Es war mein Fehler, ganz allein meiner.«

»Das ist Unsinn, und ich habe nicht vor, irgendetwas zu vergessen!«, erwiderte Kenneth.

Jessica erhob sich. »Bitte, lass mich erst meine Kleider anziehen. Ich fühle mich so … schutzlos.« Sie wartete seine Antwort nicht ab und eilte zwischen die Bäume, um sich anzuziehen. Sie hörte, dass auch Kenneth zu seiner Kleidung griff, die am Fußende der Decke verstreut im Gras lag.

»Ich weiß, du denkst daran, dass mein Vater mit dieser Verbindung nicht einverstanden sein wird«, sprach Kenneth weiter, während sie sich, getrennt durch die Büsche, ankleideten. »Und vermutlich wird er auch versuchen wollen, mir das auszureden. Aber du kannst mir vertrauen, letztlich wird er einlenken. Ich bin ja sowieso nicht der erste Sohn. James wird den Familiennamen schon hochhalten. Das verdammte Studium in Eton wollte ich sowieso an den Nagel hängen. Ich glaube, eine Offizierslaufbahn liegt mir mehr. Mein Vater wird mir ein Offizierspatent kaufen. Und im November, wenn ich einundzwanzig werde, kann ich über ein kleines Vermögen verfügen. Wir werden also wahrlich keine Not zu leiden haben, auch wenn der unmögliche Fall eintritt, dass mein Vater hart bleiben sollte. Wir werden heiraten, so oder so. Du siehst also, unsere Liebe hat Zukunft!«

Jessica kam zwischen den Büschen hervor. Ihre Augen glitzerten verräterisch. »Wir können nicht heiraten«, sagte sie leise und gequält. »Und zwar aus einem völlig anderen Grund, an dem auch du nichts wirst ändern können.«

»Und was ist dieser verdammte Grund?«, fragte er ärgerlich.

Sie schaute ihn offen an, als sie sagte: »Ich bin deine Schwester … deine Halbschwester.«

Kenneth's Mund klappte auf, und Fassungslosigkeit stand in sein Gesicht geschrieben. Dann schüttelte er den Kopf, packte sie hart an der Schulter und stieß krächzend hervor: »Das stimmt nicht! … Ich weiß nicht, warum du solch eine gemeine Lüge aussprichst, doch es kann nicht stimmen! … Sag, dass es nicht wahr ist!«

»Du tust mir weh!«, rief Jessica.

Kenneth begriff erst nicht, was sie meinte. Dann ließ er sie los. Sein Atem ging schwer und schnell. »Jessica, bitte, versuche nicht …«

»Es ist die Wahrheit!«, versicherte Jessica, und Tränen strömten nun über ihr Gesicht. »Meine Mutter war die Geliebte deines Vaters, Kenneth. Sie müssen es gut vor der Welt geheim gehalten haben, denn nie habe ich auch nur eine Andeutung darüber, dass ich ein … Bastard bin, gehört. Und doch ist es wahr.«

Ungläubig starrte er sie an. Dann sank er schwer auf die Decke. »Ich … kann es nicht glauben. Woher willst du das wissen. Deine Mutter und mein Vater?«

Jessica wischte sich die Tränen aus den Augen und setzte sich zu ihm. »Bis zum Tode meiner Mutter glaubte ich, mein Vater wäre ein Privatlehrer gewesen, der ein halbes Jahr nach meiner Geburt bei einem unglückseligen Unfall gestorben sei. Doch das stimmte alles nicht. Harold Morland, der Anwalt, der mir nach dem Tod meiner Mutter zur Seite stand, bestärkte meinen Verdacht, als er sich verwundert zeigte, dass meine Mutter mich zu Madame Blakley hatte schicken können.«

»Verdacht?«

»Ja, in den letzten beiden Nächten ihrer schweren Krankheit

fantasierte meine Mutter, und sie murmelte Sätze, die ich kaum verstehen konnte. Und sie rief mehrfach einen Namen … Wesley. Dann, bevor sie starb, beschwor sie mich, deinen Vater stets wissen zu lassen, wo ich mich aufhalte, und ihn in der Not aufzusuchen. Sie sagte, wir beide wären keinem so sehr zu Dank verpflichtet wie ihm.«

»Aber das hat überhaupt nichts zu bedeuten. Was bedeutet schon der Name? Deine Mutter hat fantasiert, und nur Gott allein weiß, an was sie sich in ihren Fieberträumen erinnert und *welchen* Wesley sie gemeint hat«, entgegnete Kenneth fast beschwörend und klammerte sich an diese Hoffnung. »Wesley ist kein so seltener Name, Jessica. Und warum sollte sie dir auch nicht den Rat gegeben haben? Es ist nicht bloß unsinnig, sondern gefährlich unvernünftig, daraus schließen zu wollen, du seist das illegitime Kind meines Vaters – und damit meine Halbschwester.«

»Du hast mich nicht aussprechen lassen, Kenneth. Glaube mir«, sagte Jessica leise. »Nachdem ich deinen Vater aufgesucht hatte und von ihm eingestellt worden war, löste Mr. Morland den Hausstand für mich auf. Alle Möbel und Einrichtungsstücke gingen an einen schrecklich heuchlerischen Händler. Auch der Sekretär meiner Mutter. Ich räumte ihn jedoch zuvor aus – und stieß dabei auf Dinge, die aus einem vagen Verdacht schreckliche Gewissheit machten. Zuerst fand ich Unterlagen, die meinen Aufenthalt im Pensionat von Madame Blakley betrafen. Ich war betroffen, als ich sah, wie viel das Pensionat jeden Monat gekostet hatte. Und ich wusste, dass meine Mutter *so viel* niemals aus eigenen Mitteln hatte aufbringen können. Und dann stieß ich auf ihr Tagebuch. Die Eintragungen ließen keine Zweifel daran, dass dein Vater den Großteil der Kosten für meinen Aufenthalt bei Madame Blakley bestritten hat.«

»Mein Vater soll all die Jahre für dich gesorgt haben? Nein, das kann nicht sein«, murmelte Kenneth ungläubig, obwohl er wusste, dass sie die Wahrheit sagte.

»Wir sind miteinander verwandt, Kenneth, und nicht nur entfernt … wir sind Halbgeschwister«, sagte Jessica und wünschte, ihre Mutter hätte kein Tagebuch geführt und ihr Geheimnis mit ins Grab genommen. Denn dann hätten sie beide ihr Gewissen mit dem Funken Hoffnung, dass sie vielleicht doch nicht denselben Vater hatten, besänftigen können. Doch die Eintragungen ihrer Mutter ließen keinen Raum für diese Hoffnung.

»Und du … du hast das all die Zeit gewusst?«

»Ja, Kenneth.«

»Warum hast du nie mit mir darüber gesprochen?« Schmerz und Vorwurf lagen in seiner Stimme.

»Hast du nicht gerade eben selbst gesagt, dass es gefährlich unvernünftig ist, allein schon Vermutungen anzustellen?«, fragte sie gequält zurück. »Außerdem, ich konnte es einfach nicht, Kenneth. Was hätte ich dir sagen sollen? Dass meine Mutter vor vielen Jahren die Geliebte deines Vaters war und ein Kind von ihm empfangen hat … mich? Dass die Liebe zwischen diesen beiden Menschen sehr stark gewesen sein muss?«

»Sprich nicht davon!«

»Ich habe mir einzureden versucht, dass uns nur eine Laune des Schicksals zu Halbgeschwistern gemacht hat und das ohne Bedeutung ist. Und es geschah gegen meinen festen Willen, dass ich dich zu lieben begann … nicht wie einen Bruder, sondern wie einen Mann, mit dem ich mein Leben teilen möchte. Immer wieder sagte ich mir, dass wahre Liebe nicht schlecht oder verderblich sein kann, weil das wider die Natur der Liebe ist. Aber ich kann der Wahrheit nicht länger ausweichen. Du bist mein Halbbruder … und es gibt ein hässliches Wort für das, was wir beinahe getan hätten.«

Bitter verzog er das Gesicht. »Ja, ich weiß – Blutschande. Aber was hat das schon zu sagen, wenn wir uns lieben? Früher, im alten Rom und in anderen Kulturen, war es keine Schande, seine Schwester zur Frau zu nehmen. Es war etwas Selbstverständliches. Zählt denn nicht allein, was man füreinander empfindet?« Trotz seines Aufbegehrens war seine Stimme kraftlos.

»Nein, das tut es nicht, Geliebter«, murmelte Jessica.

»Aber wenn es uns nicht stört. Ich meine, mein Vater wird niemals öffentlich eingestehen, dass du sein Kind bist …«

»Vielleicht, aber er wird niemals zulassen, dass ich deine Frau werde. Er würde alles tun, um das zu verhindern. Und seiner Macht sind wir nicht gewachsen«, flüsterte Jessica unter Tränen.

In düsterem Schweigen saß Kenneth da.

»Bitte bring mich zurück ans Ufer«, bat Jessica schließlich und ging zum Ruderboot, das zwischen Schilf am alten Anlegesteg der Insel lag.

Mit einer Bewegung wilder, ohnmächtiger Wut schleuderte Kenneth die leere Champagnerflasche weit auf den See hinaus, wo sie klatschend ins Wasser schlug. Wortlos machte er die Leine des Ruderbootes los, setzte sich auf die mittlere Bank und griff nach den Riemen. Jessica weinte lautlos, während sein Blick starr auf das Heck des Bootes gerichtet war. Mit aller Kraft zog er die Riemen durch das Wasser. Das Quietschen der Dollen und das Aufklatschen und Gurgeln seiner wuchtigen Schläge ließen das verzweifelte Schweigen noch bedrückender erscheinen. Durch den Tränenschleier vor ihren Augen sah Jessica Herbstlaub am Boot vorbeitreiben. Ziellos, Wind und Strömung hilflos ausgeliefert.

10

Das scharfe Bellen der Jagdhunde im Zwinger hallte durch die Nacht und wurde in der Ferne von einem anderen Hund mit einem hohen, herausfordernden Heulen erwidert. Eine Eule stieß in der Nähe des Herrenhauses ihre hohl klingenden Rufe aus, als wollte sie ihre Missbilligung über das scharfe Gekläffe der Hunde zum Ausdruck bringen.

Jessica lag im Bett, auf dessen Oberdecke ein heller Streifen Mondlicht fiel. Sie hatte geweint und ihr Schluchzen im Kissen erstickt. Doch nun lag sie ruhig da. Die Tränen waren versiegt.

Es war so wunderbar auf der kleinen Insel gewesen. Das war eine Erinnerung, die ihr niemand nehmen konnte. Doch was bedeuteten diese kurzen, gar zu flüchtigen Minuten im Vergleich zu dem, was sie beide an Glück und Liebe hätten erfahren können, wenn das Schicksal sich nicht so herzlos gegen sie verschworen hätte? Nicht mehr als einen Wimpernschlag in der unermesslichen Weite der Zeit. Die Erinnerung war wie ein winziges Stück trockenen Brotes im Angesicht einer reich gedeckten Tafel. Und ihr war, als hätte dieser Brosamen den Hunger nach Liebe und Zärtlichkeit erst in ihr geweckt.

»Mein Gott, was soll nun werden?«, flüsterte sie in die von silbernem Mondlicht durchzogene Dunkelheit.

Ich kann und darf nicht länger hier in Kenneth's Nähe bleiben!, fuhr es Jessica durch den Kopf. *Ich liebe ihn zu sehr, als dass ich es ertragen könnte, ihn täglich zu sehen, und zu wissen, dass wir ein glückliches liebendes Paar hätten sein können ... Ich muss weit weg von hier, wo mich nur die Erinnerung quälen kann!*

Ein solcher Entschluss war jedoch leichter gefasst als ausgeführt. Welchen Grund sollte sie Sir Forbes gegenüber angeben? Durfte sie das Laura antun, die an ihr wie an einer lieben Schwester hing und nicht ahnte, dass das halbwegs sogar der Fall war. Außerdem, wo sollte sie hin? Wo würde sie eine Anstellung finden, die sie nicht zu einem Dienstmädchen machte?

Die Aussichtslosigkeit ihrer Lage ließ sie verzweifeln. Sie fühlte sich wie ein verängstigtes Tier, das in die Enge getrieben war und nirgendwohin flüchten konnte.

Ein Geräusch vor ihrer Tür drang an ihr Ohr. Sie richtete sich im Bett auf, und unerklärliche Angst ergriff sie, als sich die Tür öffnete und eine schattenhafte Gestalt in ihr Zimmer schlüpfte.

»Erschrick nicht! Ich bin es!«

Es war Kenneth. Er kam zu ihr ins Bett. Mondlicht fiel auf seine schlanke Gestalt und ließ seinen seidenen Morgenmantel schimmern, als sei er mit Silberfäden durchwirkt.

»Kenneth, was tust du hier?«, flüsterte Jessica verstört. »Du musst sofort wieder gehen! Wenn dich jemand bei mir findet …«

Er legte eine Hand auf ihren Mund. »Psst, ganz ruhig, Liebling. Niemand hat mich gesehen, und niemand wird mich hier finden. Niemand bewohnt die benachbarten Zimmer. Es sind nur Wäschekammern. Sei also unbesorgt. Ich musste einfach kommen, Jessica. Die letzten Stunden waren die schrecklichsten meines Lebens … Immer wieder habe ich über das nachgedacht, was du mir erzählt hast. Dass du meine Halbschwester bist und all das. Und ich habe mir gesagt, dass ich dich vergessen und einen Schlussstrich unter das ziehen muss, was gewesen ist.«

»Ja, das müssen wir«, sagte sie leise, als er nun seine Hand von ihrem Mund nahm.

»Doch ich kann nicht«, fuhr er fort. »Ich kann einfach nicht vergessen, dass ich dich liebe, verstehst du? Es ist unmöglich, Gefühle auszublasen wie eine Kerze. Was immer du auch sein magst, ich weiß nur, dass ich dich liebe, dich brauche und bei dir sein möchte.«

»Kenneth, wir müssen vernünftig sein!«

»Was hat die Vernunft mit Liebe zu tun?«

»Bitte geh!«, flehte sie ihn an. Allein seine Gegenwart ließ ihre Vorsätze ins Wanken geraten. Sie spürte, wie das Verlangen, ihn zu berühren und zu küssen, mit jedem Moment stärker wurde.

»Wie kannst du mich wegschicken, wenn du mich liebst?«, fragte er und ergriff ihre Hand.

»Weil ich Angst habe, nicht stark genug zu sein, wenn du bleibst«, gestand sie. »Verstehst du denn nicht, was das bedeutet, dass wir miteinander verwandt sind!?«

»Ich habe versucht, es zu verstehen, doch ich sehe keinen Sinn in dem Verbot«, erwiderte er. »Es gibt viele Gesetze, die irgendetwas aus irgendwelchen Gründen verbieten, doch die wenigsten werden eingehalten. Und es gibt einige Verbote, die es eigentlich nicht geben dürfte … welch eine Anmaßung, ein Gesetz gegen die Liebe zu machen! Ich denke nicht daran, mich diesem Unsinn zu beugen. Du hast heute Nachmittag auf der Insel einen Satz gesagt, der mir nicht aus dem Sinn geht.«

»Welchen Satz?«

»Du hast gesagt: *Wahre Liebe kann nicht schlecht oder verderblich sein.* Und du hast recht. Was die Gesellschaft auch denken mag, unsere Liebe wird stärker als alles andere sein. Wir werden einen Weg finden, geliebte Jessica, so unmöglich uns das jetzt auch erscheinen mag. Doch wir werden es schaffen, wenn wir nur fest aneinander glauben und nicht aufgeben.«

Jessica fühlte sich von seinen eindringlichen Worten wie berauscht, und nur zu bereitwillig wollte sie daran glauben. Was war denn das Leben ohne Hoffnung auch wert? Wofür lohnte es sich zu leiden, wenn man schon jetzt zu wissen meinte, dass die Zukunft keinen Ausweg aus ihrer verzweifelten Lage bereithielt.

»Sag, dass du mich liebst«, drängte Kenneth sie, beugte sich vor und umarmte sie.

»Ich liebe dich«, murmelte sie und presste sich an ihn. Solange sie ihn so halten konnte, war alles gut.

»O Gott, ich sehne mich so nach dir«, flüsterte er ihr zu und glitt zu ihr ins Bett. Er küsste sie wild und begann ihr leinenes Nachthemd hochzuschieben und ihren Körper zu streicheln. Er flüsterte ihr in einem wilden Strom Zärtlichkeiten ins Ohr, während seine Hände über ihre warme Haut glitten.

»Ich werde dich niemals verlassen!«, versprach er und streifte sich hastig den Morgenmantel ab. Darunter war er nackt. »Wir werden warten, bis ich einundzwanzig bin und über das Vermögen verfügen kann. Bis dahin wird mein Vater mir ein Offizierspatent gekauft haben ...«

Jessica leistete nur schwachen Widerstand, als er ihr das Nachthemd schließlich über den Kopf zog und sie seinen Blicken schutzlos preisgegeben war. Sie hörte kaum, was er ihr für Versprechungen machte. Angst und Begierde rangen in ihr miteinander, und mit jedem Kuss und jeder Zärtlichkeit erstarkte ihre Leidenschaft.

»Wir werden Mann und Frau sein ... heute und für immer«, sagte er mit schwerem Atem, schob ihre Beine auseinander und legte sich zwischen sie.

Ein letztes Mal setzte sich ihre Vernunft für einen kurzen Augenblick gegen den mächtigen Ansturm dieser fremdartigen, betörenden Empfindungen durch, die Kenneth mit kundigen Händen in ihr zum Leben erweckt hatte. Sie sah sein Gesicht, das halb in Dunkelheit getaucht war, und entdeckte in seinen Zügen ihre eigene Leidenschaft widergespiegelt. Das Bild seiner angespannten Brustmuskel prägte sich deutlich in ihr Gedächtnis ein.

Ich werde es bereuen, dachte Jessica in diesem flüchtigen Augenblick. *Nichts wird so sein, wie Kenneth es versprochen hat… auch wenn er es aus tiefster Seele so meint. Nie werden wir Mann und Frau sein. Es wird nur neue Wunden und neuen Schmerz geben… vielleicht sogar noch Schlimmeres. Doch werde ich nicht so oder so leiden? Warum sollen wir das kurze Glück, das uns vergönnt ist, nicht leben? Warum denkst du an morgen, Jessica, wenn du heute in den Armen des Mannes liegst, den du liebst und den du glücklich machen kannst? Was ist das ungewisse Morgen gegen das sichere Jetzt? Es gibt nur ein Paradies, aus dem der Mensch nicht vertrieben werden kann, und das ist die Erinnerung. Und niemand kann mir diese Erinnerung an das kurze Glück mit Kenneth nehmen…*

Sie lächelte ihn ein wenig zaghaft an. »Bitte, sei behutsam …«

Er stöhnte anstelle einer Antwort, und im nächsten Augenblick drang er in sie ein. Der Schmerz war wie ein Messer, das blitzschnell in sie hineinstieß. Und dann ebbten die Schmerzen ab, während sie atemlos und mit geweiteten Augen unter ihm lag und ihn in sich spürte. Seine heftigen, rhythmischen Bewegungen begannen allmählich den Schmerz zu verdrängen, und ihr war, als würde ihr Körper Feuer fangen. Langsam, aber mit verzehrender Glut breitete es sich in ihr aus. Und ihr wurde gar nicht bewusst, wie ihr Körper erst zögernd und unerfahren, dann jedoch mit natürlicher Sicherheit und Lust auf seinen stürmischen Rhythmus zu antworten begann. Und dieses neue Gefühl, das wie ein warmer wilder Sinnesrausch war, verdichtete sich immer mehr, drängte auf irgendetwas hin, von dem Jessica nicht wusste, was es war und wie es sein würde.

»Jessica! … Jessica!« Kenneth stöhnte unterdrückt auf, und schwer presste sich sein Körper auf sie. Seine Finger krallten sich in ihre Schultern, und er krümmte sich mit lustvollem Keuchen.

Schließlich glitt er von ihr, rollte sich auf die Seite und hielt sie in einer lockeren Umarmung. Sein Atem beruhigte sich langsam.

»Ich liebe dich«, sagte er dann.

»Ich liebe dich, Kenneth.«

Ein fast kindlicher Ausdruck von Angst lag auf seinem Gesicht und in seiner Stimme, als er zögernd fragte: »War ich auch behutsam genug? … War es schön für dich, Liebling?«

Jessica wusste nicht, was sie darauf erwidern sollte. Es war wunderschön und wie ein Traum gewesen, und sie liebte ihn. Und doch, eine Spur von Enttäuschung, von merkwürdiger Unerfülltheit folgte auf den Taumel der Sinne. Er hatte sie zum Schluss in einem Zustand angespannter Erregung allein gelassen. Und es dauerte eine Weile, bis sich ihr Körper allmählich entkrampfte.

»Ich … bin glücklich, bei dir zu liegen und dich ganz nah an mir zu spüren«, antwortete sie dann ausweichend und streichelte über sein verschwitztes Gesicht. Tränen glitzerten in ihren Augen, doch Kenneth sah sie nicht.

11

Ganz in Gedanken versunken spielte Jessica mit dem ovalen Medaillon, das an einer zierlichen Goldkette hing. Kenneth hatte es ihr vor knapp zwei Wochen zum Geschenk gemacht. Sie hatte es erst nicht annehmen wollen, doch er hatte darauf bestanden, und es ihr um den Hals gelegt. Und seitdem trug sie das Medaillon, das eine Stirnlocke von ihm enthielt, Tag und Nacht.

»Das ist aber ein hübsches Medaillon. Ich habe es noch nie zuvor an dir gesehen.«

Jessica fuhr zusammen und blickte Laura an, die ihre Handarbeit hatte sinken lassen und sie forschend anschaute. »Oh, ja, es ist schön, nicht wahr?«, sagte sie verwirrt. »Meine Mutter hat es mir hinterlassen. Ich wollte es erst nicht tragen.« Schnell ließ sie das Medaillon unter dem Kragen ihres Kleides verschwinden, bevor Laura sie bat, es sich näher anschauen zu dürfen. »So, und jetzt zeig mir mal, wie weit du mit dem Monogramm gekommen bist.«

»Nicht sehr weit«, gestand Laura.

»Du hast vor dich hingeträumt, nicht wahr?«

»Du hast auch geträumt«, verteidigte sich Laura. »Die ganze Zeit!«

Jessica errötete. »Da hast du recht.«

»Du hast so … so betrübt und schwermütig ausgesehen«, sagte Laura mit kindlicher Empfindsamkeit. »Magst du es nicht mehr bei uns?«

Jessica lächelte schmerzhaft und fuhr ihr liebevoll über das Haar. »Ach, du Dummerchen! Natürlich mag ich es bei euch. Vielleicht bin ich einfach zu gerne hier, dass ich Angst davor habe, eines Tages für immer von euch gehen zu müssen.«

»Weggehen?«, rief Laura erschrocken. »Niemals! ... Das werde ich nie zulassen!«

»Das ist lieb. Doch vergiss, was ich gesagt habe«, erwiderte Jessica in betont munterem Tonfall. »Wahrscheinlich ist es nur der Herbst, der sich so schwer auf mein Gemüt legt. Du musst nichts darum geben. Und nun Schluss damit. Nimm deine Handarbeit wieder auf, sonst heißt es nachher noch, du würdest bei mir nur das Träumen lernen!«

Laura lachte und griff wieder zu ihrem Spannrahmen, während Jessica ans Fenster trat und hinaus in die herbstlich gefärbte Landschaft blickte. Laub fiel in einem lautlosen Tanz von den Bäumen. Und ein Schwarm Vögel stieg jenseits der Waldzunge vom See auf und flog in südlicher Richtung davon.

Fast zwei Wochen waren seit jener Nacht, in der Kenneth zu ihr gekommen war und sie zur Frau gemacht hatte, vergangen. Immer wieder war er seither des Nachts zu ihr geschlichen. Jessica hatte ihn beschworen, es nicht zu tun, da sie das Schicksal geradezu herausforderten. Doch er hatte ihr jedes Mal versichert, dass sie nichts zu befürchten hätten. Und er verstand es, sie zumindest für die Stunde ihres heimlichen Zusammenseins die Angst vergessen zu lassen. Und als sie nun hinaus in den Park blickte, fragte sie sich, wie lange es noch gut gehen würde. Manchmal wachte sie mitten in der Nacht schweißgebadet auf und vermochte sich des entsetzlichen Gefühls nicht zu erwehren, dass das Verhängnis näher und näher rückte und es keine Möglichkeit mehr gab, ihm auszuweichen.

Der September klang mit milden Sonntagen aus. Und es war in der ersten Oktoberwoche, als Jessica gegen Abend die Bibliothek aufsuchte, nachdem sie Laura eine gute Nacht gewünscht hatte. Die Wandleuchten warfen einen warmen, ruhigen Schein auf die Bücherwände.

Zwei Hände legten sich plötzlich von hinten über ihre Augen, und eine Stimme flüsterte: »Rate, wer ich bin, und du darfst mich küssen.«

»Kenneth!« Jessica lachte leise.

Er gab sie frei und zog sie sofort in seine Arme, als sie sich zu ihm umdrehte. »Ich dachte schon, es würde überhaupt nicht mehr Abend werden«, seufzte er und küsste sie verlangend. »Den ganzen Tag habe ich an dich gedacht. Du hast mir ja so gefehlt.«

»Es ist unvernünftig, so etwas zu tun«, erwiderte Jessica. »Was ist, wenn man uns hier sieht?«

»Ach was, mein Vater streitet sich gerade mit meiner Mutter«, sagte er unbekümmert und legte seine Hände auf ihre Brüste, die sich straff unter dem dünnen Stoff des Kleides abzeichneten. »Warum musst du bloß immer so hochgeschlossene Kleider tragen!«

»Weil du sonst hemmungslos über mich herfallen würdest«, entgegnete sie belustigt.

»Du kleines Luder!«, rief er und hob blitzschnell ihr Kleid hoch. Seine Hände glitten innen an ihren Oberschenkeln hoch. Und als sie protestieren wollte, verschloss er ihr den Mund mit seinen Lippen.

Sie hörten die Schritte im selben Moment, als die zornige Stimme von Sir Wesley Forbes durch den Raum schnitt. »Auseinander!«

Kenneth zuckte wie unter einem unerwarteten Peitschenhieb zusammen und gab Jessica so abrupt frei, dass sie zurücktaumelte. Sir Forbes stand in der hohen Tür des Nebenzimmers, das Gesicht von Zorn und Fassungslosigkeit verzerrt.

Ein eiskalter Schauer überlief Jessica.

»Ich denke, ich bin wohl gerade im richtigen Augenblick gekommen!«, stieß Sir Forbes kalt hervor, die Fäuste geballt.

Kenneth schluckte, als würgte ihn ein Kloß in der Kehle. Er war kalkweiß im Gesicht, und seine Stimme zitterte, als er sagte: »Pa, ich kann dir alles erklären …«

Mit einer knappen Handbewegung brachte Sir Forbes seinen Sohn zum Schweigen. »Ich bezweifle, dass du irgendetwas wirst erklären können. Aber ich werde dir gleich Gelegenheit dazu geben, es zumindest zu versuchen. Geh hoch in mein Arbeitszimmer und warte dort auf mich!«

»Ich möchte, dass Jessica …«

»Schweig und tu, was ich dir befohlen habe!«, herrschte sein Vater ihn an.

Zögernd sah er Jessica an, wandte den Blick dann jedoch schnell ab und folgte der Aufforderung seines Vaters. Sir Forbes musterte sie nun mit funkelnden Augen.

»Das ist also der Dank für meine Gutmütigkeit«, sagte er mit heiserer Stimme. »Nun, mit dir werde ich mich noch befassen, Jessica Jakes. Du bleibst hier und wartest, bis ich dich holen lasse, hast du mich verstanden?«

»Ja.« Jessicas Antwort war ein zitterndes Flüstern.

Abrupt wandte sich Sir Forbes ab und stürmte aus dem Raum. Wenig später hörte sie, wie jemand von draußen die Tür zur Bibliothek verriegelte. Man schloss sie ein, als befürchtete Sir Forbes, sie könnte Hals über Kopf davonlaufen. Jessica fühlte eine Schwäche in den Beinen und sank auf einen Stuhl, starrte mit leerem Blick auf den Teppich und empfand auf einmal eine merkwürdige Ruhe.

Sie hatte gewusst, dass irgendwann etwas passieren musste. Innerlich hatte sie sich längst damit abgefunden, dass ihrem gestohlenen Glück keine Dauer beschieden sein würde. Was immer Kenneth seinem Vater auch sagen würde, Sir Forbes würde dafür sorgen, dass sie sich nie wiedersahen. Alle Versprechungen ihres Geliebten würden sich in nichts auflösen, aber darüber hatte sie sich von vornherein keine Illusionen gemacht. Und es war fast noch ein Wunder, dass ihr Glück den ganzen Sommer gewährt hatte.

Über eine Stunde verging, dann wurde die Tür aufgeschlossen, und Mr. Tate forderte sie auf: »Komm mit!« Es war ein harscher Befehl, der erkennen ließ, dass ihre Tage hier gezählt waren.

Wortlos folgte Jessica dem Butler, der sie ins Arbeitszimmer von Sir Forbes führte und sich dann sofort zurückzog. Lady Catherine saß aufrecht und steif in einem Sessel vor dem Schreibtisch. Sir Forbes hielt ein Kristallglas mit Brandy in der Hand. Kenneth war nicht mehr im Zimmer.

Schweigend und voller Geringschätzung blickten die beiden sie an. Dann erhob sich Lady Catherine aus dem Sessel und trat auf sie zu. Auf ihrem strengen Gesicht lag ein grauer Schatten.

»Du undankbares, verdorbenes Ding!«, zischte sie. »Schamlos hast du unsere Großherzigkeit ausgenutzt und mit deinem verkommenen Charakter unsere Familie beschmutzt. Kenneth hat uns erzählt, auf welch hinterlistige Art du ihn verführt und dich ihm an den Hals geworfen hast. Du bist ein schmutziges Flittchen!«

Damit hatte Jessica nicht gerechnet. Verstört blickte sie von Lady Catherine zu Sir Forbes. »Nein, das ist nicht wahr! Ich habe ihn nicht verführt!«, widersprach sie. »Wir … lieben uns. Das ist es, was Kenneth gesagt hat.«

Sir Forbes schwieg mit düsterer Miene, während Lady Catherine höhnisch auflachte. »Mein Sohn sollte eine Hure wie dich lieben? Allein schon für diese unglaubliche Äußerung hast du verdient, dass man dich bestraft. Glaube nicht, uns mit deinem unschuldigen Gesicht täuschen zu können! Du hast dich hier eingeschlichen und Kenneth planmäßig verführt. Mein Gott, wie kann ein Mensch in deinem Alter schon so durch und durch verdorben sein!«

»Das stimmt alles nicht!«, rief Jessica. »Ich habe nie gewollt, dass es passiert. Doch was immer auch zwischen mir und Kenneth gewesen ist, es war niemals schmutzig!«

»Eine Hure bist du, nichts weiter!«, schrie Lady Catherine. »Und ich bete zu Gott, dass die Seele unserer Laura nicht auch noch Schaden gelitten hat!«

Die Ungerechtigkeit, die man ihr antat, ließ Jessica alle Vorsicht vergessen. »Warum lassen Sie zu, Sir Forbes, dass Lady Catherine so etwas zu mir sagt?«, stieß sie erregt hervor. »Sie wissen doch, dass ich so etwas niemals tun würde … Sie wissen doch, wer ich bin!«

Sir Forbes starrte sie mit unbarmherzig kalten Augen an. »Ich weiß nicht, wovon du sprichst, Jessica Jakes!«

»O doch, das wissen Sie!«, brach es mit tränenerstickter Stimme aus ihr heraus. »Ich bin Ihr Kind und genauso Ihre Tochter wie Laura. Und Sie haben es all die Jahre gewusst und sogar das Schulgeld für Madame Blakley bezahlt.«

Lady Catherine stieß einen unterdrückten Schrei aus, war mit einem Schritt bei ihr und schlug sie mit der flachen Hand ins Gesicht. »Schweig, du liederliche Hure! Kein Wort davon ist wahr!«

»Es ist wahr! Es steht alles im Tagebuch meiner Mutter. Sie können mich nicht wie den letzten Dreck behandeln!«, rief Jessica wie von Sinnen. »Sie war seine Geliebte – und ich bin sein Kind … vielleicht ein Bastard … aber dennoch sein Kind!«

Lady Catherine drehte sich zu ihrem Mann um. »Warum sagst du nichts?«, fragte sie krächzend.

Sir Forbes trank das Glas in einem Zug leer und umklammerte es, als wollte er es in tausend Splitter zerspringen lassen. »Nicht ein Wort stimmt!«, stieß er schließlich hervor, und sein Blick ließ Jessica frösteln. »Kein Wort. Sie ist eine verfluchte Lügnerin. Es gibt kein Tagebuch, in dem solch ungeheuerliche Lügen stehen könnten. Du hast recht, Catherine, sie ist verdorben bis auf den Grund ihrer Seele!«

Grauen erfasste Jessica, als ihr dämmerte, was sie getan hatte. Sicherlich hatte Sir Forbes zuerst allein mit Kenneth gesprochen und alles von ihm erfahren, vielleicht auch von dem Tagebuch. Und bestimmt hatte er es an sich gebracht, bevor er seine Frau zu sich gerufen hatte.

»Du musst etwas unternehmen!«, sagte Lady Catherine mit schriller Stimme. »Du darfst nicht zulassen, dass sie Verleumdungen in die Welt setzt und uns zum Gespött der Leute macht! Sie muss ihre gerechte Strafe erhalten, hörst du mich? Ich erwarte, dass du den Namen und die Ehre unserer Familie vor dieser gewissenlosen Person schützt!«

Sir Wesley Forbes Gestalt straffte sich. »Bei Gott, sie wird die ganze Härte des Gesetzes zu spüren bekommen!«, stieß er unerbittlich hervor. »Und sie hat es verdient!« Er klingelte nach dem Butler und trug ihm schroff auf, jemanden nach Ravan zu schicken und den Konstabler zu holen.

12

Es traf sich gut, dass William Longston erst vor vier Monaten zum Konstabler ernannt worden und neu in Ravan war. Bei Sir Forbes' Reichtum und Macht konnte man es ihm nicht verdenken, dass er sich mit diesem Mann, der das Leben in der Gemeinde beherrschte und in London einflussreiche Freunde hatte, gut stellen wollte.

Es kam ihm zudem gar nicht in den Sinn, am Wahrheitsgehalt der Beschuldigungen, die Sir Forbes gegen das Mädchen vorbrachte, zu zweifeln. Zudem war es nicht gerade neu, dass eine Bedienstete versuchte, den Sohn ihrer vermögenden Herrschaft mit Sinnesfreuden zu betören und an sich zu ketten. Sir Forbes ließ durchblicken, dass sich Jessicas strafbare Handlungen nicht allein auf sittenloses Benehmen und Erbschleicherei beschränkten, sondern auf noch bedeutend schwerwiegendere Delikte beliefen, mit denen sich das Kriminalgericht in London befassen würde.

William Longston verstand, dass Sir Forbes nicht daran gelegen war, dass darüber in Ravan gesprochen wurde. Die Affäre war auch schon so unerfreulich genug. Es war daher verständlich, dass Sir Wesley dem Klatsch keine zusätzliche Nahrung geben wollte.

»Ich werde größte Diskretion walten lassen, Sir!«, versicherte der Konstabler.

»Ich werde es zu schätzen wissen, Mr. Longston«, sagte Sir Forbes. »Ich werde dafür Sorge tragen, dass sich diese verderbte Person nicht lange in Ihrem Gewahrsam befindet, sondern unverzüglich vors Gericht gebracht wird!«

»Ich darf meine Hoffnung aussprechen, dass Ihrem Unterfangen Erfolg beschieden sein wird.«

»Worauf Sie sich verlassen können!«, knurrte Sir Forbes und dachte im Stillen: *Verdammt noch mal, wofür hat man denn Freunde bei Gericht? Du wirst überrascht sein, guter Mann, wie schnell du dieses unglückselige Kind wieder loswirst. Dreimal verflucht soll Jessica sein! Catherine weiß ganz genau, dass sie die*

Wahrheit gesprochen hat, und das wird sie mich jeden Tag spüren lassen. Allein dafür hat Jessica schon Strafe verdient! Sie muss aus meinem Leben verschwinden! Für immer! Sie ist eine Gefahr! Dieser Narr Kenneth. Ich müsste ihn für diese sträfliche Dummheit eigentlich enterben!

Sir Forbes gab dem Konstabler nun zu verstehen, dass er das Gespräch für beendet betrachtete und das Mädchen abgeführt werden konnte.

Jessica Jakes wartete in stummer Verzweiflung in ihrem Zimmer. William Longston empfand kein Mitleid mit ihr, doch war er menschlich genug, ihr zu raten, zumindest einen warmen Umhang mitzunehmen, da die Zellen unbeheizt und nachts schon reichlich kühl waren.

Sie nahm den Umhang aus der Truhe, ihre Nähsachen, ein Buch mit romantischen Gedichten, das ihrer Mutter gehört hatte, und dann wurde der Konstabler auch schon ungeduldig. Als sie von Tate in ihr Zimmer eingeschlossen worden war, hatte sie sofort nach dem Tagebuch gesucht. Doch es war nicht mehr in ihrer Truhe gewesen. Sir Wesley Forbes war ihr zuvorgekommen. Und damit war ihr Schicksal besiegelt.

Es war tiefe Nacht, und niemand sah, dass der Konstabler ein Mädchen in Gewahrsam hatte, als sie Ravan erreichten. Er brachte sie in dem kleinen Anbau, der sich an die Polizeistation anschloss, unter und legte sich dann schlafen. Von ihm würde niemand erfahren, dass er eine ehemalige Bedienstete von Sir Wesley Forbes unter Arrest hatte. Und ganz sicherlich würde sich seine Verschwiegenheit günstig auf seine weitere Karriere auswirken.

Jessica Jakes blieb kaum zwei Tage in der Polizeistation von Ravan. Niemand suchte sie auf, und der Konstabler lachte nur, als sie ihn bat, Anwalt Morland zu verständigen.

An einem Freitagmorgen holte eine vergitterte Kutsche sie in aller Herrgottsfrühe ab. Die Ortschaft lag noch in tiefem Schlaf, und im Osten brach die Schwärze gerade auf, als man sie in die Kutsche stieß. Der Gitterwagen ratterte über das Pflaster der ausgestorbenen Gassen und brachte sie über die Landstraße nach London.

Im Hof des Gerichtsgebäudes von Old Bailey kam die Kutsche schließlich zum Stehen. Man führte sie durch einen langen dunklen Gang. Plötzlich trat eine große, schwere Gestalt aus einem Seitenflur. Es war Sir Wesley Forbes. Er sagte kurz etwas zu den beiden kräftigen Gerichtsdienern, die nickten und einige Schritte zurücktraten.

»Was geschehen ist, hast du ganz allein dir selbst zuzuschreiben«, kam Sir Wesley Forbes sofort zur Sache, und sein Gesicht zeigte eine ungewöhnliche Anspannung. »Und das Einzige, was ich jetzt noch für dich tun kann, ist, dir einen guten Rat mit auf den Weg zu geben. Du wirst gleich vor den Richter und die Geschworenen treten. Der Anwalt der Krone wird dich unter anderem der hinterlistigen Erbschleicherei und der Hochstapelei anklagen. Du bist klug beraten, dich schuldig zu bekennen, Jessica Jakes.«

»Das einzige Verbrechen, das ich begangen habe, ist zu lieben – wie Sie meine Mutter geliebt und mich gezeugt haben«, erwiderte Jessica mit dumpfer Hoffnungslosigkeit, die keinen Platz mehr für Zorn und Auflehnung ließ. Sie wusste, dass Sir Forbes die Macht hatte, sie zwischen den Mühlsteinen der Justiz zu Staub zermahlen zu lassen.

»Du wirst mit einigen Jahren Gefängnis davonkommen«, fuhr Sir Forbes mit heiserer Stimme fort. »Doch wenn du störrisch bist, wird der Anwalt der Krone dir noch andere Verbrechen nachweisen können und die Todesstrafe beantragen!«

Einen Augenblick schaute sie Sir Wesley Forbes stumm an und prägte sich seine Gesichtszüge unvergesslich ein. »Seien Sie unbesorgt«, antwortete sie schließlich mit einer Stimme, die ihr selbst fremd war. »Sie werden mich nicht zu hängen brauchen, um mich aus Ihrem Leben zu verbannen. Und doch werden Sie mich bis zu Ihrem Tode nicht mehr loswerden. Ich werde immer in Ihrem Gewissen weiterleben … Vater!«

Sir Forbes zuckte zurück und erblasste. »Gott weiß, dass ich nur getan habe, was ich habe tun müssen«, murmelte er, wandte sich auf den Absätzen um und eilte den Flur hinunter.

Jessica wurde in den Gerichtssaal geführt, wo noch drei weitere Schwerverbrecher auf ihren Prozess warteten. Jessicas Fall wurde zuerst verhandelt. Das Verfahren gegen sie dauerte nur wenige Minuten. Alles ging so rasch, dass sie sich später nicht einmal mehr daran erinnern konnte, wie der Richter ausgesehen oder was der forsche Anwalt der Krone vorgetragen hatte.

Sie hörte nur, wie der Richter sie plötzlich schroff fragte: »Hast du irgendetwas zu deiner Verteidigung vorzubringen, Angeklagte?« Und stumm schüttelte sie den Kopf. Sir Forbes konnte zufrieden sein.

Die Geschworenen machten sich gar nicht erst die Mühe, den Gerichtssaal zu verlassen, um sich zur Beratung zurückzuziehen. Der Obmann erhob sich nach kurzer, gemurmelter Absprache mit den anderen Geschworenen und erklärte Jessica Jakes für schuldig im Sinne der Anklage. Ungewöhnlich für jene Zeit war, dass der Richter das Urteil noch am selben Tag, nur wenige Stunden nach der Verhandlung, verkündete. Für Jessica lautete es auf zehn Jahre Gefängnis. Und man brachte sie umgehend nach Newgate.

Man nahm ihr das wenige Geld ab, das sie noch bei sich hatte, und führte sie dann hinunter zu den Zellen. Und mit einem metallischen Dröhnen schlug die Zellentür hinter Jessica Jakes zu…

DRITTES BUCH

1

Unter Sturmsegeln taumelte die *Tradewind* durch die Nacht. Die Hoffnung von Besatzung und Passagieren, das Unwetter möge im Osten an dem Schiff vorbeiziehen und sie nur seine Ausläufer spüren lassen, hatte sich nicht erfüllt. Noch vor Mitternacht fiel der schwere Sturm, der zu beängstigender Orkanstärke angeschwollen war, über den Ostindienfahrer her.

Hilflos wie ein Blatt im Wind trieb das Schiff in der aufgewühlten See. Mächtige Brecher von tonnenschwerer Last donnerten unaufhörlich gegen den Rumpf und schienen den Dreimaster zermalmen zu wollen. Kreuzseen ließen das Schiff erschüttern. Und Heulen und Tosen erfüllten die Luft.

Kein Stern zeigte sich am Himmel, über den schwarze Wolken jagten. Die Masten erzitterten unter den Orkanböen, und Wanten und Pardunen schienen im Sturmwind zu wimmern. Das Meer glich einem kochenden Hexenkessel aus gischtenden Wassermassen.

Die *Tradewind* jagte hinunter in Wellentäler, die sich wie gähnende Abgründe auftaten, bohrte sich dann mit dem Bug in die See und bäumte sich wie ein angeschlagener Riese auf, um ächzend den nächsten Wellenberg hochzusteigen.

Pausenlos nahm das Schiff Wasser über, und obwohl die Seeleute alle Pumpen in Betrieb genommen hatten und bis zur Erschöpfung arbeiteten, konnten sie der eindringenden Fluten nicht Herr werden.

Stunde um Stunde rang das Schiff mit der zerstörerischen

Wut des Orkans. Doch dann hielten die Sturmsegel der Belastung nicht länger stand. Es klang wie das Knallen scharfer Pistolenschüsse, als der Wind sie bersten ließ und in Fetzen riss.

Ein markerschütterndes Geschrei und Gewimmer drang aus den Sträflingsquartieren an Deck und mischte sich in das Heulen des Sturmes. Verzweifelt hämmerten die Deportierten, die im Falle eines Schiffbruches in ihren Quartieren elend ertrinken mussten, gegen die verriegelten Türen.

Auch Mitchell Hamilton spürte, wie ihn allmählich Angst befiel. Er hatte es nicht länger in der Kabine ausgehalten, er war an Deck gekommen, und im Angesicht dieser tobenden Naturgewalt wurde er sich seiner Machtlosigkeit und Nichtigkeit bewusst.

Mit aller Kraft klammerte er sich in die Wanten auf der Backbordseite des Achterdecks. Seine Hände schmerzten, doch er durfte seinen Griff nicht lockern, wollte er nicht Gefahr laufen, von einem der turmhohen Brecher, die mit unverminderter Wucht über das Schiff hereinbrachen und die Decks für Augenblicke in eine gischtende, reißende See verwandelten, über Bord gespült zu werden. Er war nass bis auf die Haut wie alle anderen, Salz brannte in seinen Augen, und der Wind zerrte an ihm. Wie lange würde die *Tradewind* sich noch halten können? Wie viele dieser Wellenberge konnte sie noch erklimmen? Und wie nahe hatte sie der Sturm mittlerweile schon an die Küste herangetrieben?

Erschöpfung und das quälende Wissen um die Riffe, die in den küstennahen Gewässern lauerten, zeichneten Captain Crowes Gesicht. Der Bootsmann kam den Niedergang hoch und meldete, dass das Wasser um weitere drei Fuß gestiegen sei. Der Captain sagte etwas zu ihm, das Mitchell nicht verstehen konnte, dann weiteten sich seine Augen, dass Mitchell das

Weiße in ihnen sah. Crowe schrie den beiden Rudergängern einen scharfen Befehl zu, der ihm von dem tobenden Sturm von den Lippen gerissen wurde.

Fast gleichzeitig übertönte ein vielstimmiger Schrei den Orkan. Mitchells Kopf fuhr herum. Sein Blick ging nach vorn zum Bug, und dort sah er eine tiefschwarze gezackte Silhouette, als die *Tradewind* mit schwerer Schlagseite nach Steuerbord hin aus einem Wellental hochkam.

»Riffe voraus!«, gellte die sich überschlagende Stimme eines Seemannes.

Die Rudergänger warfen sofort das Rad herum, doch das Schiff reagierte nicht mehr auf das Ausweichmanöver. Zu tief lag es schon im Wasser.

Der Wind trieb den Dreimaster unvermindert auf die aus der See ragende Felsengruppe zu.

»Festhalten!«, brüllte hinter Mitchell jemand, und ihm war, als wäre es der Zweite Offizier gewesen. Doch er kam nicht mehr dazu, sich umzublicken. Mit beiden Händen krallte er sich in die Takelage, als eine mächtige Welle das Schiff anhob und wie ein leichtes Spielzeug auf die Felsen schleuderte.

Das Splittern von Planken, Spanten und Masten war ohrenbetäubend. Wie ein Kienspan knickte der Fockmast weg. Taue rissen mit einem hohen Singen, und Rahen, Spieren und Blöcke regneten auf das Deck herunter.

Das Vorschiff stieg aus der See, schien sich in den Nachthimmel bohren zu wollen und blieb mit aufgefetzter Bordwand zwischen den Felsen hängen. Die Wogen kamen nun seitlich und sprangen über die Reling.

Mitchell stand für Sekunden brusthoch im quirlenden Wasser, das ihn von den Beinen zu reißen drohte, bevor es durch die Speigatten wieder abfloss. Gischt spritzte ihm ins Gesicht und machte ihn zeitweilig blind. Als der heftige Sog nachließ und er die Augen wieder öffnete, sah er, dass die Stelle, wo sich Captain Crowe eben noch an der Takelage festgehalten hatte, leer war. Der Brecher musste den von Krankheit geschwächten Mann mit sich gerissen haben.

Panik erfasste die Männer. Die Seeleute drängten zu den Beibooten. Sie wussten, dass die *Tradewind* verloren war. Das Leck am Vorschiff wurde mit jedem Augenblick größer, und das Wasser schoss nur so in den Bauch des Schiffes. Der Orkan würde den Ostindienfahrer an diesen Felsen in Stücke schlagen.

Mitchell spürte, wie jemand von hinten gegen ihn geschleudert wurde. Instinktiv packte er zu und bekam einen Arm zu fassen. Und dann sah er, dass es Norman Hobbart war. Das Gesicht des Zweiten Offiziers war verzerrt.

»In die Boote!«, schrie Hobbart.

»Die Sträflinge!«, schrie Mitchell Hamilton gegen das Tosen des Sturmes. »Was ist mit den Sträflingen? Jemand muss Türen und Luken entriegeln! … Sie müssen ihre Chance haben!«

»Ich kümmere mich darum!«, brüllte der Offizier zurück. »Und jetzt sehen Sie zu, dass Sie einen Platz in einem der Boote bekommen … Gott möge uns allen beistehen!« Er rutschte über das Deck auf die Stiege zu, die nach mittschiffs hinunterführte.

Mitchell wollte ihm folgen. Doch plötzlich durchfuhr es ihn eiskalt. Jessica! Die verriegelte Kajüte des Ersten Offiziers musste für sie zur tödlichen Falle werden, wenn er sie nicht dort herausholte.

Sein Blick ging noch einmal zu den Seeleuten hinüber, die sich verzweifelt an den Beibooten zu schaffen machten. Doch dann wandte er sich um, rannte über das geneigte Deck zur Hecktür, die hin und her schlug. Niemand begegnete ihm im

Gang. Die Passagiere hatten die Kabinen schon fluchtartig verlassen. Ob John Hawkley es zurück an Deck geschafft hatte? Die Sorge um sein Vieh war größer als seine Angst um das eigene Wohl gewesen.

Mitchell fand keine Zeit, sich darüber weitere Gedanken zu machen. Das Schiff erzitterte unter den Schlägen, die die See ihm zufügte. Er wurde gegen die Gangwand geschleudert, als ein Brecher die festsitzende *Tradewind* noch weiter nach Steuerbord drückte. Dann hatte er die Tür zu Ned Tylers Kajüte endlich erreicht. Er riss den provisorisch angebrachten Riegel zurück und hörte Jessicas entsetztes Wimmern, noch bevor er die Tür aufstoßen konnte.

»Schneidet mich los! … Lasst mich hier raus! … O Gott! … Lasst mich nicht hier ertrinken!«, schrie sie in panischer Angst, und dann fiel das Licht der wild unter der Decke pendelnden Laterne auf Mitchell Hamilton.

»Ganz ruhig, Jessica!«, rief er ihr zu. Seine Augen suchten nach einem scharfen Gegenstand. »Ich lasse dich hier nicht zurück. Ganz ruhig. Gleich bist du frei.«

»Ich habe Angst … ich hatte so schreckliche Angst, dass niemand kommen würde«, wimmerte sie und zerrte an ihren Fesseln. Ned Tylers erstarrter Leichnam ruckte dabei jedes Mal auf schauerliche Weise über die Planken.

Mitchells Blick fiel auf den Offiziersdolch, der neben der Tür an einem Haken hing. Er riss ihn aus der Scheide, kniete sich hinter Jessica und schnitt die Fesseln durch.

»Und jetzt nichts wie raus hier!« Er packte sie am Handgelenk und zerrte sie aus der Kajüte. Jessica taumelte hinter ihm her. Todesangst stand in ihrem Gesicht. Das Schiff schien wie ein Sterbender zu ächzen und zu stöhnen. Donnernd rollten die Wellen gegen das Wrack.

Als sie zum Achterdeckausgang kamen, sträubte sie sich und riss sich von Mitchell los. Sie schlug die Hände vor den Mund, als sie die von Gischt schäumenden Wasserberge sah, die auf das Deck des Ostindienfahrers niedergingen.

»Nein … ich kann nicht … ich kann da nicht hinaus …«, keuchte sie.

»Ist es dir lieber, hier zu ersaufen?«, herrschte Mitchell sie an. »Verdammt noch mal, da draußen sind die Beiboote, und die sind unsere einzige Chance.« Als er diesmal zupackte, war sein Griff fest wie eine eiserne Klammer.

Abwartend stand er mit Jessica in der Tür. Er wollte einen günstigen Moment abpassen, um nach mittschiffs zu laufen. Plötzlich hob sich das Heck unter dem Anprall zweier Kreuzseen. Mitchell und Jessica verloren den Halt und stürzten hinaus auf das Achterdeck.

Im nächsten Augenblick spürte Mitchell, wie ihn der Sog eines Brechers mitriss, und auf einmal war kein Deck mehr unter ihm. Wasser schlug über ihm zusammen, und er verlor die Orientierung.

Als er die Wasseroberfläche wieder durchbrach, rang er gierig nach Atem und sah für einen Augenblick zu seiner linken Hand die *Tradewind* zwischen den Felsen, mindestens siebzig Yards entfernt. Doch ob nun siebzig oder siebentausend, die Chance, sich in eines der Boote retten zu können, war unwiederbringlich verloren.

Dann hörte er Jessica neben sich schreien. Er verstand sie nicht, doch er wusste, dass er sie um keinen Preis loslassen durfte. Der Gedanke an Haie, die es in diesen Gewässern geben konnte, schoss ihm durch den Kopf. Und im nächsten Augenblick fügte es das unberechenbare Schicksal, dass eine zersplitterte Rahe in Reichweite an ihnen vorbeitrieb. Mitchell bekam das Rundholz zu fassen, klammerte sich mit der linken Hand daran fest und zerrte Jessica an das rettende Wrackteil heran.

»Was immer auch geschieht, halt dich mit aller Kraft daran fest!«, schrie er ihr beschwörend zu. »Festhalten bedeutet vielleicht überleben, Loslassen jedoch den sicheren Tod!«

Jessica und Mitchell wurden zum Spielball von Wellen und Wind. Sie waren dem Tod zehnmal näher als dem Leben. Doch ihr Überlebenswille war stärker als der aus der Erschöpfung und Hoffnungslosigkeit wachsende Wunsch nach Selbstaufgabe und nach der Ruhe des Todes.

Es war ein neues, fremdartiges Geräusch im Toben des Sturmes, das Mitchell aus der Apathie riss. Mühsam hob er den Kopf und spähte mit salztränenden Augen in die Dunkelheit. Das donnernde Geräusch schwoll an, kam näher.

»Brandung! … Brandung! … Vor uns ist die Küste!«, schrie er wie von Sinnen. Hoffnung flammte in ihm auf, als er die Silhouette der Küste sah, die sich vor ihnen aus der Nacht schälte.

Augenblicke später packte sie eine Woge und schleuderte sie in die tosende Brandung. Mitchell packte Jessica, bevor sie unter Wasser gepresst wurden. Die See schien sie nicht wieder freigeben zu wollen. Mitchell kämpfte mit der drohenden Bewusstlosigkeit. Irgendetwas Spitzes schrammte schmerzhaft an seiner Hüfte entlang. Dann spürte er auf einmal Boden unter den Füßen, er konnte wieder atmen und sah den Strand vor sich. Verzweifelt stemmte er sich gegen den Sog der zurückflutenden See, mobilisierte seine letzten Kraftreserven und schleppte Jessica den Strand hinauf. Mit zitternden Beinen taumelte er an das rettende Ufer und zerrte ihren erschlafften Körper hinter sich her, ohne zu wissen, ob sie überhaupt noch lebte. Zwischen zwei runden Felsblöcken, die gut zwanzig Yards von der Brandungslinie entfernt aus dem Boden ragten, brach er zusammen und stürzte entkräftet in den nassen Sand.

2

Das Erste, was Jessica spürte, war Kälte. Ein Zittern durchlief ihren Körper. Bilder des Grauens bedrängten sie, und sie schlug wild um sich. Dann drang eine vertraute, beruhigende Stimme zu ihr.

»Jessica, wach auf! … Hörst du mich? … Du bist in Sicherheit! … Wach auf. Es ist vorbei … Wir sind gerettet!«

Sie schlug die Augen auf und blickte in Mitchells Gesicht. Augenblicke vergingen, bevor sie sich erinnerte. Zitternd richtete sie sich auf. »Gerettet?«, murmelte sie ungläubig und blickte hinaus auf die ruhige See, die im Licht der aufgehenden Sonne lag.

»Ja«, sagte Mitchell nur und fügte in Gedanken hinzu: *Zumindest vorerst.*

»Mein Gott, das Schiff!«, stieß sie hervor, als die Benommenheit von ihr wich. »Wo ist das Schiff?«

Mitchell lehnte sich neben sie gegen den Felsen und zuckte müde die Achseln. »Ich weiß nicht. Der Sturm hat uns weit abgetrieben, vielleicht mehrere Meilen, bevor er uns hier an den Strand geworfen hat. Die *Tradewind*, oder das, was jetzt noch von ihr übrig ist, muss ein gutes Stück nördlich auf den Klippen liegen.«

Jessica schwieg. Dass sie das Ufer erreicht hatten, erschien ihr wie ein unglaubliches Wunder. »Du hast mir das Leben gerettet«, sagte sie schließlich und blickte ihn an.

»Ja, sieht so aus«, erwiderte er mit einem unsicheren Lächeln.

»Danke … Mitchell.«

»Es war Glück, nichts weiter.«

»Sind wir die einzigen … Überlebenden?«

»Das weiß ich nicht. Weiter unten am Strand liegen drei Seeleute, die das Meer angeschwemmt hat. Sie sind tot.«

»Wir sind nicht wirklich in Sicherheit, nicht wahr?«

»Wir haben eine gute Chance …«, begann Mitchell ausweichend.

»So? Was für eine Chance haben wir denn?«, fiel Jessica ihm ruhig ins Wort. »Wir haben nichts außer dem, was wir am Leib tragen. Weder Wasser noch Lebensmittel und auch keine Karte von diesem fremden Land. Wo liegt die nächste Siedlung? Hundert Meilen entfernt? Oder zweihundert? Wie sollen wir es bis dahin schaffen?«

»Zuerst einmal haben wir dieses Messer hier«, erwiderte Mitchell und zog es aus seinem Hosenbund. »Ich habe es bei einem der Toten gefunden. Und Wasser werden wir schon irgendwo finden. Bestimmt gibt es in der Nähe einen Fluss oder eine Quelle. Und was die Lebensmittel betrifft, so werden wir uns eben mit dem begnügen müssen, was wir finden. Es ist sinnlos, sich jetzt schon verrückt zu machen, Jessica. Wir haben die Schiffskatastrophe überlebt, und dafür sollten wir dankbar sein. Alles andere wird sich ergeben … so oder so.«

»Was bleibt uns auch anderes übrig«, murmelte Jessica.

»Es sind bestimmt keine zweihundert Meilen bis zur Kolonie. Vielleicht stoßen wir auf eine der abgelegenen Farmen, von denen John Hawkley mir erzählt hat. Mein Gott, was wohl aus ihm geworden ist… und aus all den anderen?« Er fiel für eine Weile in ein bedrücktes Schweigen.

Die Sonne stieg hinter den zerklüfteten Felswänden hoch, die den weit geschwungenen Strand begrenzten. Warme Sonnenstrahlen nahmen von der Bucht Besitz und breiteten sich auf dem Sand aus, während die Schatten kürzer wurden und sich in die Felsen zurückzuziehen schienen.

»Wir brauchen nur der Küste zu folgen«, brach Mitchell das Schweigen. »Früher oder später werden wir dann auf eine Siedlung stoßen. Zumindest müssen wir es versuchen.«

Jessica nickte stumm.

»Wir sollten keine Zeit verlieren und sofort aufbrechen. Es wird sicherlich schnell heiß werden. Und dann werden wir irgendwo an einem schattigen Ort warten müssen, bis die schlimmste Hitze des Tages vorüber ist. Bist du kräftig genug, um mit mir dort den Felshang hochzuklettern?«

Jessica lächelte schwach. »Ich weiß nicht, doch wie du gerade gesagt hast: Zumindest werden wir es versuchen.« Sie stemmte sich hoch, und die Sonne traf ihr Gesicht. Es war wunderbar, die Wärme zu spüren. Und neue Zuversicht durchströmte sie. Mitchell hatte völlig recht, noch war der Zeitpunkt, aufzugeben, nicht gekommen.

Es war mühselig und kräftezehrend, den steilen Hang zu erklimmen. Immer wieder gab das lockere Gestein unter ihren Füßen nach und ließ sie zurückrutschen. Jessica glaubte schon, sie würde es niemals schaffen, doch dann standen sie endlich oben am Felsrand.

Hinter ihnen lag die unendliche Weite des Ozeans und vor ihnen eine Landschaft, die von beklemmender Fremdartigkeit war. Nach einem breiten Streifen von dürrem Gras folgte eine ansteigende Hügelkette. Rotbraun leuchtete der Boden in der Sonne, und mächtige Bäume, deren Rinde grauweiß schimmerte, bedeckten die Hügel und verdichteten sich nach Nordwesten hin zu einem Wald.

»Dort werden wir bestimmt Wasser finden«, meinte Mitchell und deutete nach Nordwesten.

Sie marschierten auf den Wald zu und erreichten nach einiger Zeit den ersten dieser turmhohen Bäume, die einen merkwürdigen frischen Duft verströmten.

»Das müssen Eukalyptusbäume sein; Hawkley hat mir von ihnen erzählt«, erklärte Mitchell. Die immergrünen länglichen Blätter der Eukalypten wiesen auf der Oberseite eine olivgrüne Farbe auf und waren an der Unterseite grau und stumpf.

Jessica bemerkte auf einmal Sträucher mit Beeren, und ihr Hunger meldete sich mit nagendem Schmerz. Zögernd pflückte sie eine Beere und blickte Mitchell fragend an.

Er zuckte unsicher mit den Achseln. »Frag mich nicht, ob das Zeug essbar ist oder nicht. Ich bin kein Botaniker«, sagte er. »Aber wir werden es schon schnell herausfinden.«

Jessica verzog das Gesicht. »Sicher, eine andere Wahl haben wir ja wohl nicht, oder?«

»Nein… es sei denn, du ziehst es vor, zu verhungern«, knurrte Mitchell.

Vorsichtig probierten sie die wilden Beeren. Sie waren innen mehlig und schmeckten eigentlich nach gar nichts. Und da ihr Magen nicht gegen die ungewohnte Nahrung revoltierte, stillten sie ihren gröbsten Hunger. Dann zogen sie weiter.

Mitchell hatte vorgehabt, in Sichtweite der Küste zu bleiben, doch er kam von diesem Vorhaben schnell ab. Der nackte, zerklüftete Küstenstreifen bot ihnen keinen Schutz vor der unbarmherzigen Sonne. Zudem erkannte er, dass sie viel Zeit verlieren würden, wenn sie dem gewundenen Lauf der Küste folgten. Aus hundert Meilen konnten so leicht zweihundert und mehr werden.

Die Sonne stieg höher und höher. Eine schwüle, drückende Hitze legte sich über das Land, das von fremdartigen Gerüchen und Geräuschen erfüllt war. Als die Mittagshitze unerträglich wurde, ließen sich Jessica und Mitchell im Schatten eines Eukalyptusbaumes nieder, dessen Blätter nicht grüngrau waren, sondern feuerrot in der Sonne leuchteten. Eine handtellergroße Spinne huschte hinter einem Stein hervor und ließ Jessica erbleichen. Plötzlich wurde ihr bewusst, dass sie nichts über dieses Land und die Tiere dieser Wildnis wusste. Sicher gab es hier auch Schlangen.

Noch immer hatten sie kein Wasser gefunden.

»Vielleicht wäre es besser gewesen, wenn du dich nicht um mich gekümmert hättest«, murmelte sie düster. »Dann hätte ich es zumindest schon hinter mir …«

»Rede keinen Unsinn!«, brauste Mitchell gereizt auf. Durst, Hitze und nervliche Anspannung zeigten auch bei ihm Wirkung. »Du hast mich angefleht, dich aus der Kabine herauszuholen. Also sag so etwas nicht.«

Sie zuckte nur die Schultern. »Ich frage mich nur nach dem Sinn«, erwiderte sie fast gleichgültig. »Was habe ich zu gewinnen, wenn ich es bis zur nächsten Siedlung schaffe? Was, glaubst du, wird mit mir geschehen. Ganz bestimmt wird man mich nicht als Heldin feiern. Man wird mich hängen, weil ich diesen Satan Tyler ermordet habe.«

»Und was ist, wenn wir beide die einzigen Überlebenden sind?«, hielt er ihr vor.

Sie blieb ihm eine Antwort darauf schuldig.

Ganz langsam wanderte die Sonne aus dem Zenit nach Westen. Und schließlich wurde es Zeit für sie, ihren Marsch fortzusetzen. Es war später Nachmittag, als Mitchell das schlammige und von Insekten umschwärmte Wasserloch entdeckte.

»Wasser!« Jessicas Kehle war so ausgetrocknet, dass ihre Stimme heiser krächzte. Sie fiel vor dem Wasserloch auf die Knie und wollte das kostbare Nass mit ihren Händen ausschöpfen.

»Warte!«, rief Mitchell warnend. »Nicht so trinken!«

»Wie denn?«

Mitchell riss ein Stück von seinem ehemals weißen Hemd ab und reichte es ihr. »Halte den Fetzen vor deinen Mund und saug das Wasser durch den Stoff auf. Es hält die Insekten und alles andere, was in der Brühe schwimmt, wenigstens zum größten Teil ab.«

Jessica presste das Stück Leinentuch vor ihren Mund, beugte sich hinunter und saugte das Wasser auf. Es schmeckte brackig, doch es war Wasser, und ihr Körper gierte nach jedem Tropfen. Dann kniete Mitchell sich nieder und machte es ebenso.

»Wir sollten zusehen, dass wir vor Einbruch der Dunkelheit wieder zur Küste kommen«, sagte er, als sie sich einige Minuten am Wasserloch ausgeruht und sich Arme und Gesicht befeuchtet hatten.

»Warum?«, fragte sie.

»Dort sind wir sicherer vor Raubtieren. Außerdem können wir vielleicht in irgendeiner seichten Bucht Krebse oder Muscheln finden. Möglicherweise fangen wir sogar einen Fisch.«

»Womit?«

»Mit dem Messer«, erklärte Mitchell, der sich während der vergangenen Stunden Gedanken gemacht hatte, wie sie zu Nahrung kommen konnten, die nicht aus Beeren oder Wurzeln bestand. »Ich kann mein Hemd in schmale Streifen schneiden und das Messer an einen kräftigen, langen Ast binden. Dann habe ich einen Speer.«

Jessica lächelte. »Mein Gott, du bist wirklich erfindungsreich!«, sagte sie.

»Ich habe diese verdammte Fahrt nicht gemacht, um kurz vor dem Ziel in der Wildnis umzukommen, nur weil ich meinen Verstand nicht angestrengt habe«, erwiderte er ernst.

»Worauf warten wir dann noch?«, fragte Jessica und erhob sich.

Die Sonne hing schon sehr tief über den Hügelketten im Westen, als sie zur Küste zurückfanden. Mitchell ließ Jessica im Schutz einer kleinen Felsausbuchtung zurück und ging auf Nahrungssuche. Er fand weder Krebse noch eine Stelle, wo er hätte Jagd auf Fische machen können. Doch er kehrte mit genügend Muscheln zurück. Sie schmeckten ekelhaft schleimig, doch sie enthielten genügend Flüssigkeit im Fleisch, dass sie sowohl Hunger als auch Durst stillten. Wenig später brach die Nacht herein.

Sie kauerten unter dem vorspringenden Felsdach, starrten hinaus auf die See und lauschten dem monotonen Rauschen der Wellen, die sich im ewigen Rhythmus gegen den steinigen Strand warfen. Ein scharfes Heulen drang aus dem wilden Hinterland zu ihnen.

»Du hast vorhin gesagt, du hättest die Fahrt nicht gemacht, um kurz vor dem Ziel in der Wildnis umzukommen«, sagte Jessica schließlich, ohne ihn anzublicken. »Doch warum hast du England freiwillig verlassen? Was gibt es in dieser verfluchten Sträflingskolonie, die sich New South Wales nennt, das du nicht in England finden kannst?«

Mitchell lachte leise auf, und es war ein Lachen bar jeder Freude. »Von freiwillig kann nicht ganz die Rede sein«, antwortete er zögernd. »Meine ehrenwerte Familie hat schon ein wenig Druck ausgeübt, um mich auf die *Tradewind* zu bekommen. Mein Gott, und wie sie sich alle bemüht haben, mir die Kolonie schmackhaft zu machen.«

»Eine unschickliche Liaison?«

»Ich denke, das hätten sie noch verkraftet. Nein, ein nicht standesgemäßes Liebesverhältnis war nicht der Grund«, erklärte Mitchell. »Ich … ich war Offizier in der Leibgarde des Königs. Und mein Fehler war, dass ich aus einem Ehrenduell als Sieger hervorging. Wegen Spielschulden, die mein Gegner bei mir hatte und nicht bezahlen wollte.«

»Und mit wem hast du dich duelliert?«

»Mit meinem Vorgesetzten«, antwortete Mitchell knapp. Er machte eine gedankenvolle Pause, atmete dann tief durch und fuhr fort: »Er starb eine Woche nach dem Duell. Ich komme aus einer sehr angesehenen Familie, doch die seine übertrifft uns Hamiltons an Einfluss. Nun, das war das Ende meiner Offizierskarriere. Man gab mir unmissverständlich zu verstehen, dass es für mich und meine Familie besser sei, wenn ich das Land verließe. Und New South Wales ist eine Kolonie, in der man nicht unbedingt Erkundigungen über die genaue Herkunft und Vergangenheit der freien Siedler einzieht. Wie ich von Hawkley gehört habe, soll sogar das New South Wales Corps aus einer Bande von Schurken und Banditen bestehen, die sich von ihren Gesinnungsgenossen nur dadurch unterscheiden, dass sie den roten Rock des Königs tragen. Aber dafür ist das Land unermesslich und frei, und man kann etwas aufbauen, wenn man nur gewillt ist. Und den Willen habe ich.« Er lachte wieder bitter. »Was bleibt mir auch anderes übrig, nicht wahr?«

»Man kann es noch schlechter antreffen«, bemerkte Jessica

düster und wünschte, sie befände sich an seiner Stelle und hätte seine Sorgen.

»Was hat dich auf die *Tradewind* gebracht?«, fragte er nach kurzem Zögern.

Unwillkürlich tastete Jessica nach dem Medaillon. Es war alles, was ihr von der verhängnisvollen Liebe zu Kenneth geblieben war.

»Mein Fehler war es, dass ich einen Mann geliebt habe oder zumindest davon überzeugt gewesen bin, den ich nicht hätte lieben dürfen. Und dass ich es gewagt habe, in Gegenwart eines gewissen Sir Wesley und einer Lady Catherine auszusprechen, dass ich die Tochter des Hausherrn bin ... das Kind seiner Geliebten. Das reichte für zehn Jahre – und für die *Tradewind.*«

Mitchell fühlte sich irgendwie innerlich erleichtert und zugleich von ohnmächtigem Zorn erfüllt. Sein Gefühl, dass Jessica nicht zu dem Verbrecherpack zu zählen war, hatte ihn also nicht getrogen. Doch natürlich würde niemand danach fragen, was sie angeblich in England verbrochen hatte. Es genügte, dass sie mit der *Tradewind* gekommen war – im Zwischendeck der Deportierten. Damit war sie gebrandmarkt. Für immer. Nichts konnte sie davon freiwaschen. Und zu allem Unglück würde sie sich auch noch wegen der Ermordung des Ersten Offiziers des Ostindienfahrers verantworten müssen. Falls sie innerhalb der nächsten Tage auf eine menschliche Siedlung stießen – und falls es noch andere Überlebende gegeben hatte.

Das waren zwei äußerst ungewisse Einschränkungen.

Mitchell schien, als würde sie ahnen, was ihm durch den Kopf ging. Ein unwohles Gefühl beschlich ihn. Er wollte unbedingt vermeiden, dass das Gespräch noch einmal auf den Mord und das, was sie im Falle einer Errettung zu erwarten hatte, kam. Jessica würde in den kommenden Tagen mehr denn je Mut, Zuversicht und Überlebenswillen haben müssen.

»Wir sollten jetzt versuchen zu schlafen«, schlug er in fast beiläufigem Ton vor. »Wir werden schon beim ersten schwachen Morgenlicht aufbrechen. In den kühlen Morgenstunden kommen wir am besten voran. Und wenn es heiß wird, rasten wir an irgendeiner schattigen Stelle.«

Jessica antwortete nicht. Starr blickte sie auf die See hinaus. Das Kreuz des Südens stand mit seinen fünf Sternen am Nachthimmel. Wie flüssige Kohle, der man zerriebenes Sternensilber untergemischt hatte, schimmerte das Wasser.

»Angenehme Träume«, sagte sie schließlich, und Mitchell glaubte einen spöttisch-bitteren Unterton heraushören zu können. Sie rutschte im Sand hin und her, bis sich der Körper eine bequeme Mulde geformt hatte, und wandte ihm den Rücken zu. Jessica sehnte sich nach Schlaf, doch sie hatte Angst vor den Albträumen.

3

Ein spitzer Stein, der sich ihm schmerzhaft in den Rücken bohrte, als er sich umdrehte, riss ihn aus dem Schlaf. Und noch bevor er die Benommenheit abgeschüttelt hatte, hörte er das wimmernde Weinen.

Mitchell fuhr sich mit der Hand über die Augen. Über ihm bildete die vorspringende Gesteinsplatte ein tiefschwarzes Dach, während sich ein magerer Mond auf der ruhigen Oberfläche der See spiegelte. Jessica lag ganz nahe bei ihm, das Gesicht mit geschlossenen Augen ihm zugewandt. Ihre Hände presste sie, zur Faust geballt, vor die Brust, und die Beine hatte sie angezogen wie ein kleines Kind.

Sie wimmerte im Schlaf.

Mitchell legte einen Arm um sie und fuhr ihr beruhigend über das salzverkrustete Haar. »Schscht … ganz ruhig, Jessica. Es ist ja alles gut«, murmelte er. »Wach auf … Vergiss den Traum … was immer es auch ist, was dich im Schlaf verfolgt, es ist vorbei. Du bist in Sicherheit. Niemand tut dir etwas.«

Jessica wachte nicht auf, doch sie spürte die schützende Nähe eines Menschen. Sie schmiegte sich an ihn und legte dann zögernd einen Arm auf seine Brust. Ein tiefer, fast gelöster Atemzug drang an sein Ohr, und er merkte, wie die Verkrampfung allmählich von ihr wich. Sie streckte sich aus, und er fuhr fort, sie zu streicheln.

Er war inzwischen hellwach. War seine erste Reaktion dem Wunsch entsprungen, sie zu beschützen und ihr den quälenden Albtraum zu vertreiben, so trat an diese Stelle nun ein völlig anderes Gefühl. Ihm war gar nicht bewusst geworden, wie sehr er sich während der vergangenen Wochen gewünscht hatte, sie zu streicheln und ihr nahe zu sein. Das Wissen, dass sie zu den Sträflingen gehörte und unter strengster Bewachung stand, war wie eine unüberwindliche Mauer gewesen, die ihn vor seinen eigenen Gefühlen geschützt hatte.

Doch nun gab es keine Barrieren mehr – weder eine räumliche noch eine gesellschaftliche. Sie beide waren Schiffbrüchige und in dieser Wildnis völlig auf sich allein gestellt.

Als Mitchell nun spürte, wie sie sich an ihn schmiegte, kam ihm zum ersten Mal zu Bewusstsein, dass er viel mehr sein wollte als nur ihr Beschützer. Es verlangte ihn danach, ihre Lippen zu küssen, sie zu liebkosen und ihr dabei in die Augen zu blicken und sie glücklich lächeln zu sehen.

Er strich ihr Haarsträhnen aus dem Gesicht, und seine Finger glitten hinter ihrem Ohr am Nacken hinunter. Das vorn aufgefetzte Kleid gab einen Großteil ihrer Brust frei, und zögernd glitt seine Hand über die Haut.

Jessica seufzte leise.

Er zog seinen Arm unter ihr hervor und beugte sich nun über ihr Gesicht. Sie hatte die Augen noch immer geschlossen, doch ihre Lippen waren leicht geöffnet. Und plötzlich veränderte sich ihr Atem, den der Schlaf bestimmt hatte, und sie schlug die Augen auf.

Ihre Blicke trafen sich.

Sie schauten sich einen langen Moment an, als hielten sie stumme Zwiesprache. Jessicas Augen waren frei von Schlaf. Unbestimmte Angst und die Sehnsucht nach Sicherheit und Geborgenheit lagen in ihnen.

Mitchells Augen hielten ihren Blick fest. Dann streichelte er vorsichtig ihre Wange. Sie sprachen kein Wort. Er spürte das Zittern ihrer Lippen, als er sie küsste. Und dann schlang sie die Arme um ihn, als wollte sie ihn nie wieder freilassen.

Jessica erwiderte seine Küsse mit einer leidenschaftlichen Wildheit, in der Verzweiflung mitschwang. Bereitwillig ließ sie sich von ihren aufwallenden Gefühlen davontragen.

Mitchell nahm sich viel Zeit und achtete auf die Reaktionen ihres Körpers. Als er ihr schließlich das Kleid vom Leib streifte, geschah das zu einem Zeitpunkt, als Jessica glaubte, ihr Körper stünde in Flammen. Sie blickte ihn nur mit großen, flehenden Augen an und streckte die Arme nach ihm aus, als auch er sich entkleidet hatte.

Sie öffnete den Mund zu einem stummen Schrei, als ihre Körper sich vereinigten. Mitchell spürte den Drang, ihr zärtliche Worte zuzuflüstern und ihr zu sagen, dass er sie liebe.

Doch er hatte Angst, dieses ungewöhnliche Schweigen, das nicht im Geringsten trennend wirkte, zu brechen. Die wortlose Leidenschaft schien ihr Empfindungsvermögen und ihre gegenseitige Einfühlungsgabe weit über das gewöhnliche Maß hinaus zu vervollkommnen. Und Mitchell fürchtete, dass schon ein einziges Wort diese Harmonie zerstören könnte.

Jessica umklammerte seine muskulösen Schultern. Eine alles verzehrende Glut ergriff von ihr Besitz. Ganz flüchtig flackerte die Erinnerung an Kenneth in ihr auf – und an seine Art, sie zu lieben. Sie begann zu ahnen, wie selbstsüchtig Kenneth in seiner Leidenschaft gewesen war.

Doch schon im nächsten Moment war der Gedanke an Kenneth ausgelöscht. Ein Gefühl der Ekstase stieg in ihr auf, und sie erreichte wieder den Zustand angespannter Erregung. Und plötzlich geschah etwas Wunderbares, Unbeschreibliches. Die ungeheure Anspannung löste sich in heiße, leidenschaftliche Wellen völliger Hingabe und Erfüllung auf. Und diese Wellen fluteten durch ihren Körper, der sich unter Mitchell wand und aufbäumte. Sie warf den Kopf in den Nacken, schloss die Augen und vergaß sich, während sich ihre Finger in seinen Rücken krallten. Ganz langsam ebbte dieses rauschartige Lustgefühl ab. Keuchend lag sie unter ihm und sah ihn mit erstauntem, lächelndem Blick an. Sie begriff nicht, was mit ihr geschehen war.

Minuten später lagen sie Seite an Seite. Jessica spürte eine schwere, wohlige Ruhe und Ausgeglichenheit. Jede Faser ihres Körpers schien warm und entspannt zu sein. Sie lauschte Mitchells Atem, der sich ebenfalls beruhigt hatte, und wartete, bis er eingeschlafen war. Dann löste sie sich aus seinem Arm und hauchte einen Kuss auf seine Brust, bevor sie ihr Kleid wieder anzog und sich zum Schlafen legte.

4

Es war noch dunkel, als Mitchell Hamilton erwachte. Jessica schlief noch fest. Er beobachtete sie eine Weile mit einem zärtlich-schmerzlichen Blick. Dann kleidete er sich an und ging den felsigen Strand zu jener Stelle hinunter, wo er am Abend zuvor die vielen Muscheln in einer seichten Ausbuchtung der Küste gefunden hatte, die wie ein langer Keil ins Land vorstieß. Allein der Gedanke an das glibberige Fleisch der Muscheln erregte Übelkeit in ihm, doch wenn sie überleben wollten, blieb ihnen nichts anderes übrig, als das ekelhafte Zeug erneut hinunterzuwürgen.

Als er den tiefen Einschnitt erreicht hatte, setzte er sich auf einen rundgewaschenen Felsen und blickte eine Weile über das Meer nach Osten. Der Himmel zeigte dort in der Ferne ein verwässertes Grau, in das sich allmählich schwache Streifen von Hellrot und Blassgelb zu vermischen begannen. Es würde jedoch noch eine gute Zeitspanne vergehen, bevor der obere Rand der Sonnenscheibe sichtbar sein würde. Doch wenn der Glutball aus der See stieg, würden sie schon lange nicht mehr hier sein, sondern gut eine Meile im Landesinneren.

Mitchell dachte daran, was in der Nacht zwischen ihm und Jessica geschehen war. Er wünschte, er hätte in Ruhe darüber nachdenken und eine Pfeife rauchen können. Doch weder hatte er die Zeit für langes Nachdenken noch Pfeife und Tabak. Und als er dort am Wasser saß, kam ihm alles wie ein Traum vor, der mit dem Hellerwerden des Tages immer mehr verblasste … wie ein rauschhaftes Erlebnis, das mit dem Nüchternwerden immer mehr an Wirklichkeit verlor. Es war grotesk. Er liebte Jessica, eine Deportierte, die mit dem Galgen zu rechnen hatte, falls sie jemals Sydney oder eine andere Siedlung erreichen sollten.

Abrupt stand er auf und zwang sich unter Aufbringung aller Willenskraft, derartige Gedanken zu verdrängen. Es war nicht nur sinnlos, sondern zudem auch gefährlich, wenn er sich gerade jetzt mit solchen Dingen belastete.

Hastig sammelte er Muscheln im seichten Wasser der Bucht, steckte sie unter sein Hemd und kehrte zu Jessica zurück. Sie war wach und saß gegen den Felsen gelehnt. Ihr Gesichtsausdruck ließ nicht erkennen, was sie nach dieser Nacht dachte oder fühlte.

»Ausgeruht?«, fragte er vorsichtig.

Sie zuckte vage die Achseln. Ihr Blick fiel auf die Ausbuchtung seines Hemdes. Sie zog die Augenbrauen hoch. »Muscheln zum Frühstück?«, fragte sie ruhig.

»Ja. Das ist das einzig Essbare, das ich hier finden kann«, antwortete er, ließ die Ausbeute seines Spaziergangs aus dem Hemd vor ihren Füßen in den Sand fallen und setzte sich ihr gegenüber hin. Er spürte ein wenig Enttäuschung. Irgendwie hatte er auf eine kleine Geste oder einen kurzen Blick gehofft, der ihm zu verstehen gab, dass der Tag nicht auslöschte, was sie beide in der Nacht gefühlt hatten. Es schmerzte ihn, obwohl er wusste, wie dumm und wirklichkeitsfremd diese Hoffnung war.

»In Newgate schmeckte das Essen nicht viel anders«, sagte Jessica, nahm einen faustgroßen Stein und schlug eine Muschel auf. Und Mitchell hatte das deprimierende Gefühl, als wäre sie ihm so fremd wie nie zuvor.

Sie hielten sich nicht lange mit dem Essen auf. Widerstrebend würgten sie das schleimige Muschelfleisch hinunter, kletterten dann die Uferböschung hoch und setzten ihren Marsch nach Norden fort.

Die Landschaft hatte im warmen Licht der Morgensonne

einen betörenden Reiz, sie wirkte geradezu wie ein fremdes Paradies und schien voller Verheißungen. Doch beide wussten auch, dass das Land mit zunehmender Helligkeit und Hitze auch an Ungastlichkeit und Gefahren gewinnen würde.

Mitchell schlug ein mittleres Tempo an, das er jedoch stur wie eine Maschine beibehielt. Sie mussten die kühlen Stunden des anbrechenden Tages nutzen. Doch die Hügelketten, deren Konturen sich immer deutlicher am nordöstlichen Horizont abzeichneten, schienen einfach nicht näher rücken zu wollen.

Jessica hielt sich tapfer, doch mit der Hitzeglut kamen auch wieder die Schwärme von Moskitos und anderen Insekten, die sich auf die beiden verschwitzten Menschen stürzten. Mitchell schnitt zwei Äste von einem Strauch, gab Jessica einen und zeigte ihr, wie sie den Großteil der Insekten damit durch ständiges Wedeln vertreiben konnte. Doch der primitive Fächer war ihnen nur für kurze Zeit von Nutzen. Ihre Arme ermüdeten bald, und es gelangten auch so noch genügend von den Blutsaugern an ihr Ziel, sodass sie die Zweige schließlich resigniert wegwarfen.

Jessicas Gedanken kreisten bald nur noch um Wasser. Sie vergaß völlig, nach den gefürchteten Schlangen Ausschau zu halten. Der quälende Durst ließ kaum noch Raum für einen anderen Gedanken. Als sie eine mehrstündige Mittagsrast einlegten, grub Mitchell mit dem Messer ein tiefes Loch zwischen zwei Eukalyptusbäumen. Am Boden des Loches sickerte etwas Wasser zusammen. Es war zu wenig, um es trinken zu können, doch es reichte, um den Tuchfetzen von seinem Hemd zu nässen und sich damit die trockenen Lippen anzufeuchten.

Am Spätnachmittag fanden sie essbare Wurzeln und dann eine richtige Quelle, als sie in ein Gelände kamen, das stark zerklüftet und mit Felsgestein durchsetzt war. Klares Wassre rann aus einem fingerbreiten Felsspalt. Die Quelle lag im kühlen Schatten eines mächtigen, mannshohen Busches, der mit seinen herrlichen sattgelben Blüten ihre Aufmerksamkeit erregt hatte. Der kleine Strom schlängelte sich hundert Yards über den felsigen Boden und versickerte dann im Boden.

»Ich gehe heute keinen Schritt mehr«, keuchte Jessica erschöpft, nachdem sie ihr glühendes Gesicht in den kleinen Bach getaucht und ihren Durst gestillt hatte. »Die verdammte Küste kann mir gestohlen bleiben. Dort finden wir wieder kein Wasser.«

»Mag sein«, erwiderte er und fühlte sich nicht weniger zerschlagen. »Aber dennoch können wir die Nacht über nicht hierbleiben.«

»Warum nicht?« Ihre Stimme klang gereizt und angriffslustig.

»Es ist nichts weiter als eine Vermutung, aber dies hier ist vermutlich die einzige Quelle im Umkreis von mehreren Meilen«, erklärte er. »Und das bedeutet, dass viele Tiere am Abend hier zur Tränke gehen ... möglicherweise auch Raubtiere. Willst du also noch immer die Nacht an dieser Stelle verbringen?«

»Zumindest möchte ich in der Nähe der Quelle bleiben, damit ich morgen früh noch etwas trinken kann«, sagte sie.

»Einverstanden.«

Eine halbe Meile weiter fanden sie einen kahlen, unbewachsenen Hügel, dessen Kuppe eine Mulde aufwies, die fast zur Hälfte von hüfthohen Felsbrocken umschlossen wurde. Mitchell hätte sich am Strand sicherer gefühlt, doch einmal davon abgesehen, dass Jessica nicht mitgemacht hätte, sie wären bis zum Einbruch der Dunkelheit auch nicht mehr bis zur Küste gekommen.

Obwohl sie beide völlig ausgelaugt waren, konnten sie keinen Schlaf finden. Der Nachthimmel war so gut wie wolkenlos, und Mitchell war erstaunt, wie wenig Sterne der südliche Himmel aufwies. Und dann begann die Wildnis um sie herum zum Leben zu erwachen. Die Nacht war von tausend unheimlichen Lauten erfüllt. Einmal hörten sie sogar in nicht allzu weiter Ferne ein Tier in Todesangst aufbrüllen. Der schauderhafte Schrei brach jäh ab.

Jessica zitterte vor Angst. Mit weit aufgerissenen Augen starrte sie in die Nacht. Und es vergingen Stunden, bevor ihre Müdigkeit die Angst besiegte und sie in einen unruhigen Schlaf fallen ließ.

Der dritte Tag begann damit, dass Jessica einen schmerzhaften Muskelkater in ihren Oberschenkeln verspürte. Sie kamen an diesem Morgen nur langsam voran. Sie registrierte kaum noch, ob sie offenes Land überquerten, das von spärlichen Grasbüscheln übersät war, oder sich einen Weg durch das verfilzte Unterholz und Gestrüpp eines Waldes bahnten. Hunger und Durst wurden von diesem dritten Tag an zu den beiden Polen, zwischen denen ihre Gedanken hin und her jagten.

Am vierten Tag fanden sie zum ersten Mal kein Wasser, und in ihrer Verzweiflung riss Jessica Blätter von den Sträuchern und kaute sie in der Hoffnung, Flüssigkeit aus ihnen gewinnen zu können. Doch der Saft der Blätter ließ sie erbrechen, und sie krümmte sich unter einem heftigen Magenkrampf. Danach war sie nicht mehr in der Lage, den Marsch fortzusetzen.

»Nimm einen Kiesel in den Mund. Ich habe einmal gelesen, dass das helfen soll«, sagte er und reichte ihr einen flachen, runden Stein. Das war alles, was er für sie tun konnte. Er wusste, dass es schlecht um sie stand. Beide verloren sie schneller an Kraft und Ausdauer, als sie vorankamen. Mit jedem Tag wurde die Strecke, die sie zwischen Auf- und Untergang der Sonne bewältigten, kürzer. Es war ein zermürbender Kampf gegen Hitze, Hunger und Durst, ein verzweifelter Wettlauf mit der Zeit. Und es sah nicht so aus, als würden sie ihn gewinnen. Mitchell wusste nicht, ob auch er schon unter Angsthalluzinationen litt, doch ihm war so, als würden sich die Dingos, die kojotenähnlichen Wildhunde, von Nacht zu Nacht näher an sie heranwagen, als ahnten sie, dass sie bald leichte Beute haben würden.

5

Die Krise kam am achten Tag. Oder war es schon der neunte oder zehnte? Mitchell wusste es selbst nicht mehr zu sagen. Manchmal war er sich ganz sicher, dass es der achte Tag nach der Nacht des Schiffbruchs war. Doch schon Augenblicke später löste sich seine Sicherheit in quälende Zweifel an seiner eigenen Urteilskraft auf. Und dann fragte er sich in einem Anflug von Panik, ob er sich vielleicht genauso täuschte, was die Strecke betraf, die sie seinen Berechnungen zufolge zurückgelegt hatten. Danach hätten sie schon hundert Meilen marschiert sein müssen.

Es war irgendwann am Nachmittag. Sie hatten sich mit schleppenden Schritten, von der Sonne verbrannt und mit Staub bedeckt in den Schatten eines einzelnen Eukalyptusbaumes gerettet. Kahles, unfruchtbares Land, das von der Sommerglut ausgezehrt war, erstreckte sich in einem Umkreis von ein bis zwei Meilen. Erst in der Ferne zeichnete sich ein Waldstück ab. Doch der Wald lag zu weit weg, als dass sie die Strecke noch vor der gnadenlosen Hitze des Mittags hätten schaffen können. Und so hatten sie hier Rast gemacht.

»Jessica, komm hoch. Wir müssen weiter.« Mühsam stemmte er sich hoch. Die Verlockung, einfach hier unter dem verkrüppelten Baum liegen zu bleiben und die Augen zu schließen, war groß.

Jessica schüttelte nur den Kopf, gab ihm aber keine Antwort.

»Steh auf!« Seine Stimme war schärfer geworfen.

Sie blickte zu ihm hoch. »Warum? Es hat doch alles keinen Sinn«, sagte sie gleichgültig. »Warum sollen wir uns noch mehr quälen. Nein, wenn du gehen willst, dann geh nur. Ich bleibe hier.«

»O nein, ohne dich gehe ich nicht weiter!«

»Ist mir auch recht. Dann bleibst du eben hier. Was soll es auch. Ein Ort ist hier zum Sterben so gut wie der andere.«

»Einen Dreck werde ich! Du wirst mit mir kommen, Jessica!« Er wurde zornig, zwang sich jedoch sofort zur Ruhe. Und er versuchte noch einmal, sie im Guten aufzurütteln. »Es ist bestimmt nicht mehr weit. Es *kann* nicht mehr weit sein. Höchstens noch ein oder zwei Tage. Dann haben wir es geschafft.«

»Höchstens noch ein oder zwei Tage!«, wiederholte sie und lachte bitter auf. »Höchstens! ... Mein Gott!«

»Du darfst jetzt nicht aufgeben!«, beschwor er sie. »Nicht so kurz vor dem Ziel!«

Jessica verzog das Gesicht zu einem müden Lächeln. »Von welchem Ziel sprichst du überhaupt, Mitchell?«

Er zog es vor, eine Antwort auf diese Frage schuldig zu bleiben, und griff nach ihrer Hand. »Komm, steh schon auf, Jessica. Wir müssen weiter, und das weißt du. Du kannst jetzt nicht einfach aufgeben.«

Sie riss sich mit einer abrupten Bewegung los. »Aufgeben? Was könnte ich denn noch aufgeben, was ich nicht schon längst verloren hätte?«, fuhr sie ihn mit funkelnden Augen an. »Du hast gut reden. Wir werden es schaffen … und wir sind kurz vor dem Ziel! Ich habe es nicht eilig, unter den verdammten Galgen zu treten, denn genau das ist es, was in Sydney auf mich wartet. Nein, dafür werde ich mich nicht quälen. Lieber sterbe ich hier irgendwo in der Wildnis als vor einer gaffenden Menschenmenge in Sydney!«

»Du redest, als wäre schon alles verloren! Und das stimmt einfach nicht!«, rief Mitchell mit heiserer Stimme. »Das redest du dir nur ein. Wer sagt denn, dass man dich hängen wird? Von mir wird niemand erfahren, wer du bist, und falls niemand außer uns das Unglück überlebt haben sollte …«

»Daran glaube ich aber nicht«, erwiderte sie. »Und es wäre eine schreckliche Sünde, so etwas zu hoffen. Nein, du brauchst dir keine Mühe zu geben, mich umstimmen zu wollen. Es wird dir nicht gelingen.«

Ärger trat auf sein Gesicht. »Vielleicht gelingt es mir nicht, dich aus deinem Selbstmitleid zu reißen«, sagte er scharf. »Aber dennoch werde ich nicht zulassen, dass du hier zurückbleibst.«

Ihre Augen verengten sich zu schmalen Schlitzen. »Willst du mich vielleicht zwingen?«, stieß sie hervor.

»Wenn du mir keine andere Wahl lässt, ja.«

Sie lachte höhnisch. »Wie willst du das anstellen? Du kannst dich ja selbst kaum noch auf den Beinen halten.«

»Ich werde dich hinter mir her schleifen, wenn es sein muss!«, erklärte Mitchell unerbittlich. »Und wenn es das Letzte ist, was ich tue, Jessica. Doch das schwöre ich dir: Du kommst so weit mit mir, so weit ich es schaffe!«

»Ich weiß, was du damit erreichen willst!«, schrie Jessica wütend. »Du willst in Syndney als der große Held dastehen, als der tapfere Mann, der sein Leben sogar wegen einer Verbrecherin aufs Spiel gesetzt hat. Was für ein tapfrer und edelmütiger Mann, wird man sagen! Du kümmerst dich nicht einen Deut darum, was mit mir passiert. Warum solltest du auch, nicht wahr? Du hast ja alles erreicht, was du erreichen wolltest! Das, was Tyler nicht geschafft hat, ist dir gelungen. Nicht, dass ich es dir sonderlich schwer gemacht hätte, nicht wahr? Aber alles hat seinen Preis, stimmt es nicht? Man lässt sich nicht einfach so das Leben retten. Nun gut, du hast alles erreicht, was du wohl erreichen wolltest. Was willst du also noch von mir?« Sie hatte sich in einen wilden, uferlosen Zorn geredet.

Mitchell Hamilton war bei ihren Worten blass geworden. Und er erkannte, dass es keine Möglichkeit gab, sie mit vernünftigen Argumenten zum Durchhalten zu bewegen. Ihr von hoffnungsloser Verzweiflung bestimmter, haltloser Angriff zeigte ihm, dass es nur noch einen letzten Weg gab, sie vielleicht aus ihrer Apathie zu reißen. Liebe und Hass können in scheinbar aussichtslosen Situationen im Menschen verborgene Energiereserven mobilisieren, die man sich selbst nie zugetraut hätte. Und da es aussichtslos war, Jessica durch die Kraft der Liebe von der Selbstaufgabe abzubringen, blieb nur der Hass.

Geringschätzig blickte er sie an. »Ich kann von Glück reden, dass Ned Tyler schon tot ist und dich nicht hören kann«, sagte er mit kurzem Auflachen, und seine eigene Stimme war ihm fremd. »Er hätte jetzt triumphiert und die Wette gewonnen.»

Misstrauen und Verwirrung zeigten sich auf ihrem verschwitzten Gesicht, das deutliche Spuren ihrer Erschöpfung trug. »Wette …? Wovon sprichst du überhaupt? Was ist das für eine Wette?«

Spöttisch zog er die Mundwinkel hoch. »Willst du die Wahrheit wissen? Möchtest du wirklich hören, warum ich auf der *Tradewind* deine Partei ergriffen und mich um dich gekümmert habe, als Tyler dich in Ketten schließen und hinunter in die lichtlose Kammer bringen ließ?« Er machte eine kurze Pause und fuhr sich mit dem Handrücken über seine feuchte Stirn. »Ach, warum soll ich mir noch die Mühe machen. Du hast ja sowieso mit der Welt abgeschlossen. Es interessiert dich ja gar nicht mehr, nicht wahr?«

»Doch!«, entfuhr es ihr unwillkürlich. Unruhe stand in ihren Augen. »Ich will es wissen!«

»So?« Er zuckte die Achseln. »Ganz wie du willst. Es ist jetzt ja doch ohne Bedeutung. Ich habe all das für dich getan, weil ich eine Wette gewinnen wollte, die ich mit dem Ersten Offizier abgeschlossen hatte. Es ging um zehn Guineen, um genau zu sein. Das ist keine unbedeutende Summe, und dafür kann man schon ein bisschen was tun und nachhelfen, nicht wahr?«

Sie schluckte schwer. »Was … was … war … das … für … eine … Wette?«, fragte sie stockend, als hätte sie Angst vor der Antwort.

Mitchell blickte sie scheinbar gleichgültig an. »Der Erste war davon überzeugt, dass er sich jeden Sträfling gefügig machen könne. Er sagte, es sei nur eine Frage der Zeit und der Mittel. Damals war ich so naiv und glaubte, er hätte unrecht. Und aus irgendeinem Grund nahm ich an, dass du anders als all der Rest der Deportierten wärest. Ich hielt dich für aus anderem Holz geschnitzt. Und da habe ich mit ihm gewettet, dass es ihm nicht gelingt, deinen Willen zu brechen.«

Fassungslosigkeit flammte in ihren Augen auf. »Du hast mit Ned Tyler gewettet, dass er mich nicht in die Knie zwingt?«, keuchte sie.

»Ja, um zehn Guineen. Du musst wissen, dass der Erste ein leidenschaftlicher Spieler war«, fügte Mitchell hinzu, und in ihm verkrampfte sich alles, als er sah, was seine Worte anrichteten.

Einen Augenblick starrte sie ihn nur ungläubig an. Er sah, wie ihre Haut unter der oberflächlichen Sonnenbräune eine blutleere Blässe annahm.

»Dann hat Tyler mich vermutlich nur gequält und auspeitschen lassen, um die Wette nicht zu verlieren?« Ihre Stimme war ein raues, heiseres Flüstern.

»Schon möglich, dass er dich vergessen und sich einer anderen Frau gewidmet hätte, wenn diese Wette nicht gewesen wäre«, räumte er ein. Und er las Schmerz und Schock in ihren Augen.

»Du … du Schweinehund!«, schrie sie auf einmal mit sich überschlagender Stimme. »Du bist nicht besser als Ned Tyler es gewesen ist! Du bist genauso gemein und hinterhältig wie all die anderen. Zehn Guineen …! Wegen zehn verfluchter Guineen habt ihr mich auspeitschen und wochenlang einsperren lassen!«

»Was regst du dich auf?«, erwiderte Mitchell mit mühsam erzwungener Kälte. »Ich habe mich eben in dir geirrt. Du bist nicht besser als das andere Pack. Ihr wisst, eine günstige Gelegenheit beim Schopfe zu packen, und wenn es euch mal dreckig geht, beginnt ihr zu jammern und gebt auf. Es war einfach nur überheblicher Stolz, der dich dazu veranlasst hat, ihm so lange zu widerstehen – und nicht etwa Charakterstärke, wie ich angenommen hatte. Eigentlich müsste ich dir noch dankbar sein, dass du Tyler erstochen hast. Ich hätte ihm sonst zehn Guineen zahlen müssen.«

Tief in ihr ruhte das Wissen, dass dies nur ein Bruchteil der Wahrheit war, dass diese Wette nur der Beginn von allem gewesen sein konnte. Doch übermächtiger Zorn und Hass begruben dieses Wissen unter sich.

Taumelnd kam sie auf die Beine. Ihr Gesicht verzerrte sich

zu einer hässlichen Grimasse aus Schmerz und Hass. »Männer deines Schlages sind die gemeinsten Verbrecher!«, schrie sie und wollte sich außer sich vor Zorn auf ihn stürzen. »Ich ... ich bringe dich um!«

Mitchell schlug ihr links und rechts ins Gesicht, dass sie gellend aufschrie. Dann stieß er sie zurück. »Spiel jetzt nicht die Wilde!«, herrschte er sie an. »Bleib hier im Schatten hocken und warte auf den Tod. Das ist es doch, was du dir wünschst. Zum Teufel noch mal, mir soll es völlig gleich sein. Wenn du hier verrecken willst, dann verrecke eben!«

Ohne eine Antwort abzuwarten, drehte er sich um und ging los. Die Sonnenglut traf ihn, als er aus dem Schatten trat. Doch er spürte sie kaum. Mit angespannten Nerven horchte er auf die Geräusche in seinem Rücken. Würde sie sich aufraffen und ihm folgen? War der Hass, den er in ihr entfacht hatte, stark genug, um ihr neue Kraft zu verleihen?

»Ich werde leben!«, kreischte Jessica auf einmal hinter ihm her. »Ich werde lange genug leben, um zumindest *dich* verrecken zu sehen! Bei Gott, das werde ich!« Sie stieß sich von dem Baum ab und folgte ihm. Unbändiger Hass trieb sie voran. Sie hatte nun zum ersten Mal seit der Schiffskatastrophe ein wirkliches Ziel, für das es sich zu quälen lohnte: Sie wollte Zeuge sein, wenn seine lächerlichen Hoffnungen auf Rettung zu heißem, trockenem Sand zerrannen und der Tod kam.

6

Der Tod schien sich ihrer so sicher zu sein, dass er sich Zeit ließ. Noch am selben Tag stießen sie vor Beginn der Dämmerung auf ein Wasserloch und fanden dort in der Nähe auch ausreichend essbare Wurzeln. Doch es war bei Weitem nicht genügend Nahrung, um die verbrauchte Energie auch nur annähernd zu ersetzen.

Jessica sprach kein Wort mit Mitchell. Auch am nächsten Tag schwieg sie. Und es gab ihr Kraft, zu sehen, wie seine Schritte allmählich etwas Stockendes, Zögerndes bekamen, als überlege er, ob sich der nächste Schritt überhaupt noch lohne. Das Ende schien nahe zu sein.

Und doch marschierten sie weiter. Sie quälten sich über eine Kette von Sanddünen, rissen sich Kleider und Haut an dornigem Gestrüpp auf und taumelten meilenweit über eine mit scharfkantigen Gräsern bedeckte Ebene, die im Hitzeglast zu schwimmen schien und in der es nur so von Schlangen wimmelte. Doch sie hatten das Stadium der Angst schon längst überschritten.

Jessica hatte das Gefühl, als würde Mitchell sie unablässig belauern und nur darauf warten, dass sie zusammenbrach und nicht weiterkonnte. Doch diesen letzten Triumph wollte sie ihm um keinen Preis gönnen. Im Gegenteil, *sie* wollte sehen, wie er zu Boden ging und nicht wieder hochkam. Und sie war erstaunt über die Kräfte, die noch in ihr schlummerten und sie Stunde um Stunde einen Schritt vor den anderen setzen ließen.

Ihr Gefühl täuschte sie nicht. Es stimmte. Mitchell blickte sich immer wieder nach ihr um. Doch Jessica ahnte in ihrem dumpfen Hass nicht, dass er alles andere als ihren Zusammenbruch erhoffte. Er befürchtete in Wirklichkeit, dass ihre innere

Antriebsfeder den Strapazen nicht länger standhalten und unwirksam werden könnte.

Er litt unter dem kalten Schweigen, und er fragte sich im Stillen zum unzähligsten Mal, ob er sie und auch sich selbst überschätzt hatte. Wer sagte ihm, dass er wirklich nach Norden in Richtung der Siedlungen marschierte? Was war, wenn er in einem riesigen Bogen ging und immer tiefer in die unbewohnte Wildnis eindrang? Sie hatten es schon vor vielen Tagen aufgegeben, gegen Abend zur Küste zurückzukehren. Vielleicht zogen sie auch ganz nahe an abgelegenen Farmen vorbei, ohne dass sie es wussten, und ihr Marsch führte sie mitten ins öde Nichts. Entsetzen erfüllte ihn bei dieser Vorstellung.

Es war mehrere Stunden nach Sonnenaufgang, am dritten Tag, seit er den Hass in ihr geweckt hatte, als er eine Gruppe Vögel über einer Stelle des hügeligen Geländes entdeckte, das von dichtem Gestrüpp überwuchert war.

»Wasser!«, stieß er unwillkürlich mit schwerfälliger Zunge hervor. »Vielleicht eine Wasserstelle!« Er beschleunigte seinen Schritt und achtete nicht auf die Zweige, die durch sein Gesicht peitschten. Auch Jessica ging schneller.

Als sie sich jener Stelle näherten, stiegen die Vögel höher, kreisten mehrmals über ihren Köpfen und zogen dann nach Nordosten, um vom grellen Schein der Sonne verschluckt zu werden.

Die hohen Büsche lichteten sich plötzlich, wichen dann ganz zurück und gaben den Blick auf eine große Mulde frei. Der kräftige, frische Ton der Gräser und Büsche verriet, dass es da unten irgendwo Wasser geben musste.

Sie taumelten den sanft abfallenden Hang hinunter.

Plötzlich vernahmen sie in ihrem Rücken ein lautes Rascheln. Mitchell wollte herumfahren, doch in dem Moment erhielt er einen wuchtigen Schlag ins Kreuz, der ihn zu Boden schleuderte.

Jessica drehte sich um und schrie auf.

Sie blickte in die bärtigen Gesichter von drei Männern. Der eine von ihnen, ein breitschultriger Bursche mit flammendrotem Haar und einer hässlichen Narbe am Hals hielt eine Muskete in den Händen.

»He, Sean und Liam!«, rief der Rothaarige seinen beiden Begleitern zu. »Seht euch mal an, was uns da über den Weg gelaufen ist …! Keine Bewegung, Mister!« Das Gewehr ruckte zu Mitchell herum, als er sich mit schmerzverzerrtem Gesicht aufrichten wollte. »Versuch nicht, den Helden zu spielen. Du wärst nicht der Erste, der sich plötzlich durch mich in einer besseren Welt wiederfände!«

»Wahrlich nicht, Finnegan!«, kicherte der hagere Bursche rechts von ihm, der so zerlumpt war, dass er an eine Vogelscheuche erinnerte.

Der dritte Mann war von kleiner, untersetzter Gestalt und den Gesichtszügen nach zu urteilen der Jüngste von den dreien. Sein Bartwuchs war spärlicher. Er trug einen schmutzigen, blutverkrusteten Verband um seinen linken Oberschenkel. Und er stützte sich auf eine primitive Krücke, die aus einer Astgabel bestand. Mitchell hockte mit angespannten Muskeln am Boden. Dieser rothaarige Finnegan mit der Muskete war ganz ohne Zweifel ein Ire. Und sofort erinnerte er sich an das, was John Hawkley ihm über die zahlreichen Iren erzählt hatte, die wegen aufständischer Umtriebe rigoros verurteilt und nach New South Wales deportiert wurden. Hawkleys Erzählungen zufolge empfanden die freien Farmer diese politischen Sträflinge wie eine schwelende Zündschnur an einem Pulverfass. Hawkley hatte berichtet, dass viele dieser deportierten Rebellen flüchteten, kleinere Aufstände unter den Sträflingen anzettelten und ihren Kampf gegen die Engländer auch in der Kolonie New South Wales fortsetzten. Und Mitchell war sich nun absolut sicher, es mit drei solchen irischen Sträflingen zu tun zu haben. Die Verwundung des einen sprach dafür.

»Mein Name ist Mitchell Hamilton …, wir sind Schiffbrüchige von der *Tradewind*«, sagte er mit ruhiger Stimme und beobachtete den Anführer Finnegan. Vielleicht hatten sie Glück, und die entlaufenen Sträflinge verschonten sie. Aber das war unwahrscheinlich. Sie würden zumindest ihn töten, wenn sie bei ihm die schmale Ledertasche mit seinem Geld, dem Kreditbrief und den Papieren fanden. Bevor das Schiff auf die Felsen geworfen wurde, hatte er diese schmale Ledertasche in ein wasserfestes Stück Ölhaut eingewickelt und unter sein Hemd hinter den Hosenbund gesteckt. Diese Voraussicht konnte ihnen jetzt zum Verhängnis werden. Welch eine bittere Ironie des Schicksals, dass sie nach scheinbar endlosen Tagen härtester Strapazen gerade auf entlaufene Sträflinge stoßen mussten, die zu allem Unglück auch noch Iren und somit Engländerhasser waren. Ihre Rettung lag zum Greifen nahe – ebenso der Tod.

Der Mund des Rothaarigen klaffte zu einem hinterhältigen Grinsen auf, und er entblößte zwei Reihen dunkler, verfaulter Zähne. »Und mein Name ist Pat Finnegan, doch jeder andere tut es auch … und das ist der ehrenwerte Sean Hogan.« Er deutete auf die Vogelscheuche.

Sean Hogan begann wieder zu kichern und ließ Jessica, die vor Schreck wie gelähmt war, nicht eine Sekunde aus den Augen, in denen wilde Gier unverhohlen flackerte.

Mit einer knappen Kopfbewegung wies Pat Finnegan dann auf den jungen Burschen, der ein wenig abseits stand, als würden ihn die anderen beiden nur in ihrer Nähe dulden. »Und dieser Heißsporn nennt sich Liam McCoy. Der Junge muss noch 'ne Menge lernen.« Seine Stimme veränderte sich plötzlich und verlor die falsche Freundlichkeit. »Und ob ihr Schiffbrüchige seid oder nicht, interessiert mich einen feuchten Dreck. Ihr seid verdammte Engländer. Und mit Leuten eures Schlages machen wir kurzen Prozess. Ob Irland oder dieses verfluchte New South Wales, der Kampf geht weiter!«

Mitchell Hamilton tat so, als hätte er die tödliche Drohung überhört. »Sie ist eine von euch, eine Deportierte«, sagte er und zeigte auf Jessica. »Wir haben nichts von Wert bei uns, zumindest nichts, was für euch von Nutzen wäre. Doch wenn ihr uns den Weg zur nächsten Siedlung zeigt, soll es euer Schade nicht sein.«

Pat Finnegans Grinsen wurde noch um eine Spur breiter und bösartiger. »Hast du das gehört, Sean? Da ist uns doch wahrhaftig 'n richtiger englischer Komiker vor den Flintenlauf gekommen!«

»Kann nur keinen Spaß nicht an englischen Witzen finden«, erwiderte Sean Hogan.

Finnegan knurrte zustimmend.

Mitchell zog vorsichtig die Ledertasche unter dem Hemd hervor. Früher oder später würden sie sie ja doch finden. »Das ist alles, was wir bei uns haben. Es sind persönliche Papiere, ein Kreditbrief und Pfundnoten. Doch mit den großen Geldscheinen werdet ihr bestimmt nichts anfangen können. Aber ich kann dafür sorgen, dass ihr …«

Finnegan ließ ihn gar nicht erst ausreden. Er trat auf ihn zu, holte blitzschnell mit dem Gewehrkolben aus und stieß ihn Mitchell vor die Brust. Die Brieftasche entglitt seiner Hand, während er mit einem Aufschrei zusammensackte und röchelnd nach Atem rang.

Jessica biss sich auf die Lippen. Immer und immer wieder hatte sie sich im Laufe der vergangenen Tage eingeredet, dass sie triumphieren würde, wenn Mitchell vor ihren Augen zusammenbrach. Doch nun empfand sie alles andere als Genugtuung oder gar Triumph.

»Zum Teufel mit deinem Geld, Engländer!«, fuhr Finnegan ihn mit wütendem Gesichtsausdruck an. »Wir können uns sowieso nichts dafür kaufen. Was wir brauchen, das holen wir uns – mit Gewalt notfalls. Und von einem verfluchten Engländer würde ich noch nicht einmal einen Penny annehmen! Wir kämpfen auch hier für ein freies Irland … und ihr werdet sterben!«

Keuchend stützte sich Mitchell auf seinen linken Unterarm. Er spürte etwas Hartes unter seinem rechten Oberschenkel. Es war das Messer. Er musste es verloren haben, als Finnegan ihn von hinten niedergeschlagen hatte. Scheinbar zufällig glitt seine rechte Hand zur Erde hinunter. Seine Finger berührten den Griff des Messers. Bevor er sich von diesem mordlüsternen Finnegan umbringen ließ, würde er zuvor alles auf eine Karte setzen. Doch er gab sich keiner Illusion hin. Allein gegen drei Mann hatte er keine Chance, mit dem Leben davonzukommen. Doch diesen Pat Finnegan würde er noch mit in den Tod nehmen!

»Macht mit mir, was ihr wollt«, murmelte Mitchell und erweckte bewusst den Anschein, als hätte er resigniert. »Doch verschont die Frau. Sie ist eine Deportierte wie ihr und hat genug gelitten.«

»Deportierte oder nicht – sie ist eine Engländerin!«, erwiderte Finnegan hasserfüllt.

»Seit wann vergreifen sich mutige irische Freiheitskämpfer an wehrlosen Frauen und Kindern?«, fragte Mitchell geringschätzig.

Pat Finnegan presste die Lippen zu einem schmalen Strich zusammen, und er machte den Eindruck, als wolle er jeden Augenblick den tödlichen Schuss auf Mitchell abfeuern. Doch da sagte Liam McCoy: »Die Frau hat uns wirklich nichts getan, Pat. Lassen wir sie in Ruhe. Sie ist nicht besser dran als wir und die anderen Sträflinge.«

»Halt's Maul, Liam!«, fauchte Finnegan. »Wer hat dich nach deiner Meinung gefragt?«

»Na, wär' schon schade um die Kleine«, räumte nun Sean Hogan ein und kam auf Jessica zu. »Hab' schon lange keine Frau mehr gehabt… nicht seit wir den Sullivans das Farmhaus über ihren Köpfen in Brand gesteckt haben. Und mit der alten Schlampe von Ted Sullivan haben wir doch kein richtiges Vergnügen nicht gehabt.«

»Sie hat bekommen, was sie verdient hat«, knurrte Finnegan und spuckte bekräftigend aus.

»Wenn ihr mich fragt«, fuhr Sean Hogan fort, »so sollten wir nehmen, was sich uns bietet, Pat. Und der Teufel soll mich auf der Stelle holen, wenn uns diese Kleine nicht 'ne Menge Spaß zu bieten hat.« Er packte sie am schon eingerissenen Ausschnitt ihres Kleides.

»Nein!… Nicht!«, keuchte sie und wich einen Schritt zurück. Entsetzen überfiel sie, als sie die brutale Gier in seinen Augen sah.

»Nicht so schreckhaft, Prinzessin!«, höhnte Sean.

Jessica schlug seine Hand, die sich in den brüchigen Stoff des Sträflingsgewandes krallte, zur Seite und wollte weglaufen. Sie hörte das Einreißen des Gewebes im selben Augenblick, als sie über einen Stein oder eine herausragende Wurzel stolperte, das Gleichgewicht verlor und rechts von Mitchell mit einem erstickten Aufschrei zu Boden ging.

Pat Finnegan lachte schadenfroh auf. »Überlass sie mir, Sean!«

»Aber …«

»Du sollst sie mir überlassen!« Finnegans Stimme war schneidend.

Sean Hogan leckte sich zögernd über die Lippen und trat dann zurück. »Schon gut, Pat«, brummte er.

»Sie muss erst richtig warm mit uns werden«, sagte Finnegan spöttisch. »Es ist besser, wenn ich das übernehme. Du machst der Armen bloß Angst. Hier, nimm die Muskete und halt den Burschen in Schach. Mit ihm beschäftigen wir uns hinterher.«

Stumm und mit verdrossener Miene nahm Sean Hogan das Gewehr entgegen. Es schmeckte ihm gar nicht, dass Finnegan sich vorgedrängt und ihn auf den zweiten Platz verwiesen hatte, obwohl es doch seine, Seans, Idee gewesen war. Doch es war nicht ratsam, dem Rothaarigen zu widersprechen. Pat Finnegan war nun mal ihr Anführer – und er konnte so gemein wie die Hölle sein.

Als Finnegan das Gewehr aus den Händen gab, wusste Mitchell sofort, dass er keine günstigere Gelegenheit bekommen würde. Diese ausgezehrte Gestalt, die sich Sean Hogan nannte, sah ihm nicht danach aus, als könnte sie besonders gut mit solch einer Waffe umgehen. Zudem war er verärgert und mit den Gedanken bei Jessica.

Mitchell hob sein rechtes Bein ein wenig an. Das Messer wurde sichtbar. Nicht für die drei Iren, aber für Jessica, die ja seitlich von ihm lag. Er sah, wie ihr Blick auf das Messer fiel. Ihre angsterfüllten Augen weiteten sich und richteten sich in stummem Begreifen auf ihn. Ihre Blicke trafen sich ganz kurz. Und dieser flüchtige Moment genügte ihnen, um sich abzusprechen. Sie beide wussten, dass sie nun handeln mussten.

Jessicas Hand grub sich in den sandigen Boden, als Pat Finnegan mit spöttischem Gesichtsausdruck vor sie hintrat und sich zu ihr hinunterbeugte.

»Wir Sträflinge müssen zusammenhalten«, sagte er mit gemeinem Grinsen, »und alles, was wir haben, miteinander teilen. Lass mal sehen, was du so alles hast.«

»Das hier!«, schrie Jessica und schleuderte ihm den Sand in die Augen.

Finnegan brüllte auf und schlug die Hände vor die schmerzenden, tränenden Augen. Im selben Moment packte Jessica ihn am Hemd und schleuderte ihn mit aller Kraft nach Mitchell hinüber.

Der rothaarige Ire schlug schwer mit dem Rücken auf, rollte halb auf die Seite und wollte mit einem lästerlichen Fluch auf den Lippen aufspringen.

In dem Moment stieß Mitchell ihm das Messer in die Brust. Finnegans Augen verdrehten sich in Todesqual. Ein erstickter Laut drang aus seiner Kehle, während er zusammensackte. Doch bevor er das Messer unter sich begraben konnte, riss Mitchell es wieder heraus. Blut pulsierte aus der Wunde.

Mit dem befleckten Messer in der Hand sprang Mitchell auf. Seit er Finnegan die Klinge in die Brust gestochen hatte, waren nicht mehr als zwei, drei Sekunden vergangen.

Sean Hogan war einen Augenblick wie erstarrt gewesen, als er sah, wie Pat Finnegan plötzlich zu Boden stürzte und sich scheinbar direkt in die blitzende Klinge drehte, die der Engländer plötzlich wie hingezaubert in seiner Hand hielt. Fassungslosigkeit stand in seinem Gesicht.

Und dann löste er sich aus der Starre des Schocks, riss die Muskete hoch und wollte abdrücken. Im Bruchteil einer Sekunde schoss es ihm durch den Kopf, dass sie ohne Pat Finnegan verloren waren.

Jessica war vor Mitchell auf den Beinen. Sie wollte sich todesmutig auf Sean Hogan stürzen. Doch sie wusste, dass der Schuss fallen würde, bevor sie ihn erreichte. So schnell sie auch sein mochte, die tödliche Kugel, die Mitchell zurückschleudern würde, konnte sie nicht mehr verhindern oder ablenken. Und sie hatte auf einmal Angst um Mitchell, obwohl sie ihn doch eigentlich hätte hassen und ihm den Tod wünschen sollen.

Mit wildem Gesichtsausdruck krümmte Sean Hogan den Finger um den Abzug.

Doch Liam McCoy war um einen Hauch, um die Zeit eines hastigen Wimpernschlages schneller. Er folgte einer instinktiven Eingebung, als er seine Krücke packte und sie dem schmächtigen Sträfling mit aller Wucht in die Seite rammte.

Donnernd entlud sich die Muskete, während Sean Hogan zur Seite taumelte.

Mitchell schrie unwillkürlich auf. Ein greller Mündungsblitz sprang aus dem Lauf des Gewehrs ihm geradewegs ins Gesicht. Die Feuerlanze schien zwischen seine Augen zu zielen. Und er wartete auf den Einschlag der Kugel und den Schmerz. Doch er spürte nur ein geringfügiges Brennen an seinem linken Oberarm, als das Geschoss ihn nur streifte und sich viele Yards hinter ihm in den Boden bohrte.

Sean Hogan ließ die Muskete sofort fallen, als er sah, dass sein Schuss danebengegangen war, und er griff nach seinem Messer. Jessica schien die Waffe in seiner Hand nicht zu sehen, als sie sich auf ihn warf und mit sich zu Boden riss. Ihre Fingernägel kratzten durch sein Gesicht.

»Jessica!«, brüllte Mitchell entsetzt auf, war mit einem mächtigen Satz bei ihr und riss sie brutal zurück. Und da zuckte Sean Hogans Messer auch schon hoch. Nur um Haaresbreite schnitt die Klinge an Jessica vorbei.

Mitchell trat nach der Messerhand, traf den Unterarm des Sträflings und warf sich auf ihn. Er war zu geschwächt, um sich in einen langen Kampf einlassen zu können. Und noch im Sprung stieß er seinem Gegner das Messer in die Kehle. Blut schoss ihm entgegen und sprudelte über seine Hand. Sean Hogan riss den Mund auf, doch das hervorströmende Blut ertränkte seinen Schrei.

Mit keuchendem Atem richtete sich Mitchell auf.

Jessica war kalkweiß im Gesicht. Sie wankte drei, vier Schritte zu einem Strauch, fiel auf die Knie und erbrach sich.

Mitchell starrte Liam McCoy an, der ohne seine Krücke unsicher auf den Beinen stand.

»Warum hast du das getan?«, fragte Mitchell atemlos. »Du hast uns das Leben gerettet.«

Liam zuckte verstört über seine eigene Tat die Achseln. »Ich ... ich weiß nicht«, murmelte er. »Irgendwie war es nicht recht. Ich habe in Irland gegen Soldaten gekämpft, nicht gegen Wehrlose. Und Finnegan hat das Töten geliebt ... Ich habe ihn gehasst.«

»Habt ihr Essen?«, fragte Mitchell.

Liam nickte. Er deutete mit einer vagen Kopfbewegung hinter sich in Richtung der dichten Büsche. »Wir haben dort alles versteckt, als Finnegan euch entdeckte. Und Wasser ist dort unten zwischen den beiden jungen Akazienbäumen.«

Erleichtert atmete Mitchell auf. Essen. Richtiges Essen. »Und wie weit ist es bis zur nächsten Siedlung?«, wollte er dann wissen.

Der junge Ire dachte nach. »Etwa einen Tagesmarsch, obwohl es eigentlich keine richtige Siedlung ist.«

Mitchell lachte. »Oh, das macht nichts. Uns ist jede Siedlung recht. Und jetzt nimm deine Krücke und bring das Essen hinunter zur Wasserstelle. Alles Weitere kannst du uns nachher sagen.« Er bückte sich und hob die Muskete auf. »Und komm nicht auf den Gedanken …«

»Keine Sorge«, unterbrach Liam McCoy ihn bitter. »Ich weiß, dass ich mit meiner Verwundung nicht weit kommen würde.« Und er humpelte davon.

Mitchell drehte sich um.

Jessica hatte sich aufgerichtet und blickte ihn an.

Er lächelte. »Wir sind gerettet, Jessica. Und du hast schon aufgeben wollen. Ist jetzt nicht noch Zeit genug, um zu überlegen, was mit dir geschehen soll?«, fragte er eindringlich.

Mit gerunzelter Stirn hielt sie seinem Blick stand. Die von Hass geschmiedete Härte in ihr brach auf. Und sie begann zu begreifen. Zögernd und zweifelnd. Doch der Anfang war gemacht.

7

Nahe der Wasserstelle schlugen sie ihr provisorisches Lager auf. Mitchell war zu dem Schluss gekommen, dass es das Sinnvollste war, wenn sie den Rest des Tages und die kommende Nacht hier verbrachten. Sie hatten Ruhe dringend nötig. Nun, da sie über genügend Wasser und über Lebensmittel verfügten, die Liam McCoy in zwei prall gefüllten Leinensäcken aus dem Dickicht herbeigeschleppt hatte, bestand keine Notwendigkeit mehr zu einem Gewaltmarsch. Auf einen halben Tag mehr oder weniger kam es nicht mehr an.

Liam suchte trockene Zweige zusammen, entzündete ein Feuer und kochte in einem verbeulten Topf Tee, in den er am Schluss noch einige Eukalyptusblätter warf. »Ist gut gegen den Durst«, erklärte er, als er Jessicas erstaunten Blick bemerkte. Später bereitete er dann Mehlfladen zu, die er in die Glut legte und mit Asche bedeckte. Er ließ sie etwa eine halbe Stunde backen. Schließlich holte er sie aus der Glut.

»Man muss sie heiß essen«, sagte er. »Wenn sie erkalten, werden sie steinhart und ungenießbar.«

Es gab auch gepökeltes Fleisch, und Jessica musste sich zwingen, langsam und nur kleine Bissen zu essen, denn ihr Magen war nicht mehr gewohnt, feste Nahrung zu sich zu nehmen. Mitchell erging es ebenso. Der Tee schmeckte köstlich.

Mitchell säuberte schließlich eine sandige Stelle von trockenen Blättern und Steinen, hielt dem Iren einen kurzen Stock hin und sagte: »Zeichne eine Karte von der Gegend und den umliegenden Farmen und Siedlungen in den Sand.«

Zögernd ergriff Liam McCoy den Stock. »Es war Finnegan, der uns geführt hat. Ich kenne mich nicht so gut aus wie er«, murmelte er.

»Dann streng deinen Kopf an!«

Liam starrte einen Augenblick angestrengt auf den Sand und begann dann Kreuze und Linien in die Erde zu ritzen. Der groben Skizze entnahm Mitchell, dass sie auf ihrem Marsch weiter nach Westen gekommen waren, als er angenommen hatte. Sie befanden sich in den südöstlichen Randbezirken eines riesigen Landstriches, der sich Liam McCoys Erklärung zufolge Cow Pastures nannte und zum besten Weideland der jungen Kolonie zählte. Ein Großteil des Viehbestandes, den die Schiffe der First Fleet an Bord gehabt hatten, war den Zwangssiedlern nach ihrer Landung 1788 in der Bucht von Sydney entlaufen und hatte sich in dieses Gebiet geflüchtet. In den darauffolgenden Jahren hatten sich die Rinder hier unbemerkt zu großen wilden Viehherden vermehrt, die nun die Cow Pastures bevölkerten.

Die nächstgrößere Siedlung war Parramatta, wo sich auch die Sommerresidenz des Gouverneurs befand. Doch ohne Pferd oder Ochsenwagen würden sie bis dorthin gut zwei Tage marschieren müssen, wie der Ire erklärte.

Mitchell legte die Stirn in Falten. »Hast du vorhin nicht gesagt, es sei nur *ein* Tagesmarsch bis zur nächsten Ansiedlung?«

»Das stimmt. Bis zum *Harper's Inn* kann man es an einem Tag schaffen«, sagte Liam eifrig. »Aber das ist keine richtige Siedlung. Der alte Sam Harper betreibt dort an der Straße nach Parramatta eine schäbige Rumkneipe und verkauft nebenher auch noch Kleinkram. In der Umgebung liegen einige kleine Farmen, er hat geradeso sein Auskommen.«

»Hat er Pferde zu verkaufen?«, wollte Mitchell wissen.

Liam McCoy lachte kurz auf. »Pferde? Der alte Sam? Nein, er hat nie eins besessen. Pferde sind Luxus in New South Wales.«

»Wie steht es mit einem Ochsenwagen?«

Liam zuckte mit den Achseln. »Schon möglich, dass er Ihnen den beschaffen kann. Aber darüber müssen Sie selbst mit ihm reden.«

»Worauf du dich verlassen kannst«, murmelte Mitchell und nippte an seinem inzwischen kalten Tee. Jemand, der wie dieser Sam Harper eine so abgelegene Kneipe führte, würde für die Stimme des Geldes sicherlich sehr empfänglich sein. Und die Worte des Iren hatten in ihm den Eindruck hinterlassen, als würde Sam Harper mit jedem bereitwillig ein Geschäft machen, wenn es sich nur lohnte – sogar mit entlaufenen Sträflingen.

Aber ob sie von ihm nun einen Ochsenkarren bekamen oder

nicht, war eigentlich von zweitrangiger Bedeutung. Wichtig war allein, dass Angst und Ungewissheit ein Ende hatten. Die Lebensmittel in den beiden Säcken würden mindestens für zehn, zwölf Tage reichen. Zudem hatte jetzt jeder einen Wasserschlauch, sodass auch die Gefahr des Verdurstens gebannt war. Und die Muskete bot ihnen Schutz. Vielleicht gelang es ihm sogar, Wild zu schießen. Es bestand also kein Grund mehr zur Sorge. Mit einer Ausnahme – Jessica.

Was sollte mit ihr werden?

Er grübelte und suchte nach einer Antwort. Die Kolonie war zu dünn besiedelt, als dass sie einfach hätte untertauchen können. In London war das kein Problem, doch hier kannte wohl jeder jeden, zumindest außerhalb der größeren Siedlungen wie Parramatta und Sydney. Und diese Ortschaften boten ihr gleichfalls keinen Schutz, denn dort konnte ihr jemand über den Weg laufen, der sie von der *Tradewind* her kannte. Sie mussten damit rechnen, dass noch andere den Schiffbruch überlebt hatten.

Nach Stunden fieberhaften Überlegens fand Mitchell Hamilton schließlich einen Ausweg. Der war zwar weit davon entfernt, alle Risiken auszuschließen, doch eine absolut sichere Lösung des Problems gab es nun mal nicht.

Liam und Jessica, die dösend in dem schnell länger werdenden Schatten der Akazien gelegen hatten, schreckten aus ihrem Halbschlaf auf, als Mitchell nach der Muskete griff und abrupt aufstand.

»Jessica, ich möchte gern mit dir reden«, sagte er. »Allein und ungestört.«

»Muss das sein?«, fragte sie. In ihrer Stimme lag weder der Hass noch die Angriffslust der letzten Tage, doch unendliche Müdigkeit.

»Ja, bitte.«

Sie nickte schließlich. »Also gut.«

Mitchell blickte den jungen Iren kurz und scharf an. »Du rührst dich hier nicht von der Stelle, haben wir uns verstanden?«

Liam McCoy verzog das Gesicht zu einem schiefen Grinsen. »Ja, Sir!« Und er spuckte neben sich ins Gras. Er bereute allmählich, Sean Hogan am Schuss gehindert zu haben. Auspeitschung und Straflager waren ihm sicher – falls dieser Mitchell Hamilton ihn der Obrigkeit übergab.

Mitchell ging mit Jessica zum Wasserloch hinunter, wo der Ire sie nicht hören konnte. Die Reste eines verrotteten Baumstammes, den ein heftiger Sturm vor vielen Jahren entwurzelt hatte, lagen im Gras. Er stellte die geladene Muskete ab und setzte sich auf den Stamm.

Mitchell wusste nicht, wo und wie er beginnen sollte. Die Kluft, die seine Worte vor drei Tagen aufgerissen hatten, war noch nicht wieder ganz geschlossen.

Es war Jessica, die das Schweigen brach. »Das mit der Wette … stimmte das?«

Vor dieser Frage hatte er sich gefürchtet. »Ich könnte jetzt sagen, dass ich mir das nur ausgedacht hätte, um dich aufzurütteln und zum Durchhalten zu bringen. Sicherlich wäre das der einfachere Weg, denn Ned Tyler ist tot.«

»Dann ist es also wahr.«

»Ja.«

»Immerhin war ich dir zehn Guineen wert«, meinte Jessica, und es klang noch nicht einmal bitter.

»Die Wette war etwas völlig Unüberlegtes«, versuchte er, ihr die Umstände zu erklären. »Ich kannte dich damals noch gar nicht. Doch mein Hass und Zorn auf ihn war bestimmt nicht schwächer als deiner. Es war eine Torheit gewesen. Und als ich erkannte, dass diese Wette dich erst wirklich in Gefahr brachte, wollte ich sie zurückziehen. Doch Tyler weigerte sich.«

»Warum hätte er auch zehn Guineen verschenken sollen, die ihm so gut wie sicher waren, nicht wahr?« Beißender Spott schwang nun in ihrer Stimme mit.

»Zum Teufel, es ging ihm überhaupt nicht um die Wette«, widersprach Mitchell und verzweifelte im Stillen, weil das Gespräch eine völlig andere Wendung nahm, als er beabsichtigt hatte. Er hatte vorgehabt, sich mit ihr zu versöhnen und ihr zu erklären, wie er sie zu schützen gedachte. Und nun wurde er in die Verteidigung gedrängt und geriet zwangsläufig in das Fahrwasser eines Streites.

»Um was sonst?«

»Es ging ihm um dich! Begreifst du denn nicht, wie du unter all den anderen Frauen auf ihn gewirkt haben musst? Du hattest dir Schönheit und Unschuld bewahrt …«

»Nicht die Unschuld«, korrigierte Jessica ihn.

»Unschuld hat nicht unbedingt etwas mit Unberührtheit zu tun«, erwiderte Mitchell. »Du warst unschuldig – und stolz. Und genau das reizte ihn. Zudem ließ es seine Ehre einfach nicht zu, ein Nein von einer Deportierten hinzunehmen. Die zehn Guineen waren in diesem Zusammenhang völlig unbedeutend. Auch ohne diese verfluchte Wette hätte er dich nicht in Ruhe gelassen.«

Sie zuckte die Achseln und spielte mit einem Grashalm. »Vielleicht.«

»Ich musste irgendetwas tun und sagen, um dich von deiner Selbstaufgabe abzubringen«, sagte Mitchell nach einer Weile des Schweigens. »Du wärst sonst dort sitzen geblieben … und weit hätte ich dich nicht tragen können. Bestimmt nicht bis zu dieser Wasserstelle. Deshalb habe ich Dinge zu dir gesagt, die ich so nie empfunden habe. Ich *wollte,* dass du mich hasst. Das war das Einzige, was dich aufrechtgehalten hat!«

Zum ersten Mal, seit sie zur Wasserstelle hinuntergegangen waren, blickte sie ihn an. »Ich weiß.«

Mitchell spürte einen stechenden Schmerz, als er ihrem Blick entnahm, dass sie darüber dennoch nicht die Wette vergessen konnte. Er wollte ihre Hand nehmen und ihr sagen, dass er sie liebte. Doch er konnte nicht. Sie hasste ihn nicht mehr, doch die Kluft zwischen ihnen bestand noch. Und wohl allein die Zeit konnte sie schließen.

»Ich habe mir Gedanken darüber gemacht, was mit dir geschehen soll«, wechselte er abrupt das Thema.

Jessica zog die Augenbrauen hoch. »Und zu welcher Entscheidung bist du gekommen?«

Ihr spöttischer Tonfall machte ihn zornig. »Verdammt noch mal!«, brauste er auf. »Tu nicht so, als wäre ich für all das Leid, das du hast ertragen müssen, verantwortlich! Ich habe nichts damit zu tun, dass man dich zu Unrecht verurteilt und nach New South Wales deportiert hat. Die Verantwortung dafür trägt ein anderer, falls du das inzwischen vergessen haben solltest.«

»O nein, das habe ich nicht!«

»Manchmal erweckst du aber den Eindruck, als hättest du es getan«, fuhr Mitchell in seiner zornigen Erregung fort.

»Was erwartest du von mir?«, rief sie mit jäh aufflammender Heftigkeit. »Soll ich dir etwa auf den Knien danken, dass du mich gerettet hast, nur damit mir der Henker in ein paar Wochen den Strick um den Hals legen kann?«

Mitchell verlor die Beherrschung. Seine Hand schnellte vor, bevor er begriff, was er da tat. Die schallende Ohrfeige hinterließ einen rötlichen Abdruck auf ihrer linken Gesichtshälfte. Er erschrak, als sie leise aufschrie, die Hand auf die brennende Wange presste und ihn mit weit aufgerissenen Augen anblickte.

»Entschuldige«, murmelte er betroffen. »Ich ... ich hätte das nicht tun dürfen, Jessica. Ich wollte dich nicht schlagen. Ich hatte kein Recht, so etwas zu tun.«

»Du brauchst dich nicht zu entschuldigen«, antwortete sie zu seiner Verwunderung. »Ich hätte das nicht sagen dürfen. Es war nicht fair.«

»Nein, fair waren deine Worte wahrlich nicht.«

»Dann habe ich die Ohrfeige wohl verdient«, erklärte sie mit einem gezwungenen Lächeln.

Mitchell wusste nicht, was er sagen sollte. Ihn befiel auf einmal die niederschmetternde Ahnung, dass er sich in eine Idee verrannt hatte, die nicht zu verwirklichen war. Und er fragte sich nun, wie er je hatte annehmen können, dass sie ähnliche Gefühle für ihn hegte, wie er es für sie tat. Er kam sich wie ein lächerlicher Narr vor, dass er geglaubt hatte, sie beide könnten auch in Zukunft einen Weg finden, um zusammenzubleiben.

»Du hast vorhin gesagt, du hättest dir Gedanken darüber gemacht, was mit mir geschehen soll«, nahm Jessica das Gespräch wieder auf. »Willst du es mir sagen, oder hast du es dir inzwischen anders überlegt? Ich könnte es dir nicht verdenken. Ich glaube, ich mache es dir nicht einfach, mir zu helfen, nicht wahr?«

Der versöhnliche Klang ihrer Worte gab ihm wieder ein wenig Hoffnung. Doch das Gefühl der Zuversicht war in ihm erstorben. »Du kannst dich vorerst in keiner größeren Siedlung blicken lassen, bis wir nicht wissen, was aus der Besatzung, den Passagieren und den anderen Deportierten geworden ist. Hier draußen hast du kaum etwas zu befürchten. Das gilt bestimmt auch für diesen Sam Harper, von dem uns der Ire erzählt hat. Es wird also das Beste sein, wenn du irgendwo außerhalb von Parramatta oder Sydney Unterschlupf findest und unter einem falschen Namen lebst, bis ich Erkundigungen eingezogen habe.«

Unverhohlene Skepsis stand auf ihrem Gesicht geschrieben. »Und wo soll ich mich verstecken? Vielleicht hier draußen in der Wildnis? Allein?«

Er schüttelte den Kopf. »Nein. Ich habe eher an *Harper's Inn* gedacht. Dieser Liam McCoy klang so, als würde es Sam Harper nicht so genau mit seiner Kundschaft nehmen. Und ich bin fest davon überzeugt, dass er dich bei sich aufnehmen und den Mund halten wird, wenn nur genug dabei für ihn herausspringt. Glücklicherweise bin ich finanziell so gut gestellt, um ihm ein verlockendes Angebot machen zu können, das er kaum ausschlagen wird.«

»Das klingt mir dennoch reichlich unsicher.«

»Sicher ist nur der Tod!«, erwiderte er hart.

Sie lachte grimmig auf. »Ein unschlagbares Argument. Nun gut. Nehmen wir einmal an, dieser Sam Harper lässt mich bei sich wohnen und stellt keine Fragen. Was geschieht dann?«

»Ich bin als freier Siedler in diese Kolonie gekommen, und man wird mir gutes Farmland zuweisen. Ich habe einen Anspruch darauf. Ebenso auf Arbeitskräfte, Saatgut, Lebensmittelvorräte und was ich sonst noch alles benötige, um einen Start in diesem Land zu machen. Vermutlich werde ich mir ein Stück Farmland irgendwo am Hawkesbury River zuteilen lassen. Dort soll es den fruchtbarsten Boden geben, wie ich gehört habe. Und dort ist man weit von Sydney entfernt und hat nur wenige Nachbarn. Niemand wird fragen, wer du bist und woher du kommst. Und das bedeutet Sicherheit.«

Jessica dachte eine Weile darüber nach. »Auf den ersten Blick gesehen hat dein Vorschlag wirklich etwas sehr Verlockendes an sich«, räumte sie zögernd ein. »Für mich zumindest. Aber was ist mir dir?«

Er zog die Augenbrauen hoch. »Was meinst du damit?«

»Du hast England mehr oder weniger gezwungenermaßen verlassen und diese grässliche, monatelange Schiffspassage auf dich genommen, um Tausende von Meilen von der Heimat entfernt noch einmal ganz von vorne anzufangen, nicht wahr?«

Er nickte stumm.

»Gut. Allein das ist schon ein großes Wagnis. Wenn du diesen Plan, den du mir gerade erläutert hast, auch noch ausführst, machst du dich schon am ersten Tag deiner sowieso ungewissen Existenz strafbar. Du gewährst einem Sträfling Unterschlupf. Das ist schlimm genug, wenn es bekannt werden sollte. Doch falls jemand von der Besatzung der *Tradewind* den Schiffbruch überlebt hat und es herauskommt, dass du sogar eine Mörderin versteckst, dann bist du nicht nur als Siedler in New South Wales erledigt, sondern schwebst auch in Gefahr, vor Gericht gestellt zu werden. Warte! Lass mich erst ausreden, bevor du etwas erwiderst!«, bat sie. »Natürlich hast du recht, wenn du sagst, dass man fern von Sydney und anderen größeren Siedlungen ziemlich sicher vor Entdeckung ist. Aber eine *wirkliche* Sicherheit wird es niemals für mich geben. Niemand ist vor den Launen des Zufalls gefeit. Und diese Angst, dass der Zufall irgendwann einmal doch alles entlarven könnte, wird uns niemals verlassen.«

»Ich kann damit leben«, versicherte Mitchell.

»Wirklich?«, fragte sie leise.

Fest blickte er sie an. »Ja.«

»Ich glaube dir, dass du es ehrlich meinst und wirklich davon überzeugt bist. Aber Meinungen können sich mit der Zeit ändern.«

Mitchell wurde in diesem Moment klar, dass er sich ihr stellen und uneingeschränkt offen sein musste. »Erinnerst du dich an jene erste Nacht nach dem Schiffbruch in der kleinen Felshöhle an der Küste?«, fragte er.

Röte überzog ihr Gesicht, und sie wich seinem Blick aus. »Wie könnte ich sie vergessen haben?«, fragte sie mit unsicherer Stimme zurück.

Er lächelte kaum merklich, wurde dann aber sofort wieder ernst. »Und erinnerst du dich an das, was du mir vorgeworfen hast, als du einfach nicht mehr weitermarschieren wolltest? Du sagtest, ich könnte zufrieden sein, weil ich erreicht hätte …«

»Ich weiß, was ich gesagt habe!«, fiel sie ihm schnell ins Wort, und ihre Röte nahm einen tieferen Ton an.

»Dann weißt du auch, dass es nicht stimmte, was du mir vorgeworfen hast.«

Sie zuckte die Achseln.

»Jessica, vielleicht weißt du längst, was ich sagen will. Vielleicht auch nicht. So oder so, es wird Zeit, dass ich es endlich ausspreche.« Er machte eine Pause. »Was in jener Nacht geschehen ist, hatte nichts mit bloßem Besitzenwollen zu tun. Es geschah, weil ich dich liebe.«

Jessica starrte stumm in das Gras zu ihren Füßen.

Mitchell griff nach ihrer Hand. »Jessica, ich erwarte nicht von dir, dass du mir jetzt deine Gefühle offenbarst. Ich weiß, unter welch schrecklichem Druck du stehst. Doch wenn du nur etwas für mich empfindest, solltest du uns beiden eine faire Chance geben.«

Langsam zog sie ihre Hand zurück und legte sie in ihren

Schoß. »Ich will dir eine Antwort geben, indem ich dich etwas frage.«

»Nur zu! Frage!«

»Angenommen, ich würde deine Gefühle erwidern, Mitchell«, begann sie und blickte nicht auf. »Könntest du mich jemals zu deiner Frau machen?«

Er zögerte. »Darüber habe ich mir noch keine Gedanken gemacht«, gestand er mit einem Gefühl des Unbehagens.

Ein Lächeln flog über ihr Gesicht. »Das brauchst du auch nicht, weil die Antwort schon jetzt feststeht. Und sie lautet: Nein! Ich bin und bleibe ein Sträfling. Gut, wenn man mich begnadigen würde, wäre es theoretisch möglich. Aber bevor so etwas geschieht, muss ich mich zuerst der Obrigkeit stellen und mich wegen Mordes verantworten. Und du weißt, wie dieses Gerichtsverfahren ausgehen würde. Wir brauchen also nicht weiter darüber zu reden. Somit ist von vornherein ausgeschlossen, dass es für uns jemals eine Zukunft geben wird. Es sei denn, du erwartest, dass ich quasi nach außen hin als Haushälterin oder Köchin für dich arbeite und nachts dein Bett als deine Geliebte teile.«

Jessicas kalte Logik ließ ihn verzweifeln. »Mein Gott, warum musst du bloß so pessimistisch sein?«, stieß er erregt hervor. »Warum wartest du nicht ab? Gib uns etwas Zeit! Alles andere wird sich schon ergeben.«

Sie schüttelte den Kopf. »Nein, die Zeit ändert nichts an den bestehenden Tatsachen. Wenn ich bei dir bleibe, würde ich dich früher oder später ruinieren. Und die Vorstellung, du könntest deine Entscheidung, dich in dieses Wagnis einzulassen, eines Tages bitterlich bereuen, würde mich all die Zeit begleiten.«

»Das werde ich nicht!«, beteuerte Mitchell und erkannte gleichzeitig die Naivität seiner Versicherung.

Sie lächelte nur schmerzlich.

»Gut, dann sage du mir, was nun werden soll!«

»Ich bin ehrlich, Mitchell. Ich weiß es noch nicht.« Und dann fügte sie nach kurzem Nachdenken hinzu: »Vielleicht ist die Idee, vorerst mal bei Sam Harper Unterschlupf zu finden, gar nicht so schlecht. Zumindest ist es einen Versuch wert. Es wäre … lieb von dir, wenn du das für mich tätest – und herausfinden würdest, was aus all den anderen von der *Tradewind* geworden ist.«

Das war weniger, als er sich im Stillen von ihr erhofft hatte. Doch es war immerhin ein Anfang, ein Schritt in die richtige Richtung. Vielleicht brauchte sie auch einfach nur Zeit und Abstand von den schrecklichen Erlebnissen der vergangenen Wochen, um zu erkennen, dass es zu seinem Vorschlag einfach keine Alternative gab – es sei denn, sie zog es vor, sich wieder in Ketten legen oder gar hinrichten zu lassen.

Er seufzte. »Also gut, abgemacht. Ich werde versuchen, dich bei Sam Harper unterzubringen Dann sehen wir weiter.« Er erhob sich.

»Was wird aus dem Iren?«

»Ich werde ihn laufen lassen, wenn wir *Harper's Inn* in Sichtweite haben. Natürlich ohne Muskete. Als zukünftiger Siedler kann ich es nicht zulassen, dass ein entlaufener Englandhasser mit einem Gewehr herumläuft. Dafür wirst du Verständnis haben. Alles andere kann er behalten, Lebensmittel, Wasserschlauch und sogar die Messer, die ich ihm und seinen Komplizen abgenommen habe. Ich glaube nicht, dass wir von ihm irgendetwas zu befürchten haben. Er wird froh sein, dass wir ihn so glimpflich davonkommen lassen.«

»Vermutlich.«

Sie kehrten zu ihrem Lagerplatz zurück. Als die Dämmerung einsetzte, stocherte Liam McCoy in der restlichen Glut und legte trockene Borkenstücke und Reisig in das aufflammende Feuer. Sie tranken wieder den mit Eukalyptusblättern gewürzten Tee zu Mehlfladen und in Streifen geschnittenes Fleisch.

Als es Zeit wurde, sich zum Schlafen zu legen, fesselte Mitchell dem Iren Hände und Füße. Murrend ließ Liam es geschehen.

»Reine Vorsichtsmaßnahme«, sagte Mitchell. »Wenn du vernünftig bist und keine Dummheiten versuchst, lassen wir dich laufen, sowie *Harper's Inn* vor unseren Augen liegt.«

Der Ire blickte fragend zu Jessica hinüber, als würde er ihr mehr vertrauen als ihm. Und sie nickte bestätigend. »Du hast unser Ehrenwort«, sagte sie.

»Das Ehrenwort eines Engländers«, brummte Liam geringschätzig, und er schaute wieder Jessica an, als er hinzufügte: »Aber Ihnen will ich glauben, Miss. An irgendetwas muss der Mensch ja glauben, nicht wahr?«

»So etwas Ähnliches hat Ruby auch mal gesagt«, erinnerte sich Jessica laut.

»Ruby, wer?«, fragte Liam verwirrt, und auch Mitchell blickte sie mit einer Falte auf der Stirn an.

»Ach, nichts weiter als eine Erinnerung«, sagte Jessica schnell und legte Zweige ins heruntergebrannte Feuer. Ruby O'Connor. Ihr war, als könnte sie die feste Stimme dieser jungen Frau ganz deutlich hören, wie sie sagte: *Hoffnung und Glaube sind stärker als alle Waffen dieser Welt.*

8

Das Land lag im fadenscheinigen Licht der beginnenden Morgendämmerung, als sie die Wasserschläuche randvoll füllten und unter Liam McCoys Führung aufbrachen. Weit im Westen sah Jessica die schwachen Konturen einer Bergkette, und der Ire erklärte: »Das sind die Ausläufer der Blue Mountains. Bisher ist es noch keinem gelungen, sie zu überqueren. Zumindest ist noch niemand von einer solchen Expedition zurückgekehrt. Niemand weiß, was hinter den Blue Mountains liegt. Man erzählt sich, dass man nach China kommt, wenn man diese Berge bezwingt und nur weit genug nach Nordwesten marschiert.«

»Das ist doch Unsinn«, sagte Mitchell. »Alles spricht dafür, dass dieses fremde Land ringsum von Wasser umgeben und somit eine riesige Insel ist. Zumindest lassen die bisherigen Ergebnisse der Erforschung der Küste darauf schließen.«

Liam McCoy marschierte weiter. »Ist mir auch völlig schnuppe, was hinter den Bergen liegt. Meinetwegen kann dort der Zar von Russland regieren. Was kümmert es mich.«

Der kühle Morgen löste sich bald im Hitzemeer des heißen Hochsommertages auf. Lebensmittelsack und Wasserschlauch schienen nun an Gewicht zuzunehmen.

»Wie weit ist es noch?«, fragte Jessica immer wieder, als sie die mörderische Mittagsglut überstanden hatten und in den Nachmittag hineingingen.

»Wir schaffen es schon bis zum Abend«, beruhigte Liam sie.

Die Unruhe wuchs in Jessica. Bald war es so weit, und sie hatte Angst. Sie warf Mitchell verstohlene Blicke zu. Ahnte er etwas? Verhielt er sich verdächtig? Es musste gleich beim ersten Mal klappen. Eine zweite Chance würde er ihr nicht geben.

Jessicas Gedanken jagten sich, während das hohe, trockene Gras an ihren verschrammten Beinen entlangstrich und sie schon ganz automatisch nach den Insekten schlug, die von den Ausdünstungen ihrer verschwitzten Körper angezogen wurden wie Bienen vom Honig. Immer neue Hügelketten erstreckten sich vor ihnen in der scheinbar grenzenlosen Weite dieses Landes, in dem die unterschiedlichsten Tönungen von Braun, Grau und Lehmrot vorherrschten. Nur einige wenige Wildblumen und Büsche stachen mit kräftigeren Farben aus dieser eintönigen Landschaft hervor, und sie sahen wie verlorene Bastionen frischen Lebens in einer ausgedörrten, ersterbenden Welt aus.

»Da ist es!«, rief Liam McCoy plötzlich, als sie die Kuppe eines besonders hohen Hügels erreicht hatten. »Da unten ist Sam Harpers Anwesen.«

Nach Atem ringend, blieben sie auf der Anhöhe stehen und blickten nach Nordwesten. Allzu viel war aus der Entfernung nicht zu erkennen, denn es trennten sie noch gut zwei bis drei Meilen von *Harper's Inn.* Die Umrisse mehrerer Lehmhütten waren zu sehen, die zum Teil im Schutz hoher Eukalyptusbäume standen.

»Dem Himmel sei Dank!«, rief Mitchell Hamilton mit einem Stoßseufzer der Erleichterung.

»Können wir eine kurze Rast machen?«, fragte Jessica.

Mitchell lachte. »Sicher. Warum nicht. Jetzt ist es ja nicht mehr weit. Gehen wir dort drüben in den Schatten der Bäume!«

Wenige Yards vor der schattenspendenden Baumgruppe stieß Jessica auf einmal einen spitzen, unterdrückten Schrei auf und sank mit schmerzverzerrtem Gesicht ins Gras.

Liam und Mitchell fuhren zu ihr herum.

»Was ist passiert? Hat dich eine Schlange gebissen?«, fragte Mitchell erschrocken und war sofort bei ihr.

Jessica schüttelte den Kopf. »Nein, so schlimm ist es zum Glück nicht. Ich bin nur mit dem Fuß umgeknickt, aber weh tut es.«

»Wir müssen sofort einen nassen Umschlag machen, damit dein Fuß nicht zu sehr anschwillt«, sagte Mitchell und sah den Iren an. »Du setzt dich da an den Baum und verhältst dich ruhig!«

»Sie hatten versprochen …«, setzte der Ire zu einem Protest an.

»Ich halte mein Versprechen!«, fiel Mitchell ihm schroff ins Wort. »Aber vielleicht brauche ich dich noch. Wir werden sehen. So oder so, bei Sonnenuntergang wirst du frei sein.«

Jessica tastete in ihrem Rücken nach dem männerfaustgroßen Stein, den sie entdeckt hatte, bevor sie angeblich mit dem Fuß umgeknickt war. Sie bekam ihn zu fassen, zog ihn an ihre linke Seite, sodass er von Lebensmittelsack und Wasserschlauch verborgen wurde.

Mitchell kniete sich neben sie und betastete ihren rechten Knöchel. Sie tat zweimal so, als würde sie vor Schmerz zusammenzucken. »Zumindest scheint er nicht gebrochen zu sein«, erklärte er erleichtert und zog seinen Wasserschlauch heran, um ihren Fuß zuerst einmal zu kühlen.

Als Mitchell ihr den Rücken zuwandte, wickelte sie den Stofffetzen, den sie in der Nacht vom Saum ihres Kleides abgerissen hatte, um den schweren Stein. Sie zögerte einen Moment. Dann biss sie sich auf die Lippen, hob den Stein und schlug zu.

Mitchell gab einen leisen Aufschrei von sich und stürzte seitlich und mit dem Gesicht zur Erde ins hohe Gras. Jessica ließ den umwickelten Stein fallen und fragte sich mit jähem Entsetzen, ob sie nicht zu hart zugeschlagen hatte. Wenn Mitchell nun tot war?

Doch im selben Augenblick hörte sie den erschrockenen Aufschrei des Iren. Blitzschnell warf sie sich nach rechts, wo Mitchell die schussbereite Muskete hingelegt hatte. Sie packte das Gewehr und richtete es auf Liam McCoy.

»Wenn du nicht genau das tust, was ich dir sage, drücke ich ab!«, warnte sie ihn mit zitternder Stimme.

Liam McCoy hatte sich halb erhoben und hielt die Krücke in der Hand. Blässe überzog sein Gesicht.

»Wa … warum haben Sie das getan?«, keuchte der junge Ire, der auf einmal um sein Leben bangte.

»Weil er mir helfen wollte!«, erklärte Jessica.

Verständnislosigkeit breitete sich auf seinem Gesicht aus. »Das ist zu hoch für mich … Wollen Sie vielleicht sein Geld? Hören Sie, wir beide können uns zusammentun. Wir verscharren seine Leiche …«

»Schweig!«, zischte Jessica. »Noch ein solches Wort, und ich werde dafür sorgen, dass du hier verscharrt wirst! Ich will weder sein Geld noch sonst etwas von ihm. Ich habe das nur getan, um ihn vor sich selbst zu schützen.«

»Das verstehe, wer will«, brummte Liam.

»Komm hier herüber und fessel ihn an Händen und Füßen!«, befahl sie, als sie zu ihrer unendlichen Erleichterung sah, dass sich Mitchells Brustkorb hob und senkte. Er war also nur bewusstlos. »Aber nicht so, dass es schmerzt. Und habe keine Angst um dein Leben. Dir wird nichts geschehen. Alles bleibt so, wie wir es dir versprochen haben. Aber versuche bloß nicht, mich zu übertölpeln! Ich werde nicht zögern, zu schießen, falls du mir dazu einen Anlass geben solltest. Und nun mach dich an die Arbeit!«

»Ganz zu Ihren Diensten, Miss.«

Jessica trat mehrere Schritte zurück und hielt das Gewehr

auf Liam McCoy gerichtet. Ihre einzige Sorge war, dass Mitchell aus der Bewusstlosigkeit erwachen könnte, bevor der Ire ihn gefesselt hatte. Mitchell würde sich von der Muskete in ihren Händen nicht beeindrucken lassen. Er wusste genau, dass sie niemals auf ihn schießen würde.

Glücklicherweise wachte Mitchell nicht auf. Als Liam ihn gefesselt hatte, trug Jessica ihm auf, den einen fast leeren Lebensmittelsack in lange Streifen zu zerschneiden, denn sie brauchte noch weitere Fesseln.

»Und jetzt geh zum Baum zurück, setz dich hin und binde deine Füße zusammen!«, befahl sie.

Liam McCoy starrte sie mit ohnmächtiger Wut an, tat jedoch, was sie von ihm verlangt hatte. Er spürte ihre eiserne Entschlossenheit, und das geladene Gewehr in ihrer Hand war das beste Argument, das sie haben konnte.

Jessica folgte ihm vorsichtig und band ihm dann die Hände hinter dem Baumstamm zusammen. Nun kehrte sie zu Mitchell zurück und knotete ihm einen leichten Knebel um den Mund. Sie wollte nicht, dass er auf sie einreden konnte, wenn er wieder zu Bewusstsein kam.

Nachdem all das getan war, teilte sie die noch vorhandenen Lebensmittel in zwei gleiche Hälften auf. Sie nahm auch das wenige Geld, das Pat Finnegan und Sean Hogan bei sich gehabt hatten, an sich.

Vorsichtig goss sie nun Wasser über Mitchells Gesicht und presste einen feuchten Stofffetzen auf die Stelle, wo sie ihn mit dem Stein getroffen hatte. Unter ihren Fingern spürte sie die Beule.

Langsam kam Mitchell zu sich. Er stöhnte und bewegte sich.

Seine Hände ruckten, doch die Fesseln ließen ihm nicht viel

Bewegungsspielraum. Und dann schlug er die Augen auf. Benommenheit lag in ihnen.

»Kannst du mich hören?«, fragte sie und zwang sich, das Verlangen, ihm das Gesicht zu streicheln, zu unterdrücken. Sie hatte ihren Entschluss gefasst und musste nun hart bleiben. Nichts durfte sie in ihrem Vorhaben beirren.

Seine Augen klärten sich auf. Und er blickte an sich hinunter, bemerkte die Fesseln und den Knebel. Verständnislosigkeit trat auf sein Gesicht. Er riss an den Fesseln und sagte etwas, doch der Knebel machte seine Worte unverständlich.

»Es tut mir leid, dass ich dich so gemein habe niederschlagen müssen«, begann Jessica hastig, denn sie wollte es so schnell wie möglich hinter sich bringen. »Aber ich musste es einfach tun. Vielleicht verstehst du es jetzt nicht, aber später wirst du es bestimmt tun.«

Heftig schüttelte er den Kopf, und wieder drang ein Strom unverständlicher, dumpfer Laute aus seinem Mund.

»Unsere Wege werden sich hier trennen, Mitchell«, fuhr sie fort. »Ich kann einfach nicht länger bei dir bleiben. Du hast schon genug für mich getan. Ich kann nicht zulassen, dass du deine Zukunft für mich aufs Spiel setzt und möglicherweise vor Gericht kommst. Bitte, glaube mir, wenn ich dir sage, dass es mir nicht leichtgefallen ist, mich zu diesem Entschluss durchzuringen. Unter anderen Umständen hätte ich deine Hilfe gern angenommen und wäre sicherlich bei dir geblieben, denn du bist mir nicht gleichgültig.« Sie schaute zu Boden, weil sie den flehenden Blick seiner Augen nicht länger ertragen konnte. »Aber gerade deshalb muss ein jeder von uns seine eigenen Wege gehen. Es ist eine schöne, jedoch hoffnungslose Illusion, zu glauben, wir könnten in diesem Land Frieden finden – gemeinsam. Du weigerst dich, das einzusehen, und deshalb hättest du es gewagt und mich vermutlich mit sanfter Gewalt dazu gezwungen, zumindest einen Versuch zu machen. Doch so weit will ich es erst gar nicht kommen lassen, weil ich das Ende schon jetzt kenne. Und ich könnte nicht mit dem Wissen leben, dich ins Verderben gestürzt zu haben.«

Jessica machte eine kurze Pause. »Wenn du könntest, würdest du mich jetzt vermutlich fragen, was ich denn nun tun will. Nun, so genau weiß ich das selbst noch nicht, und das ist auch gar nicht so wichtig. Liam McCoy hat von der Straße nach Parramatta gesprochen. Vielleicht gehe ich dorthin oder finde irgendwo auf einer der Farmen Arbeit. Sicher, ich habe Angst. Aber diese Angst ist nicht so unerträglich, wie die Angst vor Entdeckung, die ich haben würde, bliebe ich bei dir.

Ich habe eine einzige, letzte Bitte an dich, Mitchell. Du hast gestern gesagt, dass du … mich liebst. Und du hast recht, ich werde die eine Nacht in jener Felshöhle nie vergessen. Die Erinnerung daran wird etwas ganz Besonderes bleiben. Doch wenn du mich wirklich liebst, wirst du keinen Versuch machen, mich zu suchen. Du würdest mich damit nur quälen, Mitchell, und das ist die Wahrheit. Wenn du wirklich etwas für mich empfindest, wirst du mich gehen lassen und nicht versuchen, mich zurückzuholen. Und gib mir einen Tag Vorsprung. Ich lasse ein Messer vor dir im Gras liegen. Du wirst bestimmt nicht lange brauchen, um dich von den Fesseln zu befreien. Ich nehme die Hälfte der Lebensmittel, einen Wasserschlauch und das Geld mit, das wir bei den beiden toten Iren gefunden haben. Und lass Liam McCoy morgen laufen, wie wir es ihm versprochen haben. Das ist wohl alles.«

Sie holte eines der Messer und legte es drei, vier Yards von ihm entfernt ins Gras. Dann warf sie sich den Lebensmittelbeutel und den Wasserschlauch über die Schulter. Zögernd wandte sie sich noch einmal zu ihm um.

»Bitte, folge mir nicht, Mitchell! Es würde alles noch schlimmer machen. Es ist besser so. Irgendwann wirst du das einsehen. Viel Glück.«

Sie sah das verzweifelte Flehen in seinen Augen. Schnell drehte sie sich um und lief davon. Mit einem feuchten Schleier vor den Augen stolperte sie den Hang des Hügels hinunter, bis sie völlig außer Atem war. Vor Mitchell Hamilton vermochte sie davonzulaufen, doch wie weit das Land vor ihr auch sein mochte, niemals würde sie vor ihren Gefühlen davonlaufen können.

9

Die vagen Umrisse der Gebäude von *Harper's Inn* nahmen eine knappe Stunde später scharfe Konturen an. Und Jessica konnte nun Einzelheiten erkennen. Das Rasthaus war ein schäbiger, flacher Bau, dessen Wände aus armdicken Ästen bestanden. Zwischen die Äste hatte man eine dicke Schicht Lehm geschmiert. Sogar von Weitem konnte man sehen, dass die Tonerde aufgrund der anhaltenden Trockenheit des Hochsommers an vielen Stellen Risse aufwies.

Hinter dem *Harper's Inn*, was ein ziemlich hochstapelnder Name für diese schäbige Hütte war, lagen noch zwei weitere niedrige Gebäude, ebenfalls aus Lehm und Ästen gebaut. Jessica vermutete, dass es sich bei ihnen um Schuppen und Stallungen handelte, denn diese beiden Baracken standen auf einem weitläufigen Stück Land, das von einem primitiven

Zaun aus Rutengeflecht umgeben war. Eine magere Kuh und ein halbes Dutzend Schafe grasten in dem Gehege, blieben dabei jedoch im Schatten der Bäume, die hier und da in den Nachmittagshimmel ragten.

Jessica hatte sich nicht viel Gedanken über das gemacht, was aus ihr werden sollte. Es hätte auch keinen Sinn gehabt, denn in ihrer Situation war das Schmieden von Plänen eine Sache und die Wirklichkeit eine völlig andere. Sie wusste, dass sie ihre Entscheidung den jeweiligen Umständen würde anpassen müssen.

Doch sie hatte zumindest vorgehabt, Sam Harpers Rasthaus nicht aufzusuchen, sondern es vielmehr unbemerkt zu umgehen und der Straße nach Parramatta zu folgen. Sie hatte aufmerksam zugesehen und gelauscht, als Liam McCoy am Tag zuvor die Skizze in den Sand gezeichnet und Mitchells Fragen beantwortet hatte. Sie wusste nun, welche Richtung sie einschlagen musste und dass es bis nach Parramatta ein guter Tagesmarsch war. Dort sollte es den Ausführungen des jungen Iren nach viele kleine und große Farmen geben und sogar einige kleinere handwerkliche Betriebe. Möglicherweise konnte sie irgendwo Arbeit finden. Wenn sie ihre Arbeitskraft nur billig genug verkaufte, würde man wohl nicht allzu viele Fragen stellen. Jedenfalls gründete sich ihre Hoffnung darauf.

Als Jessica nun aber den schweren, hochbordigen Ochsenkarren bemerkte, der auf einmal rumpelnd hinter dem Rasthaus hervorkam, besann sie sich eines anderen. Vielleicht hatte sie Glück und der stämmige Mann, der das kräftige Paar Ochsen vor das Haus lenkte, nahm sie mit. Einen Versuch war es auf jeden Fall wert. Sie hatte kaum noch etwas zu verlieren. Und falls Mitchell so töricht sein sollte, doch zu versuchen, sie einzuholen, wäre es gut, wenn sie einige Meilen auf dem Kutschbock des Wagens zurücklegen konnte.

Sie wandte sich dem Rasthaus zu und überquerte einen buschbestandenen Hang, der sanft auf *Harper's Inn* zu abfiel. Die trockenen Sträucher nahmen ihr immer wieder für einige Minuten die Sicht auf die einsam gelegene Taverne. Und als sie schließlich aus dem Busch auf die freie Fläche vor der kleinen Ansiedlung trat, war der stämmige Mann, den sie von Weitem auf dem Kutschbock gesehen hatte, verschwunden. Mit gesenkten, mächtigen Köpfen standen die Ochsen im Geschirr, schnaubten und schlugen mit den Schwänzen nach den zudringlichen Insekten. Die hohen Seitenwände des Wagens waren von Staub und lehmiger Erde überzogen. Eine zerschlissene Plane, ausgeblichen von Wind und Wetter und an vielen Stellen notdürftig geflickt, war über die Ladefläche gezurrt.

Unschlüssig stand Jessica da. Das Gelächter rauer Männerstimmen drang zu ihr auf den Vorplatz hinaus. Sie ging um den Ochsenkarren herum auf den Eingang zu. Anstelle einer Tür hingen zwei alte Jutesäcke, die wohl Insekten abhalten sollten, im Eingang. Zögernd schob sie die Jute zur Seite und trat ein.

Dunkelheit umfing sie, sowie sich der Vorhang hinter ihr wieder geschlossen hatte. Nach der blendenden Helle, die im Freien herrschte, empfand sie das gedämpfte Licht im Schankraum wie die Schwärze einer jäh hereinbrechenden, mondlosen Nacht.

Sie blieb direkt hinter dem Vorhang stehen, um ihre Augen an die Dunkelheit zu gewöhnen. Und obwohl sie im ersten Augenblick so gut wie nichts erkennen konnte, wusste Jessica doch sofort, dass die Blicke aller Anwesenden auf sie gerichtet waren. Es war auf einmal merkwürdig still, und Jessica bereute, dass sie den Schankraum betreten hatte.

»Bei der neunschwänzigen Peitsche, es ist wirklich eine Frau, Brian!«, platzte plötzlich eine überraschte Männerstimme heraus und brach das atemlose Schweigen.

»In der Tat, John!«, sagte ein anderer Mann. »Ich wusste doch, dass Sams Fusel nicht stark genug ist, um mir so ein Trugbild vor die Augen zu zaubern.«

Jessica hatte sich indessen an das Dämmerlicht gewöhnt. Sie sah nun die beiden jungen Männer, die an einer äußerst primitiven Theke gegenüber vom Eingang lehnten. Die Theke bestand aus drei brusthohen Baumstämmen, auf die man ein breites Brett genagelt hatte. Hinter der Theke stand ein aufgebocktes Fass. Und ein einfaches Bretterregal zog sich an der Wand entlang. Neben dem Fass befand sich noch ein zweiter Durchgang. Einige Schritte davon entfernt war eine Feuerstelle. Auf der anderen Seite des langen Raumes standen mehrere Säcke und ein gutes halbes Dutzend Kisten aufgestapelt. Einen richtigen Boden aus Bohlen gab es nicht. Die lehmige Erde war festgestampft und so hart wie Stein.

Vor den beiden Männern, die verschlissene Segeltuchhosen und weite Hemden trugen, stand ein steinerner Krug, und in den Händen hielten sie verbeulte Blechbecher.

»Nur hereinspaziert, fremde Schöne!«, rief der Größere von ihnen, den der andere Brian genannt hatte, und machte eine einladende Bewegung. Dabei schwappte Flüssigkeit, vermutlich Rum, über den Rand seines Bechers. »Du musst neu hier in der Gegend sein. Komm nur näher und erzähl uns deine Geschichte. Mein Freund John und ich, wir haben für 'ne gute Geschichte immer was übrig, stimmt's nicht, John?«

John, ein sehniger Mann mit stark vorspringender Kinnpartie, nickte. »Worauf du dich verlassen kannst, Brian! Und 'nen ordentlichen Schluck Rum haben wir für ’ne Lady gleichfalls immer übrig.«

Jessica trat zwei Schritte vor. »Ich suche den Mann, dem das Ochsengespann gehört.«

»Der ist gerade mit dem alten Sam nach hinten verschwunden«, sagte Brian und deutete mit dem Kopf auf den Durchgang hinter der Theke. »Haben wohl was Geschäftliches zu besprechen. Wird wohl bald zurückkommen. Bist du mit ihm gekommen?«

»Nein.«

Brian grinste geradezu erleichtert. »Was willst du von dem Burschen? Vielleicht können wir dir helfen, Schöne? Wie wär’s zuerst mal mit ’nem Schluck Rum? Du siehst ganz so aus, als könntest du ’ne Stärkung gebrauchen.«

»Das ist sehr freundlich von Ihnen, aber nein danke«, lehnte sie ab.

Brian trat nun auf sie zu und hielt ihr seinen Becher hin. »Ach komm, der Mensch braucht in diesem verdammten Land seine tägliche Ration Rum. Dann sieht die Welt nicht mehr ganz so grau und trocken aus, stimmt’s nicht, John?«

»Worauf du dich verlassen kannst«, antwortete der andere erneut, griff zum Krug, goss seinen Becher voll und stieß sich von der Theke ab.

»Ich … ich werde dann wohl besser draußen beim Gespann auf ihn warten«, sagte Jessica schnell und wollte zurück zur Tür.

Brians Hand schoss vor und packte ihren Arm. »Nur nicht so eilig, Schöne!«, rief er, und in seiner Stimme lag auf einmal eine furchteinflößende Härte. »Wir haben noch nicht einmal deinen Namen erfahren. Und so hässlich, dass du dich nicht dazu überwinden könntest, uns ein wenig Gesellschaft zu leisten, sind wir doch nicht, oder?«

»Nein … natürlich nicht«, beeilte sich Jessica zu sagen. »Doch jetzt lassen Sie mich bitte los.«

Brian tat so, als habe er ihre Bitte nicht gehört. »Hör mal zu, meine Kleine. Ich lebe lange genug in dieser verdammten Kolonie, um einen Freien auf den ersten Blick von einem entlaufenen Sträfling unterscheiden zu können. Und du siehst mir verdammt noch mal wie eine Entlaufene aus, stimmt's, John?«

»Worauf du dich verlassen kannst«, sagte John mit alkoholschwerer Stimme, als könne er sich nur an diesen einen Satz erinnern.

»Das stimmt nicht!«, widersprach Jessica heftig und versuchte, sich loszureißen. »Lassen Sie mich los!«

»Nun spiel dich bloß nicht so auf, Kleine!«, zischte Brian unwillig. »Wir sind hier nicht im Teesalon. Sei ein bisschen nett zu uns beiden, und wir lassen dich nachher auch laufen, stimmt's John?«

John ließ wieder seinen Satz hören.

Jessica bekam Angst, doch stärker noch als die Angst war der Zorn, den Brians zudringliches Verhalten in ihr weckte. Sie las in seinem Gesicht, dass er sie für Freiwild hielt. Mit der freien Hand riss sie nun ihr Bündel von der Schulter und schleuderte es dem Mann mit aller Kraft ins Gesicht.

Brian wankte zurück, ließ sie jedoch immer noch nicht los. Nicht einmal das selbstgefällige Grinsen verschwand von seinem Gesicht.

»Wage nicht, mir zu nahe zu kommen!«, warnte sie ihn, und ihre Augen funkelten wild. »Ich kratze dir die Augen aus! Und du wärst nicht der Erste …«

»Spar dir deinen Atem, Blondschopf!«, rief Brian lachend. »Du kannst froh sein, wenn wir dich nicht einfach hierbehalten. Und jetzt hör auf, dich zu sträuben. Trink endlich was, wenn du nicht willst, dass ich ein wenig nachhelfe!« Er hielt ihr wieder seinen mit Rum gefüllten Becher hin.

Jessica schlug von unten gegen die Blechtasse. Sie flog ihm aus der Hand, und der Rum spritzte ihm ins Gesicht. »Trink deinen Fusel selber!«, zischte sie.

»Ich werde es dir schon austreiben, die Wilde zu spielen!«, fauchte Brian nun. Er zerrte sie hinter sich her, als er zur Theke zurückwich.

»Das wirst du schön sein lassen, mein Freund«, sagte in dem Moment eine dunkle, ruhige Stimme in Brians Rücken.

Der junge Mann wandte sich um, ohne Jessica dabei freizugeben. Ein kräftiger Mann von etwas untersetzt wirkender Gestalt stand im Schatten des Durchgangs hinter der Theke. Er kam nun hervor, und Jessica sah, dass er im Vergleich zu Brian und John sauber und gepflegt gekleidet war. Der Mann trug sogar richtige Stiefel. Ein Lichtschimmer fiel durch eine der Ritzen im Dach und hob die gleichmäßigen, ansprechenden Gesichtszüge des Fremden, der um die fünfunddreißig Jahre alt sein mochte, aus dem Halbdunkel.

»Lass die Frau los!«, forderte er Brian auf, und seiner Stimme fehlte jeglicher drohende Unterton.

»Ich bin ein Freier, und keiner hat mir zu sagen, was ich zu tun oder zu lassen habe, stimmt's nicht, John?«

»Worauf zu dich verlassen kannst«, lallte John.

»Außerdem wette ich eine Kanne Rum, dass dieses Weibsstück eine Entlaufene ist!«, fuhr Brian grimmig fort.

Der Mann blickte Jessica nun zum ersten Mal voll an. »Bist du entlaufen?«, fragte er ruhig.

Jessica zögerte kurz. Dann antwortete sie mit hocherhobenem Kopf und seinem Blick standhaltend: »Nein, ich bin nicht entlaufen!« Und das war auch nicht gelogen. Sie war ein *gestrandeter* Sträfling.

Ihre Antwort schien ihm zu genügen. »Du hast gehört, was sie gesagt hat. Lass sie los.«

»Behaupten kann sie viel«, knurrte Brian. »Mich täuscht sie jedoch nicht. Und ich denke nicht daran, sie so einfach laufen zu lassen.«

»Dann werde ich wohl ein wenig nachhelfen müssen«, erwiderte der Fremde.

»Mann, willst du mir drohen?« Brian reckte das Kinn angriffslustig vor.

»Wenn es sein muss, ja.«

Brian spuckte aus. »Verdammtes Großmaul! Willst dich vor 'ner billigen Entlaufenen aufspielen. Mann, das Weibsstück wird gleich sehen, wie du die Prügel deines Lebens einsteckst!« Er versetzte Jessica einen brutalen, unverhofften Stoß in die Seite, dass sie das Gleichgewicht verlor und zu Boden stürzte. Im selben Augenblick griff er sein Gegenüber an.

Der Fremde schien mit dem Angriff gerechnet zu haben. Er riss seine Arme geistesgegenwärtig hoch und blockte den mächtigen Schwinger ab, mit dem Brian ihn hatte überrumpeln wollen. Und dann schlug er selbst zu. Seine Faust bohrte sich in Brians Magen.

Der klappte zusammen, röchelte nach Luft und wich einige Schritte zurück.

»Noch können wir die Angelegenheit in Frieden beilegen«, bot der Fremde ihm an.

»Den Teufel werden wir!«, stieß Brian keuchend hervor. Er hielt sich am dicken Thekenbrett fest. Plötzlich griff er nach dem Rumkrug. Er packte ihn am Henkel und knallte den Krug gegen die Kante des Brettes. Der Krug zersplitterte, und Brian hielt nun eine gefährliche, scharfzackige Waffe in der Hand. »Komm, John, machen wir diesen Stinker fertig!«

»Worauf du dich verlassen kannst!«, antwortete John und leckte sich über die Lippen.

Der Fremde schätzte schnell die Lage ab. Dieser John hatte schon so viel Rum im Leib, dass er keine allzu große Gefahr mehr darstellte. Doch es war nicht ratsam, ihn in seinen Rücken kommen zu lassen, wenn er sich mit Brian beschäftigte. Deshalb wandte er sich zuerst John zu. Mit drei, vier Fausthieben trieb er ihn zurück und landete dann einen Schlag direkt am Kinn des Betrunkenen. John verdrehte die Augen und ging bewusstlos zu Boden.

Sofort wirbelte der Fremde nun herum und duckte sich ab, Brians primitive Waffe fuhr knapp an seiner Schulter vorbei. Im nächsten Moment gab es ein hässliches Knirschen, als der Fremde aus der Aufwärtsdrehung heraus zuschlug und die Nase seines Angreifers zertrümmerte. Brian schrie gellend auf, ließ den Krugrest fallen und hob seine Hände schützend vor das Gesicht, obwohl es dafür schon zu spät war. Er schmeckte Blut, und Tränen schossen ihm in die Augen. Einen Augenblick stand er unschlüssig und mit rot unterlaufenen Augen da, dann stürmte er vor Wut und Schmerz kopflos auf seinen Gegner ein, drosch wild um sich und schrie Flüche der übelsten Art.

Der Fremde ließ sich gar nicht erst auf einen langen Kampf ein, sondern wich geschickt aus, um einzelne, gezielte Schläge anzubringen.

Bald torkelte Brian mit aufgeplatzten Lippen und grotesk verdrehter Nase durch den Schankraum. Er war schwer angeschlagen. Es fehlte nicht mehr viel, um ihn endgültig zu fällen. Der Fremde blockte einen kraftlosen Fausthieb mit der Schulter ab und machte dem Kampf mit zwei Geraden ein Ende.

Brian prallte rückwärts gegen die Theke, versuchte, sich daran festzuhalten, sackte dann aber doch zu Boden. Er befand sich am Rand der Bewusstlosigkeit, und ein benommenes Stieren stand in seinen geröteten Augen.

»Jedem nach seinem Geschmack«, sagte der Fremde.

Jessica hatte der Prügelei mit einer Mischung aus Abscheu und Dankbarkeit zugesehen. Der Blick des Fremden ruhte nun auf ihr, und sie fand in ihm nicht den geringsten Hinweis auf einen Vorwurf, weil er sich ihretwegen mit Brian hatte prügeln müssen. »Vielen Dank, dass Sie mir zu Hilfe gekommen sind, Sir …«

»Ich heiße Steve!«, korrigierte er sie.

Sie nickte nur.

»Wie ist dein Name?«

»Jessica.« Er hatte nur seinen Vornamen genannt, deshalb unterschlug auch sie vorerst ihren Nachnamen.

»Es ist wohl besser, wenn du dein Bündel nimmst und von hier verschwindest, Jessica«, riet er ihr. »Der alte Sam lebt von solchen Burschen wie diesen da, und ich glaube nicht, dass du viel Entgegenkommen von ihm erwarten kannst.«

»Vermutlich nicht«, murmelte Jessica und überwand sich dann, die Frage zu stellen, die ihr die ganze Zeit auf der Zunge lag. »Gehört der Wagen mit dem Ochsengespann dort draußen Ihnen?«

Steve nickte. »Bist du vielleicht deswegen hier in den Schankraum gekommen?«

»Ja«, gab Jessica unumwunden zu. »Ich … ich wollte Sie fragen, ob Sie mich nicht ein Stück mitnehmen könnten.« Und als er sie nachdenklich ansah, fügte sie hastig hinzu: »Natürlich gegen Bezahlung.«

»Wo willst du denn hin?«, fragte er.

Sie zuckte mit den Achseln. »Parramatta?«, fragte sie unsicher. »Aber es muss nicht unbedingt Parramatta sein.«

»Ich fahre nach Allentown.«

»Das ist mir auch recht!«, versicherte sie.

Er blickte sie einen Augenblick forschend an. Dann nickte er. »Also gut, Jessica. Nimm dein Bündel und komm. Ich will vor Beginn der Abenddämmerung noch ein paar Meilen zurücklegen. Bis nach Allentown ist es nämlich noch ein weiter Weg, ein verdammt weiter sogar.«

Jessica bückte sich, hob ihr Bündel auf und folgte ihm eiligst nach draußen. Sie blinzelte in die Sonne. Steve ging zu den beiden träge im Geschirr stehenden Ochsen und tätschelte sie. Dann schwang er sich mit einer geübten Bewegung auf den Kutschbock.

»Gib mir dein Bündel!«

Jessica reichte es ihm.

Er schlug die Plane hinter sich ein Stück zurück, verstaute ihre Sachen und zog eine Decke hervor, die er neben sich auf der harten Bank ausbreitete. »Das muss reichen«, sagte er und bedeutete ihr, zu ihm auf den Bock zu klettern.

Jessica ergriff seine ausgestreckte Hand und warf ihm einen dankbaren Blick zu, als sie sich zu ihm hochschwang. Steve ließ seine Peitsche über den Ochsen knallen, und der schwere Wagen ruckte an.

Jessica wusste nicht, wo dieses Allentown lag und wie weit es bis dorthin war. Mitchell würde sie, wenn überhaupt, zuerst in Parramatta oder Sydney suchen. Unwillkürlich drehte sie sich um und blickte dorthin zurück, wo sie Mitchell und den jungen Iren zurückgelassen hatte. Sie suchte den Hügel ab, doch sie konnte ihn nicht ausmachen. Aus der Ferne sahen die Anhöhen sich alle ähnlich. Und nirgends zeigte sich menschliches Leben. Es war, als lebten Mitchell Hamilton und Liam McCoy in diesem Augenblick nur noch in ihrer Erinnerung.

10

Mit gemächlichem, schwerfälligem Gang zogen die beiden Ochsen den hochbordigen Karren über die Straße, die diese Bezeichnung eigentlich nicht verdiente. Sie bestand nämlich nur aus zwei Spurrillen, die von ungezählten schwerbeladenen Karren in die Erde gegraben worden waren. Diese beiden graslosen Streifen liefen parallel nebeneinander her, durchschnitten meilenweit flaches Weideland und schlängelten sich durch die Hügelketten und am Saum von hohen Eukalyptuswäldern vorbei.

Steine und kleinere Unebenheiten, von denen es unzählige auf dieser Straße gab, machten die Fahrt nicht gerade zu einem Vergnügen.

Der Wagen zog eine mächtige Staubwolke hinter sich her, die wie eine Rauchsäule hoch in den Himmel des späten Nachmittags stieg.

»Du hast vorhin gesagt, du wärst nicht entlaufen«, sagte Steve, als das Rasthaus schon lange außer Sicht war. Es waren die ersten Worte, die er an sie richtete, nachdem sie neben ihm auf dem Kutschbock Platz genommen hatte.

»Das stimmt auch.«

»Warum willst du nach Allentown?«

»Ich suche Arbeit«, erklärte sie der Wahrheit gemäß.

»Ich bezweifle, dass du in Allentown Arbeit finden wirst«, sagte er.

»Und warum nicht?«

»Weil ein Ort mit diesem Namen überhaupt nicht existiert«, antwortete Steve mit gleichbleibend ruhiger Stimme. »In ganz New South Wales gibt es kein Allentown.«

Jessica erblasste und biss sich auf die Unterlippe. Steve hatte einen Köder ausgelegt, und sie hatte ahnungslos danach geschnappt.

»Ich … ich glaube, ich bin Ihnen eine Erklärung schuldig«, sagte sie schließlich.

»Du bist mir überhaupt nichts schuldig«, erwiderte er. »Du brauchst mir nichts zu erklären. Du sollst nur wissen, dass ich kein leichtgläubiger Dummkopf bin, der alles glaubt, was man ihm erzählt.«

Ihr Gesicht erglühte. Steve hatte gewusst, dass sie keine Freie war, und sie dennoch mitgenommen. Sie konnte ihm die Wahrheit erzählen, zumindest den größten Teil, und doch noch Hoffnung haben.

»Ich bin wirklich niemandem entlaufen«, begann Jessica und berichtete ihm nun von dem Schiffbruch, dem wochenlangen Marsch durch die Wildnis und dem Überfall der drei Iren.

Er hörte ihr zu, ohne sie auch nur einmal zu unterbrechen. Als sie mit ihrer Geschichte fertig war, schwieg er eine Weile, als würde er alles noch einmal durchdenken. Dann fragte er: »Und was ist aus diesem anderen Überlebenden geworden?«

»Er wollte mich verstecken und schützen …, doch ich habe ihn bewusstlos geschlagen und bin ihm weggelaufen, weil ich das nicht zulassen kann«, gestand Jessica leise. »Was werden Sie jetzt mit mir machen?«

Wieder ließ sich Steve Zeit, bevor er etwas sagte. Die Ochsen zogen den schweren Karren eine Steigung hinauf. Auf der

Kuppe der Anhöhe drehte er sich zu ihr um und schaute ihr in die Augen. »Liebst du ihn?«

Jessica schwieg. Sie wusste auf diese Frage keine Antwort. Er hätte sie ebenso gut fragen können, ob sie gern Königin sein würde.

Er nickte. Ihr Schweigen war ihm Antwort genug. Und er wandte seine Aufmerksamkeit wieder dem Gespann und der Straße zu.

»Was werden Sie jetzt mit mir machen?«, fragte sie wieder.

»Ich weiß es nicht«, antwortete Steve ehrlich. »Du hast eine Menge durchgemacht. Und ich bin kein großer Freund der Rum-Soldaten, auch wenn ich mich mit ihnen zu arrangieren weiß. Ich brauche Zeit zum Überlegen.«

Jessica gab sich damit zufrieden. Was blieb ihr auch anderes übrig. Sie spürte, dass dieser fremde, ruhige Mann nicht zu denjenigen gehörte, die Sträflinge ausnahmslos für den Abschaum der Gesellschaft hielten und dementsprechend mit ihnen umgingen. Er würde eine Entscheidung treffen, die wohlüberlegt und von seinem Gewissen bestimmt sein würde. Und dieses Gefühl löste in ihr ein wenig die ängstliche Anspannung.

Als die Sonne etwa eine Stunde später die Spitzen der westlichen Hügelgruppe berührte, führte Steve das Gespann mit einem Schnalzen aus den Spurrillen. Er lenkte das Gefährt gut zweihundert Yards von der Straße weg zu einer kleinen Baumgruppe. Hier war das Gras nicht so verbrannt und strohig wie entlang der schattenlosen Straße.

»Hier schlagen wir unser Nachtlager auf«, sagte Steve, wickelte die Zügel um den Eisenstab der primitiven Bremse und sprang vom Kutschbock.

Jessica folgte seinem Beispiel. »Kann ich etwas tun? Ich möchte mich nützlich machen …«

»Nur zu. Du kannst schon Reisig fürs Feuer zusammensuchen, während ich mich um die Tiere kümmere.« Er schlug die Plane von der Ladefläche zurück und zerrte einen Leinensack hervor. »Hier findest du Pfanne, Teekanne und Lebensmittel. Falls du kochen kannst …«

»Kann ich.«

»Gut«, sagte er nur und schirrte die Ochsen aus.

Während Steve die Tiere versorgte und anpflockte, sodass sie grasen, jedoch in der Nacht nicht davontrotten konnten, sammelte Jessica Reisig, trug es zum Lagerplatz und entfachte ein Feuer. Dann machte sie sich an die Zubereitung des Abendessens. Sie fand in dem Leinensack Tee, Zwieback, einen Beutel Trockenbohnen, Mehl, gesalzenes Lammfleisch und eine herrlich duftende Speckseite, bei deren Anblick ihr schon das Wasser im Mund zusammenlief. Wann hatte sie das letzte Mal so etwas Köstliches gegessen!

Steve holte ihr vom Wagen einen eisernen Dreifuß, den er über das prasselnde Feuer stellte. Und er warf ein paar Eukalyptusblätter in den Tee, genau wie Liam McCoy es getan hatte.

Sie aßen schweigend, doch die Stille war nicht unangenehm. Das trockene Holz knisterte im Feuer, und Steve nickte anerkennend. Ihm schmeckte sichtlich, was sie zubereitet hatte. Mit einem Stück Mehlfladen wischte er seinen Blechteller sauber, füllte dann seinen Becher noch einmal mit Tee und lehnte sich gegen den Baumstamm in seinem Rücken.

»Das sind die Minuten des Tages, die ich am meisten genieße«, sagte er versonnen und blickte über den Rand seines Bechers hinweg zu den Ochsen hinüber, die ruhig grasten und im Dämmerlicht der hereinbrechenden Nacht nur schemenhaft zu erkennen waren. »Morgens, wenn die Sonne noch nicht ganz aufgegangen ist ... und abends, wenn das letzte Licht im Westen verglüht.«

»Ja, es ist so friedlich.« Das reichhaltige Essen und die Erschöpfung gaben Jessica ein Gefühl von träger Ausgeglichenheit.

»Ja, friedlich«, wiederholte Steve, nippte an seinem Tee und lachte im nächsten Moment kurz auf. »Trügerisch friedlich trifft eher zu. Da draußen«, er deutete mit seinem Becher unbestimmt in die Dunkelheit, »lauern mehr Gefahren, als du dir vorstellen kannst. Irgendwo da draußen kann sich genau in diesem Augenblick ein Buschfeuer entwickeln, weil jemand seine Pfeifenglut nicht achtsam genug ausgetreten hat ... oder weil die Wilden das pulvertrockene Gras und Gesträuch absichtlich in Brand gesteckt haben. Es kann aber auch ein schweres Sommergewitter heraufziehen und gefährliche Überschwemmungen hervorrufen. Es können Dingos und andere gefährliche Tiere aus dem Busch kommen, um Vieh zu reißen. Und ganz sicherlich treiben sich irgendwo dort draußen entlaufene Sträflinge herum, die rauben und morden oder von einem Aufstand träumen, der die ganze Kolonie erfasst und in Flammen aufgehen lässt ... wie es die irischen Rebellen tun, die man hierhin verbannt hat. Doch die größte Gefahr wird immer vom Land selbst ausgehen. Es ist so wild und gewalttätig. Und manchmal frage ich mich, ob wir Siedler es jemals schaffen werden, diese wilde Natur zu zähmen und zu beherrschen. Vielleicht ist es auch gar nicht ...«

Er brach mitten im Satz ab. Seine leicht nach vorn gebeugte Gestalt straffte sich. Und Jessica hatte den Eindruck, als hätte er ihre Gegenwart für eine kurze Weile vergessen gehabt und wäre sich ihrer plötzlich wieder bewusst geworden.

Steve erhob sich und kippte den Rest Tee aus seinem Becher ins Feuer. »Wird Zeit, dass wir uns schlafen legen«, sagte er und scharrte mit der Stiefelkante Erde über das heruntergebrannte Feuer. Dann trat er an den Wagen, zerrte Jessicas Bündel und drei Decken hervor.

»Auf zwei Decken liegt es sich weicher«, sagte er und reichte ihr zusammen mit ihrem Bündel eine von seinen. Er richtete sein Nachtlager im Schutz des Wagens, direkt unter dem klobigen rechten Vorderrad ein. Als er den Platz von Steinen und Zweigen gesäubert und seine Decken ausgebreitet hatte, zog er eine Muskete unter dem Kutschbock hervor und legte sie in Reichweite neben sich ins Gras.

Jessica zögerte einen Moment, wo sie sich niederlegen sollte. Sie entschied sich für den Platz an der hinteren Radachse. »Danke«, sagte sie, als sie es sich bequem gemacht hatte. »Und … eine gute Nacht.«

»Gleichfalls«, gab Steve zurück. »Versuch zu schlafen. Die Nacht ist schnell um, und morgen liegt ein langer und heißer Tag vor uns.«

»Ja«, sagte Jessica und wusste doch, dass sich der Schlaf trotz der Anstrengungen des Tages so schnell nicht einstellen würde. Dafür schwirrten ihr zu viele Gedanken durch den Kopf.

Die längst vertrauten Geräusche der Nacht nahmen an Intensität zu, als sie jetzt still dalag und angestrengt in die Dunkelheit lauschte. Deutlich hörte sie die gleichmäßigen Atemzüge von Steve. Auch er lag noch wach. War er schon zu einer Entscheidung gekommen, was mit ihr geschehen sollte? Hatte er überhaupt die Möglichkeit, eine Entscheidung zu treffen, die ihr die Freiheit beließ? Zwar hatte er gesagt, dass er kein Freund der Rum-Soldaten sei, aber im selben Satz hatte er auch zugegeben, dass er sich mit ihnen zu arrangieren wusste. Und würde er dieses ›Arrangement‹ gefährden, indem er sie nicht den Behörden übergab?

Je länger sie darüber nachdachte, desto unwahrscheinlicher erschien es ihr, dass Steve sie einfach laufen lassen würde. Zwar machte er einen besonnenen, ja sogar gutmütigen Eindruck, aber gerade deshalb würde er sich kaum dazu hinreißen lassen, einer wildfremden Deportierten zuliebe eine strafbare Handlung zu begehen. Die beiden Trunkenbolde im *Harper's Inn* waren zudem Zeugen gewesen, dass sie zu ihm auf den Kutschbock gestiegen war. Wie viel die Aussage dieser beiden Männer auch wert sein mochte, Steve würde nicht so dumm sein, außer Acht zu lassen, dass sie den Vorfall möglicherweise meldeten.

Jessica kam zu dem Entschluss, dass sie Steves Entscheidung nicht abwarten durfte. Sowie er eingeschlafen war, würde sie ihr klägliches Bündel zusammenraffen und sich im Schutz der Nacht davonstehlen. Sie würde den Spurrillen folgen, um zu verhindern, dass sie sich in der Dunkelheit verirrte. Wenn es Tag wurde, konnte sei eine Rast einlegen, sich abseits der Straße verstecken und abwarten, bis Steve mit seinem schweren Ochsengespann vorbeigezogen war. Die mächtige Staubwolke, die der Wagen aufwirbelte, würde sie früh genug warnen. Vielleicht war er ihr morgen sogar dankbar, dass sie ihm die Entscheidung abgenommen hatte.

Voller Ungeduld lag Jessica auf den Decken und konzentrierte sich auf die Atemzüge des fremden Mannes. Er atmete ruhig und gleichmäßig. Sie ließ noch eine geraume Weile verstreichen, dann richtete sie sich langsam auf. Neben ihr lagen Wasserbeutel und Proviantsack. Vorsichtig griff sie nach beidem. Sie erhob sich und packte das Ende der oberen Decke, die ihre war.

»Meine Ahnung hat mich also doch nicht getrogen«, kam Steves Stimme im selben Moment aus der Dunkelheit.

Jessica fuhr zusammen und stieß vor Schreck einen Schrei aus. Der Wasserbeutel entglitt ihrer Hand und fiel schwer zu Boden. Wie versteinert stand sie da und blickte zu ihm hinüber.

Steve setzte sich auf und lehnte sich gegen die Speichen des Rades. »Weglaufen ist nicht die Lösung deines Problems, Jessica.«

»Woher … woher wussten Sie, dass ich es tun wollte?«

»Um das vorauszusehen, bedurfte es keiner gedanklichen Meisterleistung.«

Jessica sank auf die Knie, zuckte niedergeschlagen die Achseln und murmelte: »Ja, ich hätte es wissen müssen.«

»Wir alle tun Dinge gegen unser besseres Wissen«, entgegnete Steve.

»Sie werden mich den Behörden übergeben«, sagte Jessica müde. »Und ich kann es Ihnen noch nicht einmal verdenken.«

»Du irrst.«

»Was?«

»Ich beabsichtige *nicht,* dich den Rum-Soldaten zu übergeben.«

Jessica war einen Augenblick sprachlos.

»Es gehört zwar nicht zu meinen Angewohnheiten, entlaufenen Sträflingen Schutz und Unterkunft zu gewähren«, fuhr Steve fort, »aber dein Fall liegt ein wenig anders – einmal ganz davon abgesehen, dass du ja wirklich nicht entlaufen bist. Ich kenne deine Vergangenheit nicht und will auch gar nicht wissen, was dich auf die *Tradewind* gebracht hat. Ich verlasse mich da lieber auf meine Menschenkenntnis. Und die sagt mir, dass die schrecklichen Monate der Überfahrt und die Wochen des Herumirrens nach dem Schiffbruch Strafe genug gewesen sind, was immer du getan haben magst.«

»Oh ja… das sind sie«, sagte Jessica leise und biss sich auf die Lippe. Manchmal vergaß sie völlig, wofür sie deportiert worden war, und fühlte sich schuldig und verabscheuenswert, als hätte sie wirklich ein Verbrechen begangen. Es war jedoch leichter, sich wie ein Sträfling zu fühlen und die Verachtung der Freien zu ertragen, als ständig mit dem Wissen um die eigene Unschuld zu leben.

»Bist du jetzt beruhigt?«

»Sie… beschämen mich.«

»Unsinn!«, erwiderte er fast schroff. »Leg dich jetzt schlafen.« Er machte dem nächtlichen Gespräch demonstrativ ein Ende, indem er sich von den Radspeichen abstieß und auf seiner Schlafstelle ausstreckte. »Morgen ist noch Zeit genug, um alles Weitere zu bereden.«

11

Dunkle Schatten lagen noch über dem Land, als Jessica am nächsten Morgen erwachte. Doch Steve hatte schon ein Feuer entfacht und den Wasserkessel über die prasselnden Flammen gehängt.

»Warum haben Sie mich nicht geweckt?«, fragte sie und kam schnell hoch. »Das wäre meine Aufgabe gewesen.« Sie deutete auf das Feuer.

Steve hatte seine Decken zusammengerollt und war gerade dabei, die Muskete unter die Sitzbank des Wagens zu schieben. Lächelnd drehte er sich zu ihr um. »Ich muss gestehen, dass ich genau das vorhatte. Aber als ich dann sah, wie fest du schliefst, habe ich es vorgezogen, mich selbst an die Arbeit zu machen.«

Sie schenkte ihm ein dankbares Lächeln.

»Du brauchst heute Morgen mit Bohnen, Speck und Mehl nicht zu sparen«, rief er ihr über die Schulter hinweg zu. »Wir werden gegen Abend in Parramatta ankommen. Dort werde ich meine Proviantkiste wieder auffüllen.«

»Das Angebot nehme ich gern an.«

Steve nahm einen Wasserschlauch vom Wagen, ging zu den Ochsen und gab ihnen zu saufen, bevor er sie zur Deichsel führte und ihnen das Geschirr anlegte.

Die Sonne stand noch keine Handbreit über dem östlichen Horizont, als er sich zu Jessica ans Feuer setzte. Er schnupperte am Tee. »Diesmal hast du die Eukalyptusblätter nicht vergessen. Du lernst schnell. Das ist gut so.«

»Ist Parramatta eine große Siedlung?«, wollte Jessica wissen und reichte ihm einen gefüllten Teller.

Steve zuckte mit den Achseln. »Im Vergleich zu einer richtigen englischen Stadt ist Parramatta, obwohl Sommerresidenz unseres Gouverneurs, ein schäbiges Dorf. Aber wenn man die anderen Siedlungen in diesem Land gesehen hat und bedenkt, wie jung diese Kolonie ist, kommt man gern nach Parramatta.« Er verzog das Gesicht zu einem flüchtigen Lächeln. »Unter den Blinden ist der Einäugige König.«

»Ich kann es gar nicht erwarten, endlich wieder unter Menschen zu kommen«, seufzte Jessica.

Er nickte. »Ich werde mir eine plausible Geschichte für dich einfallen lassen, damit du dich nicht selbst verrätst, wenn wir in den Ort kommen.«

»Das ist sehr großmütig von Ihnen«, sagte Jessica mit einem Gefühl des Unbehagens, »und ich weiß nicht, wie ich Ihnen für Ihre Hilfe danken soll. Aber ich möchte Sie auf keinen Fall in Gefahr bringen ...«

»In diesem Land lernt man, mit der Gefahr zu leben, Jessica«, erwiderte er achselzuckend, »oder man kommt um. Verlieren wir darüber also keine weiteren Worte.«

»Ich möchte nicht, dass Sie sich etwas für mich ausdenken. Wenn Sie mich bis nach Parramatta mitnehmen, ist das Hilfe genug. Bestimmt. Ich kann dann schon für mich selber sorgen.«

Steve ließ Teller und Gabel sinken. »So, du glaubst also, dich allein durchschlagen zu können.«

»Ja«, versicherte sie. »Ich werde sicher irgendeine Arbeit finden. Ich kann zupacken und bin nicht wählerisch.«

Er blickte sie an, als wollte er sie abschätzen. »Ich zweifle nicht daran, dass dem so ist. Und es mangelt in der Kolonie wahrlich an Männern und Frauen, die harte Arbeit nicht scheuen. Du würdest sicherlich auf der Stelle dein Auskommen finden – wenn du eine Freie wärst. Aber du bist eine Deportierte, unvertraut mit Land und Sitten. Allein auf dich gestellt würdest du in Parramatta oder anderswo noch nicht einmal einen Tag lang deine Freiheit genießen!«

»Aber ...«

Steve wartete ihren Einwand erst gar nicht ab. »Nein, schlag dir das aus dem Kopf! Was willst du antworten, wenn man dich fragt, woher du kommst und bei wem du bisher angestellt warst?«

Betreten senkte Jessica den Kopf.

»Schon nach den ersten Sätzen würde dich dein Unwissen verraten«, fuhr Steve fort. »Aber du brauchst noch nicht einmal den Mund aufzumachen, um Misstrauen zu erregen. Schau dich an! Deine zerlumpten Kleider sprechen für sich. Nein, du streust keinem in New South Wales Sand in die Augen. Jeder erkennt dich sofort als das, was du bist – eine Deportierte!»

Jessica blickte an sich hinunter. Steve hatte recht. Sie trug nur ein paar Fetzen Stoff am Leib, die kaum ihre Blöße bedeckten. Der Londoner Abschaum war da noch besser gekleidet. Sie schämte sich, dass sie so verdreckt und abgerissen aussah.

»Ist es nicht so?«, fragte Steve.

Sie nickte stumm.

»Gut«, sagte er zufrieden. »Damit ist das Thema also abgeschlossen. Kommen wir nun zu den wirklich wichtigen Dingen. Dein Äußeres kann so nicht bleiben. Du brauchst ein sauberes Kleid. Nicht zu auffällig, aber doch besser als das, was Deportierte gemeinhin tragen.«

»Wo soll ich ein solches Kleid herbekommen?«

Sein ernstes Gesicht zeigte ein amüsiertes Lächeln. »Du kannst von Glück reden, dass du mir begegnet bist. Ich habe ein paar Kleidungsstücke auf dem Wagen, die ich von Sam eingetauscht habe. Waren für die Frauen, die auf meiner Farm arbeiten, gedacht. Aber du brauchst ein neues Kleid dringender als Lisa, meine Köchin. Lass uns schauen, was dir passen könnte.»

Jessica erhob sich zögernd und folgte ihm zum Wagen. Und als er nun in einer eisenbeschlagenen Kiste wühlte, die mit Stoffen und Kleidungsstücken vollgestopft war, fragte sie sich im Stillen, weshalb er sich mit ihr all die Mühe machte. Was er tat, ging weit über Hilfsbereitschaft oder Großmut hinaus.

»Das hier dürfte dir passen«, riss Steve sie aus ihren Gedanken und hielt ihr ein beiges Leinenkleid mit dunkelbraunem Muster hin. »Na, gefällt es dir?«

Es gefiel ihr sehr, und das sagte sie ihm.

»Das freut mich.»

Das fast neue Kleid in den Händen haltend, stand Jessica vor ihm.

Steve furchte die Stirn. »Was ist? Worauf wartest du?«

»Ich … ich weiß nicht.«

»Na komm, zieh das Kleid an!«, forderte er sie auf.

»Jetzt?«

Verblüfft blickte er sie an. »Selbstverständlich. Wann denn sonst? Du kannst dich doch nicht erst kurz vor Parramatta umziehen! Das Kleid muss schon ein wenig Staub und Schweißflecken aufweisen. Immerhin haben wir eine tagelange Fahrt hinter uns. Da kann man nicht wie aus dem Ei gepellt auf dem Kutschbock sitzen. Das würde fast noch mehr Misstrauen erregen als deine Lumpen.«

»Daran habe ich nicht gedacht«, murmelte sie.

»Offensichtlich. Und nun wechsle die Kleider. Wir müssen bald aufbrechen, haben aber vorher noch einiges zu besprechen.«

»Ja«, sagte sie, und verlegene Röte überzog ihr Gesicht, als sie sich zwang, ihm in die Augen zu blicken. Sie hoffte, dass er verstand, um was ihr Blick ihn bat.

Steve stutzte. »Oh!«, entfuhr es ihm dann. »Entschuldige.« Er drehte sich auf den Stiefelabsätzen um, steckte die Hände in die Hosentaschen und ging mit eiligen Schritten auf eine Buschgruppe zu, als wäre ihm plötzlich eingefallen, dass dort noch etwas lag, was er unbedingt holen musste.

Mit einem leisen Seufzer stellte sich Jessica hinter den hochbordigen Wagen und streifte das zerfetzte Kleid von ihren Schultern. Einen Augenblick stand sie nackt im frühen Sonnenlicht. Dann folgte sie einer spontanen Eingebung, tränkte die Lumpen mit ein wenig Wasser und rieb ihren Körper damit ab. Sie wusch sich auch das Gesicht. Alles in allem war es eine

Katzenwäsche, und ihr Haar war genauso strähnig und verdreckt wie zuvor, aber dennoch fühlte sie sich erheblich besser. Sie schlüpfte nun in das hellbraune Leinenkleid, das ihr erstaunlich gut passte. Es war vielleicht eine Idee zu weit in der Taille. Aber das war eine Kleinigkeit, die sich bei Gelegenheit mit Nadel und Faden schnell beheben ließ.

Als Steve zum Lagerplatz zurückkam und sie in dem neuen Kleid sah, schien er regelrecht verlegen. »Hübsch, sehr hübsch«, murmelte er, räusperte sich und wandte sich schnell dem Feuer zu. Er stocherte in der Glut und wärmte seinen kalten Tee im Becher durch einen Schuss heißen aus der Kanne auf. »Jetzt müssen wir eine Geschichte festlegen, die wir den Leuten erzählen können. Du brauchst eine neue Vergangenheit.«

»Auch einen neuen Namen?«

Er überlegte. »Das hängt ganz davon ab, ob und wer sonst noch den Untergang der *Tradewind* überlebt hat. Das herauszufinden wird unsere erste Aufgabe sein. Ich werde mich in Parramatta umhören, was man darüber weiß. Dann sehen wir weiter. Bis dahin hältst du jedoch an folgender Geschichte fest:

Du bist vor zwei Jahren mit deinem Vater, dem freien Siedler Jakob Melton, auf der *Mary Mary* nach New South Wales gekommen. Ihr habt euch ein halbes Jahr nach eurer Ankunft am oberen Hawkesbury River niedergelassen, knapp zehn Meilen von meiner Farm entfernt. Dein Vater hatte drei Sträflinge, die man ihm in Sydney zum Roden des Landes und Aufbau der Farm zugeteilt hatte.

Letztes Jahr wurde eure Farm von der Hochwasserflut vernichtet. Dein Vater und zwei der Sträflinge kamen dabei ums Leben. Der dritte blieb verschwunden. Du hast dich zu mir auf meine höhergelegene Farm retten können und bist hinterher geblieben. Jetzt gehst du meiner Köchin Lisa zur Hand und führst die Haushaltsbücher.«

»Woher wissen Sie, dass ich Schreiben und Lesen kann?«, fragte Jessica verwundert.

»Du sprichst wie jemand, der eine bessere Ausbildung genossen hat«, erklärte er schlicht. »Hast du alles behalten, was ich dir gerade erzählt habe?«

»Ja.«

Er forderte sie auf, die Geschichte in eigenen Worten zu wiederholen, und Jessica bewies ihm, dass sie aufmerksam zugehört und nichts vergessen hatte.

»Gab es diesen Jakob Melton wirklich?«, fragte sie.

»Ja. Er war mein Nachbar – und er hatte eine Tochter, die nicht viel älter gewesen ist als du. Die Meltons haben ein sehr zurückgezogenes Leben geführt und nie Besuch gehabt. Und sie haben noch nicht einmal mich aufgesucht. Es waren schon sehr merkwürdige Leute. Ich bezweifle, dass sich irgendjemand an sie erinnern kann … zumindest nicht an ihre Gesichter.«

»Und was ist aus Jakob Meltons Tochter geworden?«, wollte Jessica wissen.

Steve zuckte die Achseln. »Keine Ahnung. Möglicherweise ist sie mit ihrem Vater umgekommen, vielleicht ist sie aber auch mit dem Sträfling durchgebrannt und irgendwo in der Wildnis umgekommen. Auf jeden Fall fehlt von beiden seither jegliche Spur. Aber daran wird sich niemand mehr erinnern, denn soviel ich weiß, hatte Jakob Melton keine Freunde. Er zählte zu jenen Einsiedlern, deren Schicksal niemanden interessiert.«

»Gut, aber das allein genügt nicht.«

»Wie meinst du das?«

»Wenn ich wirklich glaubhaft die Rolle von Jakob Meltons

Tochter spielen soll, muss ich mehr über Sie und Ihre Farm wissen. Wer würde mir abnehmen, dass ich nach einem Jahr in Ihren Diensten noch nicht einmal Ihren ganzen Namen kenne?«

Er sah überrascht drein. Dann umspielte ein belustigtes Lächeln seine Lippen. »In der Tat, das sähe wohl ein wenig seltsam aus«, gestand er und erzählte ihr nun mehr über sich selbst und sein Leben.

Sein vollständiger Name war Steve Brading. Er war neununddreißig Jahre alt, hielt sich seit acht Jahren in New South Wales auf und hatte sich vor sechs Jahren am oberen Hawkesbury River niedergelassen. Seine Farm trug den Namen *Seven Hills,* weil man vom Hauptgebäude aus, das auf dem höchsten Hügel stand, sechs weitere Erhebungen zählen konnte. Für ihn arbeiteten sechs Sträflinge sowie zwei Emanzipisten. Emanzipisten nannte man diejenigen Deportierten, die ihre Strafe verbüßt hatten oder begnadigt worden waren.

»Und Ihre Familie?«, fragte Jessica.

»Ich habe keine«, antwortete er knapp. »Nicht mehr. Meine Frau kam gleich im ersten Jahr um. Bei einem Buschfeuer.«

»Oh, mein Gott!»

Seine Züge verhärteten sich. »Das Land macht keinen Unterschied zwischen Freien und Deportierten. So, das ist alles, was du wissen musst. Und jetzt wird es Zeit, dass wir uns auf den Weg machen!«

Jessica hatte das Verlangen, irgendetwas zu ihm zu sagen, sich noch einmal für das Kleid und seine unschätzbare Hilfe zu bedanken. Doch seine verschlossene Miene machte es ihr unmöglich.

12

Bis auf eine Rast während der Mittagszeit folgten sie Stunde um Stunde den Spurrillen der primitiven Überlandstraße. Die Fahrt in der Sommerhitze war eine Strapaze, und manchmal wäre Jessica am liebsten vom Wagen gesprungen und zu Fuß weitergezogen, um den zermürbenden Stößen zu entkommen. Die Fässer und Kisten, obwohl sorgfältig verzurrt, rumpelten unablässig auf der Ladefläche und polterten gegen die Seitenwände.

Das Rumpeln und Bocken des Wagens schien Steve Brading nichts auszumachen. Mit leicht vornübergebeugtem Oberkörper saß er auf dem harten Sitzbrett und schwankte im Rhythmus der Erschütterungen hin und her wie ein guter Reiter, der mit den Bewegungen seines Tieres vertraut ist und sie abzufangen weiß.

Dann neigte sich der Tag allmählich seinem Ende zu. Die Sonne veränderte sich von einem grellen weißglühenden Ball zu einer dunkelrot strahlenden Kugel, die frisch aus dem Feuer einer Schmiede zu kommen schien.

»Parramatta«, sagte Steve schlicht, als die Ortschaft endlich vor ihren Augen lag. Er brachte das Gespann auf der Kuppe einer Anhöhe zum Stehen, nahm die Zügel in die Linke und fuhr sich mit dem rechten Handrücken über die Stirn, auf der sich Schweiß und Staub zu einer rötlich glänzenden Schmutzschicht vermischt hatten.

Jessica wusste, dass sie nicht minder von Staub und Schweiß gezeichnet war. Doch das kümmerte sie in diesem Augenblick nicht. Sie starrte zur Siedlung hinüber wie ein Verdurstender, der nach einem Marsch durch die Wüste auf ein Wasserloch stößt.

Schon aus der Ferne konnte man sehen, dass Parramatta planmäßig angelegt worden war. Wie eine sanft geschwungene Sichel erstreckte sich die Siedlung am Fuße eines Hügels, auf dessen Spitze die Sommerresidenz des Gouverneurs thronte. Weinberge zogen sich am unteren Teil des Hügels entlang. Zahlreiche Hütten, primitiv in ihrer Bauweise, reihten sich, militärisch ausgerichtet, in langen Linien aneinander. In ihnen lebten die Sträflinge, wie Steve ihr erklärte.

Die Häuser der Freien waren größer und mehr auf Beständigkeit gebaut, mit kleinen, von Zäunen eingefassten Gärten und zumeist in unmittelbarer Nähe schattenspendender Bäume. Doch nur einige wenige Gebäude waren aus Backstein errichtet. Zu ihnen gehörten die Lagerhäuser und Kornspeicher, deren Lehmziegel in der Abendsonne in einem kräftigen Rot erstrahlten. Fruchtbares Weideland und Felder umgaben Parramatta, das etwa eine Meile von dem gleichnamigen Fluss entfernt lag. Eine Straße führte von der Siedlung hinunter zur Anlegestelle, wo die Boote festmachten, die zwischen Parramatta und Sydney verkehrten. Eine andere führte nach Osten zur Küste, wo sich die größte Siedlung der Kolonie New South Wales befand, Sydney.

»Siehst du das alleinstehende Haus neben dem mächtigen Baum?«, fragte Steve und deutete auf ein flaches, winkelförmiges Gebäude, das am Rand der Siedlung lag. Ein kahler Baum reckte sich hinter dem Haus in den Abendhimmel, ein seltener Anblick zwischen all den immergrünen Eukalyptusbäumen.

»Ja.«

»Es ist das Haus von Joshua Chowning, dem Fassbinder. Bei ihm werden wir Unterkunft finden. Ich steige immer bei ihm ab, wenn ich nach Parramatta komme. Wundere dich nicht über sein … nun, kauziges Wesen. Mit seiner Gesundheit steht es nicht zum Besten, und er ist schon halb blind. Aber er ist der beste Fassbinder, den ich kenne. Seine Hände sehen mehr als seine Augen. Außerdem ist er keiner, der viele Fragen stellt. Und dasselbe trifft auf seine Tochter Ruth zu. Bei ihnen bist du sicher.«

Jessica nickte dankbar.

»Und vergiss nicht, was du zu sagen hast, wenn man dich fragt«, erinnerte er sie noch einmal.

»Das werde ich nicht«, versicherte sie.

Er schaute sie an. »Nein, das glaube ich auch nicht. Doch am besten sprichst du so wenig wie möglich. Die Zunge ist manchmal schneller als der Verstand.«

»Das gilt aber nicht nur für mich.«

Ein Lächeln glitt über sein wettergegerbtes Gesicht. »Nein, es gilt ebenso für mich.« Er atmete einmal tief durch und ließ die Zügel auf die Rücken der Ochsen klatschen, die sich nun wieder ins Geschirr stemmten.

Der Karren rumpelte den sanft abfallenden Hügel hinunter und bog dann von der Überlandstraße auf einen nach links abzweigenden, sandigen Weg, der zu Joshua Chownings Fassbinderei führte.

Als sie sich dem Haus näherten, das sich genauso wie Sam Harpers Schenke als mit Lehm verschmierte Flechtkonstruktion aus Zweigen und armdicken Ästen entpuppte, sah Jessica, warum der Baum hinter dem Haus keine Blätter trug. Ein Blitz musste ihn getroffen haben, denn der Stamm war halb verkohlt und im oberen Drittel gespalten.

Jessica sah ein schmächtiges Mädchen aus dem Haus kommen, als das Gespann den staubigen Vorhof erreichte. Das Mädchen trug ein schlichtes Kleid aus grauem Kaliko und darüber eine verschlissene Schürze. Es war nicht älter als sechzehn und so farblos wie das Licht an einem grauen, wolkenverhangenen Morgen.

»Das ist Ruth«, sagte Steve und zog die Zügel an, während das Mädchen zurück ins Haus eilte. »Ihre Mutter war eine Deportierte, die mit der Ersten Flotte nach New South Wales kam. Ich hab' sie nicht gekannt, doch sie muss eine bemerkenswerte Frau gewesen sein, dass sie die ersten schrecklichen Jahre überlebt hat und vom Gouverneur schon im dritten Jahr ihrer Strafverbüßung begnadigt wurde.«

»Sie ist gestorben?«

»Ja, im Kindbett. Fast auf den Tag genau ein Jahr nachdem Joshua sie zu seiner Frau gemacht hatte. Er schwört, vor ihrem Tod niemals auch nur einen Fingerhut Rum getrunken zu haben.« Er verzog das Gesicht. »Nun, inzwischen hat er längst zehnfach nachgeholt, was er vorher versäumt hat. Trotzdem ist er ein herzensguter Mensch.«

Der Wagen kam zum Stehen, und die Staubwolke, die er aufgewirbelt hatte, hing noch in der Luft, als ein kleiner sehniger Mann mit staksigen Schritten vor das Haus trat. Fleckige, halblange Segeltuchhosen schlotterten um seine knochigen Beine und wurden von einem Streifen Tuch, der die Funktion eines Gürtels erfüllte, über den Hüften gehalten. Das Hemd war genauso weit und fleckig wie die Hosen. Der Mann hatte gelbgraues, strähniges Haar, das seine Halbglatze umkränzte. Sein schmales, gleichfalls knochiges Gesicht war mit Furchen und Narben übersät, sodass die Haut der verschrumpelten Schale eines ausgedörrten Apfels glich.

»Steve, alter Viehtreiber! Bist du's wirklich?« Joshua Chownings Stimme, rau wie ein Reibeisen, dröhnte über den Vorplatz. Seine schmalen Lippen öffneten sich zu einem breiten Grinsen, das ein lückenhaftes Gebiss entblößte.

Steve verknotete die Zügel und sprang mit einem Satz vom Kutschbock. »Denke doch, dass ich noch der alte Viehtreiber bin, Josh!«, erwiderte er.

Joshua Chowning machte zwei Schritte hinaus in den Hof und blieb dann, die Hände in die Hüften gestemmt, stehen, während Steve ihm entgegenging.

»Der Teufel soll mich auf der Stelle holen, wenn das nicht eine verdammt prächtige Überraschung ist!«, rief Joshua, während er Steves Hand packte. »Du hast dich lange nicht mehr blicken lassen.« Er wandte sich zum Haus um. »Ruth, wo bleibst du mit dem Rum? Bring schon die Kanne, du Nichtsnutz! Warum musste mich Gott zu allem Elend auch noch mit einer Tochter strafen?«

Steve legte ihm eine Hand auf die Schulter. »Das hat Zeit bis später, Josh. Und du weißt sehr wohl, dass du eine gute Tochter hast.«

»Schon, schon«, brummte Joshua Chowning. »Doch gute Tochter hin oder her, die verdammte Fassbinderei kann sie nicht übernehmen, wenn ich erst sechs Fuß unter der Erde liege. Dies ist kein Land für Töchter, Steve, und das weißt du genauso gut wie ich. Wir brauchen Söhne, die so hart sind wie die Erde hier im Sommer!»

Jessica war inzwischen vom Kutschbock geklettert und drei Schritte hinter Steve abwartend stehen geblieben. Auf sein Handzeichen hin trat sie nun zu ihnen.

»Josh, das ist Jessica. Sie arbeitet bei mir auf der Farm.«

» Jessica?«, krächzte Joshua und ergriff ihre Hand, während sie einen höflichen Gruß murmelte. »Sei willkommen, mein Kind.«

Jessicas Körper versteifte sich, als die Hand des Alten an ihrem Arm hinaufglitt und dann tastend über ihr Gesicht wanderte.

»Verzeih, mein Kind«, sagte Joshua Chowning. »Doch meine Fingerspitzen erzählen mir mehr als meine Augen, der Teufel soll sie holen. Du bist hübsch, mein Kind. Steve kann sich glücklich schätzen, eine so hübsche, junge Frau in seinen Diensten zu haben.«

»Danke, Sir«, sagte Jessica und war froh, als er seine sehnige Hand von ihrem Gesicht nahm.

»Sir? Wenn ich's nicht besser wüsste, würde ich glauben, du willst dich über mich lustig machen!«, dröhnte der Fassbinder fröhlich. »Kann mich nicht daran erinnern, dass mich irgendeine Menschenseele auch nur einmal in meinem elenden Leben mit ›Sir‹ angeredet hätte. Schon mit dem Mister haben sich viele schwergetan. Ich bin der alte Josh, mein Kind, und dabei soll's auch bleiben. Könntest mir sonst noch Flausen in den Kopf setzen. Also, schlicht und einfach Josh, verstanden?«

»Ja«, versicherte Jessica.

»Kommt ins Haus und seid meine Gäste, solange ihr es in meiner Behausung aushaltet!«, lud der Alte sie nun ein. »Du kommst zudem selten genug, Steve.«

»Geh nur schon mit Josh ins Haus, Jessica«. forderte Steve sie auf. »Ich versorge erst die Tiere. Sie haben ihr Wasser und Futter heute wohl verdient.«

Lieber wäre Jessica bei Steve geblieben, doch es stand ihr nicht an, ihm zu widersprechen. Und so folgte sie dem Alten ins Haus. Der Wohnraum, der auch die Kochstelle beherbergte, war geräumiger und gemütlicher eingerichtet, als sie gedacht hatte. Zur Einrichtung zählte neben einem Tisch mit vier Stühlen und einer Bank, die gleich rechts neben dem Eingang stand, sogar ein richtiger Küchenschrank. Alle Möbelstücke verrieten solide Tischlerarbeit, und Jessica nahm an, dass Joshua sie selbst angefertigt hatte. Ein türloser Durchgang führte gegenüber vom Hauseingang in die Werkstatt des Fassbinders.

Joshua Chowning machte Jessica mit seiner Tochter bekannt, die verlegen die Augen niederschlug und einen Knicks machte, als Jessica sie begrüßte.

»Sieh zu, dass du die Kammer für unsere Gäste richtest und was zu essen auf den Tisch bekommst«, herrschte der Fassbinder seine Tochter an.

»Machen Sie sich nur keine Umstände«, sagte Jessica peinlich berührt. »Und wenn es etwas zu tun gibt, helfe ich mit. Das ist wohl das Wenigste …«

»Papperlapapp! Meine Ruth weiß, was sich gehört!«, fiel der Alte ihr energisch ins Wort. »Nicht wahr?«

»Jawohl, Vater«, versicherte Ruth hastig, warf Jessica ein unsicheres Lächeln zu, als müsste sie sich für etwas entschuldigen, und hastete davon. Sie verschwand hinter der Tür neben dem Küchenschrank, hinter der offensichtlich die Schlafkammern lagen.

Der Alte forderte Jessica auf, doch am Tisch Platz zu nehmen, und brachte ihr dann frisches, kühles Wasser, während er sich selbst einen Becher Rum aus einer Blechkanne einschenkte.

Jessica fühlte sich ein wenig unbehaglich und wusste nicht, was sie mit dem Alten reden sollte. Doch glücklicherweise bestritt Joshua die Unterhaltung fast ganz allein, sprach von der elenden Hitze, der Ernte, die angeblich auf dem Halm verdorrte, und den steigenden Rumpreisen. Dabei schenkte er sich immer wieder großzügig aus der bauchigen Kanne nach, woraus Jessica schloss, dass Joshua Chowning sich selbst keine Sorgen um die Auffüllung seiner Rumvorräte machte.

Jessica war froh, als Steve sich endlich zu ihnen gesellte. Der alte Fassbinder wollte wissen, wie es um *Seven Hills* stand und was es vom Leben am Hawkesbury River zu berichten gab. Und Steve erzählte in seiner bedächtigen Art von den neuen Feldern, die er angelegt hatte, von seiner Schafzucht und den gelegentlichen Schwierigkeiten mit den Eingeborenen.

Geschickt brachte Steve dann das Gespräch auf andere, mehr allgemeine Themen, schimpfte auf das New South Wales Corps, das mit seinem erpresserischen Rumsyndikat die wirtschaftliche Entwicklung der jungen Kolonie hemmte, und erkundigte sich schließlich mit dem natürlichen Interesse eines Siedlers, der fern von den großen Siedlungen lebte, nach den neuesten Neuigkeiten. Und gespannt wartete Jessica darauf, dass der Fassbinder irgendetwas erwähnte, das im Zusammenhang mit dem Schiffbruch der *Tradewind* stand.

Doch Joshua Chowning enttäuschte sie beide. Seinen Worten war unschwer zu entnehmen, dass er kaum noch Kontakt zu anderen Kolonisten pflegte. Und er verfluchte sein schwindendes Augenlicht, das ihn mehr und mehr zum Gefangenen seiner vertrauten Umgebung machte.

»Der Rum soll in meiner Kehle zu Essig werden, wenn ich in den letzten Wochen auch nur einmal aus dieser elenden Lehmhütte herausgekommen bin!«, beklagte er sich und leerte einen vollen Becher.

»Aber du hast doch Ruth«, wandte Steve ein.

Joshua machte eine unwillige Handbewegung. »Nichts da! Ich habe nicht vor, mich auf meine alten Tage durch die Straße führen zu lassen, blind und auf anderer Leute Hilfe angewiesen! Was hätte das auch für einen Sinn? Damit die Leute mir nachgaffen und sich hinter meinem Rücken zutuscheln: ›Sieh mal, da kommt der alte Josh, der sich blind gesoffen hat!‹? Der Teufel soll diese Brut holen! Nein, ich setze keinen Fuß mehr über die Grenze meines Anwesens. Wer was will, soll zu mir kommen. Sie finden ja auch sonst zu mir, wenn sie Fässer brauchen.«

Steve warf Jessica einen verstohlenen Blick zu, um sein Bedauern auszudrücken. Ganz offensichtlich würde Joshua Chowning ihnen in dieser Beziehung keine große Hilfe sein.

Das Gespräch nahm eine andere Wendung, und Jessica verlor das Interesse daran. Sie hing ihren eigenen Gedanken nach, die sich mit der Schiffskatastrophe, Mitchell Hamilton und Steve Brading beschäftigten.

»Miss Jessica?«

Überrascht blickte Jessica auf. Sie hatte gar nicht bemerkt, dass Ruth wieder zurückgekommen war. Das zierliche Mädchen bewegte sich lautlos wie ein Schatten.

»Ja?«

»Das Bad ist fertig.«

Jessica verstand im ersten Moment nicht. »Was?«

»Das Bad ist fertig«, wiederholte Ruth und lächelte zaghaft. »Ich habe den großen Waschzuber gefüllt. Es ist ein langer und staubiger Weg von *Seven Hills* nach Parramatta, nicht wahr?«

Jessica blickte sie mit halb offenem Mund an. Ein Bad! Ein richtiges Bad. Wasser im Überfluss! Nach all den Wochen des Durstes erschien ihr allein der Gedanke daran wie eine Sünde.

»Ja … das ist wohl wahr«, räumte Jessica unsicher ein. Dabei wusste sie überhaupt nicht, wie viele Tage man mit dem Ochsengespann von Steve Bradings Farm brauchte.

»Was ist?«, fragte Steve belustigt. »Du tust ja so, als hättest du noch nie in einem Wäschezuber gesessen.«

Jessica errötete. »Ich … ich war einfach nur überrascht. Es ist mir nicht recht, dass ich Ihnen so viel Arbeit mache«, sagte sie verlegen und blickte von Ruth zu Joshua.

»Arbeit! Pah! Dummes Zeug. Noch weiß der alte Josh, was er seinen Gästen schuldig ist!«, prahlte der Fassbinder, als würde er eigenhändig für die Bequemlichkeit seiner Gäste Sorge tragen. »Und nun geh und spül dir den Staub vom Leib, mein Kind. Steve wartet bestimmt darauf, dass auch er in den Zuber steigen kann. Das ist nämlich das Zweite, was er tut, wenn er uns besucht. Zuerst den Willkommensbecher Rum und dann das Bad!«

»Ich werde mich beeilen!«, versprach Jessica und folgte Ruth.

Der große, hölzerne Zuber stand in einer Ecke der Fassbinderei, durch eine brusthohe Wand aus geflochtenen Zweigen von der Werkstatt abgetrennt. Auf einem Schemel lagen Seife und ein Tuch zum Abtrocknen. Neben dem Waschtrog standen noch zwei Eimer mit Wasser. Und eine Kerze brannte mit ruhiger Flamme auf einem kniehohen Fass.

Jessica bedankte sich noch mal bei Ruth und wartete, dass Joshuas Tochter sie nun allein ließ. Doch Ruth blieb auf der anderen Seite der Trennwand stehen.

»Während Sie sich waschen, kann ich Ihr Kleid ausbürsten, Miss Jessica«, sagte Ruth auf Jessicas fragenden Blick hin.

»Oh …! Das ist wirklich nicht nötig, Ruth. Leg mir nur die Bürste hin. Und sag bitte nicht immer Miss zu mir. Ich bin wirklich keine vornehme junge Dame.« Joshuas Tochter behandelte sie mit der Beflissenheit eines Dienstboten, und diese Unterwürfigkeit, die ihr gar nicht zustand, machte sie verlegen.

»Sie sind mit Mr. Brading gekommen«, erwiderte Ruth, als stände das in krassem Widerspruch zu Jessicas Erklärung, keine vornehme junge Dame zu sein.

Verwundert schaute Jessica das Mädchen an. »Ja, aber …«

Ruth ließ kein Wenn und Aber gelten. »Bitte, geben Sie mir

Ihr Kleid, Miss Jessica!«, bat sie eindringlich. »Mein Vater wird mit mir schimpfen, wenn er erfährt, dass ich mich nicht um Ihre Kleidung gekümmert habe.« Und scheinbar zusammenhanglos fügte sie mit niedergeschlagenem Blick hinzu: »Mein Vater hält große Stücke auf Mr. Brading. Er ist ein feiner Herr, wie ihn sich eine jede Frau nur wünschen kann.« Sie streckte ihre Hand aus.

Jessica schüttelte den Kopf, schlüpfte jedoch aus dem staubbedeckten Kleid. »Recht ist es nicht«, sagte sie und reichte es ihr über die geflochtene Trennwand.

»Es hat schon alles seine Ordnung«, erwiderte Ruth und huschte davon.

Jessica blickte einen Moment in das Dunkel der Werkstatt jenseits der geflochtenen Wand und stieg dann in den Waschzuber. Mit einem Seufzer wohliger Dankbarkeit machte sie es sich in dem Trog so bequem wie möglich. Mit angezogenen Beinen saß sie im lauwarmen Wasser, die Augen geschlossen und wunschlos glücklich in diesem Augenblick.

Als Ruth Minuten später mit ihrem Kleid zurückkehrte und es wortlos über das Flechtwerk hing, war Jessica schon dabei, sich von Kopf bis Fuß einzuseifen. Es war eine Wohltat, sich das Salz aus den Haaren und den Dreck vom Körper waschen zu können.

Schließlich stieg sie aus dem Zuber und spülte sich mit dem sauberen Wasser aus den beiden Eimern ab. Als sie sich abtrocknete, fühlte sie sich wie neugeboren. Und sie dachte plötzlich an Mitchell. Was wohl aus ihm geworden war? Hatte er sich von den Fesseln befreien können? Hatte sie in ihren Vorsichtsmaßnahmen irgendetwas vergessen, was ihm zum Verhängnis geworden sein konnte? Was, wenn es Liam McCoy wider aller Wahrscheinlichkeit gelungen war, sich zuerst zu befreien?

Nein, nein, das war völlig unmöglich, beruhigte Jessica sich selbst. Mitchell war sicherlich wohlauf und hatte die Nacht vermutlich unter dem Dach von Sam Harpers Taverne verbracht. Ob sie ihn jemals wiedersehen würde?

Jessica zwang sich, solche Gedanken aus ihrem Bewusstsein zu verdrängen. Es war nicht gut, Träumen nachzuhängen, als könnten sie eines Tages Wirklichkeit werden. Ihre bitteren Erfahrungen hatten sie gelehrt, misstrauisch zu sein und von den Launen des Schicksals eher Enttäuschungen als glückliche Wendungen zu erwarten.

Sie konnte dankbar sein, und war es auch, dass sie die Schiffskatastrophe sowie den Marsch durch die Wildnis lebend überstanden hatte, keine Ketten trug und Steve Bradings Beistand genoss, aus welchen ihr unerfindlichen Gründen er ihr auch immer seine Hilfe gewährte. Sie rechnete damit, dass seine Unterstützung auch ihren Preis hatte.

Jessica schlüpfte in ihr Kleid, warf die nassen Haare nach hinten und kehrte zu Steve und Josh zurück. Ruth eilte an ihr vorbei. Und obwohl Jessica ahnte, dass das Mädchen den Waschtrog leeren und für Steve mit sauberem Wasser auffüllen würde, unternahm sie diesmal keinen Versuch, ihre Hilfe anzubieten. Sie wusste, dass Ruth ihr Ansinnen zurückweisen würde.

»Wie ein Bad einen Menschen doch verändern kann«, bemerkte Steve vielsagend, als Jessica in den Raum trat. Und für einen Augenblick lag ein Ausdruck sehnsüchtiger Bewunderung auf seinem Gesicht. Doch bevor Jessica etwas erwidern konnte, war er schon vom Tisch aufgestanden und in die Werkstatt gegangen, um selbst zu baden.

Der alte Fassbinder hatte dem Rum in der Zwischenzeit kräftig zugesprochen und erging sich in Selbstgesprächen, während seine Tochter an die Kochstelle zurückkehrte und mit flinken Händen das Abendessen zubereitete.

Als Steve zurückkam, stand das Essen schon auf dem Tisch. Es war einfach, jedoch köstlich, wie Jessica fand. Und sie sparte nicht mit Komplimenten, die Ruth vor Freude erröten ließen.

Und dann war es Zeit, zu Bett zu gehen. Jessica hatte nicht darüber nachgedacht, wo sie die Nacht verbringen würde. Sie war verwirrt, als Ruth sie und Steve in eine kleine Kammer führte. Ein Bett und eine primitive Kommode mit einem Spiegel, der blinde Flecken aufwies, bildeten die ganze Einrichtung. Ruth zündete die Kerze auf der Kommode an, wünschte ihnen eine gute Nacht, deutete einen Knicks an und war im nächsten Moment verschwunden.

»Das ist Ruths Kammer, nicht wahr?«, fragte Jessica, und ihre Verwirrung verwandelte sich in Verlegenheit.

»Ja. Sie schläft die Nacht in der Kammer ihres Vaters. Der alte Josh besteht darauf. Und es hat keinen Sinn, sich mit ihm in eine Diskussion einzulassen. Du kannst im Bett schlafen, Jessica. Ich geh nur meine Decken holen.«

»Nein!«, widersprach sie. »Das kann ich nicht zulassen. Nehmen Sie das Bett. Ich kann genauso gut auf dem Boden schlafen. Es macht mir nichts aus!«

»Mir auch nicht«, erwiderte er.

»Ich möchte es aber nicht!«, beharrte Jessica. »Sie tun schon so genug für mich …«

»Ich tu es gern, Jessica.«

»Aber das ist zu viel!«

»Die Entscheidung, was zu viel ist oder nicht, solltest du besser mir überlassen«, sagte er, und in seiner Stimme schwang ein bestimmender Unterton mit. »Ich bezweifle, dass du in den letzten Monaten ein richtiges Bett zu Gesicht bekommen hast. Also Schluss mit dem Gerede! Wenn ich zurückkomme, erwarte ich, dich im Bett liegen zu sehen.« Und ohne ihre Antwort abzuwarten, drehte er sich um und verließ die Kammer.

Unschlüssig stand Jessica vor dem Bett. Es sah verlockend aus. Fast andächtig zog sie das saubere Leinentuch zurück und befühlte die Matratze. Sie war herrlich weich. Steve hatte ja so recht. Es schien ihr eine Ewigkeit her, seit sie in einem richtigen Bett gelegen hatte.

Sie streifte das Kleid von ihren Schultern, faltete es sorgsam zusammen und legte es über den Rand der Kommode. Als sie zurücktrat, fiel ihr Blick in den Spiegel. Sich ihrer Weiblichkeit plötzlich sehr bewusst, musterte sie ihr Spiegelbild. Ihre Gedanken gingen zu Kenneth, der sie in die Liebe eingeführt hatte, wanderten zu Mitchell, der sie in jener Nacht am Strand in Ekstase versetzt hatte, und kehrten dann in die Gegenwart zurück – zu Steve Brading. Und auf einmal glaubte sie zu wissen, welchen Preis sie zu zahlen hatte.

Sie stand noch immer nackt zwischen Bett und Kommode, als Steve in die Kammer zurückkam, zwei Decken unter dem Arm. Er blieb abrupt stehen. Schweigend und wie eine Halluzination starrte er sie an. Und Jessica machte keine Anstalten, ihre Nacktheit zu bedecken.

»Mein Gott, Jessica!«, stieß er mit rauer Stimme hervor.

Sie trat einen Schritt auf ihn zu. »Du wirst die Decken diese Nacht nicht brauchen, Steve«, sagte sie leise. »Das Bett ist groß genug für uns beide.«

»Du willst …?« Er führte den Satz nicht zu Ende.

»Ja«, sagte Jessica nur.

Er ließ die Decken fallen und gab ihr eine schallende Ohrfeige, die sie rückwärts taumeln ließ. »Willst du mich mit deinem Körper bezahlen?«, fauchte er.

Jessica stieß einen unterdrückten Schrei aus. Ihre Augen weiteten sich vor Schreck und Verständnislosigkeit. Feuer schien auf ihrer Wange zu brennen.

»Wenn ich auf käufliche Liebe aus gewesen wäre, hätte ich das billiger und gefahrloser haben können!«, erklärte er ihr aufgebracht. »Dafür brauche ich nur nach Sydney in die ›Rocks‹ zu gehen. Da bieten genügend Huren ihre Dienste an. Zum Teufel, warum hast du das getan? Ich dachte, du wärst anders!«

»Ich bin keine … Hure!« Sie schluchzte auf. »Ich … ich dachte nur …«

»Was dachtest du?« Seine Stimme klang hart und kalt.

»Dass … dass du es von mir erwarten würdest. Diese gemeinsame Kammer … Ruths Bemerkungen … all das … ich meine … ich dachte«, stammelte Jessica verstört. »Sie denken sicher, dass wir beide …«

»Schon möglich, dass sie das denken«, fiel er ihr barsch ins Wort. »Und in gewisser Weise sollen sie es sogar. Aber was hat das mit deinem Verhalten zu tun? Habe ich irgendetwas gesagt oder getan, woraus du hättest schließen können, dass ich dich in meinem Bett haben will?«

Jessica biss sich auf die Lippe, um die Tränen zurückzuhalten, und schüttelte den Kopf. Scham befiel sie. Zitternd hockte sie sich auf die Bettkante und zerrte das Leinentuch vor ihren nackten Körper.

Einen Augenblick herrschte Schweigen.

»Es … es tut mir leid«, flüsterte sie, ohne ihn anzublicken. »Ich wollte dich nicht beleidigen.«

»Ich weiß«, brummte er, und die Härte wich aus seiner Stimme.

»Ich schäme mich so. Mir … mir ist einfach nicht in den Sinn gekommen, dass mir ein … Fremder beistehen könnte, ohne dafür eine Gegenleistung zu erwarten. Nach der schrecklichen Zeit in Newgate und auf der *Tradewind* ...«

»Schon gut, Jessica«, beruhigte er sie und trat zu ihr ans Bett. Zögernd streckte er seine Hand nach ihr aus. Sanft berührte er ihre entblößte Schulter. »Entschuldige, dass ich dich geschlagen habe.«

»Ich habe es verdient.«

Er ließ ihre Bemerkung unwidersprochen. »Vergiss, was gerade geschehen ist. Es war zum Teil auch meine Schuld. Ich hätte dich darüber nicht im Ungewissen lassen dürfen. Und nun leg dich ins Bett und schlaf.«

Jessica nickte stumm.

Er nahm seine Hand von ihrer Schulter und wandte sich von ihr ab. Jessica glitt unter das Leinentuch, während er seine Decken am Fußende des Bettes auf dem Boden ausbreitete und sich hinlegte.

»Jessica?«

»Ja?«

»Eines sollst du noch wissen.« Er machte eine Pause. »Ich habe dich nicht etwa zurückgewiesen, weil du nicht begehrenswert wärst. Du bist es ... sehr sogar. Hast du mich gehört?«

»Ja.«

»Gut.«

Jessica wusste, dass er ihr mit seinen Worten das Gefühl der Erniedrigung nehmen wollte, und sie war ihm dankbar dafür. Doch sie riefen ihr auch gleichzeitig in Erinnerung, wie verletzlich sie in Wirklichkeit doch war – und wie stark die Sehnsucht nach Mitchell in ihr brannte. Lautlos weinte sie sich in den Schlaf, und ihre Tränen galten ihm.

13

Es war später Vormittag, als Steve seine Besorgungen in Parramatta erledigt hatte und zur Fassbinderei zurückkehrte. Jessica hatte ihn nicht begleitet.

Sie saß im Schatten des toten Eukalyptusbaumes und beobachtete ihn, wie er in die Werkstatt ging und mit Joshua einige Worte wechselte. Dann kam er über den Hof zu ihr.

»Nun?«, fragte er, nahm seinen Hut ab und fuhr sich mit der Hand durch das Haar. »Wie hast du die Stunden verbracht?«

Sie zuckte die Achseln. »Mit Nichtstun. Ruth ist nicht gerade gesprächig. Und sie lässt mich keinen Handschlag im Haus verrichten.«

»Sie ist sehr bescheiden und schüchtern.«

»Und so leutselig wie ein Stein.«

»Zugegeben, sie ist eine Langweilerin. Aber ihre Wortkargheit hat auch ihr Gutes. Ein neugieriges Klatschweib würde womöglich mehr aus dir herauslocken, als uns lieb sein könnte.«

»Ich habe mich nicht beklagt, Steve. Du hast mich etwas gefragt, und ich habe dir darauf geantwortet. Ich wünschte, ich hätte mit dir in den Ort fahren können.« Fragend blickte sie ihn an.

Er setzte sich zu ihr in den Schatten. »Ich habe mich vorsichtig umgehört.«

»Und?« Ihre Stimme verriet erwartungsvolle Spannung, die jede Faser ihres Körpers erfasst hatte.

Er stülpte den Hut auf sein Knie und hob die Hände in einer Geste der Unsicherheit. »Die Informationen, die ich erhalten habe, sind sehr ungenau. Sicher jedoch ist, dass der Schiffbruch der *Tradewind* bekannt ist. Ein Handelsfahrer hat am

Tag nach der Katastrophe Überlebende an Bord genommen und nach Sydney gebracht ...«

»Irgendwelche Namen?«, fragte Jessica atemlos.

Er schüttelte den Kopf. »Die Rede ist von einigen Seeleuten, Passagieren und Deportierten. Namen weiß jedoch keiner. Zudem schwankt die Zahl der Geretteten zwischen neun und fünfzig. Du weißt ja, wie Nachrichten verfälscht werden, die von Mund zu Mund gehen.«

»Sicher.« Enttäuschung sprach aus ihrer Stimme. Die Ungewissheit hatte also noch kein Ende. Ihr weiteres Schicksal hing davon ab, *wer* zu den Geretteten zählte. Ihre Freiheit würde nicht lange währen, wenn Männer vom Schlag des Aufsehers Simpson überlebt hatten – oder eine Deportierte wie Meggie Kelter.

»Ich glaube aber nicht, dass du Angst haben musst«, nahm Steve das Gespräch nach einer Weile des Schweigens wieder auf.

»So?«, fragte sie mit bitterem Spott.

»Ich kann dafür sorgen, dass du nicht wieder Ketten zu tragen brauchst.«

»Und wie?«

»Zwar bin ich kein großer Fürsprecher der Rum-Offiziere, was ihr Syndikat betrifft, aber ich lebe schon recht lange in dieser Kolonie und habe in der Verwaltung einige sehr einflussreiche Freunde«, eröffnete er ihr. »Und ich bin sicher, eine Begnadigung oder zumindest Freiheit auf Bewährung für dich erreichen zu können.«

Überrascht schaute sie ihn an. »Einfach so? Ohne jegliche Bedingung?«

»Nicht ganz«, räumte er ein. »Du wirst dich bereit erklären müssen, mit mir nach *Seven Hills* zu gehen.«

»Als was?«

»Als meine Frau.«

Jessica schluckte. »Als deine Frau?«, fragte sie ungläubig.

»Ja.«

»Du bist ein freier Siedler – und ich bin eine Deportierte, eine Verbrecherin.«

»Viele Freie heiraten Deportierte«, entgegneter er ruhig.

»Aber warum ich? Vor zwei Tagen wusstest du noch nicht einmal, dass ich existiere. Nichts weißt du über mich und meine Vergangenheit.«

»Das ist auch nicht nötig. Fast jeder, der nach New South Wales kommt, lässt seine Vergangenheit in der alten Heimat zurück, und das meist aus gutem Grund. Was früher war, zählt nicht mehr. Was zählt, ist allein das, was man hier tut und erreicht.«

Jessica schüttelte verstört den Kopf. »Aber dennoch … nach zwei Tagen … ich meine, du hast viel für mich getan, aber ich kann doch nicht so tun …«

Ein schwer zu deutendes Lächeln legte sich um seine Lippen. »Ich weiß, dass du mich nicht liebst. Und ich weiß auch, dass dein Herz diesem Mitchell Hamilton gehört.«

Hitze stieg ihr ins Gesicht. »Und dennoch möchtet du, dass ich deine Frau werde?«

»Ja!«

»*Obwohl* du weißt, dass ich dich nicht liebe – und vielleicht nie lieben werde?«

»Ja, obwohl ich das weiß«, bekräftigte Steve unbeeindruckt. »Ich bin kein Narr, und ich erwarte auch gar nicht, dass du mich liebst.«

»Was erwartest du dann?«

»Dass du mein Leben lebst, Arbeit, Haus und Bett mit mir

teilst und mir eine gute Frau bist, wie ich dir ein guter Mann sein werde«, erklärte er mit schlichter Offenheit. »Und natürlich erhoffe ich mir Nachwuchs. Sechs Jahre habe ich am Hawkesbury River gegen die Wildnis und die Eingeborenen gekämpft, Land urbar gemacht und so *Seven Hills* buchstäblich aus dem Nichts aufgebaut. Es waren schwere, oftmals bittere Jahre, und es war nicht die Zeit, an eine Familie zu denken. Doch das ist nun anders geworden. Die Farm wirft mittlerweile Gewinn ab, und die Gefahren, die das Leben am Hawkesbury noch birgt, sind überschaubar.«

»Und nun ist die Zeit für Frau und Kinder gekommen, ja?«

»So ist es.«

Jessica wusste von Minute zu Minute weniger, was sie von seinem Heiratsantrag halten sollte. Letzte Nacht hatte er sie geschlagen und empört zurückgewiesen, und nun machte er ihr einen Antrag, der so sachlich und bar jeglicher Emotion war, als ginge es dabei um ein Geschäft zwischen zwei Kaufleuten. Und das rief bittere Erinnerungen in ihr wach. An Ned Tyler. Auch er hatte ihr ein Geschäft vorgeschlagen, bei dem ihr Körper das Handelsobjekt gewesen war. Vergünstigungen gegen ihre Willfährigkeit. Zwar war das, was Steve ihr anbot, ein ›ehrenhafter‹ Handel, doch letztlich kam es fast auf das Gleiche hinaus. Er erwartete, dass sie seine Arbeit und sein Bett mit ihm teilte und ihm Nachwuchs schenkte. Sie sollte also mit dem Körper für ihre Freiheit bezahlen.

»Ich weiß nicht, worüber ich mich mehr wundern soll«, sagte Jessica nun gereizt. »Über deine unbekümmerte Offenheit oder über deine Gefühllosigkeit. Deine Farm wirft Gewinn ab, das Leben ist erträglich geworden, und nachdem du zu dem Entschluss gekommen bist, dass es nun Zeit wird, an eine Familie zu denken, machst du der erstbesten Frau einen

Antrag! Einfach so! Vielleicht sollte ich mich geschmeichelt fühlen.«

»Das stimmt nicht«, widersprach Steve mit sanftem Nachdruck. »Vielleicht bin ich wirklich unbekümmert offen, aber Gefühllosigkeit kannst du mir nicht vorwerfen. Ich bin einfach realistisch, Jessica, und das ist etwas, was du mit mir gemein hast.«

»Woher willst du das wissen?«

»Du hast es zwar nicht ausgesprochen, aber deutlich genug zu erkennen gegeben, dass du viel für diesen Mitchell Hamilton empfindest … dass du ihn vielleicht sogar liebst.«

»Was hat das mit dir und mir zu tun?«

»Mehr als du vermutlich wahrhaben möchtest«, antwortete Steve Brading. »Obwohl du ihn liebst und er sich für dich in Gefahr begeben wollte, hast du dich von ihm getrennt …«

Jessica fühlte sich in die Verteidigung gedrängt. »Ohne seine Hilfe wäre ich auf der *Tradewind* verloren gewesen, und er hat mir das Leben gerettet. Und ich habe mich von ihm getrennt, weil das für mich die einzige Möglichkeit war, etwas für *ihn* zu tun.«

»Du hast gesagt, du wolltest ihn vor sich selbst schützen«, erinnerte sich Steve.

»Ja, das stimmt. Wie hätte er als Fremder in diesem Land mit mir vorankommen sollen?«

Steve nickte zustimmend. »Das ist genau das, was ich meinte. Du warst realistisch genug, um zu erkennen, dass ihr beide keine Chance hattet, in New South Wales zusammenzubleiben. Er hat keine Freunde, keine Beziehungen und kann nichts für dich tun. Er hätte noch nicht einmal sich selbst vor Strafe schützen können. All das war dir klar, und du hast die einzig richtige Entscheidung getroffen, indem du dich von ihm getrennt hast. Du hast die Augen nicht vor der Wirklichkeit verschlossen und dich nicht in törichte Illusionen geflüchtet. Du weißt, was dich erwartet.«

Jessica begriff, worauf er hinauswollte. »Ich habe die Wahl zwischen dir und einem Leben als Sträfling, nicht wahr?«

»Nein, das stimmt nicht ganz. Frauen, vor allem so junge und hübsche wie du, sind in New South Wales ...« Er zögerte.

»Mangelware?«

»Ja, so könnte man sagen«, räumte Steve ein. »Es gibt genügend freie Siedler und sogar Offiziere, die dir ein ähnliches Angebot machen würden.«

Jessica erwiderte nichts.

»Ich bin offen zu dir«, fuhr er fort. »Ich versuche gar nicht erst, dir vormachen zu wollen, dass ich mich in dich verliebt hätte. Das wäre eine Lüge. Ich empfinde eine Art Zuneigung, und du bist nicht nur eine begehrenswerte Frau, sondern zudem noch willensstark und ausdauernd. Du vereinigst all das in dir, was ich mir von einer Frau in diesem Land nur erwünschen kann. Und was den Mangel an Liebe betrifft, so soll die Zukunft darüber das letzte Wort sprechen. Gegenseitige Zuneigung und Respekt halte ich für noch stärkere Säulen einer segensreichen Ehe als lodernde Leidenschaft. Zu oft erweist sich diese nämlich als Strohfeuer, das im harten Alltag allzu schnell verglimmt. Und das Leben einer Siedlerfrau *ist* hart. Ich verspreche dir nicht das Paradies auf Erden. *Seven Hills* ist weit davon entfernt. Sehr weit sogar.«

Jessica ließ sich Zeit mit ihrer Antwort. Verschwunden war ihre Gereiztheit. Steve versuchte nicht, sie zu erpressen oder mit Versprechen zu locken, die er nicht einhalten konnte. Und diese geschäftsmäßige Sachlichkeit durfte sie ihm nicht zum Vorwurf machen, das erkannte sie.

»Entschuldige, wenn ich gerade so gereizt zu dir war«, sagte sie schließlich. »Ich sollte mich geehrt fühlen, dass du ausgerechnet mich … zur Frau möchtest. Aber ich glaube nicht, dass es möglich wäre, auch wenn ich es wollte.«

»Wieso nicht?«

»Weil ich eine Mörderin bin!«

Steve zuckte zusammen. »Du … bist … wegen Mordes verbannt worden?«, fragte er zögernd und mit gepresster Stimme.

»Nein, ich bin deportiert worden, weil ich so dumm war, meinen leiblichen Vater in Gegenwart anderer daran zu erinnern, dass er einen Bastard in die Welt gesetzt hat – mich.«

»Aber du hast von … Mord gesprochen. Mein Gott, wen hast du ermordet?«, fragte er verwirrt.

»Ned Tyler, den Ersten Offizier der *Tradewind*. In der Nacht vor dem Schiffbruch.«

Steve Brading schüttelte den Kopf, als könne und wolle er einfach nicht glauben, was sie gesagt hatte. Und in seinen Augen spiegelten sich Schock und Ernüchterung. Er brauchte einen Augenblick, um sich zu fassen. Dann fragte er knapp: »Wie ist es passiert?«

Jessica atmete tief durch und berichtete ihm von Ned Tyler – wie er versucht hatte, ihren Willen zu brechen und sie sich gefügig zu machen. Ihre eigene Stimme klang ihr fremd, als sie von der Auspeitschung und der lichtlosen Kammer über der Bilge erzählte. Die Erinnerung an diese Woche jagte ihr einen Schauer des Grauens durch den Körper, und sie meinte, wieder das Sirren und Klatschen der Peitsche hören zu können. Ihre Stimme verlor sich fast, als sie schließlich auf jene letzte Nacht zu sprechen kam, als Ned Tyler sie in seine Kabine bringen ließ und versucht hatte, sie zu vergewaltigen.

»Was für ein Sadist!«, stieß Steve voller Abscheu hervor, als sie geendet hatte. »Nein, Jessica, du bist keine Mörderin! Du hast in Notwehr gehandelt. Er hat den Tod mehr als verdient – und eigentlich keinen so schnellen und gnädigen!«

Jessica verzog das Gesicht. »Er war ein Freier und Erster Offizier des Schiffes, und ich bin eine Deportierte. Für eine Verbannte gibt es keine Notwehr!«, hielt sie ihm entgegen. »Und deshalb wird man mich wohl hängen, wenn man mich einfängt und einer der Schiffbrüchigen erfährt, dass ich überlebt habe!«

»Du wirst nicht hängen!«, widersprach Steve heftig. »Es gibt in Sydney einige hohe Offiziere, die mir noch einen Gefallen schuldig sind. Und jetzt ist die Zeit gekommen, diese Schuld einzutreiben!«

»Natürlich wirst du das nur tun, wenn ich deine Frau werde, nicht wahr?«, vergewisserte sie sich.

Ernst und durchdringend schaute er sie an. »Ja, auf diese Weise könnte ich es versuchen. Doch ich würde dabei mehr verlieren, als ich gewinnen könnte. Ich würde nicht nur dich verachten, sondern auch mich, dass ich mich erniedrigt und eine Frau ›gekauft‹ hätte. Nein, das habe ich nicht nötig, Jessica. Käufliche Frauen gibt es reichlich in unserer Kolonie.«

»Vielleicht ist mein Widerstandswille gebrochen?«

»Nein«, fuhr Steve fort, »ich werde alles in meiner Macht Stehende für dich tun, und zwar ohne Vorbedingungen. Du solltest dich frei entscheiden können, denn ich möchte dich nicht als Mätresse, sondern als meine Frau. Wie immer du dich entscheiden magst, den Galgen brauchst du nicht mehr zu fürchten. Man wird dich wieder zu den anderen Sträflingen bringen und dich zur Arbeit einteilen. Doch wie ich schon sagte, du wirst früher oder später die Wahl zwischen anderen freien Siedlern und Freigelassenen haben.«

Worte des Dankes erschienen Jessica in diesem Moment fehl am Platz. Sie nickte Steve nur zu, dass sie verstanden hatte.

»Ich fahre morgen mit dem Gespann nach Sydney und werde dort ein paar Tage bleiben. Wenn ich alles geregelt habe, meine Geschäfte und die Sache mit dir, komme ich nach Parramatta zurück. Du bleibst hier bei Josh und Ruth. Die Ruhe wird dir guttun. Du kannst dich von den Strapazen erholen und dir reiflich überlegen, ob du mit mir nach *Seven Hills* gehen willst oder nicht.«

»Ich glaube nicht, dass ich bei Josh und Ruth bleiben kann«, sagte Jessica.

»Tut mir leid, aber eine bessere Unterkunft kann ich dir in Parramatta nicht bieten.«

»Das ist es nicht!«, beeilte sich Jessica zu versichern. »Ich würde eigentlich ganz gerne bleiben.«

Eine steile Falte bildete sich auf seiner Stirn. »Wo liegt das Problem?«

»Josh hatte heute Besuch von zwei Siedlern. Ich hielt mich zufällig in der Werkstatt auf, als sie kamen. Mein Gesicht war ihnen natürlich fremd, und sie fragten, woher ich käme. Josh hat ihnen gesagt, dass wir Siedler vom Hawkesbury und auf dem Weg nach Sydney seien.«

»Verdammt!«, fluchte Steve. »Weißt du, wer die Männer waren?«

Jessica nagte an ihrer Unterlippe, während sie angestrengt versuchte, sich an die Namen zu erinnern. »Der eine hieß Alderman oder Alderson, glaube ich, und der andere Brucer oder Brewster.«

»Ein untersetzter, fettleibiger Kerl mit kahlem Schädel?«, fragte er schnell.

»Ja! Genau!«

»Der dicke Brewster! Das hat uns gerade noch gefehlt. Der ist doch geschwätziger als zehn Marktweiber!«, knurrte Steve ärgerlich.

»Wenn ich sie richtig verstanden habe, wollen sie morgen wiederkommen, um dem alten Josh bei irgendeiner Arbeit zur Hand zu gehen.«

»Reizend!«, sagte Steve nur.

»Du wirst mich also mitnehmen müssen«, stellte Jessica fest. »Wenn du mich hier zurücklässt, wird das bestimmt merkwürdig auffallen, und die Leute werden sich ihre Gedanken machen und darüber reden.«

Steve kratzte sich am Kinn. »Du könntest krank werden«, schlug er vor. Seine Miene verriet jedoch, dass er von seiner Idee selbst nicht übermäßig begeistert war.

»So plötzlich!«, wandte sie ein. »Meine Erkrankung könnte neugierige Siedlerfrauen dazu bewegen, mir einen Krankenbesuch zu machen. Ein idealer Vorwand für diejenigen, die sich Steve Bradings ›Begleitung‹ gern mal aus der Nähe ansehen und ausfragen wollen.«

»Mhm, ja, schon möglich.«

»Außerdem, welche Frau vom Hawkesbury lässt sich, nachdem sie monatelang in diesem abgelegenen Landstrich gelebt und keine größere Siedlung mehr zu Gesicht bekommen hat, die Chance entgehen, endlich mal wieder nach Sydney unter Menschen zu kommen?«

»Keine!«

»Das dachte ich mir.«

»Du hast recht. Du kannst hier nicht bleiben. Es wäre zu riskant. Ich muss mir etwas anderes einfallen lassen«, gab Steve widerwillig zu.

»Kennst du niemanden in Sydney, bei dem ich unterkommen kann und der nicht viel fragt?«

Steve überlegte. »Ich könnte dich mit zu Molly Mutton nehmen«, fiel ihm dann ein. »Ja, das wird das Beste sein.«

»Wer ist das?«

»Molly führt unten am Hafen in den ›Rocks‹ eine Rumkneipe«, erklärte er. »Nicht gerade der passende Ort für dich. Aber bei Molly bist du gut aufgehoben, jedenfalls besser als irgendwo sonst in Sydney.«

»Dann ist ja alles bestens«, meinte Jessica.

»Gar nichts ist bestens!«, erwiderte er verdrossen. »Ich wünschte, du könntest hier in Parramatta bleiben. Es gefällt mir überhaupt nicht, dass ich dich nach Sydney mitnehmen muss.«

Jessicas Körper straffte sich. »Du *musst* gar nichts, Steve«, korrigierte sie ihn, und ihre Stimme hatte eine ungewohnte Schärfe. »Es ist deine freie Entscheidung, was du tust oder bleiben lässt. Und wenn du inzwischen bereust, in was du dich da eingelassen hast, solltest du es besser jetzt sagen!«

Verblüfft schaute er sie an. »Dein Stolz grenzt fast schon an Hochmut«, sagte er langsam. »Und ich glaube nicht, dass du dir den in deiner Lage leisten kannst.«

Sie hielt seinem Blick mit hocherhobenem Kopf stand. »Du irrst. Stolz ist das *Einzige,* was ich mir noch leisten kann, nachdem man mir alles andere genommen hat. Und ich werde ihn mir von keinem nehmen lassen, Steve. Von keinem!«

Der missbilligende Ausdruck verschwand aus seinem Gesicht. »Entschuldige, ich habe wohl ein bisschen vorschnell geurteilt, aber Stolz ist nicht gerade eine weitverbreitete Tugend unter Sträflingen.« Er lächelte plötzlich. »Ich hoffe mehr denn je, dass du meinen Antrag annimmst, Jessica. Er wäre gut für uns beide – und für die Zukunft von *Seven Hills.*«

»Ich werde darüber nachdenken.«

»Dir wird nicht viel Zeit bleiben«, sagte er, erhob sich und setzte seinen eingestaubten Hut auf. »In Sydney wirst du dich entscheiden müssen!«

14

Steve Brading richtete es so ein, dass sie Sydney am nächsten Tag kurz vor Einbruch der Dunkelheit erreichten. Er wollte die Abenddämmerung nutzen, um Jessica unerkannt in die Ortschaft und zu Molly Mutton zu bringen. Vor ihrem Aufbruch in Parramatta hatte er ihr einen einfachen Strohhut besorgt, der sie nicht nur vor der Sonnenglut, sondern auch vor neugierigen Blicken schützen sollte.

Es waren gut zwanzig Meilen von Parramatta nach Sydney. Die Boote, die zwischen den beiden Siedlungen verkehrten, schafften die Strecke in vier bis fünf Stunden. Auf dem Landweg war es jedoch eine lange, anstrengende Tagesreise, denn die Straße schlug weite Bogen und war kaum einen Deut besser als die Straße von *Harper's Inn* nach Parramatta.

Jessica hatte sich auf eine schweigsame Fahrt eingestellt und war daher überrascht, als Steve sich geradezu gesprächig zeigte. Und so vergingen die Stunden schneller als gedacht. Dann und wann begegneten ihnen andere Gespanne, und Reiter preschten an ihnen vorbei. Am Nachmittag passierten sie eine Gruppe Sträflinge, zerlumpte, ausgemergelte Gestalten, die aneinandergekettet am Straßenrand im verdörrten Gras hockten. Sie waren so erschöpft, dass sie noch nicht einmal aufblickten, als das Ochsengespann an ihnen vorbeizog und sie in rotbraunen Staub hüllte. Drei Aufseher und ein berittener Soldat, dessen scharlachrote Uniform untadelig aussah, rasteten abseits der Sträflinge im Schatten des einzigen Baumes an dieser Stelle.

Steve rief ihnen einen höflichen Gruß zu, den die vier Männer erwiderten. Jessica nickte ihnen nur stumm zu. Ihre Kehle war wie zugeschnürt.

»Vermutlich irische Rebellen«, sagte Steve eine gute Weile später. »Sie haben es besonders schwer. Aber das haben sie sich in den meisten Fällen selbst zuzuschreiben. Sie wollen sich nicht damit abfinden, dass es von hier kein Entkommen gibt. Immer wieder rotten sie sich zusammen, überfallen abgelegene Farmen und morden im Namen der Freiheit. Aber New South Wales ist nicht Irland. Es gibt in dieser Kolonie keine Möglichkeit, sich auf Dauer vor den Soldaten zu verstecken. Früher oder später fasst man sie doch, falls Durst und Hunger sie nicht schon vorher zum Aufgeben zwingen. Dann legt man sie in Ketten und schickt sie in eines dieser Arbeitslager. Dort soll das Leben die Hölle auf Erden sein. Nur wenige überleben das erste Jahr.«

»Das ist ungerecht«, sagte Jessica. »Wie kann man sie mit gemeinen Verbrechern gleichsetzen? Ich verstehe nichts von Politik, aber haben sie nicht das Recht, für ihre Freiheit und die Unabhängigkeit ihres Landes zu kämpfen?«

»In Irland vielleicht«, räumte Steve ein.

Die Sonne war schon nicht mehr zu sehen, als sie Stunden später nach Sydney kamen. Jessica erhaschte einen ersten Blick von der Siedlung, als der Wagen eine Anhöhe erklomm. Einige Meilen voraus erblickte sie die riesige Bucht, eingerahmt von hoch aufragenden Felsen. Das Wasser glitzerte im Abendlicht. Es war ein beeindruckender, atemnehmender Anblick.

»Der schönste Naturhafen der Welt«, bemerkte Steve. »So sagt man jedenfalls.«

»Bestimmt zu Recht«, murmelte Jessica. Vier Schiffe lagen in der Bucht vor Anker. Sogar aus der Ferne wirkten sie mit ihren schlanken Masten und langgestreckten Rümpfen wie Sinnbilder seemännischen Stolzes.

Die Siedlung, von Gouverneur Phillip nach Lord Sydney benannt, erstreckte sich zu beiden Seiten der weit ins Land reichenden Bucht. Schon auf den ersten Blick sah man, dass der Ort bei Weitem nicht so planmäßig angelegt war wie Parramatta. Während das Ostufer der Bucht von zahlreichen Feldern und Gemüsegärten mit nur einigen wenigen Hütten überzogen war, drängten sich auf der gegenüberliegenden Seite der Sydney Cove schäbige Hütten, Baracken, steinerne Gebäude und Lagerschuppen. Dieser Kern der Siedlung glich in seinen Umrissen einem Keil. Im Norden zur Bucht hin war er breit, während er sich landeinwärts nach Süden zu verjüngte.

Jessica war ein wenig enttäuscht. Sie hatte sich Sydney als richtige Stadt vorgestellt. Mit mehrstöckigen steinernen Häusern, zumindest einigen gepflasterten Straßen und öffentlichen Gebäuden von der Art, wie sie sie von England her kannte. Sie hatte nicht mit einer Großstadt gerechnet, aber doch mit einer Kleinstadt, wie Ravan eine gewesen war.

Steve ahnte wohl, was sie dachte, denn er sagte mit einer Mischung aus Spott und Stolz: »Zugegeben, es wird wohl noch einige Zeit dauern, bis Sydney aus den Flegeljahren gewachsen ist und sich Stadt nennen darf. Aber wenn du die Siedlung vor acht Jahren gesehen hättest, käme dir der Ort jetzt wie eine blühende Weltstadt vor.«

»Ich vergesse immer wieder, wie jung die Kolonie ist«, sagte sie.

Er nickte. »Keine fünfzehn Jahre. Das ist eine lächerlich kurze Zeit in der Besiedlung eines so fremden und wilden Landes New South Wales. Aber lass dich nicht täuschen, Jessica. Sydney hat mehr zu bieten, als es auf den ersten Blick den Anschein hat.«

»Und welcher Teil von Sydney nennt sich ›The Rocks‹?«, wollte Jessica wissen.

»Es ist das … Lasterviertel der Stadt, rechts vom Fort«, erklärte er. »Siehst du die Ansammlung von Hütten und Baracken auf der felsigen Halbinsel, die weit ins Wasser hinausreicht?«

Jessicas Blick folgte der Richtung seiner ausgestreckten Hand. »Ja.«

»Das ist ›The Rocks‹.«

Es war unmöglich, aus der Ferne Einzelheiten zu erkennen. Das Dämmerlicht löste alle scharfen Konturen auf und ließ die Lehmhütten zu einer graubraunen Masse verschwimmen. Lichter flammten überall in der Siedlung auf. Auch auf den Segelschiffen zeigte sich der schwache Schein von Laternen.

»Es wird Zeit«, sagte Steve und brachte die Ochsen wieder in Bewegung.

Dunkelheit lag über der Küste, als sie den Friedhof im Süden von Sydney passierten und die ersten Häuser erreichten. Auf den staubigen Straßen herrschte jedoch rege Betriebsamkeit.

Jessica hielt den Kopf gesenkt, obwohl es unmöglich gewesen wäre, im Dunkeln ihre Gesichtszüge zu erkennen. Der klobige Wagen ratterte zum Hafen hinunter, an den Unterkünften der Soldaten und am Paradeplatz vorbei. Und dann waren sie in den Rocks.

Steve hatte nicht übertrieben, als er diesen Bezirk als Lasterbezirk bezeichnet hatte. Eine Rumschenke reihte sich an die andere. Betrunkene torkelten grölend über die Straße. Und überall sah man die roten Uniformen der Soldaten vom New South Wales Corps. Kein Offizier schien Anstoß daran zu nehmen, dass die Soldaten Seiner Majestät krakeelend und in voller Uniform von einem Rumausschank zum anderen zogen. Aber warum hätten sie das auch tun sollen, waren die meisten von ihnen doch auf die eine oder andere Weise Nutznießer dieser Alkoholschwemme.

Heruntergekommene Frauen lungerten in der Türöffnung der schäbigen Lehmhütten und ließen keine Zweifel daran, welche Dienste sie zu verkaufen hatten. Und viele waren nicht minder betrunken als die Männer.

Auf einmal bog Steve in eine schmale Seitengasse ab. Fette Ratten schossen, vom Hufschlag der Ochsen aufgescheucht, hinter Abfallhaufen hervor. Nach fünfzig Yards lenkte er das Gespann in einen kleinen Hof, der von einem mannshohen Zaun aus miteinander verflochtenen Ästen umgeben war. An den Hof schloss sich einer der primitiven Lehmbauten an. Das Haus war jedoch größer und solider gebaut als der Durchschnitt. Zu dem Anwesen gehörte noch ein kleiner Stall, der jedoch sehr baufällig aussah – sogar in der Dunkelheit.

»Du bleibst ruhig auf dem Wagen sitzen«, schärfte Steve ihr ein, während er die Zügel festband und sich vom Kutschbock schwang. »Ich muss erst mit Molly reden. Verhalte dich still. Du hast ja mit eigenen Augen gesehen, was für ein Viertel das ist. Eine junge, hübsche Frau wie du fällt da besser nicht auf – es sei denn, sie legt es darauf an.«

»Ich werde mich nicht von der Stelle rühren«, versprach Jessica mit belegter Stimme.

Steve ging um die Zugtiere herum, gab einem jeden einen liebevollen Klaps auf die Schnauze und verschwand im Stall.

Regungslos saß Jessica auf dem Wagen, lauschte mit klopfendem Herzen in die lärmerfüllte Dunkelheit und hoffte inständig, Steve möge sie nicht zu lange allein lassen.

Es dauerte eine ganze Zeit, bis Steve endlich wieder zu ihr in den Hof zurückkehrte. Er trug eine Öllampe, die auf kleinster Flamme brannte. Eine hochgewachsene, korpulente Frau begleitete ihn. Jessica hätte sie von der Statue her leicht für einen Mann halten können, wenn der Schein der Öllampe ihr Gesicht nicht aus der Dunkelheit gehoben hätte. Ihre Züge waren überraschend fraulich, verrieten jedoch auch die unbeugsame Härte, die in dieser Frau steckte.

»Molly, das ist Jessica!«, sagte Steve knapp, als er mit ihr an den Wagen trat.

Molly nahm ihm wortlos die Lampe ab und leuchtete Jessica ins Gesicht. »So, du bist Jessica«, sagte sie dann. Ihre Stimme klang nicht abweisend, aber auch nicht sonderlich freundlich.

Molly Muttons durchdringender Blick verursachte Jessica Unbehagen. »Es … es tut mir leid, wenn ich Ihnen … Ungelegenheiten bereite«, begann sie.

»Spar dir den Krampf!«, unterbrach Molly sie und ließ die Öllampe sinken. »Steve hätte dich nicht zu mir gebracht, wenn er sich meiner Zustimmung nicht sicher gewesen wäre. Also komm mir nicht mit diesem edlen Gewäsch, sondern steig besser vom Wagen. Oder willst du die Nacht auf dem Kutschbock verbringen?«

Verwirrt blickte Jessica auf. Ihr fehlten im ersten Moment die Worte. Dann murmelte sie: »Nein, das muss nicht sein.« Sie stieg vom Wagen.

»Steve, du wirst sicher die Rindviecher versorgen wollen. Ich werde Jessica inzwischen zeigen, wo ihr es euch häuslich machen könnt. Aber du weißt ja, dass ich für *solche* Art Besuch nicht eingerichtet bin.«

»Wie ich dir schon sagte, Jessica braucht nur für ein paar Tage ein Dach über dem Kopf«, sagte Steve. »Für alles andere sorge ich schon.«

»Ja, bei dir ist sie wirklich in besten Händen«, erwiderte Molly Mutton, und ein bissig-spöttischer Unterton schwang in ihrer Stimme mit. »Komm mit!« Es war ein Befehl.

»Ich habe Steve versprochen, ihm beim Ausschirren und Versorgen der Tiere zu helfen«, log Jessica ohne lange zu überlegen und warf Steve einen flehenden Blick zu.

Er ließ sich seine Überraschung nicht anmerken. »Mhm, ja... das stimmt. Ich glaube, sie sollte mir besser zur Hand gehen, Molly.«

»Wie ihr wollt«, sagte Molly Mutton schroff. »Ich muss zurück in den Schankraum. Hab' den Laden voll und will nicht, dass einer auf die dumme Idee kommt, nach mir zu suchen.«

»Ich finde mich schon zurecht«, versicherte Steve.

»Daran habe ich auch nicht einen Augenblick lang gezweifelt«, gab sie spitz zurück. »Ihr könnt die Kammer gleich rechts neben dem Stall nehmen.«

Sie gab ihm die Lampe und kehrte durch den Stall in ihre Rumschenke zurück.

»Kannst du mir vielleicht mal sagen, was gerade in dich gefahren ist?«, fragte Steve leise, als sie allein im Hof waren. »Warum diese Lüge?«

»Molly mag mich nicht«, antwortete Jessica.

»Was? Das ist doch dummes Zeug, was du da redest!«, erwiderte er ungehalten. »Sie weiß nicht, dass du eine Deportierte bist. Sie weiß *nichts* über dich.«

»Das ist es nicht.«

»Was denn?«

»Sie mag mich nicht, weil ich mit dir zusammen bin.«

»Was reimst du dir da bloß zusammen? Weshalb sollte sie etwas gegen dich haben?«

»Ich nehme an, dass du diese Frage bestimmt besser beantworten kannst als ich.«

»Ich weiß nicht, was du meinst«, brummte er und wandte sich den Ochsen zu. »Und ich fühle mich zu zerschlagen, um mich mit dir über Nichtigkeiten zu streiten. Für Molly kann ich meine Hand ins Feuer legen, ganz egal, ob ihr euch ausstehen könnt oder nicht, und allein das ist von Bedeutung.«

Sein Tonfall sagte ihr, dass ihr Gefühl sie nicht getrogen hatte. Doch sie begnügte sich mit seiner Erwiderung und hoffte nur, dass er sich nicht in Molly täuschte, was ihre Zuverlässigkeit in *diesem* Falle betraf.

Sie half ihm mit bei den Tieren. Dann ging Steve mit der Lampe voraus. Die Kammer, die ihnen Molly zugeteilt hatte, entbehrte jeglicher Bequemlichkeit. Der Raum war erdrückend eng und von Ungeziefer bevölkert, das in wahren Heerscharen aus dem Lichtkreis der Lampe huschte. Die ausrangierte Tür einer Schiffskabine, die auf zwei Teilstücke eines Vierkantbalkens genagelt war, bildete zusammen mit einem Sack voll getrockneter Eukalyptusblätter die Bettstelle. Die Kammer von Ruth Chowning war im Vergleich zu diesem Verschlag das reinste Luxuslogis gewesen.

Ein Gefühl tiefer Niedergeschlagenheit ergriff Jessica. Was hätte sie jetzt dafür gegeben, in Parramatta bei Josh und Ruth sein zu können.

»Es ist nur für ein, zwei Tage … höchstens«, tröstete Steve sie, als fühlte er, was in ihr vorging. »Ich werde morgen früh als Erstes sehen, was ich für dich tun kann. Du hast mein Wort darauf.«

Jessica kam plötzlich zu Bewusstsein, wie undankbar sie doch war. Was hatte sie erwartet? Dies war ›The Rocks‹. Steve hatte sie vorher gewarnt. Und ob Molly sie nun gern unter ihrem Dach hatte oder nicht, sie hatte ihr auf jeden Fall Unterschlupf gewährt. Allein dafür war sie der Rumwirtin Dank schuldig.

»Mach dir wegen mir keine Sorgen«, sagte sie nun und verbannte jegliche Niedergeschlagenheit aus ihrer Stimme. »Es ist alles in Ordnung. Vermutlich bin ich einfach nur müde. Ich bin sicher, dass morgen alles ganz anders aussieht. Und vielleicht tue ich Molly Unrecht. Ich bin ihr wirklich dankbar, dass sie mich aufgenommen hat.«

»Ja, das solltest du auch«, meinte Steve, doch seinen Worten fehlte jeglicher Nachdruck, als hätte er selbst seine Zweifel, was Mollys Verhalten betraf.

Jessica fand in dieser Nacht lange keinen Schlaf. Und das lag nicht nur am Lärm, der aus dem Schankraum zu ihnen in die Kammer drang. Steve hatte gesagt, dass sie sich in Sydney würde entscheiden müssen. Viel Bedenkzeit blieb ihr nicht mehr. Doch wie sollte sie sich entscheiden? Steve bot ihr eine Chance, dem Sträflingsleben zu entfliehen, wenn sie seine Frau wurde. Er war ein gutaussehender Mann in den besten Jahren, erfolgreich als Farmer und offensichtlich angesehen in New South Wales. Er war ehrlich zu ihr und behandelte sie mit Respekt und Zuneigung. All das war mehr, als sie sich in ihrer Lage überhaupt hätte erhoffen dürfen. Und bestimmt würde sie an seiner Seite ein den Umständen entsprechend erfülltes Leben führen.

Warum fiel es ihr also so schwer, seinen Antrag anzunehmen? Was war der Grund ihrer Unentschlossenheit?

Jessica fand darauf keine Antwort.

15

Molly brachte ihnen am Morgen eine Kanne Tee, zwei verbeulte Becher und ein halbes Dutzend Mehlfladen in die Kammer. »Was anderes habe ich nicht«, sagte sie mürrisch und ging sofort wieder.

Die Fladen waren schon abgekühlt und zäh wie Leder. Jessica und Steve spülten sie mit viel Tee hinunter.

»Du wartest, bis ich zurückkomme«, sagte Steve, bevor er sie allein ließ. »Es kann etwas dauern. Also werde nicht ungeduldig.«

Kaum war Steve gegangen, als Molly sie aufsuchte. Jessica hatte sich vorgenommen, freundlich zu ihr zu sein. Doch Molly gab ihr erst gar keine Gelegenheit dazu.

»Ich möchte, dass wir uns von Anfang an richtig verstehen«, kam sie sofort mit schroffem Tonfall zur Sache, der keinen Raum mehr für Freundlichkeit ließ. »Dass du in diesem Haus bleiben kannst, verdankst du nicht deinem Engelsgesicht, meine Liebe, sondern Steve. Wenn er mich nicht gebeten hätte, wärst du mir nicht über die Schwelle gekommen!«

Jessica fühlte sich verletzt. Womit hatte sie diese abfälligen Worte verdient? Sie hatte dieser Frau keinen Anlass gegeben, der ihr beleidigendes Verhalten auch nur im Entferntesten hätte rechtfertigen können.

»Steve hat offensichtlich einen Fehler begangen, als er meinte, sich Ihrer Gastfreundschaft sicher zu sein«, antwortete sie mit erzwungener Ruhe.

»Steve ist mir immer willkommen!«, erwiderte Molly feindselig. »Allein!«

Jessica beherrschte nur mühsam ihren aufsteigenden Zorn.

»Was habe ich Ihnen getan? Ich habe Steve nicht darum gebeten, mich hierherzubringen …«

Mollys Gesicht verzerrte sich. »Stell dich nicht so dumm an, Jessica! Du weißt verdammt gut, was ich meine! Steve ist immer zu mir gekommen, wenn er in Sydney war. Und ich will die Pest kriegen, wenn er auch nur eine Nacht woanders als in meinem Bett verbracht hat! Verstehst du jetzt, warum du mir so willkommen bist wie eine faule Frucht in einem Sack Kartoffeln?«

Flammende Röte überzog Jessicas Wangen. »Ich habe davon nichts gewusst!«, stieß sie hervor. »Und es geht mich auch nichts an. Außerdem ist zwischen mir und Steve … nichts passiert!«

Molly lachte höhnisch auf. »Pah! Mir kannst du nicht mit solchen Ammenmärchen kommen. Fünf Jahre stehe ich schon Tag und Nacht in meiner Rumschenke. Ich kenne mich aus mit solchen Unschuldsgesichtern, wie du eins bist! Mir machst du nichts vor. Und Steve irrt sich gleichfalls, wenn er glaubt, mich täuschen zu können. Ich sehe ihm doch an, wie verrückt er nach dir ist.«

»Dann sehen Sie mehr als ich!«

»Worauf du Gift nehmen kannst!«

Jessica erzitterte vor ohnmächtigem Zorn. »Wenn es so ist, ist es wohl besser, ich verlasse Ihr Haus«, stieß sie erregt hervor.

»Ah, die gekränkte Seele zeigt nun Stolz!«, höhnte Molly. »Aber den kannst du dir schenken, meine Kleine. Ich bin nicht gekommen, um dich hinauszuschmeißen. Ich habe diesem Mistkerl Steve mein Wort gegeben, und das halte ich auch. Du bleibst also schön hier. Wo willst du auch sonst hin? Ich wüsste keinen, der dich mit offenen Armen aufnehmen würde. Vielleicht das Hurenhaus oben an der Ecke. Frisches Blut ist in den Rocks immer gefragt.«

Jessica hatte die Hände zu Fäusten geballt. »Sie … haben … kein Recht, mich … zu … beleidigen«, brachte sie stockend hervor.

»Nun spiel nicht die Empfindliche«, sagte Molly Mutton geringschätzig. »Du brauchst mir gar nichts zu sagen; ich weiß auch so, was du bist. Aber das interessiert mich gar nicht. Du sollst nur wissen, dass du mir nichts vormachen kannst.« Sie wandte sich zum Gehen, drehte sich dann aber noch einmal zu Jessica um. »Noch etwas, meine Kleine. Lass dich bloß nicht in meinem Schankraum blicken. Ich hasse nichts mehr als Ärger mit den Soldaten. Verkriech dich hier in der Kammer und halte dich still, bis Steve zurückkommt. Hast du mich verstanden!?«

»Es war deutlich genug«, antwortete Jessica am Rande ihrer Selbstbeherrschung.

»Hoffentlich!«

Am ganzen Leibe zitternd, kauerte sich Jessica, als sie wieder allein war, auf die primitive Bettstelle. Es dauerte eine ganze Weile, bis sie sich einigermaßen beruhigt hatte. Und dann erfüllte sie heißer Zorn auf Steve.

Wie hatte er nur die Taktlosigkeit besitzen können, sie zu seiner ehemaligen Geliebten zu bringen? Zugegeben, die Situation in Parramatta hatte ihm vermutlich keine andere Wahl gelassen. Aber er hätte sie doch zumindest andeutungsweise darauf vorbereiten müssen, dass Molly Mutton in seinem Leben eine nicht ganz unbedeutende Rolle spielte … oder gespielt hatte.

Jessica ahnte, dass er sich vermutlich geschämt hätte, zu bekennen, dass Molly seine Geliebte war. Aber dieses Geständnis wäre sicherlich weniger peinlich gewesen als das, was nun passiert war.

Besonders einen Satz würde Jessica so schnell nicht vergessen: »Und ich will die Pest kriegen, wenn er auch nur eine Nacht woanders als in meinem Bett verbracht hat!« Und sie nahm sich in ihrem Zorn vor, Mollys Ausspruch wortwörtlich wiederzugeben, wenn Steve zurückkehrte.

Doch Steve ließ auf sich warten, lange sogar. Die Stunden quälten sich dahin. Die Sonne stieg höher und brannte mit erbarmungsloser Kraft vom Himmel. Es wurde immer stickiger und heißer in dem engen Verschlag.

Jessica kam sich bald wie in einer glühenden Kerkerzelle vor. Die drückende Hitze im Raum legte sich wie eine schwere Last auf ihre Brust. Sie hatte versprochen, auf Steve zu warten, Geduld zu haben und den Verschlag nicht zu verlassen. Doch von Stunde zu Stunde fiel es ihr schwerer, untätig in diesem Brutofen auszuharren.

Der Mittag verstrich, und Steve war immer noch nicht zurückgekehrt. In Mollys Rumschenke ging es, der lärmenden Ausgelassenheit nach zu urteilen, schon hoch her. Aber auch aus anderen Rumspelunken war Gelächter und Gegröle zu vernehmen. In den Rocks wartete man mit dem Trinken offensichtlich nicht bis zum Dunkelwerden.

Jessica hielt es schließlich nicht mehr länger aus. Sie nahm ihren Strohhut und verließ Molly Muttons Haus durch die Hintertür, die in den kleinen Stall führte. Bevor sie in den Hof hinaustrat, setzte sie den breitkrempigen Hut auf.

Obwohl es draußen nicht weniger heiß war, fühlte sie sich im Freien doch gleich bedeutend besser. Sie überquerte den Hof, ging die Gasse hinunter und prägte sich so viel Einzelheiten wie möglich ein, um später auch zurückzufinden.

Sie wollte eigentlich nur einen kurzen Erkundungsgang machen, sich ein wenig die Beine vertreten und einfach nur unter freiem Himmel sein. Doch schon nach wenigen Minuten verlor sich ihre anfängliche Unsicherheit, und Neugierde trat an ihre Stelle. Sie merkte, dass sie mit ihrem billigen Strohhut und dem eingestaubten, verschwitzten Kleid auf den Straßen Sydneys überhaupt nicht auffiel, wie sie erst befürchtet hatte. Niemand schenkte ihr Beachtung.

Jessica begab sich hinunter zum Hafen, und die wunderbare Bucht erschien ihr jetzt noch gewaltiger und großartiger als am Abend zuvor. Ihr Blick folgte einem schlanken Beiboot, das soeben von einem der Segelschiffe abstieß. Mit gleichmäßigen Ruderschlägen trieben die Matrosen das Boot über das blaue Wasser der Bucht auf die Hafenanlage zu. Zwei Soldaten saßen im hinteren Teil des Ruderbootes. Jessica konnte deutlich ihre roten Uniformen erkennen.

Rund um den Hafen herrschte ein lebhaftes Treiben. Rhythmische Hammerschläge kamen von den beiden kleinen Werften, wo Schaluppen auf Kiel lagen. Eines der Segelschiffe musste erst vor Kurzem den Hafen angelaufen und seine Frachträume geleert haben, denn wahre Berge aufgestapelter Kisten, Fässer und Säcke türmten sich auf einem der Kais. Gut zwei Dutzend Männer, ohne Zweifel Sträflinge, luden die Ware auf wartende Fuhrwerke oder schleppten Säcke und Kisten zu einem nahegelegenen Lagerhaus. Sie wurden bewacht von einer Abteilung Soldaten.

Jessica schlug einen großen Bogen um die Rotröcke und wich auch einer Gruppe vornehmer Damen aus. Eine jede von ihnen schützte sich mit einem zerbrechlich wirkenden Parasol vor der Sonne. Ihre Kleider, blass in den Farben, waren aus Musselin und weicher Seide gearbeitet.

Einen Augenblick sah Jessica mit sehnsüchtiger Bewunderung zu ihnen hinüber. Erinnerungen an sorglose Jahre, als sie noch das Mädchenpensionat besucht und ähnlich schöne

Kleider ihr Eigen genannt hatte, stiegen in ihr auf. Die unbeschwerte Zeit, als ihre Mutter noch gelebt hatte, schien so unendlich weit in der Vergangenheit zu liegen, so fern und unwirklich.

Schnell wandte sie sich ab und machte sich auf den Weg zurück zu Mollys Rumschenke. Sie hatte es auf einmal eilig, so schnell wie möglich dorthin zurückzukehren. Vielleicht war Steve in der Zwischenzeit zurückgekommen. Er würde ärgerlich sein, wenn er sie nicht in der Kammer vorfand, vermutlich zu Recht.

Sie beschleunigte ihre Schritte und gelangte wieder in die Rocks. Sie ging betrunkenen Matrosen aus dem Weg und hielt nach der Gasse Ausschau, die am Hinterhof von Molly Muttons Wirtschaft vorbeiführte.

Als Jessica einem Fuhrwerk auswich, das von einer ausgemergelten Mähre gezogen wurde, stieß sie mit einem Mann von stämmiger, untersetzter Gestalt zusammen. Er war besser gekleidet als die anderen, die sich im Lehmhüttengewirr herumtrieben.

Der Strohhut rutschte ihr vom Kopf und fiel in den Straßenschmutz. Eine Entschuldigung murmelnd, bückte sie sich schnell nach dem Hut und hastete davon. Sie spürte den Blick des Fremden in ihrem Rücken, doch sie wagte nicht, sich umzudrehen. Sie lief die Straße hoch und entdeckte endlich die Gasse. Noch fünfzig, sechzig Yards, und sie hatte es geschafft.

Sie konnte schon die Hofeinfahrt sehen, als sie auf einmal Schritte hinter sich vernahm. Jemand folgte ihr! Und dieser Jemand folgte ihr mit immer schnelleren Schritten. Als wollte er sie einholen.

Ein Anflug von Panik überfiel Jessica. Sie wollte laufen, so schnell sie konnte, doch sie zwang sich, es nicht zu tun.

Vielleicht täuschte sie sich, und dieser Jemand hinter ihr war nur zufällig in diese Gasse abgebogen. Wenn sie jetzt kopflos davonstürzte, konnte sie sich verdächtig machen und genau das bewirken, was sie um alles in der Welt vermeiden musste – Aufsehen.

Sie erreichte den Hof, der schon im Abendschatten der Rumschenke lag. Lieber Gott, lass Steve schon zurück sein! flehte sie in Gedanken und begann nun doch zu laufen.

Im nächsten Moment wusste Jessica, dass sie wirklich verfolgt wurde. Sie hörte hastige Schritte hinter sich, das Knirschen von Sand unter Stiefelsohlen und eine Männerstimme.

»Nicht so eilig!«, rief die Stimme, und fast im selben Augenblick legte sich eine kräftige Hand auf ihre Schulter und hielt sie zurück.

Erschrocken fuhr Jessica herum. Und sie blickte in das Gesicht des Fremden, mit dem sie vorhin zusammengeprallt war. Es kam ihr unbekannt vor. »Was wollen Sie von mir?«, stieß sie atemlos hervor.

Der Mann starrte sie eindringlich an. Dann trat ein Lächeln auf sein kantiges Gesicht, das Jessica eine Gänsehaut verursachte. »Ich wusste doch, dass ich mich nicht geirrt hatte«, sagte er selbstgefällig. »Du bist es wirklich!«

»Ich weiß nicht, wovon Sie sprechen!« Jessica wich rückwärts in den Stall. »Wer … sind … Sie?«

»Jonathan Butcher, meine Kleine«, stellte er sich vor und folgte ihr in den Stall, sie nicht eine Sekunde aus den Augen lassend. »Wir beide hatten das sehr zweifelhafte Vergnügen, neun verfluchte Monate auf der *Tradewind* zu verbringen. Dass du mich nicht kennst, verwundert mich nicht. Mein Kontakt zu Deportierten hielt sich doch sehr in Grenzen.«

Jessica wurde aschfahl im Gesicht. Ihr Mund öffnete sich zu

einem Schrei, doch sie brachte nur ein erstickendes Keuchen hervor. Wie gelähmt stand sie vor dem Fremden. Und aus den verschlungenen Tiefen ihres Unterbewusstseins stieg die Erinnerung an ein Gesicht hoch – sein Gesicht. Es war Teil jener Menge gewesen, die sich im Kabinengang gedrängt hatte, als man sie aus Ned Tylers Kajüte geholt hatte. Nackt und mit dem Blut ihres Opfers an den Händen.

»Ich dachte, du wärst mit dem Rest der Verbrecherbrut abgesoffen, als das Schiff auf die Klippen lief«, sagte er erstaunt und musterte sie dabei von oben bis unten. »Der Teufel soll mich holen, wenn du unter denjenigen warst, die man mit mir aus der verdammten See gefischt hat! Na los, mach den Mund auf! Wie hast du es angestellt, den Schiffbruch zu überleben, ohne dass einer etwas davon erfahren hat?«

»Ich ... ich ... wurde an die ... Küste gespült«, antwortete sie stammelnd. »Je ... jemand hat ... mich ... mitgenommen ... ein fahrender Händler ...«

»Und du hast ihn natürlich belogen und dich als Freie ausgegeben, nicht wahr?«, fragte Jonathan Butcher und verzog dabei das Gesicht zu einem höhnischen Lächeln.

»Nein ...«

Der Siedler packte ihren Arm. Seine kräftigen Finger schlossen sich um ihr Handgelenk. Er zog sie nahe zu sich heran, und sein alkoholisierter Atem schlug ihr ins Gesicht. Sie wandte den Kopf ab, um seinen Rumausdünstungen zu entkommen.

Jonathan Butcher packte ihr Kinn mit der anderen Hand und drehte ihren Kopf wieder zu sich hin. »Versuch nicht, mich zum Narren halten zu wollen!«, zischte er. »Du gehörst zum Abschaum, Jessica. Du hast nicht nur herumgehurt, sondern auch gemordet. Dein Leben liegt in meiner Hand.«

»Es ... war ... Notwehr!«, keuchte Jessica.

»Einen Dreck war es! Du hast den Rachen nicht voll genug kriegen können. In deinen Adern fließt Mörderblut!« Er spuckte ihr die Sätze regelrecht ins Gesicht. »Aber mir ist das völlig egal. Ich werde sowieso nicht in diesem gottverfluchten Land bleiben. Schlagt euch hier meinetwegen gegenseitig die Schädel ein. Dafür ist diese Verbrecherkolonie gerade richtig. Ich werde bei der nächstbesten Gelegenheit von hier verschwinden.«

»Lassen Sie mich!«, flehte Jessica. »Sie tun mir weh!«

Sein Griff lockerte sich ein wenig. »Du bist schon verkommen bis auf den Grund deiner Seele, aber du bist schön, meine Kleine. Und für deine hübsche Larve kannst du dem Herrgott dankbar sein, denn sonst hätte ich dich auf der Stelle abführen lassen.« Er stieß sie tiefer in den Stall zu einer dunklen Ecke, wo einige Strohballen am Boden lagen. »Du kannst mich mit deinem Körper bezahlen. Und beeil dich. Ich habe nicht viel Zeit.«

»Nein ...! Nicht ...! Bitte, tun Sie es nicht!«, bat Jessica ihn inständig. »Ich bin unschuldig ...! So glauben Sie mir doch. Ein ... freier Siedler will mich zur Frau ... Bitte, lassen Sie mich gehen!« Ihre Gedanken überschlugen sich, und sie verhaspelte sich in Sätzen, die ihm sinnlos und lächerlich erscheinen mussten.

Mit der freien Hand schlug Jonathan Butcher zu. Es war ein brutaler Schlag, der sie gegen die Stallwand schleuderte. »Hältst du mich vielleicht für einen Schwachkopf? Dieses Unschuldsmärchen verfängt bei mir nicht. Ich war an Bord der *Tradewind,* falls du das vergessen haben solltest, und ich weiß, dass du jedem für eine Extraration Essen zu Willen warst. Also komm mir nicht damit. Und nun zieh das Kleid aus.«

»Ich schreie, wenn Sie mich auch nur anrühren!«

Ein hässliches Lächeln trat auf sein Gesicht. »O nein, das

wirst du nicht. Hörst du den Lärm aus allen umliegenden Kneipen? Niemand wird dich hören oder aber etwas darauf geben. Und falls doch einer an deinem Geschrei etwas Verdächtiges findet, wird er sicher nicht selbst nachsehen, sondern Soldaten schicken. Und die werden dich auf der Stelle abführen. Dafür sorge ich, das schwöre ich dir!«, drohte er.

Jessica schrie nicht, als er sie nun grob auf die Strohballen stieß und zu entblößen versuchte. Doch sie wehrte sich mit stummer Verzweiflung, machte es ihm so schwer wie möglich.

Jonathan Butcher fluchte und zerrte unbeherrscht an ihrem Kleid. Der Stoff hielt der Gewalt nicht lange stand und riss der Länge nach. Ihr Körper war seinen lüsternen Blicken nun bis hoch zu den Brüsten preisgegeben.

Er stieß ein raues, triumphierendes Lachen aus. Seine Hände legten sich auf ihre Brust, drücken sie schmerzhaft zusammen. Jessica kratzte ihm mit den Fingernägeln die Arme auf und versuchte, seine Hände von ihrer Brust zu zerren.

»Du Miststück!«, zischte Jonathan und schlug ihr hart ins Gesicht. »Halte still, oder ich schlage dich grün und blau! Ich lasse dich nicht eher gehen, bevor ich dich nicht gehabt habe. Und egal, wie sehr du dich sträubst, ich werde dich schon gefügig machen!«

Tränen des Schmerzes machten Jessica blind.

Mit einer Hand presste er sie auf die Strohballen, während er sich mit der anderen an seiner Hose zu schaffen machte. Rücksichtslos drückte er ihre Beine auseinander und legte sich auf sie.

Jessica stöhnte auf, als sie sein hartes Glied an ihren Schenkeln spürte. Ekel packte sie. Verzweifelt bäumte sie sich auf, um ihn abzuschütteln. Doch sein schwerer Körper warf sie zurück auf das Stroh.

Und dann vergewaltigte er sie.

Sie schrie. Ihr war, als würde er ihr ein Messer in den Unterleib rammen. Doch ihr Schreien wurde von seiner Hand, die sich auf ihren Mund legte, schon im nächsten Moment erstickt. Sie roch seinen Alkoholatem und hörte sein erregtes Keuchen. Immer wieder stieß er in sie hinein. Und das Feuer breitete sich immer weiter in ihr aus, erfasste ihren ganzen Körper. Seine Bewegungen wurden schneller, drängender und schmerzhafter.

Wild schlug sie um sich, warf sich hin und her und wusste kaum, was sie tat. Ihre Hände zerrten und rissen an ihm, und sie versuchte, nach ihm zu treten. Schmerz und Verzweiflung setzten ungeahnte Kräfte in ihr frei. Sie rammte ihm ihr rechtes Knie mit aller Kraft in die Seite und warf sich unter ihm herum. Dabei entglitt sie ihm.

Jonathan Butcher kauerte in einer grotesken Haltung über ihr, das Gesicht vor Wut und Lust verzerrt. Er wollte sich wieder auf sie werfen, doch in dem Moment entlud sich seine Erregung.

»Du dreckige Hure!«, schrie er außer sich vor Wut, dass es ihr gelungen war, sich ihm doch noch im letzten Augenblick zu entziehen. »Das wirst du bereuen!»

Jessica rollte sich auf die Seite, rutschte vom Strohballen und landete mit angezogenen Knien auf dem harten Boden des Stalls. Zitternd stemmte sie sich hoch und wollte davonrennen.

Doch Jonathan Butcher war schneller. Er verstellte ihr den Weg und schlug mit aller Kraft zu. Seine Fausthiebe trafen Jessica seitlich am Kopf. Sie wurde gegen die Stallwand geschleudert, stieß gegen einen der Stützbalken und stürzte zu Boden. Ihre Schreie erstarben jäh, als die Bewusstlosigkeit sie umfing.

Kaltes Wasser, das ihr jemand ins Gesicht schüttete, brachte sie wenig später wieder zu Bewusstsein. Benommen schlug sie die Augen auf.

Vor ihr standen drei Soldaten vom New South Wales Corps sowie Jonathan Butcher und Molly Mutton. Die Rumwirtin hielt einen Holzeimer in der Hand. Ihr Blick verriet Zufriedenheit.

Jessica brauchte einen Moment, um sich zu erinnern, was geschehen war. Dann setzte sie sich mit einem Ruck auf und blickte an sich hinunter. Ihr Kleid, wenn auch an der Seite aufgefetzt, bedeckte ihren Körper. Ihr Unterleib brannte noch immer wie Feuer, und in ihrem Kopf schienen tausend Nadeln zu stecken.

»Worauf warten Sie, Leutnant?«, fragte Jonathan Butcher ungeduldig. »Das ist die entlaufene Mörderin! Führen Sie sie ab!«

Der Leutnant, ein junger hellhaariger Bursche, nickte militärisch knapp. »Ich kenne meine Pflicht, Mr. …?«

»Jonathan Butcher. Sie ist eine Deportierte. Gehörte mit zu der Brut, die das Zwischendeck der *Tradewind* füllte«, erklärte er wichtigtuerisch. »Der Erste, Ned Tyler, hat sie wegen Gewalttätigkeit auspeitschen lassen. Dafür hatte sie ihn in der Nacht vor dem Schiffbruch kaltblütig umgebracht. Habe selbst gesehen, wie man sie aus der Kabine des Ermordeten gezerrt hat!«

»So«, sagte der Leutnant kurzangebunden und musterte Jessica. »Sind Sie nicht vielleicht ein wenig grob mit ihr umgesprungen, Mr. Butcher? Ihr Gesicht ist ja ganz geschwollen, und das Kleid …«

»Diese Hure hat sich mir aufgedrängt und mich hier in den Stall gelockt. Doch als ich sie dann wiedererkannte, ist sie mir an den Hals gesprungen!«, log der Siedler mit lautstarker Entrüstung. »Was hätten Sie an meiner Stelle getan, Leutnant? Mit höflichen Worten konnte ich sie kaum an der Flucht hindern. Und lassen Sie sich nicht täuschen, dieses Weibsstück ist gefährlicher als ein Dutzend Vipern!«

»Das ist gelogen!«, rief Jessica nun.

»Schweig!«, fuhr der Offizier sie an. »Du redest nur, wenn du gefragt wirst!«

»Er hat mich geschlagen und vergewaltigt!« Ekel würgte ihre Kehle. »Hier! Das hat er mit mir getan!« Sie schlug ihr Kleid hoch und entblößte ihren Unterleib. Ihre Oberschenkel waren blutbeschmiert.

Der Leutnant trat unwillkürlich einen Schritt zurück.

»Du schamloses Luder!«, zischte Molly, war mit einem Satz bei ihr und zerrte das Kleid herunter.

»Was haben Sie dazu zu sagen, Mr. Butcher?«, fragte der Offizier barsch.

»Ich verlange, dass Sie etwas unternehmen, Leutnant! Ich bin ein freier Siedler und habe wohl Anspruch darauf, dass man mich vor diesen ungeheuerlichen Lügen und Beleidigungen dieser Hure und Mörderin schützt!«, donnerte er mit hochrotem Kopf. »Und wenn Sie nicht sofort etwas unternehmen, werde ich höchstpersönlich dafür Sorge tragen, dass Ihr Verhalten aktenkundig wird. Dann werden Sie Ihren Vorgesetzten Rede und Antwort stehen müssen. Ich warne Sie! Treiben Sie es nicht auf die Spitze!«

Der Leutnant zeigte sich von Jonathan Butchers Drohung nicht sonderlich beeindruckt. Ohne darauf etwas zu erwidern, wandte er sich der Rumwirtin zu. »Kennen Sie die Frau?«

Molly zögerte. »Nein!«, sagte sie dann und warf Jessica einen warnenden Blick zu, als wollte sie sagen: Lass mich und Steve aus dem Spiel, oder ich mache mit diesem Butcher gemeinsame Sache und sorge dafür, dass du an den Galgen kommst! Überleg dir also gut, was du sagst!

Der Leutnant schien sie noch etwas fragen zu wollen, besann sich aber eines anderen und drehte sich zu Jessica um. »Wie heißt du?« Sein Tonfall verriet weder Mitgefühl noch Verachtung.

»Jessica … Jessica Jakes.«

»Und du warst an Bord der *Tradewind*? Als Deportierte?«

»Ja«, sagte sie leise. Es hatte keinen Sinn, es abstreiten zu wollen.

»Na, habe ich es nicht gesagt?«, rief Jonathan Butcher mit grimmiger Selbstzufriedenheit. »Sie ist die skrupellose Mörderin.«

»Steh auf und leg die Arme auf den Rücken!«, forderte der Leutnant Jessica auf.

Schweigend folgte sie dem Befehl. Die beiden rangniederen Soldaten, die schweigend hinter dem Offizier gestanden hatten, banden ihr die Hände zusammen und nahmen sie in ihre Mitte.

»Abführen!«, befahl der Leutnant knapp.

Jessica trat aus dem Stall. Jeder Schritt verursachte ihr heftige Schmerzen, doch kein Laut kam über ihre zusammengepressten Lippen.

Als die beiden jungen Soldaten sie über den Hof führten, blickte sich Jessica noch einmal um. Sie sah Molly vor den primitiven Stallungen stehen, aufrecht und mit erhobenem Kopf. Ihre ganze Haltung drückte Genugtuung und Erleichterung aus. Sie lächelte ihr zu.

16

Das Gefängnis von Sydney befand sich im Fort Phillip auf einer Erhebung gleich hinter den Rocks. Es war aus massiven Baumstämmen errichtet und besaß ein strohbedecktes Dach. Das in unmittelbarer Nähe liegende Schuldnerhaus war neueren Datums und aus Ziegeln erbaut.

Jessica hatte eine ganze Zelle für sich. Apathisch vor sich hinstarrend, hockte sie in einer Ecke, als der Wärter die schwere Zellentür aufschloss und Steve zu ihr ließ.

»Zehn Minuten und nicht länger«, brummte er, verriegelte die Tür hinter Steve und kehrte zu seinem Schemel am Ende des kurzen Zellengangs zurück.

Zögernd trat Steve näher und blieb vor ihr stehen.

Jessica blickte zu ihm auf.

»Mein Gott, was haben sie mit dir getan?«, stieß er betroffen hervor, als er ihr verschwollenes Gesicht sah. Er streckte die Hand aus, um sie zu berühren, doch Jessica zuckte zurück.

»Das waren nicht die Soldaten«, sagte Jessica und versuchte, beim Sprechen die Lippen im linken Mundwinkel so wenig wie möglich zu bewegen. Die Haut spannte sich über ihrer linken Wange und verursachte ihr beim Reden Schmerzen. »Butcher hat mich so zugerichtet.«

»Diesen Schweinehund bringe ich um!«

»Und was würdest du damit ändern?«, fragte sie bitter.

Wilder Zorn funkelte in seinen Augen. »Zum Teufel, ich werde nicht zusehen, wie er ungestraft davonkommt, Jessica!«

»Nur zu, bring ihn um«, sagte sie unbeteiligt und ohne die Stimme zu heben. »Man wird dich dafür hängen. Einen Freien kann man nicht so ohne Weiteres umbringen.«

Steve schwieg einen Augenblick. »Warum hast du, in Gottes Namen, Mollys Haus verlassen?«, fragte er dann.

»Warum hast du mich so lange warten lassen?«

»Weil ich keine andere Wahl hatte!«, gab er erregt zurück und ging vor ihr auf und ab. »Ich hatte Geschäfte zu erledigen. Überall wurde ich länger aufgehalten als mir lieb war. Und dann habe ich diesen verdammten Major gesucht, um mit ihm über dich zu sprechen. Aber er war mit einer Abteilung Soldaten zu einem Arbeitslager außerhalb der Stadt geritten. Ich bin ihm nachgefahren, habe ich jedoch verpasst. Er muss auf seinem Ritt zurück nach Sydney einen anderen Weg genommen haben.«

»Es sollte wohl nicht sein«, murmelte Jessica.

»Als ich wieder in der Stadt war, bin ich sofort zu Molly gefahren«, fuhr er fort. »Aber da war es schon passiert. Molly sagte, sie hätte nichts für dich tun können.«

Jessica lächelte gequält. »Sie hat getan, was in ihrer Macht stand, Steve.«

Er stutzte. »Wie meinst du das?«

»Und ich will die Pest kriegen, wenn er auch nur eine Nacht woanders als in meinem Bett verbracht hat ...«

»Ich verstehe nicht.«

»Das waren Mollys Worte, als sie heute Morgen zu mir in die Kammer kam, kurz nachdem du gegangen warst. Sie hätte mich am liebsten auf der Stelle vor die Tür gesetzt. Und irgendwie kann ich sie sogar verstehen.«

Steve erblasste, und seine Lippen formten einen stummen Fluch. »Jessica, ich kann dir alles erklären«, sagte er langsam, als bereite es ihm Mühe, die richtigen Worte zu finden.

Sie schüttelte den Kopf. »Das brauchst du nicht, Steve. Was es zu sagen gab, hat Molly klar genug ausgesprochen. Und es ist auch nicht mehr wichtig. Heute Morgen dachte ich noch, dass es das wäre, aber jetzt nicht mehr.«

»Oh, doch, es ist wichtig!«, rief Steve, hockte sich vor sie hin und griff nach ihrer Hand. Ein Ausdruck fast schmerzlicher Verzweiflung trat auf sein Gesicht. »Du musst mir vertrauen, Jessica! Ich habe geschwiegen, um dich nicht zu verletzen. Es stimmt, was Molly gesagt hat. Aber das ist alles ohne Bedeutung. Mir wäre nie in den Sinn gekommen, Molly zu bitten, meine Frau zu werden. Die Nächte, die ich mit ihr verbracht habe …« Er stockte einen Moment. »Es waren einsame Nächte mit Momenten flüchtiger Leidenschaft, von denen später nicht viel mehr blieb als ein schaler Nachgeschmack.«

»Warum versuchst du, etwas zu erklären, was keiner Erklärung bedarf?« Ihre Stimme war ruhig und ohne den Hauch eines Vorwurfes. »Ich bin eine Fremde in deinem Leben, und du bist mir nichts schuldig.«

»Ich bin dir sehr wohl etwas schuldig!«, widersprach er ihr energisch. »Ich habe dich gebeten, meine Frau zu werden. Und deshalb bin ich dir Offenheit schuldig.«

»Wozu all die Worte? Molly hat zwar meine Gefühle verletzt, mir aber sonst nichts angetan. Was passiert ist, ist allein meine Schuld. Ich hätte in der Kammer bleiben sollen, dann wäre ich … ihm nicht begegnet.«

»Hat er dich …?« Steve brach mitten in der Frage ab und biss sich auf die Lippe.

»Ja?« Jessica schaute ihm geradewegs in die Augen. Und sie war gespannt, ob er es aussprechen würde.

»Nichts. Schon gut«, sagte er und wechselte schnell das Thema. »Hat man dich schon verhört?«

Sie nickte.

»Was hast du ihnen erzählt?«

Verständnislos sah sie ihn an. »Was soll ich ihnen schon erzählt haben? Dieser Jonathan Butcher hat mich wiedererkannt. Er war als Passagier auf der *Tradewind.* Sicher wird man einige von den anderen Überlebenden auffordern, seine Aussage zu bestätigen. Warum hätte ich also lügen sollen? Sie hätten die Wahrheit früher oder später doch herausbekommen.«

»Nein, das meinte ich nicht. Ich muss wissen, was du ihnen über die Zeit *nach* dem Schiffbruch erzählt hast«, erklärte er.

»Keine Sorge, Steve. Ich habe keinen Namen genannt. Du stehst also nicht im Protokoll. Ich habe nur gesagt, dass mich ein fahrender Händler mitgenommen und hier in Sydney abgesetzt hat. Mehr nicht.«

»Das war nicht der Grund meiner Frage«, gab er ruhig zurück. »Ich muss einfach nur wissen, *was* du ihnen gesagt hast, damit nicht das, was ich dem Major erzähle, in krassem Widerspruch zu deiner Aussage steht. Das würde nicht gut aussehen.«

»Du bist noch immer entschlossen, dich für mich einzusetzen?«, fragte sie ihn ungläubig.

»Ja, das bin ich.«

Sie schüttelte den Kopf. »Vielleicht solltest du das besser nicht tun. Wenn dies heute Abend nicht geschehen wäre, hättest du mit deinen Beziehungen wohl noch etwas bewirken können. Im Stillen und ohne dass jemand etwas von meiner Rettung erfahren hätte. Aber das gilt nun nicht mehr. Morgen bin ich *das* Stadtgespräch von Sydney. Denn vergiss nicht, ich bin diejenige, die den Ersten Offizier der *Tradewind* in seinem Bett erstochen hat. Und Jonathan Butcher wird bestimmt nichts Besseres zu tun haben, als alle Welt davon zu unterrichten. Was können deine Freunde also jetzt noch tun?«

Sein Gesicht nahm einen harten Zug an. »Eine ganze Menge, du wirst sehen. Ich sagte dir doch, dass sie mir einen Gefallen schuldig sind, einen großen sogar.«

»Weshalb stehen sie in deiner Schuld?«

»Das hat dich im Augenblick nicht zu interessieren!«, antwortete er schroff. »Ich habe einige Trümpfe in der Hand, die ich ins Spiel bringen kann. Und ich bin entschlossen, es zu tun. Das ist alles, was du wissen musst. Also verlier den Mut nicht, Jessica. Du hast es bisher nicht getan, und es besteht kein Grund für dich, es jetzt zu tun!«

Der Wärter machte sich jenseits der Zellentür bemerkbar. »Wird Zeit zu gehen, Sir«, forderte er Steve auf.

»Sowie ich Neuigkeiten habe, komme ich wieder!«, versprach Steve. Er schien noch etwas hinzufügen zu wollen, doch dann wandte er sich ohne ein weiteres Wort um und verließ die Zelle.

17

Am späten Vormittag des folgenden Tages kam Steve wieder in das Gefängnis. Doch er war nicht allein. Ein untersetzter, breitschultriger Mann mit strengen Gesichtszügen und buschigen Augenbrauen begleitete ihn. Die Kleidung des Fremden, wenn auch konservativ, ja fast altmodisch im Schnitt, verriet ihn auf den ersten Blick als freien, gutsituierten Kolonisten. Sein Alter schätzte Jessica auf Ende vierzig.

Der Mann kam ihr bekannt vor. Sie hatte ihn schon zuvor gesehen. Doch nur wo? Im nächsten Augenblick fiel es ihr ein. Er war einer der Passagiere der *Tradewind* gewesen. Sie erinnerte sich, ihn mehrfach an Mitchell Hamiltons Seite auf dem Achterdeck des Schiffes gesehen zu haben.

»Jessica, das ist Mr. Hawkley«, stellte Steve seinen Begleiter vor. »Er hat mich wissen lassen, dass er dir unter Umständen helfen kann. Warum und wie Mr. Hawkley das tun will, hat er offengelassen. Darüber möchte er mit dir unter vier Augen sprechen. Ich werde euch deshalb allein lassen.« Seine Stimme klang merkwürdig reserviert, als wüsste er nicht, was er von John Hawkley halten sollte.

»Warum kannst du nicht bleiben, Steve?«, fragte Jessica verwundert.

»Weil ich es so wünsche«, erklärte John Hawkley. »Und es wird nicht zu deinem Schaden sein.«

»Ja, aber …« Jessica blickte verwirrt von einem zum anderen.

»Sie können versichert sein, Mr. Brading, dass Jessica von mir nichts zu befürchten hat. Im Gegenteil. Doch ich habe persönliche Gründe, weshalb ich sie allein zu sprechen wünsche.«

Steve zuckte die Achseln. »Sicher, warum nicht. Wenn Sie Jessica helfen können …«

»Unter Umständen«, schränkte John Hawkley ein.

»Also gut; ich werde draußen warten«, sagte Steve und ließ sie allein.

»Was wollen Sie von mir?«, fragte Jessica, als sich Steve und der Wärter entfernt hatten.

John Hawkley zog die Augenbrauen hoch. »Wer sagt, dass ich etwas von dir will? Ich bin gekommen, um dir …«

Jessica fiel ihm ins Wort. »… zu helfen, ich weiß, Mr. Hawkley. Aber ich glaube Ihnen nicht, wenn Sie mir sagen wollen, Ihre Hilfe sei selbstlos. Sicher hat sie ihren Preis. Also warum sprechen Sie nicht offen aus, was der wahre Grund Ihres Kommens ist?«

John Hawkley blickte sie mit zusammengekniffenen Augen an und streckte das kantige Kinn vor, als beabsichtige er, ihre Schroffheit mit gleicher Münze heimzuzahlen. Dann aber glätteten sich seine Gesichtszüge ein wenig, und seine anfängliche Verärgerung verwandelte sich in Spott, in dem ein Anflug von Respekt mitschwang.

»Du hast dich wirklich nicht geändert, Jessica. Bist so unbeugsam und aufreizend stolz wie eh und je.« Er schüttelte den Kopf.

»Warum hätte ich mich ändern sollen? Damit Sie es mit dem, was immer Sie von mir wollen, leichter haben?«

Er ging auf ihre Frage nicht ein. »Ich verstehe allmählich, weshalb Mitchell von dir so fasziniert und Tyler so besessen davon war, deinen Willen zu brechen. Du bist eine Herausforderung.«

»Mitchell?«, stieß Jessica erregt hervor. »Haben Sie von ihm gehört?«

»Ja«, antwortete Hawkley einsilbig und beobachtete sie mit scharfem Blick.

»Wie geht es ihm? Ist er hier in Sydney? Hat er Sie geschickt?«, sprudelten die Fragen aus ihr hervor. »Mein Gott, so erzählen Sie doch schon!« Ihr Herz pochte in freudiger Erregung. Also deshalb hatte Hawkley darauf bestanden, allein mit ihr zu sprechen.

»Mr. Hamilton ist wohlauf«, erklärte John Hawkley. »Wo er sich aufhält, tut nichts zur Sache.«

»Wird er mich besuchen kommen?« Mit erwartungsvollen Augen blickte sie ihn an.

»Nein!«

Jessicas freudige Erregung zerbrach wie dünnes Glas. Ihre Schultern sanken herab, und das Strahlen in ihren Augen erlosch. »Hat er Sie geschickt, um mir das mitteilen zu lassen?«, fragte sie leise.

»Ich bin hier, um dir ein Geschäft auf Gegenseitigkeit anzubieten«, antwortete John Hawkley ausweichend. »Ich weiß, was zwischen dir und Mitchell gewesen ist. Ich habe ihn von Anfang an gewarnt, denn ich wusste, dass es nicht gut gehen würde. Und du hast das offensichtlich auch eingesehen, denn sonst hättest du ihn ja wohl nicht niedergeschlagen und dich von ihm getrennt.«

»Was geht es Sie an, was zwischen mir und Mitchell gewesen ist?« Jessicas Mund wurde zu einem schmalen, scheinbar blutleeren Strich. Und sie ballte die Hände zu Fäusten, um das Zittern zu verbergen.

»Darauf bräuchte ich dir eigentlich keine Antwort zu geben, aber ich will es dennoch tun«, sagte er mit wachsender Kälte in der Stimme. »Ich vertrete Mitchells Interessen. Er könnte mein Sohn sein, wenn auch nicht vom Alter her. Er hat inzwischen eingesehen, dass es ein Fehler war, sein Schicksal mit deinem zu verstricken. Was geschehen ist, lässt sich bedauerlicherweise nicht mehr rückgängig machen. Die Vergangenheit ist festgeschrieben und unserem Einfluss entzogen, nicht jedoch Gegenwart und Zukunft. Und ich sage es dir hier ganz unverblümt: Ich werde es nicht zulassen, dass seine vielversprechende Zukunft in dieser Kolonie ruiniert wird, nur weil eine Deportierte …«

»Sparen Sie sich alle weiteren Worte, *Mister* Hawkley!«, rief Jessica zornig. »Sie hätten sich den Weg sparen können. Ich habe nicht vor, die Zukunft *Ihres* Mitchells zu ruinieren. Ich könnte es gar nicht, auch wenn ich es wollte. Haben Sie nicht selbst gesagt, er hätte seinen … Fehler inzwischen eingesehen? Also was haben Sie noch zu befürchten?«

»Den Skandal!«

Jessica runzelte die Stirn, und plötzlich dämmerte ihr, worauf Hawkley hinauswollte. »Sie wollen mein Schweigen, nicht wahr?«

»Ja«, gestand er. »Dein Name ist in aller Munde, Jessica. Und es kursieren schon allerlei Geschichten über dich in der Stadt. Noch weiß niemand genau, wie du den Schiffbruch und den Marsch durch die Wildnis überlebt hast. Es sind natürlich schon einige fantasievolle Geschichten darüber in Umlauf. Angeblich haben dich Eingeborene gerettet und durch den Busch geführt.« John Hawkley schnaubte verächtlich. »Lächerlicher Klatsch, aber man wird Einzelheiten von dir erfahren wollen. Und deshalb bin ich hier. Ich habe heute Morgen das Protokoll deines Verhörs durchgelesen. Mitchells Name taucht darin zum Glück nicht ein einziges Mal auf…«

»Sie haben das Protokoll zu sehen bekommen?«

John Hawkley lächelte flüchtig. »Der Sold des Schreibers ist nun mal nicht hoch genug, um ihn vor der Verlockung einer Handvoll Münzen zu schützen. Aber zurück zu unserem Geschäft, Jessica. Ich möchte, dass Mitchells Name bei weiteren Befragungen nicht einmal über deine Lippen kommt. Wenn bekannt wird, dass du all die Zeit mit ihm zusammen warst, wird man sich auch über ihn das Maul zerreißen. Zwei Schiffbrüchige, ein freier Siedler und eine junge schöne Deportierte, die einen Lustmord begangen hat… Das wird besonders für jene Klatschmäuler Wasser auf die Mühlen sein, die sich für die Verwalter von Sitten und Moral halten. Man wird dir und Mitchell die unglaublichsten Ausschweifungen nachsagen. Halt! Unterbrich mich nicht! Ich weiß sehr wohl, welche Zustände auf der *Tradewind* herrschten und was für ein verabscheuungswürdiges Subjekt Ned Tyler war. Aber die Bewohner von

New South Wales wissen es nicht, und ich bezweifle, dass sie es jemals erfahren werden. Du bist somit gebrandmarkt – und dasselbe wird mit Mitchell geschehen, wenn du seinen Namen nennst. Damit wäre seine Zukunft mehr oder weniger ruiniert. Die besseren Kreise würden ihn meiden wie einen Aussätzigen, und keine anständige Frau würde es wagen, sich in seiner Begleitung sehen zu lassen. Er wäre gesellschaftlich erledigt.«

»Anständige Frau…«, wiederholte Jessica bitter. »Was erwarten Sie von mir? Soll ich mir diese lächerliche Geschichte mit den Eingeborenen zu eigen machen?«

Er schüttelte den Kopf. »Das ist nicht nötig. Du kannst Mitchell durch einen erfundenen Sträfling ersetzen, der angeblich mit dir zusammen ans Ufer gespült wurde. Wenn sie dich nach weiteren Einzelheiten fragen, gib ihnen die Beschreibung eines Durchschnittsmannes und sag, dass du nur seinen Vornamen wüsstest – John. Erzähl ihnen, dass ihr auf zwei entflohene irische Sträflinge gestoßen seid. John war dafür, sich ihnen anzuschließen. Du bist dann in derselben Nacht davongelaufen, weil du Angst hattest, nun allen drei Männern zu Willen sein zu müssen. Irgendwo bei Parramatta hat dich dann ein fahrender Händler aufgelesen und bis nach Sydney mitgenommen. Meinetwegen kannst du Mr. Bradings Namen angeben. Das musst du mit ihm ausmachen. Aber lass Mitchell aus dem Spiel. Die Geschichte mit dem Sträfling namens John, der mit den Iren gemeinsame Sache gemacht hat, klingt glaubhaft. Man wird ein Suchkommando ausschicken und sich nicht wundern, wenn die Suche ergebnislos bleibt. Es ist nicht ungewöhnlich, dass entlaufene Sträflinge im Busch für immer spurlos verschwinden. Du würdest dir damit nichts vergeben, Jessica. Nun, was sagst du dazu?«

Jessica ließ ihn eine Weile mit ihrer Antwort warten. »Ja,

Ihre Version klingt glaubhaft«, sagte sie schließlich. »Aber aus welchem Grund sollte ich Ihre Geschichte der Wahrheit vorziehen?«

»Vielleicht weil dir Mitchells Zukunft nicht gleichgültig ist.«

»Aber dessen sind Sie sich nicht sicher«, sagte Jessica ihm auf den Kopf zu. »Und deshalb halten Sie garantiert noch ein anderes Argument bereit, das mich einsichtig machen soll, nicht wahr?«

John Hawkley nickte bedächtig. »Ja, so könnte man sagen, Jessica.«

»Zieren Sie sich nicht, Mr. Hawkley! Sprechen Sie Ihre Drohung aus!«, forderte sie ihn erbittert auf. »Was werden Sie gegen mich unternehmen, wenn ich mich nicht Ihrem Willen beuge?«

»Ich verstehe deine Enttäuschung und deine Erbitterung«, antwortete der Siedler überraschend mitfühlend. »Aber es geht hierbei nicht um Willensunterwerfung. Ich habe nichts gegen dich persönlich.«

»Das beruhigt mich ungemein«, murmelte Jessica zynisch.

»Ich will nicht darüber reden, was geschieht, falls du so unvernünftig sein solltest, Mitchell in deinen Prozess und somit in den Skandal zu verwickeln. Ich halte dich nicht für so lebensüberdrüssig, dass dir noch nicht einmal mehr der Galgen Angst einflößt.« John Hawkley machte eine wirkungsvolle Pause, die seinen Worten das nötige Gewicht verlieh.

Jessica konnte sich einer Gänsehaut nicht erwehren, als sie seinem Blick begegnete, der unbeugsame Entschlossenheit verriet. Er würde versuchen, Mitchell mit allen Mitteln aus dem Skandal herauszuhalten. Und seine Augen schienen ihr sagen zu wollen: Allein du entscheidest, welche Mittel ich einsetzen werde, Jessica! Triff deine Wahl, aber überleg sie dir reiflich!

»Ich möchte viel lieber über das reden«, fuhr John Hawkley fort, »was ich *für* dich tun kann. Und ich denke, das ist eine ganze Menge.«

Jessica schwieg abwartend. Sie dachte nicht daran, ihm den kleinen Triumph zu gönnen, indem sie begierig nachfragte, wie er ihr denn helfen wolle.

Verwundert über ihr Schweigen, zog er die buschigen Augenbrauen hoch. »Willst du nicht wissen, was ich dir anzubieten habe?«

»Weshalb so ungeduldig?«, höhnte Jessica. »Ihrem wohlgeplanten Auftritt fehlt noch das grandiose Finale. Und nachdem Sie so gekonnt mit der Peitsche geknallt haben, ist jetzt wohl der Zeitpunkt gekommen, mir das verlockende Zuckerbrot anzubieten, nicht wahr? Sie werden sicherlich nicht gehen, ohne mich vorher damit beglückt zu haben.«

Für einen kurzen Moment zeigte sich John Hawkley irritiert, als würde er zum ersten Mal in Erwägung ziehen, Jessica möglicherweise unterschätzt zu haben. Doch er fasste sich schnell wieder und war selbstbewusst genug, um sich ein anerkennendes Lächeln zu erlauben. »Ich wünschte, wir wären einander unter für dich günstigeren Vorzeichen begegnet, Jessica. Du bist klug und wahrlich nicht auf den Mund gefallen. Mein Respekt. Aber das ist hier nicht unser Thema. Wie ich schon anfangs erwähnte, bin ich willens, mich für dich einzusetzen.«

»Ein Geschäft auf Gegenseitigkeit …«

»Richtig. Man wird dich wegen des Mordes an Ned Tyler vor das Militärgericht von New South Wales bringen. Mr. Brading mag über einen guten Ruf und einigen Einfluss in unserer Kolonie verfügen, aber ich halte es für sehr unwahrscheinlich, dass er das Blatt ohne Hilfe von meiner Seite für dich zum Guten wenden kann. Was kann er schon zu deinen Gunsten anführen? Er hielt sich nicht an Bord der *Tradewind* auf und kennt dich erst ein paar Tage. Nein, er wird nicht viel ausrichten können. Was immer er auch unternimmt, die Anklage wegen Mordes an Ned Tyler kann er nicht unterbinden. Jetzt nicht mehr. Jonathan Butcher, dieser großmäuliger Versager, hat dafür gesorgt, dass so gut wie jeder in Sydney von deiner Tat weiß. Das Interesse an deinem Fall ist nach dem gestrigen Vorfall zu groß, als dass das Gericht ein mildes Urteil fällen könnte.«

»Und was können Sie dann noch ändern?«, wollte Jessica wissen.

»Von der Besatzung und den Passagieren der *Tradewind* haben nur vier das Unglück überlebt: Mr. Hamilton, der Schiffsarzt, Mr. Clyde, Jonathan Butcher und ich …«

»Wissen Sie, wer von den Deportierten gerettet wurde?«, unterbrach sie ihn hastig.

»Fünf Männer und drei Frauen. Ihre Namen sind mir jedoch nicht bekannt. Aber zurück zu dir, Jessica. Wenn du bereit bist, Mitchell mit keinem Wort zu erwähnen, werde ich vor Gericht bezeugen, dass der Erste Offizier dich auf grausame Weise gequält hat und du wirklich nur in Notwehr getötet hast.«

»Und Mr. Clyde?«

»Er wird sich mir anschließen«, versicherte Hawkley und fügte mit leicht spöttischem Unterton hinzu: »Mr. Clyde trägt sich mit dem Gedanken, sich in New South Wales niederzulassen. Mir scheint, diese eine Überfahrt hat ihn erkennen lassen, dass die Seefahrt nicht seine Berufung ist. Er will sein Glück in unserer jungen Kolonie versuchen, und ich kann ihm dabei sehr von Nutzen sein. Zudem war auch er nicht gerade gut Freund mit Tyler.«

»Wird auch Mitchell vor Gericht befragt werden?«

»Das werde ich zu verhindern wissen«, sagte John Hawkley

und gab ihr damit zu verstehen, dass es für sie und Mitchell noch nicht einmal ein flüchtiges Wiedersehen geben würde. »Sein Erscheinen ist zudem nicht zwingend erforderlich. Er ist noch unbekannt in der Kolonie, und das Gericht wird seine Entscheidung kaum von seiner Aussage abhängig machen. Mein Wort dagegen hat in New South Wales Gewicht und kann dich zusammen mit Mr. Clydes Bestätigung vor dem Galgen bewahren.«

Jessica dachte einen Augenblick nach und zuckte dann resignierend mit den Schultern. »Also gut, Sie sollen Ihren Willen bekommen, Mr. Hawkley. Ich wäre wohl auch dumm, würde ich Ihr großzügiges Angebot abschlagen. Wie sagten Sie vorhin doch so treffend: ›Die Vergangenheit ist festgeschrieben und unserem Einfluss entzogen, nicht jedoch Gegenwart und Zukunft.‹ Ich werde meine Zukunft also nicht der Vergangenheit opfern.«

»Es freut mich, dass wir uns einigen können«, sagte Hawkley zufrieden, als hätte sie eine wirkliche Chance gehabt, sich anders zu entscheiden. »Oh, da ist noch eine Bedingung, die ich zu erwähnen vergaß, Jessica. Eine Kleinigkeit, doch sie erscheint mir wichtig.«

Misstrauisch sah sie ihn an. »So?«

»Unser Geschäft auf Gegenseitigkeit kommt nur dann zustande, wenn du mir das Versprechen gibst, Mitchell für immer fernzubleiben und nicht zu versuchen, jemals wieder mit ihm in Kontakt zu treten.«

»Für wen halten Sie mich?«, fuhr Jessica auf, blass vor Zorn über seine Gefühlslosigkeit. »Glauben Sie, ich werde ihm nachlaufen?«

Er verzog keine Gesichtsmuskel. »Was ich glaube, spielt hier keine Rolle«, erwiderte er ungerührt. »Ich will dein Versprechen, das ist alles.«

»So. Und wer garantiert Ihnen, dass ich mich an mein Versprechen halte?«

Kalt blickte er sie an. »Lass das nur meine Sorge sein«, sagte er schroff. »Also, wie lautet deine Antwort?«

Jessica fühlte sich zutiefst gedemütigt, und sie hasste diesen Mann dafür, dass er so kaltherzig war und nichts um ihre Gefühle gab. Doch sie war sich ihrer Ohnmacht bewusst, und so gab sie ihm auch dieses Versprechen.

»Ich bin sicher, dass du dich an unsere Abmachung halten wirst«, sagte John Hawkley abschließend. »Und dasselbe gilt für mich, Jessica. Ich stehe zu meinem Wort. Du solltest mir eigentlich dankbar sein ...«

»Wofür? Dass Sie sich bezahlen lassen, damit Sie vor Gericht die Wahrheit sagen? Sie *wissen* doch, dass Tyler mich gequält und zu dieser ... entsetzlichen Tat getrieben hat! Ich soll Ihnen für die Wahrheit dankbar sein? Mein Gott, haben Sie sich denn nicht ein Fünkchen Ehre in dieser Sträflingskolonie bewahren können?«

»Ich wäre nicht hier, wenn das nicht der Fall wäre. Wenn ich derjenige wäre, für den du mich zu halten scheinst, würde ich gelassen zusehen, wie man dich hängt, Jessica! Das wäre der sicherste Weg, dich für immer von Mitchell fernzuhalten!«, erwiderte er scharf. »Und was die Wahrheit angeht, so hat auch diese ihren Preis, genau wie die Lüge oder das Schweigen.«

»Gehen Sie!«, flüsterte Jessica, und in ihren Augen glitzerte unverhüllter Hass.

Er ging zur Zellentür. »Ich habe übrigens erfahren, dass Mr. Brading dich gebeten hat, seine Frau zu werden. Hast du dich schon entschieden?«

»Was geht Sie das an? Was wollen Sie noch von mir? Haben

Sie nicht alles erreicht, was Sie erreichen wollten?«, schrie Jessica unbeherrscht.

Ihr Ausbruch ließ ihn unbeeindruckt. »Ich glaube, du weißt gar nicht, wie viel Glück du noch im Unglück hast. Er bietet dir die Möglichkeit, deinem Elend zu entfliehen und noch etwas Sinnvolles aus deinem Leben zu machen«, erklärte Hawkley zurechtweisend. »Du wärst ausgesprochen dumm, wenn du diese einmalige Chance ungenutzt verstreichen ließest. Dann hast du wirklich nichts Besseres als ein jämmerliches Sträflingsdasein verdient. Also überleg es dir gut!«

Jessica spürte das wilde Verlangen, zu schreien und ihm einen Fluch hinterherzurufen. Doch sie beherrschte sich und presste die Kiefer so fest aufeinander, dass ein scharfer Schmerz durch ihre linke Gesichtshälfte schoss.

Sie fühlte sich ausgelaugt und wünschte, Steve würde nicht mehr kommen. Sie wollte allein sein.

Dann hörte sie Schritte auf dem Zellengang, und der Wärter führte Steve zu ihr.

Forschend ruhte sein Blick auf ihr. »Was ist geschehen, Jessica? Du siehst blass aus. Willst du mit mir darüber sprechen, was dieser John Hawkley von dir wollte? Oder ist es dir lieber, darüber zu schweigen?«

Sie schüttelte den Kopf. »Es gibt nichts, was ich vor dir geheim halten müsste, Steve. Hawkley war Passagier auf der *Tradewind* …«

»Ich weiß.«

»Es geht ihm um Mitchell. Offensichtlich hat er ihn zu seinem Schützling auserkoren. Er fürchtet um Mitchells Ansehen in der Kolonie, wenn er in den Prozess verwickelt würde. Ich soll ihn deshalb mit keinem Wort erwähnen, als hätte ich ihn nie gekannt. Dafür will er vor Gericht zu meinen Gunsten aussagen.«

Steve machte einen erleichterten Eindruck. »Himmel, das nenne ich eine erfreuliche Nachricht, Jessica! Wir haben Hilfe wirklich bitter nötig. Und Mr. Hawkley ist hoch angesehen. Ich verstehe gar nicht, weshalb du so bedrückt bist.«

»Ich weiß es auch nicht«, sagte sie ausweichend. »Vielleicht sollte ich ihm wirklich dankbar sein.«

»Und ob du das solltest!«, bestätigte er. »Jonathan Butcher, dieser Schweinehund, hat all meine Pläne zunichtegemacht. Aber mit Hawkleys Unterstützung können wir dem Prozess mit Zuversicht entgegensehen.«

»Wann wird das Militärgericht zusammentreten?«

Er zuckte mit den Achseln. »Das kann ich nicht sagen. Ich werde jedoch versuchen, den Termin so weit wie eben möglich hinauszuschieben. Denn je mehr Zeit verstreicht, desto besser ist es für dich. Das Interesse der Leute lässt schnell nach und richtet sich auf andere Dinge, wenn der Klatsch keine neue Nahrung erhält.«

»Ich werde ewig in deiner Schuld stehen«, sagte Jessica niedergeschlagen. »Steve, ich weiß, wie sehr du auf eine Entscheidung von mir wartest. Und ich wünschte, ich könnte dir eine ehrliche Antwort geben. Doch ich … ich fühle mich so erdrückt, so verstört und in die Ecke getrieben, dass ich nicht mehr weiß, was ich wirklich fühle. Gebe ich dir jetzt mein Ja, werde ich dich vielleicht eines Tages … hassen, weil ich dann nie den Gedanken loswerde, du hättest mich gekauft … eben wie etwas anderes Käufliches. Kannst du das verstehen?«

»Ja«, sagte er leise. »Ich glaube, ich weiß, was in dir vorgeht. Doch quäl dich nicht, Jessica. Ich werde warten. Die Zeit spielt keine Rolle. Jetzt nicht mehr.«

18

Jessica blieb während ihres gesamten Aufenthaltes im Gefängnis von Fort Phillip allein in ihrer Zelle. Ein Tag ging in den anderen über, ohne dass sich etwas Außergewöhnliches ereignete. Steve kam sie täglich besuchen und hielt sie über das, was sich außerhalb der Gefängnismauern ereignete, auf dem Laufenden.

Am dritten Tag ihrer Inhaftierung wurde sie erneut verhört. Diesmal jedoch eingehend und von drei Offizieren. Das Verhör zog sich über mehrere Stunden hin, und ihre detaillierten Fragen ließen erkennen, dass sie über die Vorkommnisse auf der *Tradewind* schon recht umfassend unterrichtet waren.

Dass Steve inzwischen seinen Einfluss geltend gemacht hatte, erkannte Jessica, als die Offiziere keine weiteren Angaben über den angeblich anonymen Händler verlangten, der sie nach Sydney mitgenommen hatte. Und das gab ihr einen Funken Hoffnung.

Ihre Hoffnung erhielt neue Nahrung, als Steve ihr Tage darauf mitteilte, dass das Urteil der Bewohner von Sydney über sie zu wanken begann.

»Wir gewinnen an Boden«, berichtete er bedächtig, doch das Strahlen seiner Augen verriet eine freudige Erregung. »Die Informationen über die wahren Zustände an Bord der *Tradewind,* die wir nach und nach in Umlauf gebracht haben, zeigen Wirkung. Die Stimmung scheint umzuschlagen. Es mehreren sich schon die Stimmen, die statt des Galgens deine Begnadigung verlangen. Und euer Marsch durch die Wildnis nötigt auch denjenigen Respekt ab, die für einen Mord an einem Offizier keine Rechtfertigung gelten lassen wollen. Noch zwei Wochen, und die wohlwollende Anteilnahme der Bevölkerung ist dir gewiss!«

Jessica lächelte unsicher. »Das wäre schön, Steve. Aber es ist nicht die Bevölkerung, die das Urteil über mich fällt, sondern das Gericht.«

Noch bevor die Februarsonne ihre Hitzewellen über das Land warf, führten ein Korporal und vier Soldaten, die bajonettbewehrte Musketen trugen, Jessica aus der Gefängniszelle in das Verwaltungsgebäude, wo das Militärgericht seinen Sitz hatte.

Es war ein einfacher, barackenähnlicher Raum, der spartanisch eingerichtet war. Das Gericht setzte sich aus vier Offizieren des New South Wales Corps und einem zivilen Justizbeamten zusammen, der vom Gouverneur ernannt worden war. Diese fünf Männer saßen erhöht hinter einem langen Tisch mit geschlossener Vorderseite am Stirnende des Raumes. Etwas seitlich von ihnen saß der Schreiber. Die vier Soldaten nahmen rechts und links von der Tür Aufstellung. Ein hüfthohes Geländer grenzte den Teil, wo das Gericht thronte, vom Rest des Raumes ab.

Jessica nahm links von der Absperrung auf einem einfachen Stuhl Platz. Vergeblich hielt sie Ausschau nach Steve. Die Bänke hinter ihr waren leer. Die Öffentlichkeit war zu diesem Prozess nicht zugelassen.

Augenblicke später betraten John Hawkley und der ehemalige Schiffsarzt Thomas Clyde den Raum. Sie setzten sich auf die rechte Seite. Und während John Hawkley sie mit keinem Blick zur Kenntnis nahm, nickte der Schiffsarzt Jessica knapp zu.

Kurz darauf eröffnete der Major, der den Vorsitz führte, die Verhandlung.

Jessica hatte erwartet, erneut vernommen zu werden, doch der Major befahl dem Schreiber, das Protokoll des letzten Verhörs zu verlesen. Mit emotionsloser Stimme leierte der Mann Jessicas Aussage herunter.

Dann wandte sich der Offizier ihr zu. »Angeklagte Jessica Jakes. Entspricht diese Niederschrift dem, was du zu Protokoll gegeben hast?« Seine Stimme klang kühl und ein wenig ungnädig, als müsste er sich einer lästigen Pflicht unterwerfen.

Der Korporal hinter ihr stieß sie an und zischte: »Steh gefälligst auf!«

Jessica erhob sich. »Ja, Sir.«

»Hast du noch etwas hinzuzufügen?«

»Nein, Sir.«

»Gut. Die Angeklagte kann sich wieder setzen.« Und als er das Wort nun an John Hawkley richtete, klang seine Stimme freundlich und respektvoll. »Dürfte ich jetzt Sie bitten, Ihre Aussage zu machen, Mr. Hawkley?«

»Es ist mir eine Ehre, dem Hohen Gericht bei der Wahrheitsfindung von Nutzen sein zu können«, erklärte John Hawkley mit steifer Höflichkeit.

Du elender Heuchler!, dachte Jessica voller Abscheu. *Was interessiert dich die Wahrheit?*

Doch eines musste sie ihm lassen, er stand zu seinem Wort und schilderte dem Militärgericht, wenn auch sehr nüchtern, welche Zustände auf der *Tradewind* geherrscht hatten. Und er scheute sich auch nicht, den Ersten Offizier einen zügellosen Mann von verbrecherischem Charakter zu nennen und Tylers vorsätzliche Grausamkeiten als solche zu bezeichnen.

Mit unbewegten Gesichtern und ohne eine Zwischenfrage zu stellen, hörten sich die vier Offiziere und der zivile Beisitzer John Hawkleys Ausführungen an.

Anschließend bestätigte Thomas Clyde die Aussage des Farmers. Zwar war er vorsichtiger in der Wahl seiner Worte, und er hütete sich, Ned Tyler einen Verbrecher zu nennen, gab dem Gericht aber dennoch unmissverständlich zu verstehen, dass der Erste Offizier so manches Leben auf dem Gewissen hatte.

»Meine Herren, Ihre Ausführungen waren sehr aufschlussreich«, sagte der Major mit einem Räuspern, als der Schiffsarzt wieder Platz genommen hatte, und blickte zu Jessica hinüber. »Hat die Angeklagte den Aussagen von Mr. John Hawkley und Mr. Thomas Clyde etwas entgegenzusetzen oder hinzuzufügen?«

Jessica stand schnell vom Stuhl auf. »Nein, Sir. Es war so, wie die Herren gesagt haben.«

»Das Gericht zieht sich zur Beratung zurück«, erklärte der Major und begab sich mit seinen Kollegen in ein Nebenzimmer.

Steif hockte Jessica auf dem harten Stuhl. Schweiß rann ihr aus den Achselhöhlen. Sie hörte die Wachen und Hawkley und Clyde mit gesenkten Stimmen miteinander reden. Sie wagte jedoch nicht, den Kopf zu wenden und zu ihnen hinüberzublicken. Sie starrte auf die schmale Tür, hinter der die fünf Männer, in deren Händen nun ihr Schicksal lag, verschwunden waren.

Plötzlich schwang die Tür auf, und Jessica wusste nicht zu sagen, ob nur fünf Minuten oder eine Stunde vergangen war. Ein entsetzliches Gefühl der Schwäche befiel sie, als der Major sie aufforderte, sich zu erheben. Und wie durch einen Schleier, der allen Geräuschen die Schärfe nahm und sie dumpf klingen ließ, drang seine Stimme an ihr Ohr, als er das Urteil verkündete.

»... verurteilen wir die angeklagte Deportierte Jessica Jakes unter Berücksichtigung aller strafmildernder Umstände zu lebenslänglicher Sträflingsarbeit. Das Gericht ordnet hiermit an, dass die Verurteilte unverzüglich in das Gefängnis nach Parramatta verlegt wird …«

Jessica schloss die Augen.

Lebenslänglich!

19

Noch am selben Vormittag brachte man Jessica auf die regierungseigene Schaluppe, die unterhalb des ziegelsteinernen Gouverneurspalastes vertäut lag und Proviant für die Garnison in Parramatta geladen hatte. Kaum hatten die vier abkommandierten Soldaten sie an Bord gebracht, da legte das Boot auch schon ab. Langsam glitt die Schaluppe aus der Bucht, umrundete die felsige Landzunge am Dawes Point und nahm Kurs auf Parramatta. Der Wind war schwach und schob das Schiff nur müde vor sich her.

Jessica hatte von dem Korporal, der die Verantwortung für ihre Bewachung trug, die Erlaubnis erhalten, sich während der Fahrt an Deck aufzuhalten. Er hatte ihr einen Platz auf dem Vorschiff zugewiesen, wo er sie stets im Auge behalten konnte.

Während sich die Schaluppe schwerfällig flussaufwärts kämpfte, hockte Jessica dort auf dem Vorschiff, fühlte den warmen Wind auf ihrem Gesicht und schaute mit leerem Blick über den Bug hinaus. Doch sie sah nicht das blauklare Wasser und auch nicht die Ufer, die allmählich näher rückten, als der Fluss an Breite verlor. Sie sah Steve vor sich. Er hatte im Vorraum des Gerichtssaales gewartet. Und als man sie nach der Urteilsverkündung hinausführte, trat er dem Korporal entgegen.

»Lassen Sie mich kurz mit ihr sprechen«, bat er.

»Habe Befehl, sie in ihre Zelle zurückzubringen, bis das Boot zum Auslaufen bereit ist!«, erwiderte der Korporal abweisend. »Sie kommt nach Parramatta.«

»Aber bis das Boot ablegen kann, ist es doch noch eine Weile hin, nicht wahr?«

»Sicher.«

»Dann kommt es doch nicht auf ein paar Minuten drauf an, oder?«

Der Korporal zögerte.

»Haben Sie ein Herz. Es würde mir viel bedeuten, wenn ich vorher noch einmal mit ihr sprechen könnte«, bat Steve eindringlich.

»Also gut«, brummte der Soldat schließlich. »Aber wirklich nur ein paar Minuten. Befehl ist Befehl.«

»Danke, Korporal.« Steve zog Jessica in eine Ecke des Vorraumes.

»Du hast das Urteil gehört?«, fragte sie mit tonloser Stimme und lehnte sich haltsuchend gegen die Bretterwand. Sie fühlte sich schwach auf den Beinen, wie nach einer langen Krankheit. Eine kranke Blässe lag auf ihrem Gesicht. »Lebenslänglich.«

»Jessica …«

»Ich weiß. Das Urteil hätte auch ›Tod durch den Strang‹ lauten können, Steve. Davor habt ihr mich bewahrt. Mehr durfte ich wohl auch nicht erhoffen.«

»Himmel, ich habe mit einem bedeutend günstigeren Urteil gerechnet!«

»Nun gut, dann hast du dich eben verrechnet, Steve. Deine Freunde unter den Offizieren waren offensichtlich nicht der Meinung, dir einen *so* großen Gefallen schuldig zu sein.« Es war kein Vorwurf, sondern nichts weiter als eine Feststellung.

»Zum Teufel, sie sind mir einen mächtig großen Gefallen schuldig, und das wissen sie auch«, erwiderte Steven mit gedämpfter Stimme. »Und du kannst sicher sein, dass in deinem Fall noch nicht das letzte Wort gesprochen ist.«

»Steve, erinnerst du dich noch an das, was du zu mir gesagt hast, als du mich in Parramatta gebeten hast, deine Frau zu werden? ›Du bist einfach nur realistisch, und das ist etwas, was du mit mir gemein hast.‹ Das waren deine Worte. Doch jetzt versuchst du, die Augen vor der Wirklichkeit zu verschließen.«

»Nein, das siehst du völlig falsch«, entgegnete er. »Ich bin realistisch. Zugegeben, ich habe meine Erwartungen, was den Ausgang dieses Prozesses anging, vielleicht ein wenig zu hoch geschraubt. Ich sehe jedoch ein, dass das Gericht keine andere Wahl hatte. Das Urteil ist hauptsächlich als Abschreckung für alle anderen Deportierten gedacht. Dass man dich unverzüglich nach Parramatta bringen lässt, ist jedoch ein gutes Zeichen.«

»Wieso?«

»Du kennst doch das Sprichwort ›Aus den Augen, aus dem Sinn‹, und darum geht es. Wenn du erst in Parramatta bist, interessiert sich keiner mehr für dein weiteres Schicksal, Jessica. Der Fall ist abgeschlossen. Es kümmert keinen, ob du nun für ewige Zeiten dort im Frauengefängnis bleibst, in ein Arbeitslager kommst oder aber auf eine abgelegene Farm geschickt wirst.«

»Ich weiß nicht …«

»Aber ich!«, versicherte Steve. »Auch ein Lebenslänglich kann in eine mildere Strafe auf Bewährung umgewandelt werden. Es muss nur ein wenig Zeit vergehen.«

Der Korporal machte ihrem Gespräch ein Ende und drängte zum Aufbruch.

»Verzweifle nicht und denk an meine Worte!«, legte Steve ihr noch einmal ans Herz. »Es können Tage oder gar Wochen vergehen, ehe du wieder von mir hörst. Nutze die Zeit, um mit dir ins Reine zu kommen. Von deiner Entscheidung wird viel abhängen. Du weißt, was ich meine.«

»Ja«, murmelte Jessica und ging mit dem Soldaten. Steve hatte ihr neue Hoffnung geben wollen, doch es war ihm nicht gelungen …

Gegen Nachmittag frischte der Wind auf, und die Schaluppe lief nun unter prall gefüllten Segeln. Zwei Stunden vor Einbruch der Dunkelheit erreichte das Boot die Anlegestelle von Parramatta.

Das Frauengefängnis war eine Ansammlung von windschiefen Baracken, Schuppen und Lehmgebäuden. In der Kolonie hatte sich für dieses Gefängnis die sehr zutreffende Bezeichnung *Factory* eingebürgert, denn die hier einsitzenden Frauen waren zur Arbeit gezwungen. Die Schuppen beherbergten Einrichtungen, die zur Aufbereitung und Verarbeitung der in der Kolonie produzierten Wolle notwendig waren. Tag für Tag fuhren die Kämme in die Wollballen, sirrten die Spinnräder und klapperten die Webstühle. Daneben gab es noch eine Töpferei. Einige Inhaftierte arbeiteten auch im Küchenhaus und Gemüsegarten. Wer dort unterkam, wurde beneidet, denn die Verpflegung war so schlecht wie in jedem anderen Gefängnis. Und nur diese wenigen Privilegierten hatten die Chance, von der besseren Verpflegung für die Aufseher dieses und jenes abzweigen zu können. Die Wärter wussten davon und ließen es geschehen, solange die Frauen die Grenze des unausgesprochen Erlaubten nicht überschritten. Ihre Großzügigkeit war jedoch alles andere als selbstlos. Nur die Geliebten der höhergestellten Aufseher erhielten Zugang zum Küchenhaus.

An willigen Frauen gab es in der Factory wahrlich keinen Mangel. Wer in dieses Gefängnis gebracht wurde, gehörte in den überwiegenden Fällen zum Abschaum der Deportierten. Berufsmäßige Huren und Verbrecherinnen, unbelehrbar und unverbesserlich in ihrer Verachtung für das Gesetz. Frauen, die in der Kolonie erneut straffällig geworden waren.

Jessica hätte schon am ersten Tag zu den Privilegierten gehören können. Kaum hatte der Korporal sie im Gefängnis abgeliefert, als ihr auch schon ein Aufseher ein eindeutiges Angebot machte.

»Brot und Bett nennen wir das hier«, erklärte er und taxierte sie frech. »Und für deinen Körper kannste'ne ganz schöne Menge Extrabrot bekommen. Na, was ist?«

»Nein, danke!«, lehnte Jessica eisig ab.

Der Aufseher zuckte gleichmütig die Achseln. »Kannst es dir noch immer anders überlegen. Schau dich mal erst'n bisschen bei uns um. Dann wirste schon auf'n Trichter kommen. Machst'n guten Griff mit mir. Die andern werden's dir bestätigen.« Er schien überzeugt zu sein, dass sie früher oder später doch angekrochen kommen und ihn bitten würde, ihr Arbeit im Küchenhaus zu beschaffen – zu seinen Bedingungen. Und dass er sich dessen offenbar so sicher war, flößte ihr mehr Angst ein, als wenn er ihr gedroht hätte.

Jessica wurde der Arbeitskolonne zugewiesen, die in einem der Schuppen Wolle kämmte. Sie hatte befürchtet, unter der Peitsche der Aufseher bis zur Erschöpfung schuften zu müssen. Doch das Arbeitstempo war alles andere als mörderisch. Auch die Unterkünfte in den Baracken waren besser, als sie erwartet hatte. Zwar wimmelte es dort von Ungeziefer, doch jeder hatte zumindest seine eigene Bettstelle. Und zu hungern brauchten die Inhaftierten auch nicht. Morgens und abends gab es Tee und einen Kanten Brot und mittags einen Teller Grieß.

In den ersten Tagen glaubte Jessica daher, es den Umständen entsprechend noch gut getroffen zu haben. Verglichen mit Newgate erschien ihr die Factory wie ein Erholungsheim. Doch dieses Urteil hielt der Wirklichkeit nicht lange stand.

Das Leben in der Factory war von einer hoffnungslosen Monotonie. Jeder Tag war wie der vorhergegangene. Es gab bei der Arbeit keinen Anfang und kein Ende. Und auch das Essen war immer dasselbe – morgens Tee und Brot, mittags Grieß, abends wieder Tee und Brot.

Nach und nach begriff Jessica, weshalb die Wärter auf Drohungen nicht angewiesen waren, um ihren Willen zu bekommen. Die Eintönigkeit war zermürbend und wie langsam wirkendes Gift. Die Inhaftierten schworen auf Rum als einzigem Gegenmittel, doch den scharfen Fusel gab es nur gegen Prostitution, und damit war der Kreis geschlossen. Für Rum taten diese Sträflinge alles – sogar arbeiten.

Jessica mied die abendlichen Rumgelage und hielt sich den orgiastischen Ausschweifungen fern, die zumeist in den Räumen des Küchenhauses stattfanden. Und damit machte sie sich von Anfang an zu einer Außenseiterin. Schon am dritten Tag hatte es sich in der Factory herumgesprochen, dass sie nicht mit dem Strom schwamm und sich nichts aus Rum machte. Irgendjemand nannte sie verächtlich eine ›unnahbare Jungfrau‹ – und damit hatte sie ihren Spottnamen weg.

Merkwürdigerweise hatte Jessica unter keinen Tätlichkeiten zu leiden. Man verhöhnte und schnitt sie, ließ sie jedoch in Ruhe. Und das galt auch für die Wärter. Sie verstand das nicht, denn die fünfzehn Frauen, mit denen sie einen Barackenraum teilte, bedurften gewöhnlich nur eines lächerlich geringfügigen Anlasses, um aufeinander loszugehen und sich buchstäblich gegenseitig in die Haare zu geraten.

Hatte Steve irgendetwas damit zu tun?

Sie dachte in diesen Tagen oft an ihn und das Angebot, das er ihr gemacht hatte. Besonders während der langen Stunden in der Wollkämmerei. Wurde die Hitze im Schuppen zu drückend und die Monotonie zu qualvoll, flüchtete sie sich in Tagträume. Und während ihre Hände die Arbeit mechanisch verrichteten, wanderte sie in Gedanken über saftig grüne Wiesen und folgte dem Lauf kühler Flüsse, an deren Ufer Frühlingsblumen ihre Farbenpracht entfalteten. Sie versuchte, sich auch das Land am Hawkesbury River, Steves Farm und das Leben dort vorzustellen. Dass es nicht das Paradies auf Erden war, darauf hatte er sie ja warnend hingewiesen. Doch harte Arbeit und Entbehrungen schreckten sie nicht, wenn sie nur wusste, dass sie eine Aufgabe hatte und ihr Leben einen neuen Sinn bekam, der Einsatz und Verzicht lohnte. Steve konnte ihrem Leben diesen neuen Sinn geben.

Jessica war bereit, seine Frau zu werden und mit ihm zu gehen. Und sie wartete auf ihn, um ihm das zu sagen.

Doch er kam nicht.

20

»Morgen ist Fleischbeschau!«

In Windeseile machte diese Neuigkeit in der Factory die Runde. Und überall in den Schuppen unterbrachen die Frauen die Arbeit. Spinnräder und Webstühle blieben stehen, Wollkämme wurden beiseite gelegt, und das Herdfeuer im Küchenhaus fiel in sich zusammen.

Aufgeregtes Stimmengewirr erfüllte die Baracken, als die Frauen ihre versteckten Rumkannen hervorholten und die Nachricht auf ihre Weise feierten. Die Wärter schritten nicht dagegen ein, denn es war sozusagen ungeschriebenes Gesetz, dass die Frauen am Tag vor einer solchen ›Fleischbeschau‹ nicht wie sonst zu arbeiten brauchten.

Was die Inhaftierten mit so zynischem Ausdruck belegt hatten, war eine Art Ehemarkt. Die Gefängnisverwaltung erlaubte in unregelmäßigen Abständen, dass ehemalige Sträflinge oder auf Bewährung freigelassene unter den heiratswilligen Frauen der Factory ihre Wahl trafen.

Gewöhnlich fand ein solcher Ehemarkt immer dann statt, wenn ein neuer Sträflingstransport die Kolonie erreichte oder die Factory überfüllt war. Für die Inhaftierten bedeutete dies die einzige Chance, dem Elend des Gefängnislebens zu entkommen. Denn wenn die Männer, die sich ihre Frauen aus der Factory holten, auch zur untersten Klasse der Siedler zählten und kaum etwas an materiellen Werten zu bieten hatten, so waren sie doch frei.

Als der Abend hereinbrach, bemerkte Jessica, wie sich die anfangs freudige Erregung ihrer Mithäftlinge in eine streitsüchtige Stimmung verwandelte. Für diesen Umschwung war nicht allein der Rum verantwortlich. Die Frauen wussten aus bitterer Erfahrung, dass die Zahl der männlichen Freier bedeutend geringer sein würde als die der heiratswilligen Sträflinge. Zweifel an den eigenen Erfolgsaussichten führten zu Missgunst, geifernden Wortgefechten und gewalttätigen Ausbrüchen. Hässliche Szenen spielten sich in den Baracken ab. Und mit Abscheu und Entsetzen sah Jessica, wie sich die Frauen aufeinanderstürzten. Am nächsten Morgen wurden die Männer in das Gefängnis gelassen. Jeder musste seinen Erlaubnisschein vorzeigen. Es waren dreiundzwanzig Freier – und doppelt so viele Frauen hofften, die Factory noch an diesem Vormittag als Ehefrau eines dieser Männer für immer verlassen zu können.

»Ihr habt zwei Stunden, um euch einig zu werden!«, verkündete der Oberaufseher auf dem Gefängnishof vor den versammelten Frauen und Freiern. »Um zehn kommt der Reverend, um diejenigen von euch zu trauen, die einen Partner gefunden haben.« Er nickte den Männern knapp zu und kehrte dann in seine Unterkunft zurück. Er wusste, dass einige Männer nicht mit ehrlichen Absichten gekommen waren und die Wärter bestechen würden, den Unterkünften der Frauen fernzubleiben. Aber das war in Ordnung so, denn was immer die Wärter dafür erhielten, ein guter Teil davon floss in seine Tasche. Für ein paar klingende Münzen und ganz besonders für Rum, der in der Kolonie längst die Funktion einer einheitlichen Währung erfüllte, konnte man so gut wie alles bekommen.

Der Ehemarkt begann. Männer und Frauen begaben sich in die Baracken, um »das Angebot zu prüfen«, wie eine der noch leidlich gut aussehenden Frauen spöttisch bemerkte.

Die Freier gingen von einer Frau zu anderen, musterten sie ausgiebig, wie sie auch zum Verkauf stehende Pferde taxieren würden, und trafen in Gedanken schon eine erste Auswahl. Doch es war nicht so, dass die Frauen dieses Ritual passiv über sich ergehen ließen. Zumindest nicht alle. Wer von ihnen jung war oder sich ein passables Aussehen bewahrt hatte, wurde selber aktiv. Diese Frauen scheuten sich nicht, ihre eigene Wahl zu treffen und ihre Bewerber eingehend über das zu befragen, war sie ihnen zu bieten hatten. Und gestandene Männer wurden verlegen und stammelten wie unerfahrene Jünglinge, wurden sie so ins Verhör genommen und befragt, was sie von ihrer zukünftigen Frau erwarteten. So manches Mal brandete höhnisches Gelächter unter den Frauen auf, wenn eine ›sichere Partie‹, die nicht jeden nehmen musste, einen ihr nicht genehmen Freier abwimmelte. Und in das Gelächter mischte sich der gallige Neid der Aussichtslosen, die noch dankbar sein konnten, wenn sich einer derjenigen Männer für sie interessierte, die nur gekommen waren, um eine billige Hure zu finden. Denn Frauen waren rar in New South Wales, und nicht jeder Freigelassene konnte bezahlen, was die Prostituierten in den Rocks für ihre Dienste verlangten.

Jessica beobachtete die hektische Betriebsamkeit mit einer Mischung aus Abscheu und Faszination. Ihr Abscheu galt den schamlosen Ausschweifungen, und fasziniert war sie von der Entschlossenheit mancher Frauen, sich noch nicht einmal um der Freiheit willen unter Preis zu verkaufen.

Obwohl Jessica darauf achtete, im Dunkeln ihrer Pritsche zu bleiben und nicht aufzufallen, fanden dennoch einige der Freier zu ihr. Ohne schroff oder verletzend zu sein, gab sie ihnen klipp und klar zu verstehen, dass sie nicht daran dachte, einen von ihnen als Mann auch nur in nähere Erwägung zu ziehen.

Einer ihrer Bewerber ließ sich jedoch nicht so leicht entmutigen. Er war der Jüngste unter den Männern, höchstens drei, vier Jahre älter als sie selbst und mit Sicherheit auch der Bestaussehende von ihnen. Sein Name war William Kirby.

»Ich habe hundert Acres Land«, sagte er stolz. »Es ist guter, fruchtbarer Boden. Zwei gute Ernten, und ich könnte ein paar Stück Vieh kaufen, vielleicht sogar noch zwei Schafe. Und ich kann hart arbeiten.«

»Ich glaube dir«, erwiderte Jessica. »Deine Frau wird sicherlich kein Grund zur Klage haben, aber ich werde diese Frau nicht sein.«

»Warum nicht? Ich bin jung, dreiundzwanzig genau, und wir beide könnten viel schaffen. Ich bin gesund und kräftig und mache mir auch nicht viel aus Rum!«, versicherte er, als wäre das das größte Lob, das er sich selbst aussprechen konnte.

»Dann wirst du Schwierigkeiten haben, hier eine passende Frau zu finden.«

»Ich möchte dich«, beharrte er mit fast kindlichem Trotz. »Ich bin sicher, dass wir gut miteinander auskommen werden. Ein Mann braucht in diesem Land eine Frau … und eine Frau einen Mann. Und du wirst es nicht bereuen, mich genommen zu haben.«

Bitterkeit stieg in Jessica auf. Wie demütigend war es doch für beide Seiten, sich auf diese Art einen Ehepartner suchen zu müssen.

»Du verschwendest nur deine Zeit mit mir!«, wies Jessica ihn nun mit bewusst schroffer Stimme zurück. »Such dir eine andere! Es wird dir bestimmt nicht schwerfallen, hier eine zu finden, die deine Redlichkeit zu schätzen weiß.«

Enttäuscht wandte er sich von ihr ab und stand einen Augenblick unschlüssig, ehe er sich nach einer anderen umsah, die ansprechend genug war, dass er sie als mögliche Ehefrau in Betracht ziehen konnte.

Die zwei Stunden waren längst verstrichen, als der Oberaufseher alle heiratswilligen Männer und Frauen wieder hinaus auf den Gefängnishof beordern ließ.

Auf Befehl der Wärter stellten sich nun die Häftlinge in einer langen Linie auf. Dann schritten die Männer nacheinander die lange Reihe ab und trafen ihre endgültige Wahl. Jeder ließ vor den Füßen *seiner* Auserwählten sein Halstuch zu Boden fallen. Hob diese das Schweißtuch auf, war die Ehe besiegelt – inoffiziell.

Jessica stand im Schatten des Barackeneingangs und beobachtete dieses merkwürdige Schauspiel.

Einige Frauen in der Reihe wussten, dass es für sie kein Halstuch zum Aufheben geben würde. Und dieses Wissen hatten sie vorher schon im Rum zu ertränken versucht. Die Wärter mussten immer wieder eingreifen und mit Kolbenhieben dafür sorgen, dass es zwischen den Frauen nicht noch zu handgreiflichen Auseinandersetzungen kam. Der Reverend, ein wohlbeleibter Mann mit buschigem Backenbart, stand beim Oberaufseher. Seine Miene verriet deutlich, dass er seiner Pflicht als Geistlicher nur mit äußerstem Widerwillen nachkam.

Jessicas Blick folgte gerade dem jungen William Kirby, wie er die lange Reihe abschritt – zögernd, mit roten Ohren und von höhnischen Bemerkungen begleitet, als sie aus den Augenwinkeln eine Gestalt bemerkte, die auf sie zukam. Sie wandte den Kopf und erwartete, einen Wärter zu sehen.

Es war Steve.

Der Gefängnishof, die Frauen und Männer, alles schien in den Hintergrund zu treten. Sie wollte ihm ein, zwei Schritte entgegengehen, doch aus irgendeinem unerfindlichen Grund vermochte sie sich nicht von der Stelle zu bewegen.

»Du stehst nicht bei ihnen?«, fragte er, als er sie im Schatten der Baracke erreicht hatte, und deutete mit dem Kopf zu den Frauen in der Mitte des Hofes.

»Nein.«

»Hast du auf mich gewartet?«

»Ja«, gestand sie. Das Sprechen bereitete ihr Schwierigkeiten.

Auf seinem Gesicht zeigte sich keine Freude. Er nickte nur

auf seine bedächtige Art, als hätte sie ihm etwas bestätigt, das ihm schon lange bekannt war. Und für einen flüchtigen Augenblick regte sich in ihr der Verdacht, dass er vielleicht absichtlich so viele Wochen ohne eine Nachricht hatte verstreichen lassen. Doch sie verbannte diesen Gedanken schnell und schämte sich, dass er ihr überhaupt in den Sinn gekommen war.

»Ich sagte dir ja, es könnten Wochen vergehen. Ich musste zudem noch zurück zur Farm. Es war mir einfach unmöglich, eher zu kommen, Jessica.«

»Du bist gekommen, Steve, und allein das ist entscheidend. Ich habe viel Zeit zum Nachdenken gehabt.«

Forschend schaute er sie an. Und dann stellte er die Frage, die sie während der letzten Wochen in ihren Träumen so oft gehört und beantwortet hatte. »Willst du als meine Frau mit nach *Seven Hills* gehen, Jessica?«

»Ja«, antwortete sie mit fester Stimme und fügte in Gedanken mit aufrichtiger Entschlossenheit hinzu: *Ich will dein Leben leben, Steve. Ich will Arbeit, Haus und Bett mit dir teilen und dir eine gute Frau sein. Und so Gott es will, werde ich dir Kinder schenken. Ich will dir immer dankbar sein und dich ehren … und vielleicht sogar eines Tages lieben. Ich werde dir mein Herz nicht verschließen, das schwöre ich vor dem Allmächtigen!*

21

Noch am selben Vormittag machten sich Jessica und Steve auf den langen beschwerlichen Weg zum Hawkesbury River, an dessen Ufern sich erst ein knappes Dutzend Siedlerfamilien niedergelassen hatte.

Zu Pferd hätten sie die Wegstrecke bei forschem Ritt innerhalb eines Tages zurücklegen können. Doch obwohl Steve zu den wenigen Siedlern gehörte, die Reitpferde ihr Eigen nannten, hatte er es vorgezogen, mit dem schwerfälligen Ochsengespann zu kommen. Er hatte so gleichzeitig Waren nach Parramatta bringen sowie notwendige Gerätschaften und Fässer von Josh Chowning auf dem Rückweg mitnehmen können. Es wäre ihm nie in den Sinn gekommen, auch nur einmal eine Ausnahme zu machen und die Bequemlichkeit eines Pferdesattels der Nützlichkeit eines Ochsengespanns vorzuziehen – nicht einmal Jessica zuliebe.

Wenige Meilen hinter Parramatta schien die Straße in der endlosen Weite des Landes auszulaufen. Noch nicht einmal Spurrillen wiesen den Weg zu den Siedlungen am Hawkesbury River. Nur ein geübtes Auge vermochte die Spuren zu lesen, die von den wenigen Reitern und Wagen stammten, die dieses Gebiet durchquert hatten.

»Gut zwei Tage«, antwortete Steve auf Jessicas Frage, wie lange sie unterwegs sein würden. »Heute kommen wir nicht mehr weit, dafür sind wir zu spät von Parramatta aufgebrochen. Und die Tiere brauchen Ruhe. Habe sie in den letzten Tagen hart rangenommen. Wir werden daher schon recht früh nach einem Lagerplatz für die Nacht Ausschau halten. Wäre unvernünftig, ihnen mehr abzuverlangen. Wir haben keine Eile, nicht wahr?«

»Nein, wahrlich nicht«, stimmte sie ihm zu. Und als sein Blick für einen Moment auf ihr ruhte, musste sie unwillkürlich an die vor ihnen liegende Nacht denken. Sie war jetzt seine angetraute Frau. Aus der Deportierten Jessica Jakes war Jessica Brading geworden. Ehefrau des freien Siedlers Steve Brading und Herrin von *Seven Hills*.

»Halb New South Wales für deine Gedanken, Jessica.«

Sie errötete unter seinem halb nachdenklichen, halb fragenden Blick. »Oh!… Ich habe nur gedacht, wie fremd mir das klingt – Jessica Brading. Als wäre das nicht ich, sondern irgendeine andere Frau.«

Er schmunzelte leicht. »Du wirst dich schon daran gewöhnen.«

Sie nickte und dachte doch mit einem Anflug ungläubiger Verwunderung: *Ja, ich bin seine Frau, und sein Leben wird von nun an auch meines bestimmen. Und er wird der Vater meiner Kinder sein.*

In der Nähe eines schlammigen Wasserloches, das auch in den ärgsten Hochsommermonaten selten einmal gänzlich austrocknete, schlugen sie ihr Lager auf. Steve pflockte die Tiere in der feuchten Mulde an, während Jessica Rindenstücke und trockene Zweige zusammentrug. Es war noch hell, als sie gegessen hatten.

»Der Herbst ist nicht mehr weit«, sagte Steve versonnen, als ein Schwarm Vögel am Horizont auftauchte, am Himmel ein paar weite Kreise zog und sich dann mit scheinbar lautlosem Flügelschlag nach Norden entfernte. »Der März kann schlimme Stürme und Flutkatastrophen bringen.«

Jessica dachte daran, dass jetzt in England der Frühling begann. Es waren nur noch wenige Wochen bis Ostern, und die Kolonie unter dem Kreuz des Südens stellte sich auf den baldigen Winter ein. Welch eine verdrehte Welt!

Leicht floss ihr Gespräch dahin, und Steve erzählte ihr von den Arbeiten, die zu dieser Jahreszeit auf der Farm anfielen, vom Weizen, den er mit seinen Arbeitern im Februar in den Boden gebracht hatte, vom neuen Tabakfeld und seiner Schafzucht, die sich so erfolgversprechend anließ.

Und dann lag samtene Dunkelheit über dem Land, das sich

unter dem wolkenlosen Nachthimmel spürbar abzukühlen begann.

Jessica legte sich zu ihm auf die weichen Decken und wartete darauf, dass er sie in den Arm nehmen würde. Doch nichts dergleichen geschah. Regungslos lag er an ihrer Seite und blickte zu den wenigen Sternen hoch, die den Nachthimmel der südlichen Hemisphäre zu einem Bild weit auseinanderliegender, einsamer Lichter machten.

»Jessica ...«

»Ja?«

»Wir beide brauchen Zeit, um miteinander vertraut zu werden. Heute Morgen warst du noch Sträfling in der Factory, und jetzt bist du meine Frau. Es ist alles so rasch und ohne Übergang gekommen. Für uns beide. Und deshalb sollten wir unsere Ehe ohne falsche Hast beginnen. Unser gemeinsames Leben hat gerade erst begonnen.«

Jessica wusste im ersten Augenblick nichts darauf zu erwidern. Seine Stimme klang, als wollte er sich für etwas entschuldigen, was er nicht aussprechen konnte. Und sie verstand das nicht. Sie war bereit für ihn. Sie *wollte* seine Frau sein. In jeder Beziehung.

»Wir sind Mann und Frau, Steve«, antwortete sie schließlich leise. »Und ich brauche keine Zeit, um für dich ... bereit zu sein.«

»Aber vielleicht brauche ich sie!«, erwiderte er wie aus der Pistole geschossen und fast brüsk im Ton. Doch schon im nächsten Augenblick fügte er entschuldigend hinzu: »Hab ein wenig Geduld mit mir, Jessica. Keiner kann über seinen eigenen Schatten springen. Bitte!« Er tastete nach ihrer Hand und drückte sie, als spürte auch er die Kluft, die sich zwischen ihnen zu öffnen drohte.

Jessica hatte das beschämende Gefühl, ihn bedrängt zu haben. Und das stand ihr nicht zu. »Ich … ich wollte dich zu nichts drängen«, flüsterte sie. »Du sollst nur wissen, dass … ich immer für dich da bin, Steve. Ich bin deine Frau.«

Stumm drückte er ihre Hand.

Mit Tränen in den Augen lag sie da und zerbrach sich den Kopf darüber, was er wohl mit dem Schatten gemeint haben mochte, den er nicht überspringen konnte. Schüchternheit und Unerfahrenheit im Umgang mit Frauen konnten es nicht sein. Er war nicht nur schon einmal verheiratet gewesen, sondern hatte auch Erfahrungen bei Frauen vom Schlage einer Molly Mutton sammeln können. Sein Verhältnis mit der Rumwirtin schloss eigentlich auch aus, dass seine merkwürdige Zurückhaltung irgendetwas mit dem Tod seiner ersten Frau zu tun hatte.

Aber wenn all das nicht in Betracht kam, was mochte dann der Grund seines unverständlichen Verhaltens sein?

Jessica zermarterte sich das Gehirn, suchte nach einer plausiblen Erklärung – und stieß plötzlich auf die Antwort. Die Erkenntnis traf sie wie ein schmerzhafter Schlag aus der Dunkelheit. In ihr krampfte es sich zusammen, und sie wandte all ihre Willenskraft auf, um nicht in Tränen auszubrechen. Sie wusste, dass sie jetzt stark sein musste.

»Steve, ich möchte dir etwas sagen, das mir sehr wichtig ist … und dir sicherlich auch«, sagte sie mit fester, ruhiger Stimme, nachdem sie sich unter Kontrolle hatte.

»Ja?«

»An jenem Abend, als Jonathan Butcher im Stall über mich hergefallen ist …« Sie stockte kurz, und obwohl er nichts sagte, spürte sie doch seine atemlose Anspannung. »Er hat mich zwar vergewaltigt, aber doch nicht so, dass ich … von ihm ein Kind bekommen könnte. Das konnte ich verhindern.«

»Bist du dir da ganz sicher?«, stieß er mit rauer, kehliger Stimme hervor und richtete sich jäh auf.

Jessica wusste in dieser Sekunde, dass dies der Grund für seine Zurückhaltung gewesen war.

»Ja, ich bin mir ganz sicher«, erklärte sie. »Wenn es anders gewesen wäre, hätte ich es dir heute Vormittag schon gesagt.«

»Verzeih, Jessica«, sagte Steve beschämt. »Ich habe nicht gewagt, dich danach zu fragen. Ich hatte Angst vor der Antwort. Dabei hätte ich wissen müssen, dass du es von dir aus gesagt hättest.«

»Ich kann dich sehr gut verstehen«, versicherte Jessica. Ja, das konnte sie wirklich. Doch dass er nicht offen zu ihr gewesen war, schmerzte sie. Und sie hatte in diesem Moment das beklemmende Gefühl, als hätten sie beide etwas Wertvolles verloren, was nur die Zeit ihnen wieder zurückbringen konnte. Irgendwann … vielleicht …

In der Nacht darauf kam Steve zu ihr. Wortlos streifte er ihr das Kleid von den Schultern und zog sie behutsam an sich. Seine Hände glitten so sanft und vorsichtig über ihren Körper, als fürchtete er, ihr weh zu tun. Und mit derselben Behutsamkeit drang er schließlich in sie ein. Seine körperliche Liebe war nicht von wildem, drängenden Verlangen bestimmt, sondern von einer stillen Zärtlichkeit.

Jessica empfing ihn bereitwillig, und ein friedliches Gefühl der Wärme erfüllte sie, als sie eins waren. Sie wusste, dass es in ihrer Ehe wohl nie Momente alles vergessender, leidenschaftlicher Erregung geben würde. Doch der Verzicht auf diese flüchtigen Augenblicke rauschhaften Glücks fiel ihr nicht schwer. Wie unbedeutend war dieser Mangel an Leidenschaft doch im Vergleich zu dem, was ihr das Leben an Steves Seite bot – nämlich Sicherheit, Beständigkeit und Zufriedenheit und einen Mann, den sie achten konnte. Nur wer das Leben nicht kannte und unersättlich in seinen Forderungen an das Schicksal war, konnte so maßlos sein, noch mehr zu verlangen.

Jessica verlangte nichts weiter, denn sie glaubte, das Leben trotz ihrer Jugend zu kennen.

22

Tags darauf, als die Märzsonne den Zenit schon überschritten hatte, erblickte Jessica zum ersten Mal ihr zukünftiges Zuhause am Hawkesbury River – die Farm *Seven Hills*. Eben noch hatten die hohen Bäume eines Eukalyptuswaldes ihnen die Sicht versperrt, und nun lag plötzlich freies, hügeliges Land vor ihren Augen.

Jessica sah weite Felder, auf denen Mais und Weizen wuchsen, Kartoffeläcker, eingezäunte Weiden und in der Ferne erst jüngst gerodetes Land. Deutlich ragten verkohlte Baumstümpfe aus dem Boden, der noch die Spuren des Rodungsfeuers trug.

Direkt vor ihnen erhob sich das Farmhaus auf dem höchsten der Hügel. Sanft stieg das kultivierte Land zu der weitläufigen, abgeplatteten Kuppe der Bodenerhebung an. Eine sandige Auffahrt, von rauen Natursteinen eingefasst, führte in einem anmutig geschwungenen Bogen den Hang hinauf.

»Das ist *Seven Hills*«, sagte Steve mit Besitzerstolz. »So weit das Auge reicht, alles ist Brading-Land, bis hinunter zum Hawkesbury.«

»Wo liegt der Fluss?«

»Man kann ihn nur vom Hügel aus sehen.«

Die Ochsen zogen den schweren Wagen die Auffahrt hoch. Aus der Nähe sah das Farmhaus nicht mehr ganz so eindrucksvoll aus, wie es aus der Ferne auf Jessica gewirkt hatte. Doch am Durchschnitt der Kolonie gemessen, konnte es durchaus als ansehnliches Herrenhaus gelten, auch wenn es kein Obergeschoss besaß. Es war ein langgestrecktes Gebäude mit einem soliden Steinfundament und Wänden aus schweren Balken. Nur die Fugen waren mit dem sonst so gebräuchlichen Baustoff Lehm gefüllt. An beiden Längsseiten ragte jeweils ein sich nach oben hin verjüngender Kamin aus rotbraunen Backsteinen empor. Aus einem davon stieg Rauch auf, und Jessica nahm an, dass dieser Teil des Hauses die Küche beherbergte.

Mehrere Schuppen und Nebengebäude gruppierten sich um das Farmhaus. Fünf kleinere Lehmhütten bildeten unter einer Scheune eine gesonderte Gruppe für sich. Dort waren die zehn Sträflinge und vier Männer, die ihre Strafe bereits verbüßt hatten, untergebracht, die mittlerweile für Steve arbeiteten.

Als das Gespann den freien Vorplatz des Farmhauses erreichte, entdeckte Jessica den Hawkesbury River. Eine gute halbe Meile vom Gebäudekomplex entfernt, schnitt der breite Strom durch das fruchtbare, wellige Land. Dichter Wald reichte an vielen Stellen bis an seine Ufer.

Jenseits des Hawkesbury zeichneten sich am westlichen Horizont die Gebirgszüge der Blue Mountains ab. Niemand wusste, was hinter dieser Bergkette lag. Denn es war bisher noch keinem Siedler gelungen, die Blue Mountains zu überqueren – und gesund wieder zurückzukehren.

Einen Augenblick war Jessica in Gedanken versunken. Dies war von nun an ihre neue Heimat, eine Siedlungsoase inmitten der Wildnis, fern jeglicher Zivilisation. Parramatta war zwar nur einen Tagesritt entfernt, doch in diesem Augenblick schien ihr auch England nicht viel ferner. Welches Schicksal mochte sie an diesem Ort erwarten? So unendlich lang erschien ihr das Leben, das noch vor ihr lag. Neunzehn Jahre war sie erst. Und der Gedanke, Jahrzehnte im wilden Land am Hawkesbury River verbringen zu müssen und hier zu ergrauen, ließ sie frösteln.

»Willkommen auf *Seven Hills*«, riss Steve sie aus ihrer Grübelei. Seine Stimme klang feierlich. Er sprang vom Kutschbock, ging schnell um den Wagen und reichte ihr seine Hand. Sein Gesicht war ernst. »Liebe dieses Land so wie ich, Jessica, und es wird dir alles geben, was sich ein Mensch nur wünschen kann.«

Jessica ergriff seine Hand, und ihr Blick sagte ihm, das sie es mit all ihrer Kraft versuchen würde. Wenige Monate später, als sich die Wildenten über dem Fluss zeigten, hatte sie die Gewissheit, dass sie ein Kind von Steve erwartete.

VIERTES BUCH

1

Sie musste noch einmal eingeschlafen sein, denn als Jessica die Augen aufschlug, lag Steve nicht mehr neben ihr. Er hatte sich schon angekleidet und die Schlafkammer verlassen. Lisa Reed, die Köchin, war gleichfalls längst auf den Beinen. Lärmend, wie es ihre Art war, richtete sie das Frühstück. Sie klapperte mit Töpfen, Pfannen und Tellern und scheuchte die kleine Anne, die ihr bei ihren vielfältigen Arbeiten zur Hand ging, mit barschen Befehlen hierhin und dorthin.

Jessica hatte ein schlechtes Gewissen, weil sie noch immer im Bett lag. Dass Steve sie hatte schlafen lassen, änderte daran nichts. Auch nicht die Tatsache, dass sie hochschwanger war. Auf *Seven Hills* wurde Müßiggang allenfalls in den Wintermonaten toleriert, wenn die Tiere versorgt und die Vorratsschuppen gefüllt waren. Doch jetzt im Frühsommer wurde auf den Feldern und Wiesen und im Haus jedes Paar Hände gebraucht – auch das einer Hochschwangeren. Man konnte von Sonnenaufgang bis Sonnenuntergang schuften, und doch blieb stets Arbeit liegen, die hätte erledigt werden müssen.

Schnell schlug sie die Decke zurück und schwang sich mit einer unbeholfenen Bewegung aus dem Bett. Sie trug das weiteste Nachthemd, das sie besaß. Und doch spannte es sich über ihrem Leib.

Noch ein, zwei Wochen, dachte Jessica. Und lächelnd legte sie beide Hände auf ihren prall gewölbten Bauch. Deutlich spürte sie die Bewegungen des Kindes. Es ruckte und stieß in ihr, als könnte es nicht erwarten, das Licht der Welt zu erblicken. Hab noch etwas Geduld, mein Kleines …

Sie trat zur Waschkommode, goss kaltes Wasser aus der Kanne in die Porzellanschüssel und tauchte ihr Gesicht in das kühle Wasser, das ihr den letzten Rest Schläfrigkeit vertrieb.

Sie nahm frische Wäsche aus der Kommode und zog das weite türkisfarbene Kleid über den Kopf, dessen Farbe so wunderbar zu ihrem blonden Haar passte. Sie hatte sich dieses Kleid vor über zwei Jahren selbst genäht, als sie ihr erstes Kind erwartet hatte – Edward. Im Dezember 1802 war ihr Sohn auf *Seven Hills* zur Welt gekommen, zur Zeit der schlimmsten Hitze. Und nun würde Edward bald einen Bruder bekommen – oder eine Schwester, wenn es nach ihren geheimen Wünschen ging. Steve hoffte natürlich auf einen zweiten Sohn.

Als Jessica sich von der Kommode abwandte und zur Tür wollte, zuckte plötzlich ein scharfer Schmerz durch ihren Unterleib und nahm ihr für den Augenblick den Atem. Halt suchend streckte sie eine Hand nach dem Bettpfosten aus, während sie die andere gegen ihren Bauch presste. Sie krümmte sich nach vorn und rang nach Luft. Ihr war, als müsste sie aufschreien. Doch im nächsten Moment war der Schmerz vorbei, und sie atmete tief durch. Sie hockte sich ein paar Minuten auf den Rand des Bettes, doch der Schmerz kam nicht wieder. Ihre anfängliche Besorgnis verflüchtigte sich, und sie erinnerte sich, derartige Stiche auch während ihrer ersten Schwangerschaft gehabt zu haben. Übelkeit und Schmerzen gehörten einfach zu den körperlichen Beschwerden, die eine Schwangerschaft zumeist mit sich brachte.

Jessica erhob sich vor der Bettkante und ging in das kleine Kinderzimmer hinüber, wo das Bettchen von Edward und seine Wiege standen. Sie war nicht überrascht, das Zimmer leer zu finden. Bestimmt war es Anne gewesen, die Edward am frühen Morgen in aller Stille angezogen und mit in die Küche genommen hatte. Die vierzehnjährige Tochter des Sträflings William Howard, der zu Steves beständigsten und zuverlässigsten Arbeitern zählte, hatte an Edward einen Narren gefressen, und er erwiderte ihre Zuneigung mit der vorbehaltlosen Anhänglichkeit eines kleinen Kindes.

Als Jessica in den großen, aber dennoch gemütlichen Küchenraum kam, fuhr Lisa Reed ihre kleine Hilfe gerade an, weil Anne die beiden Körbe neben der Herdstelle nicht bis zum Rand mit Feuerholz aufgefüllt hatte.

Lisa Reed war eine stämmige Frau von robuster Natur und scheinbar niemals erlahmender Arbeitskraft. Ihr Haar war schon fast völlig ergraut, obwohl sie erst auf die vierzig zuging. Jessica konnte sich nicht erinnern, sie in den zweieinhalb Jahren auch nur einmal untätig am Küchentisch sitzen gesehen zu haben.

»Papperlapapp!«, fiel die Köchin dem Mädchen unwirsch in die Rede, als es sich rechtfertigen wollte. »Ich weiß selbst, dass ich mit dem Holz vorerst auskomme. Aber darum geht es nicht, du Nichtsnutz! Es wird allmählich Zeit, dass du lernst, aufs Wort zu tun, was man dir aufträgt. *Volle* Körbe hatte ich gesagt, und nicht halb volle!«

Mit gesenktem Kopf ließ die zierliche Anne die Strafpredigt über sich ergehen. Als sie Jessica sah, warf sie ihr einen flehentlichen Blick zu.

»Lass es gut sein, Lisa«, sagte Jessica sanft.

Lisa machte ein grimmiges Gesicht und bedeutete Anne mit einer unwilligen Kopfbewegung, ihr aus den Augen zu gehen. Und das Mädchen huschte eiligst auf den Hof hinaus.

»Du solltest mit Anne nicht so hart ins Gericht gehen, Lisa«, sagte Jessica. »Sie bemüht sich doch wirklich, es recht zu machen. Aber sie ist eben noch ein Kind.«

»Sie sind viel zu weichherzig«, brummte die Köchin und goss Pfannkuchenteig in die Pfanne. »Zucht und Ordnung stellen sich nicht von selbst und über Nacht ein, gnädige Frau. Wenn ich daran denke, welche Pflichten ich in dem Alter schon zu erledigen hatte! Nein, mit vierzehn ist man kein Kind mehr – schon gar nicht hier in der Kolonie.«

Jessica ließ die Angelegenheit auf sich beruhen. Was Arbeit und Pflichterfüllung betraf, war Lisa Reed in ihren Ansichten unerschütterlich. Es war Jessica noch nicht einmal gelungen, sie davon abzubringen, sie mit ›gnädige Frau‹ anzureden. Lisa hatte vor ihrer Deportation nach New South Wales in vornehmen Häusern als Köchin gearbeitet. Weshalb sie deportiert worden war, wusste noch nicht einmal Steve. Doch die langen Jahre fern der Heimat hatten sie nicht in ihrer Auffassung beirren können, wie man als Köchin eine Küche zu führen und die Herrin des Hauses anzureden hatte. Dass Jessica selbst eine Deportierte war, änderte nichts. Sie war Mr. Bradings Frau und damit die Herrin auf *Seven Hills*.

»Wo treibt sich Edward herum?«, fragte Jessica.

»Der junge Herr ist wohl draußen auf dem Hof bei den Männern, gnädige Frau.« Ein sorgenvoller Ausdruck trat auf Lisas Gesicht.

»Wenn Sie mich fragen, ist das nicht gerade der beste Umgang für den kleinen Edward. Diese gottlosen Gesellen setzen ihm Flausen in den Kopf und bringen ihm allerlei unnütze Sachen bei.«

Erstaunt zog Jessica die Augenbrauen hoch. »So? Was sind das für Flausen?«

»Räuberpistolen erzählen sie ihm, dass er grässliche Albträume haben muss, der junge Herr. Von Ungeheuern, die hinter den Blue Mountains hausen, den abscheulichen Stammesriten der Wilden.« Ihr leicht verschwitztes Gesicht drückte Abscheu aus.

Ein amüsiertes Lächeln umspielte Jessicas Lippen. »So. Und was bringen sie ihm noch bei?«

»Lachen Sie nicht, gnädige Frau. Erst gestern sah ich, wie der dürre Baker ihn das Messerwerfen gelehrt hat!«, empörte sie sich.

»Lisa! Edward ist noch keine zwei Jahre alt. Bist du dir sicher, gesehen zu haben, wie er ein Messer geworfen hat?«, fragte Jessica skeptisch.

Die Köchin machte eine vage Handbewegung. »Nun, ja. Direkt geworfen hat er das Messer nicht«, räumte sie widerstrebend ein. »Aber in der Hand hat er es gehabt! Und ich habe genau gesehen, wie Baker es dreimal auf das Scheunentor geworfen hat, wo es jedes Mal stecken geblieben ist!«

Jessica seufzte und gab sich Mühe, ein allzu offensichtliches Schmunzeln zu vermeiden. »Es gibt kaum etwas, das Edward nicht in die Hand nimmt, Lisa«, sagte sie beruhigend. »Und dass Baker ihm seine kleinen Kunststücke zeigt, finde ich nicht weiter schlimm«

»Aber damit fängt es an!«, erwiderte die Köchin beschwörend. »Lassen Sie es sich gesagt sein, gnädige Frau ...«

Jessica nickte und ging zur Küchentür, die zum Hof hinausführte. »Ich werde mal sehen, wo sich Edward herumtreibt«, sagte sie und trat hinaus auf die schmale Veranda, die an der Rückfront des Hauses entlanglief.

Ihr Blick ging suchend über den Hof. Die beiden schweren Gespanne standen fahrbereit vor der großen Scheune. Sie waren hoch mit Brettern beladen. Und Jessica glaubte, trotz der Entfernung das frische Holz riechen zu können. Ein Stück oberhalb der Wagen tänzelten zwei gesattelte Pferde, Steves Rappe und der Grauschimmel von Ian McIntosh, ungeduldig an der Zügelstange vor den Stallungen.

Steve wollte an diesem Tag mit allen verfügbaren Arbeitskräften zur Südweide fahren und dort mit dem Bau von zwei neuen Heuschobern beginnen. Schwere Frühjahrstürme hatten die alten Schuppen fast völlig niedergerissen. Und es war sinnvoller, neue und solidere Gebäude zu errichten, als die alten auszubessern, um sie dann beim nächsten schweren Unwetter doch endgültig zu verlieren.

Jessica hatte angenommen, dass Edward sich bei den Gespannen und Pferden herumtreiben und den Männern beim Beladen der Wagen zusehen würde. Doch dort war er nicht. Die beiden Sträflinge, die aus dem Geräteschuppen Hämmer und Äxte sowie Sägen und Kisten mit Nägeln holten und auf den Kastenwagen verstauten, wurden bei ihrer Arbeit von keinen neugierigen Kinderfragen gestört.

Sie wollte schon zu den beiden Männern hinübergehen und sie nach Edward fragen, doch da wurde ihre Aufmerksamkeit plötzlich auf die fünf Lehmhütten hinter der Scheune gelenkt. Laute, ärgerliche Männerstimmen schallten über den Hof, gefolgt von Flüchen und anderem Lärm, den Jessica nicht deuten konnte.

»Komm hoch, verdammt noch mal!«, hörte sie nun klar und deutlich die zornige Stimme ihres Mannes.

Jetzt hielt es Jessica nicht länger auf der Veranda. Sie eilte quer über den Hof zu den Lehmhütten hinüber.

Jessica kam gerade noch rechtzeitig, um zu sehen, wie Steve einen hageren Burschen aus einer der Hütten zerrte. Der Bursche konnte sich kaum auf den Beinen halten und torkelte fluchend ins Freie. Es war Patrick Sullivan, einer der irischen Sträflinge. Er war stockbetrunken.

Steve hatte ihn am Nacken gepackt und stieß ihn nun nach vorn. Pat Sullivan machte zwei täppische Schritte, ruderte mit den Armen wild durch die Luft und stürzte dann der Länge nach in den Staub. Er bekam Sand zwischen die Zähne und stieß einen lästerlichen Fluch aus. Die anderen Arbeiter bildeten einen Halbkreis um den Betrunkenen. Einige Gesichter zeigten Verachtung, die meisten jedoch waren ausdruckslos wie unfertige Masken, denen noch die Züge fehlen.

Steve stellte sich vor dem Betrunkenen auf, die Reitgerte in der Hand. Kalte Wut stand auf seinem Gesicht geschrieben. »Wo hast du den Rum her?«

»Hol dich der Teufel«, lallte Sullivan.

Steve schlug aus dem Handgelenk zu. Die biegsame Reitgerte schnitt durch die Luft und klatschte auf den Rücken des Sträflings.

Sullivan schrie auf und krümmte sich am Boden.

Jessica zuckte unwillkürlich zusammen. Augenblicklich erinnerte sie sich an ihre Auspeitschung auf der *Tradewind*, und sie fühlte sich versucht, einzuschreiten und ihrem Mann in den Arm zu fallen, sollte er die Hand noch einmal zum Schlag heben. Doch sie wusste im selben Moment, dass sie das nicht tun würde. Ohne einen wirklich schwerwiegenden Grund fiel niemand dem Herrn von *Seven Hills* in den Arm, noch nicht einmal seine Frau.

»Ich habe dich etwas gefragt, Sullivan. Woher hast du den Rum?«, wiederholte Steve Brading mit schneidender Stimme.

Der Ire drehte sich auf die Seite, fuhr sich mit dem Handrücken über die rissigen Lippen und starrte mit verschleierten Augen hoch. »Ich… ich… ich hab'n paar Tage meine Rationen aufgespart und mir 'ne lustige Nacht gemacht, Mr. Brading.«

»Du lügst!« Mit kalter Wut schlug Steve erneut zu. Jessica hatte ihn noch nie zuvor so außer sich gesehen.

»Bei Gott ...!«, begann Pat Sullivan wimmernd.

»Versündige dich nicht!«, fiel Steve ihm zornig ins Wort. »Erzähl mir nicht, ausgerechnet du hättest mehrere Tagesrationen aufgespart. Rum hält sich in deinen Händen doch nur so lange, wie du zum Trinken brauchst. Außerdem reicht die Menge von zwei, drei Rationen längst nicht aus, dass ein Säufer wie du noch am Morgen stockbetrunken ist. Also gib schon zu, dass du in den Vorratsschuppen eingebrochen bist und den Rum gestohlen hast!«

»Nein! ... Ich bin nicht eingebrochen!«, beteuerte Pat Sullivan mit schwerer Zunge. Sein spitz hervorragender Adamsapfel bewegte sich unter der Haut hektisch auf und ab.

»Sullivan, ich gebe dir eine letzte Chance«, drohte Steve. »Entweder du sagst die Wahrheit, oder ich schicke dich nach Parramatta zurück. Du weißt ja wohl, was das für dich bedeutet. Doch nur für den Fall, dass der Rum deinen Verstand gänzlich umnebelt hat, will ich deinem Gedächtnis auf die Sprünge helfen: Wenn ich dich zurückschicke, heißt das für dich Arbeitslager!«

Pat Sullivan war offensichtlich nicht betrunken genug, um die Drohung nicht ernstzunehmen. Erschrecken flackerte in seinen Augen auf. »Es ist die Wahrheit!«, beteuerte er. »Ich bin nicht ins Lager eingebrochen! Bei Maria und Joseph! Die Rumkanne stand draußen neben der Küchentür ... und mir brannte die Kehle so höllisch ... da hab' ich sie mitgenommen.«

Steve blickte ihn einen Augenblick schweigend an. Dann

wandte er sich Ian McIntosh zu. »Sullivan kriegt eine Woche lang nicht einen Tropfen! Und sorge dafür, dass er gleich nüchtern genug ist, um mit uns fahren zu können. Er wird heute seine Arbeit tun wie jeder andere, auch wenn er seinen Magen mit auskotzt.«

Ian McIntosh nickte nur. Der hochgewachsene Ire mit dem dunkel gebrannten Gesicht und den blassblauen Augen war ein wortkarger Mann und fast auf das Jahr genauso alt wie Steve Brading. Als Sträfling war er mit Steve vor fast einem Jahrzehnt zum Hawkesbury River gekommen. Das Land war noch eine Wildnis und *Seven Hills* weiter nichts als ein ehrgeiziger Traum gewesen. Als er nach fünf Jahren seine Strafe verbüßt hatte und wieder ein freier Mann war, hatte er Steves Angebot, weiterhin für ihn als Aufseher zu arbeiten, angenommen und war geblieben. Denn obwohl er nie darüber sprach, war *Seven Hills* doch zu einem Gutteil auch sein Werk und zum Mittelpunkt seines Lebens geworden. Und mit Steve verband ihn eine eigenartige Freundschaft, die niemals auch nur andeutungsweise Ausdruck in Worten fand. Jessica hatte viele Monate gebraucht, um zu erkennen, dass Ian McIntosh kein verbitterter Mann war, der aus Mangel an Mut und Eigeninitiative auf *Seven Hills* geblieben war. Als Emanzipist hätte er Anspruch auf eine Landzuteilung sowie Saatgut, Gerätschaften und Vorräte für ein Jahr gehabt. Doch davon hatte er keinen Gebrauch gemacht. Er hatte auf *Seven Hills* Wurzeln geschlagen, und hier fühlte er sich zu Hause.

Ian McIntosh nahm seine Tonpfeife aus dem Mund und deutete mit dem langen Stiel auf zwei Sträflinge. »William! … Timothy! Packt ihn und werft ihn in den Wassertrog! Und taucht ihn so lange, bis er klar genug ist, dass er auf seinen eigenen Beinen stehen kann.«

»Wird gemacht, Ian«, sagte William Howard, Annes Vater.

Pat Sullivan protestierte, doch William und Timothy kümmerten sich nicht darum.

Der Befehl war eindeutig, und so schleppten sie den Betrunkenen zum Wassertrog. Unsanft stießen sie ihn in das kalte Wasser. Sullivan brüllte in ohnmächtiger Wut und schlug um sich. Doch alles Schreien und Sträuben half ihm nichts. Immer wieder drückten sie ihn unter Wasser. Und erst als er sich über den Rand des Troges erbrach, ließen sie für einige Augenblicke von ihm ab.

»Musste das wirklich sein?«, fragte Jessica leise, als Steve zu ihr trat.

»Es ist nicht das erste Mal, dass mir dieser irische Trunkenbold Ärger macht. Doch beim nächsten Mal mache ich meine Drohung wahr und schmeiße ihn von der Farm!«, sagte Steve mit unerbittlicher Härte. »Ein Mann wie Sullivan ist wie die Pest, mit der Zeit steckt er einen nach dem anderen mit seiner Trunksucht und seinen lästerlichen Reden an. Vielleicht sollte ich ihn bei nächster Gelegenheit nach Parramatta zurückbringen.«

»Das kannst du nicht tun!«, beschwor Jessica ihren Mann.

Mit grimmiger Miene sah er sie an. »O ja, und ob ich das kann, Jessica!«, erwiderte er zornig. »Niemand kann mir nachsagen, ich würde meine Leute schlecht behandeln. Ich erwarte von den Männern und Frauen nicht mehr an harter Arbeit, als ich selbst leiste.«

»Du bist ein willensstarker Mann, Steve. Und dir gehört diese Farm«, gab Jessica zu bedenken.

»Niemand schuftet sich auf *Seven Hills* zu Tode!«, antwortete er, von ihrem Einwand unbeeindruckt. »Und niemand leidet Hunger oder läuft in Lumpen, wie das auf anderen Farmen der Fall ist. Ich sorge für eine anständige Ernährung meiner Leute, für ordentliche Bekleidung und Schuhwerk sowie für menschenwürdige Unterkünfte. Ist es da zu viel verlangt, von ihnen zu erwarten, dass sie morgens nüchtern genug sind, um zu arbeiten?«

»Bitte reg dich nicht so auf«, bat Jessica, denn er hatte die Stimme mit wachsendem Zorn erhoben. »Du hat ja recht.«

»Na also!«, sagte er schroff.

Jessica wollte etwas sagen, um ihn versöhnlich zu stimmen. Doch in dem Moment kam Edward um die Ecke der Scheune gelaufen. Er ritt auf seinem Steckenpferd, das Sam Baker während der Wintermonate geschnitzt hatte. Der Pferdekopf mit den weit geblähten Nüstern und der windzerzausten Mähne sah erstaunlich lebensecht aus.

»Daddy! ... Mammi!«, rief Edward und imitierte einen wilden Galopp.

Jessica sah, wie sich das verkniffene Gesicht ihres Mannes beim Anblick seinen Sohnes augenblicklich entspannte. Er war wie verwandelt. Eben noch wutgeladen, schroff und grimmig blickend, trat nun ein warmherziges Lächeln in seine Züge. Er ging in die Hocke und strecke die Arme aus.

»Komm zu Daddy!«, rief er voller Vaterstolz.

Edward war seinem Vater wie aus dem Gesicht geschnitten. Er hatte das gleiche dunkle und dichte Haar und auch die gleichmäßigen Gesichtszüge seines Vaters.

Edward galoppierte geradewegs in die Arme seines Vaters. Lachend drückte Steve ihn an seine Brust und wirbelte ihn einmal im Kreis herum. Edward jauchzte vor Freude und strahlte über das ganze Gesicht.

»Wohin bringt ihr das viele Holz?«, fragte Edward neugierig

und wies mit seinem Steckenpferd zu den schwer beladenen Wagen bei der Scheune.

»Das sind Bretter und Balken für zwei neue Heuschober«, antwortete Steve und erklärte ihm, wo und warum er sie errichten wollte. Und Jessica war aufs Neue überrascht, welche Geduld er aufbringen konnte, wenn es darum ging, Edward etwas verständlich zu machen.

»Kann ich mitkommen?« Edwards Augen glänzten aufgeregt.

»Das geht leider nicht. Die Fahrt ist zu lang, und wir kommen sicherlich erst nach Einbruch der Dunkelheit zurück. Vielleicht bleiben wir sogar eine Nacht auf der Südweide.«

»Oh, bitte, bitte, Daddy!«, bettelte Edward.

Diesmal ließ Steve sich nicht erweichen. Edward war noch zu klein, um einen ganzen Tag fern vom Haus unbeaufsichtigt herumzustreifen zu können. Und um diese Jahreszeit waren die Schlangen besonders reizbar und angriffslustig. Ian McIntosh hatte erst letzte Woche eine Königskobra auf der Südweide getötet, eine zweite war ihm entkommen. Sie alle würden also besonders vorsichtig sein müssen, wenn sie durch das hohe Gras gingen. Denn der Biss dieser Schlange war in den meisten Fällen tödlich.

Steve fuhr seinem Sohn tröstend über das Haar. »Wenn wir nächste Woche unten am Fluss den neuen Anlegesteg bauen, nehme ich dich mit. Einverstanden?«

Edward legte den Kopf schief und nagte an seinem Daumen. Zögernd hellte sich sein enttäuschtes Gesicht wieder auf. »Kriege ich auch eine Angel?«, fragte er dann gedehnt.

»Du kriegst eine Angel, und ich zeige dir auch, wie man damit umgeht«, versprach Steve. »Aber dafür musst du auch brav sein und schön im Haus bleiben.« Er machte ein ernstes

Gesicht. »Und vergiss nicht: Solange wir weg sind, bist du hier der einzige Mann, der Mami beschützen kann. Und das ist eine wichtige Aufgabe, mein Sohn!«

Edwards Augen wurden groß vor Stolz über diese bedeutende Aufgabe, die sein Vater ihm übertragen hatte. Und mit kindlicher Entschiedenheit verkündete er: »Blitz und ich werden Mami beschützen, Daddy!« Blitz war der Name seines Steckenpferdes.

»Dann bin ich beruhigt«, sagte Steve und setzte ihn ab.

Edward runzelte die Stirn. »Muss ich auch Lisa beschützen?», fragte er zögernd.

»Das ist nicht nötig«, meinte Steve mit einem versteckten Lächeln. »Ich bin sicher, dass sie sich selbst zu helfen weiß.«

Edward atmete sichtlich auf. »Außerdem lässt sie sich doch von keinem etwas sagen!«, gab er altklug von sich.

Jessica unterdrückte ein Lachen. »Woher hast du denn das, Edward?«

»Von Anne, und sie weiß so etwas. Anne werde ich auch beschützen.«

Zärtlich streichelte Jessica ihrem Kind über den Kopf. »Das ist ganz lieb vor dir, mein tapferer Beschützer. Aber wenn du uns beschützen willst, musst du auch stark und kräftig sein. Und kräftig wird man nur, wenn man auch gut isst. Was hältst du also von einem Frühstück? Lisa wartet sicherlich schon auf uns.«

»Darf Blitz bei mir bleiben?«

»Aber natürlich«, sagte Jessica schmunzelnd.

»Lisa hat gesagt, Pferde haben in der Küche nichts zu suchen!«, beklagte sich Edward.

»Blitz ist eine Ausnahme.« Jessica nahm ihren Sohn an die Hand und hob den Kopf. Sie begegnete Steves Blick, der an ihr hinunterglitt und für einen langen Moment auf ihrem gewölbten Leib ruhte. Dann suchte er wieder ihre Augen. Und in seinem Blick lag eine Zärtlichkeit und Wärme, die er mit Worten nicht hätte ausdrücken können.

Sie lächelte ihm zu. Und als sie mit Edward in ihrer Mitte über den Hof gingen, fühlte sie sich auf eine stille Art glücklich.

2

Reiter und Gespanne verschmolzen im Süden mit den langen, tiefen Schatten des Eukalyptuswaldes. Die aufsteigende Sonne warf gerade erst einen rotgelben Schimmer auf die Kronen der riesigen Bäume.

Nun, da Steve und seine Männer außer Sicht waren, hatte Jessica keinen Grund mehr, am Rand der Hügelkuppe stehen zu bleiben und in die Ferne zu blicken. Und so wandte sie sich ab und kehrte ins Haus zurück, um Lisa ein wenig zur Hand zu gehen.

Sie wollte ihr beim Abräumen des Frühstückstisches helfen. Die resolute Köchin jedoch erlaubte es nicht. »Nein, nein, das lassen Sie mich besser machen, gnädige Frau. Nehmen Sie's mir nicht übel, aber ich hab's nicht gern, wenn ich nachher nichts mehr wiederfinde«, wehrte sie Jessicas Anerbieten mit aufgesetzter Verdrossenheit ab. »Habe schon genug damit zu tun, hinter der nichtsnutzigen Anne herzuräumen.«

»Lisa! Du tust ja so, als hätte ich diese Küche zum ersten Mal betreten!«, erwiderte Jessica heiter. »Dabei nehmen wir hier alle Mahlzeiten ein … es sei denn, wir haben Gäste im Haus. Und in einem so unordentlichen Zustand befand sich deine Küche doch gar nicht, als du wieder an deine Pfannen und Töpfe zurückgekehrt bis, nachdem du im letzten Winter zwei Wochen das Bett gehütet hattest, oder?«

Lisa Reed war viel zu eigensinnig, um darauf einzugehen. Sie schob eine graue Haarsträhne unter ihre weiße Haube und klapperte geräuschvoll mit den Tellern. »Der Herrgott mag wissen, wo Anne nur mit dem Wasser bleibt. Man könnte meinen, bis zum Brunnen wäre es so weit wie von hier bis nach Sydney und zurück!«

»Sicherlich hält Edward sie wieder mal auf«, meinte Jessica besänftigend. Und so war es auch.

Als Anne Augenblicke später den schweren Wassereimer in die Küche schleppte, hing Edward an ihrem Kleid, sodass sie beinahe über ihre eigenen Beine fiel. Lisa bedachte sie mit einem strengen, zurechtweisenden Blick, verzichtete diesmal jedoch auf Vorhaltungen, mit denen sie sonst so rasch bei der Hand war.

Lisa und Anne machten sich an den Abwasch, und Edward versuchte, eine Fliege zu fangen, die einen Sirupklecks auf der Tischplatte umkreiste.

Jessica blieb für einige Minuten bei ihnen und überlegte, ob sie ihre Handarbeit holen oder das kostbare Silberbesteck putzen sollte, das Steve letztes Jahr in Sydney erstanden hatte. Doch sie war unentschlossen und irgendwie von einer inneren Rastlosigkeit erfüllt. Und so erhob sie sich vom harten Küchenstuhl und ging hinaus ins Freie.

Die Luft des frühen Septembertages war mild und erfüllt vom Duft der Wildblumen und des noch taufeuchten Grases. Jessica sog die Luft ein und wandte das Gesicht der Sonne zu. Diese kurze Zeit des Frühsommers, wenn die Frühjahrsstürme schon abgeklungen waren und das Land noch nicht von der Sonnenglut gezeichnet war, zählten für sie zu den schönsten Wochen des Jahres. Und sie rannen nur allzu schnell dahin.

Die Kraft der Sonne war in dieser Zeit belebend und fruchtbringend. Das Gras wuchs kräftig auf den Weiden, das Getreide schoss aus dem warmen Boden, als wollte es seine Ähren in den Himmel tragen, und die Herden mit den vielen Jungtieren fanden überall genug zu fressen und volle Wasserlöcher. Es waren Wochen, in denen es Freude machte, unter freiem Himmel zu sein und zu arbeiten. Und man wusste, dass man am Abend nach getaner Tagesarbeit in ein kühles Bett sinken konnte.

Jessica begab sich in den unterkellerten Vorratsschuppen, in dem es nach tausend köstlichen Dingen roch. Jedes Mal, wenn sie hier zwischen all den Fässern, Säcken, Kisten und vollen Regalen stand, kam ihr ganz besonders nachdrücklich zu Bewusstsein, dass Steve ein vergleichsweise wohlhabender Farmer war. Auch in schlechten Erntejahren brauchte er den Gürtel nicht enger zu schnallen und seinen Arbeitern die Rationen zu kürzen. Und das war in der Kolonie, in der eine verheerend schlechte Ernte gewöhnlich eine Hungersnot zur Folge hatte, nicht selbstverständlich.

Manchmal frage sich Jessica verwundert, wie Steve es in der kurzen Zeit von nur sechs, sieben Jahren geschafft hatte, *Seven Hills* zu dem zu machen, was es war – nämlich die wohl ertragreichste Farm am Hawkesbury River. Irgendwie hatte sie das Gefühl, dass hinter Steves Erfolg mehr steckte als nur Zielstrebigkeit, unermüdliche Plackerei und eine glückliche Hand. Doch was es nun war, wusste sie nicht zu sagen.

Im kühlen Steinkeller nahm sie aus einem der Regale, die noch Reste vom eingelagerten Obst der vergangenen

Herbsternte enthielten, zwei angestoßene Äpfel mit schon sehr schrumpeliger Haut. Adrian würden sie genauso gut schmecken, als hätte sie sie gerade erst vom Baum gepflückt. Zumal er gar nicht wusste, wie frisch gepflückte Äpfel schmeckten. Adrian war erst acht Wochen auf dieser Welt, ein prächtiges rotbraunes Fohlen, das auf der Koppel am Fuße des Hügels seinen Übermut mit kecken Sprüngen zum Ausdruck brachte.

Als Jessica den Vorratsschuppen verließ und gemächlich den sonnenbeschienenen Hang zur Koppel hinunterstieg, dachte sie über die vergangenen zweieinhalb Jahre nach. Es waren gute Jahre gewesen. Und nicht einmal hatte sie bereut, dass sie Steves Frau geworden war. Er war ein fürsorgender, pflichtbewusster Ehemann – und ein liebevoller, stolzer Vater.

Dass sie manchmal ein Gefühl der Wehmut beschlich, nahm Jessica längst so hin, wie sie auch die Gluthitze des Hochsommers hinnahm – als etwas Unabänderliches, das sich dem Einfluss menschlichen Willens entzog. Ihr Platz war an der Seite ihres Mannes und ihrer Kinder, und sie war stolz darauf, Jessica Brading zu sein. Und wehmütige Momente vermochten daran nichts zu ändern. Sosehr auch der Schmerz manchmal in ihr brannte und sie sich danach sehnte, dass Steve sich ihr einmal richtig öffnete, sie wusste doch stets, wie töricht solche Anwandlungen waren. Und sie war inzwischen so weit gefestigt, dass sie sich manchmal sogar ihren Erinnerungen an Mitchell und seine glühende Leidenschaft hingeben konnte, ohne dabei Gefahr zu laufen, Wunschträume in sich zu wecken.

Was aus Mitchell nur geworden sein mag, dachte Jessica, als sie sich dem Zaun der Koppel näherte. Sie hatte nie den Versuch unternommen, das herauszufinden, obwohl sie die Möglichkeit dazu gehabt hätte. Zwei-, dreimal im Jahr nahm Steve sie auf seinen Fahrten zur Küste mit. Und sie hatte inzwischen die Bekanntschaft anderer Siedler gemacht, von denen der eine oder andere ihr sicherlich etwas über Mitchell Hamilton hätte berichten können. Doch auch wenn sie John Hawkley nicht das Versprechen gegeben hätte, sie wollte die Vergangenheit ruhen lassen.

Adrian bemerkte sie und kam sofort zum Zaun gelaufen. Sein Fell glänzte in der Sonne wie poliertes Kupfer. Er begrüßte sie mit freudigem Schnauben und rieb seine weiche Schnauze an ihrer Schulter.

Jessica strich über sein seidiges Fell und tätschelte liebevoll seinen Hals, bevor sie ihm den ersten Apfel gab, den er mit sichtlichem Genuss zerkaute. Er roch den zweiten Apfel, streckte den Kopf vor und entblößte sein Gebiss. Sie lachte und schob ihm den Apfel ins Maul.

Plötzlich krampfte sich ihr Unterleib unter heftigen Schmerzen zusammen, und sie schrie gepresst auf. Erschrocken wich Adrian zurück, als Jessica gegen den Zaunpfosten taumelte. Keuchend lehnte sie sich gegen den Pfahl. Die Schmerzen liefen noch immer in Wellen durch ihren Körper.

Stöhnend taumelte sie am Zaun entlang, hielt sich mit einer Hand daran fest. Sie musste so schnell wie möglich zum Haus zurück. Dies waren keine der üblichen Schwangerschaftsbeschwerden, sondern die Wehen, die eingesetzt hatten. Und zwar viel zu früh!

Die Schmerzen schienen sie zerreißen zu wollen und trieben ihr die Tränen in die Augen. Der lange, zum Haus hin sanft ansteigende Hang verschwamm hinter einem Tränenschleier. Jeder Schritt wurde zur Qual.

Jessica sackte mit einem langgezogenen Stöhnen auf die Knie und stützte sich mit den Händen im Gras ab. Der peinigende Schmerz ließ sie den Rücken krümmen. Panische

Angst, das Baby allein und ohne Beistand hier auf der Wiese zu bekommen und womöglich tot zur Welt zu bringen, trieb sie vorwärts. Doch es war noch entsetzlich weit bis hinauf zur Hügelkuppe!

»O Gott, so hilf mir doch!«, schrie sie verzweifelt und unter Tränen, als sie nicht mehr weiterkonnte. Sie sank zu Boden, und ihre Finger gruben sich ins hohe Gras. »Lass mir mein Kind! ... O Gott, nimm es mir nicht!« Sie drehte sich stöhnend auf den Rücken, und ihr Blick schien sich in den Himmel bohren zu wollen.

Jessica schrie ihren Schmerz und ihre Verzweiflung in den Morgen hinaus. Sie schlug die Hände vors Gesicht. »Steve!«, wimmerte sie, und ein entsetzliches Gefühl der Verlassenheit steigerte ihre panische Angst noch.

Plötzlich hörte sie Edwards erschrockene Kinderstimme: »Mami! ... Mami!«

Jessica richtete sich mit schmerzverzerrtem Gesicht auf. Ihr Sohn kam den Hang hinuntergelaufen. Mit zerzaustem Haar und erhitztem Gesicht blieb er vor ihr stehen. »Mami, was ist mit dir?«, stieß er atemlos hervor. »Bist du gefallen?« Schreck und Verzweiflung standen in seinen geweiteten Augen.

Mit aller Willenskraft brachte Jessica ein beruhigendes Lächeln zustande. »Nein, nein, ich bin nur etwas schwach auf den Beinen. Du brauchst keine Angst zu haben, mein Kind. Ich muss nur etwas Ruhe haben.«

Edward blickte sie unsicher an. »Wirklich, Mami?«

Sie nickte mit einem gequälten Lächeln. »Wirklich, mein tapferer Beschützer. Und nun lauf schnell zu Lisa. Sag ihr, dass sie sofort mit Anne kommen soll, ja?«

»Ja, Mami!« Und er rannte so schnell er konnte zum Haus zurück.

Wenige Minuten darauf waren Lisa und Anne bei ihr. Die kleine Anne wurde blass, als sie sah, wie sich ihre Herrin unter Schmerzen aufbäumte.

»Himmelherrgott noch mal!«, herrschte die Köchin das Mädchen an. »Worauf wartest du noch? Gaff die gnädige Frau nicht so dümmlich an. Hilf mir lieber, sie ins Haus zu tragen!«

»J… ja… jawohl… Mrs. Reed«, stammelte Anne aufgeregt und half der hochschwangeren Jessica hoch. Es dauerte schrecklich lange, sie den Hang hochzutragen. Schweiß perlte auf dem energischen Gesicht der Köchin, während Anne glaubte, jeden Moment unter der schweren Last zusammenzubrechen. Doch ihre Angst vor Lisa Reed war stärker als ihre Erschöpfung und ließ sie durchhalten.

»Schick Anne zu den Fieldings…«, keuchte Jessica, als sie endlich im Bett lag. »Nellie, die Hebamme, soll sich sofort auf den Weg machen… es ist so weit, Lisa…«

Die Fieldings waren ihre nächsten Nachbarn. Vor zwei Jahren hatten sie sich drei Reitstunden flussaufwärts am Hawkesbury River niedergelassen. Und zu den ihnen zugewiesenen Sträflingen gehörte Nellie Webb, eine ehemalige Hebamme. Sie war Jessica bei Edwards Geburt eine unschätzbare Hilfe und eine Quelle der Ruhe gewesen.

»Nein, gnädige Frau, Nellie wird nicht mehr rechtzeitig auf *Seven Hills* eintreffen«, sagte Lisa Reed kopfschüttelnd. »In sechs, sieben Stunden haben Sie es schon längst überstanden. Um das sagen zu können, braucht man keine Hebamme zu sein.«

Jessicas Gesicht verzerrte sich. Scharf zog sie die Luft ein. »O Gott, Lisa!… Es zerreißt mich!«, schrie sie.

Einen kurzen Augenblick stand die Köchin unschlüssig am Bett ihrer Herrin. Doch diese Unentschlossenheit währte nicht lange. Die Geburt des Kindes war nicht aufzuhalten. Und was getan werden musste, würde getan werden. Von ihr und Anne.

»Anne, setz heißes Wasser auf und bring saubere Tücher!«, befahl die Köchin resolut. »Heute wirst du lernen, was es heißt, eine Frau zu sein und Kinder in die Welt zu setzen! Du wirst mir dabei helfen, der gnädigen Frau bei der Geburt beizustehen.«

Anne stand mit bleichem Gesicht in der Tür. »Ich … ich weiß nicht, ob ich das kann, Mrs. Reed«, murmelte sie stockend. »Ich habe noch nie …«

»Ich auch nicht!«, fuhr Lisa ihr scharf ins Wort. »Aber außer uns beiden ist niemand da, der die Aufgabe übernehmen könnte. Mit Gottes Beistand wird es uns schon gelingen. Und nun tu, was ich dir gesagt habe! Und sieh zu, dass der junge Herr in der Küche bleibt!«, rief sie der davoneilenden Anne noch nach.

Jessica fiel in eine Agonie der Schmerzen, und Lisa gab ihr ein Stück Holz, auf das sie beißen konnte. Edwards Geburt war so leicht gewesen, das sie nun glaubte, vor Schmerzen sterben zu müssen.

Stunden gingen dahin, die ihr wie ein langes Leben unter der Folter vorkam. Mehrmals drohte sie das Bewusstsein zu verlieren. Die Gesichter von Lisa und Anne wurden dann so verschwommen wie Spiegelbilder auf einer bewegten Wasseroberfläche.

Doch die Köchin ließ nicht zu, dass ihre Herrin in die Bewusstlosigkeit hinabglitt. Sie hielt ihr Riechsalz unter die Nase und schlug ihr kalte Tücher ins Gesicht.

Als die Sonne hoch im Zenit stand und die Schatten am kürzesten waren, brachte Jessica Brading ihr zweites Kind zur

Welt. Mit einer letzten, instinktiven Kraftanstrengung presste sie das Baby aus ihrem Leib.

Fasziniert sah Anne zu, wie die Köchin das kleine Wesen vom blutdurchtränkten Laken nahm, die Nabelschnur durchtrennte und es mit Weingeist abrieb.

»Lebt es?«, hauchte Jessica.

Lisa lachte. »O ja, gnädige Frau!« Und als wollte das Neugeborene die Worte der Köchin bestätigen, begann es laut und kräftig zu schreien.

Ein schwaches, glückliches Lächeln vertrieb den Ausdruck des Schmerzes von ihrem Gesicht. »Dem Herrgott sei gedankt!«

»Und es ist ein Mädchen«, verkündete Lisa.

»Und es hat schon blonden Flaum auf dem Kopf!«, rief Anne aufgeregt und überwältigt vom Wunder der Geburt.

»Ein Mädchen«, seufzte Jessica dankbar und schloss die Augen. Tränen sickerten unter den Lidern hervor und benetzten ihre Wimpern. Mit dem kräftigen Geschrei ihrer Tochter im Ohr, sank sie in einen tiefen, traumlosen Schlaf. Als sie erwachte, saß Steve an ihrer Seite und hielt das Baby im Arm. Und sie nannten ihre Tochter Victoria.

3

Der Hochsommer ließ mit seiner sengenden Glut nicht lange auf sich warten. Bald lag das Land schon am Morgen unter einer Glocke lähmender Hitze. Und der Himmel war von einer blendenden Helligkeit, die in den Augen schmerzte.

Das Gras verbrannte im Feuer der Sonne, das Getreide verdörrte auf den Feldern, und eine Wasserstelle nach der anderen trocknete aus. Brüllend zogen die Herden zum Fluss, zertrampelten die letzten saftigen Halme an seinen Ufern und suchten den Schatten der Eukalyptusbäume, deren Blätter nun das einzige Grün in einer Landschaft rotbrauner Tönung waren. Doch dieses Grün mit seiner grauen Färbung wirkte matt und ohne Leben.

Wolken von Stechfliegen umschwirrten Mensch und Vieh, und überall war der feine, rotbraune Sand zu finden. Er drang auch durch Ritzen, die mit dem bloßen Auge nicht zu erkennen waren. Unbarmherzig entzog die Sonne dem Boden den letzten Rest Feuchtigkeit. Die Erde wurde hart wie Stein und so rissig wie altes, ungepflegtes Leder. Die allgegenwärtige Hitze und die Angst vor Buschbränden machten die Menschen reizbar und brachten sie nachts um den Schlaf.

Es war ihr vierter Sommer, den Jessica in New South Wales erlebte, und sie durchlitt ihn, wie in den Jahren zuvor, ohne zu klagen.

Doch die Hitze war nicht die einzige Geißel in diesen betäubenden Wochen des Hochsommers. Das Schicksal sparte nicht mit harten Schlägen für die Siedler am Hawkesbury River. Dreimal brannte der Busch, und jedes Mal entging *Seven Hills* nur knapp der Vernichtung. Das Feuer, das im späten Januar jenseits des Flusses aufloderte und sich mit rasender Geschwindigkeit nach Osten auf die Brading-Farm zufraß, wäre von Menschenhand nicht mehr aufzuhalten gewesen. Auch der breite Hawkesbury hätte die gewaltige Flammenwand nicht zu stoppen vermocht.

Doch eine Laune des Schicksals wollte es, dass der Wind plötzlich umschlug und das Feuer nach Nordosten trieb, flussabwärts. Noch zwei Tage danach sah man nachts den Flammenschein am Himmel.

Es kostete Steve und seine Männer über eine Woche Knochen zermürbende Arbeit, die Herden wieder einzufangen. Das Vieh hatte das Nahen der Feuersbrunst schon gewittert, bevor noch die ersten Flammen zu sehen gewesen waren. Und niemand hatte es halten können. In panischer Angst waren die Tiere davongestürmt, hatten Zäune niedergerissen und schwache und junge Tiere bei dieser Stampede zu Tode getrampelt.

Der Verlust der Tiere war schmerzlich, doch tragisch war der Tod des Sträflings Daniel Fowler. Bei der Suche nach entlaufenem Vieh hatte sich seine Gruppe aufgeteilt, um so das Gelände weiträumiger durchkämmen zu können. Als Fowler sich abends nicht im Lager einfand und auch am nächsten Morgen ausblieb, begannen sie nach ihm zu suchen. Gegen Mittag fanden sie ihn in einer tiefen ausgedehnten Mulde, in der zwei Schafe noch Gras gefunden hatten. Mit verrenktem Körper und grässlich verzerrtem Gesicht lag er neben einer Gruppe aufeinanderliegender Felsbrocken. Er musste eine Kobra überrascht haben, die hier zwischen den Felsen Zuflucht gefunden hatte. Sie hatte ihr tödliches Gift in seinen linken Unterschenkel verspritzt. Daniel Fowler hatte die Hose mit seinem Messer aufgefetzt und die Bissstelle aufgeschnitten, damit das Gift aufblutete. Doch es war vergeblich gewesen. Er war unter schrecklichen Schmerzen gestorben. Vier Monate nach dem Ende seiner zehnjährigen Deportationsstrafe.

Als Jessica von dem tragischen Tod erfuhr, erinnerte sie sich unwillkürlich an einen Satz, den Steve vor Jahren einmal zu ihr gesagt hatte, als sie auf dem Weg nach Parramatta gewesen waren: »Das Land macht keinen Unterschied zwischen Freien und Deportierten.« Nein, das machte es wirklich nicht. Das wilde Land unter dem Stern des Südens hatte von den ersten

Tagen der Kolonisation an jedes Jahr seinen Tribut an Menschenleben gefordert.

Nach dem großen Brand am Hawkesbury River machte Steve wieder eine seiner längeren Rundfahrten, deren wahrer Zweck Jessica auch nach fast drei Jahren Ehe immer noch nicht klar war. So dringende Einkäufe, als dass er alle zwei, drei Monate mit dem Ochsengespann hätte losfahren müssen, gab es nicht. *Seven Hills* versorgte sich selbst mit fast allen lebensnotwendigen Gütern. Und Gerätschaften, die nicht in der eigenen Schmiede hergestellt werden konnten, freies Saatgut und andere außergewöhnliche Dinge machten allenfalls jeweils eine Fahrt im Frühjahr und Herbst nötig.

Jessica hätte daher gern gewusst, was es mit seinen vielen Fahrten auf sich hatte. Doch ihr Respekt vor Steve gestattete es ihr nicht, seine wenig überzeugenden Begründungen infrage zu stellen und auf eine einsichtige Erklärung zu drängen. Und Steve war kein Mann, der seine geschäftlichen Erwägungen vor ihr ausgebreitet und mit ihr besprochen hätte. Er war überhaupt in vieler Hinsicht ein rätselhafter und vor allem schweigsamer Mann, der nur einen geringen Teil dessen, was er dachte und fühlte, seiner Umwelt mitteilte. Und nur Edward und Victoria gelang es, diese Mauer der Unzugänglichkeit und Zurückgezogenheit um ihn zu durchdringen. Dafür bedurfte es bei ihnen nur eines Lächelns oder eines traurigen Blickes.

Diesmal blieb er ungewöhnlich lange fort. Erst nach neun Tagen kehrte er nach *Seven Hills* zurück. Wie stets brachte er Geschenke mit. Edward erhielt eine kleine Trommel und ein bemaltes Holzgewehr. Beides ließ seine Augen vor Freude strahlen, und er wusste nicht, womit er zuerst spielen sollte. Victoria bekam eine Puppe, die sie von nun an überallhin begleitete. Und Jessica war zuerst sprachlos vor Entzücken, als sie die Stoffbahnen sah, die Steve für sie von einem Handelscaptain erstanden hatte. Beinahe andächtig befühlte sie die blaugrüne Seide und den kräftig roten Brokat.

»Oh, Steve!«, rief Jessica überwältigt. »Das muss ja ein Vermögen gekostet haben!«

Er lächelte und versicherte beruhigend: »Ein so guter Kaufmann war der Captain nun wieder nicht. Zudem war diese Fahrt recht einträglich, sodass ich es mir leisten konnte, diese Stoffe für dich zu erstehen. Ich hoffe, Farbe und Qualität gefallen dir.«

»Gefallen? Mein Gott, Steve, sie sind wunderbar. Ich kann gar nicht abwarten, mit dem Nähen zu beginnen. Aber es war unvernünftig von dir, solch kostbare Stoffe zu kaufen.«

»Warum?«

»Kannst du mir sagen, wann und wo ich hier ein Kleid aus rotem Brokat tragen soll?«, fragte sie und schüttelte lachend den Kopf, denn letztlich kam es darauf gar nicht an. Es war ein wunderbares Geschenk. Allein schon das Wissen, dass sie diese herrlichen Stoffe besaß, gab ihr ein Glücksgefühl. Es würde ihr nun ein wenig leichter fallen, die tägliche Arbeit in ihren schlichten, verschwitzten und eingestaubten Kleidern zu verrichten. Sie würde wissen, dass in ihrer Truhe Seide und Brokat lagen. Und wenn sie das Verlangen danach verspürte, konnte sie die Bahnen jederzeit auf dem Bett ausbreiten, bewundern und befühlen.

»Keine Sorge, es werden sich schon bald Gelegenheiten dazu bieten«, erklärte Steve. »In Sydney spricht man davon, dass sich immer mehr Siedler bei uns am Hawkesbury niederzulassen gedenken. In wenigen Jahren wird dieses Gebiet fast genauso dicht besiedelt sein wie das Land um Sydney und Parramatta. Und dann wird man sich um die letzten großen Landparzellen am Fluss schlagen.«

»Irgendwie kann ich mir das schwer vorstellen, Steve«, erwiderte Jessica skeptisch.

»Nichts und niemand kann die Besiedlung dieses Landes aufhalten«, sagte Steve überzeugt. »Es kommen mehr und mehr freie Siedler nach New South Wales, Jessica. Sydney wächst schneller, als du dir vorstellen kannst. Die Kolonie steht allmählich auf eigenen Beinen. Und ich rechne fest damit, dass unsere Wirtschaft trotz mancher Rückschläge einen regelrechten Boom erleben wird. Die Qualität unserer Wolle wird von Jahr zu Jahr besser. Und eines Tages wird aus dieser Kolonie die beste Wolle der Welt kommen.«

»Das klingt wie ein Märchen«, seufzte Jessica. »Doch ich wäre schon zufrieden, wenn wir ein paar mehr Nachbarn hätten«.

»Dein Wunsch wird sich schon in zwei, drei Wochen erfüllen«, sagte Steve.

»Kommen neue Siedler?«

Steve nickte. »Ein gewisser George Randell mit seiner Frau. Er hat sich auf der anderen Seite des Flusses Land zuteilen lassen. Keine schlechte Wahl. Ich habe übrigens sofort einen Antrag auf zusätzliche sechshundert Acres Land gestellt. Jetzt ist die Zeit, *Seven Hills* zu vergrößern. Und es kann nicht schaden, wenn auch das andere Ufer Brading-Land ist.«

Jessica war weniger an der Expansion der Farm als an ihren neuen Nachbarn interessiert. »Hast du sie kennengelernt? Sind sie so nett wie die Fieldings?«

Steve zuckte mit den Achseln. »Das wird die Zukunft zeigen, denn ich bin ihnen nicht begegnet. Ich weiß nur, dass dieser George Randell ein paar Jahre unten im Süden auf der Norfolk Insel gesiedelt hat ... offensichtlich mit wenig Erfolg. Ich bin wirklich gespannt, wen wir da zum Nachbarn bekommen.«

»Ich auch«, sagte Jessica und fieberte innerlich schon der Ankunft der Randells entgegen. Sie freute sich auf den ersten Besuch der neuen Siedler und hoffte, dass sie sich als liebenswerte Nachbarn erweisen würden.

Denn dann konnte sie Steve sicher dazu überreden, auf *Seven Hills* die erste große Gesellschaft zu geben. Zusammen mit den Fieldings und den weiter flussabwärts siedelnden Stuarts, die schon zwei fast erwachsene Söhne hatten, würden sie neun Gäste haben, wenn die Fieldings auch ihre vierzehnjährige Tochter Laura mitbrachten. Am oberen Hawkesbury River konnte man so ein Zusammenkommen schon als große Gesellschaft bezeichnen. Und Jessica beschloss, direkt am nächsten Tag mit den Schneider- und Näharbeiten zu beginnen. Sie würde ihre Gäste in einem zauberhaften Kleid aus grünblauer Seide oder rotem Brokat empfangen.

4

Schlaff hing das zerschlissene Gaffelsegel vom Mast. Das Tuch war von der Sonne ausgeblichen, fleckig und mehrfach geflickt. Die Schaluppe *Enterprise* war genauso klobig und ungepflegt wie ihr Eigentümer Jonas Duckworth. Er war ein dickleibiger Mann mit einem zerzausten Vollbart und einer schwatzhaften Aufdringlichkeit. Doch er verstand sein Geschäft und war in seinen Methoden nicht zimperlich. Es gab nur wenige Flussschiffer, die so etwas wie einen unregelmäßigen Pendelverkehr zwischen den Siedlern am Hawkesbury und den größeren Niederlassungen an der Küste unterhielten. Und besonders während der Erntezeit machten die Bootsbesitzer ein blendendes

Geschäft. Jonas Duckworth verlangte dann einen Shilling und mehr pro Getreidebuschel, das er nach Sydney transportierte. Das waren zehn Prozent des Preises, den man für einen Buschel Korn in New South Wales erzielen konnte.

Es war Edward, der die *Enterprise* zuerst ausgemacht hatte. Steve hatte sofort sein Fernrohr geholt. Und zusammen mit Jessica beobachtete er nun, wie sich das schwer beladene Boot langsam den Fluss hochkämpfte.

»Es sieht so aus, als hält die *Enterprise* auf unsere Anlegestelle zu«, sagte Jessica nach einer Weile und hoffte, dass das auch wirklich der Fall war.

Steve nickte. »Vermutlich brauchen die Männer an den Riemen eine Atempause. Randells Land liegt noch eine Meile weiter flussaufwärts. Möchte nicht bei dieser Hitze auf der Ruderbank sitzen, schon gar nicht unter Duckworth's Kommando.«

Mühsam schob sich die *Enterprise* heran. Jonas Duckworth's kehlige Stimme klang zu ihnen ans Ufer, als er die Sträflinge zu einer letzten, energischen Kraftanstrengung antrieb. »In die Riemen gelegt, zum Teufel noch mal! Das hier ist keine gottverdammte Teefahrt über den Seerosenteich vom Hyde Park! Lasst die Muskeln spielen, faules Pack!«

Die Schaluppe war nur noch einige Bootslängen von der Anlegestelle entfernt. Jonas Duckworth stand in seinem speckigen Steuermannsrock, den er auch im Hochsommer nicht ablegte, breitbeinig und mit in die Hüften gestemmten Fäusten vor dem Mast und brüllte Befehle. »Mehr Steuerbord!«, schrie er dem Mann am Ruder zu. »Oder willst du das Boot auf Grund setzen? … He, York! … Nimm die verdammte Bugleine und pass gefälligst auf!«

Jessica achtete nicht weiter auf das Anlegemanöver der *Enterprise*. Ihr ungeteiltes Interesse galt der Frau auf der Schaluppe,

Sie war von schlanker Gestalt, und ihre aufrechte Haltung ließ Entschlossenheit und Willensstärke erkennen. Ihr langes schwarzes Haar, das sie streng nach hinten gekämmt und im Nacken als Zopf trug, unterstrich diesen Eindruck noch.

Ein merkwürdiges Gefühl beschlich Jessica. Diese Frau, die George Randells Frau sein musste, hatte etwas Vertrautes. Ein Schauer durchlief sie, als die Frau nun zu ihr herüberblickte – und in ihr einen Sturm der Erinnerungen entfesselte.

»Mein Gott!«, stieß Jessica mit ungläubigem Staunen hervor. Ihre Hand umklammerte Steves Arm, als suchte sie Halt.

»Was ist?«, fragte Steve verwundert.

»Die Frau …«

»Ja?«

»Es ist Lydia! … Lydia Townee! … Sie war mit mir auf der *Tradewind!* Mein Gott, ich kann es nicht glauben. Sie hat die Katastrophe überlebt!«

Im selben Augenblick rief Lydia: »Jessica?! … Bist du es wirklich, Jessica?«

»Lydia! … Ja!«

Die Schaluppe kam längsseits. Lydia wartete das Vertäuen des Bootes nicht ab. Mit einer Hand raffte sie ihr Kleid hoch, schwang sich über die hüfthohe Reling der *Enterprise* und sprang auf den Steg.

»Jessica!«

»Lydia!«

Die beiden Freundinnen fielen sich lachend und weinend zugleich in die Arme, drückten sich, schauten einander fassungslos an und umarmten sich wieder.

»Ich kann es einfach noch nicht glauben!«, sagte Lydia und hielt Jessica auf Armlänge von sich, als müsste sie ihre tot geglaubte Freundin erst eingehend mustern, um sicherzugehen, dass sie keiner Halluzination zum Opfer gefallen war. Tränen rannen ihr über das Gesicht. Und sie schüttelte den Kopf. »Bist du es wirklich … O Gott, Jessica!«

Jessica schmeckte das Salz der Freudentränen auf ihren Lippen. »Es … es … ist … wie ein Wunder«, sagte sie bewegt und hielt Lydias Hände fest, als wolle sie sie nie wieder loslassen.

»Du bist also Jessica Brading!«

»Und du Lydia Randell!«

»Wenn du wüsstest, wie gespannt ich war, Mrs. und Mr. Randell kennenzulernen, unsere neuen Nachbarn«, sagte Jessica lachend.

»Und ich erst!«, erwiderte Lydia und fiel in das Lachen ein. »Es kommt mir wie ein Traum vor.«

George Randell war inzwischen von Bord der Schaluppe gegangen. Er war ein schlanker, sehniger Mann mit ansprechenden Gesichtszügen und klaren, graublauben Augen. Ein zurückhaltendes Lächeln lag auf seinen Lippen, als er auf Steve zuging. »George Randell«, stellte er sich vor. »Und Sie müssen Steve Brading sein.«

»Richtig«, sagte Steve und hieß ihn willkommen.

»Es ist mir eine Ehre und ein Vergnügen, Ihre Bekanntschaft zu machen, Mr. Brading.«

»Ganz meinerseits, Mr. Randell.«

»Unsere Frauen scheinen uns einiges vorauszuhaben«, sagte der neue Hawkesbury-Siedler mit einem entschuldigenden Lächeln, als befürchtete er, Steve Brading könnte aus irgendeinem Grund über den Freudentaumel der beiden Frauen verstimmt sein. Immerhin war Steve Brading nicht irgendjemand, sondern die einflussreichste Persönlichkeit unter den Kolonisten am oberen Hawkesbury.

Steve schmunzelte. »Das haben sie ohne Zweifel«, sagte er

verständnisvoll. »Und ich hege die Befürchtung, dass wir Männer vorerst auf die Gesellschaft unserer Frauen verzichten müssen. Ich nehme an, sie werden sich mehr zu erzählen haben, als dem Captain recht sein wird.«

»Zum Teufel mit Captain Duckworth!«, entfuhr es George Randell unbedacht, und er erschrak augenblicklich über seine abwertende Äußerung.

»Ich sehe, auch Sie haben Schwierigkeiten, Jonas Duckworth in Ihr Herz zu schließen«, stellte Steve mit gutmütigem Spott fest. »Ich denke, das ist schon mal ein solider Grundstein für eine gute Nachbarschaft.«

George Randell lachte erleichtert.

Jessica und Lydia gesellten sich aus Gründen der Höflichkeit kurz zu ihren Ehemännern, um sich miteinander bekannt zu machen. Und Jessica begrüßte auch Jonas Duckworth, wie es der Anstand verlangte.

Dann entschuldigten sich die Frauen und setzen sich abseits vom Anlegesteg in den Schatten. Es gab ja so viele Erinnerungen und Geschichten auszutauschen, dass sie gar nicht wussten, wer von ihnen beginnen sollte – und womit.

Schließlich machte Lydia den Anfang. »Wie alt ich auch werden mag, niemals vergesse ich die Nacht, in der die *Tradewind* auf den Klippen auflief«, sagte sie mit einem Schauer in der Stimme.

Die Erinnerung an jene Nacht ließ Jessica frösteln, und sie rieb sich über die Arme, um die Gänsehaut zu vertreiben. »Wie seid ihr aus dem Zwischendeck herausgekommen?«

»Die Brecher schlugen das Schiff systematisch in Stücke, während die Klippen den Rumpf immer mehr aufrissen. Und dabei barst eine der Trennwände auf, sodass wir aus der Todesfalle des Zwischendeckes herauskonnten. Denn das Wasser strömte schon durch ein Leck zu uns herein. Aber letztlich hat das keinen großen Unterschied gemacht. Die See hat sie fast alle geholt … so oder so.«

Ja, dachte Jessica, die Natur ist grausam, aber auf ihre Weise gerecht. Sie hat auch bei dieser Katastrophe keinen Unterschied zwischen Offizier, Matrose, Passagier oder Sträfling gemacht.

»In unserem Quartier spielten sich erschütternde Szenen ab«, fuhr Lydia mit düsterer Stimme fort. »Und manche war erschreckend … und irgendwie unheimlich. Erinnerst du dich noch an Frances … Frances Holloway?«

Jessica nickte heftig. »Und ob. Ich bin nie aus ihr schlau geworden. Sie gab sich immer so zynisch und gefühlskalt, als könnte sie nichts mehr erschüttern. Aber irgendwie habe ich ihr das nicht abgenommen. Was ist mit Frances? Hat auch sie überlebt?«, fragte Jessica und las im selben Moment die Antwort in den Augen ihrer Freundin. Frances hatte nicht zu den wenigen Glücklichen gehört.

Lydia schüttelte den Kopf. »Nein. Sie machte überhaupt keinen Versuch, ihr Leben zu retten. Frances gab sich einfach auf, ohne Gejammer und Geschrei.«

»Aufgeben? Wie meinst du das?«

Lydia atmete tief durch. »Sie hockte auf ihrer Pritsche, die Hände im Schoß, und beobachtete dieses … Inferno mit einem Lächeln auf dem Gesicht. Sie saß einfach nur da und lächelte, verstehst du. Auch als wir endlich an Deck konnten, blieb sie auf ihrer Pritsche hocken. Ungerührt sah sie zu, wie das Wasser hereinströmte. Nichts und niemand konnte sie dazu bewegen, aufzustehen und mit uns zu kommen. Sie wartete regelrecht auf den Tod.«

»Ob sie wohl verrückt war?«

»Nein«, sagte Lydia mit Nachdruck.

Sie schwiegen einen Augenblick, gefangen in ihren Erinnerungen an diese Katastrophennacht.

Jessica blickte zu Steve hinüber, der zusammen mit George Randell und Jonas Duckworth an Deck der Schaluppe saß, im Schatten des Gaffelsegels. Vermutlich drehte sich ihre Unterhaltung um Politik und Geschäfte.

»Lassen wir die Toten ruhen«, brach Jessica das Schweigen. »Erzähl, wie es dir ergangen ist.«

Lydia lächelte unsicher und zuckte mit den Achseln. »Ich kann mich nur noch daran erinnern, dass ich in der aufgewühlten See trieb, mehr tot als lebendig, als plötzlich Hände nach mir griffen und mich in ein Beiboot zerrten. Dann verlor ich das Bewusstsein. Als ich wieder zu mir kam, war es Tag, und die See hatte sich etwas beruhigt. Gegen Mittag sichtete uns ein Handelsfahrer und nahm uns an Bord. Wenig später frischte der Wind erneut zu Sturmstärke auf, sodass der Captain die Suche nach weiteren Überlebenden abbrechen musste. Erst Tage darauf erreichten wir Sydney.«

»Gehörte auch ein Mann namens John Hawkley zu denjenigen, die sich mit diesem Beiboot hatten retten können?«, fragte Jessica.

Lydia blickte verwundert. »Ja, das stimmt. Woher weißt du das? Kennst du ihn?«

Jessica zog die Mundwinkel hoch. »Oh, ja, ich habe ihn kennengelernt. Aber davon später. Erzähl du erst weiter.«

»Viel gibt es da gar nicht mehr zu erzählen. Ich blieb nur ein paar Tage in Sydney und wurde dann mit zwei Dutzend anderen Deportierten nach Norfolk Island verschifft, wo ich Feldarbeit verrichten musste. Vor knapp einem Jahr wurde unser Arbeitskommando zu George auf die Farm geschickt, damit wir ihm bei der Ernte halfen. Tja, und so lernten wir uns kennen.« Sie lächelte ein wenig verlegen. »Ich muss ihm gefallen haben, denn er machte mir schon am dritten Tag einen Antrag. Und ich mochte ihn vom ersten Augenblick an. Er war nicht so ein Sklaventreiber wie manch anderer freie Siedler. Und ich habe nicht einen Moment gezögert – und nicht allein wegen der Freiheit, Jessica.«

»Ich verstehe dich sehr gut.«

»George gab dann seine Farm auf der Insel auf. Die Parzelle, die man ihm zugeteilt hatte, lag ungünstig und hatte auch keinen guten Boden. Und dementsprechend schlecht fiel die Ernte aus. Als er mir dann vorschlug, hier am Hawkesbury River noch einmal neu anzufangen, stimmte ich sofort zu. Ja, und nun sind wir hier.«

»Du glaubst gar nicht, wie glücklich ich bin, dass euch das Schicksal hierhergebracht hat!«, sagte Jessica.

Lydia lachte fast übermütig. »O doch, das tue ich. Aber nun will ich wissen, wie du es geschafft hast, die Ehefrau von Steve Brading zu werden. Sogar dieses Lästermaul von einem Captain spricht mit widerwilligem Respekt von deinem Mann. Und dabei lässt Duckworth an niemand sonst ein gutes Haar. *Seven Hills* muss eine prächtige Farm sein.« Sie blickte bewundernd zum Haus auf der Kuppe des Hügels hoch. »Ein richtiges Herrenhaus.«

»Steve und ich haben zwei Kinder«, eröffnete Jessica ihrer Freundin stolz. »Einen Sohn und eine Tochter. Edward ist bald schon zweieinhalb. Und Victoria ist gerade sechs Monate alt.«

»Oh, Jessica! … Ich freue mich schon darauf, deine Kinder zu sehen. Doch jetzt berichte du, wie es dir in all den Jahren ergangen ist. Ist es wahr, dass du Ned Tyler …« Sie zögerte einen Moment.

Jessica antwortete, noch ehe Lydia ihre Frage zu Ende führen konnte. »Ja, es stimmt. Ich habe Tyler getötet. Erstochen.« Sie erzählte ihr, was sich in der Nacht vor dem Schiffbruch in der Kajüte des Ersten Offiziers zugetragen hatte. Und obwohl all das längst der Vergangenheit angehörte, wurde Lydia blass vor Zorn und Mitgefühl.

»Und wer hat dich aus der Kajüte befreit?«

»Mitchell … Mitchell Hamilton. Erinnerst du dich? Der Passagier. Er hat mir das Leben gerettet.«

Gefesselt lauschte Lydia den Worten ihrer Freundin. Jessica schilderte ihr in groben Zügen, was sie in den darauffolgenden Wochen erlebt hatte. Und sie kam nicht darum herum, Lydia von ihrer intimen Beziehung zu Mitchell zu berichten, denn ihre Freundin verstand erst nicht, weshalb sie Mitchell in Sichtweite von *Harper's Inn* niedergeschlagen hatte und davongelaufen war. Jessica erklärte es ihr, den Blick auf ihren Schoß gerichtet. Als sie schließlich auf John Hawkleys Besuch im Gefängnis zu sprechen kam, bemühte sie sich vergeblich, ihre Stimme frei von Bitterkeit zu halten. Und Lydia entging es nicht.

Nachdem Jessica geendet hatte, ergriff Lydia ihre Hand und drückte sie mitfühlend. »Du hast ihn geliebt, nicht wahr?«

Jessica flüchtete sich in ein vages Schulterzucken. »Ich habe ihn geliebt und gehasst, glaube ich. Mein Gott, es liegt alles so weit zurück, Lydia.«

»Bist du ihm später noch einmal begegnet?«

Jessica dachte daran, dass sie Mitchell zweimal in Sydney aus der Ferne gesehen hatte. Doch sie konnte sich das auch eingebildet haben, denn sie hatte die Gestalt, die Mitchell so ähnlich gesehen hatte, jedes Mal nur für einen kurzen Augenblick zu Gesicht bekommen.

»Nein«, antwortete sie nun. »Und das war auch gut so. Es hätte nur Unglück gebracht.«

»Aber irgendwann wirst du ihm einmal gegenüberstehen, Jessica. New South Wales ist nicht England, und Sydney ist kein zweites London. Eines Tages wird es der Zufall so fügen, dass sich eure Wege kreuzen. Und darauf solltest du innerlich vorbereitet sein.«

Wie oft schon hatte Jessica denselben Gedanken gehabt! Und auch noch nach so vielen Jahren flößte ihr die Vorstellung, ihm eines Tages unverhofft zu begegnen, Angst ein. Das war auch der Grund, weshalb sie sich nicht danach drängte, mehr als zweimal im Jahr nach Sydney zu kommen.

»Verzeihen ist einfacher als Vergessen«, sagte Lydia teilnahmsvoll, als Jessica keine Antwort gab. »Ich glaube, jeder von uns hat seine geheimen, unerfüllten Träume. Und daran ist nichts Schlechtes.«

»Träume?« Jessica schüttelte nachdrücklich den Kopf. »Träume sind für uns Gift, Lydia. Sie machen uns unzufrieden mit dem, was wir sind und was wir haben. Träume nehmen uns die Kraft, die Wirklichkeit zu sehen und uns darin zurechtzufinden. Träume machen undankbar und rastlos. Ich kann nichts Gutes in ihnen sehen, Lydia. Steve ist mir ein guter, liebevoller Ehemann, und ich habe meine Kinder und meine Aufgaben hier auf *Seven Hills*. Da ist kein Raum mehr für Träume.«

Lydia blickte sie ernst an. »Nein, da widerspreche ich dir, Jessica. Träumen hat nichts mit Undankbarkeit zu tun. Träume sind wie … wie Wolken. Sie kommen und gehen, und man sollte sie als das nehmen, was sie sind. Ohne sie ist das Leben öde, ausgetrocknet und tot.«

»Ich weiß nicht …«

Ihr Gespräch fand an dieser Stelle ein vorläufiges Ende, denn Jonas Duckworth drängte zum Aufbruch.

Bevor Lydia mit ihrem Mann wieder an Bord der Schaluppe ging, drückte sie Jessica noch einmal fest an sich. Und Jessica nahm ihr das Versprechen ab, sie schon in den nächsten Tagen auf *Seven Hills* besuchen zu kommen.

5

Auf *Seven Hills* nahmen die Tage und Wochen ihren gewohnten Lauf. Der Sommer neigte sich seinem Ende zu. Allmählich verlor die Sonne ihren Gluthauch. Der Herbst kündigte sich mit milden nächtlichen Temperaturen an.

Für Jessica vergingen die Wochen bis zur Erntezeit wie im Flug, und das hing mit der Ankunft der Randells zusammen. Besuche und Gegenbesuche unterbrachen die Monotonie der täglichen Pflichten. Jessica und Lydia sahen sich mindestens einmal in der Woche.

Auch Steve schien Gefallen daran zu finden, dass nun nicht mehr die Fieldings, sondern die Randells ihre nächsten Nachbarn waren. Wenn man mit dem Pferd drei Stunden pro Wegstrecke reiten musste, um mal ein anderes Gesicht zu sehen und einen Schwatz mit einem benachbarten Farmer zu halten, überlegte man sich das zehnmal, bevor man sich auf den Weg machte. Schließlich verlor Steve einen ganzen Arbeitstag, wenn er den Fieldings einen Besuch abstattete.

Dagegen war die eine Meile zu den Randells gar nicht der Rede wert. Steve hatte ein schweres Seil bei der Anlegestelle über den Hawkesbury gespannt, sodass sie das Flachboot als Flussfähre verwenden und mit den Pferden in wenigen Minuten aufs andere Ufer übersetzen konnten. Und von dort waren es dann keine fünfzehn Minuten mehr bis zu jener Anhöhe, auf der George Randell mit dem Bau seines Blockhauses und der Nebengebäude begonnen hatte.

George Randell und die ihm zugewiesenen Sträflinge arbeiteten hart, um noch vor Beginn der Regenzeit mit dem Bau des Haupthauses und der Unterkünfte fertig zu werden. Zugleich musste aber auch mit der Rodung des Landes begonnen werden, damit die Saat in den Boden gebracht werden konnte. Und wenn sie auch noch nicht viel Vieh hatten, so mussten doch auch für diese wenigen Tiere winterfeste Unterkünfte errichtet werden.

Steve stand seinem neuen Nachbarn mit Rat und Tat zur Seite. Er stellte ihm für zwei Wochen vier seiner Arbeiter zur Verfügung und ließ sie mehrere Bootsladungen Balken und Bretter flussaufwärts bringen. Das Fällen und Zersägen der Eukalyptusbäume war eine schwere und vor allem zeitraubende Arbeit.

Lydia und George Randell waren den Bradings für ihre Hilfe überaus dankbar. Doch nicht jeder gute Ratschlag fiel auf fruchtbaren Boden. Steve hatten ihnen mehrfach mit Nachdruck empfohlen, den Gebäudekomplex noch ein gutes Stück weiter vom Fluss entfernt zu errichten, nämlich auf der höchsten Erhebung des Randell-Landes.

George Randell war ein vernünftiger und einsichtiger Mann, der für gewöhnlich einen guten Rat nicht so ohne Weiteres in den Wind schlug. Doch in diesem Fall tat er es.

»Wir liegen hier über sechzig Fuß hoch«, beruhigte er Steve, der sich Sorgen wegen der immer wiederkehrenden Überschwemmungen machte. »Ist der Hawkesbury schon mal so hoch über die Ufer getreten?«

»Nein«, räumte Steve ein. »Noch nicht. Aber ich habe schon

mehrmals vierzig und fünfundvierzig Fuß Hochwasser erlebt. Und keiner kann garantieren, dass der Fluss eines Tages nicht doch auf sechzig Fuß oder mehr steigt.«

»Sechzig Fuß Wasser über dem Normalstand? Himmel, daran glaube ich einfach nicht. Dann stände ja die halbe Kolonie unter Wasser. Und von den Farmen entlang des Hawkesbury River würde kaum etwas übrig bleiben.«

Steve nickte ernst. »Ja, die meisten Farmhäuser und Schuppen würden dann von den Fluten weggespült werden wie eine Handvoll Reisig. Aber doch nicht alle. Das Haus der Fieldings liegt hundertzwanzig Fuß hoch und das der Stuarts immerhin noch über achtzig.«

»Und *Seven Hills*?«

»Nicht ganz zweihundert Fuß.«

»Da kann man sich natürlich recht sicher fühlen«, gab George Randell zu und wurde einen Augenblick schwankend. Doch dann schüttelte er den Gedanken an solch eine katastrophale Überschwemmung ab. »Ach zum Teufel damit, Steve. Ich habe mein Leben lang Wasser vor meinen Augen gehabt. Und wenn ich weiter landeinwärts baue, sehe ich nichts mehr vom Hawkesbury. Diese Stelle gefällt mir und Lydia am besten.«

Steve zuckte die Achseln. »Es ist Ihre Entscheidung, George. Niemand kann es Ihnen abnehmen. Ich hoffe nur, Sie bereuen sie nicht eines Tages.«

Als die Blockhütte der Randells stand und die Arbeiten am Dach abgeschlossen waren, zog Steve seine Arbeiter ab. Die Erntezeit war gekommen, und jedes Paar Hände wurde nun auf den Feldern gebraucht. Sogar Lisa packte mit an, obwohl Steve sie nach Verbüßung ihrer Deportationsstrafe ausschließlich für die Arbeit im Haushalt angestellt hatte.

Die Ernte war noch nicht halb eingebracht, als sich Gewitterwolken am Himmel zusammenballten. Für eine halben Tag hing die schwarze Wand über dem Land am Hawkesbury. Dann entluden sich die Wolken unter Blitzen und Donnergrollen. Und in Strömen stürzte der Regen vom Himmel.

Als Steve sah, wie der heftige Wolkenbruch das Getreide knickte, stieß er einen Fluch aus. Doch dabei blieb es auch. Kein Wort der Klage oder gar der Verbitterung kam ihm über die Lippen. Er bedeutete seinen Männern, die Arbeit auf den Feldern einzustellen und zu den Gebäuden zurückzukehren. Es war sinnlos, noch irgendetwas retten zu wollen. Der Boden war so steinhart, dass der Regen nicht versickern konnte. Im Handumdrehen bildeten sich kleine Teiche in Bodenmulden und Sturzbäche an den Hängen der Hügel. Knöchelhoch stand das Wasser auf den Feldern, und der prasselnde Regen schien dafür nur wenige Minuten gebraucht zu haben.

»Dieses Jahr ist der Regen früh gekommen«, war alles, was Steve zu der verregneten Ernte sagte, als er bei der Scheune auf Jessica und Ian McIntosh traf.

»Zu früh«, knurrte Ian McIntosh und wischte sich das wassertriefende Haar aus der Stirn. Sie alle waren nass bis auf die Haut. Der Regen fiel so dicht und so hart, dass die Tropfen auf der Haut wie Hagelkörner schmerzten. »Der Teufel muss den Regen geschickt haben. Noch eine Woche, und wir hätten alles sicher und trocken in den Schuppen gehabt. Eine lausige Woche!«

Fast gleichgültig blickte Steve zu den nachtschwarzen Gewitterwolken hoch. »Wir haben schon Jahre gehabt, wo der Regen einsetzte, noch bevor wir die erste Wagenfuhre eingefahren hatten, Ian«, erinnerte er ihn.

Der Ire nickte düster. »Ja, nicht ein Scheffel Korn hatten

wir im Speicher. Die Früchte von einem Jahr harter Arbeit vernichtet in einer Woche Regen und Hagel.«

»Dieser Regen hält sich nicht lange«, urteilte Steve, vertraut mit den Gesichtern der Natur.

»Zwei Tage, allerhöchstens drei«, stimmte ihm Ian McIntosh zu. »Aber der Regen, der danach kommt, wird es in sich haben. Wir haben einen schweren, stürmischen Herbst und Winter vor uns. Ich spür's in den Knochen, wenn man darauf was geben kann.«

Für einen gewöhnlich so wortkargen Mann wie Ian McIntosh war das eine erstaunlich lange Rede. Sie spiegelte seine starke innere Besorgnis und Unruhe wider. Doch nur wer den Iren lange genug kannte, vermochte die richtigen Folgerungen aus seinen Worten und Handlungen zu ziehen. Einem anderen wäre er in diesem Augenblick gelassen und wie die Ruhe in Person erschienen.

Ian McIntosh sorgte noch am selben Tag dafür, dass das Flachboot nicht länger am Anlegesteg vertäut lag. Er ließ es ans Ufer ziehen und sicherte es mit zwei kräftigen Bootsleinen, die er um den Stamm eines mächtigen Eukalyptusbaumes schlang. Und er legte selbst mit Hand an, das alte einfache Ruderboot auszubessern, das mit drei zerfaulten Bodenplanken in einem der Schuppen lag. Das gab manch einem der Sträflinge zu denken, und ihre Mienen wurden düster und voll dunkler Ahnung, wenn sie den Himmel prüften und vom Wetter der kommenden Wochen sprachen.

Tags darauf wirbelte ein kräftiger Wind die dunklen Wolken durcheinander und jagte sie nach Südosten vor sich her. Auf *Seven Hills* versuchte man, auf den Feldern und Äckern zu retten, was der Vernichtung des heftigen Gewitters entgangen war.

Gut eine Woche blieb es trocken. Dann begann es wieder zu regnen. Doch diesmal kam der Regen ohne Getöse und fast unbemerkt.

Als Jessica mitten in der Nacht aufwachte, wusste sie im ersten Moment nicht, was dieses sanft rauschende Geräusch zu bedeuten hatte. Dann hörte sie das monotone Plätschern von Regentropfen in Pfützen. Der Regen, den Ian McIntosh prophezeit hatte, war gekommen.

Leise schwang sie sich aus dem Bett und huschte aus der Schlafkammer zur vorderen Tür. Vorsichtig zog sie den schweren Riegel zurück, öffnete die Tür einen Spalt und schaute hinaus in die Nacht. Der Regen fiel beständig, trommelte scheinbar zaghaft auf die Dächer von Schuppen, Scheune, Hütten und Herrenhaus und schien jedes andere Geräusch mit seiner schweren Nässe zu ertränken. Unablässig strömte er durch die Dunkelheit.

Auf Zehenspitzen schlich Jessica schließlich zurück in die Schlafkammer. Sie lag noch lange wach im Bett und lauschte auf die eintönige Melodie. Stunde um Stunde. Erst gegen Morgen fiel sie in einen unruhigen Schlaf, und der Regen folgte ihr auch in den Traum.

Der erste Gang führte Steve bei Tagesanbruch zum Hawkesbury hinunter. Im strömenden Regen maß er den Wasserstand. Der Fluss war in den wenigen Stunden um fünfzehn Fuß über seinen Normalstand gestiegen. Und er stieg weiter.

»Wir fangen besser schon jetzt damit an, das Vieh auf höher gelegenes Land zu treiben«, schlug Ian McIntosh vor. »Bevor der Fluss über die Ufer tritt und einem Teil der Herden den Fluchtweg abschneidet.«

»Ja, etwas anderes bleibt uns wohl nicht übrig«, sagte Steve und gab umgehend die entsprechenden Befehle. Es war eine sehr zeitaufwändige Arbeit, die zerstreut grasenden Rinder- und Schafherden zusammenzutreiben und vom Fluss weg auf sicheren Grund zu führen. Tage konnten vergehen, bis auch die Tiere von den entlegensten Weiden in Sicherheit gebracht waren.

Es regnete den ganzen Tag über ohne Unterlass. Der dunkelgraue Himmel hing tief und schwer über dem Land, das der endlosen Wassermassen nicht Herr zu werden vermochte. Der Boden nahm die Fluten nicht auf. Auf tief liegenden Weiden wateten die Männer am Nachmittag schon bis über die Knie im Wasser. Gegen Abend ritten Jessica, Steve und Ian zum Hawkesbury hinunter. Noch nicht einmal die hohen Pfähle der Anlegestelle ragten noch aus dem Wasser. Der Fluss war fast auf doppelte Breite angeschwollen. Entwurzelte Bäume und aufgedunsene Tierkadaver trieben im Strom. Das Fährenseil zwischen den Ufern war verschwunden. Vermutlich war es einem treibenden Baum zum Opfer gefallen, dessen Äste sich darin verhakt und es gesprengt hatten.

»Fünfunddreißig Fuß«, verkündete Steve den neuen Wasserstand.

»Wie hoch wird er noch steigen?«, fragte Jessica beunruhigt.

Steve zuckte die Achseln und starrte auf die dunklen Fluten, die mit zunehmender Wildheit dahinschossen. »Vierzig, fünfzig, sechzig Fuß und mehr, wenn diese Sintflut noch länger anhält.«

»Dann sind Lydia und George in Gefahr!«

»Ja, das sind sie«, sagte Steve düster. »Ian, falls es morgen früh noch immer so in Strömen gießt, nehmen wir das Flachboot und rudern zu den Randells.«

Der Ire nickte, und auf seinem wettergegerbten Gesicht lag ein sorgenvoller Ausdruck. »Hoffentlich ist es morgen dafür nicht schon zu spät …«

»Zu spät?«, fragte Jessica beunruhigt. »Weshalb sollte es zu spät sein?«

Ian McIntosh deutete auf den breiten aufgewühlten Strom. »Es regnet auch oben in den Bergen. Mit jeder Stunde führt der Fluss mehr und mehr Wasser. Und in acht, neun Stunden kann der Hawkesbury so wild und tückisch sein, dass er mit unserem Flachboot nicht mehr zu passieren ist.«

Jessica wandte sich ihrem Mann zu. »Warum warten wir dann überhaupt noch bis zum Morgen?«

»Du meinst, wir sollten es noch heute Nacht versuchen? Jessica, das ist ein lebensgefährliches Unterfangen«, wandte Steve ein. »Der Fluss ist schon jetzt wild. Dass Boot kann bei der Dunkelheit leicht in einen gefährlichen Strudel geraten und kentern.«

»Die Randells sind unsere Nachbarn, Steve!«

»Und sie wollten auf meinen Rat, weiter landeinwärts und auf höher gelegenem Boden zu bauen, nicht hören.«

»Sie sind unsere Nachbarn und Freunde, Steve. Nichts anderes zählt in dieser Situation. Ich könnte es mir nie verzeihen, ihnen nicht geholfen zu haben, als es noch möglich war. Und ich bin auch bereit, meinen Teil zu tun. Ich kann genauso kräftig rudern wie jeder ... wie fast jeder andere auf *Seven Hills*!«

Ein zärtliches Lächeln huschte über Steves Gesicht, und er berührte sie flüchtig am Arm, als wollte er sie beruhigen und ihr sagen, dass er seine Worte so nicht gemeint hatte. »Sorg dich nicht um die Randells, Jessica. Ein Brading kennt seine Pflicht.«

Ian McIntosh brauchte nicht erst zu fragen, was zu tun war. »Wie viel Männer?«, fragte er knapp. »Vier oder fünf?«

Steves Blick ging kurz zu Jessica. »Vier.«

Jessica verstand. Sie würde mitkommen. Das Flachboot verfügte über Dollen für drei paar Riemen. Es wurden also sechs Ruderer und einer am Steuerruder gebraucht. Steve, Ian und sie selbst sowie vier weitere Männer machten sieben.

»Ich hole die Männer.« Kein Anflug von Erstaunen oder Missbilligung, dass Steve seine Frau auf diese gefährliche Nachtfahrt mitzunehmen gedachte, schwang in seiner Stimme mit.

»Und beeil dich!«, trug Steve ihm auf.

Der Ire jagt im Galopp davon. Matsch spritzte unter den Hufen weg. Pferd und Reiter verschwammen schnell im dichten Vorhang des Regens.

Ian McIntosh war im Handumdrehen mit den vier Männern zurück. Auch von ihnen meldete niemand Bedenken an, dass eine Frau zur Rudermannschaft gehören sollte. Obwohl sie wussten, dass sie mit dem Boot in kritische Situationen geraten konnten. Und dann musste sich jeder auf jeden verlassen können. Auch auf Jessica.

Das Boot wurde zu Wasser gelassen. Steve nahm im Heck an der Ruderpinne Platz, während Jessica dem Beispiel der Männer folgte, die zu den Riemen griffen. Ian McIntosh gab den Rhythmus an.

Steve steuerte das Flachboot am diesseitigen Ufer flussaufwärts, da die Strömung hier am schwächsten war. Je weiter man sich vom Ufer entfernte, desto reißender und gefährlicher wurden die Fluten.

Mit festem Griff zog Jessica das Ruderblatt durch, stemmte sich gegen die Trittleiste und blieb im Takt, den der Ire aussang. Jahre harter Farmarbeit hatten ihren jungen Körper gestählt und kein Gramm überflüssiges Fett an ihr gelassen. Doch das Flachboot war schwer und schob sich nur mühsam voran. Jeder Zoll musste hart erkämpft werden. Und schon bald vermischten sich Schweiß und Regen auf ihrem Gesicht.

Eine Meile.

Jessica keuchte im Rhythmus der Riemenschläge. Ihr entglitt das Gefühl für die Zeit. Ihre Arme begannen zu schmerzen, ebenso ihre Hände. Doch sie ruderte weiter. Ihr Blick war leer. Und in Gedanken zählte sie von eins bis zehn. Der zehnte Schlag war ihr Ziel. Nicht die Biegung, hinter der Randells Farm lag, sondern der zehnte Schlag. Immer wieder aufs Neue. Von eins bis zehn. Wie in Trance.

Dumpfes Donnergrollen rollte aus der Ferne heran. Der Wind nahm an Stärke zu, peitschte ihnen den Regen ins Gesicht und drückte das Boot vom Ufer weg.

Und dann passierten sie die Flussbiegung.

»Da ist es!«, stieß plötzlich einer der Ruderer hinter Jessica hervor. »Die Randell-Farm!«

Von jenseits des Flusses drang der schwache Schein eines Lichtes zu ihnen durch die regengetränkte Nacht. Verschwommen und unstet wie ein Irrlicht.

»Wir müssen noch ein gutes Stück flussaufwärts!«, rief Steve ihnen von der Ruderpinne her zu. Er musste fast brüllen, um das laute Rauschen des Stromes und des Regens zu übertönen. »Dann lassen wir uns quer über den Fluss zum Randell-Land zurücktreiben.«

Die Männer nickten zustimmend. Sie wussten, dass es aussichtslos war, hier schon versuchen zu wollen, den Hawkesbury zu überqueren. Schon bei normalem Wasserstand mussten sechs Ruderer all ihre Kraft aufbringen, um das Boot vom Abtreiben zu bewahren. Bei Hochwasser war so ein Versuch von vornherein aussichtslos. Sie mussten mindestens eine halbe Meile oberhalb der Randell-Farm sein, um die Abdrift durch die reißende Strömung ausgleichen zu können.

Jessicas Hände brannten wie Feuer. Doch sie ignorierte den

Schmerz und tröstete sich mit dem Gedanken, dass die Rückfahrt leichter sein würde. Und wieder begann sie stoisch zu rudern – und zu zählen.

Schließlich war es so weit. Steve gab das Kommando zur Überquerung des Flusses. Das Flachboot verließ den Schutz der Ufernähe. Und die Strömung packte es sogleich und riss es stromabwärts.

Ian McIntosh beschleunigte den Takt der Ruderschläge. Das Boot tanzte wie ein Korken über die aufgewühlten Fluten. Wie wütende Faustschläge hämmerten die Wogen gegen den Rumpf, und Wasser spritzte hoch.

Sie waren mitten auf dem Hawkesbury, als plötzlich ein schwarzer Schatten aus der Dunkelheit auftauchte und auf sie zuraste.

»Ein Baumstamm!«, schrie Steve gellend. »Festhalten!« Und geistesgegenwärtig zog er die Ruderpinne an, sodass das Boot mit dem Bug herumschwang und dem treibenden Baumstamm weniger Angriffsfläche bot. Doch ganz vermeiden konnte er den Zusammenstoß nicht. Mit einem hässlichen Krachen rammte der Stamm das Boot an Steuerbord, schabte am Rumpf entlang und verschmolz im nächsten Moment mit der regengepeitschten Dunkelheit. Der wuchtige Stoß hätte Jessica um Haaresbreite von der Ruderbank geschleudert. Dass sie nicht über Bord ging, verdankte sie ihrem Riemen. Er verklemmte sich kurz im Dolleisen und presste sich gegen ihren Oberschenkel, als sie das Gleichgewicht auf der Ruderbank verlor.

Der Schreck saß ihr noch immer in den Gliedern, als Steve das Flachboot endlich aus der Mitte des Flusses ans andere Ufer gelenkt hatte. Das einsame Licht wies ihnen die Richtung zur Blockhütte der Randells.

Das Wasser musste inzwischen auf vierzig Fuß gestiegen sein, denn sie ruderten an Bäumen vorbei, von denen nur noch die weit ausladenden Kronen aus den Fluten ragten. Gurgelnd und strudelnd strömte das Wasser durch das Gezweig. Mit Schaudern sah Jessica einen toten Dingo, der mit starrem weit aufgerissenen Maul zwischen zwei Ästen hing. Die Überschwemmung musste den Windhund auf tief gelegenem Land überrascht und mitgerissen haben.

Das Licht kam näher, und dann schälten sich die Umrisse des Hügels mit der Blockhütte aus der Nacht. Von den Nebengebäuden, die George Randell ein wenig unterhalb des Hauses errichtet hatte, stand nur noch die Scheune. Doch auch sie hatte sich schon unter dem Druck der Wassermassen zur Seite geneigt. Und es war nur eine Frage von Stunden, bis auch sie von der gewaltigen zerstörerischen Kraft der Fluten mitgerissen würde.

Der Hügel mit dem Blockhaus auf der Kuppe war rundrum von Wasser umschlossen. Steve steuerte das Flachboot auf die windgeschützte Seite der Anhöhe. Die Riemen wurden eingezogen. Ian McIntosh sprang als Erster an Land.

Zitternd vor Erschöpfung wankte Jessica aus dem Boot. Männerstimmen drangen durch die stürmische Nacht. Doch sie achtete nicht darauf. Sie stand mit keuchendem Atem im strömenden Regen. Ihre Brust schmerzte, Stiche jagten durch ihre Seite, und ihre Arme waren taub. Sie versuchte, die Hände zu schließen, doch der glühende Schmerz machte es unmöglich.

Steve trat zu ihr. »Du hast dir zu viel zugemutet, nicht wahr?«

Jessica riss sich zusammen und hob den Kopf. Der Schmerz schien auf einmal nicht mehr so peinigend zu sein. »Ich habe durchgehalten. Und darauf kam es doch an, nicht wahr?«

»Du hast dich tapfer gehalten«, sagte er, und seine Fingerspitzen glitten in einer zärtlichen Bewegung über ihre feuchte Wange. Für einen Moment schien er die tosenden Fluten und den Grund dieser gefährlichen Bootsfahrt vergessen zu haben. »Ich bin stolz auf dich, Jessica.«

Jessica war sprachlos und bewegt. Noch nie hatte Steve so etwas zu ihr gesagt. Er war kein Mann der Worte.

»Du weißt, wie viel du mir bedeutest, Jessica. Ich habe es dir nie gesagt, und es ist wohl an der Zeit, es auszusprechen, dass …«

Er brach mitten im Satz ab.

George Randell eilte rufend auf sie zu. »Steve! … Der Herrgott mag wissen, wie ich Ihnen jemals dafür danken soll! Ich wollte schon damit beginnen, eine Wand des Blockhauses niederzureißen, um sie als Floß zu benutzen! … Der Himmel hat Sie geschickt!«

Jessica hasste George Randell in diesem Augenblick, und Tränen bitterer Enttäuschung füllten ihre Augen. Warum hatte er sie nicht noch fünf Minuten allein lassen können? Sogar eine lächerliche Minute hätte Steve genügt, um seinen Satz zu beenden. Sie wusste, dass sie George Unrecht tat. Er konnte nicht wissen, was er ihr antat. Aber in diesem Moment änderte das nichts an ihrem Hass – und ihrem wilden, verzweifelten Schmerz.

Steve wandte sich zu George um. »Wir haben keine Zeit zu verlieren«, sagte er knapp. Seine Stimme verriet Jessica, dass er sich wieder in sich selbst zurückgezogen hatte. »Je eher wir von hier aufbrechen, desto besser.«

»Wir haben unsere wenigen Habseligkeiten schon zusammengepackt.«

»Wie steht es mit Ihrem Vieh?«

»Die Kühe und Schafe sind in Sicherheit. Habe sie heute Mittag landeinwärts auf das Plateau getrieben. Zwei meiner Männer sind bei ihnen geblieben. Sie sind mit allem Nötigen versorgt, notfalls für die nächsten zehn Tage.« Er machte einen zerknirschten Eindruck. »Ich weiß, was Sie denken, Steve.«

»So?«

»Der Teufel sollte mich für meine Starrköpfigkeit holen! Warum habe ich nicht auf Ihren Rat gehört und gleich auf dem Plateau gebaut, wie Sie es vorgeschlagen hatten! Morgen wird es keine Randell-Farm mehr geben.«

»Sie haben einen Fehler gemacht, George, den Sie aber sicherlich nicht wiederholen werden«, entgegnete Steve besänftigend.

George lachte bitter. »Fehler nennen Sie das? Zum Narren habe ich mich gemacht. Die Arbeit von mehreren Wochen, ausgelöscht in zwei Tagen, weil ich nicht daran glauben wollte, dass so etwas einmal passieren könnte. Sie müssen mich für einen ausgemachten Dummkopf halten!«

Steve ging nicht darauf ein. »Sehen wir zu, dass wir von hier fortkommen. Ist Ihre Frau im Haus?«

George Randell nickte in stummem Zorn.

»Schau, ob du ihr zur Hand gehen kannst, Jessica«, sagte Steve zu ihr, und seine Stimme klang eine Spur sanfter.

Jessica ging zum Blockhaus hoch. Ian McIntosh kam ihr mit seinen Leuten entgegen. Sie trugen das, was die Randells in alte Säcke gepackt hatten, zum Flachboot. Und noch immer stürzten die Wassermassen vom Himmel.

Lydia wickelte die Tischlampe mit dem Glaszylinder und dem milchigen Porzellanschirm in weiche Tücher, als Jessica die Blockhütte betrat. Ihr Gesicht war angespannt vor Sorge. Und ihre geröteten Augen verrieten, dass sie geweint hatte.

»Oh, Jessica!« Sie fiel ihrer Freundin mit einem Aufschluchzen in die Arme, löste sich jedoch schnell wieder von ihr und starrte sie erschrocken an. »Himmelherrgott, was hast du hier zu suchen? Du musst nicht ganz bei Sinnen gewesen sein, dass du dich in diese Gefahr gebracht hast!«

»Ich habe mir solche Sorgen um euch gemacht.«

Lydia schüttelte ungläubig den Kopf. »Setzt sich einfach mit zu den Männern ins Boot und wagt sich in diesen Hexenkessel hinaus! Jessica, was bist du doch …«

Jessica schrie auf, denn Lydia hatte ihre Hände gefasst, um sie dankbar zu drücken.

»Jessica! Was ist? Hab' ich dir weh getan?«, stieß Lydia erschrocken hervor.

»Nicht der Rede wert«, keuchte Jessica. »Nur ein paar Blasen vom Rudern.«

»Rudern? Du hast gerudert wie die Männer?«

»Ja, was ist schon dabei. Und nun komm. Wir müssen weg.« Jessica nahm die windsichere Laterne vom Tisch.

Lydia trat mit ihr hinaus in den Regen. Doch bevor sie zum Boot hinuntergingen, hielt sie Jessica noch einmal kurz am Arm fest. »Danke, Jessica«, sagte sie leise und ging dann mit festem Schritt, die sorgfältig eingewickelte Tischlampe unter dem Arm, über die aufgeweichte Erde zum Boot. Sie wusste, dass sie die Blockhütte nicht mehr auf dem Hügel vorfinden würden, wenn sie mit ihrem Mann und den Arbeitern auf ihr Land zurückkehrte. Doch sie blickte nicht ein einziges Mal zurück.

6

In den frühen Morgenstunden schien es so, als hätte die Regenflut endlich ein Ende. Doch die Hoffnungen der Siedler entlang des Hawkesbury River erwiesen sich als trügerisch. Zwar ließ der Regen spürbar nach, doch der Wasserstand stieg unaufhaltsam weiter, wenn auch bedeutend langsamer als am Tag zuvor.

Es regnete sechs Tage und sieben Nächte. Eine riesige Wasserwüste bedeckte das tiefer gelegene Land in den weiten Tälern am Hawkesbury. Ganze Wälder verschwanden unter den Fluten, die alles niederrissen, was Menschenhand errichtet hatte.

Es vergingen noch viele Tage, bis die Fluten das überschwemmte Land wieder freigaben. Überall auf den Farmen begannen nun die Aufräumarbeiten, die Suche nach den verstreuten Herden und die Instandsetzung beschädigter Gebäude und Zäune. So auch auf *Seven Hills* und auf der Randell-Farm. Bevor Steve jedoch eigene Arbeiten in Angriff nahm, half er den obdachlosen Randells, ein neues Haus und winterfeste Unterkünfte für ihre Sträflinge auf dem landeinwärts gelegenen Plateau zu errichten. Steve verlor nicht ein Wort der Klage darüber, dass fast alle seine Männer für Wochen auf fremdem Boden zu tun hatten, während die Arbeit auf *Seven Hills* vorerst unerledigt blieb. Und murrenden Bemerkungen seiner Leute begegnete er mit einer zurechtweisenden Schärfe, die sogar Jessica in Erstaunen versetzte.

»Viele von denjenigen, die heute in unsere Kolonie als erfolgreiche und erfahrene Siedler hohes Ansehen genießen, haben zu Beginn schwere Fehler gemacht«, erklärte Steve ihr. »Und so manch einer hätte ohne die tatkräftige Hilfe seiner

Nachbarn die ersten Jahre nicht überstanden. Zudem ist diese Hilfe nicht ganz selbstlos. Uns kann nicht daran gelegen sein, neue Siedler in diesem Gebiet zu verlieren. Jeder neue Farmer, der dieses Land entschlossen unter den Pflug nimmt, bringt uns allen mehr Sicherheit.«

Entschlossenheit war den Randells nicht abzusprechen. Noch bevor der Winter am Hawkesbury River Einzug hielt, standen Unterkünfte, Stallungen und ein neues Blockhaus auf sicherem Grund. Und sie gaben ihrer Farm den verheißungsvollen Namen *New Hope*.

Monate gingen ins Land, ohne dass sich etwas Außergewöhnliches ereignete. Und niemand war dafür dankbarer als die Siedler am Hawkesbury.

Jessicas Tage waren ausgefüllt mit vielfältigen Arbeiten im Haus und mit der Erziehung von Edward und Victoria. Die Kinder gediehen so prächtig, und sie waren so gesund, dass ihnen das nasskalte Wetter nichts anhaben konnte. Sie schienen dieselbe Widerstandskraft und Wildheit in ihrem Blut zu haben, die dieses Land auszeichnete. Und das erfüllte Jessica mit Stolz.

Der Frühling kam. Und während sich die ›Sträflingskolonie am Ende der Welt‹, wie manche Europäer New South Wales abschätzig zu bezeichnen pflegten, auf einen neuen, trockenen Sommer einrichteten, machte Lord Nelson Weltgeschichte.

Der Oberbefehlshaber der britischen Flotte, skandalumwittert durch seine aufsehenerregende Affäre mit Lady Hamilton, führte am 21. Oktober 1805 seine siebenundzwanzig Linienschiffe bei Trafalgar gegen die vereinigte französisch-spanische Flotte in die Schlacht.

Die Schlacht bei Kap Trafalgar musste über die britische Vorherrschaft auf den Meeren und über die Zukunft Europas entscheiden, das sich im Würgegriff des ebenso genialen wie machtbesessenen Tyrannen Napoleon wand. Wurde die britische Flotte geschlagen, war die Invasion Englands nicht mehr aufzuhalten.

Lord Nelson führte seine Schiffe mit großartigen Manövern ins Gefecht, durchkreuzte die Pläne seiner Gegner und fügte Napoleon eine vernichtende Niederlage zu. Doch Nelson erlebte das Ende der Entscheidungsschlacht nicht mehr. Die Kugel eines französischen Musketenschützen streckte ihn an Deck seines Flaggschiffes *Victory* nieder. Der Admiral, der nach seinem Sieg von Trafalgar noch mehr als zuvor zum Helden seines Landes werden sollte, starb noch vor Einbruch der Dunkelheit.

In New South Wales ahnte niemand etwas von dem grandiosen Sieg der britischen Flotte. Nachrichten aus der Heimat waren meist über ein halbes Jahr alt, wenn sie die entlegene Kolonie erreichten.

Und so waren in diesen Hochsommermonaten des Jahres 1805/1806 auch nicht Trafalgar, Lord Nelson und Napoleons gescheiterte Invasionspläne das Gesprächsthema der Kolonie, sondern das sich zäh haltende Gerücht, Gouverneur Phillip King würde sein Amt schon bald niederlegen. Und dann wurde aus dem Gerücht Gewissheit. Der Gouverneur selbst ließ verlauten, dass er in einigen Monaten nach England zurückkehren werde.

Wer sich auch nur im Entferntesten für die politischen Vorgänge in New South Wales interessierte, den überraschte diese Nachricht nicht. Der Gouverneur war nicht in der Lage gewesen, seine Stellung gegenüber den Offizieren des New South Wales Corps zu behaupten. In dem Bemühen, die Macht des Rum-Corps zu brechen und das wirtschaftshemmende Syndikat zu sprengen, hatte er sich unter vielen anderen auch Major Johnstone, den Kommandanten der Truppen, und John McArthur zu erbitterten Feinden gemacht. John McArthur bekleidete nicht nur den Rang eines Captain im Corps, sondern war auch der mächtigste Großgrundbesitzer der Kolonie. Seine Verdienste als Schafzüchter waren unbestritten. Er war der Erste gewesen, der erkannte hatte, dass die wirtschaftliche Zukunft der jungen Kolonie in der Aufzucht von Schafen lag. Und die erstklassigen Wollproben seiner Merinos hatten ihm die Unterstützung der einflussreichen englischen Wollfabrikanten bei Hof gesichert. Doch als Mitbegründer des allesbeherrschenden Syndikats und Vertrauter von Major Johnstone hatte er so viel Macht an sich gerissen, dass er als die graue Eminenz der Kolonie galt.

Phillip Kings Versuche, MacSrthurs Macht auf das Maß zu beschneiden, das einem Offizier und Grundbesitzer zustand, waren kläglich gescheitert. Befehle, die er erteilte, wurden nicht ausgeführt oder geschickt boykottiert.

Mit Beginn des neuen Jahres wurde bekannt, wer Kings Nachfolger sein würde. Es war Ian McIntosh, der die Neuigkeit von einer Fahrt nach Parramatta nach *Seven Hills* brachte. Und die Überraschung hätte nicht größer sein können.

»Captain William Bligh?«, vergewisserte sich Steve, als er mit dem Iren bei einem Glas Madeira im kühlen Wohnraum saß. »*Der* Bligh?«

Ian McIntosh nickte. »Ja, Brotfrucht-Bligh … oder Bounty-Bligh, wie sie ihn auch nennen.«

Steve nahm einen kräftigen Schluck, schüttelte den Kopf und lachte dann. »Mein Gott, das wird unseren Rum-Offizieren so wenig schmecken wie Essig und Galle!«

Der Ire schmunzelte. »Kann nicht behaupten, dass mir dieser Leuteschinder sympathisch ist. Aber vielleicht ist er genau der Mann, den diese Kolonie braucht.«

»Eins ist sicher, Ian«, sagte Steve. »MacArthur und Konsorten werden sich die Haare raufen, dass sie ihr Spiel mit Gouverneur King zu weit getrieben und ihn um sein Amt gebracht haben. Gegen Bligh wird sich King wie ein zahnloser Köter ausnehmen.«

Der Aufseher stimmte ihm zu. »Da, wo King gekläfft hat, wird Bligh zubeißen.«

»Verdient haben es diese Schurken!«, sagte Steve mit grimmiger Genugtuung. »Bounty-Bligh wird ihnen schon beibringen, was es heißt, des Offiziersrock zu tragen.«

Steve wurde nachdenklich. Er drehte sein Glas in den Händen. »Man braucht wohl kein großer Hellseher zu sein, um unserer Kolonie unruhige Zeiten vorauszusagen.«

Ian McIntosh trank sein Glas leer. »Nein. Bounty-Bligh ist für jede Überraschung gut… vor allem für unangenehme«, sagte er und erhob sich. »Das hat er in der Vergangenheit zur Genüge bewiesen.«

Im August 1806 lief ein aus fünf Schiffen bestehender Konvoi in den Hafen von Sydney ein. Es war ein kühler, aber klarer und sonniger Nachmittag. Die kleine Flotte brachte Versorgungsgüter aller Art, Sträflinge – und den neuen Gouverneur der Kolonie.

Phillip King beobachtete von seinem Amtszimmer im Gouverneurspalast aus die Ankunft seines Nachfolgers. Er fühlte jetzt weniger Verbitterung denn Erleichterung darüber, dass seine Zeit in New South Wales abgelaufen war. Nun denn, soll sich Bounty-Bligh mit diesem Gesindel, das sich Offiziere nennt, herumschlagen, dachte er mit der inneren Ruhe eines Mannes, der wusste, das er sein Bestes gegeben hatte. Meinen Segen hat er.

Die Bevölkerung war unten am Hafen zusammengelaufen und wartete darauf, den berühmt-berüchtigten Captain Bligh zu Gesicht zu bekommen. Es herrschte Festtagsstimmung. Das New South Wales Corps, einzig und allein an der Rumfront erprobt, war mit seinen Offizieren zur Begrüßung von Bligh angetreten, ebenso die Militärkapelle.

In Paradeuniform wartete Gouverneur Phillip King in seinem Arbeitszimmer auf die Meldung seines Dieners, dass die Kutsche vorgefahren war. Und während er wartete, ging er einige Papiere durch, die man ihm zur Kenntnisnahme und zur Unterschrift vorgelegt hatte. Unter ihnen befand sich auch ein Gnadengesuch von Steve Brading zugunsten seiner Frau Jessica.

Mit einem Federstrich begnadigte Phillip King die Deportierte Jessica Jakes/Brading und gab ihr die uneingeschränkte Freiheit zurück. Es war seine letzte Amtshandlung.

7

An einem Nachmittag im Februar des Jahres 1807 näherten sich vier Reiter im wilden Galopp der Brading-Farm. Tief über die Hälse ihrer Pferde gebeugt, jagten sie über die Landstraße.

Jessica bemerkte die Staubwolke, die die Reiter aufwirbelten, als sie aus dem Vorratsschuppen in die noch immer gleißende Sonne trat. Mit der flachen Hand beschattete sie die Augen. Wer immer da kam, er hatte es sehr eilig, und das war kein gutes Zeichen. Bei dieser Hitze trieb kein vernünftiger Mensch sein Pferd zu solchen Höchstleistungen an. Es sei denn, er hatte einen guten Grund, weshalb er das Letzte aus seinem Pferd herausholte.

Das wilde Trommeln der Pferdehufe kam schnell näher. Die vier Reiter galoppierten die Auffahrt zum Plateau hoch. Jessica konnte nun schon Einzelheiten ausmachen. Und ihre Unruhe wuchs. Die Männer waren bewaffnet! Die Sonne warf funkelnde Reflexe auf das Metall der Musketen. Und dann erkannte sie Richard Stuart. Sein siebzehnjähriger Sohn Andrew ritt an seiner Seite. Die anderen beiden gehörten zu seinen Farmarbeitern.

Augenblicke später preschten die vier auf den Hof und brachten ihre schweißnassen Pferde vor Jessica zum Stehen. Die Flanken der Tiefe zitterten vor Anstrengung, und Schaum stand ihnen vor dem Maul. Von der Stuart-Farm nach *Seven Hills* war es ein langer Ritt.

»Um Gottes willen, Richard!«, rief Jessica, als sie die Erschöpfung auf den Gesichtern der vier Männer sah. »Sie sind ja geritten, als wäre der Teufel hinter Ihnen her.«

»Ich wünschte, es wäre nur der Teufel, Jessica«, stieß Richard Stuart hervor. Mit verschwitzter, staubbedeckter Kleidung hockte er im Sattel. »Ich bringe schlechte Nachrichten.«

Jessica bezwang ihre Unruhe und bat die Männer ins Haus. »Sie werden durstig sein … und die Tiere ebenfalls. Ich rufe einen Knecht, dass er sich um Ihre Pferde kümmert.«

Ablehnend schüttelte Richard Stuart den Kopf. »Dafür ist keine Zeit«, sagte er. »Wir müssen sofort wieder zurück, Jessica. Wir sind nur gekommen, um Sie vor den Rebellen zu warnen.«

Jessica wurde blass. »Rebellen?«

Andrew, der seinem Vater so frappierend ähnlich sah, nickte mit grimmiger Miene. »Die verdammten Iren haben sich mal wieder zusammengerottet und unter den Sträflingen einen Aufstand angezettelt«

»Nein!«, rief Jessica erschrocken.

»Es ist leider wahr«, bestätigte Richard Stuart die Worte seines Sohnes. »Es ist die Rede von rund zwanzig Sträflingen, die sich mit Stichwaffen und einigen geraubten Pistolen und Musketen bewaffnet haben. Sie hatten einen Anschlag auf Gouverneur Bligh vor, der zurzeit in Parramatta weilt. Doch das Komplott ist aufgeflogen. Gestern ist es zu einer Schießerei zwischen den Aufständischen und den Soldaten gekommen. Die meisten der Rebellen sind entkommen. Sie sind in den Busch geflüchtet.«

»Sie sollen sich jetzt hier in der Gegend herumtreiben«, fügte Andrew hastig hinzu. »Sie werden versuchen, Pferde, Lebensmittel und noch mehr Waffen zu rauben. Keine Farm ist vor ihnen sicher.«

»Hat man Soldaten zum Hawkesbury geschickt?«, fragte Jessica.

Richard Stuart verzog das Gesicht. »Auf die Rotröcke ist kein Verlass, Jessica. Sie wissen doch, wie schwach die Garnison in Parramatta besetzt ist. Außerdem zeichnet sich unser Corps nicht gerade durch Kampfesmut und schnelles Handeln aus. Das wissen Sie ja selbst.«

»Natürlich«, murmelte sie, von den alarmierenden Nachrichten aufgewühlt. »Danke, dass Sie Gefahr und Strapazen auf sich genommen haben, um uns zu warnen.«

»Das ist doch eine Selbstverständlichkeit. In solch gefährlichen Zeiten müssen wir fest zusammenstehen«, erklärte Richard Stuart ernst. »Bevor wir zurückreiten, möchte ich noch mit Steve sprechen. Es wird ratsamer sein, die Arbeiter von den Feldern zu holen und unter Aufsicht zu halten, bis wieder Ruhe in der Kolonie herrscht.«

Jessica sagte den Stuarts, auf welcher Weide Steve zu finden war. Dann rissen die vier ihre Pferde herum und sprengten davon. Steve tat genau das, was Richard Stuart vorgeschlagen hatte. Er ließ seine Leute von den Feldern und Weiden holen. Die Zwangsarbeiter erhielten den Befehl, sich nicht von ihren Unterkünften zu entfernen. Als die Männer auf das Plateau zurückkehrten, las Jessica in vielen Gesichtern ernstliche Besorgnis. In den Augen einiger Sträflinge glitzerte jedoch höhnische Schadenfreude.

Schon auf dem Heimweg hatte sich Steve mit Ian McIntosh über die zu treffenden Maßnahmen abgesprochen. Im Laufe der Jahre war die Zahl der auf *Seven Hills* beschäftigten Arbeiter auf dreiundzwanzig gestiegen. Neun davon waren Freie, die für guten Lohn auf der Brading-Farm arbeiteten, Ian Mcintosh eingeschlossen. Und das waren die Männer, auf die Verlass war.

»Wir werden bewaffnete Wachposten aufstellen«, unterrichtete Steve Jessica, während er den Waffenschrank im Wohnzimmer aufschloss. Er enthielt fünf Gewehre und drei Pistolen. »Rund um die Uhr. Jeweils vier Mann, die alle vier Stunden abgelöst werden.«

»Was können vier Mann nachts ausrichten?«, fragte Jessica beklommen. »Die Stuarts haben von mindestens zwanzig Rebellen gesprochen.«

»Aber nur einige von ihnen haben Feuerwaffen. Wir werden hier rund um das Plateau sechs große Scheiterhaufen errichten und nachts in Brand setzen. Dieses Gesindel wird sich also nicht im Schutz der Dunkelheit anschleichen können«, beruhigte er sie. »Ian ist schon dabei, die entsprechenden Stellen auszusuchen und abzuflämmen, damit die Nachtfeuer nicht übergreifen können.«

»Ich habe Angst, Steve«, sagte Jessica leise.

8

Es lag nicht allein an der drückenden Hitze, dass Jessica keinen Schlaf finden konnte. Wach und mit offenen Augen lag sie auf ihrem verschwitzten Laken. Dabei fühlte sie sich abgekämpft und todmüde wie schon lange nicht mehr. Ihre innere Unruhe war jedoch stärker als das Bedürfnis ihres Körpers nach Schlaf. Ihr war, als läge eine atemlose Spannung über der Farm. Und es war still.

War es die Stille vor dem Sturm?

Eine Tür klappte. Dann hörte sie zwei gedämpfte Stimmen im Wohnraum. Steve und Ian. Irgendetwas klirrte metallisch. Dann ein kurzes Lachen. Freudlos und irgendwie bitter.

Jessica schwang sich aus dem Bett, fuhr schnell in Kleid und Schuhe. Es war sinnlos, den Schlaf herbeizwingen zu wollen. Diese Nacht würde sie kein Auge zutun. Es war besser, irgendetwas zu tun, als sich unruhig von einer Seite auf die andere zu wälzen.

Steve und Ian waren schon wieder gegangen, als Jessica in den geräumigen Wohnraum trat. Vermutlich gingen sie jetzt die Posten ab, die über *Seven Hills* Wache hielten. Einen Augenblick stand sie unschlüssig da und blickte auf die geweißten Wände und den Schatten, den die Öllampe auf dem Tisch an die rustikale Decke warf. Sie überlegte, womit sie die Stunden bis zum Morgengrauen ausfüllen sollte. Mit Lesen? Ihr Blick wanderte zu Steves Sekretär neben dem Kamin. Mehrere Dutzend ledergebundene Bücher standen in den Fächern des Aufsatzes mit den bleiverglasten Türen. Nein. Sie würde sich nicht auf die gedruckten Zeilen konzentrieren können.

Sie beschloss, nach draußen zu gehen und Steve zu suchen. Vielleicht konnte auch sie Wache halten. Steve hatte ihr vor

Jahren schon beigebracht, wie man mit einer Muskete umging. Sie war zwar nicht gerade sehr treffsicher, aber darauf kam es nicht an. Sie hatte zwei gute Augen. Und wenn sie irgendetwas Verdächtiges bemerkte, konnte sie doch immerhin einen Warnschuss abgeben, der die anderen alarmierte.

Jessica fand, dass das ein guter Gedanke sei. So würde sie die restlichen Nachtstunden auf sinnvolle Art verbringen und ihren Beitrag zum Schutz von *Seven Hills* leisten.

Ein warmer Wind umfing sie, als sie auf die vordere Veranda hinaustrat. Ein schwacher Duft von Eukalyptus lag in der Luft. Der unruhige Feuerschein eines mächtigen Scheiterhaufens erhellte direkt vor ihren Augen die breite Auffahrt, die zum Plateau hochführte, und den jenseits vom Feuer liegenden Waldsaum. Niemand würde sich der Farm von dort unbemerkt nähern können. Auch zu ihrer Rechten und Linken sah sie den Widerschein von großen Feuern am Nachthimmel.

Jessica atmete ruhiger. Sollten sich die Aufständischen wirklich auf ihrem Land herumtreiben, würden die lodernden Scheiterhaufen ihnen sagen, dass *Seven Hills* auf einen Überfall eingestellt war. Und nur ein Narr würde dennoch einen Angriff wagen. Aber waren diese entlaufenen Sträflinge nicht alle Narren?

Grübelnd wandte sich Jessica nach rechts und ging die Veranda bis an die Ecke des Herrenhauses hinunter. Vermutlich hielt sich Steve auf dem hinteren Hof bei den Schuppen und Scheunen auf. Die Rückfront war die gefährdetste Seite des Plateaus, befanden sich dort doch die vielen Nebengebäude sowie die nun insgesamt zwölf Sträflingsunterkünfte. Zwangsläufig musste die Rückfront besonders intensiv bewacht werden.

Jessica bog um die Hausecke.

Im selben Augenblick sprangen zwei Gestalten aus dem tiefschwarzen Schatten, den der breite Küchenkamin warf. Jessica wich erschrocken zurück, wollte schreien und spürte eine brutale Hand auf ihrem Mund. Kalter Stahl presste sich gleichzeitig gegen ihre Kehle.

»Wenn du auch nur'n Ton von dir gibst, schlitz' ich dich auf!«, zischte eine hasserfüllte Stimme.

Der Schrei blieb ihr in der Kehle stecken. Ekelhafter Rumatem schlug ihr ins Gesicht, als die beiden Männer sie gegen die Hauswand pressten. Und plötzlich wusste sie, mit wem sie es zu tun hatte: Pat Sullivan und Gilbert Doggett. Beide waren Iren.

Es war Doggett, der ihr den Mund zuhielt und die Messerklinge schmerzhaft gegen die Kehle drückte.

»Sieh an, die hübsche Herrin der verfluchten Brading-Farm«, flüsterte Sullivan mit rauer Stimme und lachte leise. »Besser hätten wir es gar nicht treffen können, Gil.«

»Los, schaffen wir sie ins Haus«, raunte Doggett mit gehetzter Stimme. »Da können wir unseren Spaß mit ihr haben. Werd' schon dafür sorgen, dass sie stillhält und keinen Mucks nicht von sich gibt.«

»Später, später«, sagte Sullivan hastig. »Ich hab' ne teuflisch gute Idee. Erst holn wir uns Steve Brading, diesen Drecksengländer. Dann rechnen wir mit beiden ab.«

»Mann, wie willst'n das machen?«

»Wirst schon sehen.«

Jessica sah nun, dass Sullivan eine Muskete in den Händen hielt. Angst kroch in ihr hoch. Wie war er zu der Waffe gekommen? Hatten Sullivan und Doggett vielleicht schon Kontakt zu den Aufständischen?

Sullivan wechselte das Gewehr in die linke Hand und griff

mit der rechten in ihr Haar. Er zog ihren Kopf nach hinten. »Gil wird gleich die Hand von deinem Mund nehmen, wenn ich es sage. Und du wirst stumm sein wie ein Fisch, verstanden? Ein Mucks, und Gil schneidet dir deinen zarten Hals auf. Wir haben nichts zu verlieren. Vergiss das nicht!« Drohend blickte er sie an. Dann nickte er seinem Komplizen zu.

Mit einem Zaudern zog Doggett seine Hand zurück. Jessica stand wie erstarrt und wagte nicht, sich zu bewegen. Die Klinge drückte ins Fleisch, und sie fürchtete, sich im nächsten Augenblick übergeben zu müssen.

»Wo steckt dein Mann?«, stieß Sullivan gedämpft hervor. »Na los, mach den Mund auf. Aber sprich verdammt leise!«

»Ich … ich … weiß es … nicht«, krächzte Jessica, benommen vor Angst.

»Komm mir nicht mit so 'nem Unsinn!«, zischte Sullivan. »Ich geb' dir noch 'ne Chance. Und ich rate dir, sie zu nutzen!«

»Ich … weiß es wirklich nicht«, stammelte sie hastig. »Ich konnte nicht schlafen und … und … bin aufgestanden, um ihn zu suchen … er … muss hier … irgendwo sein … mit McIntosh … mein Gott, was soll das alles? Was haben wir … euch getan? Ihr wisst doch, dass Steve kein Sklaventreiber ist. Und ich … ich … bin auch eine Deportierte. …«

»Einen Dreck bist du!«, fauchte Sullivan. »Hältst dich für was Besseres, weil Steve Brading dich in sein Bett genommen hat. Nein, heute rechnen wir ab mit euch Bradings und Verrätern wie McIntosh. Mulhall hat für seinen Verrat schon bezahlt, dieser Schweinehund. Haben ihn aufgeschlitzt und ihm die Muskete abgenommen. Und das ist erst der Anfang!« Unbändiger Hass und das Verlangen nach blutiger Rache für die Jahre der Verbannung sprachen aus seiner Stimme.

»Pat, was is'n nun?«, drängte Doggett nervös.

»So, du weißt also nicht, wo Steve ist«, sagte Sullivan höhnisch. »Dann werden wir ihn eben gemeinsam finden. Jessy. Wenn wir ihn in unserer Gewalt haben, haben wir auch *Seven Hills*. Hör mir jetzt gut zu. Du wirst gleich nach deinem Mann rufen, aber ohne hysterisches Schreien, ist das klar? Und versuch bloß keine Tricks, wenn du nicht an deinem eigenen Blut ersticken willst!«

Sullivan und Doggett zerrten Jessica an die Seite des breiten Kamins. Sullivan kauerte sich in die Ecke, die Muskete im Anschlag. Und Doggett stellte sich so, dass auch ihn der tiefe Schatten schützte. Er packte ihr Kleid im Rücken und presste ihr die Messerklinge von hinten zwischen die Rippen.

»Tu, was Pat gesagt hat!«, herrschte er sie an.

Heiß pochte das Blut in Jessicas Schläfen. Gedanken jagten sich hinter ihrer schweißkalten Stirn. Sie sollte Steve in die Falle locken. Gelang es ihnen, Steve in ihre Gewalt zu bekommen, war *Seven Hills* verloren. Niemand würde aus Angst, das Leben der Geiseln zu gefährden, gegen Sullivan und Doggett vorgehen. Nicht, solange einer von ihnen am Leben war. Doch wenn sie es nicht tat, würde sie sterben ...

»Ich zähle bis drei«, zischte Sullivan. »Wenn sie bis dahin den Mund nicht aufgemacht hat, stichst du sie ab, Gil.«

»Mit Vergnügen«, flüsterte Doggett.

Jessica öffnete den Mund.

»Eins ... zwei ...«, zählte Sullivan mit drohender Stimme.

»Steve? ... Steve? ... Wo bist du?«

»Das ist schon besser!«, höhnte Sullivan. »Noch mal. Und schön mit Gefühl, Herzchen! Los!«

»Steve? ... Wo bist du?« Jessica war, als hörte sie die Stimme einer Fremden.

Fast augenblicklich wurde ihr Ruf beantwortet. »Jessica?«,

Steves erstaunte Stimme kam von jenseits der anderen Hausecke. Sand knirschte unter Stiefeln.

»Er kommt!«, stieß Doggett hervor.

»O Gott, wie hab' ich all die Zeit auf diesen Moment gewartet!«, raunte Sullivan und packte die Muskete fester.

Komm nicht, Steve!, schrie alles in Jessica. *Bleib da, Steve!*

Steve trat um die Ecke, die Muskete mit zum Boden gerichtetem Lauf in der rechten Armbeuge. Zehn, zwölf Schritte trennten ihn von Jessica, die scheinbar an der Kaminmauer lehnte. Ohne Eile kam er auf sie zu. »Ich dachte, du schläfst, Jessica. Aber diese Nacht …«

Edward und Victoria!, schoss es Jessica in diesem Moment mit heißem Entsetzen durch den Kopf. *Wenn sie uns beide haben, ist niemand mehr da, der die Kinder vor ihnen schützen kann. Nein, das darf nicht passieren. Nie! Um keinen Preis!*

Die Angst um das Leben ihrer Kinder verdrängte ihre eigene Todesangst. »Steve! … Komm nicht! … *Nicccht!*«, gellte sie. Ihr markerschütternder Schrei schallte über den Hof. Ein scharfer Schmerz jagte durch ihre Seite, und instinktiv riss sie sich los, taumelte vorwärts und stürzte zu Boden.

Die Ereignisse überstürzten sich. Jessicas Schrei ließ Steve abrupt stehen bleiben. Schreck und Verwirrung lähmten ihn für einen winzigen und doch entscheidenden Augenblick.

Fluchend stürzte Sullivan hinter dem Kamin hervor. »Verrecke, Brading!«, schrie er.

Steve riss seine Muskete hoch. Und er drückte ab, als ihn das Mündungsfeuer aus der Waffe des Iren blendete. Die beiden Schüsse klangen wie ein einziger. Sullivan stürzte neben dem Kamin in den Sand.

Auch Steve war getroffen. Die Kugel schlug in seine Brust ein. Er wankte zwei Schritte zurück. Die Muskete entglitt seinen plötzlich kraftlosen Händen. Fast zögernd knickte er in den Knien ein, kippte dann nach links, versuchte sich vergeblich mit der Hand abzustützen und sackte in sich zusammen.

Jessica schrie auf, als sie Steve zu Boden sinken sah. Sie sprang auf und stürzte zu ihm. Mit zitternden Händen drehte sie in auf den Rücken. Ein unsagbarer Schauer durchlief sie, als ihre Hand auf seiner Brust etwas Warmes, Feuchtes spürte – Blut.

Sie begriff nicht mehr, was um sie herum geschah. Sie sah nicht, wie Doggett im Feuer von zwei Musketen starb. Und sie hörte auch nicht, wie Ian McIntosh die Wachen mit scharfer Stimme auf ihre Posten zurückschickte und den wachfreien Männern Befehle erteilte.

Jessica kniete neben Steve, der tödlich getroffen war. Er hatte schreckliche Schmerzen, doch war er noch bei Bewusstsein. Er wusste, dass er den kommenden Sonnenaufgang nicht mehr erleben würde. Sein Atem ging röchelnd.

Ian McIntosh brachte ein Licht. Sein Gesicht war eine starre Maske, als er das blutgetränkte Hemd sah. »Steve, wir tragen dich ins Haus«, sagte er mit beherrschter Stimme.

Steve schüttelte mühsam den Kopf. »Nein, lass mich hier, Ian. Ich … mache es nicht mehr … lange. Lass mich … mit Jessica allein … Mir … bleibt nicht mehr viel Zeit.«

»Nein, nein, nein«, murmelte Jessica kopfschüttelnd, als wollte sie abschütteln, was sie sah und wusste.

Der Ire ergriff Steves Hand, doch kein Wort kam über seine Lippen.

»Rebellen? … Waren … es … Rebellen?«, wollte Steve wissen.

Ian räusperte sich, bevor er antwortete. »Nein, es waren Sullivan und Doggett. Sie haben Mulhall erstochen. Wollten sich wohl die Gelegenheit zunutze machen. Ich bete zu Gott, dass sie für alle Ewigkeit in der Hölle Folterqualen leiden mögen!«

Steve krümmte sich unter Schmerzen und schloss stöhnend die Augen. »Ian …«

»Ja?«

»Du weißt, was du zu tun hast«, keuchte Steve. »Pass auf *Seven Hills* auf. Immer. Ohne dich … hätte … ich … es nie geschafft.«

»Unsinn.« Der Ire biss sich auf die Unterlippe.

»Es ist wahr. Versprich es mir, Ian! … Versprich, dass du bleibst! Jessica wird dich brauchen!«

»Du weißt, was mir *Seven Hills* bedeutet«, antwortete Ian McIntosh leise, und seine Stimme klang schwer und dunkel. »Ich bleibe, solange ich gebraucht werde.«

»Du wirst immer … gebraucht … immer«, hauchte Steve. »Jessica … sag es ihm …«

Jessica nickte nur stumm. Tränen erstickten ihre Stimme.

Steve drückte die Hand seines Aufsehers. »Danke für alles, Ian … Du warst mir mehr als nur … ein guter Freund. Und nun lass mich mit Jessica allein.«

Ian McIntosh gab nur widerstrebend die Hand des Sterbenden frei. »Gottes Segen, Steve«, murmelte er. Dann erhob er sich und ging.

Jessica kauerte im Schein der Laterne neben Steve. Eine entsetzliche Leere erfüllte sie. Steve war vom Tod gezeichnet, doch etwas in ihr weigerte sich, die Unabänderlichkeit des nahenden Endes zu akzeptieren. Schreckliche Selbstvorwürfe quälten sie. War sie nicht schuld, dass Steve im Sterben lag?

Es war, als hätte Steve ihre Gedanken intuitiv erraten. »Ich war ein Narr, Jessica … Sullivan … Er hasste mich … all die

Jahre. Und obwohl ich es wusste, habe ich ihn behalten. Es war eine … Dummheit … eine tödliche Dummheit.«

»Nein, es ist meine Schuld!«, brach es aus Jessica heraus. »Ich habe dich gerufen und …«

Er tastete nach ihrer Hand und schüttelte den Kopf. »Sag das nicht!«, beschwor er sie. »Es war nicht deine Schuld. Niemals! … Es ist außerdem sinnlos … Keine Zeit für Wenn und Aber … Habe … viele Fehler begangen, Jessica. Und nun ist es zu spät, sie wieder … gutzumachen.« Er rang verzweifelt nach Atem, und sein Gesicht verzerrte sich.

Minuten vergingen, ehe er die Kraft fand, weiterzusprechen. »Meine größte Schuld ist, dass ich … dir niemals gesagt … habe, wie viel du mir … wirklich bedeutest, Jessica. Du hast mir so viel mehr gegeben … als ich dir zurückgeben konnte … Habe im Leben … nie gelernt, zu sagen … ich liebe dich … Ich konnte es … einfach nicht sagen … nur im Stillen … in Gedanken … zu mir allein … habe es oft gesagt … Ich liebe dich, Jessica …« Er lächelte unter Schmerzen. »Und jetzt fällt es mir … so leicht … verzeih mir.«

»Steve! Steve! Du darfst nicht sterben, hörst du mich?«, rief Jessica, und die Verzweiflung schien sie in ihrem Innersten zerreißen zu wollen. »Du musst bei mir bleiben … und bei unseren Kindern!«

Doch Steve hörte sie schon nicht mehr. Die Schmerzen hatten ihn in die Bewusstlosigkeit gezogen. Langsam, aber unaufhaltsam rann das Leben aus seinem Körper. Und Jessica konnte nichts weiter tun, als bei ihm zu sitzen und lautlos zu weinen.

Noch einmal kam er zu Bewusstsein. Seine Hände krallten sich in einer letzten Kraftanstrengung um ihren Arm. »Jessica!«, keuchte er.

»Ich bin bei dir, Steve. Ich bin hier.«

»Edward … Victoria«, stieß er mit rasselndem Atem hervor. »Sie sind unsere Zukunft! … Hier ist ihre Heimat! … Lehre sie, das Land zu achten und zu lieben!«, beschwor er sie. »Alles andere … wir Menschen … alles vergänglich, hörst du!?«

»Ja, ich höre, Steve«, flüsterte Jessica.

»Alles … wird … zu … Staub … nur das Land bleibt.« Seine Stimme wurde leiser und leiser. »Nur das Land, Jessica … nur das … Land …«

Der Tod zog ihn sanft mit sich fort. Jessica schloss ihm die Augen und küsste ihn auf den Mund, der noch warm auf ihren Lippen war.

Als der Morgen heraufdämmerte und die Scheiterhaufen ausglommen, kniete Jessica noch immer auf dem Hof an seiner Seite.

9

Im Kamin prasselte ein Feuer, das der morgendlichen Kühle im Herrenhaus die Schärfe nahm. Kraftlos stand die herbstliche Sonne über *Seven Hills*.

Jessica saß neben dem Kamin am Sekretär und trank ihren Tee. Vor ihr lagen Bauzeichnungen, die Steve wenige Monate vor seinem Tod angefertigt hatte. Kein Baumeister hätte seine Pläne besser zu Papier bringen können.

»Es wird Zeit, dass *Seven Hills* ein richtiges Herrenhaus erhält. Wir werden noch mehr Kinder haben«, hatte er voller Stolz verkündet. »Und sie sollen in einem Haus aufwachsen, das der Stellung der Bradings in diesem Land entspricht.«

Im kommenden Frühjahr hatte er mit den Arbeiten beginnen wollen. Jonas Duckworth hatte schon den Zuschlag für den Transport der Steine aus den Brüchen und Sydney erhalten. Und Steve hatte auch geplant, nach der Fertigstellung des neuen Herrenhauses einen Privatlehrer für Edward einzustellen.

Ja, er war von einem schier unerschöpflichen Tatendrang beseelt gewesen. Und er hatte weitreichende, vorausschauende Pläne gehabt. Pläne für das nächste Jahrzehnt und die Zeit, da Edward alt genug war, um einen Teil der Verantwortung zu übernehmen. Doch Sullivans Kugel hatte allen Hoffnungen und Plänen ein jähes Ende bereitet.

Jessica hatte das Gefühl, als läge Steves Tod schon lange einsame Jahre zurück. Dabei waren gerade erst acht Wochen vergangen. Doch der Schmerz der Trauer und die innere Leere, die sein Tod in ihr zurückgelassen hatten, konnten aus Stunden endlose Zeiten der Verlassenheit machen.

Sein Tod war so sinnlos gewesen.

Die Aufständischen waren nicht einmal in die Nähe von *Seven Hills* gelangt. Wie später bekannt wurde, kam es unter den entlaufenen Sträflingen zu Meinungsverschiedenheiten über das weitere Vorgehen. Schließlich teilte sich die Bande in zwei Gruppen, die in verschiedene Richtungen zogen.

Schon am Tag nach Steve Bradings Ermordung wurde der Hauptteil der Aufständischen mehrere Meilen unterhalb der Stuart-Farm von einer Einheit Soldaten gestellt und umzingelt. Nach einem kurzen Gefecht, das zwei Tote unter den Sträflingen forderte, ergaben sich die Übrigen. Die Männer der zweiten, kleineren Gruppe erfreuten sich ihrer Freiheit nicht viel länger. Die Soldaten überraschten sie, als die Aufständischen das Lager für ihre Nacht aufschlugen. Nicht ein Schuss fiel. Und damit war der Aufstand der Iren wie ein Strohfeuer in sich zusammengefallen. Vier der Rädelsführer sollten später in Sydney öffentlich gehängt und die anderen ausgepeitscht werden.

Steves Beerdigung fand am Tag nach der Niederschlagung des Aufstandes statt.

Fast zweihundert Trauergäste wohnten der Beerdigung bei. Viele reisten zu Pferd oder mit der Kutsche aus Parramatta, Sydney und anderen Siedlungen an. Und obwohl Jessica wie betäubt war, bewegte sie diese überwältigende Beileidsbekundung.

Jessicas Hand zitterte, als ihre Gedanken zur Totenfeier zurückwanderten. Schnell setzte sie die Tasse ab. Nie würde sie den dumpfen Klang der schweren Erdbrocken vergessen, als sie auf den Sarg polterten. Und das Weinen der Kinder, die noch zu jung waren, um wirklich zu begreifen, was geschehen war, aber dennoch spürten, dass diese Zeremonie etwas Endgültiges an sich hatte …

Ein Räuspern hinter ihr ließ sie aus ihren schmerzvollen Gedanken aufschrecken. Sie wandte sich um. Ian McIntosh stand in der Tür, seinen Filzhut in der Hand.

»Sagen Sie, wenn ich störe, Jessica. Die Sache, wegen der ich komme, eilt nicht.«

»Nein, kommen Sie nur herein, Ian.« Jessica war geradezu dankbar für die Ablenkung. »Ich bin nur einige Papiere durchgegangen. Das heißt … Ach, Ian, in Wirklichkeit habe ich nur einfach dagesessen und mich meinen Gedanken überlassen.«

Der Ire trat in den Raum. »Wir haben dieses Jahr eine hervorragende Ernte. Es ist ein prächtiger Anblick, die voll beladenen Wagen zu sehen. Sie sollten sich mehr draußen im Freien aufhalten … so wie früher. Es täte Ihnen bestimmt gut.«

Jessica nickte schwer. »Ich weiß, Ian. Ich bin wirklich keine große Hilfe auf *Seven Hills*. Seit Steve tot ist, lastet alles auf

Ihren Schultern. Ich wüsste gar nicht, was ich ohne Sie tun würde.«

»Acht Wochen sind eine kurze Zeit.«

»Es sind die längsten Wochen meines Lebens gewesen.«

»Ja, weil Sie sich von allem abkapseln und kaum das Haus verlassen.«

»Soll ich da weitermachen, wo ich vor Steves Tod aufgehört habe?«, fragte Jessica mit einem Anflug von Unwillen. »Als wäre nichts geschehen?«

»Jessica, ich kenne Ihren Kummer. Aber der Tod ist etwas Unwiderrufliches, und Sie müssen lernen, sich damit abzufinden. Für uns geht das Leben mit all seinen Pflichten weiter. Auch für Sie.«

Jessica gab keine Antwort.

»Steve hat Ihnen sein Vermögen und die Farm hinterlassen. Ich kann verstehen, dass Sie die Leitung der Farm im Augenblick als gewaltige Bürde empfinden. Aber diese Aufgabe ist gleichzeitig auch eine Herausforderung. Und ich weiß genau, dass Sie ihr gewachsen sind. Sie werden es schaffen, wenn Sie es nur versuchen – und von ganzem Herzen wollen.«

»Aber vielleicht will ich es nicht«, erwiderte Jessica in schroffem Tonfall.

Ian McIntosh zog die Augenbrauen hoch. »*Seven Hills* ist Steves Lebenswerk, und es war sein erklärter Wunsch, dass seine Kinder ...«

Jessica unterbrach ihn. »Ja, das ist mir bekannt, Ian. Edward und Victoria sind die Erben von *Seven Hills*. Ich kenne das Testament. Mir obliegt nur die Verwaltung bis zu Edwards fünfundzwanzigstem Lebensjahr.«

»Eine Verfügung, die ganz bestimmt nicht gegen Sie gerichtet war«, erklärte der Ire. »Bei Landgütern dieser Art ist es üblich, dass das Erbe direkt auf die Kinder übergeht, besonders dann, wenn ein Stammhalter vorhanden ist.«

Ein Ausdruck von Unwillen trat auf ihr Gesicht. »Sie haben mich wohl falsch verstanden, Ian. Von dieser Testamentsverfügung wusste ich schon lange vor Steves Tod. Und ich habe sie immer für vernünftig gehalten. Darum geht es auch gar nicht. Aber lassen wir das. Was gibt es, das Sie mit mir besprechen wollen?«

Ian McIntosh räusperte sich. »Ja, nun, es geht um unsere Rumdestille.«

»Um *was*?«

Der Ire wirkte ein wenig verlegen. »Es gibt auf *Seven Hills* eine geheime Rumdestille. Schon seit fast zehn Jahren.«

Jessica blickte ihn sprachlos vor Überraschung an. »Eine Rumbrennerei auf unserer Farm?«, stieß sie schließlich hervor. »Seit fast zehn Jahren? Das ist ja … Mein Gott, warum erfahre ich erst jetzt davon?«

Ian lächelte unsicher. »Es ist in der Kolonie nun mal verboten, Rum zu brennen und zu verkaufen. Das Syndikat hält das Alkohol- und Tabakmonopol. Das illegale Rumgeschäft ist daher nicht ganz ungefährlich. Und Steve wollte nicht, dass Sie sich sorgten, wenn er seine Fahrten machte.«

Jessica begriff plötzlich. Die vielen Fahrten mit dem schweren Ochsengespann bekamen nun ihren Sinn. »Steve ein illegaler Rumhändler.« Sie schüttelte fassungslos den Kopf. »Es fällt mir schwer, das zu glauben. Und dabei hat er doch so auf das Rumsyndikat der Offiziere geschimpft.«

»Steve hat einen ehrenhaften Handel betrieben!«, sagte McIntosh mit Nachdruck. »Nicht was Steve getan hat, ist zu verurteilen, sondern das, was diese Halsabschneider im Offiziersrock seit vielen Jahren treiben. Sie kaufen den Rum, den die Schiffe bringen, für fünf Shilling pro Gallone auf und verkaufen sie für zwanzig und mehr. Und wer nicht zum Syndikat gehört, muss ihren Preis zahlen. Sie wissen doch selbst, dass das New South Wales Corps die Wirtschaft unserer Kolonie so zerstört hat, dass man ohne Rum kaum etwas kaufen kann.«

»Ja, das ist leider nur zu wahr«, murmelte Jessica. »Aber dass Steve am Rumelend der Deportierten verdient hat …«

»Unser Erzeugnis ist sein Geld wert! Wir haben keinen billigen Fusel geliefert, wie andere, die ihren Rum mit gebranntem Zucker und Tabak versetzen und noch einen Löffel Vitriol in jedes Fass gießen!«

»*Unser?*«, fragte Jessica Stirn runzelnd.

Ian McIntosh nickte. »Ich habe die Destille betrieben, während Steve mehrmals im Jahr unsere Stammkunden beliefert hat.«

»Sie verstehen sich aufs Rumbrennen?«

»Ein Handwerk, das ich von meinem Vater gelernt habe«, sagte der Ire voller Stolz. »Schon mein Großvater war bekannt für seinen Whiskey, der der Beste im ganzen Bezirk war. Und mein Vater stand ihm in der Kunst der Whiskeybrennerei in nichts nach.«

Jessica blickte ihn kopfschüttelnd an. »Offensichtlich war auch Ihr Vater ein guter Lehrmeister.«

»Der Beste!«

»Und ich habe all die Jahre nichts davon gewusst …« Es schmerzte sie, dass Steve dieses Geheimnis nicht mit ihr geteilt hatte.

»In den letzten fünf Jahren haben wir den Rumhandel nur noch in sehr beschränktem Umfang betrieben. Eigentlich beugten wir uns mehr dem Wunsch unserer Stammkundschaft, die unbedingt weiterhin mit unserem Rum beliefert werden wollte, als dass es für uns eine notwendige Einnahmequelle gewesen wäre.«

»Steve hat *Harper's Inn* und Mollys Schenke in Sydney beliefert, nicht wahr?«

»Ja, Sam und Molly gehören zu unseren Stammkunden.«

»Wie ist Steve dazu gekommen, sich in so ein Risiko einzulassen?«, wollte Jessica wissen.

»Die Farm stand im zweiten Jahr ihrer Existenz vor dem Ruin. Der Sommer war zu heiß gewesen, und der Herbst hatte eine verheerende Überschwemmung gebracht«, berichtete Ian. »Steve brauchte dringend Geld, um dieses katastrophale Jahr zu überstehen und noch einmal neu anfangen zu können. Und da machte ich ihm den Vorschlag mit der Rumdestille. Anfangs wollte er nichts davon wissen, doch letztlich siegte seine Liebe zu *Seven Hills*. Und so begannen wir. Ich fand ein paar Meilen von hier ein geeignetes Versteck für die Anlage, und Steve nutzte seine Beziehungen in Sydney. Bald waren wir gut im Geschäft, denn unser erstklassiger Rum kostet nur zehn Shilling. Und unsere Bezieher wissen, dass ihre Kunden von unserem Gesöff nicht erblinden.«

»Und wie hat Steve Sie am Profit beteiligt?«

»Wir hatten rund zwei Shilling Kosten pro Gallone. So blieben für jeden von uns vier Shilling«, erklärte er.

»Und dieses Geschäft haben Sie zehn Jahre betrieben?«

»Ja, fast.«

Jessica zögerte einen winzigen Augenblick, bevor sie ihre Verblüffung in Worte fasste. »Dann müssen Sie ja in all den Jahren beinahe ein ebenso großes Vermögen verdient haben wie Steve!«

Der Anflug eines Lächelns huschte über sein Gesicht. »Ja,

das habe ich in der Tat, Jessica. Und das ist etwas, was ich ihm nie vergessen werde. Er hat mich wie einen gleichgestellten Partner behandelt. Und solange ich noch Sträfling war, legte Steve auf meinen Wunsch hin meinen Gewinn in Land und Unternehmen in Sydney an.«

Jessica brauchte einen Moment, um die Erkenntnis zu verdauen, dass Ian McIntosh ganz und gar nicht derjenige war, für den sie ihn gehalten hatte. Das Vermögen, dass ihr Steve hinterlassen hatte, war beträchtlich. Doch höchstwahrscheinlich war Ian McIntosh noch vermögender, wenn man den Wert außer Acht ließ, den *Seven Hills* darstellte.

»Das verstehe ich nicht«, sagte Jessica verwirrt. »Warum sind Sie als Aufseher auf *Seven Hills* geblieben, wo Sie sich doch schon längst eine eigene Farm hätten aufbauen können?«

Der Ire zuckte die Achseln. »Ich war schon über fünf Jahre auf *Seven Hills*, als ich wieder ein freier Mann wurde. Ich war vom ersten Tag an dabei, Jessica. Ich habe die bitteren Jahre durchlitten und erlebt, wie die Farm zu gedeihen begann und zu dem wurde, was sie jetzt ist. Die Antwort auf Ihre Frage ist vermutlich simpel und sentimental, Jessica. Ich liebe die Farm wie ein eigenes Kind. Aber vielleicht habe ich auch einfach nicht den Mut, den Steve besessen hatte, auf eigenes Risiko mit dem Aufbau einer großen Farm zu beginnen.«

Jessica schwieg eine Weile nachdenklich. »Ich bin dankbar, Sie als Verwalter zu haben, Ian.«

»Ich bin Aufseher, nicht Verwalter«, korrigierte er sie höflich, aber bestimmt.

»Sie möchten jetzt sicher wissen, was mit der Destille werden soll.«

»Ja.«

»Welche Alternativen haben wir?«

»Die Entscheidung liegt völlig bei Ihnen, Jessica.«

»Müssen wir mit Protesten oder gar mit indirekter Erpressung vonseiten der Stammkunden rechnen, wenn die Lieferungen gestoppt werden?«

Ian verneinte. »Niemand weiß, dass ich den Rum gebrannt habe. Ich galt bestenfalls als Steves Gehilfe. Unsere Abnehmer gehen seit seinem Tod davon aus, dass die guten alten Zeiten vorbei sind und sie nie wieder preiswerten Rum von uns beziehen werden.«

»Aber Sie könnten sie überzeugen, dass Steve Ihnen ein hervorragender Lehrmeister gewesen ist, nicht wahr?« Leichter Spott schwang in ihrer Stimme mit.

Der Ire schmunzelte. »Sicher, davon ließen sie sich bestimmt gern und schnell überzeugen – solange Qualität und Preis stimmen. Schließlich haben alle, die an diesem Rumhandel beteiligt waren, gut verdient.«

Jessica musterte ihn aufmerksam. »Wir könnten unser Vermögen in einigen Jahren leicht verdoppeln, nicht wahr?«

»Ja, das könnten wir«, antwortete er zögernd und wirkte enttäuscht. »Wenn das Ihr Wunsch ist. ...«

»Nein, das ist ganz und gar nicht mein Wunsch«, fiel Jessica ihm ins Wort. »Es war reine Neugierde, die mich diese Frage stellen ließ. Ian, ich möchte, dass Sie die Rumbrennerei nicht wieder aufnehmen. Zumindest nicht vom Brading-Land aus. Wenn Sie den Handel auf eigene Faust fortzuführen gedenken, muss ich darauf bestehen, dass Sie die Destille auf Ihrem eigenen Grund und Boden betreiben.«

Der Ire lächelte geradezu erleichtert. »Ich hatte gehofft, dass Sie so entscheiden würden«, gestand er. »Ich werde die Anlage in den nächsten Tagen zerlegen. Vielleicht wäre es ganz ratsam, wenn ich unsere Stammkunden persönlich aufsuchen würde.

Ich möchte keine Zweifel darüber lassen, das mit Steve auch das lukrative Rumgeschäft gestorben ist.«

Jessica nickte zustimmend. »Eine gute Idee.«

»Ja das war eigentlich alles.« Ian McIntosh wandte sich zum Gehen.

»Würden Sie mir einen Gefallen tun, wenn Sie nach Sydney kommen?«, fragte sie.

Der Ire blieb stehen. »Aber sicher doch. Was kann ich für Sie in Sydney erledigen?«

»Erkundigen Sie sich doch bitte, wann das nächste Schiff nach England geht.«

Verständnislos sah er sie an. »England?«

»Ja.«

»Sie wollen eine Passage buchen?«, fragte er, noch immer völlig verwirrt.

»Ja, das habe ich vor!«, erklärte sie mit fester Stimme.

»Und … Edward und Victoria?«

»Was soll mit ihnen sein? Natürlich lasse ich meine Kinder nicht zurück.«

»Aber Sie werden nicht für immer weg sein, nicht wahr?«, fragte er leise. »Ich meine, Sie besuchen die alte Heimat, und in zwei Jahren kommen Sie wieder zurück.«

»Das kann ich Ihnen nicht versprechen, Ian.«

Er war blass geworden. »Aber Jessica! Das kann unmöglich Ihr Ernst sein! *Seven Hills* ist Ihr Zuhause, das Lebenswerk Ihres verstorbenen Mannes und Ihre neue Heimat!«

»England ist meine Heimat, Ian! Nach New South Wales bin ich deportiert worden. Und diesen Unterschied habe ich nicht vergessen.«

Sein Gesicht verhärtete sich. »Haben Sie auch vergessen, was Ihnen dieses Land gegeben hat?«

Trotzig begegnete sie seinem herausfordernden Blick. »Was hat es mir denn gegeben, Ian? So sagen Sie schon, was hat es mir gegeben? Nichts! Oh, doch, das ist die Wahrheit. Dieses Land hat nur genommen. Es hat mir meine erste Liebe genommen!«, brach es wild aus ihr heraus. »Es hat mir meinen Rest Selbstachtung genommen. Es hat mich immer wieder gedemütigt und in den Dreck geworfen.«

»Und Steve?«, rief Ian mit erhobener Stimme. »Haben Sie vergessen, was er Ihnen gegeben hat? Er hat Sie geachtet und geliebt, ja angehimmelt hat er Sie. Er hat Ihnen die Freiheit und die Selbstachtung wiedergegeben, und er hat Ihrem Leben als Mutter von Edward und Victoria *und* als Herrin von *Seven Hills* einen neuen, tiefen Sinn gegeben. Haben Sie all das schon vergessen? Mein Gott, ich hatte Sie für dankbarer gehalten. Wie habe ich mich nur so in Ihnen täuschen können?«

Jessicas Gesicht verzerrte sich vor Seelenschmerz. »Nichts davon habe ich vergessen! Und gerade um dieses Glück hat mich diese verfluchte Kolonie betrogen! Eine Kolonie, die auf Unrecht und Gewalttätigkeit aufgebaut ist – und in der auch Gewalt und Unrecht regieren. Was wissen Sie schon davon, was Steve mir bedeutet hat! Dieses Land hat mich einige Jahre glauben lassen, es könnte für mich doch noch ein Leben in Liebe und Erfüllung geben. Und es waren wunderbare Jahre an seiner Seite, trotz harter Arbeit und der Launen der Natur. Doch es sollte nicht sein, Ian! Gerade als ich meinte, mich auf ein beständiges Leben zusammen mit Steve einrichten zu können und wir näher zueinander gefunden hatten, musste er sterben. Keine fünf Jahre war ich seine Frau. Und dafür soll ich dankbar sein? Dass ich schon wieder alles verloren habe?«

»Das war ein tragisches Unglück, Jessica.«

Heftig schüttelte sie den Kopf. Tränen ließen ihre Augen glänzen. »Nein, daran kann ich nicht mehr glauben, Ian. Alles, was mir auch nur etwas lieb und wert war, hat mir dieses Land genommen. Alles. Und ich will nicht, dass ich meine Kinder eines Tages auch noch verliere. Bei einem Aufstand, bei einem Buschfeuer, während einer Überschwemmung oder durch den Biss einer Kobra. Nein, den Gedanken kann ich nicht ertragen. Ich werde mit Edward und Victoria nach Englang segeln, Ian. Ob Sie mir nun behilflich sind oder nicht. Meine Kinder haben ein Recht darauf, in einem zivilisierten Land aufzuwachsen, das nicht von einem Dutzend Rum-Offizieren regiert und von marodierenden Aufständischen und Naturkatastrophen heimgesucht wird.« Sie schlug die Hände vors Gesicht, um ihre Tränen zu verbergen.

Schweigend und mit betroffener Miene stand Ian McIntosh vor ihr. Eine ganze Weile war ihr unterdrücktes Schluchzen der einzige Laut in der Stille.

»Ich hoffe inständig, Sie überlegen es sich noch einmal und bleiben«, sagte er schließlich ruhig. »Sollten Sie jedoch bei Ihrem Entschluss bleiben, werde ich Ihnen in jeder Hinsicht helfen, Arrangements für die Passsage und die Verwaltung der Farm zu treffen.«

Jessica wischte sich die Tränen aus den Augen. »Danke, Ian. Sie sind wirklich ein Freund«, sagte sie mit leiser Stimme. »Ich wünschte, ich hätte Sie auch in England in meiner Nähe.«

»Mein Platz ist hier, Jessica. Dies ist meine Heimat.«

»Warum nur nimmt uns das Schicksal immer das, woran unser Herz am stärksten hängt?«, fragte Jessica grübelnd.

Ian McIntosh seufzte schwer. »Sowie ich hier abkömmlich bin, reite ich nach Sydney. Doch es kann sein, dass Sie bis zum Frühjahr warten müssen. Der Winter steht vor der Tür. Und kein Captain, der nicht guten Grund hat, wird sein Schiff auf die Südroute schicken.«

»Ein Schiff, Ian, besorgen Sie mir ein Schiff – auch wenn es erst im Frühjahr segelt!«

10

Die *Southwind* lag neben einem amerikanischen Handelsfahrer in der weiten Bucht von Sydney vor Anker. Der Rumpf des Seglers wirkte von Weitem so schlank und schmal wie der Körper eines Delphins. Und scheinbar zerbrechliche Masten erhoben sich weit über das Deck in den Himmel. Die *Southwind* war ein junges Schiff und gehörte zur neuen Generation der schnellen Segler. Stolz prahlten die Seeleute damit, dass ihr Schiff für die Strecke England–New South Wales nur die Hälfte der Zeit benötigt hatte, die andere Segler für gewöhnlich unterwegs waren.

Die Brading-Kutsche stand unterhalb des Marktplatzes nahe der Kaianlagen. Schräg gegenüber lag die regierungseigene Anlegestelle, die privaten Handelsfahrern und Seglern der Kolonie verwehrt war.

»Müssen wir noch lange warten?«, quengelte Edward, der in drei Monaten schon fünf Jahre alt wurde. Im Gegensatz zu seiner Schwester fühlte er sich in den feinen Kleidern sichtlich unwohl. Unruhig rutschte er auf dem Samtpolster der Sitzbank hin und her. Victoria dagegen saß träumend neben ihrem Bruder, die gefalteten Hände im Schoß ihres blassrosanen Musselinkleidchens. Ihre blonde Lockenpracht quoll unter einem kleinen Strohbonnet hervor.

»Ian muss bald zurück sein«, sagte Jessica und blickte aus dem Türfenster zur *Southwind* hinüber. Dieses Schiff würde sie bald nach England bringen. Eine merkwürdige Vorstellung. Jetzt, da es endlich so weit war, erzeugte der Gedanke zwiespältige Gefühle in ihr.

»Kommt Ian mit uns nach England?«, wollte Edward wissen.

»Nein, er wird als Verwalter auf der Farm bleiben.«

»Und Lisa und Anne?«

»Eine Schiffspassage nach England ist eine sehr teure Sache, Edward«, belehrte sie ihren Sohn. »Lisa und Anne können sich das nicht leisten. Wir müssen dankbar sein, dass wir in der glücklichen Lage sind, die Passage bezahlen zu können.«

Edward zog die Stirn kraus, und in diesem Moment ähnelte er Steve so sehr, dass es Jessica einen schmerzlichen Stich versetzte. »Ich will nicht in dieses England«, sagte er dann traurig.

»Du kennst es doch noch gar nicht.«

»Leben wir da auch auf einer Farm und mit Tieren?«, bohrte er.

Sie schüttelte den Kopf. »Wir werden in einer Stadt leben, die sich London nennt.«

»Ist das so eine Siedlung wie Sydney?«

Edwards Gesicht verschloss sich. »Ich mag Sydney nicht. Hier ist alles so eng und dreckig… und überall sind so viele Menschen. Wenn London auch so ist, mag ich es nicht. Ich will zu uns zurück. Mami… zu Lisa, Anne, Ian und dem alten Baker. Er hat versprochen, mir zu zeigen, wie man Dingofallen baut.«

»Edward, es ist nur zu eurem Guten, wenn wir alle nach England gehen«, antwortete Jessica eindringlich. »Du bist jetzt schon ein kleiner Gentleman, und du brauchst eine gute Ausbildung. Dasselbe gilt für Victoria.«

Als sie ihren Namen hörte, hob Victoria den Kopf. Und verträumt fragte sie: »Fahren wir jetzt nach Hause?«

»Nein, mein Liebes.«

Edward zerrte an der Halskrause seines Hemdes. »Muss ich in diesem England immer solche Sachen anziehen?«, fragte er argwöhnisch. »Auf *Seven Hills* habe ich nie weiße Strümpfe und Schnallenschuhe und so komische Hemden tragen müssen.«

»Ein junger Gentleman achtet auf seine Kleidung«, antwortete Jessica ausweichend.

»War dann Daddy kein Gentleman?«

Jessica biss sich auf die Unterlippe. Kinderfragen konnten so direkt und schmerzhaft sein. »O doch, das war er. Und was für ein Gentleman er war. Aber auf einer Farm kleidet man sich nun mal nicht so wie in der Stadt.«

»Dann will ich so ein Gentleman werden, wie Daddy es war!«, verkündete Edward energisch.

Jessica seufzte. »Dafür wird später noch viel Zeit bleiben. Die Farm läuft dir nicht davon, mein Sohn. Wenn du alt genug bist, kannst du hierhin zurückkehren. Aber dann hast du eine gute Ausbildung genossen, und dir steht die ganze Welt offen.«

»Aber werden dann auch noch Lisa, Anne … und Ian und Baker da sein? Und Adrian?«

»Das weiß Gott allein.«

Edward schluckte, und seine Augen schimmerten feucht. »Warum müssen wir den fort, Mami? Ich möchte zurück nach Hause«, sagte er mit trauriger Stimme. »Ich möchte nicht in einer Stadt leben. Und Daddy hat bestimmt nicht gewollt, dass wir von *Seven Hills* weggehen – denn er ist doch für unser Zuhause gestorben, nicht wahr?«

»Ja, das ist er«, antwortete Jessica mit belegter Stimme und sagte hastig: »Geh mit Victoria und schaut euch ein wenig um. Aber macht euch nicht schmutzig. Und pass gut auf deine Schwester auf!«

»Ja, Mami«, sagte Edward bedrückt.

»Und bleibt in der Nähe, sodass ich euch sehen kann!«

Edward nickte traurig, und mit seiner Schwester an der Hand ging er zur Anlegestelle hinunter. Mit Tränen in den Augen blickte Jessica ihren Kindern nach. Sie hatte das Verlangen nach frischer Luft und stieg nun ebenfalls aus der Kutsche. Es war angenehm mild. Die Frühjahrssonne hatte schon wärmende Kraft.

Unwillkürlich dachte Jessica daran, dass sich England in diesen Wochen auf den bevorstehenden Winter einstellte. Bald würde dichter Nebel durch die Straßen der Stadt wallen. Die Monate würden Regen und Schnee bringen, während New South Wales den Winter abgeschüttelt hatte und nun unter der belebenden Kraft des Frühlings erblühte. War das nicht all die Jahre die schönste Zeit gewesen? Eine Zeit voller Pläne und Hoffnungen?

Grübelnd stand sie in der Sonne, den Blick auf Edward und Victoria gerichtet. Edward zeigte dieselbe Liebe zu diesem Land wie sein Vater. Die Täler am Hawkesbury waren seine Welt, und *Seven Hills* mit seinen weiten Feldern, Äckern und Viehherden Mittelpunkt seines Lebens. War nun diese Rückkehr nach England ein Fehler? Oder gar eine, wenn auch ungewollte, Grausamkeit gegen ihre Kinder? Und ein Satz ihres Sohnes wollte, ihr einfach nicht aus dem Sinn gehen: Und Daddy hat bestimmt nicht gewollt, dass wir von *Seven Hills* weggehen – denn er ist doch für unser Zuhause gestorben, nicht wahr?

Ja, die Farm am Hawkesbury war die Heimat ihrer Kinder, wie Ravan ihre Heimat gewesen war. England würde ihnen so fremd sein wie der Deportierten Jessica Jakes damals die Kolonie New South Wales.

Sie dachte plötzlich an Lydias Worte. Ihre Freundin hatte wie Ian versucht, ihr die Rückkehr nach England auszureden. Und besonders ein Argument hatte sich trotz ihrer vehementen Zurückweisung wie eine Klette in Jessicas Gedanken festgesetzt.

»Du bist eine Närrin, wenn du glaubst, so ohne Weiteres nach England zurückkehren und dort ein normales Leben führen zu können«, hatte Lydia gesagt. »Du bist eine ehemalige Deportierte, eine Mörderin. Man wird dich schneiden und behandeln wie eine Aussätzige. Deine Vergangenheit wird dich verfolgen, wohin du auch gehst. Und dein Vermögen wird dich vor den Vorurteilen und Gehässigkeiten deiner Umwelt nicht schützen. In England wirst du bis zu deinem Tod die ›Deportierte Jessica Jakes‹ bleiben. Aber noch schlimmer ist das, was du deinen Kindern antust. Die besten Schulen werden ihnen verschlossen bleiben. Und man wird sie gleichfalls wie Aussätzige behandeln und spüren lassen, dass sie die ›Brut dieser Verbrecherin‹ sind. Ja, das werden sie ihnen ins Gesicht sagen, Jessica! Warum verschließt du die Augen vor der Wirklichkeit? Deine Kinder werden noch mehr leiden müssen als du. Warum tust du das? Hier in der Kolonie genießt der Name Brading hohes Ansehen, und Edward wird eines Tages ein so geachteter Großgrundbesitzer sein, wie Steve es gewesen ist. Und Victoria wird unter den jungen Männern aus den besten Kreisen ihre Wahl treffen können, während man sie in England auf keinen vornehmen Ball lassen wird. Bedeuten dir deine Kinder so wenig, dass du wider besseres Wissen nach England zurückgehen willst?«

Jessica fröstelte und zog das Cape enger um ihre Schultern. Nein, Edward und Victoria bedeuteten ihr alles. Sie würde es nicht ertragen können, sie leiden zu sehen. Nichts auf der Welt war es wert, dass sie so etwas zuließ. Ihr war, als wäre sie plötzlich aus einem quälenden Albtraum erwacht. Was hatte sie all die Monate nur so blind und uneinsichtig gemacht? War es der Schmerz über Steves Tod gewesen? Oder gar das törichte Verlangen, nach Ravan zurückzukehren, um einen schalen Triumph über Sir Forbes zu ertrotzen?

Sie wusste es nicht zu sagen. Vielleicht hatte alles zusammen dazu geführt, dass sie den Blick für die Wirklichkeit und das Wohl ihrer Kinder verloren hatte. Denn hatte sie in diesem Land, das ihre Tränen und ihren Schweiß aufgesogen hatte, nicht längst schon viel zu tiefe Wurzeln geschlagen, um es noch unbeschadet verlassen zu können?

Ihr Blick ging über die Bucht zur *Southwind* hinüber. Und sie wusste in diesem Augenblick, dass das Schiff ohne sie und ihre Kinder an Bord auslaufen und gen England segeln würde. Zweifel und Ängste, Hass und Schmerz wichen von ihr. Und ein versonnenes Lächeln vertrieb die Schatten ihrer inneren Zerrissenheit von ihrem Gesicht.

Sie konnte es auf einmal nicht abwarten, mit Edward und Victoria und dem treuen Ian nach *Seven Hills* zurückzukehren. Sie war jung, noch keine fünfundzwanzig, und tausend Aufgaben erwarteten sie auf der Farm. O ja, sie würde sich der Herausforderung stellen, schon um ihrer Kinder willen. Sie wollte dafür Sorge tragen, dass Steves Pläne Wirklichkeit wurden.

Jessica lächelte und ging zu ihren Kindern zur Anlegestelle hinunter, wo Ian McIntosh gerade aus dem Beiboot der *Southwind* stieg. Es war wunderbar, Träume zu haben.

»Wie recht du hast, Lydia«, sagte Jessica leise zu sich selbst. »Träume sind wie Wolken …«

Epilog

Mitchell Hamilton saß regungslos im Sattel seines prächtigen Hengstes. Sein Blick folgte Jessica mit verzehrender Sehnsucht, als sie mit geschmeidigem Gang quer über den Hafenplatz zur Anlegestelle ging. Sie war an diesem Frühlingstag noch schöner und begehrenswerter, als er sie in Erinnerung gehabt hatte.

Als Jessica vor drei Tagen nach Sydney gekommen war und Quartier bei den Keltons, guten Freunden ihres verstorbenen Mannes, bezogen hatte, war ihm das sofort zugetragen worden. Wie auch in den Jahren zuvor. Sein Informant in Sydney war sehr direkt und zuverlässig.

Ein Anflug von Trauer legte sich auf sein Gesicht, als er beobachtete, wie Jessica über den Kopf ihres Sohnes streichelte und ihre Tochter auf den Arm nahm. Freudiges Kindergeschrei drang zu ihm herüber.

Er hätte der Vater sein können – und sie seine Frau.

Fünf lange Jahre hatte er Jessica nur ein-, zweimal im Jahr zu Gesicht bekommen. Und dann jedes Mal auch nur aus sicherer Entfernung und für einen verzweifelt kurzen Augenblick.

Wie oft war er versucht gewesen, ein scheinbar zufälliges Zusammentreffen zu arrangieren. Ihr nur einmal in die Augen schauen und ihre Stimme hören zu können, war alles gewesen, was er sich gewünscht hatte. Doch er hatte sich die Erfüllung dieses Wunsches versagt. Denn letztlich wog Jessicas Glück auf der Waage der Entscheidung mehr als sein selbstsüchtiges Verlangen. Sie war Steve Bradings Frau, und niemals durfte er etwas unternehmen, das Zweifel in ihr hätte wecken und ihr Glück hätte gefährden können. Das war das Mindeste, was er ihr schuldete.

Wenn er nicht gewusst hätte, dass John Hawkley damals aus vermeintlich guten Absichten so eigenmächtig gehandelt hatte, hätte er ihn für sein Intrigenspiel längst verflucht. In der irrigen Annahme, ihm einen großen Dienst zu erweisen, hatte Hawkley Jessica aus seinem Leben verbannt. Als wäre es gestern gewesen, erinnerte sich Mitchell Hamilton an den Tag, als John Hawkley ihm von Jessicas Begnadigung und Eheschließung berichtet hatte. Es war ein heißer Spätsommertag gewesen. Und er hatte das Bett nach seiner langen Krankheit an diesem Morgen zum ersten Mal verlassen können. Hawkleys Bericht hatte bei ihm einen schweren Rückfall ausgelöst. Als er Wochen später endlich genesen war, erwartete Jessica ihr erstes Kind …

Mit Edward an der Hand und Victoria auf dem Arm, kehrte Jessica zur Kutsche zurück. Als sie den Kopf hob und lachte, blickte sie in seine Richtung. Doch vermutlich sah sie nichts weiter als einen Reiter im Schatten des Lagerschuppens, denn sie ging weiter und sprach dabei mit ihrem Aufseher.

Er hatte ihrem Mann nie den Tod gewünscht. Im Gegenteil. Die Nachricht hatte ihn tief betroffen gemacht, denn er wusste wie kaum ein anderer, was Jessica in ihrem jungen Leben schon an Schmerzen und Leid hatte ertragen müssen.

Doch es war geschehen. Seit einem halben Jahr war Jessica Witwe. Aber das Leben lag noch vor ihr.

Mitchell sah, wie Jessica mit ihren Kindern in die Kutsche stieg, während sich der Aufseher auf den Kutschbock schwang. »In nicht allzu ferner Zukunft sehen wir uns wieder, Jessica«, murmelte er, als die Kutsche davonfuhr. »Und dann wirst du die Wahrheit erfahren, nach all den Jahren …«